U0456545

兰州大学中央高校基本科研业务费专项资金资助

（Supported by the Fundamental Research Funds for the Central Universities）

（项目批准号：16LZUJBWZD006）

张同胜　主编

文化记忆与艺术新形态

——以《西游记》的记忆空间为中心

Culture

Art

中国社会科学出版社

图书在版编目（CIP）数据

文化记忆与艺术新形态：以《西游记》的记忆空间为中心／
张同胜主编 . —北京：中国社会科学出版社，2017.5
ISBN 978 - 7 - 5203 - 0272 - 2

Ⅰ.①文… Ⅱ.①张… Ⅲ.①《西游记》研究 Ⅳ.①I207.414

中国版本图书馆 CIP 数据核字（2017）第 094573 号

出 版 人	赵剑英
责任编辑	刘志兵
特约编辑	张翠萍等
责任校对	张依婧
责任印制	李寡寡

出　　版	中国社会科学出版社
社　　址	北京鼓楼西大街甲 158 号
邮　　编	100720
网　　址	http://www.csspw.cn
发 行 部	010 - 84083685
门 市 部	010 - 84029450
经　　销	新华书店及其他书店

印刷装订	北京君升印刷有限公司
版　　次	2017 年 5 月第 1 版
印　　次	2017 年 5 月第 1 次印刷

开　　本	710 × 1000　1/16
印　　张	24.75
插　　页	2
字　　数	405 千字
定　　价	98.00 元

凡购买中国社会科学出版社图书，如有质量问题请与本社营销中心联系调换
电话 :010 - 84083683
版权所有　侵权必究

目　　录

小　引

张同胜

　　本书的选题为"文化记忆与艺术新形态——以《西游记》的记忆空间为中心"。主标题很大，主要有两点考虑：一是某权威期刊的编辑曾经好意地提醒该期刊只发"大题目和理论方面的论文"；二是如果题目具体，发论文标注项目基金时会牛头不对马嘴，而此现象比比皆是也。因此，弄一个大题目，庶几少受限制。副标题限定了一个具体的角度，是由于项目的展开和论文的撰写，当有一个把手，亦即前贤时俊所谓的"大处着眼，小处着手"之意也。经常读到一个天大的题目，天底下却零星散放着几块石头、沙土，深为之惋惜。学术探讨一个具体问题时，较为切实。然而，中国内地学者似乎长于大题目，作战略性的应然文字。从而，该选题便是妥协和现实的产物。

　　文化记忆理论，肇始于20世纪90年代德国的阿斯曼。文化记忆几乎等同于人类所有的知识，它指向一个文化认同的问题，涉及民族学、人类学、考古学、艺术等多学科，是一门跨学科的研究，属于比较文学的研究范畴。艺术新形态，其中的"新"是一个相对的概念。记忆空间，即广义的文本。诸凡俗讲变文、史传文献、传说故事、变相、说话、戏曲、石刻、瓷器绘事、寺庙、宝卷、小说、动漫、影视、网络、游戏等皆为记忆的空间。以《西游记》的记忆空间"为中心"而非"为例"，亦出于为所编论文集留有余地的考虑。因此，本着《西游记》大文本的文化记忆，探讨民族精神的认同，便是本编的初衷。

　　书店中的大多数"书"，是知识的堆积，甚至是常识的重复，然而，这并不是学术。专著或论文，是发表学术研究的形式，本无高下之分。然而，一般来说，真正的学术论文，是若无新意便不能发表的；而书包括专著则只要有15%的创新即可。鉴于此，与其兀兀穷年写成专著，不如集思广益、荟萃精华编成一部论文集。但凡紧扣主题，独具慧眼，看到了他人所没有看到的；或识见高明而视野开阔，具有独得之见的佳作篇什，皆汇为一编。本编唯以质衡文，不看出身。而唯出身论的意识，在赤县神州根深蒂固而又无所不在。学术成果的评价，唯刊物或出版社的级别马首是瞻，因此专家学者找关系、花巨资发核心或所谓的权威而不愿意贱卖自己的成果，从而使得该编主要来自好友与师门的援手，但缘于皆为新颖别致的发现或发明，便既令人感动又令人欣慰。

2016 年 9 月 17 日

《猴子与僧人》前言

余国藩　著

李　晶　译

　　美籍华人学者余国藩教授（Anthony C. Yu，1938—2015）是美国芝加哥大学宗教与文学博士，曾执教于芝大近四十年，是《西游记》第一部英文全译本的译者（全书共四卷，于 1977 年至 1983 年出齐）；后应读者要求，从全译本中拣选内容并修订，打磨出节译本《猴子与僧人》（*The Monkey and The Monk*），2006 年由芝加哥大学出版社出版。此文系他为节译本所撰前言，文中简要介绍了《西游记》原著的演变过程、内容要略、人物形象、宗教特色及作者的著作权问题，并交代了自己译介《西游记》的缘由。此文过去未见中文版，此处译出，祈就教于同好。——译者记

　　《西游记》的故事梗概建立在著名的唐僧取经故事的基础上。玄奘（596？—664）从东土大唐出发，去往遥远的印度求取当时大唐没有的佛家经卷，对他信奉的那一支教宗而言，这些经卷都是经典。玄奘出发时是遮遮掩掩的，因为当时的皇帝唐太宗（ca. 600—649，r. 626—649）明令禁止国人去往西方边境。这种违禁行为一旦有人发现，他有可能获罪被捕甚至会被处死。不过，到他回国的时候情况就好多了。玄奘的取经之旅漫长而艰苦，前后迁延了将近 17 年（627—644），回到大唐之后，不仅取回了他想要的真经，还迅速获得了皇家的认可与资助。皇帝将他安置在当时的国都长安（当今的西安），他在那里度过了余生的 20 年时光，成为翻译印度佛教文献的大师。朝廷下令帮他招募了一批合作者，他带领这些人为中国百姓将大量佛经译成了中文，共计 75 部或 1341 卷，这一成就超

越了中国历史上所有的经卷翻译者，后来也无人能及。直到今天，相关地点（譬如玄奘埋骨之处大雁塔）和他身为佛教领袖奉献毕生精力的遗址都还在，游客到西安都可去游赏。

在虔心事佛的伟业中，完成此类长途跋涉者不独玄奘一人。不过，在中亚和印度可见的关于他这段经历的记录与记载（有他本人的，还有他去世后众弟子写下的）都使得玄奘成为中国历史上声名最为卓著的宗教人士之一。他走到了丝绸之路一带及更远处，其间忍受的种种困顿与磨难，在旅途中每个阶段的宗教活动，他那难以抑制的精神担当与令人惊叹的学术成就，以及皇家给予他的隆重恩遇，所有这一切合力将他塑造成一名文化英雄。然而，这位英雄的故事在民间与文学想象中的记载迅速偏离了已知的史书与史实，变得独具特色。过了千年之后，通过各种媒介，无论是口耳相传还是笔墨故事（文字片段、诗意短文、散体短篇小说、形制成熟的戏剧，还有长篇白话小说），到明代演化出了最终版本，成为尽人皆知的四大名著之一。至此，《西游记》已从一位俗世僧人的朝圣功绩演化为这样一个取经故事：带有奔波探险、奇幻想象、幽默谐趣、社会讽刺与政治讽刺，以及建构在错综复杂的宗教融合物之上的严肃讽喻。这部由取经之旅演变而来的虚构小说里面，有三大要素。

第一大要素关系到这位取经人的来历与性情。与有据可考的历史背景及玄奘经历完全相反，戏剧或宗教性文本（譬如明代晚期出现的各种"宝卷"）等虚构文学中的唐僧身世是这样的：他在中国东南沿海地区出生长大，当初父亲遇害身亡，母亲居孀，被强盗掳走强暴，生下他之后将他遗弃，一家寺庙的长老收养了他；长大成人后，他为父母报了仇。如眼下这部节译本中第八至十三回所述，佛家的"天意"在故事中扮演了重要角色，一切因由最终都导向唐朝皇帝选择玄奘来做取经人。在这部重新书写的历史中，平民僧人本身的宗教热忱改换成了多重动机，烘托起了这份宏图大业：佛祖慈悲为怀，发愿将佛家经卷作为普度众生的礼物，赐予东土大唐罪孽深重的中国人；与之对照的还有小说中取经人的宗教奉献与政治忠诚（对于皇命与皇恩）。史书记载的取经之旅虽为一位虔敬热忱的僧人秘密起程的越规行为，小说中的这趟旅程却是佛祖预先晓谕的，又有观音（中国各宗教中最得人心的慈悲女神）全程照拂，并且是受唐朝皇帝热情委派的。

这次虚构化旅程的第二个鲜明特色在玄奘收下一位形似猴子的徒弟时

出现。这位动物样貌的护卫型侍者身怀无穷无尽的智慧与神通，此形象与取经人之间的联系早在 12 世纪流传的故事片段中已然可见，后来的叙事文学中又有发展，不过，直到晚明这部长达百回的小说中，这位形似猿猴的角色才得到了最充分、最引人入胜的详细描绘。小说中为玄奘首徒赋予了重要意义，从章节的铺叙中即可看出：开篇整整七回的内容都在叙述孙悟空的降世与成长，他在玄妙的道家修炼中的训练与收获，以及他上天入地无所畏惧的探险，直到大闹天宫的高潮——这些片段足以当作独立的故事来读，也的确改编成了京剧及其他戏曲作品。孙悟空被佛祖亲自出马制服并囚禁起来，后来一旦皈依佛教，就成了玄奘最有本领、最忠诚的弟子。猴子那片刻不宁的灵性、武力与法术，还有取之不尽用之不竭的资源，都让现代中外读者想起其他文化里另一位猿猴似的英雄：伟大的印度史诗《罗摩衍那》（*Ramayana*）里的哈奴曼（Hanumat）。该史诗相传为诗人跋弥（Valmiki，又译蚁垤）所作。20 世纪 20 年代至 80 年代之间，学术界在这两个故事之间的关联性上一直含糊其词，原因首先在于一直未有可足为据的文本或史料。不过，更晚近一些的研究终于渐渐发现了一些文献，有可能从不同方面说明：佛教重要文献中的罗摩衍那故事自从译成中文后已广泛流传。不仅如此，除了两位神猴形象特征的高度相似（都有打斗中的勇气与本领，都会飞，都惯于钻入敌人腹中制敌）外，两个故事中还有一些惊人的类似，如多处描写细节和不同片段的情节等，无不令人怀疑，这些若说是巧合，不如说是一种更充分的阐释。

玄奘踏上朝圣取经之路时，他的小团队已扩展到五个成员：一位僧人带着四个徒弟：猴子之外，还有一个半人半猪的喜剧性角色（实为从天宫贬落人间的道家神仙），一个被感化过来的食人怪（另一位遭贬的道家神仙），一条年少犯错受罚的小白龙，化身为马充任坐骑。这种已知的历史与长篇小说之间的鲜明对比标志着取经之旅虚构化过程中的第三个显著演变。前者系一位虔敬僧人的独自奉献，后者则代表着一组虚构角色的综合影响。这些虚构角色在故事中又可从多方面来理解——作为某种人格的不同方面，或是一段征程（某种内在探索，无论是关于道德上的自我修炼、精神的启蒙，或是修炼长生不老之术）中的多项要素，再或者作为一个社会中形形色色的个体。进一步而言，这个小团队组成的世界蔓延到了整个天地，无论是自然社会还是超自然的，都由古代中国社会多文化的宗教想象生发而来。

叙述者的声音贯穿了整个长篇故事，虽不张扬却无处不在。事实上，这个声音提供了一种连贯的自发评论——通常是通过插入段落和新故事段落开始前的散体文简介——温和地提醒着读者，此处或许会有讽喻出现，即便是在妙趣横生的生动描述中，譬如关于喜剧性的打斗、稀奇古怪的角色、非同寻常的经历还有格外精彩的精神或体能上的精湛技艺的展示。为了塑造出一个与佛教史文献迥然不同的故事，作者明显大量运用了谚语和专门用语，其来源既有道教典籍，还有一个通常称作"三教合一"的变动不居的潮流，此潮流自宋代肇始并繁盛，到了封建社会晚期，已经深入上至官府精英，下至商人、书吏等各个阶层，乃至平民百姓当中。明清时期，这一潮流常在小说及小说评批中流传并格外鲜明。这种"合一"真正是一种阐释学意义上的混合，传统儒、道、释中各种大不相同的概念、类别被有意地融为一体。从原著第二回中须菩提吟咏的诗句中可见，我们的小说作者对此知之甚详。这位不知何宗何派的大师第一次向美猴王传授长生之道等神奇本领时吟道：

> 说一会道，
> 讲一会禅，
> 三家配合本如然。

此处提到的"三家"自然是指上述三种宗教传统。关于这一宗教合并，另有一处更明确的指示出自佛祖口中，小说开始不久（第八回），他声言这些经卷"乃是修真之径，正善之门"。到故事结尾处（此译本的第二十八、二十九回），更加健谈地提到，这些经卷"虽为我门之龟鉴，实乃三教之源流"。古往今来真正的佛教徒听到这种说法应该都会震惊不已的。

谁是这部想象力恢宏繁复的叙事作品的作者呢？这部长达百回的小说足本于1592年在南京出版（公认最早的权威版本），但既无匿名编者也无具名出版商，更无序言等内容的作者，可为这个问题提供一丝半缕的线索。中国学者从20世纪初的数十年间已开始集中关注明代小官吏吴承恩（ca.1500—1582），认为他很有可能是小说作者，根据在于吴承恩是一位诗艺高超又非常多面的诗人（对得上散布于全书叙事中共计一千七百余首各种类型与风格的诗词），另外他还喜爱怪谈异事的传说与作品，又以善讽刺和写作谐谈著称，是东南沿海地区淮安人。自 17 世纪以来，读者明显可以看出，《西游记》的叙述语言里含有大量口语化的表达，那种特殊的方言正是淮安话。重中之重的一点还有，明代天启年间（1621—1627）的淮安县志中，吴承恩的名下列有数种作品，其中赫然有《西游记》在内，尽管后来再无研究者发现过确凿信息，能够确定这部《西游记》究竟是什么作品。

这些关于吴承恩著作权的争议自然不应无视，也就无法得出公论说他就是小说作者，现代日本与欧洲学术界也不断质疑。更近一些时候，中国有些学者再次探寻统一道教某些分支的历史，试图找到关于《西游记》作者身份的线索，以及原著的问世背景。虽然作者难明，这部小说却从出版之日起就赢得了广泛阅读，不仅在中国各地区、各社会阶层中，过去四个世纪以来，通过越来越多的翻译和不同媒介的改编，也在其他民族、其他国家和地区传播开来。改编形式有图画书、漫画、游戏、京剧与地方戏、皮影戏、广播节目、电影、电视连续剧，据报道还有一部西方歌剧也在制作过程中，此外还有英美人士的多种改写，譬如毛翔青、汤婷婷、玛丽·齐默尔曼、黄哲伦等。①

我为《西游记》劳神耗力始自 1970 年，动机有二：一是希望能纠正阿瑟·韦利节译本中描绘的故事，该译本备受欢迎与赞誉，却扭曲了原著②；二是想重新平衡对原著的评论，学者外交家胡适博士曾为阿瑟·韦利的英译本写过一篇有影响的序言，断言"《西游记》与佛家、道家、儒

---

① 毛翔青（Timothy Mo, 1950— ），英籍华裔小说家，1978 年出版首部小说《猴王》（*The Monkey King*, Faber & Faber, HarperCollins），后多次重版；汤婷婷（Maxine Hong Kingston, 1940— ），美籍华裔女作家，伯克利大学教授，1989 年出版《孙行者》（*Tripmaster Monkey：His Fake Book*, Knopf），获美国西部国际笔会奖；玛丽·齐默尔曼（Mary Zimmerman, 1960— ），美国戏剧导演、剧作家，1994 年将《西游记》改编为舞台剧剧本 *Journey to the West, A Play*, 2004 年出版（Northwestern University Press），书前有余国藩撰写的前言；黄哲伦（David Henry Hwang, 1957— ），美籍华裔剧作家，曾撰写剧本《猴王》（*The Monkey King*，又称《失落的王国》，*The Lost Empire*），2001 年拍成电影，同年也拍摄成了一部电视迷你剧。——译者注

② 参见《猴子：吴承恩所著中国通俗小说》（*Monkey：Folk Novel of China by Wu Ch'eng-en*），阿瑟·韦利（Arthur Waley）译（New York：Grove Press, 1943）。

家评批者的一切讽喻性的解读无关，纯为一部幽默之作，多有无稽之谈与善意的讽刺，再就是令人开怀的娱乐"①。我在儿时最早接触这部精彩小说，先祖父亲自为我开蒙，教法温和而不乏技巧，他正是用《西游记》做课本来教我读书识字的。那是在大陆，日寇侵华时期的战乱年间。那段学习使我深信，这部叙事作品恰恰是世界上最精妙的讽喻之作。后来我花费了 13 年钻研、翻译此书，又在芝加哥等地数十年间为学生讲授这部作品，由此成为一名快乐的见证者，见证关于此著的学术研究与阐释的各种新转折。大家远程合作的研究结果已经证明，宗教内容不仅对小说的接受与成型至关重要，也几乎是此著中承载的独特内涵，并且这种内涵不必与"幽默，无稽之谈与善意的讽刺，再就是令人开怀的娱乐"相冲突。

1983 年，我翻译并注释的《西游记》英译本出版，是此著的首部英文全译本。② 不过，这个全译本未能逃脱命运的讽刺。四卷本刚出齐不久，远近的朋友与同人就纷纷抱怨全书篇幅太长，太不切合实际——对一般读者阅读是这样，用作教学用书也是如此。年复一年，我都抵挡住了他们的请求，没有动手裁出一个缩略版。不过到如今不得不说，韦利教授的节译本自有道理——尽管眼下我这个缩略版仍旧尽量有别于他的译本，尽可能地将选译诸片段的文本特色淋漓尽致地传达出来（自第十六回开始，每回开端都用数字括注了本回内容对应四卷全译本中的哪一回）。感谢芝加哥大学出版社提供机会为我出这个节译本，还要谢谢他们在拼音方面给我的技术支持，帮助我将罗马化字词转成拼音并作出大量修订。我非常期望这部"折扣"版小说在文学效果上不要打折扣，并能唤起读者共鸣，进而乐于去领略全译本的丰饶内容。

2005 年 8 月

译者单位：中国国家图书馆

---

① 《猴子：吴承恩所著中国通俗小说》（*Monkey: Folk Novel of China by Wu Ch' eng - en*），阿瑟·韦利（Arthur Waley）译（New York: Grove Press, 1943），第 5 页。

② 参见余国藩（Anthony C. Yu）译注《西游记》（*The Journey to the West*）四卷本（Chicago: University of Chicago Press, 1977 - 1983）.

新见墓石画像《唐僧师徒取经归程图》辨识

蔡铁鹰　吴明忠

2014 年春夏间，有网友发来一幅取材于唐僧取经故事的石刻画像拓片并让笔者鉴定一下。拓片让人眼前一亮，甚至有点兴奋：以对唐僧取经故事各类资料的了解，笔者判定这幅石刻画像应该不迟于元代，而且有可能早在宋金——如果这一判断能得到证实，那它就是目前所见最早的唐僧师徒四人一马的取经图，代表了《西游记》取经故事形成过程中一个重要的演化阶段，对于《西游记》成书研究有非常的意义。笔者与网友取得了联系，表明了笔者的意见，网友说，这确实是在一座金代墓葬中出土的，墓中伴有一块署有确切年份的墓志铭刻石，但墓志已经不知去向，而且由于种种原因，他无法提供进一步的线索。这是一件很遗憾但又无可奈何的事。为表示对《西游记》研究的支持，这位网友最终同意将有关资料公之于同好——这当然也是一件很有意义的事。

由于这幅石刻取经故事图像上有完整的师徒四人和白马驮经的情节，因此我将其命名为《唐僧师徒取经归程图》。以下介绍石刻图和笔者对这幅图绘制时代的认识。

这确实是一块墓道的门框。全长 120 厘米，高 26 厘米，其中门楣部分高 14 厘米；门楣下有四颗门钉，约 6 厘米见方，刻有不同的花纹；门楣上隐约可见的阴刻图像，即我命名的《唐僧师徒取经归程图》。

《唐僧师徒取经归程图》占据了整个门楣的中心部分，除去两侧山水，中间四人一马大约占据了 55 厘米的宽度。由于岁月留下了痕迹，原石已经显得很沧桑，只能在各种划痕中隐约见到一些淡淡的阴线，但在拓片中，我们可以辨认出一幅清晰精美的《唐僧师徒取经归程图》画像。

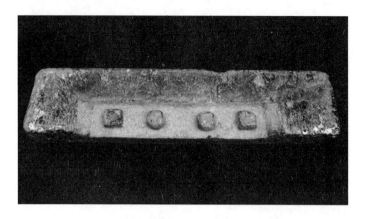

图 1　《唐僧师徒取经归程图》原石正面

图 2　墓道门楣上《唐僧师徒取经归程图》人物局部

画像中右侧为前方，师徒四人一马自左向右前行，正符合取经归程的方向。悟空头戴东坡巾在前，呈大踏步向前的姿态，有棒夹在左腋下，右手搭在额头，作回首眺望状，似乎是在招呼随行众人；悟能八戒紧随其后，左肩挑经卷担，右手提衣襟跨步，作努力前行状；再后是白马，鞍具华美，驮有经卷；白马后面跟随的是悟净沙和尚——一个白白净净的和尚，兵器在左肩，似乎是月牙铲之类；队伍的最后是唐僧玄奘，头戴毗卢帽，双手合十，背后有佛光。整个画面动感十足，人物姿态生动，线条尤其优美流畅。

据介绍，这块墓道门框出现在河南某地，墓内原有一块墓志石，铭文署有明确的落款"大定三年"即南宋孝宗隆兴元年，公元 1163 年，但这块墓志石后来不知去向，目前也无法获得更多的线索。从《唐僧师徒取经归程图》的艺术水准来看，显然不是一般民间工匠的活计，这也显示出墓主人绝非等闲之辈，因此墓里有墓志出现也是合理的。但缺少墓志实物，为考证《唐僧师徒取经归程图》留下了巨大的遗憾，所谓"大定三年"就成了悬浮的说法，我们必须从另外的角度来解释把它定为宋金器物的理由。

如前所述，笔者在知道"大定三年"墓志铭存在之前，已经作出了它应该出现于元代之前的判断，理由何在？现在进一步相信有"大定三年"的可能，理由又何在？

首先，有证据表示师徒四人一马的队伍在元代之前已经形成，这是取经故事演变的大背景。主要证据，一是广东省博物馆藏有一元代瓷枕，所绘彩图为取经故事，四人一马；二是山西曾发现一本民间祭赛用的《礼节传簿》，其中有金元队戏《唐僧西天取经》的角色排场单，提到取经也是四人一马。瓷枕已经经过鉴定，属于元代耀州窑，年代没有疑问。①

其次，取经故事中，"归程"的取经故事更为早出，我们现在看到的早期的取经图，都是表现取经的归程，也就是都显示取回了经卷。如敦煌榆林窟 3 号窟的取经图，只有二人一马，马背上驮经卷，马就是驮经的；榆林窟 2 号窟的取经图，千佛洞 2 号窟的取经图都是如此。而在元代瓷枕取经图上的马用于骑乘和有了华盖就是明显的被改造过的世俗化的东西——这清楚地表明了一个事实，就是取经故事是从玄奘法师的归程开始生发。这与文学上民间流传故事一般都由简单到复杂的演变规律是吻合的。因此现在我们看到的《唐僧师徒取经归程图》要早于瓷枕的取经图。

最后，最重要的是，《唐僧师徒取经归程图》中人物服饰显示了时代的特征。请注意，悟空头上的帽子叫东坡巾（或称"程子巾"，以程氏兄弟命名；"山谷巾"，以黄庭坚命名，大致相似），这是典型的宋朝人服饰。东坡帽是否由苏轼首创暂且不论，但肯定是在宋代流行的，这具有时代的标志意义。金人入主中原，带来了自己的民族服饰习惯，但不久就被同化，汉人服饰没有太大的改变；元人立朝后，再次改变服饰，这次就有

---

① 关于队戏《唐僧西天取经》的年代问题，请参见蔡铁鹰《西游记的诞生》，中华书局2008 年版。

了比较彻底的新面貌,《明实录》"初,元世祖起自朔漠,以有天下,悉以胡俗变易中国之制,士庶咸辫发椎髻,深襜胡俗,衣服则为裤褶窄袖,及辫线腰褶,妇女衣窄袖短衣,下服裙裳,无复中国衣冠之旧",所以我们在后来的各种取经图中再也没有见过这种冠戴,比如在元代瓷枕取经图中,孙悟空头上就没有了"东坡巾"之类的头巾。图3是几幅资料图,前两幅程颢像、黄庭坚像来自网络,不知道具体出处,似乎是截取自某一书画藏品,他们的头饰略有差异但都被后人统称为东坡巾;后两幅即苏东坡像:一是扬州三贤祠宋刻东坡像,有清代鉴赏名家端方题款;一是截取自湖北黄冈东坡赤壁的同治石刻东坡像。

图3　宋人巾帽资料

看《唐僧师徒取经归程图》中悟空的巾帽就知道它一定在宋代至迟在金代已经形成。以下是裁截的悟空局部，请比较。

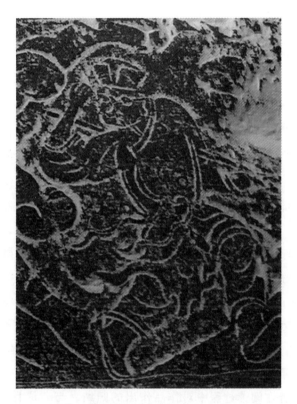

图4　唐僧师徒取经归程图（局部）

另外，还值得注意的是八戒的服饰。交领，束腰，长摆，登靴，我以为这应该是宋代流行的，《水浒》经常提到的"直裰"，等等。

据以上几点，我想我们已经可以确定这幅《唐僧师徒取经归程图》的实际年代与"传说"吻合——金代。如此，它就是我们现在见到的最早的一幅四人一马取经图，这对于我们判定《西游记》成书的演变阶段，深入成书史的研究有重要意义。

原刊于《淮海工学院学报》2016年第5期

作者单位：淮阴师范学院；淮海工学院

从《西游记》序跋看其原旨与接受

王　平

所谓"原旨"，即作者希望通过作品要表达出来的最本初的旨意，它与创作意图既有联系又有区别。按照文学创作的一般规律，作者在进行一部文学作品的创作时，总会带着某种意图，或者说要通过这部作品传达某种思想、情感、意志、愿望甚或某种潜在意识，等等。但是，作者的意图是否能够与作品所传达的实际情况相一致，则存在着很大的疑问。这首先是因为作者在进行创作时，很可能许多事情同时出现在他的脑海里，从而造成了其意图的复杂多变。其次，作者要运用语言创造出形象，再由这些形象表达出其意图，在这一转换过程中，其意图也难以原封不动地保留下来。这就是说，在分析、解读作品时，希望通过揭示出作者的所谓"意图"，进而揭示出该作品的"原旨"，实际上是极不可靠的。至于"主题"，则是读者在阅读过程中对作品作出的归纳，与"原旨"相去甚远。读者可以根据自己的理解来归纳作品的主题，但认识作品的"原旨"却必须考虑到作者的意图。那么，如何把握作品的"原旨"呢？

从逻辑上说，每一部文学作品都应有其"原旨"，然而实际情况却并不如此简单，尤其是像《西游记》这样的"奇书"，自问世以来，其"原旨"便引起了人们的浓厚兴趣。从阐释学的角度来看，正是这种种对"原旨"的探求，在不断丰富着《西游记》的内涵。然而，自20世纪20年代胡适、鲁迅等对明清以来各种观点基本上予以否定后，大多数研究者接受了他们的意见，这实际上是不公正的。这不仅仅是因为包括胡适、鲁迅在内的评论者们对《西游记》这部小说"原旨"的揭示，曾受到了前人的启发；更本质的问题在于，无论多么高明的评论者都要受到各自主客观条件的限制，都很难穷尽这部小说的全部丰富内涵。因此，心平气和地重新审视明清以来一些有代表性的观点，分析其产生的主客观原因，可以更好地看出《西游记》"原旨"的揭示历程及其规律，对于更好地认识这部小说的性质也不无裨益。

一　明人的见解与明代"心学"

就今天所掌握的有关资料来看，明代陈元之、李贽、谢肇淛、袁于令、盛于斯、吴从先等人在《西游记》序跋中都对其原旨作出了阐释。细加分析便会发现，他们的见解有一个共同之处，即《西游记》是一部心与魔相关之作，但心是否能够统魔以及如何统魔，又有着不同的见解。

明世德堂本《西游记》卷首有陈元之序，该序作于壬辰年即万历二十年（1592）。这位陈元之有的研究者认为就是世德堂本《西游记》的校订者华阳洞天主人①，因此他的序言就显得格外重要，在某种程度上可以视为小说写定者对小说"原旨"的说明。该序在引用了司马迁和庄子的两段话后说道："若必以庄雅之言求之，则几乎遗《西游》。"在他看来，《西游记》是一部"踏跐滑稽""厄言漫衍"之书。"踏跐"同"跅弛"，《中华大字典》释为"放纵不羁"。"厄言"，出自《庄子·寓言》："厄言日出，和以天倪。"陆德明释文引司马云："谓支离无首尾言也。"简略谈了自己的见解之后，陈元之又说道："旧有叙，余读一过。亦不著其姓氏作者之名。岂嫌其丘里之言与？"那么，旧叙是如何理解《西游记》的原旨呢？陈元之接着说：

> 其叙以狲，狲也；以为心之神。马，马也；以为意之驰。八戒，其所戒八也；以为肝气之木。沙，流沙；以为肾气之水。三藏，藏神、藏声、藏气之三藏；以为郛郭之主。魔，魔；以为口耳鼻舌身意恐怖颠倒幻想之障。故魔以心生，亦以心摄。是故摄心以摄魔，摄魔以还理。还理以归之太初，即心无可摄。此类以为道道成耳。此其书直寓言者哉！②

---

① 参见张锦池《西游记考论》，黑龙江教育出版社 1997 年版，第 406—421 页。

② （明）陈元之：《西游记序》，载刘荫柏编《西游记研究资料》，上海古籍出版社 1990 年版，第 555—556 页。

　　这一旧叙大概是最早提出《西游记》"原旨"乃为"摄心"主张者，其推理方法是首先认定《西游记》是一部"寓言"之书，再根据小说中屡称孙悟空为"心猿"、白马为"意马"，取经路上又是以悟空为主降妖伏魔，遂得出这一结论。陈元之基本上同意这一说法，因此他接着说："唐光禄既购是书，奇之，益俾好事者为之订校，秩其卷目梓之，凡二十卷数千（十）万言有余，而充叙于余。余维太史、漆园之意，道之所存，不欲尽废，况中虑者哉？故聊为缀其轶叙叙之。不欲其志之尽湮，而使后之人有览，得其意忘其言也。"

　　为了让后世读者充分了解这一原旨，他再三强调这部小说的寓言性质："彼以为浊世不可以庄语也，故委蛇以浮世。委蛇不可以为教也，故微言以中道理。道之言不可以入俗也，故浪谑笑虐以恣肆。笑谑不可以见世也，故流连比以明意。于是其言始参差而俶诡可观；谬悠荒唐，无端崖涘，而谈言微中，有作者之心傲世之意。夫不可没已。"

　　稍后出现了《李卓吾先生批评西游记》，尽管人们对该书是否为李贽所评还存有疑义，但其中的观点却发人深省。其"序言"称："不曰东游，而曰西游，何也？东方无佛无经，西方有佛与经耳。西方何以独有佛与经也？东生方也，心生种种魔生。西灭地也，心灭种种魔灭，然后有佛，有佛然后有经耳。然则东独无魔乎？曰：已说心生种种魔生矣，生则不灭，所以独有无佛耳。无佛则无经可知。记中原有南瞻部洲，乃是口舌凶场，是非恶海，如娶孤女，而云挞父翁，无兄而云盗嫂，皆南瞻部洲中事也。此非大魔乎？佛亦如之何哉？经亦如之何哉？此所以不曰东游，而曰西游也。批评中，随地而见此意，职须读者具眼耳。"① 序言承认西方有佛与经，但同时指出"心生种种魔生，心灭种种魔灭"，"生则不灭，所以独有无佛耳"。这种种"大魔"，即使佛经也无可奈何。这就是说，虽然看到了心与魔的关系，但并不认为心可以统魔。这倒是与李贽一贯的思想主张相一致。

　　再后的谢肇淛则是另一种说法。《明史》卷286《文苑二》郑善夫传附谢肇淛小传，但失误甚多。今人印晓峰先生曾予以辨析，知其生于隆庆

---

　　① （明）李贽：《批点〈西游记〉序》，载朱一玄编《明清小说资料选编》，齐鲁书社 1989 年版，第 493—494 页。

元年（1567），卒于天启四年（1624），为万历二十年（1592）进士，历任南京刑部、兵部主事，工部屯田司主事、都水司郎中，云南布政使司左参政，卒于广西左布政使任上。为官勤勉，政务之暇，勤于著述，尤以《五杂俎》最为著名。① 李维桢《五杂俎序》指出，"在杭（谢肇淛字）此编，总九流而出之"，"兼三才而用之，即目之儒家可矣"。② 这一评价是有道理的。尽管此书很"杂"，但其主流则是儒家思想。在卷十五"事部三"中谢肇淛对《西游记》的"原旨"作了如下评论："小说野俚诸书，稗官所不载者，虽极幻妄无当，然亦有至理存焉。如《水浒传》无论已。《西游记》曼衍虚诞，而其纵横变化，以猿为心之神，以猪为意之驰，其始之放纵，上天下地，莫能禁制，而归于紧箍一咒，能使心猿驯服，至死靡他，盖亦求放心之喻，非浪作也。"③

谢肇淛明确提出了"求放心"之说，其本源则来自《孟子》。孟子曰："仁，人心也；义，人路也。舍其路而弗由，放其心而不知求，哀哉！人有鸡犬放，则知求之，有放心而不知求。学问之道无他，求其放心而已矣。"④ 从谢肇淛一贯的主张来看，他更为重视早期儒家的学说。就在这同一卷中他说道："新建良知之说，自谓千古不传之秘，然孟子谆谆教人孝弟，已拈破此局矣，况又鹅湖之唾馀乎？……夫道学空言，不足凭也，要看真儒，须观作用。"⑤ 同时，这一见解又与全书的结构相吻合："其始之放纵"，指小说前七回悟空闹乱三界。"心猿驯服，至死靡他"，指取经路上悟空一往无前的表现。这就是所谓的"至理"。

袁于令（1592—1674）的《西游记题词》曰："文不幻不文，幻不极不幻。是知天下极幻之事，乃极真之事；极幻之理，乃极真之理。故言真不如言幻，言佛不如言魔。魔非他，即我也。我化为佛，未佛皆魔。魔与佛力齐而位逼，丝发之微，开头匪细。摧挫之极，心性不惊。此《西游》

---

① 参见印晓峰《五杂俎·出版说明》，见谢肇淛《五杂俎》，上海书店出版社2001年版，第1页。

② （明）李维桢：《五杂俎序》，见谢肇淛《五杂俎》，上海书店出版社2001年版，第1页。

③ （明）谢肇淛：《五杂俎》卷15《事部三》，上海书店出版社2001年版，第312页。

④ 《孟子·告子上》，朱熹《孟子集注》本。

⑤ （明）谢肇淛：《五杂俎》卷15《事部三》，上海书店出版社2001年版，第302页。

之所以作也。"袁于令认为"言佛不如言魔",因为"魔非他,即我也"。
"我化为佛,非佛即魔。"这实际上是肯定了"魔"存在的合理性。袁于
令从小说家的角度又指出,对《西游记》的所谓"原旨"不必过于拘泥。
他说道:"说者以为寓五行生克之理,玄门修炼之道。余谓三教已括于一
部,能读是书者于其变化横生之处引而伸之,何境不通?何道不洽?而必
问玄机于玉匮,探禅蕴于龙藏,乃始有得于心也哉?"①

盛于斯、吴从先作为一般文人,也认为《西游记》"极有深意"、"皆
关合性命真宗"②,是"一部定性书"③。

上述几位评论者或为文人学者,或为小说家,或为异端思想的代表,
他们对《西游记》"原旨"的理解虽然有着或大或小的差别,但都应当引
起我们的高度重视,因为只有他们最接近小说产生的年代,生活在与小说
产生的同一文化背景之中。陈元之、谢肇淛似乎更重视"摄心""求放
心",而袁于令、李贽只是说到心与魔之关系,尤其是李贽,他所谓"此
非大魔乎?佛亦如之何哉?经亦如之何哉"实际上是说面对这种种
"魔",佛经亦无可奈何。这些差别有着时代文化思潮的原因。明代中后
期"心学"成为思想的主流,并形成了许多派别。王守仁认为"心者,
天地万物之主也","心外无理,心外无事,心外无物"。④ 他所强调的心,
还是一种远离情欲、只存天理之心。因此,陈元之、谢肇淛认为应当收回
这颗放纵的心。王学左派则肯定人欲的合理要求,追求个性的自然发展,
认为"穿衣吃饭,即是人伦物理。除却穿衣吃饭,无伦物矣"⑤,"夫私
者,人之心也,人必有私,而后其心乃见;若无私,则无心矣"⑥。因此,
李贽才会肯定种种"魔"存在的合理性,而他的这种见解显然更为强调
《西游记》的某一方面。

---

① (明)袁于令:《西游记题词》,载朱一玄编《明清小说资料选编》,齐鲁书社 1989 年
版,第 493 页。
② (明)盛于斯:《休庵影语》,载朱一玄编《明清小说资料选编》,齐鲁书社 1989 年版,
第 495 页。
③ (明)吴从先:《小窗自纪》,载朱一玄编《明清小说资料选编》,齐鲁书社 1989 年版,
第 496 页。
④ (明)王守仁:《传习录上》,上海古籍出版社 1992 年版,第 2 页。
⑤ (明)李贽:《焚书》卷 1《答邓石阳》,中华书局 1975 年版,第 4 页。
⑥ (明)李贽:《藏书》卷 32《德业儒臣后论》,中华书局 1974 年版,第 544 页。

二 清人的见解与"三教同源"说

清代为《西游记》撰写序跋者有一个共同点，即一方面承认《西游记》原旨的不可妄求，另一方面又一心要找到其原旨，于是歧义迭出，争论渐烈。其中刘廷玑应当说是一位很聪明的学者，他虽然感觉到《西游记》"为证道之书"，但紧接着又说"平空结构，是一海市蜃楼耳。此中妙理，可意会不可言传，所谓语言文字，仅得其形似者也"。① 这很有些现代批评的味道。其他序跋作者就没有这样通达了，他们对《西游记》"原旨"作出了许多阐述，按其主张可分为四种类型：一是延续"求放心"之说，代表人物是黄周星和汪象旭；一是力主"三教同源"说，代表人物是尤侗、刘一明和张含章；一是认定"教人诚心为学"说，代表人物是张书绅；一是主张"游戏三昧"说，代表人物是阮葵生。其中，影响最大的是"三教同源"说。

黄周星、汪象旭共同评点的《西游证道书》一百回，卷首有虞集序，一般认为该序实即评点者假托之作。汪象旭，名淇，杭州人，曾编印《吕祖全传》《尺牍新语》等多种书籍，故可能为杭州书坊主人。黄周星，字九烟，江宁人，明末进士，曾官至户部主事。这篇序基本上沿续了明代"求放心"之说，只不过说得更为具体，甚至还联系到了小说的某些情节。如说："此心放，则为妄心，妄心一起，则能作魔，如心猿之称王称圣而闹天宫是也。此心收，则为真心，真心一见，则能灭魔，如心猿之降妖缚怪而证佛果是也。"这可以视为对谢肇淛观点的补充。这篇序言还特别指出如果将《西游记》等同于《齐谐》稗乘之流，则如同"井蛙夏虫"，因为《西游记》"皆取象之文""多寓言之蕴"。② 但是，汪象旭、黄周星的见解随后受到了不少人的批评，这表明清代人对《西游记》的理解与明代已经有了明显的分歧。

---

① （清）刘廷玑：《在园杂志》，载刘荫柏编《西游记研究资料》，上海古籍出版社 1990 年版，第 689—690 页。

② （明）虞集：《西游记序》，载朱一玄编《明清小说资料选编》，齐鲁书社 1990 年版，第 496 页。

尤侗（1618—1704）曾被顺治皇帝称为才子，他于康熙丙子年（1696）为"悟一子批评邱长春真人证道书《西游记真诠》"撰写了序言。在这篇序言中，他先是肯定"记《西游记》者，传《华严》之心法也"。但接着又说："虽然，吾于此有疑焉。"他的怀疑就是取经本来为佛教事，而"世传为邱长春之作"。"今有悟一子陈君，起而诠解之，于是钩《参同》之机，抉《悟真》之奥，收六通于三宝，运十度于五行，将见修多罗中有炉鼎焉，优昙钵中有梨枣焉，阿阇黎中有婴儿姹女焉。"最后得出了《西游记》乃佛道儒三家思想融会贯通之书的结论："若悟一者，岂非三教一大弟子乎？"

尤侗之所以有这种认识，一是与他本人的学养有关。正如他在这篇序言开头所说："三教圣人之书，吾皆得而读之矣。东鲁之书，存心养性之学也；函关之书，修心炼性之功也；西竺之书，明心见性之旨也。"① 二是与全真道主张三教合一的思潮相关。他所说的《参同》《悟真》皆道教经典，《周易参同契》东汉魏伯阳撰，是道家系统的炼丹的最早著作。《悟真篇》，宋张伯端撰，用诗词百篇演说道教内丹法术，与《参同契》相互发明，是道教南宗的重要典籍。所谓"六通"，乃佛教"六神通"之略，即通过修持禅定可以得到神秘灵力。所谓"三宝"乃道教教义名词，即道、经、师三宝。其他"十度""修多罗""优昙钵""阿阇黎"皆佛教教义；"五行""炉鼎""梨枣""婴儿姹女"皆道教教义。

为了探求《西游记》的正旨或原旨，清代著名道士刘一明下了许多功夫。刘一明（1734—1821），号悟元子，别号素朴散人，是全真道龙门派第十一代传人。他学道于栖云山（今兰州市东南），研究《周易》《参同契》《悟真篇》之理，著有《阴符经注》《参同直指》《悟真直指》《修真辩难》《象言破译》《悟道录》《西游原旨》等书，坊间汇刻为《道书十二种》。刘一明为有清一代内丹学大家，融会儒佛道三家思想。乾隆戊寅年（1758）25 岁时他就完成了《西游原旨》的著述，在该书序言中他说道："其书阐三教一家之理，传性命双修之道……悟之者在儒即可成圣，在释即可成佛，在道即可成仙。"他认为汪象旭"未达此义，妄议私

---

① （清）尤侗：《西游真诠序》，载朱一玄编《明清小说资料选编》，齐鲁书社 1990 年版，第 498—499 页。

猜，仅取一叶半简，以心猿意马，毕其全旨，且注脚每多戏谑之语，狂妄之词"，于是"使千百世不知《西游》为何书者，皆自汪氏始"。他认为"悟一子陈先生真诠一出，诸伪显然，数百年埋没之《西游》，至此方得释然矣"。① 但他又认为《西游真诠》尚未尽善尽美，于是他在每回之下，细加解释。显然，刘一明是从道士这一特定角度来解读《西游记》，却与尤侗不谋而合。

刘一明的几位弟子樊于礼、王阳健、张阳金、冯阳贵、夏复恒等极为赞赏自己老师的见解，都为《西游原旨》写了跋语。樊于礼在讲述了《西游原旨》从撰写到刊印的过程之后说道："计生平著述，此书最为原起，而授刻独后，所谓以此始，而亦以此终也。"接着又重述了其师之言："惟《西游记》一书，借俗语以演大道，其间性命源流，工程次第，与夫火候口诀，无不详明而且备焉。学者苟有志玩索，超凡入圣，无过此书矣。故《原旨》之作，较诸书更加详慎。"然后，樊于礼谈了自己的感受："礼读《原旨》之注，而有味乎《西游》之本旨，因并读《真诠》之注，而知其《西游》之大旨。……足知先天性命之学，原本《太易》、《阴符》、《道德》诸经，乃圣人穷理尽性至命之学。"②

不仅刘一明的弟子十分推崇《西游原旨》，当时许多人亦纷纷予以首肯，如梁联第称："《西游原旨》之书一出，而一书之原还其原，旨归其旨，直使万世之读《西游记》者，亦得旨知其旨，原还其原矣。道人之功，夫其微哉？"③ 杨春和说道："晋邑悟元子，羽流杰士也。其于《阴符》、《道德》、《参同》、《悟真》，无不究心矣。间尝三复斯书，二十余年，细玩白文，详味诠注，始也由象以求言，由言以求意，继也得意而忘言，得言而忘象，更著《西游原旨》，并撰读法，缺者补之，略者详之，发悟一子之所未发，明悟一子之所未明，俾后之读《西游记》者，以为入门之筌蹄可也；即由是而心领神会，以驯至于得鱼忘筌，得兔忘蹄焉，

① 刘一明：《西游原旨序》，载朱一玄编《明清小说资料汇编》，齐鲁书社1990年版，第508—509页。

② 樊于礼：《读〈西游原旨〉跋》，载朱一玄编《明清小说资料汇编》，齐鲁书社1990年版，第513—514页。

③ 梁联第：《栖云山悟元道人〈西游原旨〉叙》，载朱一玄编《明清小说资料汇编》，齐鲁书社1990年版，第510页。

亦无不可也。"① 苏宁阿则径直认为悟一子、悟元子"二子之注功翼《西游》,《西游》之书功翼宗门道教。自兹以往,悟而成道者,吾不知有恒河几多倍矣"②。此后,《西游原旨》多次刊行,主持刊行者总是给予高度评价。

继承尤侗、刘一明的主张并且能够与小说实际相联系的是嘉道年间的张含章,他的弟子何廷椿曾说他"得异人渊源之授,由是造诣益深。……平生博览群籍,探源溯流,以为圣贤仙释,教本贯通"。张含章对《西游记》评价特别高,认为此书"托幻相以阐精微,力排旁门极弊,诚修持之圭臬,后学之津梁也"。于是"手为批注,以明三教一源"③,著《通易西游正旨分章注释》,并分别写了"自序"和"跋"。在"跋"中他说道:"《西游》之大义,乃明示三教一源。故以《周易》作骨,以金丹作脉络,以瑜迦之教作无为妙相。"然后用比附的方法来证明这一观点。如说:"齐天大圣者,言天亦同此道,非有异也。其闹天宫,乃赞乾元先天而天弗违之义。……开首七回,于悟空一人身上,明金丹至秘,非师莫度之旨。十回至十二回,明离飞火扬神发为知之害。……自二十七回至七十七回六章,或明真心之不可暂离,或明二气之宜详辨,或明丹道法象于月,或明返魂亦在乎人,或明水火之不宜偏胜,或明旁门之自取殒身,或示真铅一味,或现虚无圈子,总教人善为调济,实力承当,毋生二念……"④

"三教同源"说与全真道在清代的中兴有着密切关系。从顺治到乾隆,几代帝王都对全真道的道禅融合及清静无为之道较有兴趣,并给予褒扬。如康熙褒封全真中兴高道王常月,雍正封南宗祖师张伯端为"大慈圆通禅仙紫阳真人",乾隆拨款修白云观,两度亲至白云观礼敬,并为丘

① 杨春和:《悟元子〈西游原旨〉序》,载朱一玄编《明清小说资料汇编》,齐鲁书社1990年版,第510—511页。

② 苏宁阿:《悟元子注〈西游原旨〉序》,载朱一玄编《明清小说资料汇编》,齐鲁书社1990年版,第511—512页。

③ 何廷椿:《通易〈西游正旨〉序》,载朱一玄编《明清小说资料汇编》,齐鲁书社1990年版,第501—502页。

④ 张含章:《〈西游正旨〉后跋》,载朱一玄编《明清小说资料汇编》,齐鲁书社1990年版,第504—506页。

处机书写楹联，表示了对全真道宗旨的尊重和仰慕。① 就是这位王常月认为人心险恶，诸罪皆由心生，制心须持戒入定。制身则能皈依师宝，制心则能皈依经宝，制意则能皈依道宝。而刘一明正是王常月的传人。

当然也有不同意"三教同源"说的，如张书绅、阮葵生等。张书绅于乾隆戊辰年（1748）所撰《西游记总论》开头便说："予幼读《西游记》……茫然不知其旨。""及游都中，乃天下人文之汇，高明卓见者，时有其人。及聆其议论，仍不外心猿意马之旧套；至心猿意马之所以，究不可得而知也。"他不满足于前人的见解，一心要找到真正的原旨。在看到了《安天会》的呈文后，他"触目有感"，从而认定《西游记》"只是教人诚心为学，不要退悔"，所谓"心不诚者，西天不可到，至善不可止"。② 这显然是他本人的一种感受，但从某种意义上却也丰富了《西游记》的内涵。

阮葵生则是"游戏"说的最早提出者，他在回答山阳县令关于是否可将《西游记》作为吴承恩的著作载入县志时说道："然射阳才士，此或其少年狡狯，游戏三昧，亦未可知。要不过为村翁夫童笑资，必求得修炼秘诀，则梦中说梦。以之入志，可无庸也。"③《西游记》的作者是否为吴承恩我们暂不追究，但阮葵生认为若要从《西游记》中求得"修炼秘诀"，是"梦中说梦"。他的"游戏"说为理解《西游记》"原旨"开辟了一条新路。这里需要顺便提及的是，阮葵生所谓"以之入志，可无庸也"，应理解为不同意将《西游记》写入县志，原因倒不是不承认吴承恩的著作权，而是因为其"游戏三昧"，价值不高。因此同治《山阳县志》、光绪《淮安府志》才会将《西游记》删掉。

清代著名学者焦循也同意阮葵生的"游戏"说。他先是指出："今揆作者之意，则亦老于场屋者愤郁之所发耳。黄袍怪为奎宿所化，其指可见。"随后说道："然此特射阳游戏之笔，聊资村翁童子之笑谑，必求得

---

① 参见牟钟鉴、张践《中国宗教通史》，社会科学文献出版社 2003 年版，第 900 页。

② （清）张书绅：《〈西游记〉总论》，载朱一玄编《明清小说资料选编》，齐鲁书社 1989 年版，第 500 页。

③ （清）阮葵生：《茶余客话》，载朱一玄编《明清小说资料选编》，齐鲁书社 1989 年版，第 456—457 页。

修炼秘诀，亦凿矣。"① 焦循看出了小说中的情节与作者身世的关联，作者在以游戏之笔进行调侃，这是从作品实际出发得出的结论。

三　今人的见解与多元文化的碰撞

20 世纪 20 年代，"游戏"说得到了胡适、鲁迅等学者的认同。尤其是胡适，他在 1923 年所写《西游记考证》的结论部分说道："《西游记》被这三四百年来的无数道士和尚秀才弄坏了。道士说，这部书是一部金丹妙诀。和尚说，这部书是禅门心法。秀才说，这部书是一部正心诚意的理学书。这些解说都是《西游记》的大仇敌。现在我们把那些什么悟一子和什么悟元子等等的'真诠'、'原旨'一概删去了，还他一个本来面目。……这部《西游记》至多不过是一部很有趣味的滑稽小说，神话小说；他并没有什么微妙的意思，他至多不过有一点爱骂人的玩世主义。"② 与以往的评论相比，胡适并没有提供更多的东西：他所说的"滑稽"，明代的陈元之早已点出；他所说的"爱骂人的玩世主义"，与陈元之所说的"浪谑笑虐"也没什么区别。但是他对悟元子刘一明的否定，倒使我们想起了刘一明对汪象旭的否定。只不过刘一明提出了自己的独到见解，胡适则重复了明代人的观点而已。

鲁迅在简略回顾了悟一子、张书绅和悟元子对《西游记》"原旨"的阐释史后指出："特缘混同之教，流行来久，故其著作，乃亦释迦与老君同流，真性与元神杂出，使三教之徒，皆得随宜附会而已。"鲁迅比较客观地看到了小说本身三教融合的特征，所以也就难免三教之徒的附会。然后，鲁迅又表示"假欲勉求大旨"，则谢肇淛"求放心"之喻，"已足尽之"。③ 这就是说，鲁迅对《西游记》"原旨"最少发表了三种意见："游戏说""三教同源说"和"求放心说"。

胡适和鲁迅受到五四新文化运动的影响，对儒佛道三教持批判态度，

---

① （清）焦循：《剧说》卷 5，载朱一玄编《明清小说资料汇编》，齐鲁书社 1990 年版，第 460 页。

② 胡适：《胡适古典文学研究论集》，上海古籍出版社 1965 年版，第 923 页。

③ 鲁迅：《中国小说史略》，中华书局 2010 年版，第 102 页。

更重视小说的文学性和娱乐性，所以才会有上述的理解。但是，胡适的解释毕竟过于简单化了，他只抓住了小说外在的某些特点，缺乏对小说的全面理解。鲁迅的解释比较全面，但又不够深入，因此整个 20 世纪对《西游记》原旨的探寻就从未停止过。如五六十年代盛行的"造反"说、"农民起义"说、"投降"说、"镇压"说，等等。从严格意义上讲，这些观点只能视为对小说主题的解释，而不是对"原旨"的理解。因为它脱离了作品产生的那个特定时代，是社会政治意识不断强化的结果。其弊端是将小说的整体割裂了开来，或用"双重主题"说、"主题转化"说强作解释。20 世纪 80 年代以来，许多学者都认识到了这一问题的复杂性，所以在研究中尽量避免将问题简单化、武断化，而是以一种开放的态度，将小说置于其产生的特定时代，重新探讨这一问题，其中比较有代表性且有新意的是以下几家。

张锦池先生在《西游记考论》一书中从"孙悟空形象的演化史""世德堂本的怪异署名""观音和孙悟空的关系""与《水浒》的思想异同""与《焚书》的思想联系"五个方面做了考察，认为《西游记》"所提出的核心问题，是究竟什么样的人才才是真正的治平人才以及如何对待这类人才问题。认为道学之中已几无治平之人，期望能有观音式的人物去发现并起用孙悟空式的人物，以扫荡社会邪恶势力，共建玉华国式的王道乐土，这便是作者的创作本旨"。这一观点着眼于人才问题，显然受到了"重视人才"社会思潮的影响。同时，他还指出，"大闹天宫"在一定程度上"概括了新兴市民势力反对传统封建等级的观念和制度，提出了具有早期启蒙色彩的民主平等要求"，从而反映了"新兴市民社会势力机智、聪明、奋迅进取、积极乐观以及个人奋斗的阶级特性"。[①] 这些见解前人未曾论及，为人们提供了一个新的阅读角度。

袁世硕先生也探讨了小说的主旨问题，袁先生说："唐僧取经的故事，原是弘扬佛法的，后来加入了道教的神道，增加了故事的趣味性，原旨被冲淡了，但大旨没有改变。《西游记》小说一开头就把热情赋予了孙悟空，借着原有的一点因由，渲染其对诸界神祇的轻慢、桀骜不驯，便显示了与取经故事原旨相悖的倾向，注定后面的取经故事也要发生肌质的变

---

① 张锦池：《西游记考论》，黑龙江教育出版社 1997 年版，第 252—293 页。

化。""在这既定的取经故事的大框架里，在许多与各种妖魔斗法的生动有趣的情节里，作者注入了寻常的世态人情。""在小说中，一切都被世俗化了，读者从神魔斗法里看到的往往是自己熟悉的社会诸相。将神佛世俗化，时而投以大不敬的揶揄、调侃，也便在一定程度上解除了其原是人为的神秘性、神圣性，但觉得好玩，而丢掉了虔诚的敬畏。这就是《西游记》小说的精髓、价值之所在。"① 袁先生从小说所叙写的实际内容和艺术效果入手，得出了以上结论。

林辰先生在《神怪小说史》一书中对以往诸家评论打了个比方："试想旧说、新说、今说，都有道理，又都不能完全自圆其说而否定他说。这正像那个瞎子摸象的故事：摸着腿的说是柱，摸着肚的说是壁，摸着鼻的说是蛇。因此，笔者认为：像《西游记》《水浒传》《三国演义》这样经过长期积累的集大成之作，内容十分庞杂，主题是多元的而不是单一的，不宜于用什么单一的主题去套它。"② 林先生的见解十分通达，这也正是阐释学的观点。但是林先生终于还是要对《西游记》的原旨作出自己的解释，他认为"《西游记》是一部鼓励人们勇敢向上的神怪小说，是一部具有寓言性和讽刺性的作品。……笔笔不离世事人情……尽管也有崇佛抑道的倾向性，但儒释道三教合一的思想仍居于主导地位"。③ 所谓"鼓励人们勇敢向上"，与张书绅"只是教人诚心为学，不要退悔"大体相当。"三教合一"更是前人多次提及。而林先生所强调的"寓言性"，尽管前人也曾多次说过，却是这部小说的本质特征之所在。

袁行霈先生主编的《中国文学史》第七编第八章由黄霖先生撰写，其中对《西游记》原旨作了这样的概括："就其最主要和最有特征性的精神来看，应该说还是在于'游戏中暗藏密谛'（李卓吾评本《西游记总批》），在神幻、诙谐之中蕴涵着哲理。这个哲理就是被明代个性思潮冲击、改造过了的心学。因而作家主观上想通过塑造孙悟空的艺术形象来宣扬'明心见性'，维护封建社会的正常秩序，但客观上倒是张扬了人的自

---

① 袁世硕：《文学史学的明清小说研究》，齐鲁书社 1999 年版，第 125—146 页。
② 林辰：《神怪小说史》，浙江古籍出版社 1998 年版，第 301 页。
③ 同上书，第 304 页。

我价值和对于人性美的追求。"① 黄霖先生认为作者主观的意图与作品客观的效果之间存在着差异，对主观意图的分析与明代评论者的观点相一致，而对客观效果的分析则颇有新意。

不仅年辈稍长的学者在认真地苦苦探索，一些年轻的学者也在做着不懈的努力。李安纲教授在其五卷本《〈西游记〉奥义书》的"自序"中指出："《西游记》的主题并不是'滑稽'、'谐剧'和'好玩'，而是在表现全真道的教义……并不是在讽刺佛教、道教，而是以道教全真教经典《性命双修万神圭旨》为原型，混一三教，整合文化，从而建立自己的结构体系。"具体来说："第一回采用了宋代俞琰的《乾坤交变十二壁挂图》的结构，前七回孙悟空的故事又采用了邱处机的《大丹直指》的结构。儒、释、道三教学说各自成体系，却又浑然一体，毫无龃龉地统一在《性命双修万神圭旨》的网络结构之中。""孙悟空是人类心灵的象征，而心灵就是佛，所以最终正果是'斗战胜佛'。因为修道就是修心，修心才能成道，必须无往而不斗，无斗而不胜，才能脱去凡心，成就圣心、佛心。"② 李安纲教授的这些见解延续并发展了清代刘一明等全真道的观点，只不过说得更为直接、更为全面了。

陈文新、乐云合著的《〈西游记〉：彻悟人生》认为"《西游记》是一部具有浓郁象征意味的神魔小说"，"是一部寓有心性修养的严肃主题的书"。"对《西游记》的主旨，我们不可过于拘泥。《西游记》的内涵不限于劝学，不限于谈禅，也不限于讲道，但用'求放心'来论说其大旨还是较为合适的。所谓'求放心'，即将放纵的心收回，这是一个心性修养的命题。从这样一个视角看问题，《西游记》所写的一连串降魔伏怪之役可以理解为对自我心灵中各种欲望的克服。"③ 这显然与明代陈元之、谢肇淛的观点基本一致。

于是，我们可以发现，从明代到今天的四百余年中，对《西游记》原旨的阐释与接受，似乎经过了一个否定之否定的过程。之所以说是"似乎"，是因为谁也否定不了谁，就像谁也说服不了谁一样。尽管如此，

---

① 袁行霈主编：《中国文学史》第 4 卷，高等教育出版社 1999 年版，第 152 页。

② 李安纲：《〈西游记〉奥义书》，中国社会科学出版社 2002 年版，第 8—9 页。

③ 陈文新、乐云：《〈西游记〉：彻悟人生》，武汉大学出版社 2002 年版，第 167—176 页。

还是应当重视小说产生的那个特定时代的种种特征。因为只有这样，才不至于离作品的实际过于遥远。至于读者根据自己的阅读体会而归纳出种种主题，这倒不必去深究，因为《西游记》本身就是一部寓言性的小说，其中的神也好，怪也好，只不过是象征手段而已。

原刊于《东岳论丛》2003 年第 5 期

作者单位：山东大学

《西游记》的迷踪与密谛

杜贵晨

这个题目包括两方面内容：一是《西游记》的迷踪，即有关这部书的作者、成书等问题；二是《西游记》的密谛，即这部书是为什么而写，写了些什么，我们应该怎样看待这部书。前者略说，后者是重点。

一　作者是一位久居泰安的人

今存《西游记》最早是明万历二十年（1592）金陵世德堂刊二十卷百回本。这本《西游记》不是初刻，原刊自然早于明万历二十年，原稿即作者写作的时间应该更早一些。学术界多数人所认为的《西游记》成书隆、万之际即16世纪中叶以后的说法，是可以接受的。

世德堂本不题作者，其所根据的原刊本以至其祖本，应该都没有署作者。这就是说，《西游记》是一部作者匿名问世或问世时即已佚名的小说。近世通行《西游记》署作者为吴承恩，既不是本来如此，也不是当时人认定，而是后人加上去的，自然是可以提出疑问的。

现在署为《西游记》作者的吴承恩是明代嘉靖、万历间淮安山阳（今江苏淮安）人，有诗文集传世，但在明代并没有关于他是小说《西游记》作者的说法。最早提出和附庸吴承恩是《西游记》作者说的人，是比《西游记》问世晚百余年的清乾隆年间吴承恩的几位老乡：一位是吴玉搢，但他说此书是根据长春真人丘处机原作《西游记》所作的"演义"，并说得颇为犹豫，只是肯定"出淮人手无疑"；另有两位是丁晏、阮葵生。他们共同唯一直接的根据，是明代天启《淮安府志》卷十九《艺文志·淮贤文目》下载："吴承恩《射阳集》四卷□册，《春秋列传序》,《西游记》。"这一根据看似直截了当的铁证,其实不足为据,至少是极端牵强薄弱的。加以立说者难免有爱乡重名故为张皇之嫌,所以长期并不为人重视。

近世《西游记》作者吴承恩说的确立,是由胡适、鲁迅、郑振铎等人提倡起来的。但是,他们只是深信了吴玉搢等人的说法,而没有认真推敲载在《淮安府志·淮贤文目》中的吴承恩《西游记》,一般说是"文(章)",不是小说。也就是说它很可能也如元代长春真人《西游记》,是一篇普通的游记作品,而未必就是一部百回的通俗小说。所以,对于确定百回本《西游记》的作者而言,这位淮安吴承恩至多是一个值得进一步考察的对象,而不应该倡为定论。然而很不幸的是,这些有幸处在古代小说资料大发现时代的学者,为各种接踵而来的史料发现所激动兴奋的同时,也多少失去了学者应有的谨慎,竟然用很可能同样是同名异书的错误,去纠正前人同样的错误,轻易地把《西游记》作者的殊荣送给淮安的吴承恩了,至今70余年,并永远留下了这一印记。

学理上客观存在的天启《淮安府志》所载吴承恩所作《西游记》未必是一部小说的疑问,随后为学者所发现清初黄虞稷的《千顷堂书目》中,"吴承恩《西游记》"被记录在卷八史部地理类的事实所证明。这就是说,依《淮安府志》,吴承恩的《西游记》不能确定是一部什么体裁的书;而《千顷堂书目》补充了《淮安府志》记载不详的方面,表明吴承恩《西游记》是一部地理游记,根本就不是小说,更不是百回本小说《西游记》。这里《千顷堂书目》与《淮安府志》的记载并没有矛盾,而是在互证吴承恩有一部《西游记》的同时,进一步明确了吴承恩《西游记》是一部地理书。与《千顷堂书目》记载有矛盾的是后人穿凿《淮安府志》所得吴承恩是百回本小说《西游记》作者的结论。比较这一半为想象的结论,我们当然更相信《千顷堂书目》的记载。而客观上看,《千顷堂书目》的这一记载是否可信呢?答案是肯定的。因为我们知道,明清之际的黄虞稷是江南藏书世家,由明入清,父子相继,素以精鉴版本著称,可信他既专为藏书编目,断不肯没有根据地把吴承恩《西游记》随便入于某部某类。因此,相对于《淮安府志》以著录艺文为内容之一,又成于一时,黄的著录显然更可信任。而且这一著录与《淮安府志》载吴承恩《西游记》于"艺文"部,以之为"文"的归类完全一致,正是旁证了《淮安府志》所载吴承恩《西游记》与长春真人《西游记》一样，都属地理游记之作。近年又有学者先后指出，《西游记》第七、九、二十九回分别三次出现"承恩"一词，"旧时文人如此漫不经心地把自己的名字嵌入小说是不符合情理的"，其中"受箓承恩在玉京"一句，也与吴承恩根本不曾面君受封的经历不相称。"承恩"的这种用法，如果说出自一位名说吴承恩的人，那是不可想象的。换言之，百回本小说《西游记》的作者根本不可能是淮安的吴承恩！

因此，我们赞成《西游记》的作者不是淮安的吴承恩，而是另有其人。这个人是谁虽然还很难指实，但是，找不出另外一个人，是一定有这样一个人而至今还没有找到，要继续找而已，不等于没有这样一个人，更不能随便拿一个人包括淮安吴承恩来充数。我们看《西游记》写"傲来国"名取自泰山傲来峰，泰山有"水帘洞""高老桥""天宫""南天门""鹰愁洞""地府""奈河""观音洞""魔王洞""火焰山""扇子崖""马棚崖"等40余处景观，都与《西游记》中描写相符，一定不是巧合。有一处两处，可能是巧合。这么多的名号一致，非有长期了解乃至专门研究，不可能安排得如此妥帖。因此，我们认为，《西游记》的作者一定到过泰山，而且"绝非一般到过泰山的游客"，"如果不是一位泰安人，也应该有久寓泰安的经历"。① 鉴于现有资料没有只言片语表明吴承恩曾经到过泰山，所以他不可能是《西游记》的作者。

联系世德堂本陈元之序称《西游》出于某藩王府的说法，以及《古今书刻》记载最早的《西游记》刻本出自山东鲁府与登州府，再加以《西游记》并不像有些人所说，只是淮安或吴语方言，实际也多有鲁西南方言。（如第十三回写吃东西"只听得咽啅之声"，第十四回写说话重复啰唆为"绪咶"，第五十三回写唐僧师徒误饮了子母河水而怀孕，肚里有血肉之块"不住的骨冗骨冗乱动"，又写老妇人走路为"蹼踏蹼踏的"等，都是鲁西南方言用语。）这诸多方面的相互印证，使我们可以推测，《西游记》的作者为鲁西南人，并很可能是一位泰安人，或虽生于外省却久居泰安的人。也许他一生到过许多地方，包括到过淮安、吴中等地，所以也熟悉那里的一些方言土语，并且用在小说的描写中。但他是在山东并

① 杜贵晨：《〈西游记〉与泰山关系考论》，《山东社会科学》2006 年第 3 期。

很可能就是在鲁王府写成了《西游记》，随后由鲁府刊刻，应该是最合理的推断。

这个认识加强了我的另一更大范围的判断，即山东是古代小说特别是明清小说的创作中心。早在先秦的齐鲁就已经是这样了，明清时代山东的小说文化又重放光芒。当时产生的七种最重要小说，包括明代的"四大奇书"，清代的《聊斋志异》《儒林外史》《红楼梦》，无不与山东有密切联系。因此，我曾经对一位记者说：山东除了"一山一水一圣人"之外，还有明清小说，是齐鲁文化的最大亮点！

二 以入世为出世的人生小说

《西游记》结于"五圣归真"，是一部"成佛之书"。从故事的层面来看，它的思想倾向是出世的；但是，它出世的道路是入世的，即救世以成佛，救人以自救。

《西游记》讲的是成佛归空的故事，然而关注的是人生。书名"西游"的意思是什么？我斗胆作一个歪解：就是从东往西走。太阳东升西落，是从东往西走。人生的轨迹也是从东往西走。所以乐府古辞咏人生恨短有《出西门》，古代生活与文学中称人死曰"归西"，都应该是这个意思。《西游记》是学仙成佛之记，我们一般把它理解成"西天取经"之记，但更是象征浮游一世的人生之记。它实是以形象提问读者：人生苦短，随着太阳一次次东升西落，人一天一天地长大并且老去，这条人生的路，该如何走好呢？《西游记》给出了答案，那就是学习，在干事业中学习，把自己的一生融入伟大事业中去。

《西游记》的真正中心人物其实是孙悟空，其所谓"西游"统一于他的先学仙、后学佛的两次西游。

第一回写美猴王泛海学仙，从东胜神洲乘筏入海，"连日东南风吹得紧，将他送到西北岸前，乃是南瞻部洲地界"，自此"依前作筏，又飘过西洋大海，直至西牛贺洲地界"，一直向西，所去到的"灵台方寸山""斜月三星洞"，正在西天佛祖所居之灵山脚下，所以也是"西游"，是《西游记》所写的第一次西游，是学仙；后面绝大篇幅写的跟随并保护着唐僧的"西天取经"是孙悟空的第二次西游，是学佛。

美猴王西游学仙，只学了些道术，没有立定道心，所以不止没有成功，反倒恃才傲物，发展到大闹天宫，招致被压五行山下五百年之惩罚。但是，第二次跟随并保护唐僧取经的西游，是为了求取真经，使"东土众生"免于沉沦之苦，并"祈保我王江山永固"，是保国安民的事业，结果真经取回，他与诸师徒都"归真"成佛，就成功了。

这就是说，两次西游，第一次是单纯利己的，第二次则是利国利民也利己的。前后结果的不同表明，人生只有把个体的生命融入最大多数人的事业中，为之"斗战"不息，才可能获"胜"，得"正果"，用《西游记》的话说，就是"成佛"。

这个故事还昭示世人，无论僧俗，都应以爱国爱民为第一义，除却利国利民，就没有什么真正的事业好做。

三　一个宗教考验的仪式

《西游记》中"西天取经"作为拯救东土众生愚迷的努力，是一项伟大而庄严的事业。但它作为一个故事，却只是一个宗教考验的仪式，始终不过是佛祖如来一念生成的"戏法"。因为单纯就传经东土而言，佛祖不难送去，观音菩萨可以带去，再不然孙悟空打来回也不过两个筋斗，哪里用得着唐僧翻山越岭，冒雨冲锋，跋涉十万八千里！

然而世以难得为贵，佛祖必要唐僧取经之意，实不过是通过真经之难取，以告诉东土人知道，佛经为"修真之径，正善之门"，乃无上至宝，以启敬信之心；同时也是对取经人修行赎罪以成正果之宗教的考验。

因其为考验之故，"八十一难""五千零四十八天"等，都是定数，少一难、一天，都还要补上。这就如攻读学位，一门课考不好，就不能过关。而"八十一难"不过如八十一门课程的考试，只要能起到考验的作用，并不管是谁来出题。所以，虽然"八十一难"多半妖魔所生，但也有神佛亲自制造的，如最后通天河湿经之难，第二十三回的"四圣试禅心"等，还有些妖魔是神佛有意纵放或者走失的坐骑下凡为难于取经人的，甚至大鹏雕还是如来佛的舅舅。这些，过去往往以之为反映了神佛世界与人间恶势力的联系，是"官匪""警匪"勾结的象征，自由联想，也未尝不可。但是，作者真正的意图，恐怕只在把"八十一难"作为佛教考验的过程，但够"八十一"之数，就不管"难"从哪里生出来了。

作为宗教考验的仪式，《西游记》的结构可以作如是观，即其写取经之事，正如一项大工程，佛祖是"甲方"发包人，观音菩萨是发包的执行者与工程的监理人。唐僧则是"乙方"工程的承接者，为包工头，"三悟"与白龙马是施工人员。这样，观音菩萨实际是居佛祖与取经人之间，协调完成取经之事的关键人物。她的责任，一面是代佛祖行考验，一面又是取经人考验过关的指导者与保护神。这也就是《西游记》写取经人一到十分危难之际，就是观音出面救了的原因，并无不合理之处。

作为宗教考验，《西游记》因道成佛，结构上别出心裁。例如，道教有"七返九还"之说，即"七返朱砂返本，九还金液还真"①，《西游记》把这两个修行度数分属于道、佛，从而既以"佛门中九九归真"（第九十九回），"七七"也就只是道教成仙之度数，为成佛的阶级之数，并应用于情节、章回的安排。即以两个"七七四十九"回：第一个至通天河取经行程之半，第二个至第九十八回唐僧过凌云渡成仙，完成唐僧等修行成道的过程，而以"九九八十一难"，写在第九十九回，使唐僧等见到如来，完成"归真"成佛的修炼，体现"佛门中九九归真"。而至第一百回，乃"一了百了"，万境归空。

总之，"西天取经"作为宗教的考验，显示了这样的道理：成佛为了救世，救世才能成佛。

四　"治心"以为人生

《西游记》写取经之难，多至"八十一难"，到底难在什么地方呢？在于有妖魔，又太多了。过去常把这看作旧社会黑暗的象征，甚至认为如第七十八回写妖魔用小儿心肝煎药的故事，是讽刺明朝的嘉靖皇帝，读书人自由联想，也未尝不可。

但是，作者之意实又不在于此，而在于以魔生—魔灭，写人的修心之道。第十三回写唐僧说："心生种种魔生，心灭种种魔灭。"第七十八回有诗也说："一念才生动百魔。"这些话是把握《西游记》"八十一难"

---

① （宋）张伯端撰，王沐浅解：《悟真篇浅解》，中华书局1990年版，第146页。

妖魔故事的总纲，它告诉读者，书中所谓魔，固在险山恶水之间，但根源在人的心里，"修心"才是真正的"西天取经"，才是真正炼魔、除魔的手段。所以，第十九回写乌巢禅师送给唐僧《心经》，嘱其于路念诵，即可免灾，就是针对魔生于心，除魔必由修心而设。而书中写唐僧种种魔难，皆由诸如猜疑、恐惧等的凡念所招致，例如他遇山遇水，往往担心："莫不是有什么妖怪？"结果妖怪就出来了，这就是"心生……魔生"。从而《西游记》所写种种妖魔，就都是心的幻象，如第十四回写悟空"归正"做了唐僧的徒弟，第一次打死的就是"六贼"，第七十二回写盘丝岭盘丝洞的七个蜘蛛精，幻化为七个女妖，回目即标"盘丝洞七情迷本"，表明七个女妖分别是"七情"的象征。

作为一个因道成佛的故事，《西游记》就是要人祛除"七情六欲"，首先归心于一，即"归一"。《老子》云："圣人抱一为天下式。""归一"就能成神仙了；但"归一"还不足以成佛，成佛要做到"无心"，即心归于无——寂灭，也就是菩提祖师为猴王赐名"孙悟空"之义。第十四回"诗曰：佛即心兮心即佛，心佛从来皆要物。若知无物又无心，便是真如法身佛。"《西游记》写孙悟空为"心猿"，紧箍咒为"定心真言"，就是要他心定于一；书的最后，悟空成佛，"无心"可治了，"紧箍"也自然褪去。"紧箍"是一个象征，表明《西游记》为道释互补，"治身"以"治心"之书。

《西游记》"治心"的最后目标是"无心"。认为这样就能消灭一切魔当然是唯心主义，但也未尝没有一定片面的或形式上的道理。例如，诈骗犯罪应该打击，但打击的最好方法，是好人能够不上当受骗；而做到不上当受骗，根本在于没有贪便宜之心。就是在诸如无端而至的"你中大奖了"的短信面前，能不动心，视而不见，听而不闻。这样最高明的骗术都无可奈何。反之，心一动，就容易上当，也就是"心生种种魔生"。又如，"归一"，也就是心能常定，不为外物所动。这样就能成神仙，当然虚妄。但是，却合于长寿之道。生活中那些心胸宽阔，喜乐平和，有些"无心菜"作风，或说"没心没肺"的人，往往长寿，就是由于"一心""无心"。也就是"心灭种种魔灭"，"好人一生平安"。

五　救世与自救的取经人

《西游记》写取经人包括白龙马在内的"五众"，都是戴"罪"立功的神佛。这虽然只是作书人虚构故事的一个借口，但他既然这样写了，就具有了文本的意义。它的意义就是使西天取经之事，不仅是救世的事业，也是悟空、唐僧等"五众"自救的机会与过程。而《西游记》也就不仅是一部歌颂救世的书，同时也是一部鼓励自救的书。在这个意义上，"五众"都是救世与自救的取经人，但各有不同。

（一）孙悟空

孙悟空是全书贯穿两次西游的人物，故事真正的中心。现代读者喜爱孙悟空，近世这个形象被抬得很高，主要因他龙宫借宝、地狱勾名、大闹天宫，是从他有"革命造反精神"上说的。然而这不是孙悟空的真实面目。

我们知道，在任何时代，任何社会，有压迫才有反抗，有暴政才有造反，反压迫、反暴政的造反才是真正以百姓福祉为目标的革命。按照这个标准，孙悟空的大闹三界能否称得上"革命造反"，是很可疑的。这里绝不是说"天宫"象征的不是封建统治，更不是说封建统治不该被推翻。但这也要到被统治者无法在旧统治下生活，而统治者不能照旧统治下去的时候，如世间《水浒传》所写的情势下，才应该和可能发生。但我们据文本说话，书中所写天宫等"三界"的统治者，还没有糟糕到应该被"大闹"、推翻的地步。并且孙悟空也并不是因为有了压迫和暴政才去"大闹"的。具体地说，龙宫虽富，都是海产，不是从花果山搜刮来的，孙悟空有什么理由非"借"不可？而且他说是"借宝"，实是勒索。而且得寸进尺，金箍棒到手，又要铠甲，说："真个没有，就和你试试此铁？"这还是"借"？整个是"红眼病""仇富"，近乎入室打劫了。网上有人说他是"黑老大"，言重了，不扣这么大帽子也罢。然而绝非"革命"。

"大闹天宫"，基本上没有什么道理。书中写玉帝虽无多大的善政，却也未见他为非作歹，而且对悟空称得上是一位宽仁大德的"好皇帝"。

例如，石猴出世，玉帝还曾"垂赐恩慈"（第一回）一番，探望初生婴儿的一般，很是看顾。即使后来龙王、阎君告状，玉帝也还能一再听从太白金星的谏议，作招安处理，给他官做，是不是很宽容了？然而悟空猴心不足，直到生出要玉帝让位于他的想头。他要玉帝让位给他的唯一理由就是"强者为尊"。这是"竞争上岗"吗？非也。是"拳大就是哥"，乃"黑社会"传统，不应该是理想政治运作的原则。因为，即使在封建社会，也是说"天下唯有德者居之"，并没有说"唯有力者居之"。我们看悟空监守自盗，偷吃蟠桃，倘真的做了玉帝，屁股决定脑袋，怕也好不到哪里去。

另外，悟空说玉帝"轻贤"，不会用人，其实也无根据。按《西游记》所写，那时天上太平，应该是刀枪入库，马放南山的光景，他的神通广大，却一时派不上用场；又天下最紧缺的是官位，天上也是不缺官的，能有弼马温的缺，补一个官做就不错了。然而他不满足，要闹。玉帝无奈，只好封他做"齐天大圣"，本是因他设事，乃"破格"的待遇。至于王母开蟠桃宴没有请他，是按旧例，也就是往年请客的名单，没有他。另外，他在天宫的名声，大概是王母觉得不便请他。例如，我们知道，他刚刚还监守自盗，偷吃了蟠桃。所以，这些"闹"都是胡闹。他之所以胡闹，是因为他本来就是一只猢狲，猴性好动，是坐不住的。从而虽然"官迷"，却天生不适合于做官，完全说不到玉帝轻贤上去。

对于悟空的这种品格，过去往往称赞他是追求自由平等，反对等级制度。我说这也是读书人自由联想，也未尝不可的。但是，我同时以为，这样一味地称扬他，也有片面性。一方面人类社会尤其是官场，不可能没有等级；另一方面悟空是到了天宫要求平等，但在花果山开口就是"小的们"显然也是讲等级，不是"哥俩好"的意思。所以，爱好自由，追求平等，是人类社会进步的要求。但是，大闹天宫的孙悟空算不上真正自由平等的追求者，不可学，也不可以推崇。试想，如果天下人都学孙猴子那样，小闹大闹，闹了又闹，世界会是什么样子？而成为一个"官迷"！如《红楼梦》上说的："为嫌纱帽小，致使锁枷扛。"（第一回）又有什么好？所以，孙悟空早期失败的经历，可以为官迷——跑官、要官者戒。

孙悟空是出生于"傲来国花果山"的一只猴，他的主要特点，他的喜剧性的缺陷，是"傲"与"燥"。"傲"是佛教要祛除的恶性之一。孙悟空的猴心不足蛇吞象，及其他一切的错误，首先就发生在这个"傲"上。结果上下左右都处不好，本事很大，却没有什么人喜欢他，容得了他。"才大难为用"，包括唐僧，好长一段时间都是拿他当烫手的热芋头，不知如何调遣为好。幸而菩萨教唐僧给他戴上了紧箍，念咒就疼，才束缚着他能把取经的事坚持下来，修成了正果。

因此，全面来看，"龙宫借宝""偷吃蟠桃""大闹天宫"的孙悟空，不是正面的形象；"弃道从僧"以后西天取经的孙悟空，才是真正明事理能干事的英雄。取经途中他最大的一个转变，就是淡泊名利了。大闹天宫时他曾经说："皇帝轮流做，明年到我家。"但在取经路上，他已经说老孙懒得做皇帝，最怕天天上朝下朝，靴子穿了又脱，脱了又穿的那般麻烦。因此，取经一路上，他功劳最大，却没有任何个人的企图，只图做个好徒弟、好和尚，做好护法取经的分内事，有一天功德圆满，把"紧箍"去了，长生不老，逍遥自在。这个孙悟空才真正值得我们喜欢，是学习的好榜样。

取经路上的孙悟空有许多优秀的精神品格，一是忠心耿耿，二是除恶务尽，三是机智勇敢，四是昂扬乐观，五是诙谐幽默。这些品格深深赢得了广大读者的喜爱，过去人们已讲得很多，这里就从略了。

（二）其他取经人

猪八戒一如他的法号"八戒"，一是要戒除"五荤三厌"，又主要是从贪吃方面说的，二是他一味好色，甚至下作到变为鲇鱼，在七个女妖洗澡的池子里乱窜。《孟子》中说："食、色，性也。"猪八戒就是人性食色之欲的象征。《西游记》写这个人物，也是从人性上下针砭。然而与孙悟空"傲"的缺陷有所不同，猪八戒过度的"食色"之欲，在人类中更具普遍性。因此，这个人物最容易为读者关注，也最容易引起嘲笑与怜悯的感情。过去社会学的研究，因为猪八戒有这些毛病，就把他归结为"小生产者的典型"，但这正如有人把"阿Q精神"仅仅归结为中国农民的性格一样，是极端片面的。这只要看一下实际上世间最有钱的人，往往也是最贪财最吝啬的人，而贪官十之八九都包养情妇，就可以知道了。只是书中猪八戒的地位不高，自己没有财产，除了有力气，肯出力，没有别的本事，只好做倒插门的女婿，很像个小生产者，从而容易发生这种误会罢了。

唐僧是一位虔诚的僧侣，西天取经，是一位优秀的"海归"！他取经"一不怕苦，二不怕死"，但肉骨凡胎，有许多凡人的弱点。他最令人可气的是分不清人妖，经常冤枉孙悟空。但是，这原是他肉骨凡胎所不免的，我们不应该过分责备他，而要看到正是有了唐僧，才能有"西天取经"。他虽然百无一能，取经修行的目标却始终如一。因此感动并带动悟空等，才坚持到最后成功。

沙僧归正以后，护法取经，一路忠心耿耿，是个老实人，但本事不大。他的作用，除了"担着担"之外，主要在"猴"与"猪"之间起调节作用。虽为"三悟"之一，但是说不上有什么特别的意义。这个人物也可以说没有写好。作者如果能够像《红楼梦》写探春、晴雯那样，专辟出若干章回来，重点写一下，可能就更好了。然而，那不是《西游记》的风格。

六　总说妖魔及余论

《西游记》写得最多的形象是各类妖魔。总的来说，男妖魔无不吃人，最喜吃唐僧肉，有的还好淫，如牛魔王还"一夫多妻（妾）"；女妖则既有想吃唐僧肉的，也有想与唐僧成亲的，还有想先成亲后吃肉的，体现的大体是"色"之一字对取经人的考验。对此，最把持不住的是猪八戒，不时想回高老庄，还有兴要"撞个天婚"。唐僧也有时羞得满脸通红，可见也不是完全不动心。对女人最能够视若无睹的是孙悟空，似是一个这方面道行高深的公猴，他也确实不是个母猴，然而其实书中写他，既不是一个公猴，也不是一个母猴，而是"一生无性"（第一回）！

以上，我讲了许多与传统上不一样甚至完全对立的认识，却不是因为好翻案，而是因为这部书看起来好读，其实最难读懂。过去的研究，很多地方没有深入下去，只是说了些皮毛，有些甚至是说反了。所以一旦认真，就有许多生新近乎奇怪的看法，也许惹大家诧异了，其实只是我一贯努力做到的：有什么说就说什么，是什么就说什么，该怎么说就怎么说，不敢半点附会，稍加穿凿。

　　其实《西游记》还有更难懂的，例如，孙悟空为什么要使棒？棒为何又叫"如意金箍棒"？他有七十二般变化，为什么身子总不能变？尤其是尾巴变不了？他与二郎神斗法，为什么不多不少变了七变？老君的金刚圈为什么那么厉害？还有些很有意思的事，如毛泽东说"三座大山"是从哪里来的？通天河为什么在取经的半途，又分别是在第四十九回与第九十八回出现？如此等等，本人有《数理批评与小说考论》（齐鲁书社 2006 年版）一书，大都涉及了，欢迎批评指正。

原刊于《济宁学院学报》2007 年第 4 期

作者单位：山东师范大学

《西游记》的成书与俗讲、说话

张同胜

引　言

《西游记》的成书，学者一般将之溯源到《大唐西域记》，这当然不无道理，但对于玄奘和尚到天竺取经的本事的神化的考察，似乎还有较大的阐释空间：小说中的说唱因素如何解释？小说与俗讲变文有何关系？西域的西游故事是如何传到中原的？宋代勾栏瓦舍中的西游故事来自何处？对小说又有何影响？等等。

另外，《西游记》是关于唐僧西天取佛经的故事，虽然与佛教密切相关，但正如鲁迅先生曾指出的，小说的作者"尤未学佛，故末回至有荒唐无稽之经目"①。《西游记》的作者将《般若波罗蜜多心经》误以为是《多心经》。其实，"般若"是梵语音译，大智慧的意思；"波罗"为彼岸；"蜜多"为到达的意思。将《心经》误读为《多心经》，其缘由就在于一方面《西游记》的作者不熟悉佛典、不懂得佛典的教义；另一方面小说的作者是将从西域开始流传、历经几百年在瓦舍勾栏里打磨过的西游故事编辑而成的，性质是"编撰"，因此有一些西游故事本是勾栏瓦舍里几代说话艺人的创造，那一些讲故事的艺人大多是乡教授而已，不用说对佛经教义不懂，就是历史事实有一些也是似是而非的——例如将魏徵称为"丞相"（《西游记》第九回）。

在诸多研究《西游记》成书的著述中，关于俗讲变文与说话艺术对西游故事以及这部小说生成所起的作用和所具有的影响基本没有涉及或没

---

① 鲁迅：《中国小说史略》，人民文学出版社 1973 年版，第 140 页。

有深入展开，因此有探讨的必要。

一 《大唐三藏取经诗话》与俗讲

《汉语词典》对"俗讲"的解释："院讲经形式。多以佛经故事等敷衍为通俗浅显的变文用说唱形式宣传一般经义。其主讲者称为'俗讲僧'。"《佛学大词典》对"俗讲"的解释："谓以在俗者为对象之讲经。开讲之僧，称俗讲僧。所说之资料皆属故事之类，为一种以平易通俗体裁解说佛教经典内容之法会，盛行于唐代、五代。"

据《续高僧传》卷二十《善伏传》载：善伏于贞观三年（629）曾在常州义兴（江苏宜兴）听俗讲，其后皈依佛教。可知俗讲于贞观年间在常州地方即已开讲。有唐一代，俗讲普及于各地。在长安，有奉敕令而举行一个月者（一年三次，于正月、五月、九月三长斋月各行一月），亦有于地方寺院举行短期之俗讲者。所开讲之经，较常见者，有《法华》《涅槃》《金刚》《华严》《般若》等大乘经典。又据敦煌文献载，我国边疆地区俗讲亦十分普及。

俗讲变文的起源，学者主要有如下几种观点："有主张直接仿自佛经体裁的（如郑振铎的《中国文学史》、《中国俗文学史》）、或谓起源于南朝转读唱导（如向达的《唐代俗讲考》）、或起于古代之韵文者（程毅中《关于变文的几点探索》）、或起于清商旧乐的变歌（向达《唐代俗讲考》），或起于变相（周一良《读〈唐代俗讲考〉》）"①。

也有学者认为俗讲深受古印度说唱艺术的影响，如吕超在《印度表演艺术与敦煌变文讲唱》中认为，"以两大史诗（按：《摩诃婆罗多》和《罗摩衍那》）为代表的印度世俗讲唱艺术也极有可能传入敦煌地区。《罗摩衍那》虽然没有汉文译本，但其故事曾在新疆、吐蕃广泛流播。就敦煌等地出土的文献来看，除了梵文本《罗摩衍那》外，尚有于阗文（中古伊朗语）、吐蕃文、吐火罗文、回鹘文等多种语言的译本或改编本。考虑到早期藏语七音节诗，甚至'在韵律方面也受到印度格言诗作的影响'，我们便可以推断：传入西域、吐蕃的印度史诗弹唱表演，很可能依

---

① 释永祥：《佛教文学对中国小说的影响》，佛光出版社 1998 年版。

附于当地的曲艺活动而来到敦煌，进而影响变文讲唱。"① 中国先秦固然存在着优伶演唱，如《周礼·春官》载有瞽人向民间妇女"诵诗，道正事"，但无论是规模、形式还是影响，都无法与古印度演唱艺术相比，我们看古印度两大史诗，其中的叙事经常提到说唱艺人跟随着战争的进展以及对于战事的讲唱。②

俗讲，人们误以为是始自中唐。其实，这是错误的。俗讲伴随着佛教的东传就已开始了，只不过中唐时大兴，引起了人们的注意而已，之前就有很多关于俗讲的记载。例如，唐玄宗开元十九年（731）颁布《禁僧徒敛财诏》，就明令禁止僧徒对俗众宣讲。它说："近日僧徒……因缘讲说，眩惑州闾，溪壑无厌，唯财是敛。……或出入州县，假托威权；或巡历乡村，恣行教化。……自今以后，僧尼除讲律之外，一切禁断。"

安史之乱后，诸侯割据，百姓贫苦，这就为佛教的传播提供了适宜的土壤和气候条件，于是俗讲大兴。皇帝也明令规定长安中的寺庙在长斋月开讲。皇室、渔民等都去听讲。道教之徒也学习佛教俗讲的形式而开讲。民间艺人也开讲以糊口。

日本学者平野显昭认为，俗讲与"正讲"相对，是"讲于俗律"的意思，而不是"以庶民大众为对象的讲经"。③ 通常，人们都以为俗讲与"僧讲"相对，并将俗讲界定为面向世俗大众的说唱。其实，无论是俗讲还是僧讲，都是僧人的讲唱，都是僧人以讲故事的形式来演说"佛法"，只不过俗众更喜欢听其中的故事，于是寺院便渐渐成了戏场，以至于上至皇帝下至渔民都去听讲。后来，民间艺人受其影响和启发，也以"看图说话"的方式演说故事，从而谋一口饭食。再后来，随着技艺的精进，索性去掉了图画，发展成了"口技"，如宋代瓦舍勾栏中的"说话"，到了元代又演变为平话。

佛教自创立伊始，就是以譬喻、故事等来演说其佛理。佛教的传播也

---

① 吕超：《印度表演艺术与敦煌变文讲唱》，《南亚研究》2007 年第 2 期。

② 例如在《摩诃婆罗多》中，俱卢族和般度两族内战的叙述就是由全胜向持国讲述的，后由林中隐逸毗耶娑用了三年时间整理编纂而成。另外，在故事中有说唱艺人跟随军队转移的记载。

③ ［日］平野显昭：《唐代的文学与佛教》，张桐生译，业强出版社 1987 年版，第 198—199 页。

是这种方式。佛教本是口头传法，后来才有了四大结集。即使是书面的佛经，大多也是以故事阐释经义。譬如《贤愚经》，陈寅恪先生认为它"本当时昙学等八僧听讲之笔记，今检其内容，乃一杂集印度故事之书，以此推之，可知当日中央亚细亚说经，例引故事以阐经义。此风盖导源于天竺，后渐及于东方"①。

有学人认为俗讲是受中国民间讲故事的影响才形成的，如：李赛的《唐话本初探》认为，"唐代说话是在古代的宫廷优人说故事的基础上发展起来的"。路工的《唐代的说话与变文》说："变文的出现，比我国说唱文学出现的时间迟得多，应该说变文是吸取了我国说唱文学的营养发展起来的。"② 胡士莹的《话本小说概论》则认为"主要是市民和市民的'说话'影响了俗讲"。这些说法都是错误的。其实，是佛教的俗讲刺激和激发了中国说话艺术的蓬勃发展，是俗讲变文影响和刺激了中国固有的说话因素——作为讲故事的说话，当然讲故事自从有人类以来就有了，但是真正作为一种艺术和一种谋生的手段，它是商业化的结果。而其艺术性却是受到了俗讲变文的影响之后历代说话艺人经过打磨而成的，从而使之发达起来了。

俗讲是佛教说"法"的形式之一。佛教东传到中土后，先是寺院里依然参照古印度的做法进行正说和俗讲。寺院中的俗讲由于有趣逗乐，因此俗众都乐意去听，并且在听讲的过程中慷慨地对寺院进行施舍。民间艺人受到启发，学习俗讲的演说方法，以演义历史故事、时事故事，甚至也演讲一些佛经故事。道教也模仿和学习俗讲的方法，但一般不及佛教的俗讲之精彩，所以有时候就用女冠开讲道经以吸引观众。

玄奘回国后应唐太宗之请口述了《大唐西域记》，由其弟子辨机笔录成书。玄奘的另两个门徒慧立、彦琮又专门撰写了《大唐大慈恩寺三藏法师传》。有人对《西游记》成书的源流考察最早追溯到这本书，但我认为俗讲中的西游故事才是小说《西游记》的本源。历史上的玄奘和尚去天竺游学的史实何以成为神话传说中的西游故事？这是俗讲的功绩，由于俗讲除了要借助佛本生故事来说"法"，还借助历史故事，甚至是时事故

---

① 陈寅恪：《金明馆丛稿二编》，上海古籍出版社1982年版，第192页。

② 周绍良、白化文编：《敦煌变文论文录》，上海古籍出版社1982年版。

事来演说、宣传佛教之教义，而玄奘和尚取经的故事显然更适合俗讲弘法的需要，所以西游故事首先生成于俗讲之中，后经勾栏瓦舍里的"说话"即说诨经、说参请等添枝加叶，从而更加丰富了西游故事。

游国恩等编《中国文学史》认为《大唐三藏取经诗话》"形式近乎寺院的'俗讲'"。《大唐三藏取经诗话·出版者前言》也说："书里面的这些诗，虽然都是中国七言（也有三言和五言）诗歌的形式，性质却接近佛经的偈赞；话文也和佛经相近；因此，它的体裁与唐朝、五代的'讲唱经文'的'俗讲'类似，可能受了它们的影响。"而刘坚的《〈大唐三藏取经诗话〉写作时代蠡测》从语言学的角度对《大唐三藏取经诗话》进行了考证，认为其中的语音是唐五代的西北方言，语法有别于宋人话本，语汇与变文同时，形制也是俗讲变文的规范。① 蔡铁鹰认为，《大唐三藏取经诗话》"并不像一般文学史所采信的那样，是南宋临安出现的说经话本，而是晚唐时出现在西北敦煌一带的寺院俗讲底本"②。《大唐三藏取经诗话》是俗讲变文的结果，这一说法是完全正确的，但是，恐怕未必仅仅只是"西北敦煌一带"寺院里的俗讲变文。

胡胜认为，《大唐三藏取经诗话》"寺院俗讲"的性质决定了作品浓重的"弘佛"倾向，这从其他情节也可感知，比如猴行者的自愿加盟，深沙神的化桥渡人，大梵天王神号的威力无边等。③

蔡铁鹰在其《西北万里行，艰难欣喜两心知》中曾经提出了一个问题，但并没有详细回答，而是一笔带过。这个问题是：西域取经故事系统是如何传入内地的？④ 其实，这个问题的答案应该是通过俗讲传入内地的。俗讲随着佛教的东传就已经开始了，但真正形成规模、兴盛起来的时间却是在中唐。正是俗讲，将已有传奇、神话色彩的玄奘取经故事敷演开来，它历经晚唐、五代、南北宋，至元代形成西游平话、西游杂剧等。到晚明的时候，市民文学兴盛，可能是由吴承恩集撰成书。

---

① 参见刘坚《〈大唐三藏取经诗话〉写作时代蠡测》，《中国语文》1982 年第 5 期。
② 参见蔡铁鹰《论宋元以来民间宗教对〈西游记〉的影响》，《民族文学研究》2008 年第 2 期。
③ 胡胜：《女儿国的变迁——〈西游记〉成书一个"切面"的个案考察》，《明清小说研究》2008 年第 4 期。
④ 参见蔡铁鹰《西北万里行，艰难欣喜两心知》，《淮阴师专学报》1991 年第 2 期。

二 《西游记》说果报、说因缘与俗讲

从俗讲说"法"、劝惩崇佛这个角度能够更好地理解《西游记》的主旨，即《西游记》不是"阶级斗争"，不是"人才说"，而是自我的救赎。《西游记》其他的主旨理解都不能与文本的整体性相契合，如有的侧重于前七回孙悟空的大闹天宫、反抗精神；有的侧重于后半部分的斗法、取经、终成正果等，但只有从自我的救赎来解释，才能完整地把握小说整个文本的意义：唐僧即金蝉子因为不认真听佛祖说"法"，所以必须历经九九八十一难才能完成自我救赎，成了正果；孙悟空因为大闹天宫，触犯天条，因此虽然他一个筋斗就能到西天，但也必须历经种种苦难以后才能成佛；猪八戒本是天蓬元帅，因为好色，在天宫里醉酒后调戏嫦娥，所以也被贬到下界，错投猪胎，需要遭受磨难，进行自我救赎；沙僧是天宫里的卷帘大将，因为工作失职，在宴会上打碎了琉璃盏，所以也必须进行自我救赎。甚至白马即小白龙本是西海敖闰之子，因为纵火烧了殿上明珠，被他父亲告他忤逆，天庭上犯了不孝之死罪，是观音菩萨亲见玉帝，讨他下来，叫他与唐僧做个脚力，也是自我救赎；甚至某些神仙妖怪因为过失被罚到人世间进行自我救赎……通过经历各种苦难以获得解脱，这是古印度一些宗教如婆罗门教、耆那教等苦行意识的信念。古印度宗教很多，但大多赞同苦行。因此，古印度的神话传说、寓言故事等中不乏各种苦行的故事，其中就有被流放到森林里去苦行十几年，如《罗摩衍那》中的罗摩，自我流放到森林里十四年，完成自我救赎之后，又回到象城做国王等。

小说中的唐僧其前身是佛祖的二弟子金蝉子，为什么被罚到人世间进行自我救赎？就是因为他不认真听佛祖说"法"。显然，这是俗讲时讲师或法师吓唬听众的伎俩，即你们也要认真听讲，否则就会像金蝉子一样在来世受苦受罪。《西游记》第一百回"径回东土，五圣成真"中，如来对唐僧说道："圣僧，汝前世原是我之二徒，名唤金蝉子。因为汝不听说法，轻慢我之大教，故贬汝之真灵，转生东土。今喜皈依，秉我迦持，又乘吾教，取去真经，甚有功果，加升大职正果，汝为旃檀功德佛。"这就说明唐僧遭受磨难是有其因果的。

唐僧西天取经的缘起即《唐太宗入冥记》也是一个说因缘的故事，即魏徵"他识天文，知地理，辨阴阳，乃安邦立国之大宰辅也。因他梦斩了泾河龙王，那龙王告到阴司，说我王（按：唐太宗）许救又杀之，故我王遂得促病，渐觉身危。魏徵又写书一封，与我王带至冥司，寄与酆都城判官崔珏。少时，唐王身死，至三日复得回生。亏了魏徵，感崔判官改了文书，加王二十年寿。今要做水陆大会，故遣贫僧远涉道途，询求诸国，拜佛祖，取大乘经三藏，超度孽苦升天也"（第六十八回）。

小说中很多故事都是通过说因缘来结撰的，如朱紫国国王病了三年，与王后分别三载就是如此。孙悟空使计骗得金毛犼妖怪的金铃，溜出洞外挑战，引出那妖怪，用铃摇出烟、沙、火，使那妖怪走投无路。观音洒甘露救火，并言此怪是自己坐骑，因报国王射伤孔雀大明王菩萨子女之恨，来此拆散国王鸾凤：

> 菩萨道："他是我跨的个金毛犼。因牧童盹睡，失于防守，这孽畜咬断铁索走来，却与朱紫国王消灾也。"行者闻言急欠身道："菩萨反说了，他在这里欺君骗后，败俗伤风，与那国王生灾，却说是消灾，何也？"菩萨道："你不知之，当时朱紫国先王在位之时，这个王还做东宫太子，未曾登基，他年幼间，极好射猎。他率领人马，纵放鹰犬，正来到落凤坡前，有西方佛母孔雀大明王菩萨所生二子，乃雌雄两个雀雏，停翅在山坡之下，被此王弓开处，射伤了雄孔雀，那雌孔雀也带箭归西。佛母忏悔以后，吩咐教他拆凤三年，身耽啾疾。那时节，我跨着这犼，同听此言，不期这孽畜留心，故来骗了皇后，与王消灾。至今三年，冤愆满足，幸你来救治王患，我特来收妖邪也。"

再如天竺国公主抛绣球打中唐僧，要与唐僧婚媾，被孙悟空看破她是假公主，当孙悟空正要一棒打杀她时，忽听得九霄碧汉之间，有人请他棍下留情！行者回头看时，原来是太阴星君，太阴告诉悟空那个妖邪是她广寒宫捣玄霜仙药的玉兔。行者说那个玉兔摄藏了天竺国王之公主，却又假合真形，欲破他圣僧师父之元阳。其情其罪，其实何甘！怎么便可轻饶恕他？太阴便解释其中的因缘，说："你亦不知。那国王之公主，也不是凡人，原是蟾宫中之素娥。十八年前，她曾把玉兔儿打了一掌，却就思凡下界。一灵之光，遂投胎于国王正宫皇后之腹，当时得以降生。这玉兔儿怀那一掌之仇，故于旧年走出广寒，抛素娥于荒野。但只是不该欲配唐僧，此罪真不可逭。幸汝留心，识破真假，却也未曾伤损你师。万望看我面上，恕他之罪，我收他去也。"行者笑道："既有这些因果，老孙也不敢抗违。但只是你收了玉兔儿，恐那国王不信，敢烦太阴君同众仙妹将玉兔儿拿到那厢，对国王明证明证。一则显老孙之手段，二来说那素娥下降之因由，然后着那国王取素娥公主之身，以见显报之意也。"太阴星君信其言，用手指定妖邪，喝道："那孽畜还不归正同来！"玉兔儿打个滚，现了原身（第九十五回）。这显然也是说因缘了，唐僧西天取经所遭受的八十一难中有很多都是这些说因缘以结撰的。

不用再多列举了，《西游记》中的西游故事，大多都是因果报应的叙事。从小说文本中的西游故事可以推知，它们大多是俗讲或说因缘的产物。

三　《西游记》文本中的说唱因素与俗讲、说话

美国汉学家韩南先生认为："唐代白话文学与佛教的关系密切……佛教和民众娱乐的关系很密切，唐代寺院往往也是民众娱乐的中心。两方面的因素必然推进白话文学的发展，也会刺激那些原已存在的世俗口头文学的发展。"[①] 我们从关于"俗讲"的文献记载可知，上至皇帝、公主，下至市民百姓，都喜欢到寺院里去听俗讲。道教徒乃至于民间艺人也都效法说唱这一方式，于是"诗话""词话"等大兴。而今存《大唐三藏取经诗话》虽然是南宋所刻，但玄奘取经故事不排除自中唐就已经在寺院里演说开来了。

卒于明万历二十一年（1593）的李诩在《戒庵老人漫笔》"禅玄二门唱"条下云："道家所唱有道情，僧家所唱有抛颂，词说如《西游记》《蓝关记》，实匹休耳。"（卷五）《蓝关记》讲述的是关于韩湘子的道教故事，属于道教之道情；《西游记》则属于佛家抛颂。可见当时确有僧人

---

① ［美］韩南：《中国白话小说史》，尹惠珉译，浙江古籍出版社1989年版，第6页。

以讲唱的方式向民众传播《西游记》等故事。

李贽《西游记》评第一回侧评说："凡西游诗赋，只要好听，原为只说而设。若以文理求之，则腐矣。"① 李贽的这一个评点，实在是抓住了《西游记》说唱的本质。谢肇淛："俗传有《西游记演义》，载玄奘取经西域，道遇魔祟甚多，读者皆哂其俚妄。"而"俚妄"二字正说明了《西游记》"里谐于耳"的世俗性、通俗性和说唱性。

刘荫柏认为《西游记》具有很鲜明的说唱特色。② 他在《〈西游记〉的艺术特色及对后世的影响》中说："小说残留着说唱文学的痕迹。孙悟空每次出场，都要谈一下出身历史光辉的战斗业绩，在戏曲中这叫自报家门。《西游记》中这样的情节大概有十几次，每次的内容都差不了多少。这就是说唱文学的特点。"③ 根据刘荫柏的考证，《西游记》中有很多"说唱痕迹"。这些"说唱痕迹"或即宋之说话中的说经或之前俗讲的影子。

纪德君认为，《西游记》中的民间说唱遗存主要表现在三个方面：通俗唱词的大量穿插；故事情节模式化现象比较突出；民间俗语的频繁使用。这些残存的民间说唱痕迹说明《西游记》确曾在一定程度上得力于民间说唱的孕育，或许其前身就是一种"词话"。④ 而西游"词话"的前身或本身就是关于西游故事的俗讲。

柴剑虹则从"作为全书的有机组成部分，这些韵语或铺叙，或描述，状物写景，均与散文部分互为补充，相得益彰，极少有重复累赘之感""体式多样，节奏感强，即便是杂言歌赋，也无论长短，仍然讲求句式整齐"和"语言生动活泼，尤多通俗风趣之语，和全书'杂以诙谐，间以刺讽'（郑振铎语）的风格相统一"三个方面论述了《西游记》中的韵语与敦煌讲唱文学的关系，认为二者存在着"《西游记》这一类小说对唐五代讲唱文学作品的继承与发展的渊源关系"。⑤

毋庸置疑，《西游记》文本中充斥着说书的口吻，具有讲唱结合的特

---

① 朱一玄、刘毓忱编：《西游记资料汇编》，南开大学出版社2002年版，第227页。
② 参见刘荫柏《刘荫柏说〈西游记〉》，中华书局2005年版。
③ 刘荫柏：《插图本话说西游记》，山东画报出版社2006年版，第165页。
④ 参见纪德君《〈西游记〉中的民间说唱遗存》，《广州大学学报》2007年第1期。
⑤ 参见柴剑虹《〈西游记〉与敦煌学》，《敦煌研究》2000年第2期。

点。中国隋唐之前固然有讲故事的事实，但是他们仅仅是讲故事，而俗讲显然是以讲唱相结合的艺术。这是由于俗讲本是佛教说"法"的方式之一，因而深受印度梵文学口头艺术形式的影响，即形式是韵散结合。散文用以讲说故事、铺陈情节，而韵文则往往是对相关故事的归纳或概括。"有诗为证"云云是大家最熟悉的。我们知道，印度的历史主要是口传的历史，为了便于记诵，都是采用韵文以概括以上讲过的故事的大意或是引起下文的。中国章回小说所采用的韵散结合，主要是受了它的影响（途径是经过汉译佛经），而不是像有的学人所说的是为了攀附诗歌的正统性。而我们也发现，中国章回小说中的韵文，除了专门描写风景的之外，也都具有概括上文或引起下文的作用。而对风景的描述，其实也是古印度梵文学的影响。这种影响也是通过汉译佛经而传入东土的。

中国古代章回小说里"韵散结合"的叙事模式，是俗讲变文影响的结果，再向上追溯的话，是汉译佛经、梵文学的影响使然。韵文是用来唱的，散文是叙说故事的。鲁迅先生说："因为唐时很重诗，能诗者就是清品，而说话人想仰攀他们，所以话本中每多诗词。"这是鲁迅先生的臆测，他并没有以论据进行论证，其实不是这样的。话本中每多诗词，这是源自俗讲变文中韵散结合的固定文体，而俗讲变文的韵散结合文体是受汉译佛经的影响，而佛经的韵散结合文体乃是梵文学固有的样式。梵文学之所以形成了韵散结合的文体，归根于它的口头文学传统。韵文便于记忆，且都是上文讲说的总括或归纳，因此起着一个承上启下的叙述作用。

关于《西游记》中"韵散结合"的特点，胡适说："印度的文学有一种特别体裁：散文记叙之后，往往用韵文（韵文是有节奏之文，不必一定有韵脚）重说一遍。这韵文的部分叫做'偈'。印度文学自古以来多靠口说相传，这种体裁可以帮助记忆力。但这种体裁输入中国以后，在中国文学上却发生了不小的意外影响。弹词里的说白与唱文夹杂并用，便是从这种印度文学形式得来的。"①

有学者认为《西游记》的叙事结构也受到了俗讲变文的影响：俗讲的"押座文和散座文，直接导致了说话开场诗、散场诗的产生"②。不仅

---

① 胡适：《白话文学史》，安徽教育出版社1999年版，第129页。

② 孙逊：《中国古代小说与宗教》，复旦大学出版社2000年版，第128页。

如此，话本小说、剧本的开场诗、散场诗其实也都是中晚唐、五代俗讲影响的结果。

北宋、南宋时的"说经""说参请"等，恐怕就是唐代俗讲之嫡系后裔。《都城纪胜》记载："说话有四家：一者小说，谓之银字儿，如烟粉、灵怪、传奇。说公案，皆是搏刀杆棒，乃发迹变泰之事。说铁骑儿，谓士马金鼓之事。说经，谓演说佛书。说参请，谓宾主参禅悟道等事。讲史书，讲说前代书史文传、兴废争战之事。最畏小说人，盖小说者能以一朝一代故事，顷刻间提破。合生与起令、随令相似，各占一事。"据《都城纪胜·瓦舍众伎》可知，在瓦舍勾栏里，其他诸如"散乐、杂剧、诸宫调、清乐、百戏、影戏、商谜"等，十分众多，热闹非凡，仅仅说话就名目繁多。我们完全可以想象，西游故事在勾栏瓦舍中是一重镇，它在俗讲的基础上嬉笑怒骂，谈笑风生，从而丰富和发展了西游故事。

到了南宋，仍然有"说经"的，例如杨维桢《东维子文集》卷六"送朱女士桂英演史序"中说："（孝宗）奉太皇寿，一时侍前应制多女流也。……说经为陆妙静、妙慧；小说为史慧英；对戏为李瑞娘；影戏为王润卿；皆一时之选也。"女流说经，可以推想肯定是宣讲佛经故事。宋代勾栏瓦舍里有说诨经、说参请等，这些都是俗讲的变体。我们不排除这些故事里就有很多西游故事，即西游故事应该也是勾栏瓦舍里说话的重要内容之一。

《西游记》中也有元代的历史印痕。《西游记平话》就是西游故事与小说《西游记》的过渡桥梁。胡士莹在《话本小说概论》中，有考证云："平话的名称，不见于宋代文献，以现有资料来看，'平话'大概是元人称讲史的一种习语，但由于平话一词在元代广泛运用，逐渐也用到其他内容的话本上。"勾栏瓦舍、十字街头、人口凑集之处都有说话艺人在演说西游故事，例如诸宫调、元杂剧等都有不同版本的西游故事，因此就会有多种西游故事的版本存在。例如，苗怀明认为小说《西游记》的成书是"两套西游故事的扭结"而成，郑之珍《新编目连救母劝善戏文》中的西游故事显然与小说《西游记》中的西游故事是不同的，二者"是一种平行的关系，但同时又彼此影响，形成一种较为错综复杂的互动关系"。① 其实恐怕远远不止两套，西游故事不仅为说书艺人娱乐听众提供了素材，而且还成了某些宗教组织宣传宗派主张的依据（如西游宝卷），因此西游故事就会不断地根据需要而变形。

《西游记》不是个人的独立创撰，而是历经几百年，西游故事在民间艺人世代累积而成体系，最后有一位文人以集撰的方式将西游故事编撰而成，因此其中的说唱艺术色彩也就遗留了下来。

四　对"变相"的演说、《大唐三藏取经诗话》的 "某某处"叙事与《西游记》的空间叙事

（一）对"变相"的演说

变相指的是"敷演佛经的内容而绘成的具体图相。一般绘制在石窟、寺院的墙壁上或纸帛上，多用几幅连续的画面表现故事的情节，是广泛传播教义的佛教通俗艺术。后道教等亦利用此一形式渲染、表述道经及其他内容"。

当今敦煌变文中仍然留有当年俗讲演说时的一些痕迹，例如变文中的散文部分多有"……处""请看……处""……时""若为……"等，提醒听众观看"变相"。敦煌变文文本中大多都有"……处"，这是俗讲演唱讲说时指给观众看的变相的具体地方。变相都是一幅图一幅图的，或许全相、连环画、插图等就是"变相"的后裔。从《大目乾连冥间救母变文》《八相文》《破魔变文》《降魔变文》等来看，根据"变相"进行演讲的特点十分明显。变文之韵散结合，其中的韵文一般并不推动情节的发展，而是表现俗讲僧根据变相演义之后，对"变相"的内容、意义的重复以示概述与强调。

而从有关文献可知，江湖艺人俗讲的时候，也是有"一铺一铺"的图像，以便于"看图说话"。譬如晚唐诗人吉师老《看蜀女转昭君变》："妖姬未著石榴裙，自道家连锦水渍。檀口解知千载事，清词堪叹九秋文。翠眉颦处楚边月，画卷开时塞外云。说尽绮罗当自恨，昭君传意向文

① 苗怀明：《两套西游故事的扭结——对〈西游记〉成书过程的一个侧面考察》，《明清小说研究》2007 年第 1 期。

君。"再如李贺《许公子郑姬歌》云："长翻蜀纸卷明君，转角含商破碧
云。"……由是可知，俗讲以及晚唐、五代时期的民间说话总是有画卷或
变相作为演说依据的。

"铺"是"变相"中图像相互区别的一个单元。敦煌变文中多有"上
卷立铺，此人下卷""从此一铺，便是变初"等套语，这些套语表明变文
不过是对"变相"的叙说，其叙事是以"铺"作为划分"卷"的基本叙
事单元，即变文是以"一铺（画卷）"为基础，具有相对独立的叙事内容
与情节安排。变文所讲述的故事情节在"铺"之间转化，"铺"是变相的
单位，变文关于变相的演说在文字中便以"处"或"铺"遗留了下来。
由于变文大多是依据变相进行演说的，即主要是以某一"铺"或某"处"
为特征的空间叙事为主，这就直接影响和导致了《西游记》的空间叙事。
"叙述的空间化是中国古代长篇叙事的一个根本特征。"① 敦煌变文中所谓
的"……时"的时间叙事往往是以空间叙事展开的，即化"时间"叙事
为"空间"叙事。

"话本"与"画本"是两个不同的概念，表明了其间说话艺术的发展
和变化，并不是人们想当然以为的画本之"画"是说话之"话"之误。
例如，《韩擒虎画本》有人认为是《韩擒虎话本》之误，其实它本是变相
画本的底稿——这是原始的俗讲的底稿，后来到了说话艺术兴盛的时期，
才改为"话本"的。

（二）《大唐三藏取经诗话》中"某某处"的叙事

诗话是中国古代说唱文学的一种，有说有唱，其体制有韵文（一般
是诗）也有散文。诗即通俗的诗赞。鲁迅《中国小说史略》第十三篇：
"（《大唐三藏取经诗话》）三卷分十七章，今所见小说分章回者始此；每
章必有诗，故曰诗话。"现存最早的作品就是南宋时"中瓦子张家印"的
《大唐三藏取经诗话》。

《大唐三藏取经诗话》中的"行程遇猴行者处第二""入大梵天
王宫第三""入香山寺第四""过狮子林及树人国第五""过长坑大蛇
岭处第六""入九龙池处第七""入鬼子母国处第九""经过女人国处

---

① 林岗：《明清之际小说评点学之研究》，北京大学出版社 1999 年版，第 172 页。

第十""入王母池之处第十一""入沉香国处第十二""入波罗国处第十三""入优钵罗国处第十四""入竺国渡海之处第十五""转至香林寺受心经本第十六""到陕西王长者妻杀儿处第十七"等小题目显然都是"某某处",这就表明诗话的叙事是以空间进行展开的,即《大唐三藏取经诗话》的叙事本质上是空间叙事,以空间作为展开讲述故事的线索和依据,而其中"某某处"令人想起前人对变相讲说时所指着某某地方进行敷演时的情景,诗话中的"某某处"或许是俗讲变文或变相影响的结果。

(三)《西游记》的空间叙事

这种指着某一地方进行俗讲的叙述就是空间叙事。空间叙事之结构,主要体现在"缀段式"结构上。西方汉学家批评中国古代长篇章回小说往往是"缀段式"结构,其实这是由于空间叙事而不是时间"头身尾"叙事的缘故所造成的。蒲安迪在《中国叙事学》里曾归纳了西方对中国小说叙事结构的看法,即"总而言之,中国明清长篇章回小说在'外形'上的致命缺点,在于它的'缀段性'(episodic),一段一段的故事,形如散沙,缺乏西方 novel 那种'头、身、尾'一以贯之的有机结构,因而也就欠缺所谓的整体感",他进而分析了缀段式结构的原因在于"中国的一般叙事文学并不具备明朗的时间化'统一性'结构",这一看法无疑是正确的,因为中国长篇小说的叙事主要是空间叙事。

众所周知,《西游记》具有明显的空间叙事特征,它是由一个个相对独立的小故事组成的,尤其是西天取经所遇到的九九八十一难,关于每一座山每一座林中的妖怪的叙事其实就是空间叙事。这些劫难故事的叙事结构大都很相似,即"遇难—解难"的叙事模式,即唐僧师徒忽然到了某一座山前或某一林中,唐僧被妖魔捉去或遭到什么灾难,孙悟空等前去解救,不果,去找救兵,降伏了妖怪;再前行,又是如此……这前一个磨难故事与后一个磨难故事之间,便是一幅与另一幅的"变相"而已。变相的衔接,往往是时间的叙事,大多有一段相似的关于季节变化更替的语句,如第六十四回开首:"却说师徒四众,走上大路,却才收回毫毛,一直西去。正是时序易迁,又早冬残春至,不暖不寒,正好逍遥行路。忽见一条长岭,岭顶上是路。"而降伏妖怪的叙事则主要是空间叙事。一难之后，随后再遇到新的磨难，而磨难的征兆是突然横亘在唐僧师徒四人面前的一座高山或一条大河，于是又开始了新的空间叙事。

五 《西游记》集撰之前的西游故事而成

小说《西游记》成书之前，西游故事大量存在于变文、诗话、词话、平话、杂剧等中，小说中的西游故事有的与这些故事不尽相同，然而有的却是十分相近，甚至几乎没有差异，这就表明小说采用了之前的一些西游故事，下面简略例证。

（1）《西游记》中西天取经的缘故即《唐太宗人冥记》，最早见于敦煌变文，小说显然是采集了这个故事，从而荟萃成文。

（2）《西游记》中第九回之前的"附录"即关于唐三藏身世的故事，毫无疑问是后来加入的。"唐僧身世"的故事，本质上是"江流儿"的故事，小说成书之前在多个民族传说中都有流传，这也说明了《西游记》集撰式的创作特点。

（3）摩顶松的故事。唐代李亢《独异志》记载："初，奘将往西域，于灵岩寺见有松一树，玄奘立于庭，以手摩其顶曰：'吾西去求佛教，汝可西长；若吾归，即却东回，使吾弟子知之。'及去，其枝年年西指，约长数丈。一年忽东回，门人弟子曰：'教主归矣！'乃西迎之，玄奘果还。至今众谓此松为摩顶松。"①

《西游记》第一百回《径回东土，五圣成真》：

> 却说那长安唐僧旧住的洪福寺大小僧人，看见几株松树一颗颗头俱向东，惊讶道："怪哉，怪哉！今夜未曾刮风，如何这树头都扭过来了？"内有三藏的旧徒道："快拿衣服来！取经的老师父来了！"众僧问道："你何以知之？"旧徒曰："当年师父去时，曾有言道：'我去之后，或三五年，或六七年，但看松树枝头若是东向，我即回矣。'我师父佛口圣言，故此知之。"急披衣而出，至西街时，早已有人传播说："取经的人适才方到，万岁爷爷接入城来了。"众僧听

---

① 朱一玄、刘毓忱编：《西游记资料汇编》，南开大学出版社 2002 年版，第 32—33 页。

说，又急急跑来，却就遇着，一见大驾，不敢近前，随后跟至朝门之外。唐僧下马，同众进朝。

（4）大闹天宫的故事。刘振农《"大闹天宫"非吴承恩创作考——〈西游记〉成书过程新探之一》中说："笔者校读朱鼎臣《唐三藏西游释厄传》，发现通过版本考察，可以证明'大闹天宫'部分基本没有吴承恩创作的情节成分，而是朱鼎臣在民间评话本《西游记》基础上编辑定型的。就'大闹天宫'而言，吴承恩所作工作主要是语言上的润饰提高，在润饰中还增加了一些对孙悟空形象不利的细节穿插，它说明吴承恩主观上对'大闹天宫'的故事并非充分肯定。"①

（5）《永乐大典》"魏徵梦斩泾河龙"。

《永乐大典》的修撰开始于明成祖永乐元年（1403），定稿于永乐五年（1407），其"用韵以统字，用字以系事"的编辑方法集撰而成，对所收典籍基本上是整段、整篇，乃至整部地抄入。《永乐大典》所收"梦斩泾河龙"，基本保存了《西游记》祖本文字的本来面貌。从现存片段来看，《西游记》祖本文白夹杂，具有《三国志演义》之"文不甚深，言不甚俗"的特点。

至于这部《西游记》平话的成书年代，郑振铎认为："古本《西游记》的文字古拙粗率，大类元刊《全相平话五种》和罗贯中的《三国志演义》。其喜用'之、乎、者、也'的文言的习气，也正相同。当是元代中叶（或迟至元末）的作品。"② 赵景深也认为约刊于元代③，此后的学者虽未论证，却多以为其为元末明初的作品。④ 而石钟扬《虞集〈西游记〉序考证》则认为"这部古本《西游记》（或曰《唐三藏西游记》，或曰《西游记》平话）很可能是元初的作品"⑤。

---

① 刘振农：《"大闹天宫"非吴承恩创作考——〈西游记〉成书过程新探之一》，《中国人民警官大学学报》（哲学社会科学版）1994 年第 3 期。

② 郑振铎：《西游记的演化》，载刘荫柏编《西游记研究资料》，上海古籍出版社 1990 年版，第 622 页。

③ 参见赵景深《谈〈西游记平话〉残文》，《文汇报》1961 年 7 月 8 日第 3 版。

④ 参见游国恩等主编《中国文学史》第 4 册，人民文学出版社 1964 年版，第 932 页。

⑤ 石钟扬：《虞集〈西游记〉序考证》，《明清小说研究》2007 年第 4 期。

（6）《朴通事谚解》中的西游故事。

《朴通事谚解》作为朝鲜人学习汉语的教科书，其间所叙《西游记》故事，是以对话加注释的方式出现的，对话叙述情节，注释说明背景。其中，叙述得较完整的是"车迟国斗圣"的故事。先叙道人伯眼大仙，被车迟国王拜为国师，并煽惑国王毁佛崇道。唐僧到达时，伯眼大仙们正在做罗天大醮，被孙行者夺吃了祭星茶果还打了两铁棒。于是伯眼要唐僧与他当着国王的面斗圣，一决输赢，拜强者为师。其中关于"斗圣"场面的叙述与世德堂本《西游记》的叙事几近相同，这又证明了《朴通事谚解》记载的《西游记》至迟在元末明初已经比较完整了。

……

要之，唐代的敦煌变文《唐太宗入冥记》以及敦煌变文的"活化石"河西宝卷中的《唐王游地狱》等足以证明俗讲中有大量西游故事。而南宋时刊印的"讲经"话本《大唐三藏取经诗话》，如前所述，具有"俗讲"的性质，或许就是中晚唐、五代俗讲中西游故事的一个整理本（不是俗讲的底本），其中已塑造了三藏法师、猴行者、深沙神等艺术形象。

元代杨景贤的《西游记杂剧》，首次出现了"朱八戒"的形象，猴行者也演变为"通天大圣"孙悟空。"元瓷州窑唐僧取经瓷枕"上面的绘图有唐僧、孙悟空、猪八戒、沙僧、马匹等，也事实地证明了在元代西天取经的师徒形象已经定型。在话本创作方面，至迟在元明之际《西游记平话》或《唐三藏西游记》业已问世。而《朴通事谚解》所收的西游故事与《永乐大典》第 13139 卷所收《魏徵梦斩泾河龙》等都证明了世德堂本《西游记》之前西游故事就基本成形了。在世代累积和民间说唱文学的基础上，明代中叶又有文人或许就是吴承恩对西游故事作了创造性的总结，最终"集撰"而成《西游记》。

结　语

综上可知，《西游记》不过是编纂、集撰了之前俗讲变文、勾栏瓦舍里流传了几百年的西游故事，从而形成了一部西游取经以求自我救赎的不朽的经典之作。俗讲将古代印度的两大史诗中的故事介绍到东土，与唐玄奘天竺取经的故事合流；宋元说话艺术又将西游故事进行了衍变和扩充，

从而丰富和发展了西游故事；元代的《西游记平话》已初具《西游记》
之雏形，明代的文人或许就是吴承恩将以往众多西游故事以"集撰"创
作的方式成书，这期间中晚唐、五代的俗讲和宋元的"说话"对于西游
故事的生成和发展贡献巨大。

原刊于《中国古代小说戏剧研究丛刊》2010 年
作者单位：兰州大学

《西游记》研究的视点西移及其
文化纵深预期

蔡铁鹰

近 20 多年来，《西游记》研究悄悄地孕育了一次意义重大的变革，即研究的视点投向了取经故事的真正发源地西域，投向了由"西域"这个概念扭结起来的历史、地理、宗教、民俗等领域——我们称为"视点西移"。

"视点西移"之初起，悄若无声；而今蓦然回首，已是春花点点。以下本文将介绍"视点西移"产生的来龙去脉和可见可期的成果，并进一步探讨这一变革可能延及的文化纵深。

百年之痒:《西游记》成书研究的误说误解

为了清楚说明"视点西移"的背景及其意义，我们先要对《西游记》成书研究中的误说误解作简要介绍。

1915 年，罗振玉影印了在日本发现的《大唐三藏取经诗话》，拉开了现代意义上的《西游记》研究的帷幕。而附于影印本之后的王国维的一篇《跋》文，则当然成了现代《西游记》研究的第一份成果。

王《跋》文字不多，主要内容就是两点：第一，考订《大唐三藏取经诗话》刊刻于南宋时临安的书坊；第二，认为《大唐三藏取经诗话》是南宋流行的说话之一种。① 由于王国维、罗振玉均为一时大家，且在接受、传播的意义上占尽先机，因此这两点在此后所有的文学史、小说史中

---

① 参见李时人、蔡镜浩《大唐三藏取经诗话校注》"附录·王国维跋"，中华书局 1997 年版，第 55—56 页。

都是不刊之论。但今天回首，这两点都有值得商榷的误说因素，导致后来者对《大唐三藏取经诗话》形成了严重的误读，由此而种下了《西游记》成书研究中的百年之痒。

首先，关于《大唐三藏取经诗话》的书名问题。在日本发现的原本有同样内容的两种，一种是大字本，题为《大唐三藏法师取经记》；一种是小字本，题为《大唐三藏取经诗话》，由于大字本缺失较多，所以罗振玉影印时用了小字本，书名也就如今日所见。这本无可厚非，但是王《跋》对这个书名作了不恰当的引申，他说："其称诗话，非唐、宋士夫所谓诗话，以其中有诗有话，故得此名；其有词有话者，则谓之词话。……此有诗无词，故名诗话。"① 这是非常随意的误说，以"诗话"作为通俗文学作品的书名，仅此一见，别无旁证，时至今日，"基本上可以排除宋元话本中还有一种诗话体的说法"②。

其次，关于《大唐三藏取经诗话》的性质问题。王《跋》称"此书与《五代平话》、《京本小说》及《宣和遗事》，体例略同"③，又称"皆《梦粱录》《都城纪胜》所谓说话之一种也"④，这一意见也太过随意，今天想来竟不知老先生从何说起，证据何在。不幸的是，这一说不仅影响了后来者，而且很快被后人延伸，坐实所谓"说话之一种"是指"说经"一家，陈汝衡《宋代说书史》、程毅中《宋元话本》、胡士莹《话本小说概论》均作如是论。临安说话中有"说经"一家，并无可疑，但包括《梦粱录》《都城纪胜》在内，除"演说佛书"数字以外，没有一处有关于"说经"作品的进一步记录，以致至今所有关于"说经"的论述，都仅以《大唐三藏取经诗话》为证，未见有其余任一部作品得到确认。⑤ 以

---

① 李时人、蔡镜浩：《大唐三藏取经诗话校注》"附录·王国维跋"，中华书局1997年版，第55—56页。

② 李时人、蔡镜浩：《大唐三藏取经诗话校注》"前言"，中华书局1997年版，第4页。

③ 李时人、蔡镜浩：《大唐三藏取经诗话校注》"附录·王国维跋"，中华书局1997年版，第55—56页。

④ 同上。

⑤ 欧阳健、萧相恺1991年编辑《宋元话本集》时，曾以《宋元说经话本集》单独乘册（中州古籍出版社1991年版），收录他们认为属于说经的话本三篇——除《大唐三藏取经诗话》外，另两篇是《华严经感应故事》《花灯轿莲女成佛》，笔者在旧文《唐僧取经故事原生于西域之求证》（《明清小说研究》2004年第2期）对此有所辨析，认为不能证明属于说经话本。

一个假定的理由来证明其本身，这不仅是考证上忌讳的孤证，在逻辑上也犯了虚假理由条件下循环论证的错误。

最后，关于《大唐三藏取经诗话》刊刻时间与成书时间的问题。王《跋》据原文卷末"中瓦子张家印"的题款，考出该书刻印于南宋临安的书坊，这本身无误，但王《跋》潜意识中将这一本《大唐三藏取经诗话》的刊刻时间当成了该书形成的时间，忽视了在中瓦子张家刊刻这个本子之前，《大唐三藏取经诗话》完全有可能存在一个漫长的形成过程的问题，犯了一个将"发现"当成"发生"的错误。同样不幸的是，这一错误也被后人继承了，从鲁迅的《中国小说史略》、胡适的《西游记考证》直到今天所有的文学史，讨论《大唐三藏取经诗话》从来都没有跳出王《跋》圈定的范围。

"话本""说经""南宋""临安"，构成了一个似乎顺理成章的证据链，为《大唐三藏取经诗话》圈定了一个狭小而封闭的地理、时间和性质范围；而头戴这四顶帽子的《大唐三藏取经诗话》又恰好与元代的杂剧《西游记》、明初的平话《西游记》构成了一个同样似乎顺理成章的证据链。《西游记》成书程序的铁案由此铸成，再难撼动。

我们应该能够了解这个封闭范围所造成的局促和尴尬。举例如下：

其一，鲁迅和胡适就孙悟空原型问题的争讼至今未息。这个问题如果在舒展的成书过程中来谈，几乎不成问题，道教也罢佛教也罢，外来也罢本土也罢，都在取经故事形成的不同阶段中对孙悟空的形象产生过影响，探寻不同文化影响的脉络并不需要相互排斥。但在"话本""说经""南宋""临安"这些概念限制之下，在《大唐三藏取经诗话》和杂剧《西游记》等之间的关系已被严重扭曲的情况下，这个原本不复杂的问题便演变为延续近百年的争讼。

其二，20世纪80年代山西戏剧界发现了一本重要的戏剧史资料《礼节传簿》，其中有一个队戏戏剧本《唐僧西天取经》的详细情节概要。队戏是戏剧的早期源头形式之一，戏剧史研究者已经基本认定这是宋金时期的一个剧本。① 但对这份资料的响应者寥寥。这种滞后反应，其根源仍是传

---

① 《礼节传簿》全文刊于山西师大戏曲文物研究所编辑《中华戏曲》第3辑，山西人民出版社1987年版，该辑有多篇关于《礼节传簿》的专题研究文章。

统成书过程思维定式的封闭性、排他性难以突破。

多年来，相当多的研究者认为，与《三国演义》《水浒传》相比，《西游记》的成书过程比较简单透明。但其实《西游记》的成书过程被压缩了，扭曲了，其丰富多彩的内容被掩盖忽略了，或者说被我们先入为主地排斥了，因而给出了一种简单透明的假象。当我们将视点西移至取经故事的真正起点，我们将会看到一个异常复杂丰富但舒展有序的成书过程；而且会看到这个赏心悦目的演变过程确定后，对于《西游记》研究将会产生多么大的影响。

这就是我们将由王国维开始的误说误解称为百年之痒的理由，也是为何在介绍视点西移之前作如此复杂的交代的原因。

视点西移：打开崭新的观察窗口

1980 年第 9 期《文物》发表了王静如先生的《敦煌莫高窟与安西榆林窟中的西夏壁画》一文，首次提到榆林窟的第 2 窟、第 3 窟、第 29 窟中有三幅唐僧取经壁画，第一次向我们揭示了以猴行者为标志的同一系统的取经故事在"南宋""临安""话本"之外的存在。

这是取经壁画的第一次披露，因此我们将它视为视点西移的开始。

但王静如先生只是公布了一个发现，而真正有意识试图纠正成说的是1982 年发表的两篇文章：李时人、蔡镜浩的《〈大唐三藏取经诗话〉成书时代考辨》和刘坚的《〈大唐三藏取经诗话〉写作时代蠡测》。① 这两篇文章的出现，堪称佳话：一是目标一致，都对所谓《大唐三藏取经诗话》乃南宋说经话本说提出强烈质疑；二是自然分工，各展所长，几乎涵盖了考订其年代所需涉及的各个方面；三是同时发表，结论明确清晰且几乎完全相同，自然地形成了相互之间的印证，非一个巧字所能解释。具体的论证这里不再复述，但其结论是要强调的，即《大唐三藏取经诗话》使用的是唐代西北方言，其特殊的体制与变文非常接近，应当是晚唐五代时期在西北（敦煌一带）形成的寺院俗讲——这与在敦煌附近发现早期的取

---

① 参见刘坚《〈大唐三藏取经诗话〉写作时代蠡测》，《中国语文》1982 年第 5 期；李时人、蔡镜浩《〈大唐三藏取经诗话〉成书时代考辨》，《徐州师范学院学报》1982 年第 3 期。

经故事的壁画，正好形成呼应。

从 20 世纪 80 年代后期起，借助于对《大唐三藏取经诗话》全新的诠释，陆续出现了一些衍生成果和延伸研究，《西游记》研究的视点渐渐向遥远的大唐，向辽阔的西域转移。以下我们从三个方面加以述评。

第一个方面：关于敦煌地区取经壁画的继续发掘。在敦煌发现唐僧取经壁画，对于重新定性《大唐三藏取经诗话》有非常重要的旁证作用，因为它用时间、地点、实物的确定性无可辩驳地证明了取经故事至少在西夏已经被绘成了壁画。

继榆林窟三幅取经壁画被广为关注之后，1989 年敦煌学学者段文杰先生再次介绍说在敦煌一带榆林窟、东千佛洞已经发现唐僧取经图 6 幅（但实际只见介绍了 5 幅），即除榆林窟第 2 窟、第 3 窟、第 29 窟的 3 幅外，还有两幅出现在东千佛洞第 2 窟的水月观音图中，左右相对各一幅，描绘"唐僧、猴行者及白马驮经步行于海边"①。

在山西稷县青龙寺后来也发现了一幅唐僧取经壁画，这幅画的发现经过没有见过正式的文字记载，但经李安纲先生引领，笔者曾经亲见。这幅壁画与上述敦煌壁画大致相似，据说这幅画可以确定早于明前期，因为寺院有一处墙面上记载着明代前期重新绘制壁画的日期。从壁画实物来看，笔者也相信这是较为古朴的故事，应当是敦煌取经壁画向内地流传的产物。另外，张掖大佛寺也有一幅面积达数十平方米的大型取经壁画，绘有唐僧、孙悟空、沙僧、猪八戒师徒四人的六个取经故事片段，被有些学者断为元代所绘。但笔者认为它应当是百回本《西游记》的衍生物，只能产生于明代之后。②

第二个方面：关于《大唐三藏取经诗话》探讨的继续和展开。20 世纪 80 年代后期，蔡铁鹰首先对有关《大唐三藏取经诗话》的重新探讨发出了回应。他从孙悟空形象的探源入手，认为确定《大唐三藏取经诗话》为晚唐西域作品有重要意义，"外来说""本土说"的针锋相对其实都是受困于《西游记》取经故事旧说的结果。他认为，根据猴行者的出现地

---

① 段文杰：《榆林窟党项、蒙古时期的壁画艺术》，《敦煌研究》1989 年第 4 期。

② 参见蔡铁鹰《张掖大佛寺取经壁画应是〈西游记〉的衍生物》，《西北师范大学学报》2006 年第 2 期。

域和宗教背景来看，"猴"的身份特征可能有三个来源：（1）根据与同在榆林窟发现的佛教猴形神将的壁画，认为猴行者有可能由佛典中常见的猴形神将转化而来；（2）针对《罗摩衍那》没有传入中土渠道的传统意见，提出藏传佛教中不仅有《罗摩衍那》的故事，而且可以证明经由唐蕃古道（也称麝香之路）传入了敦煌；且藏族人自己也有久远的猿猴崇拜文化，间接影响到西域取经故事的可能也是存在的；（3）西域一带的原住民是古羌族，古羌族的氏族图腾是猴。如果能够进一步证实取经故事原生于西域，那么猴行者的形象特征受羌族图腾的影响并非不可思议。① 同时，夏敏先生也瞄上了同样的方向，他认为事实上存在着"取经故事部分内容来自西藏的可能性"，并"试图在玄奘取经故事和西藏之间构筑一道能够沟通起来的桥梁"。

再一个展开是夏敏先生对沙僧形象原型的研究。他的《沙僧与西域因缘考释》认为："稽索沙僧原型，一定要与西域联系……历代取经故事提供给我们的关于沙僧形貌的描绘和勾勒，约略能够说明这个人物在相貌和穿戴上均反映西域之人的特点。"具体地说，就是沙僧从最初开始，相貌、装束、称呼以及角色，都表明他具有明显的异域、异族特点，是做皈依佛教的异教、异族神的代表而进入取经队伍的。他还提到《大唐三藏取经诗话》中深沙神项下的骷髅，其习俗来源于印度，在玄奘《大唐西域记》描绘外道时曾经提到。② 夏敏的研究别具一格，且非常具有启发意义。西域一带的佛教尤其是密宗，从印度的婆罗门教（今日印度教）中带来很多神的形象，这些被佛教显宗称为外道的神后来很多都在西域一带被本土化，与佛教混为一家。最典型的就是《大唐三藏取经诗话》中的毗沙门大梵天王，它正是由婆罗门教进入佛教密宗而成为西域佛教大神。

另外，张锦池先生在 20 世纪 90 年代初也提出了关于孙悟空形象来源的"石槃陀说"，即认为原型是《大慈恩寺三藏法师传》中提到的玄奘在瓜州收留的弟子石槃陀。张先生认为是北宋人从《慈恩传》的文字中吸收营养，以基本上独立创作的状态完成了《大唐三藏取经诗话》。张先生

---

① 参见蔡铁鹰《西游记成书研究》，中国文联出版社 2001 年版。

② 参见夏敏《玄奘取经故事以西藏关系通考》，《西藏研究》1991 年第 1 期；夏敏《沙僧与西域因缘考释》，《西域研究》1998 年第 1 期。

显然已经察觉了关于《大唐三藏取经诗话》旧说的拘束局促，所以他将《大唐三藏取经诗话》的年代提前到"北宋中后期"。①

张乘健对《大唐三藏取经诗话》的研究向我们展示了另外一种完全不同的思路。首先他使用的是《大唐三藏取经诗话》的另一个名称《大唐三藏法师取经记》，他认为这本《大唐三藏法师取经记》的前身是中唐著名密宗僧人不空三藏的取经记，记录的是不空由海路前往印度取经的经历，只是到晚唐密宗消退后，零散的玄奘取经故事才乘机侵入将其改造成一本新的换了主人公的取经记。② 张先生的观点目前还没有办法得到其他印证，但就其考证本身而言，笔者认为是非常有道理的。其思路虽然与刘坚和李时人、蔡镜浩有所不同，但两个思路并不排斥，重合的空间是完全存在的。

第三个方面：在新的基础上融受新资料的问题。上文举例时说到队戏《唐僧西天取经》的问题，该资料1987年公布，全文影印于《中华戏曲》第三辑。戏剧史研究者在第一轮的研究中已经明确指出，队戏《唐僧西天取经》至迟是元代的剧本，很可能是宋元、宋金甚至更早。③ 笔者认为这一资料的发现，找到了取经故事从《大唐三藏取经诗话》相杂剧《西游记》演化过程中缺失的一环。

类似的问题还有，近年不少媒体报道了在福建顺昌发现齐天大圣雕像的消息，在摒除了某些媒体不合适的炒作之后，我们肯定了这个发现本身的意义，认为它证明了民间确曾有过妖猴齐天大圣崇拜，可以提示我们注意道教文化渗透到取经故事的时间、地点和方式，对于解读杨景贤杂剧《西游记》的情节构成与文化转移非常重要。④ 民间妖猴齐天大圣崇拜的存在并非没有痕迹，在唐传奇《补江总白猿传》、宋话本《陈巡检梅林失妻》、元杂剧《二郎神锁齐天大圣》中都有猴精作怪，甚至已经号称"齐

① 张锦池：《〈西游记〉考论》，黑龙江教育出版社2003年版。
② 参见张乘健《〈大唐三藏法师取经记〉史实考原》，原载《文史》第38辑，后收入作者《古代文学与宗教论集》，吉林人民出版社2001年版。
③ 《礼节传簿》全文刊于山西师大戏曲文物研究所编辑《中华戏曲》第3辑，山西人民出版社1987年版，该辑有多篇关于《礼节传簿》的专题研究文章。
④ 参见《福建顺昌"齐天大圣"资料判读——兼评王益民先生的"孙悟空生于顺昌说"》，《淮海工学院学报》2005年第2期；《"齐天大圣"活水有源》，《学海》2006年第1期。

天大圣"，有了完整的家族。注意杂剧《西游记》中佛教文化的猴行者与道教土壤孕育的齐天大圣的融合，应该说是近年来《西游记》研究的一个新成果。

文化纵深：新成书体系的绘制与新领域拓展的预期

进入 21 世纪后，《西游记》研究的新领域渐次被打开，"视点西移"对《西游记》研究的整体影响已经显示出来。

首先是新的《西游记》成书演变过程的轮廓被描绘出来，"原生的取经故事"这一全新的概念也被提出。2001 年，蔡铁鹰在《西游记成书研究》一书中，以对《大唐三藏取经诗话》的重新研究为基础，将此前的孙悟空探源研究扩展，试图绘制新的《西游记》取经故事演化的线路图。现在看来，该书的描述还不很流畅，结构也不很严整，但这种尝试得到了肯定，在学术会议和学术网站上反响都属热烈。2003 年之后，这一尝试逐步被完善，一份新的基本自圆其说和能够融受现有基本资料的取经故事演化线路，渐渐成形。①

新的演化线路图将《西游记》的成书过程划分为六个阶段：

第一阶段：原生的取经故事阶段。时间：初唐开始到晚唐五代；对象：原生的取经故事。

"原生取经故事"的概念，是认为把《大唐三藏取经诗话》放在晚唐、西域的背景下考察，可以发现存在更古老的零星取经故事的蛛丝马迹，有些甚至可能就产生于玄奘归国的途程当中，如火焰山（西域自燃煤田大火）、车迟国（车迟，西域古国车师的异译）、深沙神、毗沙门大梵天王（西域本土化的佛教神），等等。

第二阶段：取经故事初成集结阶段。时间：晚唐、五代；对象：《大唐三藏取经诗话》榆林窟壁画。在这一阶段，孙悟空（猴行者）诞生于佛教的文化背景下已无疑问，需要关心的是由什么因素决定了帮助取经的是个"猴"而不是其他，即猴行者身份特征的文化来源问题。

第三阶段：初入中原的戏剧形式阶段。时间：宋金、宋元（？）；对

---

① 参见蔡铁鹰《西游记成书研究》，中国文联出版社 2001 年版。

象：队戏《唐僧取经》。队戏《唐僧西天取经》能够提示、解决以下几个问题。（1）取经故事从西域进入内地的渠道、形式、时间顺序——五代时敦煌和五台山地区佛教的密切联系；（2）取经故事文化内涵的变化——从比较纯正的佛教走向混杂的民间宗教；（3）取经故事的情节变化——猴行者演化为孙悟空，增加了朱悟能、沙悟净。

第四阶段：元代戏剧发展阶段。时间：元代；对象：杂剧《西游记》等。通过对传统文化中"齐天大圣"的追寻，我们可以清晰地看到，道教文化在这个时候渗入了取经故事，这也是以取经故事改以《西游记》为名的内在原因。

第五阶段：元明平话故事阶段。时间：元明；对象：《西游记平话》。这是取经故事白话形式的形成期，由于条件问题，这个阶段的文化沿袭与形式演变都还比较模糊，有待进一步探讨。

第六阶段：章回百回本阶段。时间：明代；对象：百回本《西游记》与吴承恩。由于前面已经澄清了佛教、道教对于取经故事的进入与作用，因此《西游记》最终体现的儒学精神就当然是吴承恩社会意识的体现，这就让我们意识到冠以美猴王，带有新的人文精神的孙悟空事实上经历了又一次脱胎换骨的改造。

其次是在研究领域上的重要开拓。2003 年，在河南大学承办的"《西游记》与中国文化国际学术研讨会"上，胡小伟先生的一篇题为《从〈至元辩伪录〉到〈西游记〉》的论文引起注意，该文由元蒙初期蒙哥汗八年（1258 年，南宋宝祐六年）忽必烈主持的一次史称"戊午之辨"的僧道论辩说起，追溯了中国历史上的佛道相争对中国思想史、文学史的影响，认为这样的争斗对《西游记》故事的形成有广泛的影响，应是某些情节如车迟国斗圣等的来源。① 该文的思路和引用材料的范畴，都是以往很少涉及的。2005 年，胡小伟发表了上文的姐妹篇《藏传密宗与〈西游记〉》，比较系统地介绍了密宗的三次输入及其对中原文化的影响，进而介绍了唐僧取经故事演变中密宗成分的渗透。② 至此，胡先生的思路已经比较清楚，就是把眼光放宽到唐代以来佛教、道教之间的文化争斗与变

---

① 参见胡小伟《从〈至元辩伪录〉到〈西游记〉》，《河南大学学报》2004 年第 1 期。
② 参见胡小伟《藏传密宗与〈西游记〉》，《淮阴师院学报》2005 年第 4 期。

异，在长达千年的背景下看宗教思想的演变对取经故事丝丝缕缕的影响，其整体感和深度较之以往点对点的细节对应比较，已不可同日而语。

领域的开拓还表现为对西域点点滴滴取经遗迹的搜寻。2002 年，杨国学先生发表了《丝绸之路〈西游记〉故事情节原型辨析》一文，稍后又在学术会议上，与朱瑜章合署提交了题为《玄奘取经与〈西游记〉"遗迹"现象透视》的论文。① 这两篇文章粗看之下，所谓"遗迹"全似附会，但细读却完全不然。其一，作者曾长期在安西县工作，数次前往榆林窟和东千佛洞等地考察。其二，作者对处理这些资料的原则非常清楚：明确分辨出有的显然出于对玄奘取经经历的附会，有的则可能产生于《西游记》成书之前，属于《西游记》创作过程中的重要素材。

如前所述，"视点西移"打开了《西游记》取经故事研究的广阔空间，如果从西域玄奘东归途程说起，那么在百回本《西游记》问世之前，取经故事就有了 900 多年的演变时间；在地域上，则呈现了从极西极远向内地渐次过渡的演进线路；而在文化上，也体现了从纯正的佛教逐步本土化，并一步步与道教、儒教融合的进程。这对我们来说，其中相当多的内容还是陌生的。但经过 20 多年相当一批研究者的努力，我们毕竟已经摸索出了一个方向，建立了一个大致的框架，可以预期，在以下的领域里，将有可能看到研究的迅速进展和向纵深的深入。

第一，西域取经本事的遗迹和原生故事的发现，包括类似于敦煌取经壁画那样重要资料的进一步发现，类似于杨国学、朱瑜章收集的各种"遗迹"，大有沙里淘出真金的可能。这里涉及西域地理、民俗的许多问题，涉及玄奘取经的史实，也必然进一步延伸到佛教的传入和佛教在西域的本土化的问题上。

第二，对《大唐三藏取经诗话》研究的进一步具体化。《大唐三藏取经诗话》作为俗讲形成的经过与机制还是个谜，张乘健先生所谓玄奘取经故事鸠占鹊巢侵夺了原本属于不空三藏的取经记一说，还有待证实。但《大唐三藏取经诗话》汇集了曾在敦煌一带广为流传的取经故事则是没有

---

① 参见杨国学《丝绸之路〈西游记〉故事情节原型辨析》，《明清小说研究》2003 年第 3 期；杨国学、朱瑜章《玄奘取经与〈西游记〉"遗迹"现象透视》，2003 年河南大学"《西游记》与中国文化国际学术研讨会"论文。

疑问的，这其中就有如何辨认原生取经故事的问题，就有猴行者身份特征的来源问题，也就必然会向以敦煌为核心的地域内藏传佛教的流播，以及藏羌等西南少数民族共同的猴图腾等问题延伸。

第三，围绕队戏《唐僧西天取经》，有太多的课题要做。首先，《唐僧西天取经》存在时代的认定，这涉及非常广泛的戏曲研究的问题。其次，《唐僧西天取经》中出现了孙悟空师徒人等，他们每个人的文化渊源和演变轨迹都值得探讨。最后，《唐僧西天取经》包含的故事可以说非常丰富，约占现在《西游记》的一半以上，这些故事的来源全都是我们的课题，而有些故事显然来源于（甚至就是）古老的原生取经故事。

第四，由"齐天大圣"而引出的各种文化渗入和评价的问题。首先，我们已经明确道教文化大约在元代进入取经故事并用"齐天大圣"对故事作了一次极为重要的改造，那相应的延伸就是对道教和民间宗教中汉武故事、东方朔、齐天大圣故事的追踪。其次，我们已经看到取经故事佛教文化的原始禀赋，也看到了道教和民间宗教的渗入时间和方式，那么孙悟空是"本土"还是"外来"的争论应该自然平息，相应的延伸是我们如何在不同的阶段看待孙悟空的文化构成。最后，随着佛教、道教文化因素的明朗，研究者们经常提到的《西游记》三教合一倾向中儒教的文化来源已经比较清晰，这涉及对吴承恩的评价问题。众所周知，《西游记》的价值和魅力并不仅仅在于神奇的故事，更重要的是其故事和形象的社会价值，而现在，我们有可能对此作出比较清晰的判断。

原刊于《晋阳学刊》2008 年第 1 期

作者单位：淮阴师范学院

从《西游记》隐含的藏文化
臆测作者身份问题

王晓云

　　明代《西游记》的刊本上并未署其作者姓名。清初黄周星、汪象旭《西游证道书》始署撰人为长春真人丘处机,并获得广泛认同。21 世纪20 年代,由鲁迅、胡适等推定,其作者为淮安吴承恩。于是,新中国成立后国内出版的《西游记》均署作者为吴承恩。《西游记》作者为长春真人丘处机说也好、为吴承恩说也好、为其他说也好,均是缺乏铁证。探索《西游记》的作者身份问题,便成为西游学的焦点之一。就目前来看,《西游记》的作者学界基本有五种说法,即 "出今天潢何侯王之国" "邱长春" "吴承恩" "李春芳" "陈元之"①。近年来,西游学界开始把《西游记》研究的目光投向西域,特别是西藏文化与其关系上,为《西游记》的研究打开了一个全新的领域。本文从《西游记》隐含的藏文化角度,对其作者的身份问题作进一步探讨。

一 《西游记》是一部终成正果的佛门渐修学

　　诗言志,歌咏言。言为心声,文如其人。有什么样的思想,才会创作什么样的作品。亦即通过文本主题,可推定作者思想。《西游记》作者,不但对佛教有很深的修养,而且其主题揭示的是一部终成正果的佛家渐修学。
　　《西游记》的主题是近四百年西游学研究中最为纷繁复杂,持续时间

---

① 杜贵晨、王艳:《四百年〈西游记〉作者问题论证综述》,《泰山学院学报》2006 年第4 期。

最长的一个热点，主要有宗教主题说、游戏主题说和社会主题说三种。近年来，学者对《西游记》主题的研究所凸显出的一个特点是，哲理和宗教主题的回归。宗教主题说中与佛教相关的说法大致有三种：一是"三教合流主题说"，佛教在"三教合流主题说"儒释道三者中的位置是不一样的，比较多的学者认为三教归一"是以儒为主体，以释道为补充的整合，儒高于释、释高于道"①。二是从不同角度标举佛教主题说。有的研究者认为从"《西游记》的创作意识和描写实际看，其宗旨应该是：张扬佛法无边，救苦救难，劝化众生为善"②。三是有的研究者提出"《西游记》的主题是佛教的'禅门心法'"③。

本文持佛教渐修方成正果的主题说。《西游记》实为揭示一个不被玉帝重用甚至遭到刻意打击的孙悟空在观音的点化下，皈依佛教终成正果的故事。拥有"天地育成之体，日月孕就之身顶天腹地，服露餐霞"，又有"降龙伏虎之能"的孙悟空，在天庭却始终未得到重用。首次招安，玉帝只给了他未入流的"弼马温"。再次招安，玉帝又在蟠桃园右首，起一座齐天大神府，假封他为极品的齐天大神，实则为看管蟠桃园的小官。且而，无人不知猴子是最爱吃桃子的，玉帝命其看管蟠桃园，名为重用，实则诱其就犯，最后则冠以"名正言顺"的罪名去惩罚他。所以《西游记》中显然是对玉帝持批评态度。关键时刻如来捉住孙悟空，压其于五行山下，一则突出佛法无边，二则让悟空在风餐露宿中仔细反省，这是为后来悟空真心皈依佛门做张本的。这一观点从小说第八回"我佛造经传极乐，观音奉旨上长安"中悟空与观音菩萨的一段对话便知，"大圣道，'如来哄了我，把我压在此山，五百余年了，不能展挣。万望菩萨方便一二，救我老孙一救！'菩萨道：'你这厮罪业弥深，救你出来，恐你又生祸害，反为不美。'大圣道：'我已知悔了。但愿大慈悲指条门路，情愿修行。'"且孙悟空保唐僧西行求法的功绩最后也得到如来佛祖的肯定，封他为"斗战胜佛"。

① 单继刚：《〈西游记〉中的儒释道观》，《明清小说研究》2000 年第 1 期。

② 巴元方：《佛门普渡众生的赞歌——〈西游记〉主题浅析》，《甘肃教育学院学报》1998年第 2 期。

③ 贾三强：《禅门心法——也谈〈西游记〉的主题》，《咸阳师范专科学校学报》1997 年第 4 期。

再从小说部分佛理诗做进一步的推论，小说第十三回"陷虎穴金星解厄，双叉岭伯钦留僧"中的诗句：

> 影动星河近，月明无点尘。雁声鸣远汉，砧韵响西邻。归鸟栖枯树，禅僧讲梵音。蒲团一榻上，坐到夜将分。

第七十八回"比丘怜子遣阴神，金殿识魔谈道德"中唐僧所谈的一段佛法：

> 为僧者，万缘都罢；了性者，诸法皆空。大智闲闲，淡薄在不生之内；真机默默，逍遥于寂灭之中。三界空而百端治，六根净而千种穷。若乃坚诚知觉，须当识心：心净则孤明独照，心存则万境皆清。真容无欠亦无馀，生前可见；幻相有形终有坏，分外何求？只要尘尘缘总弃，物物色皆空。素素纯纯寡爱欲，自然享寿无穷。

第一百回"径回东土，五圣成真"中的一段诗文：

> 一体真如转落尘，四和四相复修身。五行论色空还寂，百怪虚名总莫论。正果旃檀归大觉，完成品职脱沉沦。经传天下恩光阔，五圣高居不二门。

观以上诗文可知，它尽扫儒生那种为物所累的谈禅诗。从第十三回"影动星河近，月明无点尘"的明净无垢心性到第七十八回唐僧讲佛法所达到的空寂之境，再到小说结尾"正果旃檀归大觉"的圆满归正，不正是暗喻佛教"九九数完魔灭尽，三三行满道归根"的渐修之道吗？

唐僧师徒到达西天，如来佛祖命阿傩、伽叶二尊者将藏经阁三藏经传与唐僧师徒，由于唐僧师徒无"人事"送给二尊者，故而其将无字经送与他们。后来如来佛祖得知此事，也只是说"经不可以空传，亦不可以空取"。并举众比丘圣僧曾下山为舍卫国赵长者家诵经换回三斗三升米粒黄金为例，为阿傩、伽叶二尊者辩解。持"社会主题说"的学者认为这是映射当朝者的腐败，其说是缺乏说服力的。因为，这与宗喀巴宗教革新以前的西藏僧人现实生活极为相似，"宗喀巴感到当时的萨迦、噶举等派均失佛教本旨，不守戒律，胡作乱为，乃发愿创造新派（即格鲁派）"①。再说，藏传佛教强调供养佛法僧，迎请名僧求取正经往往是需要花很多黄金的，黄金的数额决定了迎取名僧规格的高低与能否求得圆满佛法的关键。《汉藏史集》中就有这样的记载，阿里王喇嘛意希沃为搜寻迎请班智达所需黄金，被印度边境地方的外道王捕获监禁起来了，外道王要求吐蕃臣民拿与意希沃的身体同等重量的黄金赎取。意希沃的第二个儿子拉尊绛曲沃向所有吐蕃臣民征集黄金，只得到与意希沃身子重量相等的黄金，还差与头部等量的黄金。外道王说，黄金不够不能放人。意希沃带话说："你们这是干些什么？我已年老，不能对众生有益，你们应该用这些黄金去迎请高僧和学者们，在托林寺奉献大供养，修复大昭寺、桑耶寺等寺院，总之，应设法使佛教在吐蕃地方弘扬。"②

禅门则讲色即是空空即是色，由色入空色色空空，卖肉床头也有禅，放下屠刀立地成佛，佛家既往不咎，讲究顿悟。而作者却不许他笔下的人物由色的历练再来空的顿悟。匡文立也曾撰文谈到"西天无性别"③，取经一行师徒五人，就有四人生来六根清净不识"性"为何物。只有一个中间人物猪八戒，总忘不了水中捞月色心一下，色心得也很小儿科，完全不是成熟男性那种，活像个文化档次不高的纯情少男。女人，好好坏坏全都是男人的心中魔障，不是要害男人性命，就是要误男人比性命还重要的事业，死缠烂打爱唐僧的女王和机关算尽吃唐僧的白骨精并没有什么不同。依此判断，禅门的顿悟与"社会主题说"是无从谈起的。

而三清观八戒把三圣像直接搬到五谷轮回之所，比丘国国丈要将一千一百一十一个小儿的心肝做延年益寿的药引子，足见道教在作者的笔下是不被推崇的，道教主题说也是站不住脚的。元代《西游记杂剧》中的"托塔李天王"实际上就是《大唐三藏取经诗话》中的大梵天王在元后道教中的变型，所以杂剧《西游记》的改动，不过是顺应了元代"神仙道化剧"的潮流，谈不上"深刻地反映了儒释道三教思想的交锋"。至于

---

① 牙含章：《达赖喇嘛传》，人民出版社1984年版，第14页。

② 班觉桑布：《汉藏史集》，陈庆英译，西藏人民出版社1986年版，第115页。

③ 匡文立：《西天无性别》，《随笔》2000年第6期。

《大唐三藏取经诗话》中玄奘西行护法神由大梵天王变成《西游记杂剧》中的观音菩萨，应与藏传佛教密宗中观音菩萨的崇高地位有关，藏传佛教中观音菩萨的地位非汉传佛教可比，在藏传佛教黄教系统中达赖被认为是观音菩萨的化身。"但元代以后汉传佛教中观世音恒以女身出现，担负起艰深奥义与民众崇奉、佛祖与民间，尤其是与妇女信善的沟通功能，故其在小说《西游记》中为三藏护法，耐心调教顽皮徒弟，充分显现了母性慈祥的一面，亦与《取经诗话》大梵天王护持描述大有变化。"① 所以，郑振铎先生说，《西游记》故事借唐代名僧玄奘入天竺取经归，运以绝大的幻想，是用小说的形式来演述佛旨的。②

二　《西游记》文本中与西藏文化有关的点点印记

与其进行理论的附会，还不如认真地去解读文本，文本解读重视情境分析和阅读感受，而抵制脱离情境的表面业绩。细读小说《西游记》全文，可发现有许多材料与西藏文化有直接或间接的关系。第十三回"陷虎穴金星解厄，双叉岭伯钦留僧"中太白金星化成老叟搭救唐僧时，唐僧说："贫僧鸡鸣时出河州卫界，不料起得早了，早霜泼露，忽失落在此地。"明洪武三年（1370）西路军的一支，在邓愈指挥下攻取河州，并于翌年设立河州卫，卫指挥使由汉族将军担任。这也是明朝在西北藏族地区设立卫所制的开端。③ 说明以前此地已是吐蕃区。因而在双叉岭伯钦用几盘烂熟虎肉款待唐僧时，唐僧说："贫僧不瞒太保说，自出娘胎，就做和尚，更不晓得吃荤。"汉地的和尚不吃荤，这是妇孺皆知的事，为何伯钦不知，合理的解释是唐僧确已踏上吐蕃区，藏传佛教僧人是可以吃荤的，这是伯钦不知汉地僧人只吃素的缘故。

第二十五回"阵元仙赶提取经僧，孙行者大闹五庄观"中镇元大仙把袖子迎风一展，把四僧连马一袖子笼住。八戒说："不好了！我们都装在褡裢里了！"褡裢一词从字面意思上难以理解其本意，其实褡裢是藏语

① 胡小伟：《藏传密教与〈西游记〉》，《淮阴师范学院学报》2005 年第 4 期。
② 参见郑振铎编《中国文学研究》，上海书店 1981 年版，第 57 页。
③ 参见《藏族简史》，西藏人民出版社 2006 年版，第 136 页。

音译名（拉丁文转写 talen），其意为搭在马和牦牛背上用以驮东西的袋子。第四十八回"魔弄寒风飘大雪，僧思拜佛履层冰"中唐僧师徒对通天河附近七月飞雪的现象大为诧异，而陈家庄陈老却道："此时虽是七月，昨日已交白露，就是八月节了。我们这里常年八月间就有霜雪。"这种天气现象也与藏地气候极为一致。笔者就生活在青藏高原东北边缘的甘南藏族自治州，这里一年不下雪的日子也只有阴历的五、六、七三个月。

第五十回"情乱性从因爱欲，神昏心动遇魔头"中行者化斋饭时看见一老者，他的特征是"手拖藜杖，头顶羊裘，身穿破衲，足踏蒲鞋"。用羊皮做帽子显然是生活在高寒牧区老百姓特有的着装，毋庸置疑，早期藏区老百姓的服饰主要是羊皮缝制的，羊皮帽、羊皮袄、羊皮裤、羊皮靴子、羊皮手套，等等。第八十回"姹女育阳求配偶，心猿护主识妖邪"中在镇海禅寺遇到一番僧，对其模样作者是这样描写的"头戴左边绒锦帽，一对铜圈坠耳根。身着颇罗毛线服，一双白眼亮如银。手中摇着拨浪鼓，口念番经听不真。三藏原来不认得，这是西方路上喇嘛僧"。这一段对藏传佛教僧人的描述，逼真如亲眼所见。

还有小说中描写的西凉女国，"国内衄阴世少阳，农士工商皆女辈，渔樵耕牧尽红妆"。其俗与玄奘《西域记》中东女国风俗相去甚远，却与四川西境的西女国颇为相似①，这样的创作素材获得者是应与明代出使西藏的人员有关的。定身法素材也在小说创作以前的西藏早期史书《巴协》中已经出现，且不见于汉地早期的其他作品中。②

其实，小说《西游记》中唐僧西天取经，没有"齐天大神"孙悟空保护，同样能取回真经。因天上有观音派的六丁六甲、值日功曹等 18 位神将日夜轮班守护唐僧，但凡遇到重大险情，如来佛祖、诸位菩萨、仙人又有未卜先知的本领，能化险为夷。况且，取经路上孙悟空神勇大不如前，虽然积极战斗，但解决问题却依靠神佛力量。观音收复黑熊精、金鱼精、红孩儿、金毛犼，医活人参果树；如来佛降伏青狮、白象、大鹏鸟，罩住假悟空；如来、玉帝派兵制服牛魔王；玉帝派人收复犀牛精；太上老君收服青牛怪等，这样的例子很多，而孙悟空独立制服的妖魔不多。甚至

---

① 参见吕思勉《吕思勉读史札记》，上海古籍出版社 2005 年版，第 1174 页。

② 参见王晓云《〈西游记〉定身法素材源于西藏探析》，《明清小说研究》2008 年第 1 期。

他自身有时被妖捉住，有时又侥幸从妖魔的宝器中逃脱，总之，狼狈之时多矣。但不难看出小说《西游记》中的最主要人物还是观音菩萨与孙悟空，一个是取经事业的幕后策划者，一个是取经事业的践行者。为什么在事关大唐"国祚安康，万民乐业"的唐僧西天取经宏业，却在小说《西游记》中变成观音与孙悟空的主角戏了呢？

张锦池先生在《论〈西游记〉中的观音形象——兼谈作品本旨及其他》一文中已做过探讨。他通过分析观音对待孙悟空的态度，即惜之用之，束之悔之，免之助之与谅之容之，认为这两个佛教人物之间是互为知音的关系。① 那么，作者为什么会在小说《西游记》中做这样的安排呢？观音与神猴在藏人心目中是有着独特地位的，在藏族民间传说中便可找到答案。关于藏族的来源，藏族民间流传有藏区最初由"神猴"与"罗刹女"相结合始有人类，称为吐蕃"猿猴"种系的说法，这种说法见于14世纪成书的苯教史《雍仲苯教目录》和佛教史书《红史》等。《红史》上也有类似的记载："以前西藏地方最先并没有人，有一些鬼神分布各处，由什巴恰堪杰统治。以后依次由穆杰赞波、都波玛章如茹扎、森波雅格德哇、鲁杰岗哇等通知。此后由观世音菩萨的化身神猴菩萨和度母的化身岩罗刹女生出西藏的人类。"② 以此可以看出，小说《西游记》的作者对西藏的人、事、物是相当了解的。

三 《西游记》成书前后出使西藏或往藏地求法者颇为常见

《西游记》的具体成书年代学术界虽颇多争议，但根据该书第七十八回"比丘怜子遣阴神，金殿识魔谈道德"中描绘比丘国王要用那一千一百一十一个小儿之心做药引子，第四十六回"外道弄强欺正法，心猿显圣灭诸邪"中孙悟空在车迟国与三道士斗法的故事，实则映射了明嘉靖皇帝"崇道反佛"与做"红铅秋石"之事。"嘉靖中叶，上饵丹药有验，

---

① 参见张锦池《论〈西游记〉中的观音形象——兼谈作品本旨及其他》，《文学评论》1991年第2期。

② 蔡巴·贡噶多吉：《红史》，陈庆英等译，西藏人民出版社2002年版，第27页。

至壬子（嘉靖三十一年）冬，帝命京师内选女八至十四岁者三百人入宫；乙卯（三十四年）九月，又选十岁以下者一百六十人，盖从陶仲文言，供炼药用也。"① 可大致断定《西游记》成书应不早于明嘉靖朝（1522—1567）。

明朝统治者一改元代独尊萨迦派的做法，而是针对西藏各教派互相独立、互不隶属的特点，采取"贡赐制"与"多封众建"的策略。从永乐到宣德年间，明朝廷"广行诏谕"多次封藏族僧人法王、大国师、国师等名号，并确定品级，给以俸禄，如永乐年间封噶玛噶举派黑冒系活佛噶玛巴·却贝桑布为大宝法王、封萨迦派首领为大乘法王、封格鲁派高僧释迦也失为大慈法王。当时留居北京的藏传佛教僧人也很多。宣德十年（1435）正月明宣宗去世，明英宗即位，年方九岁。当时明朝为节约开支，曾下令减少在京居留的藏族僧人。据统计，当时在北京各寺的仅明朝认为应当减去的藏族僧即达 1100 多人。② 到了正德年间，明武宗对藏传佛教尤为感兴趣。③ 藏传佛教僧来京者更是不绝于途。关于明武宗崇奉藏传佛教的记载，也见于野史中。"正德之中年，造万寿寺于禁苑，上身与番僧吹奏其中。"④

如此规模的藏传佛教僧来京，固然与明朝廷对藏区的优惠政策直接相关，但一批批奉旨前往藏地招谕的汉地使者也起了桥梁与纽带作用。史书所记载的，从明洪武至正德年间被派往招谕吐蕃各部的人员，一般只提及太监邓成、侯显、刘允三人，实际上如此艰巨的任务不可能光靠两三人能够完成。除了大量随从外，参加招谕的人员还有部分僧人，明洪武至正德年间就有多位，本文仅列举洪武朝著名的高僧克新、宗泐、智光三位来作说明。

克新奉旨出使藏区是在洪武三年（1370）。据载，此年六月，"命僧克新等三人往西域诏谕吐蕃，仍命图其所过山川地形以归"⑤。由于史料

---

① （明）沈德符：《万历野获编·补遗》卷 1，中华书局 1959 年版，第 803 页。

② 参见（清）于敏中《日下旧闻考》，北京古籍出版社 1983 年版，第 844 页。

③ 参见《明实录》卷 24，正德二年三月癸亥，台北"中央研究院"影印本，第 658—659 页。

④ （明）沈德符：《万历野获编》卷 27，中华书局 2004 年版，第 684 页。

⑤ 《明实录》卷 53，洪武三年六月癸亥条，台北"中央研究院"影印本，第 1036 页。

缺乏，关于克新出使西藏的具体情况不甚清楚。钱谦益编次的《列朝诗集》闰集中附有克新小传。

> 克新，字仲铭，番阳人。宋左臣佘襄公之九世孙。始业科举，朝廷罢进士，乃更为佛学。既治其学，益博通外典，务为古文。出游庐山，下大江，揽金陵六朝遗迹，掌书记于文皇潜邸之司寺其年。兵起，留滞苏杭，主常熟之慧日，迁平江之资庆。洪武庚戌，奉诏往西域招谕吐蕃。

从这段小传来看，克新既有良好的儒学功底，又有多年的佛学修为。克新自吐蕃归后，有何著书立说，由于史料所限，无法知得。

智光在洪武朝两次出使藏区，第一次是在洪武十七年（1384），洪武二十年（1387）还朝。同他一道入朝者不仅有尼八剌使者，还有乌斯藏及朵甘地方的使者。据邓锐龄先生依据《西天佛子大国师塔铭序》推断，智光此次到尼八剌还拜谒过一名精通佛教经典的大乘佛教僧人，并学得密宗之法。[①] 可见智光出使西藏，不光是奉诏招谕，还兼有学习佛法一事。

宗泐从西域还朝复命是在洪武十四年（1381），据《全室外集》徐一夔序中记"佛有遗书在西域中印土，有旨命公往取，既衔命而西。出没无人之境，往返数万里五年而还，艰难险阻倍尝之矣"。序文中"往返五年"，必是从洪武十年（1377）算起的。各种记载中均言宗泐出使西域是为了"收求遗书"。但从当时历史情况来分析，主要目的应是"俄力思"即为阿里地区的僧俗上层宣谕朝廷的诏谕政策。需要一提的是宗泐从西藏归来后，撰有《西游集》一卷，"盖奉使求经时道路往还所作。见闻既异，其记载必有可观。今未见其本，存佚殆不可知矣"[②]。可惜的是如此重要的游记，早已散佚，就连编纂《四库全书》的馆臣也未曾见到。但它是否给小说《西游记》的创作提供了一定的素材，不得而知，但至少说明了出使西藏的僧人以类似游记的形式记载出使或取经路上的见闻、感

---

① 参见邓锐龄《明西天佛子大国师智光事迹考》，《中国藏学》1994 年第 3 期。

② 《四库全书总目》卷 170，别集类二三《全室外集、续集》，中华书局 2003 年版，第 1479 页。

受的可能性。

可以看出，《西游记》从第十三回写唐僧进入河州卫界直至小说结尾，在许多章节中渗有与西藏文化有关的信息。而明初出使西藏的使者，包括克新等僧人，他们行走的路线主要有两条，一条是从南京出发，渡过长江，经安徽、河南、陕西、秦州（天水）、渭州（陇西）、狄道（临洮）、河州（临夏）、鄯州（青海乐都）、赤岭（日月山）、玉树、唐古拉山、那曲、羊八井到达拉萨。另一条则是行至河州分道，经灵藏（四川石渠县）、毕力术江（通天河）、芒康、那曲最后到达拉萨。这两条线路的共同点是无论走哪条道，至河州境后便进入藏区，与《西游记》文本所反映的信息有巧妙的一致性，这难道是一种偶合吗？

20 世纪 90 年代初，夏敏在《玄奘取经故事与西藏关系通考》[①] 一文中就认为，"取经故事部分内容来自西藏的可能性"，首次提出孙悟空原型为"西藏说"，并试图在"玄奘取经故事与西藏之间构筑一道能够沟通起来的桥梁"。接着他在《沙僧与西域因缘考释》一文中对沙僧项戴骷髅的渊源作了进一步考释。认为神或人佩戴人的骷髅在各大宗教中，除了佛教密宗以外是极为罕见的事，藏传佛教密宗关于骷髅的观念、仪轨先影响西域佛教的崇信者，经西域传入汉地以后即失去了僧人和骷髅之间关系的本意，到了取经故事中，反成了具有妖魔之心的人改邪归正的形象说教。[②] 胡小伟也认为，如果能将注意力集中于藏传佛教输入中土的元明密教典籍，或许是解决《西游记》成书及孙悟空来源问题的一把钥匙。[③]

蔡铁鹰在《〈西游记〉研究的视点西移及其文化纵深预测》一文中也认为，近百年来《西游记》研究踯躅不前的原因是，学术界对《大唐三藏取经诗话》的误读是根本原因，他首先从 1980 年第 9 期《文物》杂志上王静如的《敦煌莫高窟与安西榆林窟中的西夏壁画》一文谈起，向世人揭开了在西域取经故事敷衍的事实，再从近几年学术界李时人、蔡镜浩、刘坚、夏敏、胡小伟等学者的研究成果，认为进入 21 世纪后，《西游记》研究的新领域渐次被打开，领域的开拓还表现为对西域点点滴滴

---

① 参见夏敏《玄奘取经故事与西藏关系通考》，《西藏研究》1991 年第 1 期。

② 参见夏敏《沙僧与西域因缘考释》，《西域研究》1998 年第 1 期。

③ 参见胡小伟《藏传密教与〈西游记〉》，《淮阴师范学院学报》2005 年第 4 期。

取经遗迹的搜寻。即近20多年来，研究者开始把目光投向了取经故事的真正发源地西域，即他称为"视点西移"。① 其实，在明人的眼中西域是一个非常笼统的包括西藏在内的广大西部地区，这一点可以《明史·西域传》记载的大量西藏史料为证。而这些学者的研究成果，也进一步证明了西藏文化与《西游记》之间有一定联系的可能性。

总结以上事实，小说《西游记》的主题揭示了佛门渐修终成正果之道，即证实了佛家渐修之道占据作者的主导创作思想；其文本中大量的与西藏本土有关的信息，亦告知人们其作者对西藏的风物、民俗是相当了解的。因此，本文认为，具备以上两个创作条件，且在《西游记》成书时期的明代，其作者身份可能与明朝奉旨前往藏地招谕的汉地使者有关。

原刊于《民族文学研究》2011年第1期

作者单位：甘肃民族师范学院

---

① 蔡铁鹰：《〈西游记〉研究的视点西移及其文化纵深预测》，《晋阳学刊》2008年第1期。

试述《西游记》神魔塑造对藏密宗的借鉴

——以悟空束"虎皮裙"题材为中心

王晓云

有关唐僧"取经故事"的演绎，从南宋刊刻的《大唐三藏取经诗话》情节来看，唐僧仍是"取经故事"的主要人物，所以以叙述唐僧作为故事的开端。元末杨景贤的《西游记杂剧》已接近小说《西游记》的大致轮廓，"女儿国""火焰山"等故事已是较为生动，孙行者也有了"齐天大圣"的称号，并第一次出现了猪八戒。可见，"取经故事"在元代戏曲里得到了充分的发展。元末明初出现了一部比较完整的《西游记平话》。后来小说《西游记》中的一些重要情节，在《西游记平话》里大体上已经具备了。《西游记平话》的形式风格，虽比较接近于宋元讲史平话，文字古拙；但无论从内容、情节、结构、人物诸方面来看，"取经故事"在《西游记平话》以后还有重大的发展。

可见，至小说《西游记》创作前的元明两代，"取经故事"获得重大发展；同时，也正是藏传佛教密宗教义、故事大量传入中原时期。而《西游记》的成书是否吸收了藏传佛教的某些题材呢？学术界已有部分研究成果。夏敏在《沙僧、大流沙与西域宗教的想象》一文中就骷髅与沙僧的密切关系，认为是受藏传佛教密宗关于骷髅的观念、仪轨的影响所致。[①] 胡小伟也在《藏传密教与〈西游记〉》一文中，从藏传佛教密宗在元初大规模传入内地一事着手，寻找藏文化对《西游记》成书的影响。[②] 这些学者的研究，无疑肯定了藏传佛教密宗与小说《西游记》之间存在

---

① 参见夏敏《沙僧、大流沙与西域宗教的想象》，《明清小说研究》2005 年第 1 期。

② 参见胡小伟《藏传密教与〈西游记〉》，《淮阴师范学院学报》2005 年第 4 期。

着一定的联系。本文在此研究的基础上，从藏传密宗在元明两代对中原文化阶层，特别是对文人创作的影响入手，就小说《西游记》孙悟空束"虎皮裙"题材源自藏密宗的可能性进行探析，兼析《西游记》"三头六臂""猪头神""照妖镜"等题材亦属同源的可能性。

一　元明两代藏传佛教对中原文化层的影响

中原佛教，自宋以后，除禅宗、净土宗外，其他各宗日渐衰落。佛殿里看不到像藏传佛教密宗殿里那些令人生畏的护法神形象。元明两代，藏传佛教的传入，无疑使藏密宗部分故事及纷繁、怖威的诸神形象，给了神魔题材的"取经故事"在人物形象的塑造方面，提供积极借鉴的可能性。藏传佛教在元明两代对内地的影响，是诸多方面的，以下主要探讨藏传佛教在元明两代对中原文化阶层，特别是文人创作的影响。

元代建国以后，忽必烈在中央政府中设立总制院（1288 年改宣政院），作为掌管全国佛教事务和吐蕃地区行政事务的中央机构，并命藏传佛教萨迦五祖八思巴总领宣政院。藏传佛教和藏族文化开始大规模传入中原。据藏文史籍《汉藏史集》载，帝师八思巴派他的亲传弟子持律却吉衮布到江南传法，一年之中为947 人首届剃度，涌出无数比丘、僧伽，使得藏传佛教在江南大为兴盛。[1] 浙江宁波出土的元代瓷碗残片便是这一观点很好的佐证。依据这一瓷碗的残片来看，碗口的边沿双面都印有文字，内容为藏传佛教经咒。外侧的文字较粗稚，行草兼用，从字体看应是当时流行的八思巴文，里侧是古印度梵文字体之一的"兰札文"，字迹清晰，书写规整。[2]

八思巴是一位多才多艺、知识渊博的喇嘛教大师，他在佛学、历史、语言文字等方面的研究，造诣甚深，硕果累累。他著书立说，著作有 30余种，"皆辞严义伟，制如佛经，国人家传口诵，家而蓄之"。《彰所知论》是其代表作。他在《彰所知论》序中说，当他担任国师时，曾经在大圣寿万安寺开讲此书，他用藏语讲授，由沙·罗巴担任翻译，译成汉

---

① 参见（元）释念常《佛祖历代通载》卷 22，《文渊阁四库全书·子部·释家类》，第 60页。

② 参见《中国藏学》2002 年第 1 期封面彩图（宁波市文物考古研究所提供）。

语，传给会众。①

藏传佛教在元代对中原文化影响的主要方面，即是大量佛经的翻译工作。大量佛经的翻译，从藏文翻译成蒙文、汉文，也有从梵文和汉文翻译成蒙文的。翻译家大多是藏传佛教僧人。数千部译成汉语的藏传佛教经典，其中一部分本身就是典雅、瑰丽的文学作品。例如，《大涅磐经》中的大量譬喻故事、寓言、佛菩萨，《五部大乘经》的散文和求道说法的故事等都有很高的文学艺术价值。被文人当作文学作品欣赏和阅读。这些藏传佛经的翻译事业，客观上促进了元代文学的发展。

特别是到了明代中后期，入藏教、学藏经、说藏语，已成为藏汉边地、边关、首都、藏传寺庙周围及贡道地区一时流行的风尚。据《典故纪闻》记载："明英宗天顺年间（1457—1464），邹干等奏文中说：'永乐间，翰林院译写蕃（藏）字，俱于国子监选生习用。近年以来，官员军民匠作厨役子弟，投托教师，私自学习，滥求进用。'"② 足见藏语藏文当时在内地朝野影响甚大。

明人笔记中就记载有西僧与居士的交往。如王世贞《弇州续稿》卷18《虎丘西僧房晨访曹茂来居士山阁小饮》："竹径通幽信短筇，山楼忽敞得从容。残霜堕木青仍在，旭日披云紫渐浓。香积总饶居士饭，东林翻厌远师钟。逢君更自宽拘束，一盏双螯喜杀侬。"③ 又如孙继皋撰《宗伯集》卷10《送西僧妙智上人之峨嵋》："来从西域去西川，来去从参不住禅，却笑东林松树子，风枝转换也年年。"④ 这些不但说明藏传佛教在汉人中的较大影响，而且也说明藏传佛教已经走入文人笔下，开始作为文人创作的题材。

创作时间与小说《西游记》前后的《金瓶梅》，其第65回"愿同穴一时丧礼盛，守孤灵半夜口脂香"中就有藏密宗僧人做法事的一段描写：

话休饶舌，到李瓶儿三七，有门外永福寺道坚长老领十六众上堂

---

① 参见（元）八思巴《彰所知论》，转引自王岚《元代藏传佛教教育家萨班和八思巴》，《西南民族学院学报》1997年第1期。

② （明）余继登：《典故纪闻》卷13，中华书局1981年版，第245页。

③ （明）王世贞：《弇州续稿》卷18，《文渊阁四库全书·集部·别集类》，第57页。

④ （明）孙继皋：《宗伯集》卷10，《文渊阁四库全书·集部·别集类》，第28页。

僧来念经。穿云锦袈裟，戴毗庐帽，大钹大鼓，甚是整齐。……十月
初八日，是四七，请西门外宝庆寺赵喇嘛等十六众来念番经，结坛跳
沙，洒米花行香，口诵真言，斋供都用牛乳茶酪之类，悬挂都是九丑
天魔变相，身披璎珞琉璃，项挂骷髅，口咬婴儿，坐跨妖魅，腰缠
蛇，或四头八臂，或手执戈战，朱发蓝面，丑恶无比。午斋已后，就
动荤酒，西门庆那日不在家，同阴阳徐先生往坟上破土开矿去了。后
晌方回，晚夕打发喇嘛散了。①

上面这一段描写的显然是藏传密宗喇嘛佛事，有寺有僧，其偶像崇
拜，宗教活动仪式，确实是元、明以来汉族知识分子眼中藏传佛教喇嘛形
象的典型。小说作者采用移花接木之法，把在当时京城附近的宝庆寺，放
在小说中的清河。至于文中喇嘛姓赵的问题，留居在内地的藏族人选用汉
姓习惯古已有之，敦煌在藏文写卷 P. T. 127 号（约为 9 世纪作品）中有
《五姓说》一卷，藏人所选用的汉姓达 70 余字。因而早在吐蕃时期的敦
煌及河西陇右的藏人中"汉姓藏名"者较多。②

小说《西游记》第 80 回"姹女育阳求配偶，心猿护主识妖邪"中在
镇海禅寺遇到一番僧，对其模样作者是这样描写的"头戴左边绒锦帽，
一对铜圈坠耳根。身着颇罗毛线服，一双白眼亮如银。手中摇着拨浪鼓，
口念番经听不真。三藏原来不认得，这是西方路上喇嘛僧"。这一段恰是
《西游记》成书受到藏传佛教影响的有力证明。

这里需要补充的是，由印度传入西藏并广为传播的是大乘佛教。它与
西藏苯教结合形成了藏传佛教，其中密宗盛行是藏传佛教的主要特点。藏
密宗盛行于中原是从藏传佛教萨迦五祖八思巴担任国师开始的。其后的元
明清，"双修法""欢喜佛"等诸多带有密宗文化特征的元素在内地流传，
并对朝野乃至整个文化层都产生了重要的影响。在当时，许多河西走廊的
寺院，典型的如炳灵寺石窟，原有的汉传佛教洞窟壁画被压，又彩绘上了
"三头六臂""千手千眼""欢喜佛"等藏密宗画像。

---

① （明）兰陵笑笑生：《金瓶梅》，香港太平书局 1982 年版，第 1815—1816 页。
② 参见《敦煌·吐鲁番学论文集》第 4 辑，第 756—767 页。

二 "虎皮裙"题材在藏密宗中颇为常见

从广东省博物馆现存的绘有唐僧"取经故事"的元代瓷枕来看,"取经故事"在当时已广为流传。画面上主要人物已齐备,只是孙悟空尚未束虎皮裙,猪八戒还没有腆着个大肚子,没担行李,沙和尚举伞从行,并非手持宝仗。这说明,给孙悟空束上虎皮裙子的事是在元代以后发生的。①

在上古时代,无论是农耕民族,还是游牧民族,动物都以不同的方式和功能参与到人们的日常生活之中,与人们征服自然、改造自然的活动结下了不解之缘。因此,上古时代的人们,能够从自身生存要求的角度出发,对周围环境中的各种动物作出区分,产生或喜悦、或恐惧、或敬畏的情感。早在吐蕃时期,吐蕃人对自己敬畏的动物,诸如老虎、狮子即非常崇拜,这也在一定程度上反映出吐蕃人的善恶观念和伦理思想。他们把勇敢、机智、善良等美德寄寓于个人所钟爱的动物,从而表现自己的价值取向。比如对勇士,往往裹以革豹及虎皮,或饰以虎皮裈、虎皮裙,老虎便成了勇武的象征,为人们所崇敬。② 在敦煌、新疆等地的石窟中可以看到,束虎皮衣饰的吐蕃时期的武士、神祇图像和雕塑。莫高窟231窟吐蕃赞普出行图中赞普身后有一位武师身穿虎皮上衣,腰系豹皮围裙,头戴皮帽。③

到吐蕃王朝中后期,密宗的传入,特别是密宗本土化后,身束虎皮裙的人物形象,开始在藏传密宗里大量涌现。藏密宗吉祥天母、不动金刚、胜乐金刚、大黑护法西南护法止固巴吉、铜剑十七神之姜地法、食肉狐头神等,皆束虎皮制成的围裙。④ 这些束虎皮裙的护法神形象,在今天的藏地寺院密宗殿里也是随处可见。护法神束虎皮裙,则象征无畏和勇猛,表示佛法之伟大,一切邪恶与外道必将踩于脚下。

---

① 参见朱一玄、刘毓忱编《西游记资料汇编》,南开大学出版社2002年版,第150页。

② 参见王尧、陈践译《敦煌本吐蕃历史文书》,民族出版社1980年版,第123页。

③ 参见陆离《敦煌新疆等地吐蕃时期石窟中着虎皮衣饰神祇、武士图像及雕塑研究》,《敦煌学辑刊》2005年第3期。

④ 参见们发延《藏传佛教密宗神像赏析》,《佛教文化》2001年第4—5期。

再来探讨汉地虎崇拜。由于虎勇猛无比，是兽中之王，汉地人们对它依然怀有畏惧之心，有些人甚至谈论起虎来都胆战心惊，所以便有了"谈虎色变""虎口拔牙"这一类成语。能赤手空拳打死虎的人，像《水浒传》中的武松，自然便成为英雄。人们也常用虎来比喻本领高强的人，"龙争虎斗""藏龙卧虎"这些成语便是很好的说明。

由"虎"的雄健、凶猛，汉地人们便进而引申出"虎"字勇猛、威猛的意思，所以自古以来，人们多用"虎"来喻勇武的将军。《三国演义》中便称骁勇善战的大将为"虎将"。关羽、张飞、赵云、马超、黄忠被誉为"五虎上将"。人们也希望自己的孩子，尤其是男孩，长得健壮，想到了虎的雄健，便给孩子起乳名为"小虎子""二虎子"等。

老虎是非常凶残的，它也会吃人。能降龙伏虎的，就不是凡人了，只有极乐世界的十八罗汉中的降龙罗汉和伏虎罗汉，再就是《封神演义》中的赵公明，他的坐下骑是一只黑虎。虎，威猛，虎皮也象征威猛。在一些文学作品中，只有那山寨大王才将虎皮蒙在椅子上，做成了"虎皮交椅"。

但是，纵观汉地所有文学作品中的人物形象塑造，将虎皮作为人物衣裙来塑造的情况极为罕见，唯有《西游记》中神通广大的齐天大圣孙悟空腰围虎皮裙子，以显示其威武。这样的形象塑造的唯一性与独特性，也说明了这一题材源于异域的可能性。

三 藏密诸神外形与《西游记》神魔形象比照

从上述内容来看，藏传佛教密宗在元明两代，对中原文化特别是文人创作形成了深远影响。那么，造型奇特、威怖的藏密宗诸神形象，也具备了对小说《西游记》中其他部分神魔形象塑造提供一定题材的可能性。藏传密宗中护法神与《西游记》中的神魔外形，相似点很多，限于篇幅，本文只列举几处加以比较说明。以下所举藏传佛教密宗诸神文献来源，均出自奥地利藏学家内贝斯基的《西藏的神灵和鬼怪》一书。①

---

① 参见［奥地利］内贝斯基《西藏的神灵和鬼怪》，谢继胜译，西藏人民出版社 1993 年版。

三头六臂法身。在《西游记》①中三头六臂的法身不但孙大圣有，哪吒同样也具备。小说第四回"官封弼马心何足，名注齐天意未宁"中哪吒与大圣厮杀前就现出："哪吒奋怒，大喝一声，叫'变！'即变做三头六臂，恶狠狠，手持着六般兵器，乃是斩妖剑、砍妖刀、缚妖索、降妖杵、绣球儿、火轮儿，丫丫叉叉，扑面打来。"在藏密宗神系中许多护法神都有三头六臂的怒相外形，如其中的六手大黑护法：其一身黑蓝色或黑色，生有一面、三眼、六手，其中最下面的左手挥舞两端缠有金刚的缚魔绳套。藏传密宗里的诸神都有善相与威怖的怒相，为了能震慑妖魔，他们往往现出怒相，而孙大圣和哪吒的三头六臂相也是在与敌作战时才显现，相似之处不言而喻。

骷髅项链。藏密宗中大黑护法的身形之一种持梃护法嘎玛，他佩戴有五骷髅头骨冠、五十颗人头串成的花环。大黑护法之另一种大神兄妹护法、大黑魔护法仲协巾，他们的身上同样也挂有五十颗人头组成的花环。藏密宗中的金刚具力神同样也生有一面二手，头戴五干骷髅头骨头冠，肩上挂一只用五十颗剥砍下的还在滴血的头颅串成的花环。康保成也撰文说："藏族密宗中的金刚、明王、护法神等神佛造像，大部分都有骷髅装饰品，有的戴骷髅冠，有的身戴骷髅璎珞。例如，怖畏金刚身佩50颗鲜人头，遍体挂人骨珠串。据说佩戴人骨、骷髅一方面象征世事无常，另一方面象征战胜恶魔和死亡。"②足见，在藏密宗护法神佩戴人头骨项链是较为常见的事，而在其他宗教中甚为罕见。《西游记》第二十二回"八戒大战流沙河，木叉奉法收悟净"中对沙僧的描写："项下骷髅悬九个，手持宝杖甚峥嵘。"夏敏也认为沙僧披挂骷髅乃11—14世纪西域流行藏传佛教密宗的形象显现。③

缚妖索。《西游记》第三十四回"魔王巧算困心猿，大圣腾那骗宝贝"中，金角银角大王的"母亲"九尾狐就有一个宝器"幌金绳"，它可以套住一切神仙，连孙悟空也难以从中逃脱："好大圣，一只手使棒，架

① 参见（明）吴承恩《西游记》，人民文学出版社1980年版。
② 康保成：《沙和尚的骷髅项链——从头颅崇拜到密宗仪式》，《河南大学学报》2004年第1期。
③ 参见夏敏《沙僧、大流沙与西域宗教的想象》，《明清小说研究》2005年第1期。

住他的宝剑；一只手把那绳抛起，刷喇的扣了魔头。原来那魔头有个《紧绳咒》，莫能得脱；若扣住自家人，就念《松绳咒》，不得伤身。他认得是自家的宝贝，即念《松神咒》，把绳松动，便脱出来。反望行者抛将去，却早扣住了大圣。大圣正要使'瘦身之法'，想要脱身，却被那魔念动《紧绳咒》，紧紧扣住，怎能得脱？褪至颈项之下，原是一个金圈子套住。"有关这样一种神奇的绳子，在藏传密宗神系中作为护法神的法器之一种，甚是常见。白梵天神李庆哈拉的一个伴神，大怒世界女王——班丹拉姆的一个身形，基本特征是，一位三头女神，骑骡，六只手手中持棍、头盖骨碗、拘鬼牌、绳套、镜子和橛。大黑护法中集主大黑护法，还有他的女使者，大神兄妹护法，他们的法器都有用来降魔的"绳套"，还有守护主神坛城的七位女神，都有制伏妖魔的"绳套"。

照妖镜。小说《西游记》全书，出现照妖镜至少四次：第六回擒拿大闹天宫的孙悟空时，托塔李天王高擎照妖镜助二郎神一臂之力；第三十九回文殊菩萨用照妖镜照出青毛狮王的原形；第五十八回照妖镜被用来鉴定真假美猴王；第六十一回则被托塔李天王照住牛魔王本相，使其腾挪不动、无计逃生。照妖镜的神奇法力让人惊叹。而在藏密宗十二位丹玛女神中的多吉查姆杰、多吉玉仲玛，皆手持一面能反映幻象并能透视一切的纯银镜。虽然有关神镜的题材，晋葛洪在《西京杂记》《抱朴子·内篇·等涉》中均有描述，学术界也一般认为它是与佛道文化有关。[①] 限于材料，小说《西游记》中的这面照妖镜的题材，是源于中原文化中的神镜还是藏密宗中的神镜，无法深究，但是根据照妖镜在明代神魔小说中的重大发展判断，受藏传密宗影响的可能性更大。

猪头神。《大唐三藏取经诗话》里还没有出现猪八戒，在杨景贤的《西游记杂剧》里即已出现猪八戒。那么猪八戒的形象是作者独创的，还是有何历史渊源呢？学术界的说法不一。论其形象由来，《大唐三藏取经诗话》中没有。最早见于《朴通事谚解》注引《西游记平话》，道是"黑猪精朱八戒"。《西游记杂剧》改"朱八戒"为"猪八戒"，易"黑猪精"为"金色猪"，说他是"搭琅地盗了金铃，支楞地顿开金锁"，走人

---

① 参见王光福《晋人葛洪所记镜异事与唐人镜异小说之关系》，《蒲松龄研究》2010年第1期。

下界为妖的"摩利支天部下御车将军"。《西游记》承袭了杂剧猪八戒的姓氏而变更了其来由，说他是因带酒戏弄嫦娥而被玉帝贬下凡尘，不料错投猪胎的"天河里天蓬元帅"。张锦池先生在《论猪八戒血统问题》一文中认为，猪八戒是我国传统文化的基础上，土生土长的猪。① 这里有两个问题，值得思考：一是猪八戒形象产生于藏传佛教对中原文化形成较大影响的元代，而不是更早？二是猪八戒是猪首人身的天神，而非其他？而这些问题的答案正好可以从藏传佛教传入中原的时间，及藏密宗中部分护法神的外形特征上寻找。

而在西藏神系中就有许多神生有猪头。如土地神哈萨噶尔巴，他生有三个脑袋，即中央的是象头，右边的是虎头，左边的是猪头。哈萨噶尔巴前面站着的是一位红色的三头人，三个头分别是猪头、蛇头和鸟头。还有西藏厉神中一位重要的红色土地神，她生有人的躯体，猪头，右手持一根叫作"世界弯木"的有三个权的木棍，左手持"神胜幢"。属于土地神系列的还有一位女神名叫"土地神之女本吉佐姆"，她被描绘成一位黑黄色神灵，持头盖骨，骑一头猪。还有大黑护法中的大兄妹护法，也是生有猪头。

各类小妖。《西游记》里各种动物形象的小妖随处可见，诸如狼头精、虎头精、鹿头精等举不胜举，极少有具体名字。藏密宗里也有许多护法神都生有动物头，人身。如大黑护法扎协仲夏巾生有牦牛头。四手智慧护法和他的伴偶大时母丹次吉旺姆就派各类生灵做他们的使者，有秃鹫和其他鸟类，还有狗、豺、狮和"众多的最下等级的黑女人"。八位原本属苯教神灵的生有秃鹫、鹏、乌鸦、猫头鹰、猪、狗、狼、虎等兽头的红色裸体空行母兽头女神。另外还有十二护帐神的说法，除了刚才的那八位外，还有四位兽头女神分别是狮面女、豹面女、人熊面女和熊面女。在厉神里甚至还有牦牛头、虎豹头、树怪头、麝鹿头。

综上所述，唐僧"取经故事"在元代与明代前、中期走向成熟并最终定型。藏传佛教在元明两代大规模传入中原，并对中原文化层，特别是文人创作形成深远影响。藏传密宗护法神束"虎皮裙"的形象较为常见。除此，人物形象束"虎皮裙"的造型在汉民族及其他民族的艺术作品中

---

① 参见张锦池《论猪八戒的血统问题》，《明清小说研究》2002 年第 2 期。

却极为罕见，这无疑说明了小说《西游记》孙悟空束"虎皮裙"的题材，很有可能源自藏传密宗。据此推论，《西游记》中"三头六臂法身""照妖镜""骷髅项链"等题材，与藏密宗相关护法神形象之间也有密切的渊源关系，值得深入探究。

原刊于《成都理工大学学报》2012 年第 5 期

作者单位：甘肃民族师范学院汉语系

三晋钹铙打造了孙悟空

——关于《西游记》的早期形态兼答曹炳建、杨俊先生

蔡铁鹰

近年来，笔者一直固执地表述一个千虑之得，即目前的文学史、小说史关于《西游记》成书过程的描述都是值得重新斟酌的。错误的根源就在于将唐五代寺院俗讲的教材（变文?）《大唐三藏取经诗话》误认作是南宋临安的"说经"话本，大大地压缩了唐僧取经故事演变发展的空间，造成了演变环节的"合理"缺失和各类资料信息之间的"错简"。①

这一认识的构成，有一个重要的学术支撑，即借助于戏曲史研究的重要资料《迎神赛社礼节传簿四十曲宫调》（以下简称《礼节传簿》）的发现。② 正是由于这一环节的发现，我们才得以纠正《西游记》成书环节的若干错简和误说：向前，从《唐僧西天取经》古老的形式和粗犷的内容，启示了我们对《大唐三藏取经诗话》生成年代的重新认识，启示了对原生的取经故事的发现，使我们找到了取经故事产生的真正源头；向后，其比较单一的佛教色彩为我们廓清取经故事的演变脉络，确定文化整合的节点（《西游记杂剧》）提供了线索。

当然，《唐僧西天取经》生成的时间需要证明，它所蕴含的意义也需要挖掘。本文将重点讨论这两个问题并以此回复曹炳建、杨俊先生的质疑。③

按：现在所见的《迎神赛社礼节传簿四十曲宫调》（以下简称《礼节

---

① 参见蔡铁鹰《唐僧取经故事生成于西域之求证》，《明清小说研究》2004 年第 2 期。

② 参见山西师大戏曲文物研究所《中华戏曲》第 3 辑，山西人民出版社 1987 年版。

③ 参见曹炳建、杨俊《〈礼节传簿〉所载"西游"戏曲考——兼与蔡铁鹰等先生商榷》，《明清小说研究》2005 年第 2 期。

传簿》）1985 年冬发现于山西潞城，故称"潞城本"。宋元以来，山西即有一种办赛敬神的习俗，官方厘定范围，多方合办的称为官赛，自然村群众自办的称为"调家龟"。这种习俗与一般节日社火的不同之处，就在于它不仅演剧，而且必须有世代相传扮演固定角色的乐户参加，必须由俗称阴阳先生的堪舆世家主持操办，每次又必须遵循一些例行的礼节程序和演出规定。所谓《礼节传簿》，就是那些仪式，程序和演出内容的记录底本。潞城发现的这份《礼节传簿》，保留了大量古代剧目和戏剧史的研究资料，被称为戏剧研究中的天赐奇书。其中，最重要的资料是一份队戏《唐僧西天取经》的角色排场单。

《唐僧西天取经》——单舞

唐太宗驾，唐十宰相，唐僧领孙悟恐（空）、朱悟能、沙悟净、白马，行至师陀国；黑熊精盗锦兰袈沙；八百里黄风大王，灵吉菩萨，飞龙柱杖；前至宝象国，黄袍郎君、绣花公主；镇元大仙献人参果；蜘蛛精；地勇夫人；夕用（多目）妖怪一百只眼，菡波降金光霞佩；观音菩萨，木叉行者，孩儿妖精；到车牟（迟）国；天仙，李天王，哪吒太子降地勇；六丁六甲将军；到乌鸡国；文殊菩萨降狮子精；八百里，小罗女，铁扇子，山神，牛魔王；万岁宫主，胡王宫主，九头附马，夜叉；到女儿国；蝎子精；昴日兔；下降观音张伏儿起僧伽帽频波国；西番大使，降龙伏虎，到西天雷音寺，文殊菩萨，阿难，伽舍、十八罗汉，四天王，护法神，揭地神，九天仙女，天仙，地仙，人仙，五岳，四渎，七星、九曜，千山真君，四海龙王，东岳帝君，四海龙王，金童，玉女，十大高僧，释伽沃（佛），上，散。

队戏:《唐僧西天取经》古老身份的标志

20 世纪 80 年代，笔者受黄竹三先生惠示关注《礼节传簿》之初，印象最深的就是"队戏"。"队戏"这个名词在早期的戏剧资料中曾经出现过，但由于没有实物为证，因而并没有引起认真的关注。而在《礼节传簿》中，队戏恰恰是一百多种存录剧目的重头戏——比较确切的就有二十多种，而且不仅明标是队戏，还分出哑队、正队；不仅有剧目，而且有剧情有角色；如此丰富的剧目，如此庞杂的剧情，还有围绕着"队戏"的一系列我们不太熟悉的概念"队舞""队戏""哑队""正队"等，不由得研究者们不为之一惊。《礼节传簿》的整理者当初就断然肯定它"可以为戏剧史补入空白"，因为"以往戏剧史家研究宋、金、元戏剧，更多地着眼于说唱诸宫调、元杂剧等曲牌体音乐流变脉络"，而通过队戏的发现，我们"可以明显地看出形成中国戏剧，还有一条路子，即由乐舞、叙事乐舞、供盏队戏、哑队戏、正队戏，即从歌舞、叙事歌舞、进而吸收诗赋体念白、诗赞体吟诵，到诗赞体说唱往下延续的板腔体戏曲"。[①] 这段话已足可体现队戏的重要意义。

对于本文来说，"队戏"的发展进程还有一个具体的意义，就是可以大致确定《唐僧西天取经》的生成时间。根据《礼节传簿》中各种概念的相互关联带来的可比性，我们基本上可以排出他们之间的演进顺序：乐舞—队舞—队戏—（哑队戏—正队戏）—直至与杂剧、南戏重叠。那么，这个过程起于何时，止于何时？

先说"队舞"。"队舞"一词最早见于中唐诗人王建的宫词，"青楼小妇研裙长，总被抄名入教坊。春设殿前多队舞，朋头各自请衣裳"，与唐代盛极一时的乐舞有关。对于唐代乐舞，一向主张从宽界定戏剧因素的前辈任半塘先生，极力主张应从中分出一种可以称为戏剧的"歌舞剧"来，而筛选的标志就是其中有扮演故事的情节人物。他曾经说过：

> 唐代歌舞盛行，为学者先入之见，意识中每每过分夸大，于是凡遇稍涉歌舞者，无不歌舞目之；纵有歌舞剧当前，确已成戏，亦多被上项之夸大主观所吞没，终于不见，无从分辨。[②]

这对我们判断队戏的产生有重要的基础意义，任先生其实是在告诉我们，在唐人的乐舞中其实早已孕育着戏剧的因素，哪天发现从乐舞中生长

---

① 寒声、栗守田、原双喜、常之坦：《迎神赛社礼节传簿四十曲宫调初探》，《中华戏曲》第 3 辑，陕西人民出版社 1987 年版，第 128 页。

② 参见任半塘《唐戏弄》，作家出版社 1958 年版，第 212 页。

出一种带有戏剧性的队舞，无须奇怪。

对"队舞"这个词，任先生作过解释，说"队舞"是相对于"白舞"与"方舞"而言的，唐代制度，一人起舞叫"白舞"，四人或五人按照东西南北中的方位站定而分舞，叫"方舞"，多人表演的集体舞蹈则叫"队舞"。对于起初的集体舞蹈，任先生并没有夸大它的戏剧性，而是说"队舞多人同场，动作一致，故难演故事，亦难用傀儡"①。但是到了五代、宋以后，情况有变，从乐舞中演化出越来越多的"队舞"，如《菩萨蛮队》《柘枝队》《剑器队》等，似乎形成了一种趋势。从乐舞向队舞的演化，难道就是表演人数的变化吗？王国维《戏曲考源》认为《柘枝队》《菩萨蛮队》之类，仍不过乐舞而已；而许之衡《戏曲史》则认为这些表演，颇类故事，"已入戏剧范围矣"。②

"队戏"一词，最早见于北宋人刘斧撰辑的《青琐高议》，其后集"隋炀帝海山记下"中提到"忆昔与帝同队戏时"。隋炀帝时的队戏不太可能，但北宋有队戏却应无疑，否则刘斧无从谈起。元人杨维桢《东维子文集》卷六"送朱女士桂英演史序"中，也提到了"队戏"：

> 孝宗奉太皇寿，一时侍前应制多女流也。若棋待诏为沈姑姑；演史为张氏、宋氏、陈氏；说经为陆妙静、妙慧；小说为史慧英；队戏为李瑞娘，影戏为王润卿，皆一时慧黠之选也。

这里把队戏出现的时间说得非常清楚——孝宗时，也就是南宋之初；对队戏性质表述得也再确切不过，与"演史""说经""影戏""小说"为伍，脱不开"有声有色"四字，也就不外乎故事、情节、说唱、表演。

至于"哑队""正队"之间，只是有一些形式、程度上的差别而已，或者正如研究者们猜想的，所谓哑队戏，即是初起的队戏，其故事情节主要是通过演员的动作、舞蹈、表情、身段表达，演出形式也不限舞台；而所谓正队，则从身段、动作中发展出台词、唱段，有了核心的情节，可以相对集中在一处舞台上表演。

---

① 任半塘：《唐戏弄》，作家出版社1958年版，第375页。
② 同上书，第213页。

笔者认为，在这样的资料面前，继续怀疑宋金、宋元时期出现过队戏是缺乏理由的。重要的是，既然队戏曾经有声有色存在过，那它后来到哪儿去了，为何再也见不到了？我们可以说队戏完成了自己的历史使命而汇入了新的戏剧形式，也可以说在杂剧、传奇发育成熟后，队戏失去了自己的发展空间而退出舞台，《礼节传簿》所提供的事实，对这些不同的说法都可以支持。然而一个确凿的事实是，入元之后，我们再也没有见到主流文献关于队戏的记载——尽管它没有立即消亡，但显然已经失去了旺盛的生命力。

这样看来，"队戏"这个概念涵盖的时间，也就是晚唐五代到宋金、宋元之间。那些被"队戏"概念涵盖的包括《唐僧西天取经》在内的作品，大致也应生成于这一时间。的确，很难相信入元之后甚至到明代，已经走上下坡路的队戏还会产生出像《唐僧西天取经》那样丰富、庞杂的作品。

而曹、杨二位坚持认为《唐僧西天取经》时间的标定一定要以《礼节传簿》"抄立"的万历二年（1574）为准，笔者以为未免有胶柱鼓瑟之嫌。

"原生的取经故事"呼之欲出

研读《唐僧西天取经》这段数百字情节提要的第一个成果，就是发现了原生取经故事的存在。

关于"原生的取经故事"这个概念，我们尚没有直接的资料也就是考据学上所谓的"铁证"加以证明，但笔者以《唐僧西天取经》与《大唐西域记》《大慈恩寺三藏法师传》及《大唐三藏取经诗话》仔细比对，确信我们见到的早期取经故事中有许多与《大唐西域记》《大慈恩寺三藏法师传》所描绘的西域有直接的或间接的对应关系，如火焰山、车迟国、深沙神、大梵天王、地勇夫人、贫婆、"僧行七人"等，这些故事都不可能是内地人创造的，唯一合理的解释就是他们伴随着玄奘的东归而在西域产生，并渐渐地渗入中原。现举例说明。

火焰山：在《唐僧西天取经》中叫"八百里"（火焰山），在《大唐三藏取经诗话》中叫"火类拗"，故事中描写道，"又忽遇一道，野火连天，大生烟焰，行走不得"。习惯上我们会将其附会于新疆赤色皱折形石山如吐鲁番火焰山之类，但是错了，"野火连天，大生烟焰"的火焰山其实是西域地下煤田自燃的真实写照。新疆一带地下藏煤丰富，常常自燃，火起则遍地烟焰数尺，颇为壮烈，是一种独特的景观，请看 2003 年 6 月 21 日人民网一位记者的描写："经过半天的颠簸，车终于驶进硫黄沟煤田火区。眼前的景象让人觉得恍若置身吴承恩笔下的火焰山：蓝幽幽的火苗从地底下呼呼窜出，漫山遍野烟气氤氲，空气中弥漫着浓浓的硫黄味。离火区还有几百米就觉炙人的热浪扑面而来。"这样的地下煤田自燃大火，始于数百、数千乃至数万年前，至今仍在燃烧，内地人根本不可理解，始述此者，即最早将自燃大火嵌进取经故事者，非生于斯长于斯的西北人莫属。

地勇夫人：在《西游记》中即为自称为托塔李天王之女、哪吒之妹的"金鼻白毛老鼠精"。这又是一个典型的西域题材故事。西域多草原，而草原多鼠，这在现在已是常识，但在当时，对于内地的人来说应是新鲜事，故玄奘《大唐西域记》卷十二记下了一则奇异的故事：

> 闻知土俗曰：此沙碛中，鼠大如猬，其毛则金银异色……昔者匈奴率数十万众，寇掠边城，至鼠坟侧屯军。时瞿萨旦那王率数万兵，恐力不敌，素知碛中鼠奇……焚香请鼠，冀其有灵，少加军力。其夜瞿萨旦那王梦见大鼠曰：敬欲相助。愿早治兵，旦日合战，必当克胜。匈奴……方欲驾乘被铠，而诸马鞍、人服、弓弦甲链，凡厥带系，鼠皆啮断，兵寇既临，面缚受戮……

这个故事后来进入中原，在中唐著名密宗僧人不空所著的《北方毗沙门仪轨》中再次出现，说天宝元年，西域大石、西康五国围安西城，其年二月一日安西有表请兵救援，唐玄宗通过一行禅师请出北方毗沙门天王（西域广泛崇拜的神，即后来的托塔李天王）救援，天王施法放出鼠精：

> 至其年四月四日，安西表到云："二月十一日巳后午前，去城东北三十里，有云雾斗黯，雾中有人身长一丈，约三五百人尽著金甲，

至酉后鼓角大鸣，声震三百里，地动山崩停住三日。五国大惧，尽退军抽兵，诸营队中并是金鼠弓咬弩弦，及器械损断，尽不堪用……"

这个立功的老鼠后来又演变成了托塔李天王之女、哪吒之妹，号称"地勇夫人"。显然这个故事起源于西域的文化、地理背景，能将故事带进《唐僧西天取经》的也非西域人莫属。

限于篇幅，我们只举两例。这两个故事都很生动地说明了问题，特别是"地勇夫人"，因为这个故事《大唐三藏取经诗话》中也没有见到，它极为有力地说明了队戏《唐僧西天取经》除了《大唐三藏取经诗话》之外还有相当丰富的故事源。而且其中许多故事的浓浓的西域味告诉我们，这些故事源一定来自西域，除了火焰山、车迟国、深沙神、大梵天王、地勇夫人、贫婆之外，小罗女、女儿国等在《大唐西域记》《大慈恩寺三藏法师传》中也可以找到踪影，如宝象国、狮驼国、胡王公主、西番大使等也不是中原大地的农民们所能创造的。只不过我们目前还无法证明全部，还要做一些"小心求证"的工作。

请注意，《大唐三藏取经诗话》是晚唐五代的事，《唐僧西天取经》是宋元的事。在此之前，还有一个庞大的故事源，如何表述？姑且称为原生的取经故事吧。

《西游记杂剧》当刮目相看

在旧文中，笔者曾经认为，《礼节传簿》存留的剧目中，除了队戏《唐僧西天取经》以外，还有相当一部分的剧目与《西游记》有关，这些剧目包括《雄精盗宝》《文殊菩萨降狮子》《齐天乐·鬼子母捧钵》《泾河龙王难神课先生》《东方朔偷桃》《王母娘娘幡桃会》《二十八宿闹天宫》等。

但是错了。这些剧目中，除了《雄精盗宝》 《文殊菩萨降狮子》（《齐天乐·鬼子母捧钵》存疑）以外，其余的剧目在当时与取经故事其实没有任何关系——《唐僧西天取经》的人物角色虽然庞杂，但细细看来，佛教的成分还是非常明显的，把那些跑龙套的天仙、地仙、人仙；金童、玉女等杂七杂八的人物去除后，剩下来的大多数都是佛教范畴内的人和神，其血统还是相当纯正的。不仅如此，如果延伸下去看，在元末明初杨景贤的《西游记杂剧》问世之前，所有二郎神、泾河龙、金丹、御酒之类与道教沾边的故事，都与取经无关。证据就是：在杨景贤《西游记》之前，凡是取经的都说"孙悟空"，孙悟空降魔伏怪但自己不作怪；而凡说"齐天大圣"的都是好色贪财之徒，绝无取经之事。所谓二郎神、泾河龙、金丹、御酒之类的故事因子，都是在杂剧《西游记》之中才被网罗进取经故事的大系统。①

杂剧《西游记》就这么重要吗？的确如此。

我们应当发现，杂剧《西游记》第一次用了"西游记"这个故事名称；而在此之前，所有的故事都叫"取经"。以此为标志，故事的重心发生了转换，主角由唐三藏悄悄地换成了孙悟空。在文学的意义上，这是非常重要的。

但我们更应当发现，杂剧《西游记》第一次为孙悟空加上了"齐天大圣"的名号；第一次增加了闹天宫、盗御酒之类的故事。从故事生成演变的角度来看，这一点的意义更大，以此为契机，我们发现杂剧《西游记》作了一次极为重要的文化整合。

整合的一端是《唐僧西天取经》，这是原产于西域的、佛教的取经故事，其中心人物为唐三藏，最早有包括猴行者在内的六个随行，其后有孙悟空、朱悟能、沙悟净等徒弟；有十丞相相送，有观音文殊、降龙伏虎卫护；有流沙河、车迟国、火焰山，有牛魔王、地勇夫人等，前与陈玄奘西域取经的途程，与《大唐西域记》《大唐三藏取经诗话》一脉相承，后与小说《西游记》的故事相衔接，体系性不言而喻。在元代，产生于这个系统的大概只有吴昌龄的讲老回回的《唐三藏西天取经》（按：曹炳建先生认为吴昌龄的《唐三藏西天取经》要早于队戏《唐僧西天取经》，笔者认为值得商榷。队戏故事虽多，但粗糙、简单，是初级形式；而吴昌龄的《唐三藏西天取经》故事取其一端，细密舒展，显然是对原始故事的加工，两者的关系孰为前后，不难判明）。

整合的另一端则是中国本土文化或者说道教的"齐天大圣"故事

---

① 参见胡适《跋〈销释真空宝卷〉》，载刘荫柏编《西游记研究资料》，上海古籍出版社1990年版，第235页。

（再衍生到二郎神、闹天宫、金丹御酒的故事）。鲁迅与胡适曾经争论过孙悟空的形象究竟是"本土"的，还是"外来"的，这个争端的产生其实源于对佛教孙悟空猴与道教齐天大圣猴的混淆。下面请看我们对道教齐天大圣猴的爬梳。

中国古代猿猴精怪的故事丰富，汉代有"盗我媚妾"的南山大玃，唐代有抢人妻入深山的白猿（《补江总白猿传》），还有淮水水神无支祈（《李汤》）等。其中，后来比较体系化的是《补江总白猿传》中提到的白猿，到宋代则演变为经典的话本故事《陈巡检梅岭失妻记》，表现了明显的前后承袭关系，流传非常广泛。这些故事里作怪的主角已经成为固定的猴精"齐天大圣"及其家族。先看宋话本《陈巡检梅岭失妻记》：

> 且说梅岭之北，有一洞，名曰申阳洞。洞中有一怪，号曰申阳公，乃猢狲精也。弟兄三人：一个是通天大圣，一个是弥天大圣，一个是齐天大圣。小妹便是泗州圣母。这齐天大圣神通广大，变化多端，能降各洞山魈，管领诸山猛兽。兴妖作法，摄偷可意佳人，啸月吟风，醉饮非凡美酒。与天地齐休，日月同长。

再看元杂剧《二郎神锁齐天大圣》：

> 吾神三人，姊妹五个。大哥通天大圣，吾神乃齐天大圣，姐姐是龟山水母，妹子铁色猕猴，兄弟是耍耍三郎。姐姐龟山水母，因水淹了泗州，损害生灵极多，被释迦如来擒拿住，锁在碧油坛中，不能翻身。我听知的太上老君，炼九转金丹，食之者延年益寿。吾神想来，我摇身一变，化作一个看药炉的仙童，扳倒药炉，先偷去金丹数颗，后去天厨御酒局中，再盗了仙酒数十余瓶，回到于花果山水帘洞中，大排筵会，庆赏金丹御酒，岂不乐哉！不怕天符玉帝差，吾身忿怒夯胸怀。仙酒灵丹延寿永，洞中排宴乐开怀。

这里的"齐天大圣"家族早已形成，但与孙悟空、《西游记》毫不相干；换句通俗的话说，当时的齐天大圣还不认识唐僧与孙悟空。"齐天大圣"带出的盗金丹御酒之类的大闹天宫的故事，也与孙悟空、与《西游记》毫不相干。

最后是杨景贤在杂剧《西游记》里，把那个：

　　一自开天辟地，两仪便有吾身，曾教三界费精神，四方神道怕，五岳鬼兵嗔，六合乾坤混扰，七冥北斗难分，八方世界有谁尊？九天难捕我，十万总魔君。小圣弟兄姊妹五人：大姊骊山老母，二妹巫枝祇圣母，大兄齐天大圣，小圣通天大圣，三弟耍耍三郎。喜时攀藤揽葛，怒时揽海翻江。金鼎国女子为我妻，玉皇殿琼浆咱得饮。我盗了太上老君炼就金丹，九转炼得铜筋铁骨，火眼金睛，瑜石屄眼，摆锡鸡巴。我偷得王母仙桃百颗，仙衣一套，与夫人穿着，今日作庆仙衣会也。

妖猴齐天大圣的所作所为移到了孙悟空身上，使取经的孙悟空和闹天宫的齐天大圣成了一个角色。

由这两个文化系统的整合来看，队戏《唐僧西天取经》与杂剧《西游记》孰先孰后的问题无须多议——艺术是不能倒退的，前者是一块纯色的布，后者则已经被染了色——《唐僧西天取经》绝无可能迟于杂剧《西游记》，即它的生成时间绝对不会晚于元末明初。如果注意到它派生出吴昌龄《唐三藏西天取经》的情况，它的生成流行还是应在宋金时期。至于曹、杨二位先生对笔者这一判定的质疑，虽然似乎有理，但都是具有或然性的问题，不能动摇我们从整体把握上所得出的结论。

三晋钹铙打造了孙悟空

以上我们已经为失而复得的《唐僧西天取经》作了两方面的定位：时间方面，基本已经可以确定生成于在宋金、宋元时期；空间方面，则确定了它是在变文《大唐三藏取经诗话》与杂剧《西游记》之间的一个环节。再加上一个地域定位三晋大地，我们已经具备了描述宋元时期取经故事流行状况的基本要素。

张之中先生对于队戏、院本与杂剧的兴起及其相互关系有过一段非常简洁而到位的论述："队戏是相当古老的原始剧种，他是随着农村这种迎神赛社习俗的形成而形成的。古上党地区，早在北宋年间建庙祀神已是普遍的事，至今仍有碑石记载。……早在北宋年间，院本和杂剧还没有登台的时候，活跃在这些神庙舞楼上的，应该说，主要是民间产生的祀神戏——在上党是队戏，在晋南是锣鼓杂戏，在晋北是赛社，在豫北也叫队戏，在陕北则有跳戏。至于宋杂剧……此时还没有取得像队戏这样祀神的正宗地位。"①

对我们而言，当时最早登上舞台的究竟是队戏还是院本或者杂剧并不十分重要，重要的是三晋大地是孕育戏剧的肥沃土壤，队戏《唐僧西天取经》是在这里孕育的，当原生的取经故事随佛教从西域传入后，在三晋大地的钹铙声中迅速世俗化而成为初期戏剧的题材。

前面说过，《唐僧西天取经》给人的第一印象是它来源于佛教，第二印象是它原籍西域，再下一个印象就是对孙悟空的塑造。

我们对于在安息榆林窟发现的一个毛头毛脑的猴为玄奘牵马的取经图已不会陌生——这个猴在《大唐三藏取经诗话》中以白衣秀士的形象出现，叫猴行者。这个猴究竟出于何典，是印度的《罗摩衍那》？是西域远古民族的氏族图腾？是西域佛教的护法神将？还是绕道西藏传入中国的佛密大神？② 这些姑且不论。重要的是，这个人物在整个取经故事的发展过程中是逐渐强化的，最终成为取经故事的文学中心。而这个猴第一次被称为"孙悟空"，开始一个新的演变阶段，则是在队戏《唐僧西天取经》中。

正是在古老粗拙的队戏中，在三晋百姓娱神自娱的钹铙声中，原来零星流传的取经故事，原来在佛教中作为教材的取经故事，被收集起来，又被悄悄地发展起来。我们还不知道"猴行者"是因为什么被改称为"孙悟空"；也不知什么时候"孙悟空"有了师弟"朱悟能""沙悟净"，但我们知道，正是以此为标志，取经故事进化了。

最后回答一个问题："西域的故事为何会在三晋落地生根而不是其他？"

答曰：三晋是当时文化交流碰撞最激烈的地区，远说北朝隋唐，近说

---

① 张之中：《队戏、院本与杂剧的兴起》，《中华戏曲》第 3 辑，第 154 页。

② 参见蔡铁鹰《〈西游记〉成书研究》，中国文联出版社 2001 年版。

五代辽金西夏，不管愿意不愿意，文化的交流几乎没有停止。动乱时期，碰撞是强制的；太平时期，交流又是自然的。就佛教的传播而言，西域与三晋也有近乎天然的联系，敦煌第 61 窟里有一张巨幅壁画《五台山图》，是敦煌最大的壁画，计有 46 平方米，形成于五代，内容是五台山地区的地形和寺庙的分布，据研究壁画中描述的情形跟现实相差无几（著名建筑学家梁思成曾经依靠这幅"五台山图"，在深山中找到了极为重要但久寻不见的佛光寺），西域题材的取经故事从这里进入中原，真的顺理成章，不应奇怪。

再整残简——为取经故事重排次序

现在我们可以重新厘定《西游记》的成书过程。新的成书过程可以分为六个阶段。

第一阶段：原生的取经故事。这类故事早在玄奘取经归国之时就应该以零散的传说的形式见于西域古道上，包括火焰山（西域煤田自燃）、车迟国（西域古国车师）、深沙神（由印度传入的西域戈壁之神）、大梵天王（西域的毗沙门崇拜）、地勇夫人（西域的鼠精故事）、贫婆（中亚频波古国）、"僧行七人"（玄奘归国入境时共有七人）等，这些故事都不可能是内地人创造的，唯一合理的解释就是他们伴随着玄奘的东归而在西域产生，并渐渐地渗入中原。

第二阶段：初期的故事结集。零星的取经故事，借助于某种契机，形成一次结集，这就是《大唐三藏取经诗话》。① 早已有人根据文字音韵指出形成结集时间大约是在晚唐五代，地点应在敦煌一带②；而所谓的契机，笔者认为并非一定是重大的事件，而应当是当时寺院中俗讲的盛行，《大唐三藏取经诗话》最应该被认为是一篇变文（众所周知，我们今天见到的《大唐三藏取经诗话》刻印于南宋杭州，因此其中出现个别稍晚的词语或故事情节并不奇怪）。

---

① 参见张乘健《〈大唐三藏法师取经记〉史实考原》，《古代文学与宗教论集》，吉林人民出版社 2001 年版，第 103—135 页。

② 参见刘坚《〈大唐三藏取经诗话〉写作时代蠡测》，《中国语文》1982 年第 5 期。

第三阶段：初步成形的取经故事。各色各样的取经故事（更多的并没有被《大唐三藏取经诗话》所容纳）通过佛教传播的渠道，首先进入山西，在三晋的铙钹声中生长成型，队戏《唐僧西天取经》就是当时取经故事的一个样本。这一环节，失落已久，借助于《唐僧西天取经》的发现我们才得以重新看到。

第四阶段：重新整合的取经故事。这是以杂剧《西游记》为标志的一个阶段，对于这个阶段我们并不陌生，但也有认识上的问题。应强调注意的是"整合"二字。整合的一端是《唐僧西天取经》，这是在佛教土壤中生长出来的，以孙悟空猴为核心的取经团体；而另一端则是中国传统的，在道教气氛中孕育的并不取经但曾经大闹天宫的齐天大圣猴家族。区别取经的佛教猴孙悟空与闹天宫的道教猴齐天大圣之间的关系，明白"此猴非彼猴"非常重要，只有当我们恍然大悟"原来有两个不同的猴"之后，才会真正理解杨景贤杂剧《西游记》的整合对取经故事的演变是多么的重要。

第五阶段：转换语态的取经故事。这指的是白话语体的《平话西游记》，现在我们见到的只是保存在《永乐大典》和《朴通事谚解》中的片段，其中已经提到闹天宫的大圣，所以在时间上我们还是认定在明初。

第六阶段：最后定型的取经故事。这就是吴承恩写定的百回本《西游记》。所谓的"写定"与"定型"，并不是主观的诉求而是一种客观的认定，这其中既包括文字的定型情节的定型，也包括审美的定型。所谓的审美定型，是说吴承恩在《西游记》原来的佛教、道教之外，又增加了儒家的修身齐家治国平天下的内容，这就使得这部"西游记"与当时流行的三教合一的思潮相吻合，可以为社会的各个阶层所接受。这部分内容，也是我们不能忽视的，我们姑且以"美猴王"称之。

原刊于《晋阳学刊》2006 年第 2 期

作者单位：淮阴师范学院

《西游记·认子》曲谱本杂谈

胡淳艳

一

　　《认子》流传已久，既是昆剧中正旦应工的常演剧目，又是清曲家乐于习唱之曲，是舞台、曲坛两擅的一出"西游戏"。这出戏演玄奘之母殷氏在被迫撇子 18 年后，思念被水贼推入江中的丈夫陈光蕊和生死未卜的孩儿，恹恹成病。被金山寺住持丹霞禅师搭救、出家为僧的玄奘得知自己身世，奉命下山寻母。他扮作化斋僧人来到黑楼子，殷氏几经盘问，确认化斋僧人即是自己的儿子江流儿。玄奘取出当年殷氏所写血书，母子终于相认。玄奘旋即拜别母亲，回山商量为父报仇。与现今舞台上武戏为主的"西游戏"不同，《认子》是一出上演较多的以唱工为主的"西游戏"①。

　　《认子》出自元末明初杨讷的杂剧《杨东来先生批评西游记》第一卷第三出《江流认亲》。日本内阁文库藏有明万历四十二年（1614）刊本，题名《杨东来先生批评西游记》六卷，1928 年日本东京斯文会据该本覆排铅印本。《古本戏曲丛刊》初集中的《西游记》② 即据国家图书馆（时称北京图书馆）所藏日本斯文会所刊铅印影印。此书原题吴昌龄撰，孙

---

① 《北饯》《回回》《撇子》《胖姑》《思春》也是以唱工为主的"西游戏"，《胖姑》演出较多，《撇子》《北饯》《回回》原本并不鲜见，现在的舞台演出则相对较少，《思春》在民国之后几乎未见演出。

② 参见《古本戏曲丛刊》初集，上海商务印书馆 1954 年初版。《西游记》在初集的第三函。

楷第考证为杨讷之作①。另有《元曲选外编》本②。

　　《西游记》杂剧有曲谱流传的折子戏包括《撇子》《诉因》《认子》《饯行》《定心》《伏虎》《揭钵》《女还》《女国》《借扇》《胖姑》11出，其中保存《撇子》《认子》《借扇》和《胖姑》四出所存曲谱本相对较多，其中又以《认子》保留下来的曲谱本数量最为丰富。需要指出的是，《诉因》其实与《认子》同样出自杨讷《西游记》第一卷第三出，是将金山寺丹霞禅师告诉玄奘身世的念白部分，加上【步步娇】、【江儿水】、【尾声】三支曲牌而成，属于《撇子》和《认子》中间的过场戏。

　　由于《诉因》的单独成一折戏，《认子》曲谱本（也包括舞台本）就舍弃了原著中丹霞禅师对玄奘述说其身世的部分，直接由殷氏思念丈夫、儿子，怏怏成病切入，全剧演殷氏和唐僧的相认过程，情节上更为集中，便于更细腻地抒情。

　　自清乾隆年间开始，直到新中国成立后所刊印的昆曲曲谱本（只限于工尺谱，简谱、五线谱不列）中，不少都收有《认子》。如《纳书楹曲谱》续集卷三、《遏云阁曲谱》、《增订六也曲谱》（《大六也》）下册③、《集成曲谱》振集卷二、《粟庐曲谱》第四册④中均收有《认子》。这些曲谱中既有偏重曲友清唱所用的清曲本，也有兼顾舞台演出之本，由此可见，《认子》的确是舞台、桌台清曲中都受到欢迎的剧目。另外，升平署曲本中也有《认子》曲谱，有包含念白与曲谱的总本，也有不录念白的

---

　　① 参见孙楷第《吴昌龄与杂剧〈西游记〉——现在所见的杨东来评本〈西游记〉杂剧不是吴昌龄作的》，《辅仁学志》1939 年，八卷一期。也有学者认为杨讷并非《西游记》杂剧作者，将其定为无名氏之作［熊发恕《〈西游记杂剧〉作者及时代考辨》，《四川师范大学学报》（社会科学版）1990 年第 2 期］。

　　② 参见隋树森《元曲选外编》第 2 册，中华书局 1959 年版，第 633—694 页。

　　③ 《纳书楹曲谱》等均题《西游记·认子》，但《增订六也曲谱》《粟庐曲谱》则题《慈悲愿·认子》。《慈悲愿》传奇系根据《西游记》相关情节改编，但未见传本。上述曲谱本编者显然认为《撇子》《认子》等出自《慈悲愿》，故题《慈悲愿·认子》。

　　④ 参见叶堂《纳书楹曲谱》，台湾学生书局 1987 年据乾隆五十七年至五十九年（1792—1794）纳书楹原刻本影印，第 1079—1085 页；王锡纯辑，李秀云拍正《遏云阁曲谱》，上海著易堂书局铅印 1920 年第 20 版［初版于光绪十九年（1893）］；怡庵主人《增订六也曲谱》（《大六也》）；台湾中华书局 1977 年初版（1922 年上海朝记书庄最早初版），第 494—499 页；王季烈、刘富梁《集成曲谱》，商务印书馆 1925 年版；俞振飞《粟庐曲谱》，上海辞书出版社 2010 年版（1953 年俞振飞在香港曾印线装本）。

曲谱本。① 升平署档案中有《认子》演出的记录，而民间对《认子》的认可与熟稔，则在《缀白裘》六集收有《认子》中得到了体现。

将《西游记》杂剧原著文本与《认子》各曲谱本对照，原著第一卷第三出共有 11 支曲牌，依次为【集贤宾】、【逍遥乐】、【金菊香】、【梧叶儿】、【醋葫芦】、【幺】、【幺】、【幺】、【后庭花】、【柳叶儿】、【浪里来煞】。各个曲谱本《认子》无一例外也都是 11 支曲牌，没有删减。这对于经常删减、修改原著曲牌的昆曲曲谱本而言，并不多见。不过，各曲谱本所标曲牌名上还是有一定的差异。比如，第二、三、四支【醋葫芦】，《纳书楹曲谱》《集成曲谱》标【幺篇】，《遏云阁曲谱》《增订六也曲谱》《粟庐曲谱》则标为【其二】、【其三】、【其四】，这种做法在昆曲曲谱中常见，好在名称虽异，实质未变；《遏云阁曲谱》中【后庭花】改成【后庭芳】；《增订六也曲谱》中将【梧叶儿】改成【梧桐叶】，【金菊香】改为【上马京】；最后的【浪里来煞】，《增订六也曲谱》改为【煞尾】。

至于各支曲牌的文辞，《认子》曲谱本对原著的改动多是改动或增加一两个字，如原著中的"你"在曲谱本中多改为"恁"，"我"改为"俺"，"则"改为"只"；第二支【醋葫芦】中，"他道是江上遇着强人"，《遏云阁曲谱》在"遇着"后加"个"字；第三支【醋葫芦】中"听说绝"，曲谱本改为"听说罢"；【浪里来煞】中的"才得见"，曲谱本改为"才得个"，等等。这些改动很小，并未对文辞本身有多大影响。相对而言，改动最大的是【后庭花】，原文为"晨昏了老绢帛，金黄了旧血痕。……与我那十八年的泪珠儿都征了本……恰便似花开枯树再逢春"，《纳书楹曲谱》《集成曲谱》中的头两句与原著一致，最后一句去掉"花开"二字；《遏云阁曲谱》《增订六也曲谱》《粟庐曲谱》则改头两句为"晨昏了老绢白，惊荒了旧血痕"，"征了本"改为"挣了本"。如此改动，显然是因为这两句意思难解，为免歧义，改为更明白、易懂的词句。

《认子》全折用北商调【集贤宾】套。11 支曲牌中的【集贤宾】、

① 升平署《认子》总本和曲谱本分别参见《故宫珍本丛刊》第 666、685 册，海南出版社 2001 年版，第 268—272、471—473 页。

【逍遥乐】、【金菊香】、【梧叶儿】、四支【醋葫芦】和【浪里来煞】属商调，【后庭花】、【柳叶儿】则属北仙吕宫。之所以要借宫，是因为"本宫可用之曲太少，剧套如不借宫，无从发挥其效果也"。其实，属于商调的曲牌有二十多个，不过"联套常用者，【集贤宾】、【逍遥乐】之外，不过【金菊香】、【梧叶儿】、【醋葫芦】、【挂金索】、【双雁儿】等数章，其余皆只用一两次而已"，由此，"商调剧套竟以借宫者为常格"。而北商调借宫最常用的，是仙吕宫的曲牌，特别是【后庭花】、【柳叶儿】、【青哥儿】等曲牌。①

商调首支多用【集贤宾】，后接次牌【逍遥乐】，在元杂剧常见，几成定例。只以有曲谱之作论，《集成曲谱》所收《两世姻缘·离魂》《西游记·认子》《长生殿·酒楼》莫不如此。如前所述，《增订六也曲谱》中将【金菊香】改为【上马京】，实际应是【上京马】。虽然《六也曲谱》此处可能是因刊印而产生了错误，但它将【金菊香】改为【上京马】的做法不无道理。吴梅认为"【上京马】与【金菊香】实是一式"②，两支曲牌词式微异，差别就在最后二句正、衬字的处理，微调就可一致。【金菊香】（或曰【上京马】）后紧跟【梧叶儿】，"《集成曲谱》所收三个【商调·集贤宾】套折子，各用一支【梧叶儿】，均紧贴在【上京马】之后，可见昆化中把它的定位性加强了"③。【醋葫芦】与【浪里来】一致，只是板式不同。④ 而且【醋葫芦】可以连用数支，【浪里来】则很少。《增订六也曲谱》将【浪里来煞】改为【煞尾】，其实并不算错，因为【浪里来煞】"为商调商调最常用之尾声"⑤。借宫的两支曲牌为仙吕宫的【后庭花】（一名【玉树后庭花】）、【柳叶儿】，亦是常格，尤适于陈说事实。

---

① 参见郑骞《北曲套式汇录详解》，台湾艺文印书馆 2005 年初版，第 129 页。
② 吴梅：《南北词简论》上册，河北教育出版社 2002 年版，第 223 页。
③ 王守泰：《昆曲曲牌及套数范例集·北套》上册，学林出版社 1997 年版，第 722 页。
④ 参见郑骞《北曲新谱》，台湾艺文印书馆 2008 年版，第 239 页。
⑤ 同上书，第 244 页。

二

　　《认子》全折曲牌的音乐风格悲凄而宛转，抒情性很强。燕南芝庵《唱论》云："商调唱，凄怆怨慕。"① 因此，以商调联套来演绎悲情的《认子》，是比较合适的。全出 11 支曲牌，贯穿着平静的哀伤、痛楚与愤恨，绝少有欢欣之处，即令母子相认，也是悲喜交集。更何况才相认又要分离。

　　这一日，经历十八年煎熬的殷氏正陷于对往昔的痛苦回忆而无法自拔，面对眼前的壮丽美景，却无心游赏。【北集贤宾】描绘她拖着病体倚楼观望，"大江东去"的景致、成群鹭鸥、群山与波涛，在她眼中都变成了哀景。想到死去的丈夫与被迫抛弃的儿子，眼前景色只能让殷氏断肠。全曲用散板，节奏舒缓，展现殷氏在现实与回忆交错中的内心凄苦，音调低徊与高亢结合，正折射出殷氏心情的起起落落。

　　玄奘扮作化斋僧来到黑楼子，殷氏唱【逍遥乐】，她扶病登高远眺，感慨什么良药也难治其病。忽然撇见一个小沙弥的身影，感觉这个和尚"恰便似塑来的诸佛世尊"。询问之下，得知是化斋的僧人，于是告诉他自己有食物、衣料可以斋僧。由此，玄奘始与殷氏直接面对面相见。这支曲牌的头三句和后三句皆作鼎足对，曲调宛转，开头三字散起，后面采用一板三眼的板式。满怀愁绪的殷氏因斋僧而暂将思念儿夫之痛搁置。

　　【金菊香】（【上京马】）是《认子》中唯一由小生应工的玄奘所唱之曲（最后一句由殷氏唱）。《西游记》既继承元杂剧惯例，基本上由正旦完成全折主要曲牌的演唱，又有所突破，主角之外的角色亦可演唱部分曲牌。这支曲牌是玄奘面对殷氏的询问，告之金山寺的远近、规模，并施礼告斋。全曲为散板曲。殷氏打量玄奘，觉得他"清气逼人"，更奇怪的是，他觉得眼前的和尚面庞与丈夫陈光蕊相似！带着这一疑惑，【梧叶儿】中描述了殷氏自己心中所感。她眼中的玄奘与自己的丈夫，"眉眼全相似，身材试煞真，霞脸绛丹唇"。殷氏不由得感叹是不是上天有意要帮

---

　　① （元）燕南芝庵：《唱论》，载中国戏曲研究院《中国古典戏曲论著集成》第一集，中国戏剧出版社 1959 年版，第 161 页。

自己，再看玄奘，母子血缘的天性使她觉得玄奘分外亲。由眼前十八岁的僧人想到自己的孩儿如果活着，正好也是十八岁，情绪又转悲。全曲又恢复为一板三眼，曲调转繁复，旋律优美，将殷氏内心的惊喜和疑惑表露无遗。

接下来是连续四支【醋葫芦】，首支是一板三眼，后三支为一板一眼，这种做法是昆曲的惯例。按捺不住心中的激动，殷氏开始询问这个与自己儿子同龄的和尚的身世，要玄奘"一一说个原因"。此时殷氏并不知晓玄奘身世，一板三眼的板式四平八稳。等到玄奘念白中说出自己父母名讳，并一一揭开当日遭际后，殷氏所唱三支曲牌全部采用一板一眼，节奏变快，正凸显出此时殷氏急欲弄清玄奘身世，找回自己朝思暮想的儿子的迫切心情。唱罢第二、第三支【醋葫芦】后，殷氏认定眼前之人就是江流儿。不过，为防他人冒认，她提出要有物证。玄奘此时拿出当日血书，与殷氏自己"钞写的墨书"对照，结果"一些也不差"，母子终于相认。此时第四支【醋葫芦】，则是大悲大喜，情绪波动最剧烈的一支曲牌，历经十八年终于见到儿子，但回想自己经历的苦难，又悲从中来，感慨善恶终有报，自己获得重生，好似"花开枯树再逢春"。

母子重逢的悲喜之余，还有更重要的事情，玄奘要回山商量为父亲报仇之事。【后庭花】殷氏打起精神，为儿子收拾盘缠。希望儿子此去，早日为父亲报仇，了却十八年的恩怨。看着长大成人、经卷纯熟的儿子，自豪之余又想起当日以文章立身的丈夫死于非命。虽然心疼儿子路途疲劳，但报仇心切，只能鼓励儿子火速登程。全曲一板三眼转一板一眼，平淡的叙述中蕴含着深沉的情感。【柳叶儿】描写离别在即，殷氏又想起当年被迫撇子到江中的凄惨，而今日扬帆起程，风顺船快。一板一眼的板式，显示此时殷氏急切又不免悲从中来的心情，到最后几乎是一字一字念出。【浪里来煞】叙母子重逢又分离，殷氏的心情又由悲喜交加转为哀伤，"断肠人送断肠人"。以散板曲的煞尾结束全剧。

由上述分析可知，《认子》以哀怨动人的音乐演绎母子相认的悲情故事，在武戏众多的"西游戏"中显得比较特别。观众在欣赏众多"猴戏"（"西游戏"中"猴戏"即孙悟空的戏码占据大半江山）的热闹、谐谑之余，静心聆听玄奘母子相见、相认的哀婉与忧伤，从观剧心理角度，不失为一种有效的调剂。毕竟，悲与喜两种迥然不同的体验是观众都需要的娱乐体验。这应该是《认子》能够留存至今的原因之一。而如前所分析，《认子》细腻、宛转、清俊的音乐风格也足以打动人心，其音乐魅力也是《认子》得以流传的另一个原因。除此之外，还有一个重要原因。

有趣的是，《认子》是在小说《西游记》定本成型很早之前就已出现、流传，在《西游记》小说文本出现后，《认子》并没有销声匿迹，在舞台淘洗中存活下来，还得益于它所演绎的特殊的西游故事情节。现存明代世德堂本《西游记》和崇祯刊本《李卓吾先生批评西游记》两个全本中，都没有独立的唐僧出身故事章节，但明代全本《西游记》文本中有时也透露一些玄奘身世的只言片语。朱鼎臣编辑的《唐三藏西游释厄传》中有唐僧出身故事章节。虽然学界对世本、朱本、杨本的先后关系有不同的论断，但唐僧出身故事在民间的广泛流传无疑是事实。在这种情况下，演绎唐僧出身故事的《认子》的流行就显得合情合理。及至清初《西游证道书》将唐僧出身故事以一整章的篇幅插入全本《西游记》，这一做法在清代所有《西游记》全本中都得到了继承，至此，唐僧出身故事已经变成《西游记》传播中不可或缺的一部分。在这种氛围下，《认子》虽然产生于小说《西游记》之前，却因与唐僧出身故事不谋而合，获得了更加有利的传播环境。

《认子》固然借助《西游记》小说的流传而进一步扩大其影响，但反过来，《认子》的广泛流布，也在一定程度上强化了并非全本《西游记》所固有的唐僧出身故事在民间的进一步深入传播，促进了更为详尽的唐僧出身故事融入《西游记》整个系统。不过，小说文本与《认子》殷氏与玄奘相认的情节仍存在着一定差异。小说文本中与《认子》相关的情节如下：

> 玄奘领了师父言语，就做化缘的和尚，径至江州。适值刘洪有事出外，也是天教他母子相会，玄奘就直至私衙门口抄化。那殷小姐原来夜间得了一梦，梦见月缺再圆，暗想道："我婆婆不知音信，我丈夫被这贼谋杀，我的儿子抛在江中，倘若有人收养，算来有十八岁矣，今日天教相会，亦未可知。"正沉吟间，忽听私衙前有人念经，连叫"抄化"，小姐又乘便出来问道："你是何处来的？"玄奘答道："贫僧乃是金山寺法明长老的徒弟。"小姐道："你既是金山寺长

老的徒弟——"叫进衙来，将斋饭与玄奘吃。仔细看他举止言谈，好似与丈夫一般。小姐将从婢打发开去，问道："你这小师父，还是自幼出家的？还是中年出家的？姓甚名谁？可有父母否？"玄奘答道："我也不是自幼出家，我也不是中年出家，我说起来，冤有天来大，仇有海样深！我父被人谋死，我母亲被贼人占了。我师父法明长老教我在江州衙内寻取母亲。"小姐问道："你母姓甚？"玄奘道："我母姓殷，名唤温娇，我父姓陈，名光蕊。我小名叫做江流，法名取为玄奘。"小姐道："温娇就是我。但你今有何凭据？"玄奘听说是他母亲，双膝跪下，哀哀大哭："我娘若不信，见有血书汗衫为证！"温娇取过一看，果然是真，母子相抱而哭，就叫："我儿快去！"玄奘道："十八年不识生身父母，今朝才见母亲，教孩儿如何割舍？"小姐道："我儿，你火速抽身前去！刘贼若回，他必害你性命！我明日假装一病，只说先年曾许舍百双僧鞋，来你寺中还愿。那时节，我有话与你说。"玄奘依言拜别。

除了情节上的某些出入外，将这段文字与前述《认子》对殷氏母子相认的描写对照，会发现《认子》无论是细节处理、人物心理刻画等方面，都较小说要细腻一些。没有神祇的暗示，只有殷氏在回忆中蓦然撇见玄奘。殷氏无心，玄奘有意在她面前出现。殷氏最初只是纯粹的斋僧，但又觉得这个小沙弥似乎另有目的。斋僧中，殷氏却越来越发现觉得这个小沙弥的形容举止与丈夫陈光蕊相似，心下不由得起疑，但又不好贸然出口，于是一点点问询，及至当年之事一一揭出，血书为证，情绪也逐渐激动起来，直到确认这就是与自己分别十八年的儿子！

这样的演绎，《认子》无形中又细化了唐僧出身故事文本，使之更加合情合理，以特别的舞台呈现方式实现了对小说文本的拓展。同时，《认子》整出戏由殷氏由正旦应工，演绎分别十八年的母子令人欷歔的相认，曲牌音乐的宛转哀戚，这些促使这出戏广泛流传的因素，无疑也强化了唐僧出身故事的悲情色彩，使得这一故事在整个《西游记》故事体系中显得颇为别致。

作者单位：北方工业大学

从孙悟空形象的原型精神谈起

——兼及中国传统石文化中的济世精神

王 慧

　　吴承恩笔下的孙悟空究竟是因何而来的呢？是中国神话传说中的水怪无支祁还是胡适、陈寅恪等人支持的具有印度血统的猴神哈努曼？是《穆天子传》中由君子化身的猿猴还是《夷坚志》中系列猴妖故事？是来自西域的胡僧"石磐陀"还是《宋高僧传》中的"释悟空"？是"进口货"与"国产说"的混血？还是土生土长的诸猴之"杂取种种"、合成一个独一无二的孙悟空？甚至有人提出孙悟空的原型是武则天……如今无论给孙悟空的来历冠以怎样令人吃惊的说法，不过是又提供了一种开阔视野的谈资而已。重要的是孙悟空的身上究竟承载了作者吴承恩内心深处怎样的情感纠结？释放了他何种的感情需要？

　　《西游记》这部满是孙悟空与各类神仙妖怪打架的神魔小说究竟要表达什么呢？最早的《西游记》祖本上无名氏的《叙》认为其是一部修心正道、通过神魔的形象和变化来蕴含心灵修炼过程的寓言书；清代学者多从宗教思想角度看待这部书。鲁迅在《中国小说史略》中说"此书则实出于游戏"，胡适的《西游记考证》则称"全书以诙谐滑稽为宗旨"。此后，随着时代的发展，社会思潮的演变，"农民起义说""人民斗争说""投降叛逆说""主题转化说""人生说""追求真理说""表现理想说"等层出不穷。无论如何，在孙悟空由妖变佛、由在野到正统的经历中，在这神魔大战中，我们是否也穿越了一场精神的洗礼并更清醒地审视了自己与人生？

一

孙悟空有着纯粹的自由自在的基因，他"食草木，饮涧泉，采山花，觅树果……夜宿石崖之下，朝游峰洞之中"①，自从带领群猴找到了水帘洞，更是"朝游花果山，暮宿水帘洞"，占山为王，结拜七兄弟，过着自由自在的生活。无知者无畏，简单总是快乐的。而一旦有了思考，尤其是在对生命的永恒自由产生焦虑之时，忧虑和苦闷往往如影随形。"一日，与群猴喜宴之间，忽然忧恼，堕下泪来。"原来，石猴不由担心起"将来年老血衰，暗中有阎王老子管着，一旦身亡，可不枉生世界之中，不得久注天人之内？"为了能够永享自由，孙悟空开始求仙访道，追求长生不老。他拜师学艺，大闹龙宫，大闹地府，都是为了能够掌控自己的生命与自由。而大闹天宫不仅是孙悟空自由本性的最大发挥，还是他以之为更上层楼的阶梯。

向往和追求个性自由是人类共有的天性，在人类历史中从来不乏这样的榜样，"不自由，毋宁死"。取经故事开始之前的孙悟空形象一直是个神通广大、酷爱自由而又不断梦想破灭的角色。他向水晶宫里的老龙王强要兵器，向幽冥界里的十王要长生，更想向玉皇大帝推销自己，一心想要"授了仙箓，注了官名"。

孙悟空自尊心很强，不能忍受神仙谱系对自己的小觑。第一次被太白金星招安时，孙悟空因走得快疾先一步到了南天门外，却被拦在门外。悟空不由发狠，还赌气说自己不进去了。他第一次造反是因为只被任命了个没有品从的御马监"弼马温"，远远低于他的预期，不由心头火起，咬牙大怒，想的是"这般藐视老孙"。第二次被招安，孙悟空心满意足被封为"齐天大圣"，分管蟠桃园。而当得知西王母的"蟠桃盛会"没有邀请自己时，孙悟空再次炸毛，搅乱了天宫。这种寻求认同、渴望入世的济世情怀与中国古代士人的"学成文武艺，货与帝王家"其实是如出一辙的。而当梦想的自由破灭、入世的期盼成空时，孙悟空潇洒地以"诗酒且图

① （明）吴承恩：《西游记》，人民文学出版社1980年版，第3页。以下引文凡出于此者，恕不另注。

今日乐，功名休问几时成"对之。面对佛祖如来，他喊出"灵霄宝殿非他久，历代人王有分传。强者为尊该让我，英雄只此敢争先"，并明确提出"'皇帝轮流做，明年到我家。'只教他搬出去，将天宫让与我，便罢了；若还不让，定要搅攘，永不清平！"

然而，在以玉帝为首的处于统治者地位的神仙谱系中，孙悟空着实还只是一个在野的妖怪。玉帝曾传旨"着两路神元，各归本职，朕遣天兵，擒拿此怪"；托塔李天王与哪吒三太子请命时也说"万岁，微臣不才，请旨降此妖怪"；二郎神口称他为"泼妖""妖猴"，如来赌约中说"若不能打出手掌，你还下界为妖，再修几劫"。就连孙悟空自己的水帘洞外也是"威风凛凛，杀气森森，各样妖精，无般不有"。孙悟空在神仙们的眼中一直都只是个成了精的猴妖，此时的他与后来一路上被降服的妖怪正是一路人，甚至还不如那些妖怪——因为他没有强硬的后台。产自仙石的孙悟空根本与比"自幼修持，苦历过一千七百五十劫。每劫该十二万九千六百年"的玉帝不在同一起跑线上，更别说轻轻松松就可以将他压在五行山下的如来了。孙悟空的所有努力都不过是白费，不过是"安天大会"的牺牲品而已。

郭英德在《中国四大名著讲演录》中曾说："孙悟空就这样被压在五指山下，那是一个悲剧——个人和社会的冲突所导致的悲剧，悲剧的原因是社会不允许个人充分发挥个体能力，所以像孙悟空这样有价值有能耐的人结果被毁灭了，这是个悲剧。"然而，这对于要求绝对自由的孙悟空来说是一场悲剧的同时，也是他个人成长的必由之路。没有谁不为自己的成长付出代价。孙悟空要想获得神仙谱系的认同，在正统社会中的成长就不仅要改变桀骜不驯的自由任性，而且要走上一条合乎正统的修行之路。他被如来"翻掌一扑"、轻松压在五指幻化的金、木、水、火、土五座联山之下，"渴饮溶锺捱岁月，饥餐铁弹度时光"的五百年岁月只是这个修行的开始。

当"压于石匣之中，口能言，身不能动"、度日如年的齐天大圣面对可以救自己的观音菩萨时，不惜软语相求："万望菩萨方便一二，救我一救。""我已知悔了。但愿大慈悲指条门路，情愿修行。"心高气傲的孙悟空何时这样低三下四求过别人？经过了"昼夜提心、晨昏吊胆，只等师父来救我脱身"的孙悟空已是不成样子了："头上堆苔藓，耳中生薜萝。

鬓边少发多青草，颔下无须有绿莎。眉间土，鼻凹泥，十分狼狈；指头粗，手掌厚，尘垢馀多。"哪里还有一丝威风凛凛的齐天大圣的风采！这些都是成长所必需的代价！

二

取经路上的孙悟空虽然在唐僧紧箍咒的高压下，自由意志受到了极大的限制，却也在除妖降魔的磨难中一步步在正统的修行之路上逐步成佛。如来让玄奘西天取经，是因为"那南赡部洲者，贪淫乐祸，多杀多争，正所谓口舌凶场，是非恶海。我今有三藏真经，可以劝人为善"。取经是为了"劝人为善"，是正途。

然而唐僧取经的目的不仅仅是为了弘扬佛法，"劝人为善"，更是为了尽忠报国。他曾在化生寺中这样说："贫僧不才，愿效犬马之劳，与陛下求取真经，祈保我王江山永固。"唐王大喜，与之结拜为兄弟，并口称"御弟圣僧"。临别之际，一生中从不曾饮酒的唐三藏在唐王"宁恋本乡一捻土，莫爱他乡万两金"的叮嘱中，饮下了一杯被唐王弹入一撮尘土的素酒！骨肉之恩，君臣之义，唐僧已经不再仅仅是一名僧人，他的御赐背景让孙悟空、猪八戒、沙和尚都从在野的、没有靠山的妖怪一变而成为正统的卫士，可以名正言顺地在取经大业中降魔伏妖，一展才能。

此时的孙悟空已经逐渐像当初的神仙们一样站在了道德的制高点，掌握了话语权。他不仅有"五百年前大闹天宫姓孙的齐天大圣"的显赫背景，而且还有强硬的正统的御赐后台"大唐上国驾前御弟三藏法师之徒弟"。事实上，一旦将对方认定为妖魔鬼怪，还未出手，他们便已经站在了正义这一边。因此，取经路上的孙悟空每每在打杀妖魔之前，往往要大喊一声"妖怪"。在黑风洞与黑熊精打斗时说"你这贼怪！偷了袈裟不还，倒伤老爷！不要走！看棍！"智降黄袍怪时大喝"妖怪！不要无礼！你且认认看！我是谁？"即便在降服猪八戒时，也以"好妖怪，哪里走！你抬头看看我是哪个？"来表明自己的师出有名。

尽管取经路上的孙悟空不再有之前如此桀骜不驯的张扬，但自由任性的心理依然没有改变，只不过程度有所不同而已。面对妖怪，老孙还是经常"掣出棒，就照头一下，打得脑里浆流出，腔中血迸窜"。观音曾说他

"你这个猴子，还是这等放泼"；天师也曾笑他"那个猴子还是这等村俗"；玉帝则庆幸"只得他无事，落得天上清平是幸"。孙悟空还当面指责观音菩萨不该受了人间香火却又"容一个黑熊精在那里邻住"，不仅让观音帮助降妖，还和观音讲条件："菩萨要不依我时，菩萨往西，我悟空往东，佛衣只当相送，唐三藏只当落空。"当得知菩萨故意让太上老君的两个童子托化妖魔，测试唐僧师徒的取经真心时，孙悟空不由心中作念："这菩萨也老大悫懒！当时解脱老孙，教保唐僧西去取经，我说路途艰涩难行，他曾许我到急难处亲来相救；如今反使精邪揹害，语言不的，该他一世无夫！"

这样一个独特的具有人类普遍向往自由心理的原型形象为何会在这个时代被塑造出来呢？我们以往在讨论孙悟空的"原型精神"时往往离不开荣格的"集体无意识"学说，它是心理学概念"无意识"的深层显现。而之所以"选择'集体'一词是因为这部分无意识不是个别的，而是普遍的，它与个性心理相反，具备了所有地方和所有个人皆有的大体上相似的内容和行为方式。换言之，由于它在所有人身上都是相同的，因此它组成了一种超个性的心理基础，并且普遍的存在于我们每一个人身上"。①孙悟空身上这种为自由而斗争、渴望获得社会认同的精神正是"普遍存在于我们每一个人身上"的"超个性的共同心理基础"，具有一种原型性。其实在我们每个人的内心深处都活跃着这样的不安分因子。《西游记》借助孙悟空这个前无古人、后无来者的独特形象以创造性的幻想发挥得淋漓尽致，也让我们更好地正视自己蠢蠢欲动的挣脱各类枷锁束缚的内心。

除了已被大多数人认同的这种向往个性自由的"集体无意识"自中国古代社会一直存在以外，明代小商品经济的发展、以王学左派的异端李贽为代表的"童心说"深入人心，以及"呵佛骂祖"的狂禅之风都是"任性自由的孙悟空"滋生的土壤。

不过这种彻底的狂放毕竟无法持久，齐天大圣最终也要通过艰苦的取经修行之路才能被纳入神仙谱系，也就是说必须放弃一定的自由，才能最

---

① ［瑞士］荣格：《集体无意识的原型》，《荣格文集》，冯川、苏克译，改革出版社 1997年版，第 40 页。

终成佛。明代中后期本来屡被赞扬的追求自由、张扬个性逐渐沦落为物欲横流、享受奢靡、世风日下的推手。自由需要外来的限制，更需要自控，就像孙悟空头上的紧箍咒一样，必须在修行中逐渐成为个人自觉的行为。《西游记》在某种程度上正是形象地表明了个人与社会之间如何才能和谐相处。孙悟空头上的紧箍咒平衡了张扬个性自由与遵守社会规则之间的张力。观音菩萨在回答孙悟空质问为什么让他受紧箍之苦时说："你这猴子！你不遵教令，不受正果，若不如此拘系你，你又诳上欺天，知甚好歹！再似从前撞出祸来，有谁收管？——须是得这个魔头，你才肯入我瑜伽之门路哩！"只有"如此拘系"，才能知好歹，不会闯出祸来，才能够让孙悟空在符合正统的约束下发挥自己的巨大才能。紧箍咒其实就是和谐社会的一道契约，当被封为"斗战胜佛"的孙悟空要求师父念个《松箍咒儿》，不要再揢勒自己时，唐僧说道："当时只为你难管，故以此法制之。今已成佛，自然去矣，岂有还在你头上之理！你试摸摸看。"孙悟空"举手去摸一摸，果然无之"。纳入神仙谱系的正统、终成正果的孙悟空自然不再需要有人时时刻刻以紧箍咒强制，他已有足够的控制力遵守社会规则，甚至契约已成为本能。

因此，孙悟空的形象，不仅展现了我们心中或许一直被压抑、或许早已活跃的自由因子的萌发，也是我们生活在社会中必须遵守游戏规则的反映。

不过，无论是取经前还是历经磨难的孙悟空，在他的身上一直存在着一种"与人为善"、为民谋福利的济世情怀。他为群猴找到了"花果山福地，水帘洞洞天"的安身立命之处，在幽冥界问十王要永生之际不忘"把猴属之类，但有名者，一概勾之"，甚至自己在瑶池受用"百味八珍，佳肴异品"之后，又回去偷了几瓶回来，让众猴"各饮半杯，一个个也长生不老"。而除恶务尽，固然是为了保护唐僧顺利取到真经，却也是路见不平拔刀相助，常常救人于危难之中。高老庄收服了猪八戒，虽然有观音的预先安排，但一开始却是孙悟空主动要为高太公"擒得妖精，捉得鬼魅，拿住你那女婿，还了你女儿"。至于在乌鸡国为冤死的国王"扫荡妖氛，辨明邪正"；在车迟国解救那些"衣衫褴褛"、受压迫受剥削的和尚；在陈家庄为民除害，不仅免除了庄上人年年祭赛，而且惠及了此前饱受欺凌的老鼋眷族……以至于书中借助被救助的和尚之口赞扬："齐天大圣，神通广大，专秉忠良之心，与人间抱不平之事，济困扶危，恤孤念寡。"或许取经前后的孙悟空在享有自由的程度上有所不同，但他济世为民的情怀却一直散发着永久的光芒。

三

每每看到这样的孙悟空，往往会不由自主地想起另一块著名的顽石——贾宝玉。二人同为四大名著中与石头有关的形象，这似乎表明了中国人传统文化中对石头在某种程度上的偏爱。孙悟空出生于东胜神洲花果山正当顶上的一块仙石，其石有三丈六尺五寸高，有二丈四尺围圆，上与九窍八孔，四面更无树木遮阴，左右倒有芝兰玉树。"盖自开辟以来，每受天真地秀，日精月华，感之既久，遂有灵通之意。内育先胞，一日崩裂，产一石卵，似圆球样大。因见风，化作一个石猴。"而贾宝玉与石头的关系更加复杂。相传女娲炼石补天之时，于大荒山无稽崖炼成高经十二丈、方经二十四丈顽石三万六千五百零一块。偏偏只用了三万六千五百块，单单只剩一块未用，被弃峰下。这块石头在女娲手里无材补天，并不影响它下凡历劫来补人世间的天。在不同的《红楼梦》版本中，石头与贾宝玉的关系是不一样的，但无论这块已具灵性、却无材入选的石头是化身为贾宝玉本尊，还是幻化为贾宝玉口中鲜明莹洁的美玉，"石兄"身上都镌刻着作者曹雪芹内心中最深刻的寄托。

这块"行为偏僻性乖张，那管世人诽谤"[1] 的石头虽然已经锻炼，却并没有孙悟空那般上天入地、一个跟头十万八千里的本领，不过这丝毫不影响他成为自己所处时代的"孤胆英雄"。他不是与流俗社会真枪实刀的战斗，在"花柳繁华地、温柔富贵乡"里受享的贾宝玉更多的是以自己的最大努力反抗强加在自己头上的枷锁。孙悟空的为自由而战惊天动地，贾宝玉反对既定社会契约的奋斗却是隐忍而孤独。作为百年诗礼簪缨之族荣国府的正宗接班人，贾府最高统治者的心头肉，贾宝玉本应过着贤妻美妾、仕途顺遂的富贵风流生活，贤王——北静王水溶就是他的镜子。怎奈

---

① 曹雪芹、高鹗：《红楼梦》，人民文学出版社 1982 年版，第 50 页。以下引文凡出于此者，恕不另注。

他最喜在内闱厮混，厌恶仕途经济，"本就懒与士大夫诸男人接谈，又最厌峨冠礼服贺吊往还等事"，每每听到父亲贾政有可能问自己话时，立刻"便如孙大圣听见了紧箍咒一般，登时四肢五内一齐皆不自在起来"。但可悲的是，贾宝玉所反对的恰恰都是他的亲人所维护的，而他贵公子的生活也是赖以他所反对的才可以支撑得起来。

虽然这注定贾宝玉的一生会是一场悲剧，但并不影响他在有限的能力中一直实施自己悲天悯人的济世情怀，即警幻仙姑所言的"意淫""天分中生成的一段痴情"。只因对从未见过面、只是传闻中的傅秋芳遐思遥爱，即使她家的两个嬷嬷上门来请安，"素习最厌愚男蠢女"的贾宝玉连忙命进来；面对农村里一个首次见面的二丫头也恨不得跟了去；刘姥姥随口编了一个雪地里抽柴的小姑娘茗玉的故事，就引得宝玉打发茗烟去找一找；更何况整日在宝玉眼前那些活蹦乱跳的青春少女了。他甘愿为她们充役、替她们担祸，正如二知道人所说："宝玉能得众女子之心者，无他，必务求兴女子之利，除女子之害。利女子即为，不利女子乎即止。"① 当黛玉为了自己的命运而哀歌《葬花吟》时，宝玉却由黛玉推之宝钗、香菱、袭人等，然后想起自己，最后推至斯处、斯园、斯花、斯柳……如此反复推求了去，已是不知身在何处。黛玉只是哀伤自己，却引发了宝玉关于生命存在、人类生存的形而上的思考！

贾宝玉并不是只为闱中之乐的纨绔子弟，他的"意淫"虽然于"世道中未免迂阔怪诡，百口朝谤，万目睚眦"，但他也有着自己的人生准则："那些个须眉浊物，只知道文死谏，武死战，这二死是大丈夫死名死节……可知死的那些都是沽名，并不知大义。"他最痛恨的就是"好好的一个清净洁白的女儿，也学的沽名钓誉，入了国贼禄蠹之流"。

荣国府唯一"略望可成"的嫡孙终于"悬崖撒手"，遁入空门，与其说是无奈的选择，不如说是贾宝玉对自己所在的阶层进行的最大反抗，尽管也是最消极的反抗。两块石头最终走进了同一扇门，一个终成正果，一个看尽繁华。自由不可辜负，正统难以战胜。

尽管这两段故事产生的时代并不相同，却足以让我们注意到还有一种中国传统文化心理不能忽视，那就是自远古神话以来人们对石头的崇拜与

① 一粟编：《古典文学研究资料汇编·红楼梦卷》，中华书局1963年版，第90页。

重视，这是万物有灵的延续，也是先民们朴素的对自然的敬畏以及美好理想的寄托。经过一代代的文化心理的沉淀，逐渐行成了中国传统文化心理中对石的认识与理解，尤其是济世为善的情结。最早女娲补天就是炼的"五色石"，据说剩下未用的那块就是与贾宝玉有关的石头。《华阳国志》中记载李冰曾经"作三石人立水中"，《太平广记》中更是有许多奇异的石头，比如可化为"白衣美女"，并为之带来三万钱的大白石（《岑氏》），比如可以幻化为小儿的大如鸡子般的碧石（《碧石》）。除却这些，石头在中国文人笔下更是一直占有一席之地。在这里着重提一下给我们留下深刻印象的明代早慧才女叶小鸾的一篇《汾湖石记》，通过对汾湖石外表、形状、色彩的描绘，进而联想到这些已经默默无闻湮没于水中的石头曾经有过的辉煌，"若其昔为繁华之所堙没而无闻者，则可悲矣。想其人之植此石也，必有花木隐现，池台依倚，歌童与舞女流连，游客偕骚人啸咏，林壑交美，烟霞有主，不亦游观之乐乎？今皆不知化为何物矣，且并颓垣废井，荒途旧址之迹，一无可存而考之。独兹石之颓乎卧于湖侧，不知其几百年也。今而出之，不足悲哉？"①作者最后发出"石固亦有时也哉"的感慨！是啊，无论是《西游记》中从自由自在的水帘洞神仙般的生活到接受社会契约、名列仙班的"斗战胜佛"，还是《红楼梦》中由温柔富贵乡、花柳繁华地"受享"而终至毅然决然回归青埂峰无稽崖的"古今第一淫人"，都是生有其时，也都反映了中国古代文人于苍茫辽远的广阔时空中所蕴含的对于现实和人生的既清醒又梦幻的千般闲愁、万种滋味。

余 论

正如远古的神话往往让我们有更开阔的视野一样，从遥远的距离来审视、比较文本，可以获得更为丰富的阅读体验。这种"向后站"的视角，让我们在远远观照孙悟空、贾宝玉们时，不仅对他们的人生经历看得更为全面，也可以让我们更好地审视自己。荣格曾说过："作品中个人的东西越多，也就越不成其为艺术。艺术作品的本质在于超越了个人生活领域而

---

① （明）叶绍袁：《午梦堂集》，乾隆二十三年戊寅（1758）叶恒椿刻本。

以艺术家的心灵向全人类说话。"① 当我们超越狭隘的时空限制，以现代体会过去，从他人映照自身，不难发现我们的内心也多多少少经历过从桀骜不驯的初生牛犊不怕虎到磨平了一身的棱角、从不愿同流时俗到遵从社会规则的心灵历程。同时也能更淡定地以向善之心对待生活中的各路神仙妖怪，既不害怕神一样的对手，也能面对猪一样的队友。人生注定是一场艰难痛苦的折磨，生活无论美丽与否，都是我们人生中宝贵的财富。

四大名著作为我们的经典，永远是常读常新的。谨以俞平伯在《〈红楼梦〉底地点问题》中的一句话作为本文的结束，也是开始："我们在路上，我们应当永久在路上。"

作者单位：中国艺术研究院

---

① ［瑞士］荣格：《心理学与文学》，冯川译，三联书店 1987 年版，第 161 页。

《西游记》"紧箍儿咒"考论

王　平

　　"紧箍儿"及"紧箍儿咒"在百回本小说《西游记》中出现多次，对小说的主旨及人物性格具有重要意义。"紧箍儿"及"紧箍儿咒"源于何处，有何意蕴，在小说中有着怎样的作用，是本文拟探讨的主要问题。

一　从"石槃陀"到"铁戒箍儿"

　　在唐僧取经故事的流传衍变过程中，《大唐大慈恩寺三藏法师传》是一部十分重要的作品，其中出现了一位胡人石槃陀，唐僧为其"授五戒"后相伴而行。但这位石槃陀的意志很不坚定，一方面他"斩木为桥，布草填沙"，帮助唐僧过了黄河。但另一方面，当两人休息时，他又"拔刀而起，徐向法师，未到十步许又回，不知何意，疑有异心"。唐僧见状，"即起诵经，念观音菩萨。胡人见已，还卧遂睡"。天明再出发时，他竟然提出"不如归还，用为安稳"。最终以"家累既大而王法不可忤"为由拒绝继续前行。临别时还怕唐僧如果被捉会连累于他，当唐僧"为陈重誓"，又"与马一匹"，这才相别而去。① 这段情节有以下几点值得注意：第一，这位石槃陀对唐僧怀有异心，动过杀害唐僧的念头。第二，唐僧以诵经的方式使石槃陀放弃邪恶念头，并保护自己免遭侵害。第三，石槃陀寻找种种借口拒绝继续前行。这位石槃陀虽然接受了"五戒"，却并不受其约束。

　　《大唐大慈恩寺三藏法师传》没有写石槃陀头上有何饰物，但安西东

---

　　① 参见（唐）慧立、彦悰《大唐大慈恩寺三藏法师传》，载刘荫柏编《西游记研究资料》，上海古籍出版社 1990 年版，第 102—103 页。

千佛洞 2 号窟的取经壁画上所绘的石槃陀，却是行者装束，长发披背，并用一根带箍将头发束拢于脑后。有研究者指出，这条"带箍儿"有可能就是小说《西游记》中孙悟空头上"紧箍儿"的源头。但是安西地处偏远，《西游记》的作者是否曾经见到过这幅壁画，是首先应当论证的问题。《大唐大慈恩寺三藏法师传》意在以胡人石槃陀的犹豫不决突出唐僧取经路上所受的磨难，这对后来的取经故事产生了重要影响。

刊行于宋元之际的《大唐三藏取经诗话》中首次出现了猴行者，他化为白衣秀才，自称是"花果山紫云洞八万四千铜头铁额猕猴王"①，主动来助唐僧取经。这位猴行者可以视为孙悟空的原型，所以王国维在《大唐三藏取经诗话跋》中指出："书中载元奘取经，皆出猴行者之力，即《西游演义》所本。"②《大唐三藏取经诗话》中猴行者头上有了饰物，但不是"紧箍儿"而是"隐形帽"，《诗话·入大梵天王第三》写道："天王赐得隐形帽一事，金镮锡杖一条，钵盂一只。"③ 根据后文可知，隐形帽、金镮锡杖和钵盂都是猴行者降妖伏魔的法器，帮助唐僧渡过了一个又一个难关。《诗话·入九龙池处第七》写九条馗头鼍龙兴风作浪，拦住了去路。"被猴行者隐形帽化作遮天阵，钵盂盛却万里之水，金镮锡杖化作一条铁龙。无日无夜，二边相斗。"④ 可见这顶"隐形帽"与"紧箍儿"并无关系。而且在《大唐三藏取经诗话》中，没有猴行者与唐僧产生矛盾、要离开唐僧的情节。

明无名氏（一说贾仲明）《录鬼簿续编》著录了元明间戏剧家杨景贤的《西游记杂剧》，今存"明杨东来先生批评《西游记》"本⑤，全剧共六卷二十四折，第三卷第九折"神佛降孙"和第十折"收孙演咒"写孙悟空被降伏事。孙悟空已经由《大唐三藏取经诗话》中的"白衣秀才"

---

① 无名氏：《大唐三藏取经诗话》，载刘荫柏编《西游记研究资料》，上海古籍出版社 1990 年版，第 154 页。

② 王国维：《大唐三藏取经诗话跋》，载刘荫柏编《西游记研究资料》，上海古籍出版社 1990 年版，第 174 页。

③ 无名氏：《大唐三藏取经诗话》，载刘荫柏编《西游记研究资料》，上海古籍出版社 1990 年版，第 156 页。

④ 同上书，第 160 页。

⑤ 参见杨景贤《杨东来先生批评〈西游记〉杂剧》，见《古本戏曲丛刊》初集，文学古籍刊行社 1953 年版。

猴行者变为"孙行者"。值得注意的是，第十折"收孙演咒"中出现了"铁戒箍"和"紧箍儿咒"。唐僧将行者从花果山下救出后，行者暗自说道："好个胖和尚，到前面吃得我一顿饱，依旧回花果山，哪里来寻我！"这时观音菩萨上场训斥行者道："通天大圣，你本是毁形灭性的，老僧救了你，今次休起凡心。我与你一个法名，是孙悟空。与你个铁戒箍、皂直裰、戒刀。铁戒箍戒你凡性，皂直裰遮你兽身，戒刀豁你之恩爱。好生跟师父去，便唤作孙行者。疾便取经，着你也求正果。玄奘，你近前来。这畜生凡心不退，但欲伤你，你念紧箍儿咒，他头上便紧。若不告饶，须臾之间，便刺死这厮。"然后将紧箍儿咒咒语告诉了唐僧。山神对孙悟空唱道："观音救苦大慈悲，赐与你戒箍僧衣。花果山险压损你脊梁皮，得师父放你相随。休更出你那锁空房腌见识，振着矢不得伶俐。琉璃脑盖戒箍围，比着你那小帽最牢实。"这时唐僧将紧箍儿咒咒语演示一遍，孙悟空立即跌倒在地，想摘下铁戒箍，但已无济于事。山神见状又唱道："恰便似钉钉入头皮，胶粘在鬖髻。你那凡心若再起，敢着你魄散魂飞。为足下常有杀人机，因此上与师父留下这防身计，劣心肠再不可生奸意。如梦幻出尘世，至诚心谨护持，早去疾回。"

此处情节与《大唐大慈恩寺三藏法师传》相比发生了重大变化，孙悟空要吃唐僧肉然后回花果山的举动，或许是受到了石槃陀故事的启发。石槃陀虽然受了"五戒"，却可以丝毫不受约束，依然为所欲为。有鉴于此，《西游记杂剧》的作者想象出了可以制约孙悟空的方法，这就是"铁戒箍"和"紧箍儿咒"。但问题在于，"铁戒箍"和"紧箍儿咒"是《西游记杂剧》作者的首创还是另有源头呢？

二　从"脑箍"到"戒箍儿"

根据《西游记杂剧》的描写可知，"铁戒箍"对人体的伤害是十分严重的。勒紧到一定程度，可以让人"魄散魂飞"，甚至被"刺死"，这实际上是由一种名为"脑箍"的刑具演变而来。早在唐代武则天执政时，臭名昭著的酷吏来俊臣、索元礼等就曾动用过"脑箍"这一刑具。将铁箍套在犯人头上，在铁箍和头皮的空隙加木楔，用铁锤敲打。铁箍越收越紧，受刑者疼痛如刀劈，甚而至于头颅开裂、脑浆溢出。《旧唐书·来俊臣传》载：

　　　　来俊臣，雍州万年人也。……凶险不事生产，反覆残害，残忍荒
　　谬，举无与比。……又以索元礼等作大枷，凡有十号：一曰定百脉，
　　二曰喘不得，三曰突地吼，四曰著即承，五曰失魂胆，六曰实同反，
　　七曰反是实，八曰死猪愁，九曰求即死，十曰求破家。复有铁笼头连
　　其枷者，轮转于地，斯须闷绝矣。①

　　这儿所说的"铁笼头"，就是"脑箍"。唐代之后，脑箍被历代官府
所沿用。如元人郑廷玉杂剧《包待制智勘后庭花》第二折："好不忍事桑
新妇，好不藏情也鲁义姑。又不曾麻，下脑箍，你怎么口声的就招伏？"②
《明史·刑法志二》载：嘉靖六年，给事中周琅向皇帝进言，称"狱吏苛
刻，犯无轻重，概加幽系，案无新故，动引岁时。……"嘉靖皇帝"深
然其言，且命中外有用法深刻，致戕民命者，即斥为民，虽才守可观，不
得推荐。凡内外问刑官，惟死罪并窃盗重犯，始用酷刑，余止鞭扑常刑。
酷吏辄用挺棍、夹棍、脑箍、烙铁及一封书、鼠弹筝、拦马棍、燕儿飞，
或灌鼻、钉指，用径寸懒杆、不去棱节竹片，或鞭脊背、两踝致伤以上
者，俱奏请，罪至充军"。③因为给事中周琅的进言切中时弊，才引起了
嘉靖皇帝的重视。由此不难看出，包括"脑箍"在内的各种酷刑在当时
已经泛滥成灾。

　　明代小说戏曲中不乏有关"脑箍"刑罚的描写，如《金瓶梅词话》
第四十八回"曾御史参劾提刑官，蔡太师奏行七件事"中，县丞狄斯彬
审讯疑案，"于是不由分说，先把长老一箍两拶，一夹一百敲，余者众僧
都是二十板，俱令收入狱中"。④这里的"箍"应该就是脑箍。明代汤显
祖《牡丹亭》第四十出"仆侦"："那鸟官喝道：'马不弝不肥，人不拶不
直，把这廝上起脑箍来！'"⑤再如《警世通言·金令史美婢酬秀童》写

①　（后晋）刘昫等：《旧唐书·来俊臣传》，中华书局 1999 年版，第 3288—3289 页。
②　（元）郑廷玉：《包待制智勘后庭花》，明脉望馆校《古名家杂剧》本。
③　（清）张廷玉：《明史》，中华书局 1974 年版，第 2315 页。
④　（明）兰陵笑笑生：《金瓶梅词话》，香港太平书局明万历影印本，第 1139 页。
⑤　（明）汤显祖：《牡丹亭》，人民文学出版社 1963 年版，第 190 页。

县衙的几个阴捕对无辜者秀童滥施刑罚:"众捕盗吊打拶夹,都已行过。见秀童不招,心下也着了慌。商议只有阎王闩、铁膝裤两件未试。阎王闩是脑箍上箍,眼睛内乌珠都涨出寸许;铁膝裤是将石屑放于夹棍之内,未曾收紧,痛已异常。这是拷贼的极刑了。秀童上了脑箍,死而复苏者数次,昏愦中承认了,醒来依旧说没有。"① 秀童应当说相当坚强了,但面对脑箍这一刑具,还是无法忍受。可见脑箍这一刑具的残酷性非同一般。

"脑箍"作为刑具对人的肉体能够造成巨大的伤害,佛教徒头上的"戒箍"受其启发而来,但只是要求信徒恪守戒律的一种精神威慑。《水浒传》第三十一回"张都监血溅鸳鸯楼,武行者夜走蜈蚣岭"中,张青、孙二娘为帮助武松逃脱官府的追捕,设计让武松装扮成行者。孙二娘说道:"二年前,有个头陀打从这里过,吃我放翻了,把来做了几日馒头馅。却留得他一个铁戒箍,一身衣服,一领皂布直裰,一条杂色短繐绦,一本度牒,一串一百单八颗人顶骨数珠,一个沙鱼皮鞘子插着两把雪花镔铁打成的戒刀……"② 不难发现,在孙二娘送给武松的衣物中,有三件与《西游记杂剧》中观音菩萨送给孙悟空的衣物相同,这就是铁戒箍、皂直裰和戒刀。看来,这几样衣物是当时"行者"必备的物品。所谓"行者",是指虽然修行但尚未剃发出家者。皂直裰是为御寒,戒刀本为"供割三衣之用",所谓"三衣",是指僧人穿的三种衣服。或许因为行者还不是真正的僧人,所以头上要戴上"戒箍",时刻提醒行者要恪守戒律。尽管"戒箍"的警示作用是从"脑箍"而来,但对于行者来说,它不过是一种象征而已。

然而,从《西游记杂剧》到百回本小说《西游记》,观音菩萨送给孙悟空的"铁戒箍"或"紧箍儿"却具备了"脑箍"和"戒箍"的双重作用。《西游记杂剧》中"铁戒箍"的威力已如前述,"紧箍儿"的威慑力在百回本小说《西游记》中体现得也十分鲜明。第八回观音菩萨奉如来佛之命,前往东土寻找取经之人。如来佛授他五件宝贝,其中有"紧箍儿"和"金、紧、禁"三篇咒语。"假若路上撞见神通广大的妖魔,你须是劝他学好,跟那取经人做个徒弟。他若不伏使唤,可将此箍儿与他戴在

---

① (明)冯梦龙:《警世通言·金令史美婢酬秀童》,齐鲁书社1993年版,第123页。

② (明)施耐庵:《水浒传》,山东文艺出版社1995年版,第521—522页。

头上，自然见肉生根。各依所用的咒语念一念，眼胀头痛，脑门皆裂，管教他入我门来。"① 看来如来佛也没有什么更好的办法，只能依靠肉体的折磨迫使妖魔皈依佛教，"眼胀头痛，脑门皆裂"，显然与刑具"脑箍"的伤害力相同。黄周星评道："此箍非头间之箍，乃心上之箍耳。"② 实际上"紧箍儿"是通过对肉体的惩罚达到精神控制的目的。"紧箍儿"带来的"眼胀头痛，脑门皆裂"，开始时只是皮肉之苦，久而久之，便成为对内心的一种震慑。

三 从"戒凡性"到禁锢个性

虽然百回本小说《西游记》中的"紧箍儿"源于《西游记杂剧》中的"铁戒箍"，但两者仍有明显不同。第一，孙悟空重回花果山的原因不同。杂剧中孙悟空见唐僧是个胖和尚，便要吃掉他，然后回花果山。小说《西游记》第十四回"心猿归正，六贼无踪"中，孙悟空之所以要离开唐僧，是因为唐僧不满于孙悟空打死了"六贼"，"绪绪叨叨"。孙悟空"受不得人气"，不能忍受唐僧的指责埋怨，于是"使一个性子"，一个筋斗，跑得无影无踪了。③ 这时的孙悟空头上还没有"紧箍儿"的管束，因此能够为所欲为，率性而动。第二，杂剧中孙悟空的"凡心"表现为"常有杀人机"，而小说中的孙悟空杀的或是歹徒，如"六贼"等辈；或是伪装成人的妖怪，如白骨精之流，从未杀害过无辜百姓。第三，杂剧中观音菩萨直接出面送给孙悟空铁戒箍、皂直裰、戒刀三种衣物，并当着孙悟空将"紧箍儿"传授给唐僧，且明确告诉孙悟空"铁戒箍戒你凡性，皂直裰遮你兽身，戒刀豁你之恩爱"。小说中则是观音菩萨化为"年高的老母"，送给唐僧一领棉布直裰、一顶嵌金花帽和紧箍儿咒。唐僧哄骗孙悟空说："这帽子若戴了，不用教经，就会念经；这衣服若穿了，不用演礼，就会行礼。"当孙悟空戴上帽子后，唐僧默默地念起紧箍儿咒，孙悟空疼得打

---

① （明）吴承恩：《西游记》，山东文艺出版社1996年版，第92页。

② 同上书，第175页。

③ 同上书，第178页。

滚，那紧箍儿"似一条金线模样"，紧紧地勒在了头上。① 可见小说中观音菩萨和唐僧是用欺骗的方式将"紧箍儿"戴在了孙悟空的头上。

《西游记杂剧》中"铁戒箍"的作用是戒除"凡性"，与戒刀豁除恩爱同一功用。按照佛教义，"戒"是为佛教徒制定的戒规，用以防非止恶，与"定""慧"共称"三学"，为大乘"六度"之一。据传释迦牟尼时已制定戒律，有五戒、八戒、十戒、具足戒、菩萨戒等。在《西游记杂剧》中，因为孙悟空吃人的兽性未改，所以观音菩萨让他戴上"戒箍儿"。观音菩萨特别叮嘱唐僧："但欲伤你，你念紧箍儿咒。"也就是说，只有当孙悟空伤人的兽性发作时，唐僧才应当念"紧箍儿咒"。但百回本小说《西游记》中"紧箍儿"的功用则发生了变化，成为管束、威吓、惩罚孙悟空，从而制约其个性的有效工具。

小说《西游记》中"紧箍儿咒"又名"定心真言"。"定心"与佛教三学之一的"定学"相关。"定"指"心专注一境而不散乱的精神状态，佛教以此作为取得确定之认识、作出确定之判断的心理条件"。《大乘百法明门论忠疏》说："于所观境令心专注不散为性，智依为业，谓观得失，俱非境中，由定令心不散，依斯便有决择智生。""定"有两种：一谓"生定"，即人们与生俱有的一种精神功能；一谓"修定"，指专为获得佛教智慧或功德、神通而修习所生者。在中国，"定"往往与"禅"连称，重在"修心""见性"。②

"真言"与佛教密宗相关。"密宗"又称"密教""真言乘""金刚乘"等，自称受法身佛大日如来深奥秘密教旨传授，为"真实"言教，故名。一般认为是 7 世纪以后印度大乘佛教一部分派别与印度教相结合的产物。中国密教杂密经典早在魏晋时期即有译介，并一直流传不断。唐开元四年（716）善无畏带来《大日经》，四年后金刚智及其弟子不空传入《金刚顶经》，从而输入了密教，成为中国佛教宗派之一。该宗派认为如果众生依法修"三密加持"，即手结印契（特定的手势）、口诵真言（咒语）、心观佛尊，就能够使身、口、意"三业"清净，与佛的身、口、意

---

① （明）吴承恩：《西游记》，山东文艺出版社 1996 年版，第 692 页。
② 参见杜继文、黄明信主编《佛教小辞典》，上海辞书出版社 2001 年版，第 228—229 页。

相应，即身成佛。其中的口诵真言，也就是"咒语"的来源。①

　　然而，不难看出，小说《西游记》中的"定心真言"即"紧箍儿咒"并未严格符合上述教义。每当唐僧念动"紧箍儿咒"时，并非因孙悟空伤人的"凡性"而起。恰恰相反，大多时候都是因为孙悟空个性鲜明、坚持己见所致。不妨列举数例：第三十八回为救乌鸡国国王，孙悟空哄骗八戒下到井里，将死去三年的国王背了上来。八戒恼怒在心，向唐僧谎称孙悟空能够救活国王，挑唆唐僧念起了"紧箍儿咒"。孙悟空哄骗八戒固然有其顽皮的一面，但其目的却是为了救人，并无恶意。第四十回孙悟空识破了红孩儿的诡计，几次将唐僧从马上推下来。这种举动虽然有些鲁莽，但用意却是为了保护唐僧。唐僧不但不感谢，反而认为孙悟空戏弄他，又要念"紧箍儿咒"。

　　有时孙悟空的行为的确有些过火，但即使他承认了错误，唐僧仍然毫不留情。第五十六回"神狂诛草寇，道昧放心猿"中，唐僧师徒四人被二三十个强盗追赶，孙悟空把他们打得"星落云散"。唐僧"见打到许多人，慌的放马奔西"。孙悟空又把一个贼人的首级拿给唐僧看，"三藏见了，大惊失色，慌得跌下马来"，"在地下正了性，口中念起紧箍儿咒来。把个行者勒得耳红面赤，眼胀头昏，在地下打滚"。唐僧还不罢休，执意要将孙悟空赶走。紧接着第五十七回"真行者落伽山诉苦，假猴王水帘洞誊文"，孙悟空虽然再三向唐僧保证不再行凶，唐僧"更不答应，兜住马，即念紧箍儿咒。颠来倒去，又念有二十余遍，把大圣咒倒在地，箍儿陷在肉里有一寸了深浅"。② 孙悟空只好向观音菩萨求情。

　　还有几次是以"紧箍儿咒"来要挟孙悟空，第七十一回孙悟空降伏了怪犼后，将三个紫金铃藏了起来。观音菩萨让孙悟空交出，不然就念"紧箍儿咒"，孙悟空立即将紫金铃交还。第九十四回天竺国王有意招唐僧为驸马，孙悟空劝唐僧应允。唐僧"越生嗔怒"，以念"紧箍儿咒"让孙悟空闭嘴。第九十六回寇员外盛情挽留唐僧师徒四人，八戒也劝唐僧多住几天，孙悟空和沙僧在一旁忍不住笑起来。唐僧责怪孙悟空："你笑甚么？"就要念"紧箍儿咒"。"慌得个行者跪下道：'师父，我不曾笑，我

① 参见杜继文、黄明信主编《佛教小辞典》，上海辞书出版社 2001 年版，第 36—37 页。
② （明）吴承恩：《西游记》，山东文艺出版社 1996 年版，第 695 页。

不曾笑！千万莫念，莫念！'"① 显然，"紧箍儿咒"已经成为禁锢个性的有效工具。

如来佛曾传授给观音菩萨三个紧箍儿，除了收服孙悟空外，另外两个分别收服了熊罴怪和红孩儿。值得注意的是，熊罴怪和红孩儿都神通广大、个性十足。第十七回观音菩萨对孙悟空说道："那怪物有许多神通，却也不亚于你。"② 虽然观音菩萨"又怕那妖无礼，却把一个箍儿，丢在那妖头上"。但"那妖起来，提枪要刺"，毫不惧怕。这时，观音菩萨"将真言念起。那怪依旧头疼，丢了枪，满地乱滚"。③ 在"紧箍儿咒"的威逼下，熊罴怪只得皈依观音菩萨，成为守护落伽山的守山大神。这时孙悟空开玩笑说："诚然是个救苦慈尊，一灵不损。若是老孙有这样咒语，就念上他娘千遍！这回儿就有许多黑熊，都教他了帐！"④ 孙悟空的话语里面暗含着讥讽，表现了对观音菩萨自私虚伪的不满。

在取经路上的众多妖魔中，"圣婴大王"红孩儿应当是魔力最强者之一，也是最难降伏的妖魔之一。他的"三昧真火"连龙王也无法浇灭，让孙悟空连吃几次败仗。第四十一回"心猿遭火败，木母被魔擒"中，孙悟空对八戒、沙僧说道："这妖精神通不小，须是比老孙手段大些的，才降得他哩。"⑤ 八戒误将红孩儿认作观音菩萨，又被红孩儿捉去，孙悟空只好向观音菩萨求救。第四十二回"大圣殷勤拜南海，观音慈善缚红孩"中，红孩儿并不把观音菩萨放在眼里，"望菩萨劈心刺一枪来"。"观音菩萨化道金光，径走上九霄空内。"红孩儿冷笑道："泼猴头，错认了我也！他不知把我圣婴当做个甚人。几番家战我不过，又去请个甚么脓包菩萨来，却被我以枪，搠得无形无影去了，又把个宝莲台儿丢了。且等我上去坐坐。"红孩儿坐上宝莲台后，观音菩萨施展法力，将宝莲台变为刀尖，红孩儿只得表示愿意皈依法门。但当观音菩萨将他放出后，他绰起长枪，又向菩萨劈脸刺来。观音菩萨取出金箍儿，迎风一晃变为五个箍儿，套住了红孩儿的头与四肢。又念起"金箍儿咒"，红孩儿疼得"搓耳揉

---

① （明）吴承恩：《西游记》，山东文艺出版社1996年版，第1150页。
② 同上书，第215页。
③ 同上书，第217—218页。
④ 同上书，第218页。
⑤ 同上书，第506页。

腮，攒蹄打滚"。即使如此，他还要挺枪去刺挖苦他的孙悟空。[①] 可见观音菩萨收服妖魔，是通过惩罚肉体达到禁锢个性的目的。

四 从禁锢个性到"求放心"

由以上论述可以得知，孙悟空及其前身的反抗精神和桀骜不驯的性格有一个发展演变过程。《大唐大慈恩寺三藏法师传》中的胡人石槃陀出于个人安危的考虑，对保护唐僧取经左右摇摆，犹豫不决，最终选择了放弃。《大唐三藏取经诗话》中猴行者比唐僧还要小心谨慎，途经西王母池时，他说："我八百岁时，到此中偷桃吃了；至今二万七千岁，不曾来也。"唐僧说："愿今日蟠桃结实，可偷三五个吃。"他回答道："我因八百岁时，偷吃十颗，被王母捉下，左肋判八百，右肋判三千铁棒，配在花果山紫云洞。至今肋下尚痛。我今定是不敢偷吃也。"来到西王母池前，唐僧只问了一句："此莫是蟠桃树？"他赶忙说："轻轻小话，不要高声！此是西王母池。我小年曾此作贼了，至今犹怕。"[②] 结果还是被西王母轻易拿下，配至花果山紫云洞。因为《大唐三藏取经诗话》中猴行者没有表现出强烈的个性和反抗精神，因此"紧箍儿"及"紧箍儿咒"也就没有必要出现。

明初杨景贤《西游记杂剧》中孙行者的个性特征主要表现为十足的野性，他初次见到唐僧便想将其饱餐一顿，这与其他妖魔鬼怪完全一致。他俨然是一个天不怕地不怕的妖猴，正如他本人所说："一自开天辟地，两仪便有吾身。曾教三界费精神。四方神道怕，五岳鬼兵嗔，六合乾坤混扰，七冥北斗难分，八方世界有谁尊，九天难捕我十万总魔君。……喜时攀藤揽葛，怒时搅海翻江。金鼎国女子我为妻，玉皇殿琼浆咱得饮。我盗了太上老君炼就金丹，九转炼得铜金铁骨，火眼金睛。……我偷得王母仙桃百颗，仙衣一套，与夫人穿着。"[③] 面对这一妖猴，李天王也无可奈何，

---

① （明）吴承恩：《西游记》，山东文艺出版社 1996 年版，第 520—522 页。

② 无名氏：《大唐三藏取经诗话》，载刘荫柏《西游记研究资料》，上海古籍出版社 1990 年版，第 165 页。

③ 杨景贤：《杨东来先生批评〈西游记〉杂剧》第 3 卷第九出，载《古本戏曲丛刊》初集，文学古籍刊行社 1953 年版。

只能对观音菩萨感叹道："这厮神通广大，如何降伏得他。"① 他的这种野性与百回本小说《西游记》中的孙悟空相比，显然缺乏某种精神因素。他未与玉皇大帝一争高下，也没有自封为"齐天大圣"，更没有喊出"皇帝轮流做，今年到我家"的惊世之语。他的野性表现为"常有杀人机"的"劣心肠"，因此观音菩萨的"铁戒箍"从肉体上对其实行惩罚，杂剧作者显然是非常赞同肯定的。

《西游记杂剧》创作于元明之际，程朱理学是这一时期社会文化思想的主流。以"铁戒箍"来制约孙悟空的"凡心""野性"，与程朱理学的主张相一致。从《西游记杂剧》的描写也可看出，唐僧只念过一次"紧箍儿咒"，是为了验证"紧箍儿咒"是否灵验。此后，唐僧从未因为孙悟空剿灭妖怪而随意念动"紧箍儿咒"。这就是说，"铁戒箍"和"紧箍儿咒"对孙悟空的精神制约已经成功。如果唐僧反复念"紧箍儿咒"，反而降低了其应有的威力。

百回本小说《西游记》中孙悟空的个性要复杂得多，简而言之，前七回充分表现了他放纵不羁的个性特征。他既不像《大唐三藏取经诗话》中的猴行者那样胆小怕事，也不像《西游记杂剧》中的孙行者那样一味蛮干，他搅乱三界是为了满足自己那不可穷尽的欲望：第三回"四海千山皆拱伏，九幽十类尽除名"写孙悟空闹龙宫借兵器、闹冥界销名号；第四回"官封弼马心何足，名注齐天意未宁"写孙悟空闹天宫要与玉皇大帝平起平坐，都极为鲜明地揭示出了这一特征。尤其值得关注的是，作者渲染孙悟空的欲望有着深刻用意，并非仅为肯定孙悟空的反抗与自由意识。因为紧接着小说便写孙悟空在五行山下等待五百年，一旦遇见唐僧，便高兴地大喊："我师父来也！我师父来也！"② 清初文人黄周星在第三回回前评道："篇中忽着'放下心'三字，是一回中大关键。盖心宜存不宜放，一存则魔死道生，一放则魔生道死。……此心才一放下，便有六怪相随而来。……心既为六贼所迷，又安得惺惺如故？于是，乐而醉，醉而

---

① （元）杨景贤：《杨东来先生批评〈西游记〉杂剧》第 3 卷第九出，载《古本戏曲丛刊》初集，文学古籍刊行社 1953 年版。

② （明）吴承恩：《西游记》，山东文艺出版社 1996 年版，第 165 页。

睡，睡而勾死人来矣。神昏意乱，乐极悲生，此又'放心'之大效验也。"① 明代著名思想家李贽在第四回回后总评中说道："定要做齐天大圣，到底名根不断，所以还受人束缚，受人驱使。毕竟并此四字抹杀，方得自由自在。"② 这两位不同时代的评论者都表明了同一观点，即必须收回那颗"放纵之心"才能修成正果。《西游记》正是基于这一理念，才将孙悟空置于全书之首，并以前七回非常清晰地勾画出了孙悟空由"放心"到"定心"的过程。

但是"定心"不是对个性的禁锢，目的在于"求放心""致良知"，所以还必须经过八十一难的反复磨炼，即所谓"修心"。按照心学的主张，"修心"依靠的是内心的自觉，而非外力的逼迫。明代心学的肇始者陈献章（1428—1500）和心学的集大成者王守仁（1472—1529）都力主此说。陈献章被黄宗羲誉为"独开门户，超然不凡"③，他继承了南宋陆九渊心学的本体论学说，创造了以个体人生为世界主宰的本体观，以此与程朱理学相区分。他主张心是本体，认为心、道之间存在着本质联系，道体现为心。因此，以个体自我之心，可得道之本体。陈献章的学说在当时虽未得到朝廷的承认，但在文人士大夫中的影响却逐渐扩大，正如黄宗羲所说："有明之学，至白沙（陈献章世称白沙先生）始入精微，其吃紧功夫，全在涵养，喜怒未发而非空，万感交集而不动，至阳明而后大。两先生之学，最为相近……"④

王守仁的心学思想正式形成于正德、嘉靖年间，他批评朱熹的"格物"说分裂了"心"与"理"，导致了学问与修养的分离，于是他在陆九渊"心即理"说的基础上进而论道："心即理也，此心无私欲之弊，即是天理，不须外面添一分。以此纯乎天理之心，发之事父便是孝，发之事君便是忠，发之交友治民便是信与仁，只在此心去人欲、存天理上用功便

---

① （清）黄周星：《西游记第三回回前评》，载（明）吴承恩《西游记》，山东文艺出版社1996年版，第30页。

② （明）李贽：《西游记第四回回后总评》，载（明）吴承恩《西游记》，山东文艺出版社1996年版，第42页。

③ （清）黄宗羲：《明儒学案》卷首《师说·陈白沙献章》，中华书局1985年版，第4页。

④ （清）黄宗羲：《明儒学案》卷5《白沙学案》，中华书局1985年版，第78页

是。"① "致良知"是王守仁全部思想的集中和概括，表达了他的心学宗旨。他说："良知良能，愚夫愚妇与圣人同。但惟圣人能致其良知，而愚夫、愚妇不能致，此圣愚所由分也。"② 他所说的良知，是每个人独立人格与自我意识的表现，"致良知"就是发挥自我意识的作用。其具体方法则可归纳为一静一动，既要息除念虑，专注于内心，又要"事上磨炼"，在心体上下功夫。嘉靖年间，王守仁的心学思潮占据了主导地位，正如《明史·儒林传序》所称："宗守仁者曰姚江之学，别立宗旨，显与朱子背驰，门徒遍天下，流传逾百年，其教大行，其弊滋甚。嘉、隆而后，笃信程、朱，不迁异说者，无复几人矣。"③

关于百回本小说《西游记》的成书时间，学术界虽然存在争议，但从嘉靖、万历间人周宏祖的《古今书刻》已著录有"鲁府"和"登州府"刊刻的《西游记》来看④，其成书时间应不晚于万历初年。也就是说，这部小说问世时，王学已成为社会主要思潮，而王学左派尚未形成。因此百回本小说《西游记》的创作主旨带有鲜明的心学色彩，全书通过孙悟空由"放心"而"定心"，由定心而"修心"，形象化地表明了心学的主张。《西游记》第十四回写孙悟空从五行山下被唐僧解救出来做的第一件事，就是剿灭"眼看喜、耳听怒、鼻嗅爱、舌尝思、意见欲、身本忧""六贼"。然而这一举动却遭到了唐僧的指责，悟空"按不住心头火发"，一个筋斗便离开了唐僧。听龙王讲了"圯桥进履"的故事后，他沉吟半晌，回心转意，决定重回唐僧身边。孙悟空之所以离开唐僧，不是对取经心存疑虑，更不是因为要吃唐僧，而是不愿受人管束。为了控制悟空这种桀骜不驯的个性，小说作者在以往"铁戒箍"的基础上，让观音菩萨给悟空戴上了"紧箍儿"，并传授给唐僧"定心真言"。悟空被"紧箍儿"束缚住后，"心上还怀不善，把那针儿晃一晃，碗来粗细，望唐僧就欲下手"。听说这是观音菩萨的主意时，他还要上南海打观音菩萨。只是因为惧怕观音也会念"紧箍儿咒"，这才"死心塌地，抖擞精神，束一束

---

① （明）王守仁：《传习录·上》，上海古籍出版社 1992 年版，第 2 页。

② （明）王守仁：《传习录·中·答顾东桥书》，上海古籍出版社 1992 年版，第 49 页。

③ （清）张廷玉等：《明史·儒林传序》，中华书局 1974 年版，第 7222 页。

④ 参见周宏祖《古今书刻》，古典文学出版社 1957 年版，第 377 页。

锦布直裰，扣背马匹，收拾行李，奔西而进"。① 可见作者对观音菩萨的做法持一种矛盾态度，既对悟空个性遭受压制表示不满，又对悟空能够收敛自我表示赞同。从小说情节的进展来看，每当唐僧念"定心真言"时，又总是冤枉了悟空。这不仅是为了讽刺唐僧是非不辨、冥顽迂腐，而是要通过"紧箍儿"和"紧箍儿咒"告诉人们，修心不能完全依赖于禁锢个性的强硬措施，更需要内心的自觉。试看，每当唐僧不分青红皂白念紧箍咒时，悟空嘴上虽说不敢了，但内心并不服气，他那降妖伏魔的行动也并未因此而停止。因此小说中的"紧箍儿"和"紧箍儿咒"作用十分明显，一方面对禁锢个性表示不满，另一方面又表现了对"求放心"的肯定。

原刊于《明清小说研究》2013 年第 4 期

作者单位：山东大学文学院

---

① （明）吴承恩：《西游记》，山东文艺出版社 1996 年版，第 179 页。

大鹏形象的演化及文化意蕴

樊庆彦

　　大鹏，按商务印书馆 1988 年版《辞源》"鸟部"解释，乃"传说中最大的鸟"。因为是出于"传说"，也就可能属于"莫须有"，带有虚无性。说到大鹏这一形象，不能不提起《西游记》中的狮驼岭三魔大鹏金翅雕，它应该是该书中综合实力最强的妖怪，需要如来亲自带领西天诸佛才将其降服，更因为它与西方佛祖的渊源关系而显得耐人寻味。但在古代文学作品中，大鹏是一个带有神奇象征色彩的意象，对于华夏民族的审美心理，尤其是士子文人的人格理想、精神追求具有重要影响。通过探讨分析这一形象的产生及演化，可以更好地把握其文化内蕴的意义。

一

　　"大鹏"这一形象最早见于《庄子》。许慎《说文解字》卷七第四篇上"鸟部"谓"鹏"："亦古文凤"。段玉裁注曰："既象其形兮。又加鸟旁。盖朋者，最初古文，鹏者踵为文之者也。庄子书'化而为鸟，其名为鹏'。崔云古凤字，按庄生寓言也。"①《庄子·逍遥游》曰：

　　　　北溟有鱼，其名为鲲。鲲之大，不知其几千里也。化而为鸟，其名为鹏。鹏之背，不知其几千里也。怒而飞，其翼若垂天之云。是鸟也，海运则将徙于南溟。南溟者，天池也。

---

① （汉）许慎撰，（清）段玉裁注：《说文解字注》，上海古籍出版社 1981 年版，第 148 页。

为了证明自己所言不虚，他接下来提到了一本名为《齐谐》的志怪之书，以为重言，此书中也写到了大鹏：

《齐谐》者，志怪者也。《谐》之言曰："鹏之徙于南溟也，水击三千里，抟扶摇而上者九万里，去以六月息者也。"

如此看来，《齐谐》中的大鹏比庄子所说的大鹏出现要早。但是庄子乃寓言大家，清儒郭嵩焘认为："庄文多不能专于字句求之。"[1] 所以《齐谐》一书究竟是实有此书，还是庄子自己杜撰之作，因缺乏资料佐证，不得而知。但是大鹏形象得以为后人广泛采用，成为熟典，应是庄子之功。

《逍遥游》想象奇特，境界博大，蕴蓄丰富，借用大鹏展翅高飞，蝉、斑鸠、飞虫、小鸟等对其讥笑的寓言开篇，希望人们必须做到"无为"，达到像"至人"一样"无己"，像"神人"一样"无功"，像"圣人"一样"无名"的境界，才能得到绝对的自由，获得逍遥游。抛开作者的主观唯心主义思想和本文的主题不提，单就大鹏形象而言，包含有两层意思：一是要有远大志向，二是追求个性自由。由此也衍生出"鹏程万里""鲲鹏之志""扶摇直上""斥鷃不知大鹏"等成语。

后人又加以发挥，不断从自己的人生实践和著述两个方面充实和丰富它。一方面，强化和巩固了大鹏所象征的自由精神，显示出不愿受世俗羁绊追求身心自由的个性；另一方面，赋予大鹏一种建功立业的理想色彩，显示出积极奋发的开拓用世精神。大鹏逐渐在民族审美心理中积淀成为一个比较固定意义的意象。曹植《玄畅赋》："希鹏举以搏天，瞵青云而奋羽。"王勃《江曲孤凫赋》："灵凤翔兮千仞，大鹏飞兮六月。"杨炯《浑天赋》："鹏何壮兮，抟扶摇而翔九万，运海水而击三千。"白居易《我身》："通则为大鹏，举翅摩苍穹。穷则为鹪鹩，一枝足自容。"陆游《南堂默坐》："大鹏一举九万程，下视海内徒营营。"也用来比喻杰出或得意的人物，或渴望建功立业，或祝愿仕途畅达。庾信《谨赠司寇淮南公》

① （清）郭庆藩辑：《庄子集释》，见《新编诸子集成》第1辑，中华书局1961年版，第6页。

云："绊骥还千里，垂鹏更九飞。"此句后被杜甫在《赠特进士汝阳王二十韵》中化用为："霜蹄千里骏，风翮九霄鹏。"而王安石在《送子思兄参惠州军》中又化用为："骥摧千里蹄，鹏堕九霄翮。"其他如沈佺期《和户部岑尚书参迹枢揆》："昔陪鹓鹭后，今望鲲鹏飞。"杜甫《入衡州诗》："紫荆寄乐土，鹏路观翱翔。"李商隐《送千牛李将军赴阙五十韵》："隼击须当要，鹏抟莫问程。"苏轼《再送两首》其一："使君九万击鹏鲲，肯为阳关一断魂。"等等，都是对于大鹏意象的阐释。

对于大鹏形象运用最为成熟或达到极致的，乃是诗仙李白。李白的思想受庄子和屈原影响颇深，龚自珍在《最录李白集》中说："庄、屈实二，不可以并，并之以为心，自白始。儒、仙、侠实三，不可以合，合之以为气，又自白始也。"这不但促成了李白的浪漫主义精神，极力追求精神上的自由，而且促成了他建功立业的雄心壮志。因此，李白自命不凡，自尊自高，渴望凭借自己的才能一鸣惊人，干一番惊天动地的大事业。他的诗文中涉及大鹏意象的有20多处。但在李白的笔下，大鹏离开了庄子的根本精神，成为诗人抒发壮伟气概、表现巨大抱负的有机载体。他汲取了庄子恢宏辽阔的气魄，藐视世俗的傲骨，其旨趣却不在追求庄子那种逍遥超脱的人生境界。他曾作《上李邕》自明其志：

> 大鹏一日同风起，扶摇直上九万里。假令风歇时下来，犹能簸却沧溟水。时人见我恒殊调，闻余大言皆冷笑。宣父犹能畏后生，丈夫未可轻年少。

在《独漉篇》中曰：

> 雄剑挂壁，时时龙鸣。不断犀象，绣涩苔生。国耻未雪，何由成名！神鹰梦泽，不顾鸱鸢。为君一击，鹏抟九天。

李白更作《大鹏赋》："激三千以崛起，向九万而迅征。"把大鹏看作自己的化身，赋予大鹏以自己的理想追求和孤傲不驯的性格，对大鹏倾注了巨大无比的热情。即使到了生命的最后，理想终未实现，但作《临终歌》时，他还不忘再申大鹏之志："大鹏飞兮振人裔，中天摧兮力不济。

余风激兮万世，游扶桑兮挂左袂。"而最终只能悲叹世道之不存："后人得之传此，仲尼亡兮谁为出涕？"

由此可见，大鹏意象自庄子创立以来，在诗文中始终是以正面的形象出现的，所以也成为士子文人们不断歌咏或自拟的对象。后来随着戏曲、小说等文体形式的逐渐成熟，大鹏也被作者刻画或描写而进入了这些门类的作品之中。但是在戏曲、小说中，大鹏的形象却发生了变化。

二

小说中的大鹏形象刻画最成功也最著名的出现于神魔小说中，尤以《西游记》和《封神演义》为最。在这些作品中，大鹏被冠以更加响亮的名字："大鹏金翅雕"。

《西游记》中的大鹏金翅雕出现于小说第七十四回至第七十七回"狮驼国"的故事中，他与文殊、普贤二菩萨的坐骑青狮、白象组成了狮驼三魔。大鹏雕虽然排行老三，却本领最为高强，而且诡计多端。先看他的形象：

> 金翅鲲头，星睛豹眼。振北图南，刚强勇敢。变生翱翔，鹦笑龙惨。抟风翻百鸟藏头，舒利爪诸禽丧胆。这个是云程九万的大鹏雕。

再看他的本领：

> 三怪见行者驾筋斗云时，即抖抖身，现了本相，搧开两翅，赶上大圣。你道他怎能赶上？当时如行者闹天宫，十万天兵也拿他不住者，以他会驾筋斗云，一去有十万八千里路，所以诸神不能赶上。这妖精搧一翅就有九万里，两搧就赶过了，所以被他一把挝住，拿在手中，左右挣挫不行，欲思要走，莫能逃脱。即使变化法遁去，又往来难行：变大些儿，他就放松了挝住；变小些儿，他又攥紧了挝住。复拿了径回城内，放了手，摔下尘埃。

《西游记》中描写了上百个神话故事，其中出现的大小妖魔不计其数。他们的本领有大有小，大者天兵天将也无奈他何。但是，要劳驾书中的"最高主宰"如来佛祖亲自出马的，却只有两次。一次就是降服作品主人公孙悟空，而另一次，就是到狮驼国去收服这个大鹏金翅雕。原来这大鹏与孔雀同为凤凰所生，如来在雪山修炼六丈金身，曾被孔雀吸下肚去，后如来从其肋下破身而出，因而留它在灵山会上，封为佛母、孔雀大明王菩萨，大鹏与其是一母同生，故此与如来有些亲处（《佛母大孔雀明王经》中有与此相近的记述）。按照孙悟空调侃的玩笑话：如此比论，如来还是大鹏的外甥呢。《西游记》第七十七回写道：

> 只有那第三个妖魔不伏。腾开翅，丢了方天戟，扶摇而上，轮利爪要刁捉猴王。原来大圣藏在光中，他怎敢近。如来情知此意，即闪金光，把那鹊巢贯顶之头，迎风一晃，变作鲜红的一块血肉。妖精轮利爪刁他一下，被佛爷把手往上一指，那妖翅膊上就了筋，飞不去。只在佛顶上不能远遁，现了本相，乃是一个大鹏金翅雕……佛祖不敢松放了大鹏，也只教他在光焰上做个护法。

连如来对他都不敢掉以轻心，设计才将其降服，可见大鹏三魔的神通广大。但是他作为西天佛祖的舅舅，乃上古神灵，竟然下界为妖，阻拦唐僧取经，其中不无作者对于佛教的揶揄之意。

《封神演义》中也有大鹏出现，即第六十二回中的蓬莱岛羽翼仙。羽翼仙既不是阐教门下，也不属于截教门下，而是个散仙。他之所以与姜子牙作对，是因为误听了别人谗言。且看他的形象：

> 头挽双髻，体貌轻扬。皂袍麻履，形异寻常。嘴如鹰鹫，眼露凶光。葫芦背上，剑佩身藏。蓬莱怪物，得道无疆。飞腾万里，时歇沧浪。名为金翅，号曰禽王。

他本领非凡，法力高强。且看：

> 出了辕门，现了本相，乃大鹏金翅雕。张开二翅，飞在空中，把天也遮黑了半边，好厉害！有赞为证。赞曰：

二翅遮天云雾迷，空中响亮似春雷。曾扇四海俱见底，吃尽龙王海内鱼。只因发怒周岐难，还是明君福德齐。羽翼根源归正道，至今万载把名题。

后来燃灯道人把银索子化成点心，让他吃了，才将他收服。羽翼仙也就成了燃灯道人的门徒。书中的大鹏与孔雀也有关系，但这里他们却成了敌手。到了第七十回，孔雀所化的孔宣兵阻金鸡岭，燃灯道人让大鹏雕与之决战，双方空中大战两个时辰，最终大鹏被孔宣打下尘埃，败下阵来。

在戏曲中也有大鹏的形象出现，都是根据小说《西游记》改编或增衍而成。如"十八罗汉斗大鹏"就是据"狮驼国"故事改编而成的，增添了大鹏吞食狮驼国君臣及十八罗汉与之相斗等情节。而"金刀阵"写孙悟空取经后封为斗战胜佛，因大鹏摆金刀阵，南极仙翁无计破之，孙悟空盗刀，大破金刀阵。

由是观之，在小说、戏曲中，大鹏的形象与庄子的《逍遥游》有一定的联系。这从作品对于他们形象与本领的描绘中可见一端。但有一点值得注意，即此中的大鹏最初都是以恶的形象出现的，而后又被收服，改恶从善。由于神魔小说与宗教有着密切的联系，因此有必要从佛典中探讨其中的缘由。

三

佛典中有关于金翅鸟的记载。金翅鸟是印度古代神话中的鸟禽之长、毗湿奴天（Vishnu）的坐骑。梵名 Garuda，音译为迦楼罗，或译揭路荼、迦喽荼等，又译为妙翅鸟、顶瘿鸟。佛典中此鸟为天龙八部之一。据印度大史诗《摩诃婆罗多》描绘，金翅鸟乃迦叶波大仙（Kasyapa）与毗娜达女神（Vinata）所生之子。此鸟极大，阎浮提世界只能容纳它一只脚。它两翅相去三百三十六万里，翅上金光闪闪，还杂以五彩的虹光，十分美丽，刚出生时竟被误认为火神。

不过金翅鸟的性格非常凶暴，专与龙作对。金翅鸟与火龙的殊死搏斗早见于《摩诃婆罗多·初篇》。①在佛典中，金翅鸟更是专吃海中之龙。《长阿含经》卷十九云：

> 金翅鸟有四种：一者卵生，二者胎生，三者湿生，四者化生。若卵生金翅鸟飞下海中，以翅搏水，水即两披，深二百由旬，取卵生龙随意食之，胎、湿、化亦复如是。

金翅鸟虽恃强凌弱，但最终在佛法的劝善下改过自新。《长阿含经》卷十九中云："有化生龙子，于三斋日受斋八禁，时金翅鸟欲取食之，衔上须弥山北大铁树上，高十六万里，求觅其尾，了不可得，鸟闻亦受五戒。"而《海龙王经》卷四中亦有记载。《金翅鸟品第十六》云：

> 尔时有龙王，一名嚼气，二名大嚼气，三名熊黑，四名无量色。而白世尊曰：于此海中无数种龙，若干种行因缘之报来世于是。或有大种或有小种，或有羸劣独见轻侮。有四种金翅鸟，常食斯龙及龙妻子，恐怖海中诸龙种类，愿佛拥护，令海诸龙常得安隐不怀恐怖。于是世尊脱身皂衣，告海龙王：汝当取是如来皂衣分与诸龙王皆令周遍。所以者何？其在大海中有值一缕者，金翅鸟不能犯触。所以者何？持禁戒者所愿必得。

《舍利品第十七》又云：

> 佛化四鸟皆识宿命。金仁佛时为四比丘，坐行凶暴，不顺正法，逼迫同学，故堕金翅鸟自首悔过，改心易行发大道意，行四等心不害群黎，以得善护吾等永安不复见食，志不怀惧，长夜无难，皆蒙佛恩。

魏晋以降，金翅鸟的形象随着佛经的传播进入中土。《南齐书》卷四十《武十七王·南郡王子夏传》云：

---

① 参见《摩诃婆罗多·初篇》，中国社会科学出版社 1993 年版，第 111 页。

初，世祖梦金翅鸟下殿庭，捕食小龙无数，乃飞上天。永泰元年，子夏诛，年七岁。

在唐朝《降魔变文》中，舍利弗与六师外道斗法一节，内有化为金翅鸟与毒龙相战的场面描写：

（六师）又更化出毒龙身，口吐烟云怀操暴。雷鸣电吼雾昏天，礔砾声扬似火爆。场中恐怯并惊嗟，两两相看齐道好。舍利既见毒龙到，便现奇毛金翅鸟。头尾慑锉不将难，下口其时先啄脑。肋骨粉碎作微尘，六师莫知何所道。三宝威神难测量，魔王战悚生烦恼。①

可以看出，这时的金翅鸟已经成为正面形象。

《荀子》云先秦时人已论及金翅鸟，是受了中古学界"格义"风气的影响。南朝梁慧皎《高僧传》卷四"义解"一："以经中事数，拟配外书，为生解之例，谓之格义。"陈寅恪在其《三国志曹冲华佗传与佛教故事》中谓："外来之故事名词，比附于本国人物事实，有似通天老狐，醉则见尾。"② 晋唐佛徒即习以金翅鸟与庄子《逍遥游》中的大鹏拟配联类。隋朝智通《法华文句》卷二云：

迦楼罗者，此云金翅，翅翮金色，人言庄子呼为鹏。

唐朝道世《法苑珠林》卷六《六道篇·身量部》中云：

《菩萨处胎经》云："第一大鸟，不过金翅鸟，鸟头尾相去八千由旬，高下亦耳。"俗书庄子云有大鹏，其形极大，此当小金翅鸟，俗情不测，谓别有大鹏之鸟。

---

① 王重民等编校：《敦煌变文集》，人民文学出版社 1957 年版，第 386 页。
② 陈寅恪：《三国志曹冲华佗传与佛教故事》，《寒柳堂集》，上海古籍出版社 1980 年版，第 161 页。

由此可见，《西游记》与《封神演义》中的大鹏金翅雕形象，乃是以"格义"之法演绎于文学创作的牵合华梵的生动示例。

四

受庄子《逍遥游》及佛典的影响，大鹏金翅鸟的形象不但在神魔小说中出现，在其他章回小说中也得到了演化，多见于历史演义与英雄传奇小说中。且这些作品中的大鹏形象都是正面的，成为一种个性的展现。如《水浒传》中的梁山好汉欧鹏，其绰号就被称为"摩云金翅"。从中不难看出，这既是对于欧鹏本领高强的一种夸饰，也是对他渴望为国建功立业志向的一种寓示。这与庄子的《逍遥游》大概有着比较直接的关系。

而佛家经典中的"六道轮回"之说，亦即道教文化中的"降凡历劫"之说，更多地表现于这些作品中。于是，大鹏金翅鸟也因轮回而降凡历劫，投生人间。如在《说唐》中，金翅大鹏鸟转世为大隋第一好汉李元霸，与之宿敌闻仲转世的宇文成都决斗到底。转世的李元霸继承了金翅大鹏鸟的桀骜狂霸，堪称古典武力之巅峰。

而清代的清凉道人在其所编《听雨轩笔记》中则曰：

> 昔在郡城城隍庙，见有说《三国演义》葭萌关桓侯（张飞）战马超者。言孟起与桓侯苦战三日夜，欲于马上擒桓侯而未能，遂诈败，桓侯追之。孟起回身掷飞抓单其首。盖新息侯援（即东汉马援）素精其技，昔佐光武定天下，百步之内，取敌人首如囊中物，孟起之家传绝技也。桓侯见飞抓自空而下，猝不及防，不觉大惊而呼，举蛇矛向上格之。孟起回望，桓侯顶上黑气冲天而起，内现一大鸟，以翅击抓，抓坠地不可收，大惊而退。后李恢说之，遂降昭烈（刘备）。世传桓侯是大鹏金翅鸟转生，故急迫之际，原神出现耳。昔有桓侯在唐留姓、在宋留名之说，于唐时为张睢阳、宋时为岳忠武，在孕时因梦鹏飞入室内而生，此其证据也。①

---

① 江畬经选编：《历代小说笔记选·清》第 2 册，广东人民出版社 1984 年版，第 387 页。

大鹏金翅鸟不仅托生成张飞，以后它又托生下凡，变成抗金名将岳飞，以岳飞为张飞、张巡之后身。明代冯梦龙《喻世明言》"游酆都胡毋迪吟诗"中亦载曰：

> 岳飞系三国张飞转生，忠心正气，千古不磨。一次托生为张巡，改名不改姓；二次托生为岳飞，改姓不改名。……

明末清初徐道的《历代神仙通鉴》卷 19 亦有同类记载：

> （宋徽宗时，关羽现于宫中）帝问张飞何在，羽曰："飞与臣累劫兄弟，世世为男子身，在唐为张巡，今已为陛下生于相州岳家。他日辅佐中兴，飞将有功。"相州汤阴岳和，存心宽厚，妻姚氏尤贤。有娠昼寝，一铁甲丈夫入曰："汉翼德，当住此。"醒产一子，有大鸟若鹄，飞鸣屋上，因名飞。[1]

这不仅源于张飞与岳飞两人都是忠义勇猛的化身，而且大概与二人名字有关。张飞字翼德，而岳飞字鹏举。且二人的兵器都与蛇有关，张飞使丈八蛇矛，而岳飞的沥泉神矛也是由蛇精转化而成。蛇在民间称小龙，这不禁让我们想起了佛典中大鹏金翅鸟善吃海龙的故事。

《说岳全传》受佛教"因果轮回报应"观的影响尤为明显。其开篇第一回就交代得很明白："天遣赤须龙下界，佛谪金翅鸟降凡。"书中写道，西方极乐世界大雷音寺如来佛祖，有一天端坐莲台，向大众说法——

> 正说得天花乱坠、宝雨缤纷之际，不期有一位星官，乃是女土蝠，偶在莲台之下听讲，一时忍不住，撒出一个臭屁来。我佛原是个大慈大悲之主，毫不在意。不道恼了佛顶上头一位护法神祇，名为大鹏金翅明王，眼射金光，背呈祥瑞，见那女土蝠不洁，不觉大怒，展开双翅落下来，望着女土蝠头上，这一嘴，就啄死了。

---

[1] 吕宗力、栾保群：《中国民间诸神》，河北教育出版社 2003 年版，第 518—519 页。

　　与此同时，由于宋徽宗不敬天地，惹怒了玉皇大帝，遂派赤须龙下凡，托生为金兀术，率金兵入侵中原，要搅乱宋室王朝。如来佛祖担心无人能制服赤须龙，因大鹏金翅鸟行了凶，遂将它贬下尘凡，投生人世，保卫宋家江山。大鹏鸟下界过程中，过黄河时又啄瞎了久居此处的铁背虬龙的一只眼，啄死了其手下的一只团鱼。后大鹏鸟托生为岳飞，铁背虬龙托生为秦桧，团鱼托生为万俟离，而女土蝠托生为王氏。大鹏鸟不仅与赤须龙正面交战，亦与另外几个前世的冤孽相抗，在他即将直捣黄龙之际，却功败垂成，而被女土蝠、铁背虬龙等诬陷入狱致死，报了一啄之仇。但是作品最后，岳家小将们又终于报得大仇，为父平冤。大鹏与龙相斗终于得胜。所以在书尾第八十回写道："表精忠墓顶加封，证因果大鹏归位。"从而将民族矛盾及忠奸斗争的起因归之于佛道神魔之争及因果报应。这又是对于佛典中金翅鸟食龙传统故事主题的一次创造性的运用。同时可以发现，"因果轮回报应"的观念即是所谓的"善有善报，恶有恶报"，含有教人不要做坏事，免得来世报应之意。大鹏鸟是因为啄死了女土蝠、团鱼，啄伤了铁背虬龙而遭受来世报应，这与小说所歌颂的岳飞形象有相抵牾的嫌疑。

　　因此，在研究分析大鹏金翅鸟的形象演化及文化内蕴时，不仅要探讨它与佛典之间的渊源关系，还要注意佛典的"因果轮回报应"、宿命论思想所带来的影响。

五

　　从以上对于大鹏金翅鸟的形象梳理分析，探讨其内涵的文化意蕴，进一步阐发开来，可以看出，外来文化对于古代小说的创作具有较大影响。主要表现为两点：其一，相对于诗文、戏曲来说，中国古代小说尤其是神魔小说中的艺术形象塑造更多地受到外来文化的影响。其二，儒、释、道互补的文化思想对于中国古代小说创作的构思布局模式产生着重要影响。

　　不同国家、民族由于文化个性的不同，拥有不同的文化模式。最简单的构成方式就是本土文化与外来文化。中国传统文化在自己的发展历程中，从不抱残守缺，故步自封，而总是能以非凡的包容和会通精神来丰富和完善自己。尤其是在文化转型时期，由于外来因素的浸入，往往产生本土文化与外来文化相互融合的现象，从而对当时社会各领域带来影响。明朝中后期是小说创作的鼎盛时期。这时，明王朝开始由盛转衰，皇家文化政策的松弛带来了政治思想上的比较自由，程朱理学的受到冲击及心学的兴起带来了哲学思想上的比较开放，诗文革新运动和民间文艺的勃兴带来了文学思想上的比较通达。同时，崭新的社会因素也开始在封建社会母体中孕育发展，这就是资本主义生产关系的萌芽和市民阶层的崛起。这些都表明，明中叶以后文化进入了一个极为活跃的时期。因此这一时期成为中国历史与文化的一个重要转型期。这也就使得外来文化快速、大量地融入本土文化之中，并对文学创作产生了深刻影响。

首先，在古代小说尤其是神魔小说中，外来文化对于小说艺术形象塑造有着较大影响。《西游记》中，除了大鹏金翅雕的形象来源外，书中的孙悟空、猪八戒、牛魔王等形象也都有过"舶来品"的说法。

关于孙悟空的"国籍"问题，即其原型出处问题，虽然鲁迅先生坚持"国产"说，他在《中国小说史略》中说孙悟空"神变奋迅之状"移取于唐传奇《古岳渎经》中的淮河水怪无支祁。后来吴晓铃先生发表《〈西游记〉和〈罗摩延书〉》一文，支持鲁迅之说。但胡适先生则认为孙悟空是从印度"进口"而来，他在《〈西游记〉考证》中提出印度史诗《罗摩衍那》中的神猴哈奴曼是孙悟空的原型。郑振铎先生的《西游记的演化》，陈寅恪先生的《西游记玄奘弟子故事之演变》，季羡林先生的《印度史诗〈罗摩衍那〉》与《罗摩衍那初探》等也认同此说。20世纪六七十年代日本学者则提出出自"佛典"的观点。太田辰夫1966年发表的《〈大唐三藏取经诗话〉考》，矶部彰1977年发表的《关于元本〈西游记〉中孙行者的形成》，是其代表作。他们认为，西游故事中的猴行者来源于佛教典籍，因为在佛教典籍中记有猕猴、猿猴或有猴类形体特征的神将。如太田辰夫认为《大毗卢遮那成佛神变加持经序》（《大日经序》）中的猿猴可能是《大唐三藏取经诗话》中猴行者的前身；矶部彰提出密教经典中所记述的那些"猕猴"（他将《白宝抄》中《千手观音法杂集》下《二十八部众事》之一的毕婆伽罗王视为大猕猴），如《成菩提集·大集经》中有猕猴为护法神将的文字，特别是《觉禅钞》卷三《药师法》中所提到的神将安底罗可作补充。这些"佛典"说，当然也是"进口说"。此外，还有中印"混血"说，如蔡国梁《孙悟空的血统》及肖兵《无支祁哈奴曼孙悟空统考》等，认为孙悟空是继承无支祁又接受哈奴曼影响的"混血猴"。

　　而对于"猪八戒的血统问题"，有人认为他是个"国产猪"，出自中国古代的神话传说、民间故事，如旷源《闲话猪八戒》即持此论。也有人认为他来自印度佛教。如黄永武先生在《猪八戒的由来》中，曾根据《西游记杂剧》中的猪八戒出场时自称为"摩利支天部下御车将军"，以及敦煌所藏唐人绘制的一幅图像上大摩里支菩萨脚踝前有一头金猪，而认为猪八戒的原型是大摩里支菩萨的坐骑"金色猪"；而陈寅恪先生在《西游记玄奘弟子故事之演变》中，则根据唐朝义净译《佛制苾刍发不应长缘》，认为猪八戒高老庄招亲故事的原型是从天神化猪救苾刍的故事演化而来的，并以此推断猪八戒形象为"舶来品"。

　　同样牛魔王的出身也有"国产"与"进口"两说。季羡林先生说，在印度史诗《罗摩衍那》第六篇《战斗篇》里，记述有魔王"罗波那"被罗魔斩去魔头，其颈上又生出新头，罗魔一连用飞箭射落了"罗波那"一百个头，这与《西游记》里的牛魔王被哪吒太子连砍十数剑，随即长出十数个头来极为相似。他认为"中国的牛魔王是印度罗刹王罗波那的一部分在中国的化身"。而且在印度佛教故事中也有"神牛"之类的传说故事，如三国支谦所译的《撰集百缘经》卷六中有佛祖如来化五指为五狮降伏水牛怪的记载。唐朝《降魔变文》中舍利弗与六师外道斗法一节，写六师化出怪异水牛，舍利弗化为勇锐雄狮，最后，雄狮将怪牛"形骸粉碎"。即使持"国产"说的学者也认为，出于弘扬佛法、取悦佛徒及广大善男信女的目的，这类佛教故事对于西游故事的创作具有影响。

　　此处无意于探究这些动物形象的出身究竟为"国产"抑或"进口"，但通过以上文字可以看出，外来文化对于古代小说的艺术形象塑造确实发挥着相当的影响。

　　其次，关于儒、释、道互补的文化思想与古代小说创作的构思布局模式的关系问题。从文化思想发展的历史来看，儒家与佛道两教既有矛盾斗争的一面，又有取长补短、相互吸收、共同发挥社会作用的一面。中国封建社会带有宗法制度的鲜明烙印，每个社会成员都不能脱离这种血缘联系的宗法共同体而独立。儒家文化的核心是"仁"，是礼乐主张，从根本上说，只有儒学文化才能满足中国封建社会多方面的客观需要，因而占有中国古代文化的主导地位。但是它又未能解释来生来世的问题，未能论及本体论的问题，因此，佛道文化便成为儒学文化的重要补充。因而在中国古代文化中，儒学为主、佛道为辅，儒、释、道互补的创作倾向成为最显著、最鲜明的结构特征。

在小说创作领域中，这种影响同样存在。《说岳全传》可以说是受此影响较为典型的作品。小说中同时包含着大鹏金翅鸟等艺术形象"降凡历劫"与"因果报应"的叙事母题，"降凡历劫"乃是道家仙话的叙事母题之一，"因果报应"却是佛教禅语的叙事母题之一，而且作品中更多地宣扬着儒家的忠、孝、节、义等伦理道德思想。这也表明，《说岳全传》以儒家伦理道德观念为指导，以佛道教义观念为小说构思的构架布局，丰富着人物内涵，实行着情节转换，并力图解释变化不定的历史现象。其他如《三国志通俗演义》《水浒传》等历史演义、英雄传奇小说，《西游记》《封神演义》等神魔小说，《金瓶梅》《红楼梦》等世情小说同样存在着儒学为主、佛道为辅，儒、释、道互补的创作倾向。①

原刊于《中国矿业大学学报》2007 年第 1 期

作者单位：山东大学

---

① 参见王平《中国古代小说文化研究》，山东教育出版社 1998 年版，第 57—63 页。

唐僧形象的变迁史

臧慧远

《西游记》中的唐僧是西行取经队伍的发起者、领导者，也是意志最为坚定的人。唐僧这一形象由真实存在的历史人物逐渐演化为神魔小说中的主人公，其演变的历程耐人寻味，后人对唐僧形象的观点亦是褒贬不一。

一 唐僧形象的演变

唐僧形象的演变，经历了一个由传记《大唐大慈恩寺三藏法师传》到宋元的《大唐三藏取经诗话》《西游记平话》《西游记杂剧》，再到小说《西游记》的历史发展过程。

（一）从本事到《大唐三藏取经诗话》

《大唐大慈恩寺三藏法师传》中记载：

> 法师讳玄奘，俗姓陈，陈留人也。汉太丘长仲弓之后，曾祖钦后魏上党太守，祖康以学优仕齐，任国子博士，食邑周南。子孙因家。又为缑氏人也。父慧英洁有雅操早通经术。形长八尺。美眉明目。褒衣博带好儒者之容。时人方之郭有道。性恬简无务荣进。加属隋政衰微。遂潜心坟典。州郡频贡孝廉及司隶辟命。并辞疾不就。识者嘉焉。有四男。法师即第四子也。幼而珪璋特达聪悟不群。年八岁父坐于几侧口授孝经。至曾子避席。忽整襟而起问其故。对曰。曾子闻师命避席。玄奘今奉慈训。岂宜安坐。父甚悦知其必成。召宗人语之。皆贺曰。此公之扬焉也。其早慧如此。自后备通经奥。而爱古尚贤。

非雅正之籍不观。非圣哲之风不习。不交童幼之党。无涉阛阓之门。虽钟鼓嘈囋于通衢。百戏叫歌于闾巷。士女云萃其未尝出也。又少知色养温凊淳谨。其第二兄长捷先出家。住东都净土寺。察法师堪传法教。因将诣道场诵习经业。俄而有敕。于洛阳度二七僧。时业优者数百。法师以幼少不预取限。立于公门之侧。时使人大理卿郑善果有知士之鉴。见而奇之。问曰。子为谁家。答以氏族。又问。求度耶。答曰。然。但以习近业微不蒙比预。又问。出家意何所为。答意欲远绍如来。近光遗法。果深嘉其志。又贤其器貌。故特而取之。因谓官僚曰。诵业易成风骨难得。若度此子必为释门伟器。①

这段《三藏法师传》记录了玄奘从 13 岁时便出家为僧,认真学习、刻苦钻研佛教教义和经典,逐渐悟彻了佛教道理。青年时期,玄奘又周游全国,遍访高僧,钻研佛学,成为当时唐代全国著名的高僧。可是随着知识的积累,玄奘逐渐了解到佛教教义、道理的高深,自己知识的不足,也发现佛经译本在国内的缺乏,并且错误很多。于是,玄奘决心学习梵文,准备到天竺求法。

《西游记》中所描写的玄奘,是被认作御弟,大唐皇帝亲自为之举行盛大的欢送仪式送之取经。可是史书上所记载的玄奘出国取经却是极其艰难的。唐代社会,要出国的人,都首先必须得经过唐朝政府的批准。而玄奘的出国是私自逃离,他利用关中闹荒灾的机会,偷偷离开长安。他穿过了秦州、兰州、凉州,准备从凉州出国界,在此地待了一个多月,才在他人的帮助下出了边境,到达安西。在安西,他认识了西域人石磐陀,并请他当向导,安西的老人又送给他一匹识途的老马。其后,玄奘出安西,过玉门关,进入大沙漠。在这期间,他与向导失散,一人前行。在沙漠中,他遇上了严重的干旱,长时间未喝一滴水,甚至晕倒在沙漠中,被凉风吹醒,继续前行。后来陆续经过众多国家,终于到达天竺,今天的印度。从出国到到达天竺,玄奘总共用了一年的时间。

玄奘在印度学习佛教典籍、研习佛经道理 10 余年,走遍了当时印度周围的许多国家。在国外学习佛经 18 年的玄奘终于在贞观二十年(646)

---

① (唐)慧立、彦悰:《大唐大慈恩寺三藏法师传》,中华书局 1983 年版,第 1 页。

正月二十四日回到他的祖国。当时，唐太宗为之在长安举行了盛大的欢迎大会。后来，玄奘便逐渐开始了他的译经和写作工作。

玄奘西天取经的事迹从根本上体现了人类对理想的执着追求，和在此过程中所应具有的坚定信念、顽强毅力和克服困难的能力。对于常人而言，理想都存在，但玄奘所具有的信念、毅力和能力却不是常人所能具有的，玄奘的成功使常人由衷的钦佩，并具有极大的热情。这种精神感染的力量完全超越了玄奘事迹本身，从而使玄奘取经的事迹具备了成为文学表现对象的价值。

从文学作品创作的角度来看，玄奘取经事迹既具有宗教色彩，也具有传奇性，这就为文学创作展开了充分的空间。神秘的宗教、新奇的异域一直都是酝酿小说创作的最肥沃的土壤。在玄奘的《大唐西域记》便记载了许多印度的宗教传说。这些宗教传说成为后来文学创作的重要素材。

到宋元时期，出现的《取经诗话》便系统、详细地讲述玄奘西天取经的故事。在这部《取经诗话》中，开始逐渐将故事虚构，将自然力量的阻碍变为妖魔鬼怪的阻碍，取经的成功归功于神佛的帮助，开始逐渐脱离历史真实，逐渐神话化、文学化，开始了全新的文学再创作。而且在《取经诗话》中唐僧的形象开始有了性格化的描写，比如在《入王母池之处第十一》中这样描写唐僧：

> 登途行数百里，法师嗟叹。猴行者曰："我师且行，前去五十里地，乃是西王母池。"法师曰："汝曾到否？"行者曰："我八百岁时，到此中偷桃吃了；至今二万七千岁，不曾来也。"法师曰："愿今日蟠桃结实，可偷三五个吃。"猴行者曰："我因八百岁时，偷吃十颗，被王母捉下，左肋判八百，右肋判三千铁棒，配在花果山紫云洞。至今肋下尚痛。我今定是不敢偷吃也。"法师曰："此行者亦是大罗神仙。元初说他九度见黄河清，我将谓他妄语；今见他说小年曾来此处偷桃，乃是真言。"
> 前去之间，忽见石壁高岑万丈；又见一石盘，阔四五里地；又有两池，方广数十里，弥弥万丈，鸦鸟不飞。七人才坐，正歇之次，举头遥望万丈石壁之中，有数株桃树，森森耸翠，上接青天，枝叶茂（"茂"原作日字头）浓，下浸池水。法师曰："此莫是蟠桃树？"行

者曰："轻轻小话，不要高声！此是西王母池。我小年曾此作贼了，至今由（当作'犹'）怕。"法师曰："何不去偷一颗？"猴行者曰："此桃种一根，千年始生，三千年方见一花，万年结一子，子万年始熟。若人吃一颗，享年三千岁。"师曰："不惟汝寿高！"猴行者曰："树上今有十余颗，为地神专在彼此守定，无路可去偷取。"师曰："你神通广大，去必无妨。"说由未了，撷下三颗蟠桃入池中去。师甚敬惶。问："此落者是何物？"答曰："师不要敬，此是蟠桃正热，撷下水中也。"师曰："可去寻取来吃。"

猴行者即将金镮杖向盘石上敲三下，乃见一个孩儿，面带青色，爪似鹰鹞，开口露牙，从池中出。行者问：'汝年几多？"孩曰："三千岁。"行者曰："我不用你。"又敲五下，见一孩儿，面如满月，身挂绣缨。行者曰："汝年多少？"答曰："五千岁。"行者曰："不用你。"又敲数下，偶然一孩儿出来。问曰："你年多少？"答曰："七千岁。"行者放下金镮杖，叫取孩儿入手中，问："和尚，你吃否？"和尚闻语，心敬便走。被行者手中旋数下，孩儿化成一枝乳枣，当时吞入口中。后归东土唐朝，遂吐出于西川。至今此地中生人参是也。

由这段话可以看出，唐僧也有其自私性的一面。在见到蟠桃时，"法师曰：'愿今日蟠桃结寔，可偷三五个吃。'"法师曰："何不去偷一颗？"师曰："你神通广大，去必无妨。"师曰："可去寻取来吃。"这些足以看出唐僧和我们平凡人一样有着许多的私心杂念，听说吃了蟠桃能够延年益寿，他便命令自己的徒弟去偷几个来吃。在西天取经被神化的过程中，《取经诗话》中唐僧的形象多少还保留着人物原有的个性特点，

（二）从《取经诗话》到平话《西游记》和杂剧《西游记》

在唐僧形象的演变过程中，《西游记平话》和《西游记杂剧》也起到了非常重要的作用。《西游记平话》和《西游记杂剧》更清楚地显示了取经故事被神话化的演化过程。

"猴行者"的角色在《取经诗话》中第一次出现。在这里孙悟空的形象并不完整，仅仅是唐僧取经的"向导"而已，处于配角的地位。他的主要作用是帮助唐僧向"大梵天王"求救，从而得到神佛的力量。《取经

诗话》中，所描写的取经成功最根本的原因是唐僧高尚的德行，在这里猴行者的意义的作用并不大。

《平话》和《杂剧》的出现，则开始逐渐减少了取经过程中的传奇色彩，让唐僧师徒遭受更多的困难，成为解决困难的主体，从而起到强化冲突的艺术效果，并且增加了孙行者的活动和出现机会。并且，在《平话》和《杂剧》中，取经事业已经成为取经四众自觉的行为，并非外界强加。《平话》和《杂剧》在孙行者形象描绘中，开始增强他的个性和作用，并且使唐僧的性格和行为逐渐变为平庸无能。经过一系列的改造，取经故事主角开始逐渐变成了孙悟空，而唐僧则逐渐向配角地位转化。

（三）从《平话》《杂剧》到小说《西游记》

吴承恩的《西游记》在很大程度上完善和发展了《平话》《杂剧》中初步形成的人物结构关系，并丰富了取经故事的内容，从而成为一部巨著。小说《西游记》开始关注故事的主要矛盾冲突及其合理的逻辑关系。并且，小说《西游记》对人物关系进行重新的设计，分别调整了孙悟空、猪八戒、沙僧与唐僧的关系，使唐僧成为取经故事的结构核心，孙悟空成为整个取经途中最主要的主角。

小说《西游记》继续沿袭了《平话》《杂剧》中已有的师徒关系，并且使之稳固和加强。在《杂剧》中，描写猪八戒、沙僧加入取经队伍最主要的原因是斗争失败受制于人的结果。但是在小说《西游记》中，猪八戒和沙僧的加入取经队伍则成为一种自觉的行为，只有陪唐僧去西天取经才能终成正果。自觉的行为自然加强了取经队伍的凝聚力，可以共同克服任何困难。又，师徒四人的性格差异，则将漫长而枯燥的取经过程演绎地丰富和生动。

小说《西游记》塑造了师徒四人不同的性格特征。对于唐僧，首先描写了他所具有的对理想执着追求的信念。其次，在描写唐僧先天秉承善良的同时，也写出了唐僧性格的缺点，即愚蠢迂腐、不明是非。而唐僧的愚蠢、不明是非也便构成了他与疾恶如仇的孙悟空之间的矛盾冲突，贯穿于取经故事的各个细节之中，成为西游故事不可或缺的一部分。

二 唐僧形象的视觉文化意义

唐僧是小说《西游记》中的重要人物，可是和孙悟空、猪八戒相比，对于唐僧的研究逊色得多。在《西游记》的研究著作中，孙悟空、猪八戒都有专章研究，可对唐僧的研究相对较少。其中的原因之一可能是他的单一性，与三个徒弟相比，他既没有孙悟空的通天本领，又没有猪八戒的滑稽可笑，也没有沙僧的通情达理，很容易受到读者和研究者的忽视。至今，研究者对唐僧的观点较少，主要有：否定大于肯定和佛表儒里的古代知识分子典型两方面。

研究者对唐僧的批评大于对他的肯定。唐僧恪守宗教信条和封建礼教，迂腐顽固、胆小懦弱、是非不分、善恶不辨，但却对取经事业有着无比坚定的信念，经历千难万险也不动摇、不退缩。唐僧是取经队伍中的精神领袖，但在作品的描写中，他并不是真正的主人公，而仅仅是个陪衬人物，不是受到歌颂的人物，而是一个被讽刺嘲笑的对象。作者对他有肯定也有批评，批评多于肯定。胡光舟在《吴承恩和西游记》中说："他（唐僧）懦弱无能，胆小如鼠，听信谗言，是非不分，自私可鄙，优柔寡断，昏庸糊涂，几乎是屡教（教训）不改。在取经集团中，他既不是精神力量，也不是实际的战斗者，竟是一个百分之一百的累赘。至于他在取经事业中的作用，说得不客气些，应当是个负数。他的眼泪多于行动，没有白龙马就寸步难行，没有孙悟空将万劫不复。如果一定要说唐僧也有作用，那么，他的作用是一个傀儡、一尊偶像、一块招牌。只因他是如来的犯错误的大弟子金蝉子转世，要靠他这块招牌才能取到经。正如沙和尚所说，世上只有唐僧取经，'自来没有个孙悟空取经之说'。"① 对于这种否定性的观点，我们认为它仅仅是从作品故事情节出发，得到的表面性的结论，并没有深入挖掘唐僧形象的潜在的文化内涵。

随着研究的深入，研究者也开始探讨唐僧形象的内涵，认为唐僧是佛表儒里的中国古代知识分子的典型。吴承恩《西游记》中唐僧形象的塑造，更多的是受到宋明理学的影响。所以唐僧在《西游记》中首先是一

① 胡光舟：《吴承恩和西游记》，上海古籍出版社1980年版，第77页。

位虔诚的佛教徒。他是取经队伍的领导者，并具有专业的佛经知识。他本是金蝉子转世，只因"不听佛祖谈经，贬下灵山"。他之所以被观音选为取经人，就在于他"根源又好，德行又高，千经万典，无所不通，佛号仙音，无般不会"①。由此可见，唐僧的佛学造诣达到非常高的水平。如果没有唐僧，西天取经根本不可能实现。沙僧就曾对假孙悟空说："兄若不得唐僧去，那个佛祖肯传经与你！"② 另外，唐僧对西天取经持有坚定的信念，具有不达目的誓不罢休的殉道精神。唐僧明知道路途的艰难凶险，仍然不顾一切，勇往直前；取经途中多次被妖魔抓走、捆绑、吊打，甚至要被吃掉，他都毫无退缩之意。唐僧不慕荣华富贵，善良并且富有同情心。这些都体现了唐僧是一虔诚的佛教徒。当然，唐僧也有不少缺点。他懦弱无能、胆小怕事、是非不分、人妖不辨、盲目慈悲、固执己见等。总之，集中到一点，便可以表现为思想的巨人，行动的矮子，精神境界的崇高和解决实际问题能力的匮乏与性格的孱弱。这些恰与中国封建时代知识分子的特征相吻合。

所以，曹炳建在《"醇儒"人格的反思与批判——唐僧论》一文中，认为"作为佛教徒的唐僧，更多地带有封建时代儒生的气质"。唐僧去西天取经的首要目的，是为了唐王朝的"江山永固"，佛教本身的目的则为其次，所以"唐僧具有浓厚的忠君思想和顽强不屈的入世精神"。其次，"唐僧坚定的取经信念，也表现为知识分子强烈的殉道精神。儒家思想的重要内容之一，就是自强不息的精神和对人生气节的推崇。"再次，"唐僧不少处世原则，常常是儒家的。他虽然也时常以佛理教导人，但更多时候，他口口声声所讲的却是儒家的道德伦理教条。"最后，"唐僧的怯弱无能、胆小怕事与儒家特别是程朱理学的'醇儒'式的人格理想有着重要的关系……道德修养的超前与实际才能的滞后就形成一种恶性循环，使人们逐渐丧失了对自然、对社会的战斗能力，由刚健自信走向了孱弱自卑，怯于反抗，怯于冒险。唐僧身上的弱点，正和这些知识分子如出一辙。"通过唐僧身上所表现出的这四点，作者由此而认为"唐僧实际上是

---

① 吴圣昔：《〈西游记〉百家汇评本》，长江文艺出版社2007年版，第87页。
② 同上书，第432页。

封建知识分子和虔诚佛教徒的复合体——面目是佛教徒，而骨子却是儒家的"。①

李伟实在《唐僧形象分析》一文中认为，他身上既具备了英雄人物的某些品格，又存在佛教的痴呆气和儒家弟子的迂腐气。他的性格矛盾，反映了作者对佛教信仰的心理矛盾。"在唐僧身上既有佛教徒的痴呆气，盲目迷信，恪守清规戒律；又有儒家弟子的愚腐气，信守教条，缺乏解决实际问题的能力，尤其是不能透过现象看本质。""这个形象明显地反映了作者追求理想的内心矛盾：一方面，作者在唐僧身上寄托了美好的理想，向往通过求取真经，弘扬佛法，劝人弃恶从善，以求国家昌盛，万民幸福。另一方面，唐僧身上的弱点也反映了作者对佛经佛法的威力缺乏信心。"②

另外，也有学者运用将宋明理学与明代盛行的心学、佛学结合起来，将唐僧西天取经的故事心学化，认为他历经的九九八十一难，实质上是唐僧战胜心魔的心理过程。虽然具有理论，会谈禅讲经，可是一旦遇到困难，便会人妖不辨，懦弱无能，对自己心中的信念却是相当的坚定。"吴承恩塑造的唐僧形象，集我国封建儒士的温文尔雅、迂阔不经和佛教徒的虔诚慈善、笃志苦行于一身，是我国封建时代深受儒家文化熏陶又为佛教文化所沉醉的一些知识分子的典型。"③

佛表儒里的古代知识分子典型，这一观点，是发人深省的，让我们看到了否定性之外的不一样的唐僧形象。唐僧作为虔诚的佛教徒，他的思想观念、言行举止却是以儒家知识分子的标准来衡量的，他的一言一行多带有封建时代知识分子的迂腐性。但作者并未对他完全否定，而是扬弃，希望他能通过取经的艰辛而抛弃迂腐和软弱，成为真正的新人。

作者单位：淄博师范高等专科学校

---

① 曹炳建：《"醇儒"人格的反思与批判——唐僧论》，《中州学刊》1999 年第 4 期。

② 李伟实：《唐僧形象简析》，《零陵师专学报》1988 年第 1 期。

③ 侯健：《西游记导读》，河北少年儿童出版社 1990 年版，第 95 页。

试论猪八戒的原型为瓦拉哈

张同胜

关于猪八戒的原型，迄今已有朱士行、牛卧、金色猪、驴等说法。

杭州佛教协会编《灵隐》认为"朱八戒传说是三国时往西域求法的第一僧人朱士行"。

陈寅恪认为猪八戒的原型是《根本说一切有部毗奈耶杂事》中《佛制苾刍发不应长缘》中的牛卧苾刍：天神为了避免国王伤害牛卧，自变身为一大猪，国王随后追逐这头猪。于是牛卧乘机逃走。[①]

有学人认为佛教中的金色猪是猪八戒的原型，可是，根据《西游记》，猪八戒是"黑猪精"，不是"金色猪"，张锦池《论猪八戒的血统问题》已有具论，此处不赘。

杨光熙根据《大唐三藏取经诗话》中有一头驴，从而认为猪八戒的前身是"驴"[②]。

以上关于猪八戒原型的考论，不无价值和意义，但离事实真相还相去甚远，因而有进一步探讨的必要。

一 《西游记》中猪八戒的形象

我们探求猪八戒的原型，应该依据《西游记》文本对他的描述，抓住其本质特征。而依据小说文本可知，猪八戒乃一黑猪精：

猪八戒第一次出场时，是观音菩萨去东土寻求取经人，经过木吒与之

---

① 参见陈寅恪《金明馆丛稿二编》，三联书店 2003 年版，第 166—170 页。
② 参见杨光熙《〈西游记〉中猪八戒形象的前身是"驴"》，《学术月刊》2009 年第 4 期。

打斗后，观音菩萨问："你是哪里成精的野豕，何方作怪的老彘，敢在此间挡我？"（《西游记》第八回"我佛造经传极乐，观音奉旨上长安"）

猪八戒之形貌，另一次出自孙悟空之眼中，即"黑脸短毛，长喙大耳"（《西游记》第十八回），可见乃黑色猪，不是金色猪。况且，猪八戒是一头"野猪"，不是"家猪"。当唐僧问西去的前程时，乌巢禅师对唐僧说："野猪挑担子，水怪前头遇。"这里"野猪"是"骂的八戒"呢（《西游记》第十九回）。之前孙悟空要捉拿他的时候，回去对唐僧也说猪悟能"嘴脸像一个野猪模样"，由是观之，猪八戒的原型只能是"野猪"，且是黑色的野猪，而不可能是金色猪或是驴。

《大唐三藏取经诗话》中尚未出现猪八戒这个形象，最早在《朴通事谚解》注引《西游记平话》为"黑猪精朱八戒"。《西游记杂剧》中的"猪八戒"为"金色猪"，显然，这是两个系统。

在《西游记》中，猪八戒初到高老庄的时候，"是一条黑胖汉，后来就变做一个长嘴大耳朵的呆子，脑后又有一溜鬃毛，身体粗糙怕人，头脸就像个猪的模样"，张锦池认为这就是猪八戒"平素的尊容"。

《西游记》中猪八戒这个艺术形象，关键有以下几点需要把握：它是一黑色的野彘，猪首人身，水神。而这个艺术形象，与中国神话中猪的形象大相径庭。那么，在中国神话中，猪是什么样子呢？它是否与猪八戒形貌有一些相似的地方呢？

二　中国神话中猪神的形象

在《山海经》的《北山经》《中山经》记载了四十多位"彘身人首"的猪神，这与猪八戒"猪头人身"的形象是截然不同的。

《大荒西经》说："有兽，左右有首，名曰屏蓬。"与《大荒西经》为同一性质，不同版本的《海外西经》也说："并封在巫咸东，其状如彘，前后皆有首，黑。"这里所谓的屏蓬、并封，是两个头的像猪一样的怪物。《逸周书》云："区阳以鳖封。鳖封者若彘，前后有首。"闻一多在《伏羲考》中说："并封、屏蓬本字当作'并逢'，'并'与'逢'俱有合义，乃兽牝牡相合之象也。"这种两头兽显然也与猪八戒的形象相去甚远。

《山海经》中，颛顼之父为韩流，嘴巴像猪，脚似猪蹄。《山海经》

还记有"流沙之东，黑水之西，有朝云之国，司彘之国"。徐显之《山海经探源》指出："在《北次山经》中所述共 46 个山，其中有 20 个山的山民崇拜马，另外 26 个山崇拜猪。"《淮南子》中有"豕喙民"，汉高诱注解说"豕喙民"是长着猪嘴一样的人群。《庄子·大宗师》中的豨韦氏是一个开辟大神，形象似猪。

"合窳"其"音如婴儿"，"状如彘而人面"，"是兽也，食人，亦食虫蛇，见则天下大水"。这或许是先民之洪水经验的记录，但并没有言及此兽就是水神，猪八戒是天河里的天蓬元帅，源头恐怕不会出于此。天蓬是天神名。蓬，星名，即蓬星。天蓬，或天宇中如蓬之星也。野猪之鬃毛刚硬瘦长，与天蓬类似。封豕长蛇，长是蛇的外貌特征；封则是猪的外貌特征。封，其中的一个古义是"祭天"，封豕，封蓬，祭天之猪也，天猪也。天蓬，即天猪也。猪八戒之天蓬元帅，即猪元帅也。

金董解元《西厢记诸宫调》卷三："便是天蓬黑煞，见他也应伏输。"《三国演义》第一〇一回云："令关兴结束做天蓬模样，手执七星皂旛，步行於车前。"《水浒传》第十三回："这个是扶持社稷毘沙门，托塔李天王；那个是整顿江山掌金闕，天蓬大元帅。"由此看来，猪八戒被称为天蓬元帅是取天蓬之黑煞模样，即黑野猪也。

杜甫诗"家家养乌鬼，顿顿食黄鱼"中的"乌鬼"即猪。唐代杜光庭《道教灵验记》写到"天蓬印"和"天蓬咒"，它们用来祈雨。在道教中，玄武大帝又称为"天蓬将军"。在传奇、话本中，有关于"黑相公""乌将军"的叙事，它们都指的是猪精。唐人张鷟《朝野金载》说，唐代洪州人养猪致富，称猪为"乌金"。唐代《云仙杂记》引《承平旧纂》："黑面郎，谓猪也。"唐代牛僧孺《玄怪录》中"乌将军"最具此三大特色：好色、贪食、轻信。"每岁求偶于乡人，乡人必择处女之美者而嫁焉。"他见到素不相识的人，"喜而延坐"，"与对食，言笑极欢"。

野猪会不会游泳？在太平洋中部的礁石岛上栖息着不少野猪，它们嘴里的獠牙特别锋利，当缺乏传统食物的情况下，还能够在浅海中游泳，靠捕鱼充饥。看来，野猪是会游泳的。《小尔雅》云："彘，猪也。"《礼记·月令》云："食黍与彘。"注："水畜也。"

猪八戒是水神，《西游记》中的多次水中斗战，他和沙僧都是能将，而孙悟空则望尘莫及。猪八戒的这一本事，应该来自毗湿奴的化身野猪，到海底把陆地拯救上来吧。

"所谓'豕祸',便是水灾的别称。"① "初民是把'猪',尤其是江猪之类看作兆示风雨的'水兽'……被看做水神、雨神的化身。"②

由以上可知,中国古代的《山海经》关于野猪的叙述,其中"猪身人面"的有40多位,又有两个头的猪,这些猪的形象,是中国远古神话中关于猪的想象的产物,但它们都不是"猪头人身"的形象。

中国西藏兼受印度文化和中原文化的影响,中原文化也深受藏族文化的影响。猪八戒这个形象与西藏还有密切的关系。在《西游记》这部小说中,猪八戒下凡后所生活的高老庄就在乌斯藏国,而乌斯藏是元明时期朝廷对西藏的称呼。元朝中期,整个青藏高原被划分为三个行政区域,其中之一便是卫藏阿里,设乌思藏纳里速古鲁孙等三路宣慰使司都元帅府(亦称乌思藏宣慰司),管辖乌思藏(吐蕃王朝时的"卫藏四茹")及其以西的阿里地区,即今西藏自治区所辖区域的大部。到了明代,朝廷称"西藏"为乌斯藏。

阿坝州的嘉绒藏族,家中供奉"牛首人身"的神像,称为额尔冬,神通广大。③ 而猪八戒则是一个"猪首人身"的形象。藏族由于苯教的缘故而崇拜黑色。④ 早期苯教又被称为黑教。⑤ 《新唐书·吐蕃传》记载:藏人"居父母丧,断发、黛面、黑衣,既葬而吉"。天蓬乃黑煞,此形象可能源自藏族苯教中的神话传说。

《西游记》中猪八戒的第一个浑家是卵二姐,这恐怕也与藏族文化有关。在藏族,有很多卵生世界的神话,譬如《创世歌》《斯巴卓浦》《朗氏家族史》等。⑥ 噶尔梅说:"把巨卵作为神和恶魔的最初的起源,这是西藏苯教的一种相当独特的想法。"⑦ 苯教认为,世界最初是混沌,然后

---

① 叶舒宪:《中国神话哲学》,中国社会科学出版社1992年版,第296页。

② 叶舒宪、萧兵、郑在书:《山海经的文化寻踪》,湖北人民出版社2004年版,第1969页。

③ 参见丹珠昂奔《藏族文化发展史》上册,甘肃教育出版社2001年版,第391页。

④ 同上书,第395页。

⑤ 同上书,第396页。

⑥ 同上书,第442页。

⑦ 噶尔梅:《苯教历史及教义概述》,中央民族学院藏学研究所编《藏学研究译文集》,内部铅印本。

是卵，由卵而神、魔等，这或许就是卵二姐命名的本义吧。

藏族的神话传说故事，有的是本民族原有的，有的是受了印度神话影响而形成的，不管怎样，在唐代的时候，有一些藏族的神话可能传到了中土。文化的交流是无孔不入的。或许唐王朝与吐蕃之间的战争，或许吐蕃占领河西走廊后，藏族的神话也随之传入了西域、中土，并与中土的神话传说交合从而生成了新的神话故事。

《西游记》与汉译佛经之间的关系，是很复杂的，一方面二者之间有渊源，另一方面小说的作者又不很懂佛经，就如鲁迅先生所说的，小说的作者"尤未学佛，故末回至有荒唐无稽之经目"①。《西游记》的作者将《般若波罗蜜多心经》误以为是《多心经》。其实，"般若"是梵语音译，义近智慧；"波罗"为彼岸；"蜜多"为到达。但是，这还远远不够，因为我们需要弄清楚一个问题，即印度神话传说是如何传到中土的？它应该是随着西域佛教之俗讲和藏族与中原文化之交流而进入东土的，并对中国文学的影响甚为深远。

正如陈寅恪所言："自佛教流传中土后，印度神话故事亦随之输入。观近年发现之敦煌卷子中，如维摩诘经文殊问疾品演义诸书，益知宋代说经，与近世弹词章回体小说等，多出于一源，而佛教经典之体裁与后来小说文学，盖有直接关系。此为昔日吾国之治文学史者，所未尝留意者也。"② 鲁迅也认为："魏晋以来，渐译释典，天竺故事亦流传世间，文人喜其颖异，于有意或无意中用之，遂蜕化为国有。"③

《西游记》中猪八戒这个艺术形象，既具有中土的文化底蕴，又具有印度文化的独特特征。这一形象的生成，其源头应该是在印度，它通过西藏、西域等地的西游故事，而在中土得以丰富和发展。

三 印度神话中的野猪与金色猪

猪八戒是受印度神话毗湿奴化身为野猪拯救陆地故事的影响而敷演

---

① 鲁迅：《中国小说史略》，人民文学出版社 1973 年版，第 140 页。
② 陈寅恪：《金明馆丛稿二编》，三联书店 2003 年版，第 192—197 页。
③ 鲁迅：《鲁迅全集》第 9 卷，人民文学出版社 1980 年版，第 50 页。

的，但它不是通过佛教故事传到中土的。现当代的学者，对于印度本源原型的探索，一般溯源到汉译佛经就结束了，其实，那不是源，而是流。因为佛教故事吸纳了大量印度神话、婆罗门教等中的神灵及其故事。另外，我们需要注意的是，佛教中的猪与婆罗门教中的猪是两个形象，而元杂剧与元明清小说中的猪也是两个形象，它们是两个系统。《西游记杂剧》中的金色猪，是佛教故事中的说法。

在杨景贤《西游记杂剧》第十三出"妖猪幻惑"中，猪八戒自报家门说："某乃摩利支天部下御车将军。"[①] 而摩利支天（Maricideva），又名摩利支菩萨或摩利支提婆。摩利支是梵文 Marici 的音译，意思是"光"，deva 提婆，意思是"天"。从"光"的意义引申附会出她会隐形法，能救人于厄难。她在古印度神话中出身甚早，后来被佛教所吸收。

摩利支天在佛寺的造像是一天女形象，手执莲花，头顶宝塔，坐在金色的猪身上，周围环绕着一群猪。在印度神话中，摩利支天三个头分向三面，各有三只眼。正面善相微笑，菩萨脸；左面猪容，有獠牙，伸舌头，皱眉；右面童女相，面似莲花。乘猪车，常作立或跪于车上三折腰舞蹈姿势。身边围绕着一群猪。[②] 本行集经三十一曰："摩梨支，隋云阳焰。"汉译佛经中译曰"阳焰"，以其形相不可见不可取，故名。又曰华鬘，以天女之形相名之。不空译摩利支天之摩利支天经曰："有天名摩利支，有大神通自在之法。常行日前，日不见彼，彼能见日。无人能见，无人能知，无人能害，无人欺诳，无人能缚，无人能债其财物，无人能罚，不畏怨家，能得其便。"天息灾译之大摩利支菩萨经一曰："摩利支菩萨陀罗尼，能令有情在道路中隐身，非道路中隐身，众身中隐身，王难时隐身，水火盗贼一切诸难皆能隐身，不令得便。"

从以上可知，猪八戒的原型与摩利支天及其坐骑"金色的猪"并没有关系。但有一点是应该指出的，摩利支天在印度神话中出道甚早，而汉译佛经中的摩利支天不过是被佛教吸纳了而已。在印度神话中，猪并不是可恶的或是可厌的，而是勇猛可与狮子相媲美，深得古代印度人之喜爱，

---

① 朱一玄、刘毓忱编：《西游记资料汇编》，南开大学出版社 2002 年版，第 102 页。
② 参见白化文《汉化佛教参访录》，中华书局 2005 年版，第 110 页。

否则毗湿奴何以曾化身为野猪瓦拉哈（又译作瓦洛哈①）来拯救陆地？这也许才是猪八戒故事的源头。

印度神话说，当妖魔希罗尼亚克夏把大地拖进大海，毗湿奴化身为一头野猪，潜入海底，与妖魔搏斗千年之久，最终将妖魔杀死，使大地解救。在《摩诃婆罗多》中这头黑色的野猪被称为"乔宾陀"：毗湿奴曾下凡化身为野猪，在茫茫大海中找到大地，并将大地重新驮起。因此，毗湿奴又被称为"乔宾陀"，意思是"发现大地者"。

猪八戒的原型，是印度神话中毗湿奴的一次化身即名叫作瓦拉哈的野猪。我以前读到毗湿奴的八次化身的时候，以为野猪就是禽兽的野猪形象，可是等我看到毗湿奴的野猪化身即瓦拉哈的雕像的时候②，我明白了猪八戒的原型是什么了，原来瓦拉哈是"猪头人身"的形象，这岂不就是猪八戒的形象吗？《西游记》中的猪八戒就是"猪头人身"，它与瓦拉哈一模一样，显然它的原型就是瓦拉哈。瓦拉哈力大无穷，而猪八戒不是也有很大的力气吗？譬如猪八戒变作一头大猪将七绝山稀柿衕的旧道拱开（《西游记》第六十七回）。

古印度对猪的认知和情感是基于森林里野猪的凶猛形象，而不是家猪懒惰不洁的形象。据说，在古代的森林里，野猪比狮子还凶猛，这或许是野猪也作为神的化身的原因之一吧。野猪曾因为勇猛而被崇拜。"猪"这个名词在日本常用作人的名字，日本人用"猪"给幼儿命名，并非为了好养活，而是欣赏猪的勇猛精神。中国古代，汉武帝幼名叫刘彘。彘，即猪。可见，人们在当时并不讨厌猪。欧洲人认为野猪虽然没有角，却是兽类中最凶悍的动物。它的獠牙尖锐而强硬，可以轻易刺伤敌人；它经常在树干上摩擦肩部下胁，使之成为坚强的盾甲。因此欧洲的许多纹章以猪为图案，表示猛勇和强悍。例如，英格兰王查理三世的徽章是两头猪拱卫着盾牌，苏格兰亚盖公爵的徽章上，猪头像置于图案上方。家猪好吃懒做，

---

① 参见［美］戴尔·布朗编《古印度：神秘的土地》，李旭影译，华夏出版社、广西人民出版社2002年版，第162页。在这部著作中，毗湿奴的野猪化身被翻译为瓦洛哈，其雕像是"猪首人身"。

② 参见［英］韦罗尼卡·艾恩斯《印度神话》，孙士海、王镛译，经济日报出版社2001年版。这部著作中的图49是毗湿奴的野猪化身瓦拉哈，它是12世纪乔罕风格的板岩雕刻，形象也是"猪首人身"。

且没有什么令人畏惧之处，如果人们单以家猪来理解猪八戒，那么会降低猪八戒形象的本来含义——虽然猪八戒固有好吃懒做之世俗性。

古代的印度人似乎很喜欢"猪"这种动物。例如《罗摩衍那》中有这样的诗句："巨大的野猪住在山洞里，它们在林子里来回荡游；为了想喝水走了过来，吼声就好像那公牛；它们样子都长得很美，人中英豪！你会在池旁邂逅。"① 牛在印度是神的化身，而野猪被比作"公牛"，且认为野猪的"样子都长得很美"，从而衷心地予以赞美，这种情感的喜好爱憎其实倒是反映了西游故事的地域文化特点。

四　猪八戒是中印文化融合的结晶

猪八戒这个艺术形象的生成受了多方面的影响，除了其原型瓦拉哈之外，还有毗罗陀的影子。当毗罗陀被罗摩的箭射中后，他说过一番话："……我曾迷恋过天女兰跋……"② 这一点与天蓬元帅被贬到人间的原因何其相似。天蓬元帅因为"迷恋过"嫦娥，酒后失性调戏嫦娥，所以被勒令"重责两千锤"贬出天关，"有罪错投胎"，成了"猪刚鬣"（《西游记》第十九回）。

在印度，人们相信万物有灵和轮回转世，猴子和野猪等动物都是受人们崇敬的。而在中国，除了龙之外人们似乎并没有什么动物崇拜；况且，在《山海经》中猪神的形象是"人头猪身"，然而猪八戒却是"猪首人身"，因此猪八戒这个形象的原型是印度神话中毗湿奴的化身野猪瓦拉哈。

印度神话中瓦拉哈是怎么传到中土的？应该说还是途径佛教的传播（既包括汉译佛经，又包括俗讲变文），虽然佛经中的金色猪与瓦拉哈并非属于同一个体系的神话。但印度人关于猪的思维范式，决定了无论是瓦拉哈还是金色猪都是"猪首人身"，这与中国神话中的猪神"猪身人头"是完全不同的。

据现存英国大英博物馆内，由斯坦因窃去的敦煌唐人绘图像《大摩

---

① ［印度］蚁蛭：《罗摩衍那》，季羡林译，译林出版社 2002 年版，第 408 页。

② 同上书，第 17 页。

里支菩萨图》，是一张幢幡，上绘大摩里支菩萨，菩萨脚前有一只猪，猪头人身，双手架开，作奔走如飞状，造形活泼，显出法力无边的样子。曹炳建认为这就是后来传说中的野猪精——猪八戒的最早雏形。① 这幅图，其中的猪是"猪头人身"，毫无疑问，它也是印度神话思维范式的产物，其原型可追溯到毗湿奴的化身瓦拉哈：佛教中的一些神是将婆罗门教中的神借用了，如大梵天等，只不过地位发生变化罢了；婆罗门教即后来的印度教亦然，在印度教中佛陀成为了毗湿奴的第九次化身。这幅画里的那头猪，其"猪首人身"一方面是印度神话的遗传，另一方面则是猪八戒与瓦拉哈的"中间物"，即它是瓦拉哈从印度传入中土的媒介，同时也证明西游故事生成于西域，后随着俗讲变相传入中原，在流传的过程中，这个形象又被打上了中土文化的烙印。

毋庸置疑，猪八戒这个艺术形象及其故事也有浓郁的中土成分和色彩。或许，朱士行（法号八戒）作为最早西天取经的和尚，得到了西域、中土僧俗的钦敬，于是他们将朱士行即朱八戒与瓦拉哈联系起来了，从而敷演出了关于猪八戒的有趣故事以及猪八戒这个世俗而可爱的形象。

猪八戒与中国第一个正式出家的和尚朱士行有何关系呢？今天《西游记》中猪八戒姓猪，而明代之前他是姓朱的，有元杂剧可以为证。朱士行（203—282），三国时高僧，祖居颍川（今禹州市）。朱士行法号八戒，自然是"朱八戒"了。魏齐王曹芳嘉平二年（250），印度律学沙门昙诃迦罗到洛阳译经，在白马寺设戒坛，朱八戒首先登坛受戒，成为我国历史上汉家沙门第一人。而后，朱八戒便在白马寺钻研《小品般若经》，并且开讲佛经，成为中国僧人讲经的始作俑者。后来，他听说西域有善本《大品经》，便决心只身西行取经。魏元帝景元元年（260），他从雍州（今陕西长安县西北）出发，涉流沙河而到于阗（今新疆和田），得到《大品般若经》原本，抄写90章，约60万字，于晋武帝太康三年（282）派弟子弗如檀等送回洛阳。朱八戒未及返回故土，在于阗圆寂，享年80岁。公元291年，陈留仓垣水南寺印度籍僧人竺叔兰等开始翻译、校订朱八戒抄写的《大品般若》经本。历时12年，译成汉文《放光般若经》，共20卷。

---

① 参见曹炳建《〈西游记〉作者研究回眸及我见》，《辽宁师范大学学报》2002年第5期。

朱元璋建立明王朝后，朱是国姓，为了避讳国姓，朱八戒从而改为"猪八戒"。《朴通事谚解》的有关注文记载，唐僧于花果山石缝中救了孙行者，"与沙和尚及黑猪精朱八戒偕往"西天取经。这同明代以前其他有关"西游"的故事把"猪八戒"称为"朱八戒"是一致的。明初，杨景贤《西游记杂剧》中的猪八戒已经由"朱"改为"猪"了。并且，将《朴通事谚解》中的"黑猪精"改为"金色猪"了。《西游记杂剧》取材于佛经故事，而其中的摩利支天猪车中的猪就是金色猪。至于改姓，这显然是因明代国姓为朱，再称猪为"朱八戒"，就会冒触忤本朝国姓的危险，为了避讳，不得不改。

杨景贤《西游记杂剧》第十三出"妖猪幻惑"开头自叙道："自天门到下方，只身唯恨少糟糠。神道若使些儿个，三界神祇脑（恼）得忙。某乃摩利支天部下御车将军。生于亥地，长于乾宫；搭琅地盗了金铃，支楞地顿开金锁。潜藏在黑风洞里，隐现在白雾坡前。生得嘴长项阔，蹄硬鬃刚。得天地之精华，秉山川之秀丽。在此积年矣。自号黑风大王，左右前后，无敢争者。"很明显，这里的猪八戒形象与《西游记平话》中的猪八戒形象迥然不同，而我们知道，中国戏曲与小说似乎是两个自成体系的系统，如《水浒传》与水浒戏，其中的人物形象、人物性格、故事情节等都不相同。

猪八戒这个艺术形象与中土的猪龙文化也有密切的关系，例如红山文化中有玉猪龙，足见中国古人对猪龙的喜爱和崇拜。另外，《三国演义》第七十三回"玄德进位汉中王，云长攻拔襄阳郡"中，关平在为关羽解梦的时候说"猪有龙象"：

> 且说关公是日祭了"帅"字大旗，假寐于帐中。忽见一猪，其大如牛，浑身黑色，奔入帐中，径咬云长之足。云长大怒，急拔剑斩之，声如裂帛。霎然惊觉，乃是一梦。便觉左足阴阴疼痛，心中大疑。唤关平至，以梦告之。平对曰："猪亦有龙象。龙附足，乃升腾之意，不必疑忌。"云长聚多官于帐下，告以梦兆。或言吉祥者，或言不祥者，众论不一。云长曰："吾大丈夫，年近六旬，即死何憾！"正言间，蜀使至，传汉中王旨，拜云长为前将军，假节钺，都督荆襄九郡事。云长受命讫，众官拜贺曰："此足见猪龙之瑞也。"于是云

长坦然不疑，遂起兵奔襄阳大路而来。

　　这表明远古时代中国古人似乎对猪也并不讨厌，虽然喜爱程度可能不及古印度人。就更不用说猪八戒在当今社会取得了令人心仪的地位了：据问卷调查，猪八戒在他们师徒四人中最受女性青睐，甚至到了偶像的地步，即"嫁人就嫁猪八戒"，原因据说是因为猪八戒怜香惜玉，懂得温存，而好色、贪吃皆人之本性，甚至是亲近的理由了。以今例古，猪八戒在蒙元、晚明商品经济市民文化大潮中颇得小市民的青睐和喜爱。

　　据专家们鉴定：广州博物馆所藏唐僧取经的瓷枕制作的年代至迟不晚于元代，应为宋、元磁州窑的代表作品。从瓷枕上的取经故事图来看，猪八戒长嘴大耳，肩扛九齿钉耙，迈步跟随；但他还没腆着大肚子——瓦拉哈从未腆着大肚子，也没担行李。

　　猪八戒这个艺术形象生成于元代，《朴通事谚解》说"《西游记》（按指《西游记平话》）热闹，闷时节好看"，由此可知《西游记》雏形已具，而猪八戒幽默风趣的个性或已形成。在商业经济较发达的蒙元、晚明，市民的情趣好尚反映在小说戏曲中，西游故事中猪八戒的个性自然也打上了市民的色彩。《西游记》中猪八戒好色、怠懒、自私、爱贪小便宜等性格特征，显然是市民个性在小说中的反映。

结　语

　　综上所述，《西游记》中猪八戒这个艺术形象是中印文化交融荟萃的结晶，其艺术形象的变迁史表明它是中印文化交流的结果，从而猪八戒身上既带有印度神话的基因，又带有华夏审美的风习。但是，追根溯源，猪八戒的原型是瓦拉哈。

原刊于《明清小说研究》2011 年第 3 期

作者单位：兰州大学文学院

《西游记》中的"九头鸟"记忆

胡　朗

　　就目前来看，《西游记》研究虽不及"红学"这般风靡一时，但"自从《西游记》问世以来，对它的接受和研究已经有四百年之久"①。在长期的研究过程中，传统研究尽管取得了一些成果，但相较于现代学术方法转换后的研究成果来说显然有较大的差距。以胡适《〈西游记〉考证》为起点的现代学术研究经过九十多年的发展，在其版本、思想、主题、形象等诸多方面取得了很多成果，但仍存在一些问题。如对其人物形象的研究主要集中在以孙悟空为代表的主要人物身上，对像"九头虫"这样在小说中所占篇幅并不大的形象的研究则鲜有所见。即便是在《西游记》之外，对学界对"九头虫"的研究也有很大的提升空间。目前对相关方面进行研究的如江远胜《九头鸟词义演变的过程及原因》等多是针对"天上九头鸟，地上湖北佬"这句俗谚作出分析，虽有对"九头鸟"进行研究，但其研究并不充分，其意在探索九头鸟的词义内涵或研究该谚语与湖北之间的关系；这其中更有因为诸多现实原因有意或无意混淆"九头鸟"与"九头兽"者，以至于在张冠李戴中让人找不到方向。

一　九头鸟文化记忆的缘起及形成

　　《西游记》第六十三回"二僧荡怪闹龙宫，群圣除邪获宝贝"讲述了玄奘一行四人来到祭赛国，为救众僧而去寻找丢失的佛宝，通过努力得知佛宝被乱石山碧波潭老龙王的驸马九头虫所偷，孙行者与猪八戒便前去讨

---

① 周勇、潘晓明：《〈西游记〉学术档案》，武汉大学出版社 2013 年版，第 1 页。

要。初次前去讨索不但受挫了，而且猪八戒还被他捉了去；后来孙行者使了些手段才将其救回；此时，偶遇二郎神带众人路过，倚其帮助方才将九头虫击败追回被盗佛宝。孙行者与二郎神皆是时人翘楚，都是勇力过人、智计超群之辈，缘何要众人合力并靠哮天犬偷袭才得以获胜？这只能说明九头鸟的与众不同，就连猪八戒也感叹道："哥啊，我自为人，也不曾见这等个恶物！是甚血气生此禽兽也？"见多识广的孙行者此次也一反常态地回复道："真个罕有！真个罕有！"① 这样真个罕有的九头虫在书中的形象是"毛羽铺锦，团身结絮。方圆有丈二规模，长短似鼋鼍样致。两只脚尖利如钩，九个头攒环一处。展开翅极善飞扬，纵大鹏无他力气；发起声远振天涯，比仙鹤还能高唳。眼多闪灼幌金光，气傲不同凡鸟类"②。据小说的文本描绘可知，九头虫实乃"九头鸟"。

九头鸟是在中国文化的肥沃土壤中孕育的一个具有丰富文化记忆内涵的形象，它在华夏文化中有其深厚的根源。九头鸟第一次出现在文献记载中应该是《山海经·大荒北经》里"大荒之中，有山名曰北极天柜，海水北注焉。有神九首，人面鸟身，名曰九凤"③。这是鸟身九首人面的新物类的第一次文献记载，此后有图的版本的山海经都将九凤依文本绘成九首人面鸟身，即便是唐代《山海经》传入日本后，日本绘制的《怪奇鸟兽图卷》中它也是以九首人面鸟身的形象被展示出来的。看上去九头鸟是在《山海经》中受楚文化影响而突然创造出的一个艺术形象，但是通过相关的考古发现，我们有理由相信九头鸟形象的产生可能会受到楚文化的影响，但其根源则在华夏。

早在河姆渡文化中就已经出土过一把骨制的匕首，这把匕首上镌刻着两对双头鸟。此图案中双首鸟的身体是一个，但双首反向伸出向前，其间有类似太阳一样的圆形图案。此外，河姆渡还出土了一块象牙，这象牙上也雕刻了一只双首鸟。不同的是，这只双首鸟虽也是双首同用一个鸟体，却是两首相对，中间镌刻火焰纹环绕的五重太阳图案。这两个图形虽然在

———————————

① （明）吴承恩著，李卓吾评点，陈宏、杨波校点：《李卓吾批评本〈西游记〉》（下），岳麓书社 2015 年版，第 519 页。

② 同上。

③ 袁珂：《山海经校注》（增补修订本），巴蜀书社 1993 年版，第 486 页。

具体形象上有一定差异，但是却能够"说明鸟的神圣，说明人们将鸟作为通天地的神使来崇拜"①。太阳，在原始先民那里无疑是神圣的而双首鸟与太阳相关也可以说明双首鸟在先民文化和信仰中的重要地位，甚至笔者大胆推测这两件出土文物从另一个侧面反映了先民以"鸟负金乌"来解释日常太阳的东升西落现象。现代科学的发展，虽然证明鸟负金乌并没有事实依据，但这却反映出了先民有异鸟具有特殊能力的文化认知。"没有附带任何标志的骨骸代表了一种失落，身份的失落，时代的失落和家族的失落，家族的目的就在于保持回忆"②，这种在人与自然关系探索过程中形成的文化认知保持回忆最好的方式莫过于不断地强化，并通过不断向其群体成员的强化将这种文化认知凝聚成一种文化记忆。

"凡是老生常谈，其间总隐藏着某种人们共同关心的东西。"③ 在将多首鸟与太阳相关并融汇为一种文化记忆的过程中反映出了，在早期中国先民与自然相处的过程中，他们将自己身边熟悉又很向往的事物与自己的崇敬对象联系起来，使其也成为了崇敬对象本身的一部分。多首鸟具有特殊的能力，这样一种文化记忆在中国先民走出黄河河畔的过程中得到了不断的发展。这种发展不但包括不断地向楚地输出"异禽异兽有异能"的文化认知，也包括对多首鸟形象本身的发展。

楚地的鸟崇拜或者说是凤凰崇拜主要表现在春秋战国时期，汉以后便很少见具有鲜明楚地文化记忆的表达了（无论是文字表达还是图画表达，偶有所见也只是后代文人对其文化的追溯或想象），这其中尤其是以屈原为代表的一批文人的作品中表现出了对凤——这种异鸟的高度赞许和渴求。尽管这样的文化心理自然包含着楚文化所特有的文化因子，但是就其根源来说仍是中原多首鸟的文化记忆影响下的产物。当下在楚文化的起点并未发现有类似的文化因子，而商周的统一及战争和春秋战国时各国频繁交流有效地促进了强势的中原文明与楚越文明的交流，这种交流在促进了楚越文化积极吸收中原文化的同时也促使楚越文化融汇中原文化后建立起

---

① 王世伦：《越国鸟图腾和鸟崇拜的若干问题》，《浙江学刊》1990 年第 6 期。

② ［美］宇文所安：《追忆中国古典文学中的往事再现》，郑学勤译，生活·读书·新知三联书店 2004 年版，第 41 页。

③ 同上书，第 20 页。

具有自己独特风格的文化。"由于族群的本质由共同的祖源记忆来界定和维系，因此在族群关系中两个互动密切的族群，经常互相关怀甚至干涉对方的族源记忆。"① 作为"非梧桐不栖，非醴泉不饮"见了就天下太平的凤的文化记忆来说，从中原输入楚国，被楚国人所接受也是极有可能的；而多首鸟文化记忆输入之后则与楚文化相结合被改造成具有楚国特色的一种文化记忆。多首鸟的出现就河姆渡文化前后的历史来看，当时北方地区较南方地区干燥，以猛禽为代表的鸟类在自然界处于食物链的前列，这对原始先民是极具吸引力的。因此他们将常见且崇敬的猛禽进行了饱含原始思维的想象。这种有着独特创生规则的文化记忆，在随着环境由湿到干及人类开发自然能力增强的过程中不断地被改造。由原初的双头逐渐发展到多头，最终被定格在了九头或是十头这样的极限上。这也就不难理解为何在《山海经》中会出现九头鸟，而后羿为何会射落九只金乌还人间以安宁了。但是就目前来看，似乎很少有人注意到多首鸟和后羿射日这类故事的文化背景是多首鸟文化记忆的发展！

中原地区的原始先民当时主要表现出了对他们熟悉的猛禽的崇敬之情，而山高林密的楚越之地处于食物链顶端的老虎无疑是最具权威性的，也是最令楚越先民所害怕的。"族群边缘环绕中的人群，以共同的祖源记忆来凝聚。"②于是，当多首鸟文化传入楚越之地后，多首鸟便被改造成了具有楚越特色的多头兽了，并且这一特征在文化交流频繁的地区尤为显著，而在广大的北方地区多首鸟文化记忆依旧在被不断地唤起。

二　多头鸟记忆的流变

多首鸟的记忆经由最初的双首鸟在一代代先民的改造中，大约在春秋战国时代其形象基本定型为九首或十首。这个文化记忆在不断地发展，到了汉代随着铁器的进一步普及和二牛抬杠式的耕作方式的出现人类的自然竞争力有了大幅度提升，人对自己的信心也开始膨胀。因此，人便将自己的祖源记忆与原始自然记忆中至高的天和太阳相比肩。让人的祖先也具有

---

① 王明珂：《华夏边缘》，允晨文化事业股份有限公司 1997 年版，第 13 页。
② 同上。

他们的某些特征或是能力，以期来确立人在自然界中的地位。这时便出现了东汉王延寿在《鲁灵光殿赋》中所说的"五龙比翼，人皇九首"的情况了。

当然这样的改造是随着人类生产力水平的发展一步一步进行的，在生产力水平发展相对较低的时候人类在自然的竞争中表现得不是很自信，对人类祖源记忆的改造也就不是那么充分，或者说对人类祖源的想象性改造就没有那么多。在这种形象的变形里依旧表现出对人无法战胜，或者说遭受袭击后后果严重的蛇的使用。因此在雕刻中伏羲女娲表现为一蛇二首的形象，也就有了"皇帝四面"的记载。对"皇帝四面"的理解自从孔子对其进行了"理性"的解释后，便很少有人去考虑其背后可能隐藏的文化内涵了。"皇帝四面"也即是对皇帝四首的一种变形，这与无量寿佛将四十二体观音合为一体，只留四十二臂，每只手上长一只眼，每只手臂各持三界二十五情同理，不同的是前者乃合四首为一首四面，后者是合四十二体为一体四十二面。这都是异能多体思想与以部分代替整体的朴素自然观相融合的产物，只是换了更加突出皇帝具有非凡的能力，而具备这样非凡能力的人也必须具有与常人不一样的身体，这一文化记忆后来逐渐发展为帝王胜哲有"双手过膝""双手垂肩"等一系列异相以及出生时拥有诸多祥兆而恶人则相反，故此言并非是皇帝派人到四方去，而在于言说皇帝之能表面他能觉察四方。在稍晚于孔子时代的《山海经·海内西经》中仍有"面有九井，以玉为槛，面有九门，门有开明兽守之"，又有"开明，兽类虎身，而九首皆人面，东向立于昆仑之上"①的描绘，这里说的开明兽九首九面守九门，当与"皇帝四面"中言说皇帝是变形的四首四面守四方为同理。

从河姆渡的二首鸟，发展到春秋时的多首（包括如"皇帝四面"之类的以面带首，而这种以部分代替整体的原始思维当时在世界各族群中是一种普遍的思维方式），再到战国至汉期间多首鸟基本被确定为九首或十首了，但它依旧是一种神圣而令人敬畏的神鸟。但是随着汉代以来人的发展，人对自然的敬畏之心日趋削减。以前令人害怕的猛禽，在李广醉射石虎的强大弓箭面前变得不再高贵，但是猛禽依旧还是如当初一样凶猛，九

---

① 袁珂：《山海经校注》（增补修订本），巴蜀书社 1993 年版，第 345—350 页。

头鸟的文化记忆便被逐渐改造为高贵的另一端了。

　　时至隋朝，九头鸟已经完全走向了神圣的另一个极端——邪恶；只有少数文人在表达祈求天下太平的美好愿望时用九凤来表达，大致也是从这时起九凤与九头鸟的文化记忆开始完全剥离开来。约成于隋却轶亡的志怪书《白泽图》中说"鬼车，昔孔子、子夏所见，故歌之，其头九首"①，另外一部成于隋也已佚失但《隋书·经籍志》有著录的名曰《小说》的书也有记载说"周公居东周，恶闻此鸟，命庭氏射，血其一首，犹余九首"②。经过这样的渲染，并依托先贤圣哲之名便彻底将其推向了人的厌恶面。故而在隋朝时，还不见九头鸟究竟如何令人厌恶，只向人们表达出这是一种应该令人厌恶的动物的情感。但是，到了社会经济文化高度发达的李唐王朝人们便在隋朝对九头鸟文化记忆的基础上不断地舔砖加瓦，赋予了九头鸟令人厌恶的原因。"相传此鸟昔有十首，能收人魄，一首为犬所噬。秦中天阴，有时有声如力车鸣，或言是水鸡过也。"③ "鬼车，春夏之间，稍遇阴晦，则飞鸣而过。岭外尤多。爱入人家烁人魂气。或云九首，曾为犬噬其一，常滴血。血滴之家则有凶咎"④ 的说法更是建构了后世九头鸟文化记忆中，它能收人魄、一首为犬所噬而滴血、滴血有凶的部分。这时九头鸟已逐渐和人最厌恶或者说是最恐惧的死亡逐渐建构起了联系。魏徵的《隋书·五行志》便说"后齐孝昭帝即位之后，有雉飞上御座。中大同元年，又有鸟止于后园，其色赤，形似鸭，而有九头，其年帝崩"，而这一描述则第一次将九头鸟与死亡建构了一定的联系。此后九头鸟的文化记忆便以此为基础开始不断凝聚，这个凝聚过程也毫无疑问地发生了一些改造，这主要体现在宋人将唐人确定的与九头鸟相关的死亡扩展为一切的不祥。与此同时，唐人陆长源在残存于《夷坚志》中的《辩疑志》里还建构了九头鸟出现的环境"应洛间，春二三月寒食之际，夜阴微雨，天色晦冥，即有鸟声轧轧然。度于庭下，家人更相惶怖，呼为九头鸟"。

---

① （清）孙星衍：《孔子集语校补》，齐鲁书社1998年版，第469页。
② （唐）魏徵：《隋书·经籍志》，清华大学出版社2013年版，第217页。
③ （唐）段成式：《酉阳杂粗》，中华书局1981年版，第156页。
④ （唐）刘恂：《岭表录异》，广东人民出版社1983年版，第12页。

梅尧臣《古风》中就详细记述了宋人理解中的九头鸟"昔时周公居东周，厌闻此鸟憎若仇。夜呼庭氏率其属，弯弧俾逐出九州。射之三发不能中，天遣天狗从空投。自从狗啮一首落，断头至今清血流。迩来相距三千秋，昼藏夜出如鸺鹠。每逢阴黑天外过，乍见火光辄惊堕。有时馀血下点污，所遭之家家必破"。《余居御桥南夜闻妖鸟鸣效昌黍体》中说"都城夜半阴云黑，忽闻转毂声咿呦。尝忆楚乡有妖鸟，一身九首如赘疣。或时月暗过闾里，缓音低语若有求。小儿藏头妇灭火，闭门鸡犬不尔留。我问楚俗何苦尔，云是鬼车载鬼游。鬼车载鬼奚所及，抽人之筋系车辀"。而《齐东野语》卷十九直言"鬼车，俗称九头鸟"，此外还记载有"景定间，周汉国公主下降，赐第嘉会门之左，飞楼复道，近接禁御。贵主尝得疾，一日，正昼，忽有九头鸟踞主第捣衣石上，其状大抵类野凫而大如箕。哀鸣啾啾，略不见惮，命弓射之，不中而去。是夕主薨，信乎其为不祥也，此余亲闻之副□云"①；欧阳修在其《鬼车诗》中便直言"自从狗噬一头落，断颈至今青血流"。

"记忆的文学是追溯既往的文学，它目不转睛地凝视往事，尽力要扩展自身，填补围绕在记忆四周的空白"②，九头鸟记忆书写正是在这种填补过程中形象得到不断丰富，但这种对记忆片段的填补不会无节制地持续下去，所以发展到明代时九头鸟的形象便固定下来了。刘基在他的《郁离子》中便写了一个九头鸟的小故事"孽摇之丘有焉，一身而九头，得食而八头相争，呀然而相衔，晒血飞毛，食不得入咽，而九头皆伤"来讽刺时事。在《梼杌闲评》第四回"赖风月牛三使势，断吉凶跛老灼龟"中写道："霎时大风拔木，飞砂走时，只听的屋脊上一个九头鸟，声如笙簧，大叫数声，向南飞去，房中蓦的一声叫，早生下一个孩子来。"这是以九头鸟作为大奸臣魏忠贤出生时的异象，可见此时九头鸟主凶的文化记忆已经深入人心。明人李时珍在《本草纲目·禽三·鬼车鸟》中说"鬼车状如鸺鹠，而大者翼广丈许，昼盲夜瞭，见火光则堕"。《西游记》对九头鸟的描绘便是承袭了这样的文化记忆对其进行艺术性书写，第六十二

---

① （宋）周密：《齐东野语》，中华书局 1983 年版，第 350 页。

② ［美］宇文所安：《追忆中国古典文学中的往事再现》，郑学勤译，生活·读书·新知三联书店 2004 年版，第 3 页。

回中言及九头鸟盗宝时的环境是"夜半子时,下了一场血雨。天明时,家家害怕,户户生悲"①,想必这便是对九头鸟"昼盲夜瞭""稍遇阴晦,则飞鸣而过""昼目无所见,夜则至明"的一种艺术性描绘,而这种艺术性描述在血雨的渲染中更加突出了环境的凶恶、九头虫的邪性。在描写收服九头虫时,文中写道:"二郎即取金弓,安上银弹,扯满弓,往上就打。那怪急铩翅,掠到山边;要咬二郎;半腰里才伸出一个头来,被那头细犬撺上去,汪的一口,把头血淋淋的咬将下来。那怪物负痛逃生,径投北海而去。"② 二郎神引弓射九头虫就其故事原型来说应是周公"恶闻此鸟,命庭氏射,血其一首,犹余九首"的故事;而哮天犬"汪的一口,把头血淋淋的咬将下来"则是"相传此鸟昔有十首,能收人魄,一首为犬所噬"的高度艺术化表达。作者在创作《西游记》时应该对九头鸟缘何会少一头而滴血不止显然有"庭氏射首"说与"犬咬一首"说两种故事版本,而这两种版本都有其受众,作者对这两种版本兼容并收,但是通过自己的创作九头虫被哮天犬所败来表达自己对后一种版本的主观倾向性。《西游记》对九头鸟文化记忆在广泛吸收大量前代故事精华的基础上适当进行了艺术性创作,不但在九头鸟的文化和形象上继承了传统的九头鸟记忆,而且在其伴生环境和文化内涵上承袭传统的九头鸟文化记忆的时候,也丰富和扩展了九头鸟的文化记忆。

三　九头鸟记忆与"多头兽"记忆

《西游记》中的九头鸟记忆诚然有它诞生的文化土壤和艺术背景,却很少有人注意到,甚至在很多时候九头鸟还特别容易与其他相近的九头兽相混淆。就历代的文献记载来说,九头鸟的基本特征是人面鸟身、颈上九首,在中国文化里有许多人首动物身的形象,其中九头人面的也不在少数,这就让九头鸟湮没在这九头人面的众多形象中了。

长期以来,一些民俗学研究者和语言学研究者在分析论述"天上九

---

① (明)吴承恩著,李卓吾评点,陈宏、杨波校点:《李卓吾批评本〈西游记〉》(下),岳麓书社2015年版,第511页。

② 同上书,第522页。

头鸟，地上湖北佬"这句民谚的时候都将"开明兽"看作九头鸟；笔者以为开明兽并非记述中的九头鸟。尽管两者很像，甚至很可能有发展上的源流关系，但是作为多文化交流下的产物——开明兽已经脱离其母体自成体系，不应该再将二者等同。

《西游记》中的九头鸟形象融合了前代的形象，是最典型的九头鸟形象的描绘。通过《西游记》文本并结合相关史料可知，九头鸟应该是"毛羽铺锦，团身结絮""两只脚尖利如钩，九个头攒环一处""身圆如箕，十胫环簇"的鸟体九首人面像，但是开明兽在形体抑或物种上与九头鸟具有加大的差异，当不是同类也。

《山海经·海内西经》中说"开明，兽类虎身，而九首皆人面，东立昆仑之上"，现今出土的开明兽画像石共 24 石，其中鲁南地区 18 石，徐州地区 4 石，南阳地区 2 石①，而这些地区现在大多数学者都认为曾经是楚越文化控制下的地区或者说是楚汉文化高度交融的地区。楚汉文明的交融，让楚文化吸收了汉文化的九头鸟记忆，并将其熔铸在自己的文化中，形成了有楚越特色的多首人面兽记忆。可见开明兽无论是文献记载还是文物实证都说明其是九头人面虎身，而不是鸟身。九头鸟是鸟身，依《本草纲目》当为禽类，由此可以看出这是以身体作为划分的标准和依据，如若以此为标准，开明兽应该属于兽类猫科豹属，两者当不是同一物种。开明兽应该是楚汉文化交流中，以九头鸟记忆为基础结合出的特有文化所产生的一种神秘文化形象。

屈原《楚辞·天问》中有"雄虺九首"之句，王逸注曰："虺，蛇别名也，言有雄虺一身九头"；《山海经·海外北经》有"共工之臣曰相柳氏，九首，以食于九山。相柳之所抵，厥为泽溪·禹杀相柳，其血腥，不可以树五谷种。禹厥之，三仞三沮，乃以为众帝之台"，又有"共工臣名曰相繇，九首蛇身，自环，食于九土。其所歍所尼，即为源泽，不辛乃苦，百兽莫能处，禹湮洪水，杀相繇，其血腥臭，不可生谷。其地多水，不可居也。禹湮之，三仞三沮，乃以为池，群帝因是以为台。在昆仑之北"。雄虺与相柳和罗苹注《九头记》说的"人面龙身九头"都是蛇身人

---

① 参见肖冬《汉画像石中的九头人面兽》，硕士学位论文，中国美术学院，2012 年，第5 页。

面九首，与九头鸟在形体上有较大的差异，显然两者都不是九头鸟。除此之外，有人认为九头鸟也叫"鹎鹕"，但梅尧臣《古风》说九头鸟"迩来相距三千秋，尽藏夜出如鹎鹕"，欧阳修《鬼车诗》也说九头鸟"昼藏夜出如鹎鹕"，李时珍在《本草纲目·禽四》中亦言鬼车鸟"状如鹎鹕而大者"，可见时人多以鹎鹕以喻鬼车，则就逻辑而言，鹎鹕必非鬼车。至于传说中孔子所见之九尾鸟之类则去其更远矣！

《西游记》是一部体大虑周的作品，长期以来一直为人所喜爱。这种喜爱也包含了故事的线性叙述结构，而不是像《水浒传》的回环式结构。因此，《西游记》中很少让同一个地点同时在事实上牵涉两个劫难，但是在第六十回"牛魔王罢战赴华筵，孙行者二调芭蕉扇"中便已有孙行者"走不多时，到了一座山中，那牛王寂然不见。大圣聚了原身，入山寻看，那山中有一面清水深潭，潭边有一道石碣，碣上有留个大字，乃'乱石山碧波潭'"①，正是由于乱石山碧波潭事件，孙行者才得以佯装成牛魔王骗得芭蕉扇，并最终消灭火焰山之火保唐玄奘西行，而整个故事转折的地点就是这个乱石山碧波潭。乱石山碧波潭一地涉两难，这在整个《西游记》故事中是很罕见的，这或许也是作者对九头鸟记忆的一种崇尚与看重吧。《西游记》通过回忆将九头鸟文化记忆有机地融入对乱石山碧波潭的叙述中，不但继承了九头鸟文化记忆，而且通过自己的艺术加工发展了九头鸟文化记忆。"每一个时代都在向过去探求，在其中寻觅发现自己"，而它这种向过去探求的方式就是通过回忆过往，将九头鸟文化记忆重新熔铸，在这种回忆中作者及其作品"也成了回忆的对象，成了值得后人记起的对象"。

作者单位：兰州大学

---

① （明）吴承恩著，李卓吾评点，陈宏、杨波校点：《李卓吾批评本〈西游记〉》（下），岳麓书社 2015 年版，第 496 页。

沙僧的印度血统试探

张同胜

《西游记》中的沙僧，其原型的溯源迄今虽然多有论述，但是仍然尚有进一步探讨的空间。沙僧原型的探源，一般都追溯到佛教，如李小荣《沙僧形象溯源》认为"其原型当是出于密教中的深沙神"、蔡相宗《从佛教唯识宗谈〈西游记〉中沙僧形象》认为"沙僧形象是佛教唯识宗抽象理论的文学具象"、夏敏《沙僧、大流沙与西域宗教的想象》认为沙僧"披挂骷髅乃 11—14 世纪西域流行藏传佛教密宗的形象显现"等。但这些显然是不够的，因为项戴骷髅虽然在藏传佛教密宗中常见，但此习俗却是源自古印度的婆罗门教。由于佛教亦曾受婆罗门教、耆那教等之影响，因而佛教口传或文字上的相关叙事，尚不是其源，其源应到印度宗教中去探寻。下面从沙僧的身体文化及其遭遇试论述其印度血统。

一 "苦行"理念的具象化

佛教教义吸收了婆罗门教、耆那教等的教义、神祇及其神话，如婆罗门教中的因陀罗成为佛教的帝释天。婆罗门教教义中的轮回转世、善恶因果、苦行解脱等都被佛教所吸收。婆罗门教提倡苦行，认为苦行可得大法力，转世后能够提升种姓。印度两大史诗《摩诃婆罗多》和《罗摩衍那》都对苦行者进行了由衷的赞美。

《罗摩衍那》一开篇就说："仙人魁首那罗陀，学习吠陀行苦行。"季羡林对"苦行"解释说："梵文 tapas，原意是'发热'或'受苦'，是印度和其他国家的一种宗教迷信活动。做法是身体受苦，比如不吃饭、少吃饭、吃和灰的饭、坐在有钉的木板上、身体倒悬、胳膊高举、用烈火炙烤,等等。"①

佛教的建立者悉达多·乔达摩又被称为"释迦牟尼",一般译为"释迦族的圣人"。其实,"牟尼"(muni)的意思很多,除了"圣人""仙人"外,还有"苦行者""僧侣""隐士"等②。释迦牟尼在求道的过程中也曾修过苦行。他出家后首先是拜沙门为师,实行严厉的苦行,长达六年之久,最后胸肋骨头磊磊然,其臀部骨头就像骆驼的足骨等。(这或许是锁骨观音的原型?)"释迦牟尼的真名是'悉达多'……意译'吉财'或'一切义成'"③;其姓"乔达摩"是"最好的牛"的意思。

沙门,"本意是修行者、苦行者,指出家人,多指佛教出家人"④。沙僧便是印度沙门思想的一个形象的代表,他带有印度宗教崇尚苦行的特点。据《西游记》的叙事,沙僧本是天宫中的卷帘大将,仅仅因为打碎了一个玻璃盏便被判了死刑,亏了赤脚大仙求情,免遭杀戮,但仍然被贬到流沙河,且遭受沙僧所说的"七日一次,将飞剑来穿我胸胁百余下方回"(《西游记》第八回"我佛造经传极乐,观音奉旨上长安")。罪不当罚,打碎一个玻璃盏就要被处死?这其中当另有缘故。我们先看一下原文:

> 怪物闻言,连声喏喏,收了宝杖,让木叉揪了去,见观音纳头下拜,告道:"菩萨,恕我之罪,待我诉告。我不是妖邪,我是灵霄殿下侍銮舆的卷帘大将。只因在蟠桃会上,失手打碎了玻璃盏,玉帝把我打了八百,贬下界来,变得这般模样。又教七日一次,将飞剑来穿我胸胁百余下方回,故此这般苦恼。没奈何,饥寒难忍,三二日间,出波涛寻一个行人食用。不期今日无知,冲撞了大慈菩萨。"菩萨道:"你在天有罪,既贬下来,今又这等伤生,正所谓罪上加罪。我今领了佛旨,上东土寻取经人。你何不入我门来,皈依善果,跟那取经人做个徒弟,上西天拜佛求经?我教飞剑不来穿你。那时节功成免

① [印度]蚁蛭:《罗摩衍那》,季羡林译,译林出版社2002年版,第420页。
② 同上书,第420—421页。
③ 季羡林:《禅与文化》,中国言实出版社2006年版,第37页。
④ 薛克翘:《印度民间文学》,宁夏人民出版社2008年版,第3页。

罪，复你本职，心下如何？"那怪道："我愿皈正果。"又向前道："菩萨，我在此间吃人无数，向来有几次取经人来，都被我吃了。凡吃的人头，抛落流沙，竟沉水底。这个水，鹅毛也不能浮。惟有九个取经人的骷髅，浮在水面，再不能沉。我以为异物，将索儿穿在一处，闲时拿来顽耍。这去，但恐取经人不得到此，却不是反误了我的前程也？"菩萨曰："岂有不到之理？你可将骷髅儿挂在头项下，等候取经人，自有用处。"怪物道："既然如此，愿领教诲。"菩萨方与他摩顶受戒，指沙为姓，就姓了沙，起个法名，叫做个沙悟净。当时入了沙门，送菩萨过了河，他洗心涤虑，再不伤生，专等取经人。

卷帘大将即沙僧仅仅是因为在宴会上打碎了玻璃盏，便要承受死刑，亏了赤脚大仙的说情，免死被罚下人间，但仍然遭受七日一次，将飞剑来穿其胸胁百余下，一点小过错，却遭受这么严酷无情的惩罚，这是为何？笔者想应该从印度宗教提倡"苦行"来理解。印度是"宗教博物馆"，宗教非常之多，但是几乎每一种宗教，如婆罗门教、耆那教等都提倡苦行，并认为"修炼苦行是取悦于天神甚至是超越天神威力的一种方式"①。

唐僧之不近女色，其实在本质就是色戒之苦行的修炼。印度人认为苦行是达到达摩（dharma）的途径之一，佛教也是如此。因此，沙僧便是一个苦行者。如何理解沙僧的惩罚？其实不应该从罪不当罚这个角度去理解，而是应该从沙僧是一个沙门，而沙门实行苦行修炼，不用说有了过错，就是没有过错，他们也往往进行自我惩罚，如将一条腿吊起来，常年不落下，以至于肌肉萎缩；或躺在钉子做成的门上，将身体刺得遍体鳞伤；或坐在泥淖中，将自己泥封起来……

《西游记》深受印度神话、印度文化之影响，在小说的行文中也不时显山露水。譬如佛祖对孙悟空说玉皇大帝"自幼修持，苦历过一千七百五十劫。每劫该十二万九千六百年。你算，他该多少年数，方能享受此无极大道？"（《西游记》第七回）这显然是印度神话、宗教和哲学中提倡苦行、苦修在西游故事中留下的痕迹，小说行文总是不自觉地露出其间关系的蛛丝马迹。

---

① ［英］韦罗尼卡：《印度神话》，孙士海、王镛译，经济日报出版社2001年版。

1983 年，金克木先生在《印度文化论集》中介绍了古印度佛教宣传家将概念人物化的作品。这些人物不是以人物说教加以标签——如我们说的概念化人物——而是把哲学原理化为有血有肉的戏剧人物，它本身是很生动的叙事文学，再以哲学概念命名，点明其意义。金克木先生介绍的有公元 1 世纪左右的戏剧残本，人物有"觉"（智慧）、"称"（名声）、"定"（坚定）等。有公元 11 世纪的《觉月初升》，人物有"爱""欲"一对夫妻，有国王"心"的两个妻子分别生了"大痴"和"明辨"两个儿子，"明辨"将和"奥义"结婚，引发出了错综复杂的故事。印度人长于将其意识、概念、哲理等具象化、人物化和故事化。据梵学家的考证，《摩诃婆罗多》这部伟大的史诗，其本事也就是占到了整个篇章一半的篇幅，另一半的篇幅是各种插话和其他形式的插叙。许多插话或插叙，其实都是意识理念之故事化。古代印度的佛教曾运用概念人物化的手法成功地宣传佛教教义。由此可知，沙僧也是此一思维方式的产物，即他是"苦行"意念的化身。

二　骷髅饰品

《西游记》中沙僧项戴人头骷髅的描写，其实是之前西游故事的遗留或继承，并不是吴承恩的原创，其最主要的影响来自佛教，特别是密宗，但我们如果要探析其原型，这还是远远不够的，因为密宗的骷髅饰品，其渊源来自印度。

沙僧以人头骷髅为项饰，在西游故事中出现得很早。在《大唐三藏取经诗话》中，沙僧还是作为"深沙神"（据佛典记载，"深沙"与"俘丘"本是两个恶鬼的名字，到唐朝时合而为一，成为佛教密宗的护法神了）出场的时候，他脖子上就已戴着两个骷髅。那两个骷髅是三藏法师的前身，据说唐僧两度被深沙神吃掉。在元人《西游记杂剧》中，深沙神已变成沙和尚，他脖项上挂着九个骷髅头，据说唐僧"九世为僧"，被沙和尚"吃他九遭"。

玄奘《大唐西域记》曾说："外道服饰，纷杂异制，或衣孔雀双尾，或饰骷髅缨络。"夏敏考察了西藏地区密宗造像的装饰，认为玄奘所说的

"外道"就是当时在印度已经流行的佛教密宗。①

然而，康保成根据玄奘、辩机《大唐西域记》所记载迦毕式国外道"或露形，或涂灰，连络骷髅，以为冠鬘"认为，公元7世纪，印度佛教中的密宗还不是正宗。后来密宗的势力不仅很快在印度本土发展起来，而且迅速传到我国，到唐玄宗开元年间，"三大士"（善无畏、金刚智、不空）先后翻译密宗经典，并在各地建曼荼罗坛场，密宗才在我国传播开来。《西游中》中沙僧形象的前身——密宗护法神深沙神信仰，就是在这样的背景下兴起的。康保成注意到挂骷髅的深沙神由印度佛典中的恶鬼演变为密宗的护法神后，在中唐时期随着密宗的流行而渐渐普遍，《大正藏》《五灯会元》中都有深沙神的记录。②

公元839年，日本和尚常晓将中土的深沙神王像带到了日本，这个深沙神像就身挂骷髅装饰品。玄奘在流沙河遇难时梦中见到的，并且救他性命的毗沙门天的化身，就是沙僧的前身深沙神或深沙大将。根据日本学者中野美代子的考证，沙僧有一幅画像很早以前就传到了日本。这幅画像中，沙僧的形象是："头发蓬松倒竖，形态狰狞恐怖。颈部挂着七个或是九个骷髅璎珞，腹部显现出一个可爱的童子头像。左手握着蛇，脖子上也缠绕着蛇。双膝上是大象头像，长长的鼻子从短衣下面伸出来。"中野美代子认为，"关于（沙僧）双膝处伸出来的象鼻子，与骷髅璎珞一样，让人觉得是接受了印度或西藏邪教神形象的影响所至（致）。在西藏曼陀罗画像中，不仅有骷髅，甚至还有串起活人头颅为璎珞的图像"③。从中野美代子所论述的沙僧这幅画像可知，《西游记》中沙僧其前身深沙神或深沙大将形象所具有的西域特色更为明显。

夏敏根据西域佛教史方面的材料认为，"恰恰正是11—14世纪，藏传佛教及其密宗曾给予于阗高昌地区以非常强烈的影响，从古代于阗王国、高昌回纥王国、契丹贵族耶律大石在西域建立的西辽王朝，直至忽必烈统治时期的元王朝，藏传佛教先后在西域得以传播"，因而沙僧"披挂骷髅

---

① 参见夏敏《沙僧、大流沙与西域宗教的想象》，《明清小说研究》2005年第1期。

② 参见康保成《沙和尚的骷髅项链——从头颅崇拜到密宗仪式》，《河南大学学报》2004年第1期。

③ ［日］中野美代子：《西游记的秘密》，王秀文等译，中华书局2002年版，第40—41页。

乃 11—14 世纪西域流行藏传佛教密宗的形象显现"。① 笔者认为，这是沙僧项戴骷髅习俗的源流之流，而不是源头，源头应该一直追溯到古印度。

在印度教造像中，湿婆通常是瑜伽苦行者打扮，遍身涂灰，发结椎髻，头戴一弯新月，颈绕一条长蛇，胸前一串骷髅，腰围一张虎皮，四手分持三叉戟、斧头、手鼓、棍棒或母鹿。他额上长着第三只眼睛，可以喷射神火把一切烧成灰烬。由于古代湿婆派的一些极端信徒有裸体、以骷髅为饰品、用骨灰涂身抹面等习惯，因而汉译经典又称湿婆派为"涂灰外道"或"骷髅外道"。

公元前 4 世纪上中叶，即原始佛教的末期，正统佛教与婆罗门教相结合，形成了具有佛教密宗一派。在佛教密宗中，金刚、明王、护法神等神佛造像大都有骷髅装饰品，有的戴骷髅冠，有的身戴骷髅璎珞。例如，怖畏金刚身佩 50 颗鲜人头，遍体挂人骨珠串。据说佩戴人骨、骷髅一方面象征世事无常，另一方面象征战胜恶魔和死亡。

在金刚部造像中，我国云南盛行大黑天神像。大黑天原是婆罗门教湿婆神（Siva，大自在天）的化身之一，对其信仰始于笈多王朝（公元 4—6 世纪）。7 世纪婆罗门教的经典提及："大黑天神圆目凸腹，怒面獠牙，鼻翼宽阔，身佩骷髅或人头顶环，以蛇为缨珞。"印度在 11 世纪帕拉王朝时，作为护法神的大黑天神在佛教中的地位显著提升，现存大黑天像大多为这一时期的作品，以四臂像居多。大理崇圣寺三塔塔藏文物中有大黑天神像多尊，其基本特征为：现愤怒护法相，身躯粗壮、顶戴骷髅冠，身佩戴骷髅或人头顶环，以蛇为缨珞，亦以四臂像为主，也有八臂像，造型与印度大黑天像相近，而鲜为中原密宗所见。②

藏密中的骷髅装饰来自印度。7 世纪藏王松赞干布迎娶了尺尊公主、文成公主为妃，开始在王室中推行密宗。7 世纪末，藏王赤松德赞建桑耶寺，开始在西藏传播密法。8 世纪时，莲花生大师所创立的西藏金刚舞（羌姆），最初就带有印度密宗仪式的显著特点。莲花生把印度密宗的血祭仪式（此仪式用人头骨、人皮、人肠、人血、少女腿骨作为法器和祭

① 夏敏：《沙僧、大流沙与西域宗教的想象》，《明清小说研究》2005 年第 1 期。

② 参见姜怀英、邱宣充《大理崇圣寺三塔》，文物出版社 1998 年版，第 151、153、154、155 页。

品）带到西藏，与西藏当地的苯教相结合。8 世纪之后，西藏的宁玛、萨迦、噶举、格鲁等教派都是显密兼修，从而形成了独特的藏密。在藏密的各尊神像中，绝大多数的神像其颈部或腰部都有一连串骷髅作为璎珞，像大威德怖畏金刚、胜乐金刚、欢喜金刚、护法神大黑天等都是如此。在印度佛教里，一般人的骷髅与得道高僧的骷髅价值完全不同。《大唐三藏取经诗话》和元杂剧《西游记》都说沙僧项上的骷髅是唐僧的前身。

最初，沙僧将骷髅头挂在项上原本并不是观音菩萨的指示，而是他炫耀战功的资本。这种用人头骨来炫耀战功的方式其实源于古代原始部落。据人类学家的研究，世界各地的原始部落，普遍存在着猎首、食人并以人的头骨做装饰的习俗。以骷髅为饰，固然是许多人类原始氏族部落的习俗，但对于进化到文明世界的民族，堂而皇之保存在宗教里面，我们确切知道的就只有印度。

三　蓝脸与红发

沙僧在国内文本中最早的叙述，见之于《大唐三藏取经诗话》，他被称作"深沙神"。但是从《大唐三藏取经诗话》到元杂剧《西游记》，沙僧的形象都很单薄，几乎没有关于身体的描写和叙述，只有到了《西游记》沙僧的形象才鲜活丰富起来。《西游记》中沙僧的形象是：

> 青不青，黑不黑，晦气色脸；长不长，短不短，赤脚筋躯。眼光闪烁，好似灶底双灯；口角丫叉，就如屠家火钵。獠牙撑剑刃，红发乱蓬松。一声叱咤如雷吼，两脚奔波似滚风。（第八回"我佛造经传极乐，观音奉旨上长安"）
>
> 一头红焰发蓬松，两只圆睛亮似灯。不黑不青蓝靛脸，如雷如鼓老龙声。身披一领鹅黄氅，腰束双攒露白藤。项下骷髅悬九个，手持宝杖甚峥嵘。（第二十八回"八戒大战流沙河，木叉奉法收悟净"）

从以上《西游记》中的描述可知，沙僧长着红发，是蓝靛脸色。

至于蓝靛脸色，其实是有其渊源的，《罗摩衍那》曾对罗刹的面貌有过描述，即他们的"脸色像蓝吉牟陀"，而"吉牟陀是一种植物名"①，这就是说，罗刹的脸色是蓝色的。其实，这还不是根源，根源在于更为远古的印度神话，譬如毗湿奴的皮肤就是"蓝黑色"②的，其脸色自然也是"蓝黑色"的了。

婆罗门教中的神祇是如何传入中土的呢？是通过汉译佛经，因为佛教借入了大量婆罗门教中的神祇为其护法，从而汉译佛经中不乏青黑色的神祇。汉译佛经中不乏"蓝面红发"如此形貌的罗刹，从而流传到民间。《大唐三藏取经诗话》"过长坑大蛇岭处第六"叙说唐僧、猴行者遇到一个白衣妇人，猴行者认定是一白虎精，结果满山都是白虎，于是"猴行者将金镮杖变作一个夜叉，头点天，脚踏地，手把降魔杵，身如蓝靛青，发似硃沙，口吐百丈火光"。这里的"夜叉"，就是一个"蓝面红发"的形象。

四川《邛崃县志》中说："蜀中古庙多蓝面神像……头上额中有纵目。"值得我们注意的是，除了"三目"（杨二郎是三只眼；马王爷是三只眼；而印度史诗中湿婆是三只眼）文化之存留外，还有一点也很重要，那就是神像是"蓝面"的。众所周知，中国本土的神像几乎没有"蓝面"的，而四川却有蓝面神像，这里的蓝面神像来自汉译佛经，源自印度。印度神话中有众多的蓝面神祇，如大家熟知的湿婆就是蓝面的，印度人甚至以蓝色为美，《罗摩衍那》中就将悉多的漂亮眼睛比作"蓝色的荷花"。而中国神话体系中在这方面也深受西域的影响，像鬼判，其形象便是"朱发蓝面，皂帽绿袍"。

燕京崇仁寺沙门希麟集《续一切经音义》卷第五云："摩诃迦罗：梵语也。摩诃此云大，迦罗此云黑，经云'摩诃迦罗大黑天神'，唐梵双举也。此神青黑云色，寿无量岁，八臂各执异仗，贯穿骷髅以为璎珞，作大忿怒形，足下有地神女天，以两手承足者也。"③ 这里的"摩诃迦罗"其实就是印度婆罗门教中的大黑天神，他的形貌具有典型的印度特色，如"八臂""骷髅"装饰、青黑云色等。"不同的颜色在印度传统中具有不同

① ［印度］蚁蛭：《罗摩衍那》，季羡林译，译林出版社 2002 年版，第 125 页。
② 杨怡爽：《印度神话》，陕西人民出版社 2010 年版，第 39 页。
③ 《大正新修大藏经》第 54 册，日本大藏经刊行社 1924—1934 年版，953 页。

含义……蓝色象征着海洋、天空、河流这种大自然中最饱满的颜色，从而体现了毗湿奴的无处不在。但印度传统中也认为蓝色象征着刚毅和男子气概，有蓝色皮肤的人因而就是具有杀魔素质的人。"①

印度的神话传说，糅杂着达罗毗荼人、雅利安人等民族的原始记忆，因此毗湿奴、罗刹、大黑天天神等或许就是达罗毗荼人这些印度原始土著的神灵之一吧。而毗湿奴作为印度三大神之一，其神灵和威力当然受到信徒的崇拜，或许多多少少地影响到了西域其他的游牧民族，进而在西游故事中的沙僧这个艺术形象上也留下了烙印。

除此之外，沙僧之青面与西北少数民族的乌古斯人之青面可能也不无关系吧？"古代乌古斯人的著名史诗《乌古斯传》在叙述英雄主人公乌古斯的形象时说：乌古斯'……脸是青的，嘴是火红的，眼睛是鲜红的，头发和眉毛是黑的'。"② 这是因为乌古斯人崇拜青色，在他们看来，青色为神圣之色，此词译自"柯克"，而"柯克"指的是"一切蓝色、青色、深绿色，也指蓝色的天空"③。由是观之，沙僧之"蓝靛脸"，是有着西域乌古斯人的文化为依据的，并不是想当然的胡乱编造，从而也表明西游故事本生成于西域，后来传到了东土。

至于红发，从《阿拉伯波斯突厥人东方文献辑注》可知，印度有一些部落就是"红发"的。例如，罗姆尼岛上生活在沼泽地里的裸体人，"他们讲一种听不懂的语言，与兽相似；他们身高四拃，两性器官极小，头发很细，呈红棕色……"④

《神异经·西北荒经》云："西北荒有人焉，人面朱发，蛇身人手足，而食五谷禽兽，贪恶愚顽，名曰共工。"这里需要特别指出的是，共工生活在西北荒，其形象之一却是"朱发"，即红头发。神话本是人类现实生活的反映与解释，由此可知西域或许以前曾生活过红发的民族。

而我们知道，生活在西域的乌孙这个民族其头发就是红色的，沙僧之红发是不是与西域的少数民族有关？唐代颜师古对《汉书·西域传》

---

① 《大正新修大藏经》第 54 册，日本大藏经刊行社 1924—1934 年版，第 47 页。
② 那木吉拉主编：《阿尔泰神话研究回眸》，民族出版社 2011 年版，第 136 页。
③ 同上书，第 135 页。
④ 《阿拉伯波斯突厥人东方文献辑注》，第 169 页。

作的一个注中提到"乌孙于西域诸戎,其形最异,今之胡人青眼赤须状类弥猴者,本其种也"。按此说法,乌孙人应为赤发碧眼、浅色素之欧洲人种。而沙僧之"红发",要么是西北少数民族与西游故事发生关系的历史痕迹的遗留,要么是中土说书艺人的任意杜撰?后者的可能性比较小,原因就在于《西游记》中师徒四人形象的定型是在元代,即来自西亚、中亚的色目人在神州赤县非常多的时候,也就是说,蒙元时期的说唱艺人或许就地取材而将色目人之形貌纳入了西游故事之中了吧?这一点绝对不是空穴来风,而是有根据的。元末杨景贤所作杂剧《西游记》第三卷第十一出有一个对话:"[沙和尚]我姓沙。[行者云]我认得你,你是回回人河里沙。"

道教中的仙人颇不乏"蓝色"相貌的,如马、赵、温、关四大元帅中的温元帅,"通身蓝的"(《金瓶梅》崇祯本第一回)。道教中魁星的形象是"赤发蓝面",身上仅仅裹着虎皮裙及镯环飘带,一手捧斗,一手执笔,立于鳌头之上。从魁星的面貌可知,魁星不是中土汉人在文学艺术中的反映。这是为何?外来的和尚会念经,外来的神祇容易骗人。道教神祇之"赤发蓝面"显然是从佛教借来的,而佛教也是借之于印度神话。

综上所述,从沙僧的身体文化及其遭际内蕴、意念化身等可推知,《西游记》中的沙僧具有鲜明的印度血统。

原刊于《中国石油大学学报》2013年第4期

作者单位:兰州大学

一群卑微的神祇

——从"土地神"的渊源流变看《西游记》中的"土地"

王　婷

在《西游记》（以下简称《西》）中，"土地"是出现较多的一类神祇，他们在众神谱系之中身份低微，常常被塑造成遭受欺侮和取笑的角色。对此，我们应当加以思考，为什么书中的"土地"会是这般形象？将《西》视作一部文化文本而非仅是文学作品，或许有助于我们的思考。作为文化文本，这部小说中必然掺杂着复杂的文化因子，"土地"这一民间信仰也应当属于这种因子之一。假使在《西》成书的明代已然有着书中所描写的对"土地"形象的类似想象，那么作为一种文化因子，"土地"信仰必然会对《西》的创作者产生影响。问题是，一种文化现象绝非突然产生的，它必然会有着一个渊源流变的过程，仅从明初的民间信仰层面解释《西》中"土地"形象的成因，如同隔靴搔痒，未能根究其底。也就是说，《西》中的"土地"形象有着更久远的"形成史"，"土地"从其缘起直至明代的发展过程中，一些特质得到保留，一些则是失去了，还有一些则是新加入其形象中，这样便最终出现了我们在《西》中看到的"土地"。

一　"土地"：被欺侮与驱使的神

在《西》中，"土地"可说是扮演着重要的角色，全书加上附录一章共有二十八回出现其身影。他们或给取经师徒传递信息或为其充当下手，一路上也算是有些功劳的。正因此，五圣功成得果位时他们也作为得道神仙现身听讲。但是，从书中可以看到，"土地"在众神中地位卑低，常常被孙悟空呼来喝去不说，甚至受妖怪欺凌都无力反抗。总的来说，这是一群卑微的神祇。

(一) 遭众神欺侮，地位十分低下

《西》中的"土地"处处以"小神"自称，搭载着神仙队列的末班车，见着谁都要点头哈腰。

孙悟空得"齐天大圣"封号后初到蟠桃园查勘，"那土地连忙施礼，即呼那一班锄树力士、运水力士、修桃力士、打扫力士都来见大圣磕头，引他进去"（第五回）。① 悟空在护送唐僧西天路上降妖除魔，少不了向各方神仙求救，罢了也都客气道谢，时而还唱个喏，唯独面对"土地"时棍子招呼，一句"唵"字咒语将其招来，说的是"伸过孤拐来，各打五棍见面，与老孙散散心"（第十五回）。② 若是出来拜见得不及时，还会招来一顿呵斥，如第五十回中，"土地"化为一个老翁提醒大圣山中妖怪的厉害，前一句孙悟空还拜谢道"多蒙公公指教"，待"土地"现了本相，立马喝道："你这毛鬼讨打！既知我到，何不早迎？却又这般藏头露尾，是甚道理？"③

与暗中护送唐僧取经的城隍、社令、五方揭谛、四值功曹、六丁六甲、护教伽蓝等相比，"土地"也是地位最低、毫无尊严的一位。在第九十回里，九头狮子老妖捉走了唐僧、八戒等人，孙悟空正一筹莫展之时，暗中保护唐僧的几个小神把个"土地"押过来让大圣审讯："见金头揭谛、六甲六丁神将，押着一尊土地，跪在面前道：'大圣，吾等捉得这个地里鬼来也。'行者喝道：'汝等不在竹节出护我师父，却怎么嚷到这里？'丁甲神道：'大圣，那妖精自你逃时，复捉住卷帘大将，依然捆了。我等见他法力甚大，却将竹节山土地押解至此。他知那妖精的根由，乞大圣问他一问，便好处治，以救圣僧贤王之苦。'"④ 作为神中一员被叫作"地里鬼"，还被一众同事押解，真是毫无颜面可言。

此外，在全书第一百回五圣果位、诸众仙佛各归其位之时，"土地"

① （明）吴承恩：《西游记》，苏兴、苏铁戈、苏壮歌校点，浙江古籍出版社1996年版，第31页。
② 同上书，第112页。
③ 同上书，第395—396页。
④ 同上书，第705—706页。

也被排在了最末端,其地位之卑下由此可见一斑。

(二)一村几里之神,常与阴鬼为伍

《西》中"土地"无处不在,天上的蟠桃园,地下的五庄观,城乡村野,甚至皇宫御花园也能将其召唤出来。这也能见出"土地"管辖地域并不大。

如在全书第四十回中,悟空斗红孩儿之先,打出一伙"穷神"来。"行者道:怎么就有许多山神土地?众神叩头道:'上告大圣,此山唤做六百里钻头号山。我等是十里一山神,十里一土地,共该三十名山神,三十名土地。'"①又如第八十一回孙悟空盘问"土地"为何帮助妖怪为害之时,"土地"道:"大圣错怪了我耶。妖精不在小神山上,不伏小神管辖,但只夜间风响处,小神略知一二。"②此二例可见"土地"分布之众及其辖域之狭。

另外,从书中描述可以判断,"土地"多是鬼仙之流,神力十分有限,只能驱使一些阴间的小鬼。"土地"出场时,常常伴有一阵阴风,"后带着一个雕嘴鱼腮鬼,鬼头上顶着一个铜盆"③"后跟着一个青脸獠牙、红须赤身鬼使,头顶着一盘面饼"④,在护送唐僧取经路上,他们常率领一班阴兵助阵孙悟空等人降妖除魔。如第六十一回,"土地"率领阴兵与八戒悟空联手大战牛魔王,"牛王遮架不住,败阵回头,就奔洞门。却被土地、阴兵拦住洞口,喝道:'大力王,哪里走!吾等在此!'"⑤

鬼仙身份的"土地"在《西》中还有一项职能,关乎人之生死。即人死之后魂归冥界,首先要到所在土地管辖处报备。如第九回,陈光蕊江州赴任期间遇害,被龙王救起,差夜叉取他魂魄,"即写下牒文一道,差夜叉径往洪州城隍土地处投下,要取秀才魂魄来,救他的性命。城隍土地

---

① (明)吴承恩:《西游记》,苏兴、苏铁戈、苏壮歌校点,浙江古籍出版社1996年版,第315页。

② 同上书,第640页。

③ 同上书,第467页。

④ 同上书,第500页。

⑤ 同上书,第479页。

遂唤小鬼把陈光蕊的魂魄交付与夜叉去"①。

无论是从辖地面积，还是从其鬼仙身份，都能看出，这群常与阴兵鬼卒为伍的小神根本难登大雅之堂，神力之低微仅能使其驱使鬼卒牵引阴魂而已。

（三） 为妖魔所驱使，竟无力反抗

神力有限的"土地"不仅受神仙世界的指令，还常受到各路妖怪的欺凌。他们胆小懦弱，即使被妖怪驱使，也无力反抗。

莲花洞二魔金角大王和银角大王，念动真言咒语，就得召唤土地在洞里，一日一个轮流当值，"念起遣山咒法"，那山神、土地就将三座大山压住行者。使行者都不免心惊，仰面朝天，高声大叫道："苍天！苍天！自那混沌初分，天开地辟，花果山生了我，我也曾遍访明师，传授长生秘诀。想我那随风变化，伏虎降龙，大闹天宫，名称大圣，更不曾把山神、土地欺心使唤。今日这个妖魔无状，怎敢把山神、土地唤为奴仆，替他轮流当值。"② （第三十三回）

还有更甚者，如第四十回，"土地"被红孩儿欺侮得"少香没纸，血食全无，一个个衣不充身，食不充口"，还被使唤去"烧火顶门，提玲喝号"，若没钱物打点群精，就要被"拆庙宇，剥衣裳"，以至于现身而出竟是"披一片，挂一片，裙无裆，裤无口"的穷酸形象。被妖魔驱使当下人支用，处境堪比奴隶，这群小神也委实可怜。

二 从"社"到"土地"：诞生于乡土的小神

要理解《西》中这样的"土地"形象之成因，必须先得对"土地神"的渊源流变进行一番梳理，这样我们才会发现，原来人格化的"土地"最先就是些被民间奉祀的"人鬼"。这样的出身使得他们根本无法与那些神力滔天的大神相比，能够护佑一方乡土就是他们的职责所在。在作

---

① （明）吴承恩：《西游记》，苏兴、苏铁戈、苏壮歌校点，浙江古籍出版社1996年版，第60页。

② 同上书，第257页。

这番梳理的过程中，有一个必须把握的关键点是，中国的"土地神"实际上有两种，即"社"与"土地"。二者有渊源，但是区别更加明显，"社"是官方祭祀的，更倾向于非人格化的自然神，实际上是对土地（此处指与天对应的大地，不同于加引号的"土地"，后者即是俗称的"土地爷"；下同）本身的崇拜；"土地"则源自民间，是人格化的，有名有姓有出处，是在土地崇拜中杂糅进"人鬼"崇拜而形成的。厘清从"社"到"土地"的衍变过程，有助于弄清楚"土地"的出身情况，从而帮助我们去理解《西》中"土地"卑微形象的渊源。

（一）"社"与土地崇拜

人类对土地的崇拜和祭祀可追溯到史前时期，当时社会生产力低下，人们依赖天地的赐予，在"万物有灵"观念的驱使下，人们感念土地的馈赠，祈求土地育养万物。在中国历史上，这种对土地的崇拜一直沿传下来，至之后进入文明国家阶段，土地也进入国家祭祀之中，与"天"享受同等礼遇。

商周时期，土地谓之"社"。也即用土堆积起方坛，坛中立树或石为神主，进行祭祀以代表对土地之祭祀。据《礼记·祭法》载："王为群姓立社曰大社，王自立为社曰王社。诸侯为百姓立社，曰国社，诸侯自为立社，曰侯社。大夫以下成群立社，曰置社。"[1] 也就是说，周天子立"太社"作为整个国家的土地祭坛，同时实行分封制，土地所有权下分到诸侯国，诸侯可在封国建立"国社"，至于周代的大夫阶层只能同普通百姓一起建立"民社"。由此可见，在周代已经有了级别不同的土地祭祀，但所祀对象仍是"土"，人们筑成的"坛"，立起的"社"，并没有具体的人格形象，其实质上是表达对大地的崇拜与祈求。所以，无论是"官社"还是"民社"，这一阶段的"土地神"祭祀仍然处在自然神崇拜阶段。

至少到汉时，"社"已经被明显神化，并开始具有人格化的形象。我们知道，从战国到西汉，中国历史进入了一个新阶段。从政治上来说，郡县制兴起，代替分封制，大一统的帝国正式形成。郡县制实行以后，除了中央的"太社"，"社"的划分更加细化，郡有"郡社"，县有"县社"，

---

[1] 《十三经注疏》整理委员会整理：《礼记正义》，北京大学出版社 2000 年版，第 1520 页。

民间也有"里社"。① 县以上的为"官社",县以下的"里社"等可视作"民社"。这种等级划分基本上沿同于周时,更明显的变化发生在"社"的神化与人格化上,这种变化与战国以来迄至西汉的"造神运动"息息相关。在这一历史阶段,楚地神话、老庄学说、谶纬之学、阴阳五行以及医药、方术、星象等因素,已然交融形成了一种不同于周时的新的"宇宙图式"。② 生活在这种宇宙图式下的人们思慕神仙生活,追求长生不老,也编排出了许多神仙故事,并将许多历史上传说的人物放进了神仙的行列进行瞻仰膜拜,许多先前的自然崇拜被植入了神仙思想。

"社",作为一种上自帝王下到黎民都在进行的崇拜和祭祀,自然难逃被"神化"的命运,"后土""大禹"等传说中善于治理土地的英雄人物,被赋予了"土地神"的"神位"。当时,无论官方的还是民间的"社",都奉后土等为"社神"进行祭祀,祭坛仍为土筑的方坛。这显然是"土地神"形象的一次大变革:从对土地自身的自然崇拜,变为对一个有名有姓的神祇的祭祀。但是,"社"尽管被神化了,取得了"神格",他的具体面目仍然是模糊不清的,我们感觉不到他的人情味,他对普通人来说仍是高高在上触不可及的。看来,这还并不是《西》中的"土地"的前身。

(二) 人格化"土地"的形成

到东汉时期,在"社"中给有名望的"人鬼""配食"的现象较为普遍。官方的"县社"中,生前有名望、有政绩的官绅县令等死后,可将他们与后土共同祭祀,并为他们配有居屋。与此同时,民间之"里社"供奉的土地神也逐渐人格化,其所奉祀的除传说中的英雄外,还逐渐增加或改为当地的名人。在当时,人们即有称"社神"为"社公"或"土地"者。③ 这些所谓"社公""土地"者已经不是"后土"那般的上古英雄,而是可被方士驱使的"社鬼"了。如《后汉书》中就记载,汝南人

---

① 参见郝铁川《灶王爷、土地爷、城隍爷——中国民间神研究》,上海古籍出版社 2003 年版,第 142 页。

② 参见葛兆光《道教与中国文化》,上海人民出版社 1987 年版,第 37—44 页。

③ 参见郝铁川《灶王爷、土地爷、城隍爷——中国民间神研究》,上海古籍出版社 2003 年版,第 61 页。

费长房学仙术，"能医疗众病，鞭笞百鬼，及驱使社公"。① 这样看来，或许《西》中"土地"的真正前身应该出现在这一时期。

在"县社"的"配食"制度的影响下，社坛与祭祀"人鬼"的居庙相结合，发展成为了有坛有屋的"社庙"。这种情况与民间"里社"的"社公"（"土地"）信仰逐渐合流，到了三国时期，不仅出现了由"社庙"发展而来的"土地庙"，而且至少在民间层面上"社神"与"人鬼"成功合二为一，"土地"总算是正式诞生了。在《搜神记》中记载，三国东吴政权的孙权做皇帝时，为秣陵县县尉姜子文的幽灵建立土地庙。② 之后，将"人鬼"为土地神供奉于土地庙中为历代纷纷效法，民间多以生前行善或廉正之官吏为土地神，土地神遂有具体化了的人格及姓氏，脱离"社"而独立为"土地"。

（三）"土地"与"社"共存

"土地"诞生后，"社"依然存在，而且始终存在于官方典祀之中；反倒是"土地"，更多时候只是作为一种民间信仰。这主要是因为"土地"虽与"社"有渊源，但二者毕竟不同。"社"仍然是大地之神，是育养万物之主宰；而"土地"似乎是更多地继承了其贤良"人鬼"的本事，职责主要是护佑一方乡民。

这样看来，虽名为"土地"，其却并未分得多少土地神的权柄和神力，其职能不过类似于一村几里的"看门人"。"人鬼"出身的他们始终鬼气十足，诞生之初就能被方术之士役使。再加上各地都会有几个贤良，死后被人们奉祀为"土地"，所以，这时候的"土地"已经不像"社"或"社神"（后土）那样天下唯一，而是四处林立，越来越多，物以稀为贵，这样的"土地"自然也就越来越微贱了。

总之，追溯"土地"之出身渊源可以看出，这类神祇自诞生之时就地位不高，不过是人们身边的贤良之人死后被奉祀为神，属于"鬼仙"之流。"土地"虽然能跟名显身贵的"社"或"社神"扯上关系，勉强跻身"土地神"之列，但是诞生于乡土民间"土地"毕竟权柄甚小，神

---

① （南朝宋）范晔：《后汉书》，中华书局 2007 年版，第 805 页。

② 参见（东晋）干宝《搜神记译注》，邹憬译注，上海三联书店 2012 年版，第 102 页。

力低微，又脱不开"人鬼"的身份影响，故而身卑位低也在情理之中了。

三 游走在权力边缘的"土地"

上一节我们通过追溯"土地"诞生之源头，发现其出身本来就不高，这无疑是《西》中"土地"卑微形象形成的一个渊源。问题在于，即便是出身不高，其生前也是享誉一方的名士贤达，纵使仅为鬼仙，也不该总是以被欺侮的姿态出场吧。显然，从诞生到《西》成书这段时间，"土地"身上肯定还发生了不少事情，使得他的地位一降再降。

（一）官方的封赐与遗忘

"土地"的诞生本来就是官方与民间合力的结果，在其后的历史发展中，这两方面的力量依然始终作用在"土地"身上，不停地为其塑造着身份、形象和职能。

事实上，"鬼神世界能证明和支持人类社会现存的一切制度"①，官方出于政治意图，往往会尝试将"土地"纳入国家鬼神崇拜系统之中。以首个专享土地庙的"土地"蒋子文为例。其生前担任县尉，在追击盗贼时罹难，孙权为其立庙，恐怕正是借着民间已有的对蒋子文的崇拜，导引宣教以应对当时泛滥成灾的寇贼。说白了，这是将民间信仰加以收拢并改造为一种软性的统治手段。在这之后，东晋、南朝宋皇室更是给蒋子文封官封爵，其爵位甚至达到"王"级。②

不过，纵观其后历朝历代，时而也会有皇帝给某个"土地"封号祭祀，但是这样的情况不仅未成常态，而且并不多见。也就是说，"土地"始终未能像"社"那样获得被正式纳入国家祀典的资格。其中原因，大概有这样几种：第一，国家从中央到地方已有成体系的"社"祭，再添上"土地"职能有重叠。第二，诸如历史上的贤良、英雄，也都会在官方祠庙进行祀祭，似乎亦无必要隆重纪念贤良"人鬼"化成的"土地"。

---

① 王景琳：《鬼神的魔力——汉民族的鬼神信仰》，三联书店1992年版，第176页。
② 参见郝铁川《灶王爷、土地爷、城隍爷——中国民间神研究》，上海古籍出版社2003年版，第165页。

而且，"土地"虽然也是贤良"人鬼"成仙，但毕竟是地方性的，大多数出身在小地方，其功德贤良哪里比得上那些历史上的大人物，根本就不值得官方层面去祭祀他们。若真出现一两位名望甚大的"土地"，也会被官方"接走"，升任他处，脱离贱役。比如，明太祖朱元璋就将蒋子文升任"城隍"，使其得以享受官方祭祀。① 第三，"土地"生在各方乡土，在民间附会之下，越来越多无处不有，这样不成系统纷乱繁杂的神祇，似乎也难以纳入国家典祀中。

总的来说，"土地"源于"社"与"先贤"两种崇拜，却又无力取代其中任何一种，再加上其系统之混乱，所以始终被国家正祭排除在外，而只能在底层民间享受香火了。至于前面所说的官方对"土地"的封赐，实际上也只是对个别"土地"而言。这些"土地"往往因其名重声隆，一间小小的"土地庙"已经难容其神。他们不能再被视为乡土小神，实际上已然变为较高等级的神祇了，脱离"土地"贱籍是早晚的事儿。

（二）"城隍"的兴起与分权

"城隍"的兴起分割了"土地"的职能，使得"土地"的地位进一步降低。

大约三国时代就已经有了"城隍"。但对"城隍"的祭祀直至南北朝才有明文记载。《北齐书》就载有将士对"城隍"的祈佑，"城中先有神祠一所，俗号城隍神，公私每有祈祷。于是顺士卒之心，乃相率祈请，冀获冥佑"。② 至唐代，作为城市守护神的"城隍"已盛兴于江南，几乎每个州县都设有"城隍"，而道教则很快将之吸收进了神谱。③ 至宋代，"城隍"信仰已非常普及了，可以说遍布大江南北，同时对"城隍"的封赐也逐渐增多，宋人笔记中就记"城隍"说："今其祀几遍天下，朝家或赐庙额，或颁封爵。"④ 如临安府城隍神在宋代先后被封为"永固庙""保顺通惠侯""显正康济王"等；绍兴城隍神宋代赐匾额"显宁"，后封

---

① 参见郝铁川《灶王爷、土地爷、城隍爷——中国民间神研究》，上海古籍出版社 2003 年版，第 165 页。
② （唐）李百药：《北齐书》，中华书局 1972 年版，第 281 页。
③ 参见葛兆光《道教与中国文化》，上海人民出版社 1987 年版，第 333 页。
④ （宋）赵与时：《宾退录》，上海古籍出版社 1983 年版，第 103 页。

"昭顺灵济孚祐忠应王"。① 元朝同样崇祀"城隍",为之封王并大建庙宇。至明时,"城隍"信仰趋于极盛,且地位逐步攀升,并有了品级之分。"洪武二年,封京都城隍为承天鉴国司民升福明灵王,开封、临壕、太平、和州、滁州城隍亦封为王,秩正一品;其余府为鉴察司民城隍威灵公,秩正二品;州为灵祐侯,秩三品;县为显祐伯,秩四品。都、府、州、县城隍各赐工、公、侯、伯之号,并配制相应的衮章冕旒。"②

伴随"城隍"信仰的逐渐兴盛,其地位日益显赫,宋代时,"城隍"即被列入了国家典祀,相较于"城隍"的蒸蒸日上,"土地"信仰可谓日渐式微。据史料记载,张栻治桂林时,一日与诸生游雅歌堂,发现桂林土地祠依附于城隍,立即下令拆毁。其理由是:"此祠不经甚矣,况自有城隍在。"学生问他:"既有社,莫不须城隍否。"张栻曰:"城隍亦为赘也,然载在祀典。今州郡惟社稷最正。"③

可见,"城隍"的兴起确实在和"土地"争夺权力,并且大获全胜,此外,宋代以来,工商业发展,城市逐渐增多,且规模日益扩大,在社会生活中的地位越来越高,因此,城市的繁荣也给"城隍"的崛起提供了丰厚的土壤,"城隍"成为正儿八经的城市守护神。而"土地"不仅不能得到官方的"赏识",还沦为"城隍"的下属,受"城隍"的管制,管辖地域也更加缩小,成了以村为单位的农业劳动者和以"坊"为单位的城市下层民众祭拜的小神。

(三) 列入道教神谱末端

为数众多的"土地"被官方遗忘了,但本就有着浓厚民间色彩的道教接纳了这些小神,将他们置于神谱的末端,以此收拢广大的民间信徒归心道教。

道教在宋代曾有过一个繁盛的时期,北宋徽宗时对之更是无比偏爱,这位荒唐的皇帝喜欢"封神",甚至还给自己封了"大宵帝君"的号。④

---

① (宋)赵与时:《宾退录》,上海古籍出版社1983年版,第103页。
② 张泽洪:《城隍神及其信仰》,《世界宗教研究》1995年第1期。
③ 杨建宏:《论土地神信仰与基层社会控制》,《湖南科技大学学报》2006年第3期。
④ 参见葛兆光《道教与中国文化》,上海人民出版社1987年版,第212页。

政和六年（1116），徽宗封后土为"承天效法厚德光大后土皇帝祇"，并规定礼仪规格一同玉帝。道教为配套成龙，遂把"后土"从"国社"中请进道教神界，尊称"后土皇地祇"，统御山神、河伯、土地、城隍、灶君诸神，成为掌管阴阳生育、万物之灵和大地山河的女神，"后土"一系大大小小的民间土地神也正式纳入道教神谱以迎合民意。"土地"信仰成为"城隍"之下的神祇，其使命是保护土地，保证五谷丰登，守护地方，助人消灾除祸。① 这样，草根神祇"土地"被吸收进道教神谱，只是居处末尾地位不高罢了。

我们知道，道教组织神仙谱系，本来就是对应着人间秩序：人间有至高无上的皇帝，天上有统领众仙的玉皇大帝；人间有地方基层小吏，道教则有卑微的"土地"。随着道教给"土地"的定位，这些本就地位低下的小神身上无疑烙上了"卑微"的印记，人们自然会有这样的印象："土地"，其身份低贱几如小吏。

（四）"土地"的世俗味道

虽然不为官方正祀，又位居神谱末端，"土地"毕竟还在民间受到广泛奉祀，只是民间的想象、附会与勾勒，似乎剥落了这些卑微神祇的最后一点神性，消散了人们本就不甚浓厚的敬畏之意。

"土地"信仰的盛行是在宋代。当时城乡、住宅、园林、寺庙、山岳甚至太学中都有"土地"。在宋代人的想象中，"土地"都有一定的辖区，有一定的任期，表现得好还可以升任。可以看出，民间想象是完全依照世俗中的朝廷官制给"土地"划分权限的。到了明代，"土地"不仅有夫人，还有了儿子。可见，在民间的附会勾勒之下，"土地"更像是一个邻家老翁，而不是凌驾在普通人之上可作威作福的神祇。或许正如有论者所言，"像土地神这样的民间土俗神，原本就是由人民群众一手塑造的，人民群众自然愿意随心所欲地再调弄他，给他添上些喜剧色彩，让他给自己的生活带来欢乐、愉悦。"②

---

① 参见赵毅、王彦辉《土地神崇拜与道教的形成》，《学习与探索》2000 年第 1 期。

② 翁敏华：《土地神崇拜以及戏曲舞台上的土地形象》，《山西师大学报》1996 年第 2 期。

四　魂灵引导者："土地"的阴鬼之身

"土地"之所以卑微，也当与其阴鬼之身有关。在本文第一部分提到，《西》中"土地"出入常有阴兵鬼卒随同，司引导死人灵魂到地府之职责。阴鬼为污秽不洁之物，人们避之唯恐不及。"土地"纵然是阴鬼成神，但其毕竟难脱阴鬼之身，故而地位自然万万赶不上光洁亮丽的天神地仙，说他们是仙神中之下流也不为过。

那么，"土地"究竟是如何与阴鬼扯上关系的？说明这一点，就能够理解《西》中"土地"与阴兵鬼卒为伴的现象，进而可以从一个新的角度说明其卑微形象之缘来。在追溯"土地"诞生之源时，我们也提到其实为民间所奉祀的贤良"人鬼"，实际上，"土地"同阴鬼的关系可以追溯到更早。

"土地"与"社"是有渊源的，正如我们在本文第二部分所论述的。而在上古幽都传说中，社神"后土"也正是管理幽魂之神。幽都为阴间地府，是人死后灵魂的归所。传说人死后魂归地下，无日月之光，与阳气阻隔，故称其地为幽都或阴间。东汉王逸注《楚辞·招魂》中"魂兮归来，君无下此幽都些"一句，云"幽都，地下后土所治也。地下幽冥，故称幽都"。① 我们知道，"后土"在汉时被敬奉为"社神"，可见在那时，人们已经认为土地之神与阴间鬼魂的属管关系了。"土地"既然与"社"有着脱不开的干系，那么让其继承司职阴间的属性，似乎并无不可。当然，神力弱小的"土地"不可能再为冥界的主宰，而是成为押送灵魂的一员小兵。

从其诞生的另一个渊源，即贤良"人鬼"来看，"土地"似乎也应该跟阴间地府有着扯不清的关系。"土地"正式诞生伊始，就是一位护佑乡土而殒身的县尉（孙权为蒋子文立土地庙），后来的"土地"也多是由死去的官吏、乡绅等化身的鬼神。可以说，"土地"本身就是由"鬼"担任的，不同于那些生前就修炼成功飞升的"天仙"，所以《西》中称其为"鬼仙"也不无道理。

---

① （宋）洪兴祖撰：《楚辞补注》，白化文等点校，中华书局 2015 年版，第 163 页。

至于"土地"引导灵魂至阴间的职能，早在南北朝时期文献中即有相关记载："巴丘县有巫师舒礼，晋永昌元年，病死，土地神将送诣太山……"[①] 太山即泰山，当时被认为是幽冥之界，由此看来，"土地"引阴魂至幽冥，早在南朝时候已经被人们所言传了。

结　语

通过考察"土地神"的渊源流变，我们清楚地看到"土地"与"社"分属于两种不同的"土地神"。"社"在前而"土地"在后；"土地"的诞生与"社"有关，但其另有一个奉祀贤良"人鬼"的渊源；"社"作为神祇时，是一个统一的面貌，实际上更倾向于象征大地的自然神，而"土地"则是由民间所立的为数众多的人格化的"鬼仙"；"社"始终为官方正祀，而"土地"主要是民间信仰。通过这种区分和比较，可以很清楚地看出，"土地"作为神祇，其生来就地位不高，又不像"城隍"那样得以进入官方典祀，再加上被编入道教神谱的末尾，其在众神之中地位之低几成定论。同时，经由民间的想象、附会与勾勒，这些卑微神祇的最后一点神性似乎也被剥落殆尽，不止众神之中，即便在人间，也变得那么微不足道了。经过这番分析，《西》中卑微的"土地"形象之缘来也就自然清楚了。

作者单位：兰州大学

---

① （南朝宋）刘义庆：《幽明录》，文化艺术出版社 1988 年版，第 170 页。

西藏文化与《西游记》关系纵深研究预测

王晓云

传统的西游学研究，更多的是从中原文化中探寻《西游记》①故事生成、演化的诸因素，研究不免受到视野的局限。南宋刊行的《大唐三藏取经诗话》，其中虽然出现了取经队伍中的猴行者化成的白衣秀士、深沙神，但是猪八戒形象还未出现，而且故事情节还很单一、粗拙。这说明，《西游记》故事在元代与明代前期在继续发展。

元及明代是藏传佛教大量传入中原，且对中原文学创作形成一定影响的时期。约略了解西藏佛教的人，特别是去过藏传佛教寺院，见过佛殿中空行、护法神造像的人，即会感觉到西藏佛殿里的众神造型与《西游记》中的神魔形象有着惊人的相似性。那么，西藏佛教文化，特别是西藏佛教的众神世界对"西游"故事形成是否产生过影响？西游学界前期零星的研究，以及明代中原小说中出现的藏传佛教元素已经证明了这种可能。但前期许多内地的学者由于语言文字的障碍，导致对西藏文化缺乏了解，限制了对西藏佛教与《西游记》故事演化的关系进行深入的研究。

近年来，随着藏学成为国际显学，越来越多的学者开始翻译西藏地方的文献资料，西藏的历史文化信息会被更多的内地学者所了解。笔者相信，在这个多元文化兼容并蓄的时代，西游学界会以更大、更宽的视野审视唐僧取经故事的演变，西藏文化与《西游记》间关系的研究定会走向深入。

---

① 参见（明）罗贯中《西游记》，人民文学出版社1955年版。本文以下引《西游记》原文内容，皆源于此书。

一 西藏文化与《西游记》间关系的相关研究述评

西游学界关于孙悟空的原型之争，由来已久，有"国产说"① "进口说"②，还有折中的"混血说"③。事实上这三种说法都是各执一词，彼此无法说服对方。20 世纪 90 年代初，夏敏通过考察玄奘"取经本事、故事演变中的西藏及其势力范围内的古代国家之间的关系。论证了取经故事部分内容来自于西藏的可能性"。④ 试图在玄奘取经故事和西藏之间构筑一座能够沟通起来的桥梁，并首次提出了孙悟空的原型为"西藏说"，旗帜鲜明地提出了"民族说"。这为《西游记》的研究开辟了更广的路径。

21 世纪初，淮阴师院的蔡铁鹰在其专著《〈西游记〉成书研究》中提出西藏密宗，以及藏人祖先为猕猴的传说对《西游记》故事的影响，隐约地为《西游记》故事与西藏文化间搭桥牵线。⑤ 随后，胡小伟在蔡先生所提出的思路之上，更为具体地"从元初忽必烈及蒙古黄金贵族皈依藏传密教所造成的藏传佛教的强力输入，对内地的俗文学有相当的影响"着手⑥，分析并考察了西藏密宗众神造像及藏族祖先为猴子与罗刹女所生的传说，认为西藏文化对《西游记》故事的流变因影响很大。其后，蔡铁鹰更是对过去西游学界对《西游记》研究的成果进行梳理，提出"《西游记》研究的视点西移"之说，把研究的方向旗帜明确地指向了广阔的西域。⑦ 西藏文化与《西游记》的关系，受到西游学界的关注成为可能。

---

① "国产说"的主要提出者为鲁迅先生，当代学者持此说最力者当推张锦池、李时人二位先生。参见张锦池《西游记考论》（黑龙江教育出版社 2003 年版）；李时人《西游记考论》（浙江古籍出版社 1991 年版）。

② "进口说"的提出者及拥趸主要为胡适、季羡林等先生。参见胡适《中国章回小说考证·西游记考证》（上海书店 1980 年版）；季羡林《印度史诗〈罗摩衍那〉》（《世界文学》1978 年第 2 期）。

③ "混血说"的提出以萧兵为集大成者。参见《无支祁哈奴曼孙悟空通考》（《文学评论》1982 年第 5 期）。

④ 夏敏：《玄奘取经故事与西藏关系通考》，《西藏研究》1991 年第 1 期。

⑤ 参见蔡铁鹰《〈西游记〉成书研究》，中国文联出版社 2001 年版。

⑥ 参见胡小伟《藏传密教与〈西游记〉》，《淮阴师范学院学报》2005 年第 4 期。

⑦ 参见蔡铁鹰《〈西游记〉研究的视点西移及其文化纵深预期》，《晋阳学刊》2008 年第 1 期。

　　小说《西游记》第八回，沙僧被观音降服后情愿皈依，菩萨于是嘱咐他："你可将骷髅儿挂在头项下，等候取经人，自有用处。"小说第二十二回中，沙僧在助唐僧过河时，遵照菩萨的指示，取下脖子上挂的九个骷髅，又把观音菩萨的红葫芦拴在骷髅当中，放到流沙河里，骷髅和红葫芦霎时化成一条小船，将唐僧等人载过。可见沙僧颈下的九颗人头项链，不但是他皈依的象征，也是护法的宝器。有关沙和尚形象的演化，张锦池作过详细的分析论证，但他对于沙和尚颈上的骷髅项链来历只是说，"世本《西游记》中流沙河时期的沙和尚，他项下的九个取经人的骷髅是由深沙神项下的两个取经人的骷髅演化出来的。"① 顺着这一条思路，康保成从"藏族密宗中的金刚、明王、护法神等神佛造像，大部分都有骷髅装饰品，有的戴骷髅冠，有的身戴骷髅璎珞"这一特征着手，深入探讨了沙僧颈上的骷髅项链与藏密宗之间的关系。②

　　王静如发表于1980年的《敦煌莫高窟和安西榆林窟中的西夏壁画》一文，首次提到建于西夏榆林窟的三幅唐僧取经壁画。这三处壁画即第2窟西壁北端水月观音像北下角、第3窟西壁南端普贤像南、第29窟东壁北端观音像下。三处《唐僧取经图》有个共同的特点，以观音像作为故事的背景；画中只有唐僧、猴行者和白马，没有猪八戒和沙和尚，与《大唐三藏取经诗话》故事中人物大致相当。蔡铁鹰认为，应当将"猴行者与密宗典籍中的猴形神将联系起来考察的思路是合理的"；"唐僧取经图与猴形神将发生直接联系的可能性相当大"。③ 揭示了取经故事的演义在宋代西域的存在，以及孙悟空的原型是出自佛教密宗典籍的可能性。这也说明，唐代后期及宋代，河西走廊的佛教密宗的俗讲对取经本事向神魔小说演化的可能性。李润强也是从敦煌变文中与《西游记》故事较密切的篇章《唐太宗入冥记》《降魔变文》《破魔变文》比较分析，认为"敦煌变文填补了《西游记》由历史事件向神话小说演化发展过程中的空

---

　　① 张锦池：《论沙和尚形象的演化》，《文学遗产》1996年第3期。
　　② 参见康保成《沙和尚的骷髅项链——从头颅崇拜到密宗仪式》，《河南大学学报》2004年第1期。
　　③ 蔡铁鹰：《猴行者与佛教密典中的猴形神将——孙悟空形象探源之六》，《淮阴师专学报》1989年第4期。

缺"。① 间接地证明了蔡说。而早在 786—851 年吐蕃占领敦煌时期②，中原文化与西藏文化就已开始彼此发生影响。陈粟裕考证，开凿于吐蕃占领瓜州、沙州开凿的榆林窟第 25 窟，"其整体图像配置，反映了汉族的开窟图像布局与吐蕃特色图像的融合，也反映出汉藏两族在艺术、信仰上的交融"。③ 由此看来，《西游记》故事的演义受藏传佛教影响的可能性这一思路不应该被抹除。

笔者也自 2008 年起连续发表 5 篇西藏文化对小说《西游记》成书影响方面的论著④，较系统地论述了《西游记》神魔造像，作者问题再探讨，以及定身法素材等源于西藏的可能性。从西游学的四百年发展史来说，以上研究成果，确为星星点点，并未形成燎原之势。但它至少求证了西藏文化对《西游记》故事演变中产生影响之可能性。上述研究，其独特的视角、丰富的养料，会为今后西游学研究开辟一条新的路径。

二 元明时期西藏文化在中原的传播

从南宋刊刻的《大唐三藏取经诗话》，看出取经故事还很粗拙，这说明元及明代前期《西游记》故事继续向前发展。也正是元明时期，藏文化对内地产生深刻影响的时期。敦煌发现的大量藏文文献，即是吐蕃时期敦煌与吐蕃密切交往的证据。《河西吐蕃经卷目录跋》一文，黄文焕通过对河西所藏古藏文文献中百余人题记的研究，指出吐蕃与河西地区诸民族早期交流的印记。⑤

1247 年，西藏萨迦班智达贡嘎坚赞与蒙古王子阔端在凉州会谈，史称"凉州会盟"。会谈的重要成果是将西藏归入蒙古版图，这为藏汉佛教的自由交流提供了很大空间。1251 年，萨迦班智达在凉州幻化寺圆寂后，

① 李润强：《敦煌变文与〈西游记〉》，《中国典籍与文化》1997 年第 3 期。
② 参见陈国灿《唐朝吐蕃陷落沙州城的时间问题》，《敦煌学辑刊》1985 年第 1 期。
③ 陈粟裕：《榆林 25 窟一佛八菩萨图研究》，《故宫博物院院刊》2009 年第 5 期。
④ 其中较具代表性的如《〈西游记〉定身法素材源于西藏探析》，《明清小说研究》2008 年第 1 期；《从〈西游记〉隐含的藏文化推测作者的身份问题》，《民族文学研究》2011 年第 1 期；《〈西游记〉中神魔塑造对藏密宗的借鉴——以悟空束"虎皮裙"题材为中心》，《成都理工大学学报》2012 年第 5 期。
⑤ 参见黄文焕《河西吐蕃经卷目录跋》，《世界宗教研究》1980 年第 2 期。

八思巴又在凉州住锡多年。① 元代建国后，忽必烈设立总制院（1288 年改为宣政院），作为掌管全国佛教事务和吐蕃地区行政事务的中央机构，并任命藏传佛教萨迦五祖八思巴总领宣政院。

有元一代，西藏文化，特别是藏传佛教开始大规模传入中原。其首要表现在建筑、造像艺术的传播。"十三世纪中叶，先是由噶玛拔希在哈剌和林修建了第一所藏传佛教大寺院，把藏地建筑艺术传入祖国北方的大漠边地。接着八思巴又奉忽必烈之命，在巨州修筑藏传佛教护法神殿，把藏传佛教及其建筑艺术传入黄河南北。"② 现存西湖飞来峰一带的元代佛龛像坐佛、菩萨坐像、尊胜佛母像，即藏传密宗所奉神像。③ 从浙江宁波出土的元代瓷碗残片来看，碗口的边沿双面都印有文字，内容为藏传佛教咒文。外侧的文字较粗稚，行草兼用，从字体看应是元代当时流行的八思巴文，字迹清晰，书写规整。④ 而且，当时西及成都，南到浙江，"都有西藏化的佛殿佛像"。⑤

其次为佛经的翻译。足见元代藏文化对内地的影响。1264 年，元朝成立了翰林院，并在其下设编译机构，开始大量翻译汉藏文献和佛经。使得大量的藏文佛典逐渐被翻译成汉文、蒙文、畏兀儿文，呈现出"院院翻经有咒僧，垂帘白昼点酥灯"⑥ 的时代景象。至元十七年（1280）十二月，忽必烈命人"镂版印造帝师八思巴新译戒本五百部，颁降诸路僧人"。⑦ 佛典中的故事、寓言也开始更广泛地走向普通民众之中。

明朝对西藏则采取"多封众建"的策略。明朝对藏族僧俗官员采用"贡赐"制，即"厚往薄来"的经济政策，致使有明一代，藏族贡使不绝于途。成化元年（1465）九月，礼部奏云："宣德、正统间，番僧入贡，

---

① 参见达仓宗巴·班觉桑布《汉藏史集》，陈庆英译，西藏人民出版社 1986 年版，第 179 页。

② 同上书，第 172—173 页。

③ 参见宿白《元代杭州的藏传密教及其有关遗迹》，《文物》1990 年第 10 期。

④ 参见《中国藏学》，中国藏学研究中心，2002 年第 1 期封面彩图（宁波市文物考古研究所提供）。

⑤ 吴世昌：《密宗塑像说略》，《罗音室学术论著》，中国文艺联合出版公司 1984 年版。

⑥ （元）萨都剌：《雁门集·上京即事》，见《四库全书·集部·别集》（卷 1212），上海古籍出版社 1991 年影印本，第 631 页。

⑦ （明）宋濂等：《元史·世祖八》（卷 11），中华书局 1976 年版，第 288 页。

不过三四十人。天顺间，遂至二三千人。及今，前后络绎不绝，赏赐不赀。而后来者又不可量。"① 而且贡使在领赏后，朝廷允许其开市三至五日做买卖。贡使在内地还可以从官吏或商人处买到所需物品。这也使得下层市民有机会接触到来自西藏的贡使。②

明与元朝相比，藏传佛教呈现由宫廷向下层民众传播的态势，逐渐被文人阶层所熟悉，并出现在许多文学作品之中。明人的笔记中即有西僧与居士的往来，王世贞《弇山堂别集》卷 10《虎丘西僧房晨访曹茂来居士山阁小饮》："竹径通幽信短筇，山楼忽敞得从容。残霜堕木青仍在，旭日披云紫渐浓。香积总饶居士饭，东林翻厌远师钟。逢君更自宽拘束，一盏双螯喜杀侬。"③ 明孙继皋撰《宗伯集》卷 10《送西僧妙智上人之峨嵋》："来从西域去西川，来去从参不住禅，却笑东林松树子，风枝转换也年年。"④ 这些明人笔记中的诗句，很好地说明了藏传佛教在普通文人中的影响。

三　西藏佛教人物在明代笔记、小说中的出现

小说《西游记》第八十回"姹女育阳求配偶，心猿护主识妖邪"中唐僧师徒在镇海禅寺遇到一番僧，对其模样作者是这样描写的"头戴左边绒锦帽，一对铜圈坠耳根。身着颇罗毛线服，一双白眼亮如银。手中摇着拨浪鼓，口念番经听不真。三藏原来不认得，这是西方路上喇嘛僧"。这一段对藏传佛教僧人的描述，有貌有神，非常逼真。

世情小说《金瓶梅》第六十五回"愿同穴一时丧礼盛，守孤灵半夜口脂香"中有这样一段描写藏僧行法的：

> 到李瓶儿三七，有门外永福寺道坚长老领十六众上堂僧来念经。穿云锦袈裟，戴毗卢帽，大钹大鼓，甚是整齐。十月初八日，是四

---

① 陈庆英、高淑芬：《西藏通史》，中州古籍出版社 2003 年版，第 315 页。
② 参见彭陟焱、周毓华《明代朝贡对藏区经济发展的影响》，《中国藏学》1998 年第 4 期。
③ （明）王世贞：《弇山堂别集》卷 18，中华书局 1985 年版，第 57 页。
④ （明）孙继皋撰：《宗伯集》卷 8，《四库全书·集部·别集》，上海古籍出版社 1991 年影印本，第 28 页。

七，请西门外宝庆寺赵喇嘛等十六众来念番经，结坛跳沙，洒米花行香，口诵真言，斋供都用牛乳茶酪之类，悬挂都是九丑天魔变相，身披璎珞琉璃，项挂骷髅，口咬婴儿，坐跨妖魅，腰缠蛇，或四头八臂，或手执戈战，朱发蓝面，丑恶无比。午斋已后，就动荤酒，西门庆那日不在家，同阴阳徐先生往坟上破土开矿去了。后晌方回，晚夕打发喇嘛散了。①

上面这一段描写的喇嘛佛事，有寺有僧，其偶像崇拜，宗教活动仪式，确实是元明以来汉族知识分子眼中喇嘛形象的典型，绝非杜撰。王尧先生还对此段文字中的"宝庆寺"所指及喇嘛汉姓的来历问题作了详细的探讨。②

明天启年间杨尔曾作的《韩湘子全传》第十八回，"唐宪宗敬迎佛骨，韩退之直谏受贬"中有一段对番僧的描述：

当下湘子与蓝彩和离了南天门，摇身一变，变作番僧模样。一个是：身披佛宝锦袈裟，头戴毗卢帽顶抖。耳坠金环光闪烁，手持锡杖上中华。胸藏一点神光妙，脚鞋状貌奢。好似阿罗来降世，诚如活佛到人家。一个是：戴着顶左弄绒锦帽，穿着件毰毸线毛衣。两耳垂肩长，黑色双睛圆大亮如银。手中捧着金丝盒，只念番经字不真。虽然是个神仙变，俨是西方路上哈嘛僧。③

作于明代天启年间的武侠小说《禅真逸史》，其第十七回本中也有一段对番僧的描写：

阁前有一头陀，赤眼大鼻，黑脸兜颐，身披破袖，胸挂戒刀，耳坠金环，足穿草履，盘膝坐于蒲团之上，手击木鱼，口里诵着

① （明）兰陵笑笑生：《金瓶梅》，太平书局 1982 年影印本，第 1815—1816 页。
② 参见王尧《〈金瓶梅〉与明代喇嘛教》，《传统文化与现代化》1994 年第 3 期。
③ （明）杨尔曾：《韩湘子全传》第十八回，上海古籍出版社 1990 年版，第 183 页。

番经。①

上面两段文字描写番僧形象也是特点突出："毗卢帽""耳坠金环""氆氇线毛衣""念番经"。

黄宗羲在《明文海》中，收录了明人赵统的一篇日记《观贝叶经记》，其中提到了"汉人喇嘛"：

> 寓能仁寺，日求观其番藏贝叶经，寺僧皆中国人为之者号曰喇嘛，胡名，胡服，服亦如僧衣，但色用红黄，及用红黄为领缘，又领下直达于裙，其末，前为一断，续之四五寸微阙，其外如爪环，下直，号为金刚脚者，异耳。问之胡语梵字，多不解也，问始来此者，胡僧名皆梵语，迭五六言为一名，曰班迪达者，其开山祖师也，再问之，以天竺地理物宜，皆不能知，但云其地多竹藤，以为篱落居，亦多草屋，且少五谷，但生青颗，如今舞状，炒以为面，熬牛羊乳而食之，其俗皆僧，王亦祝髮，僧衣精于其道者，跣足裸股衣之，禅裙不治他事，治事者谓之俗僧，又云中国遣僧往，率至泥尔巴玛克国而止，去佛生西土尚远云。②

从这段描述来看，并非为汉人"喇嘛"，而是属藏汉结合区。从喇嘛起名及当地的气候、粮食作物来看海拔大致在 2500 米，除语言已汉化外其余仍保留着藏区的习惯。

纵观明代的笔记、小说，其中出现藏传佛教僧人、寺院、教义的篇目很多，限于篇幅，只列举了其中的一二。其人物、藏传佛教的元素、藏地的风俗等，不但丰富了明代中原文学的创作，而且也为深入研究《西游记》与西藏文化间的关系搭起了桥梁。

---

① （明）方汝浩：《禅真逸史》第十七回，齐鲁书社 1986 年版，第 247 页。
② （清）黄宗羲编：《明文海·观贝叶经记》第 5 册卷 376，上海古籍出版社 1994 年版，第 357 页。

四　《西游记》中其他人物、故事与
西藏佛教诸神的相似点

　　从现在学界对《西游记》唐僧师徒四人的原型研究来看，唐僧的形象一致公认是以历史人物玄奘为原型，其余三个徒弟的原型都有诸多争议，其中西藏说已显端倪。前文已提及，除了孙悟空原型有来自西藏的说法，沙和尚颈上那九颗骷髅的项链也与西藏密宗的关系最密切。就连猪八戒形象更是与西藏有缘。南宋刊刻的《大唐三藏取经诗话》中并未出现猪八戒形象，而收藏于广东省博物馆的元代"唐僧取经瓷枕"，上面描绘有唐僧取经故事图，画面中唐僧、孙悟空、猪八戒、沙和尚师徒四人已齐备。① 这说明猪八戒加入取经队伍是在元代。

　　"乌斯藏"在小说《西游记》中首次出现是在第十八回，该回写唐僧、悟空二人辞别观音禅院众僧"行了五七日荒路"便到了一座山庄，人称"此处乃是乌斯藏国界之地，唤做高老庄"，以后就把猪八戒称作"西牛贺州乌斯藏人氏"（小说第五十四回唐僧向西梁女国女王介绍八戒时便用此称）。元朝政府在西藏置十三万户府，将卫、藏合称"乌斯藏"，明代仍把卫、藏称"乌斯藏"并设"乌斯藏都司"，所以小说《西游记》的作者才以当时的称法"乌斯藏"来指西藏。如此看来，八戒依然是与西藏有缘。

　　奥地利藏学家内贝斯基·沃杰科维茨所著的《西藏的神灵与鬼怪》一书，以一个学者的眼光描述了许多西藏万神殿里的神灵、鬼怪，其神灵的许多特征都能与《西游记》神魔世界的诸多形象有相似点。而在此书中描述的西藏佛教万神殿里就有一些神形生有猪头。如土地神哈萨噶尔巴，他生有三个脑袋，即中央的是象头，右边的是虎头，左边的是猪头。还有西藏厉神中一位重要的红色土地神，她生有人的躯体，猪头，右手持一根叫作"世界弯木"的有三个权的木棍，左手持"神胜幢"。还有金刚亥母菩萨，"金刚亥母"藏语称"多吉帕姆"，意为"金刚母猪"这些均

―――――――――

　　① 参见郁博文《瓷枕与〈西游记〉》，《光明日报》1973 年 10 月 8 日。

为藏传密宗的本尊神。① 目前虽然没有直接的证据证明猪八戒的原型即来自西藏的猪神造像,但这也能够说明二者是有联系的,因为在其他民族文化中也没有发现猪头人身的造型。

《西游记》里各种人身动物头的小妖随处可见,诸如狼头精、虎头精、鹿头精等举不胜举,他们极少有具体的名字,西藏密宗佛殿里的护法众神造像与其有诸多相似点。以此作为研究的切入点,相信会使西游学的研究再次走向深入。藏密宗里也有许多护法神都生有动物头、人身。大黑护法扎协仲夏巾生有牦牛头。四手智慧护法和他的伴偶大时母丹次吉旺姆就派各类生灵做他们的使者,有秃鹫和其他鸟类,还有狗、豺、狮和"众多的最下等级的黑女人"。八位原本属苯教神灵的生有秃鹫、鹏、乌鸦、猫头鹰、猪、狗、狼、虎等兽头的红色裸体空行母兽头女神。另外还有十二护帐神的说法,除了刚才的那八位外,还有四位兽头女神分别是狮面女、豹面女、人熊面和熊面女。在厉神里甚至还有牦牛头、虎豹头、树怪头、麝鹿头。

西藏佛教中诸多厉狞的护法神造像,多属来自西藏密宗。它是来自密宗神祇体系中最为庞大的一类。从其来源看,有源于印度婆罗门教和印度教的,有源于西藏苯教和民间信仰的,也有源于其他民族民间神道信仰的。护法神的形象大体上划分为善相与恶相。善相护法神多为美丽的女性形象,造型也较为简单。恶相护法神有男有女,形象多变。西藏的密宗传播开始于公元 8 世纪的印度密教大师莲花生来藏传法。② 藏传密宗的造像,在结合汉地及尼泊尔佛教造像艺术的接触上,吸纳西藏本地的原始崇拜的诸神造型,以象征为众神造型的基本出发点,逐渐发展成完善的密宗造像系统。

在《西游记》的一些情节构思方面,也能发现与西藏文化相关的印迹。在小说《西游记》第六十三回"二僧荡怪闹龙宫,群圣除邪获宝贝"中"那怪物战战兢兢,口叫'饶命!'遂从实供道:'我两个是乱石山碧

① 参见 [奥] 内贝斯基·沃杰科维茨《西藏的神灵与鬼怪》,谢继胜译,西藏人民出版社 2000 年版。以下引用西藏诸护法神特征的材料均参照此书。

② 参见拔·塞囊《拔协》(增补本),佟锦华、黄布凡译注,四川民族出版社 1990 年版,第 22—24 页。

波潭万圣龙王差来巡塔的。他叫做奔波儿灞，我叫做灞波儿奔。他是鲇鱼怪，我是黑鱼精。'"原来这是一对鱼精。这一对鱼精虽在小说中的形象不怎么光彩，着实可恨又可怜，但他们是以双鱼的形象出现，连名字都缠绕在一起，为此着实让人产生联想。藏传佛教吉祥八宝之一的"双鱼"，其被解释成很多寓意，包括：代表佛的双目，象征佛眼慈视众生的智慧之意；取义鱼行水中自由畅通，而象征超脱世间，自由豁达的修行者；代表复苏、永生、再生。无论取义为何，都像它在汉文里的另一个名称"宝鱼"一样，代表了喜庆和吉祥。二者的形象乍看来相去甚远，但细看傅维麟《明书》记载了一则笑话：一日散朝后，翰林侍读李继鼎问同僚："君等知'唵嘛呢叭咪吽'六字真言之意何解？皆曰：'不知'。李曰：'我知，实乃俺把你们来哄也。'众大笑。"① 即知明代儒释之间的隔膜。也就不难理解藏传佛教中的"宝鱼"变成小说《西游记》中双鱼精的缘故了。

小说《西游记》第五十四回"法性西来逢女国，心猿定计脱烟花"中，唐僧师徒西行中来到一个"人都是长裙短袄，粉面油头。不分老少，尽是妇女"的西梁女国。据吕思勉先生考证："唐时女国，人皆知有其二，不知其实有三焉。盖今后藏地方又一女国，四川西境，又有一女国，新旧《唐书》之《东女传》，皆误合为一也。"唐时无论有几个女国，然从其共同点是"以女为王"② 来看，小说中的女儿国，当为历史上存在的这几个女国的衍生物。

小说第四十八回"魔弄寒风飘大雪，僧思拜佛履层冰"中，唐僧一行到车迟国元会县陈家庄，晚逢大雪，陈家庄陈老对当地八月飞雪，这样解释："此时虽是七月，昨日已交白露，就是八月节了。我这里常年八月间就有飞雪。"这与青藏高原的气候极为相似。

还有《西游记》中的照妖镜、哪吒的三头六臂造型，取经归来时经卷掉入通天河等素材都能在西藏佛教造像中找到相似点。就目前看，古之丝绸之路上的新疆、西藏、敦煌是发现《西游记》故事素材的主要之地。

事实证明，西游学研究，无法绕开西藏、藏传佛教文化。但很多研究

---

① 王尧：《〈金瓶梅〉与明代喇嘛教》，《传统文化与现代化》1994 年第 3 期。
② 吕思勉：《读史札记》，上海古籍出版社 2005 年版，第 1174 页。

者还是更多着眼于从汉文化的传承中寻找《西游记》故事的演化，很少有学者关注西藏文化与《西游记》的关系。多元化成为当今世界发展的必然趋势，任何一个多民族国家都面临着国家一体化和民族文化多元化的冲突与协调发展的挑战。只有以多元化的眼光审视与研究经典名著，才能结出累累硕果。因此，研究《西游记》，不但要从传统文化的传承角度审视，而且也要从《西游记》故事生成的西部多民族地区，更广角地去关注，西游学的研究才会获得重大发展。

原刊于《贵州文史丛刊》2014 年第 2 期

作者单位：甘肃民族师范学院

《西游记》定身法素材源于西藏说

王晓云

《西游记》系明人所作，其事借唐代名僧玄奘入天竺取经归，运以绝大的幻想，用小说的形式来演述佛旨。其故事演绎缘起于唐，发展于宋、元，完璧于明。时近千年，故而其素材摄取于广阔的时空。定身之法、西梁女国、经卷掉入通天河等素材应是来自西藏。本篇只就"定身法"素材源于成书不晚于 12 世纪的西藏早期史书《巴协》说，作如下分析。

一

关于"定身法"的记载首见于吐蕃最早的史书《巴协》："第二天，走到登柏的隘口时，十八个刺客埋伏在绝路出，有的拉满弓，有的拔出刀，准备刺向大师（莲花生）之际，大师结手印，十八人立刻变得像泥塑一样，不会说话，不能使武器，也不能收回武器，直直的僵在那儿。"①

类似的描述见于《西游记》第五回"乱蟠桃大圣偷丹，反天宫诸神捉怪"，当孙大圣从七仙女那得知王母要开阁设宴，却不曾请他时，书中这样写道："好大圣，捻着诀，念声咒语，对众仙女道：'住！住！住！'这原来是个定身法，把那七衣仙女，一个个睖睖睁睁，白着眼，都站在桃树之下。"《西游记》第八十九回"黄狮精虚设钉钯宴，金木土计闹豹头山"孙行者去寻兵器的途中见两小妖时这样写道："他（孙行者）即飞向前边，现了本相，念一声，即使个定身法，把两个狼头精定住。眼睁睁，口也难开；直挺挺，双脚站住。"《西游记》第九十七回"金酬外护遭魔

---

① 拔·塞囊：《巴协》，佟锦华、黄布凡译注，四川民族出版社 1990 年版，第 26 页。

蜇，圣显幽魂救本原"中当唐僧师徒四人行至距那花光院西去有 20 里远近的地方，遇见一伙贼人时这样写道："行者低头打开包袱，就地挝把尘土，往上一洒，念个咒语，乃是个定身之法；喝一声'住！'那伙贼——共有三十来名——一个个咬着牙，睁着眼，撒着手，直直的站定，莫能言语，不得动身。"

莲花生和孙悟空二者所使定身法相比较，发现有两点共同之处：一是只定本领不强，法力不高的小妖、小仙及凡体肉身的盗贼；一是以"慈悲为本"妙能避害则尽量不伤及生灵。纵观《西游记》全文，无论在大闹天宫之时，还是取经路上，孙悟空与法力高强的天神、老妖交战，从未使过定身之法，而只是念个诀定定七衣仙女、狼头精、盗贼罢了。《巴协》一书中的莲花生大师在吐蕃境内降妖除魔时，从未对香保水神，唐拉雷神及制造旱灾、荒年、瘟疫的十二个地方女神使用过定身法，只是对吐蕃反佛大臣所派的十八个刺客使用此法。鉴于二者惊人的相似点，我们不得不思考《西游记》中"定身法"素材是否应源自《巴协》一书。

藏族史书《巴协》著者及成书年代已查无实考。关于著者：一说是吐蕃时期赞普赤松德赞（755—797 年在赞普位）属下名臣拔·塞囊；一说是藏传佛教后宏期的主要人物库敦·尊珠雍仲。根据本文论证的需要《巴协》大致成书年代须应澄清。

《巴协》的正文部分记述了赤德祖赞（704—755 年在赞普位）和赤松德赞父子两代的事迹。但该书关于赤松德赞的生母问题，主要是以民间传说的手法记载的，看来是失去了历史的真实性。因此，不敢直接断言《巴协》成书应在赞普赤松德赞时期。就目前所见之藏文献，有不少明确说明引用了《巴协》一书中的材料。其中最早的有两种：一是布顿·仁钦珠（1290—1364）所著《布顿佛教史》，一是略早于布顿的娘热·尼玛卧色（约为 12 世纪人）所著《佛教史花蜜精露》。由此观之，《巴协》的成书年代当不晚于 12 世纪。

如布顿·仁钦珠所著《布顿佛教史》、蔡巴·贡噶多杰（1309—1364）所著《红史》、索南坚赞所著《西藏王统记》（1388 年成书）、五世达赖阿旺·洛桑嘉措（1617—1682）所著《西藏王臣记》皆依据本书，记载赤松德赞父子两代及其直至藏传佛教后宏期开始阶段的史实。巴卧祖拉程哇（1504—1566）所著《贤者喜宴》一书，更将《巴协》全文引入。

可见《巴协》一书对后来藏族史书影响之深远。

关于玄奘往天竺国拜佛求经之事最早粉饰的应是唐人小说《独异志》，其中有这样的记载："沙门玄奘，唐武德初，往西域取经，行至罽宾国，道险虎豹，不可过，奘不知为计，乃锁房门而坐，至夕开门见一异僧，头面疮痍，身体脓血，床上独坐，莫知来由，奘乃礼拜勤求，僧口授《多心经》一卷，令奘诵之，遂得山川平易，道路开辟，虎豹藏形，魔鬼潜迹。至佛国，取经六百余部而归。"①

随着取经故事的广泛流传，其虚构成分日渐增多，神话色彩也愈加浓厚，并成为民间文学的重要题材。南宋刊行的《大唐三藏取经诗话》中猴行者化为白衣秀士帮助唐僧取经；出现了深沙神，只是还未出现猪八戒形象。

元代产生的《唐三藏西天取经》等杂剧已经失传。但是，在广东省博物馆中陈列着一件引人注目的元代瓷枕。上面绘有唐僧西天取经故事图。"从瓷枕上的取经故事绘画看，孙悟空手持如意金箍棒，矫捷威武，跃步向前，反映出不畏强暴，不怕艰险，勇往直前的英雄气概；猪八戒长嘴大耳，肩扛九齿钉钯，迈步跟随；唐僧骑马扬鞭，取经心切；沙和尚手举仗伞，快步从行。"② 画面上主要人物已齐备。唐僧取经故事被绘在陶瓷上，这说明，取经故事在当时已广为流传。从画面上看，只是孙悟空尚未束虎皮裙，猪八戒还没有腆着个大肚子，没担行李，沙和尚举伞从行，并非手持宝仗。这些跟百回本《西游记》还是有一定的距离。这说明唐僧取经故事在元以后还在继续发展。

二

《西游记》的具体成书年代学术界虽颇多争议，但根据该书第七十八回"比丘怜子遣阴神，金殿识魔谈道德"中描绘比丘国王要用那一千一百一十一个小儿之心做药引子，第四十六回"外道弄强欺正法，心猿显圣灭诸邪"中孙悟空在车迟国与三道士斗法的故事，实则映射了明嘉靖

① 郑振铎编：《中国文学研究》，上海书店 1981 年版，第 57 页。
② 朱一玄、刘毓忱编：《西游记资料汇编》，南开大学出版社 2002 年版，第 150 页。

皇帝"崇道反佛"与做"红铅秋石"之事。"嘉靖中叶，上饵丹药有验，至壬子（嘉靖三十一年）冬，帝命京师内选女八岁至十四岁者三百人入宫；乙卯（三十四年）九月，又选十岁以下者一百六十人，盖从陶仲文言，供炼药用也。"① 可大致断定《西游记》成书应不早于嘉靖朝（1522—1567）。

唐会昌二年（842），吐蕃最后一位赞普朗达玛被刺后，因继赞普位而发生了剧烈的内讧，致使吐蕃王朝全面崩溃。北宋王朝建立以后，边疆地区的蕃部纷纷内附。景德元年（1004）六月乙亥环庆部署张凝言："河西蕃部额啰埃克率族归顺。"② 同年六月丁丑环州洪德寨言："蕃部罗尼天王本族诸首领各率其属归顺。"③ 又具景德三年（1006）五月己巳渭州言："密鄂克、延家、硕克威等族率三千余帐，万七千余人及牛马数万款塞内附。"④ 客观上促成了藏汉文化的交流，同时也使藏族文化传入中原地区成为可能。

元代建国以后，忽必烈在中央政府设立总制院（1288年改宣政院），作为掌管全国佛教事务和吐蕃地区行政事务的中央机构，并命藏传佛教萨迦五祖八思巴总领宣政院。藏传佛教和藏族文化又一次大规模地传入中原。宋恭宗德祐二年即元世祖至元十三年（1276）正月，元军入南宋临安府（今浙江杭州）。为了从精神层面上消除宋代遗留的影响，巩固元朝在江南的统治地位，元世祖于至元十四年（1277）二月即"诏以僧亢吉祥、怜真加、加瓦并为江南总摄，掌释教"⑤ 怜真加即杨琏真枷，杨氏为藏传佛教僧人，祖属西夏，是最早被派到杭州的元廷高僧之一。⑥ 据飞来峰造像题记，他的职衔为"江淮诸路释教都总统"，杨琏真枷在任期间，大弘圣法，将藏传佛教带入杭州，且加以大力推广。杨之后，出身于西夏故地的译经大使，藏传佛教学问僧沙罗巴（1259—1314）曾先后出任江

---

① 参见（明）沈德符《万历野获编·补遗》卷1，中华书局1959年版，第803页。
② （南宋）李焘：《续资治通鉴长编》卷56，中华书局1980年版，第1240页。
③ 同上书，第1242页。
④ （南宋）李焘：《续资治通鉴长编》卷63，中华书局1980年版，第1040页。
⑤ （明）宋濂：《元史》卷9，中华书局1976年版，第188页。
⑥ 参见陈高华《杨琏真枷育秧暗普父子略论》，《元史研究论稿》，中华书局1991年版，第385页。

浙与福建等处的释教总统。另据藏文史籍《汉藏史集》，帝师八思巴又派他的亲传弟子持律却吉衮布到江南传法，一年之中为947人首次剃度，传出无数比丘、僧枷，使得藏传佛教在江南大为兴盛。① 浙江宁波出土的元代瓷碗残片便是这一观点很好的佐证。依据这一瓷碗的残片来看，碗口的边沿双面都印有文字，内容为藏传佛教经咒。外侧的文字较粗稚，行草兼用，从字体看应是当时流行的八思巴文，里侧是古印度梵文字体之一的"兰札文"，字迹清晰，书写规整。

宋元以来，统治者为了加强中央集权，科举向文人广泛开放，只要文章合格，不论门第、乡里，都可录取，客观上促进了文化发展。加之江南地区又极为富庶，因而出版业也相当发达，书籍刊刻的质量与多寡尤以江浙、福建为最。为了加强对民众思想的控制，两朝统治者还对佛教尤为重视，这对西游记故事的发展孕育了良好的土壤。

明朝对西藏则采取"多封众建"的政治策略。从永乐到宣德年间明朝廷多次封藏族僧人法王、大国师、国师等名号，并确定品级，给予俸禄，如永乐年间封噶玛噶举派黑冒系活佛噶玛巴·却贝桑布为大宝法王、封萨迦派首领为大乘法王、封格鲁派高僧释迦也失为大慈法王。当时留居北京的藏传佛教僧人也很多，其开支由光禄寺供应。宣德十年（1435）正月明宣宗去世，明英宗即位，年方九岁。当时明朝为节约开支，曾下令减少在京居留的藏族僧人。据统计当时在北京各寺仅明朝认为应当减去的藏族僧人即达1100多人。② 保守估计，当时在京的藏传佛教僧人总数不少于2000人。

到了正德年间，明武宗对藏传佛教尤为感兴趣。明武宗正德二年三月癸亥记载："太监李荣传旨：大慈恩寺禅师领占竹升灌顶大国师，大能仁寺禅师那卜坚赞，大隆善护国寺禅师著肖藏卜，俱升国师，给与诰命，大功德寺住持方绅升僧录司右觉义，管事，仍兼本寺住持。时上颇习番教，后乃造新寺于内，群聚诵经，日与之狎昵矣。"③ 关于明武宗崇奉藏传佛

---

① 参见（元）释念常《佛祖历代通载》卷22，《文渊阁四库全书·子部·释家类》，第60页。

② 参见（清）于敏中《日下旧闻考》，北京古籍出版社1983年版，第844页。

③ 《明武宗实录》卷24，台湾"中央研究院"影印本，第658—659页。

教的记载，也见于野史中。"正德之中年，造万寿寺于禁苑，上身与番僧吹奏其中。"①

明朝对藏族僧俗官员采用"贡赐"制，即"厚往薄来"的经济政策。致使有明一代，藏族贡使不绝于途。而且贡使在领赏后朝廷允许开市三日至五日做买卖。贡使在内地还可以从官吏或商人处买到所需物品。② 这也使得市民阶层能够接触到来自西藏的贡使。

在明代，汉地佛教界还把许多重要的藏传佛教密宗经典译为汉文。参与此项工作的不仅有藏汉文兼通的汉地高僧，例如明初高僧智光等，还有汉藏文兼通的藏族高僧，如大智法王班丹扎释等人。例如，北京房山区云居寺保存一部分明正统时期的藏文佛经，即以《圣胜慧到彼岸功德宝集偈》为主的五种藏文佛经，共一千余卷。③

由此分析，明朝廷对西藏采取的"多封众建""贡赐制"，使藏传佛教僧人留居京城者甚多，贡使团不绝于途，从而使西藏文化传播到中原成为可能。将藏传佛教经典译成汉文的举动更使藏传佛教历史、故事、教义传播到中原成为必然。

有明一代汉地高僧出使西域者较常见，这里所言西域，实指藏区，《明史》中记载今西藏地区史事均见于《西域传》。需要一提的是约在洪武十年（1377）出使西藏的高僧宗泐。据载，宗泐从西藏归来后，撰有《西游集》一卷，"盖奉使求经时道路往还所作。见闻既异，其记载必有可观。今未见其本，存佚殆不可知矣"。④ 可惜的是如此重要的游记，早已散佚，就连编纂《四库全书》的馆臣也未曾见到。但是否它给百回本《西游记》的创作提供了一定的素材，值得深思。

三

总结以上分析，《西游记》故事的完善及大成应是在元明两代，同时这

---

① （明）沈德符：《万历野获编》卷27，中华书局2004年版，第684页。

② 参见彭陟焱、周毓华《明代朝贡对藏区经济发展的影响》，《中国藏学》1998年第4期。

③ 参见陈楠《明代藏传佛教对内地的影响》，《中国藏学》1998年第4期。

④ 《四库全书总目》卷170，别集类二三《全室外集、续集》，中华书局2003年版，第1479页。

也是西藏文化对中原文化有着重大影响的两代。作为西藏早期的史书，并对西藏文化发展有着重大影响的《巴协》，它的内容被西藏使者或僧人在元明两代传播到中原。并为中原人，特别是被文化阶层知晓，这一点应是不会有争议的。作为文人阶层的科举落第者，仕途蹭蹬，生活潦倒，于是通过编撰小说来发泄"穷愁愤懑"，并借此糊口。来自雪域高原藏传佛教的传奇、故事即是作为创作神魔类小说素材的首选。而《西游记》中素材"定身法"不见于南宋刊刻的《大唐三藏取经诗话》中，那么唯一的可能是形成于元代或明代。也就是说这一素材应是来自西藏早期史书《巴协》。

另外需要一提的是，藏传佛教大师桑吉坚赞（1452—1507）所著《玛尔巴传》中有过这样一段，玛尔巴取经归来途中，由于随行同伴的恶作剧，致使船倾，部分经卷掉入恒河。而在《西游记》第九十九回"九九数完魔灭尽，三三行满道归根"中也有类似的这样一段描述"老鼋即知不曾替问，他就将身一幌，唿喇的淬下水去，把他四众连马并经，通皆落水。咦！还喜得唐僧脱了胎，成了道。若似前番，已经沉底。有幸白马是龙，八戒、沙僧会水，行者笑巍巍显大神通，把唐僧扶驾出水，登彼东岸。只是经包、衣服、鞍辔俱湿了"。

桑吉坚赞生活的时段应是明景泰三年至嘉靖元年（1452—1522），正是西藏僧俗官员大量入朝授赐封、进贡时期。玛尔巴是藏传佛教噶举派的创始人，他在藏传佛教史上影响很大，与米拉日巴、日琼巴合称为噶举派三圣人。而桑吉坚赞的《玛尔巴传》作为西藏早期的传记文学，其内容撰写了玛尔巴大师取经、修行、授徒的一生。因此，其故事也会在中原流传，特别是在京城流传，并为广大市民所熟知是极有可能的。

《西游记》第五十四回"法性西来逢女国，心猿定计脱烟花"中描绘的西梁女国，其国民全属女性。依据史料"女儿国"实为以女性为中心的社会。《西游记》故事是以玄奘《大唐西域记》为底本，这一点是没有人提出质疑的。而玄奘的《大唐西域记》卷四也记载一女国："此国境北大雪山中，有苏伐剌拏瞿呾罗国（唐言金氏），出上黄金，故以名焉。东西长，南北狭，即东女国也。世以女为王，因以女称国。夫亦为王，不知政事。丈夫唯征伐种田而已。土宜宿麦，多畜牛马。气候寒烈，人性燥暴。东接吐蕃国，北接于阗国，西接三波坷国。"玄奘于唐贞观三年（629）只身离开长安，跟随西域商队，透出过境，备受艰辛，经一百余国，历时十七年，从印度取回佛经六百五十七部，《大唐西域记》是由其弟子辩机，根据他的口述所写的这次西行见闻。

但近几年有人提出《西游记》中西梁女国的素材是来自西康地区一女国。关于这一点，《隋书·西域传》"女国"条下载："女国在葱岭之南，其国代以女为王。出俞石、朱砂、麝香、牦牛、骏马、蜀马。尤多盐，恒将盐向天竺兴贩，其利数倍。亦数与天竺及党项战争。开皇六年，遣使朝贡，其后遂绝。"《隋书·西域传》所载"女国"条，吕思勉有这样一段分析："葱岭南所出之马，必不得谓之蜀马，将盐向天竺兴贩，与天竺战争，必葱岭南之国而后能之；与党项战争，则又非葱岭南之国所能为也。"① 说明自唐玄奘天竺取经时，这两个女国实际上已经存在了。而《大唐西域记》所载"女国"是位于"葱岭以南，东接吐蕃国，北接于阗国"的西女国，实非西康之地的东女国。关于这一点霍巍在《从新出唐代碑铭论"羊同"与"女国"之地望》一文有详细的论证。② 虽然任何素材经过作家再创作时会移花接木许多新的材料，但西梁女国之素材应源于西藏西部的这一女国，当属无疑。

《巴协》一书中记载了莲花生大师首次来吐蕃，一路上降妖除魔"次日，又选出十个出身高贵、父母双全、祖父母俱在世的男孩做降神者，举行圆光。结果四大天王降临，使夜叉、原形毕现，不驯服的神、龙也变成人形，对他们，由白玛桑哇施以威猛震慑。对那些善神则由菩提萨埵向之说法劝善，立誓护法。如果这样做了还有不驯服的，便全部施以火祭而消灭之"。③ 在《玛尔巴传》中所描绘的"破瓦法"，即使自己的灵魂出窍而附于他物之上。藏传佛教寺庙里那些被塑造成人身兽首的护法神。这些也会给我们再探讨《西游记》部分素材来源，提供新的思考空间。

原刊于《明清小说研究》2008 年第 1 期

作者单位：甘肃民族师范学院

---

① 《吕思勉读史札记》下，上海古籍出版社 1982 年版，第 1080 页。

② 参见霍巍《从新出唐代碑铭论"羊同"与"女国"之地望》，《民族研究》1996 年第 1 期。

③ 拔·塞囊：《巴协》，佟锦华、黄布凡译，四川民族出版社 1990 年版，第 23 页。

《西游记》元神出窍、变化题材为藏汉"离魂"故事之合璧

王晓云

近20多年来，西游研究界开始把研究的目光投向广阔的西域，投向由"西域"这个概念扭结起来的历史、地理、宗教、民俗等领域。[①] 随之，藏文化，特别是藏传佛教人物、故事与《西游记》之间的关系引起学界的关注[②]，而相关研究成果，无疑进一步增强了藏文化对《西游记》部分题材形成起到一定影响的可能性。《西游记》中许多妖魔、神仙都有元神出窍与变化本领。本文分析了中原早已在文学作品中演绎的离魂题材后，发现它与《西游记》中的元神出窍、变化题材仍有很大区别；而元明两代传入中原的藏密宗，其修身法之一的"夺舍法"，灵魂可以自由出窍，随意迁入他物之中。只有"离魂故事"与藏密"破瓦法"素材有机融合，才会使得《西游记》中的元神出窍、变化题材变幻莫测、妙趣横生。本文着重探讨离魂故事与藏密"夺舍法"的融合，及其为《西游记》提供创作素材与技巧的可能性。

一 《西游记》中元神出窍、变化题材

元神与灵魂的区别，简单地说元神就是指修道之人的灵魂。《西游

---

① 参见蔡铁鹰《〈西游记〉研究的视点西移及其文化纵深预期》，《晋阳学刊》2008年第1期。

② 夏敏早在20世纪90年代初就在《玄奘取经故事与西藏关系通考》（《西藏研究》1998年第1期）一文里，从藏族文化中，特别是从苯教、藏传佛教或藏族文学中去寻找孙悟空血统，提出孙悟空原型源于"西藏说"。而胡小伟在《藏传密教与〈西游记〉》（《淮阴师范学院学报》2004年第4期）一文中，则从藏传佛教密宗在元初大规模地传入内地，以及佛道两家论辩的背景着手，寻找藏文化对《西游记》的成书及孙悟空原型的影响。

记》中有多处描写妖、神、仙元神出窍、变化的本领。该书第五回“乱蟠桃大圣偷丹，反天宫诸神捉怪”中七衣仙女在蟠桃园摘桃子时，有这样一段描述：“七仙女张望东西，只见向南枝上止有一个半红半白的桃子，青衣女用手扯下枝来，红衣女摘了，却将枝子望上一放。原来那大圣变化了，正睡在此枝，被她惊醒。大圣即现本相……”这里，孙大圣的法力已能将元神与真身合二为一，变化成蟠桃园中的一个桃子，很是隐蔽，适合吃饱桃子后享受睡眠的条件。该书第二十七回“尸魔三戏唐三藏，圣僧恨逐美猴王”中行者摘桃子归来时，认出师傅身边的那女子是妖精，行者便数落了师傅一番，“三藏正在此羞惭，行者又发起性来，掣铁棒，望妖精劈脸一下，那怪物有些手段，使个‘解尸法’，见行者棍子来时，他却抖擞精神，预先走了，把一个假尸首打死在地下”。这里尸魔则是采用借尸移魂之法，将自己的元神附着于其他尸体之上，行欲行之事，后来悟空棒子打来，他则轻松逃走，元神却无丝毫损伤，只留下一具假尸，可以欺骗凡人的眼睛，为下文唐僧恨心逐悟空，预设张本。

该书第四十九回“三藏有灾沉水宅，观音救难现鱼篮”三个徒弟入通天河救师傅情节中，有这样一段描写：“沙僧剖开水路，弟兄们同入通天河内。向水底下行有百十里远近，那呆子要捉弄行者，行者随即拔下一根毫毛，变做假身，伏在八戒背上，真身变做一个猪虱子，紧紧的贴在他耳朵里。八戒正行，忽然打个躘踵，得故子把行者往前一掼，扑的跌了一跤。原来那个假身是毫毛变的，却就飘起，无影无形。”很明显，行者还可以随意用毫毛替换真身，如预知要受外力破坏，最终也是只损伤他的一根毫毛而已，而且还可以使对方的险恶用心昭然若揭。第八十一回“镇海寺心猿知怪，黑松林三众寻师”中记载：“等行者感到紧急之时，即将左脚上花鞋脱下来，吹口仙气，念个咒语，叫一声‘变！’就变作本身模样，使两口剑舞将来；真身一幌，化阵清风而去。”这里妖精的本领已是相当了得，它可以随意用自己携带物变法成本身模样，元神可以趁机溜掉，所以本回中，行者与妖精两次交战，妖精均采用此法轻松逃走，使得行者吃尽苦头，最后幸得天王父子相助，才得以救出师傅。

该书第四十五回“三清观大圣留名，车迟国猴王显法”中虎力大仙与唐三藏作法求雨时，书中是这样描述的：“好大圣，拔下一根毫毛，吹口仙气，叫‘变！’就变作一个‘假行者’，立在唐僧手下。他的真身，出了元神，赶到半空中……"而古代朝鲜的汉语教科书《朴通事谚解》中引用了"车迟国三圣斗法"故事，其中亦有这样一段："大仙徒弟名鹿皮，拔下一根头发，变做狗蚤，唐僧耳门后咬，要动弹。孙行者是个胡孙，见那狗蚤，便拿下来磕死了。他却拔下一根毛衣，变做假行者，靠师傅立的，他走到金水河里，和将一块青泥来，大仙鼻凹里放了，变做青母蝎，脊背上咬一口，大仙叫一声，跳下床来。"① 可见，元神出窍、变化的素材要早于小说《西游记》创作之前。因此，对元神出窍、变化的素材渊源应当放在取经故事演绎的历史长河中去追溯。

通过以上材料，发现《西游记》元神出窍、变化题材，根据人物法力高下出现层递式特点：像部分妖精，如该书第二十七回中的尸魔，并无真身，只得迁入其他尸体中，行欲行之事；像二郎神、猪八戒等本领高强的神仙，元神与真身本已合二为一，可随意变化成他物；像悟空，既可以随意变化成自然界万事万物，亦可用毫毛替用真身，以假乱真。可以看出，作家是借助了诸多的素材，运用了奇幻的艺术手法，得以勾勒出《西游记》中多姿多彩，令人目不暇接的元神出窍、变化题材。

二 "离魂"故事与藏密"破瓦法"之异同

"离魂"就是活人的灵魂离开肉体。中国古代小说、话本、戏曲中离魂故事众多，已形成一个题材系列。最早以"离魂"为题材的是晋干宝《搜神记》中《无名夫妇》和《马势妇》，稍后有刘宋时刘义庆《幽明录》中的《庞阿》等。其中《庞阿》② 是一篇情爱小说。它写一个石姓少女爱上一位"美容仪"的男子庞阿，于是私去庞宅，庞阿的妻子妒怒，指使婢女缚住石女，送还石家，途中石姓少女"化为烟气而灭"，婢女径自到石家说明此事，其父吃惊发愕，说他女儿一直在家，不曾出门。后来才知道，原来是石姓少女的"魂神"去了庞家。一年后，庞妻得病去世，于是庞阿娶石女为妻。《庞阿》的故事情节简单，主人公之间的结合也具

---

① 朱一玄、刘毓忱编：《〈西游记〉资料汇编》，中州书画社 1983 年版，第 113 页。
② 参见（南朝宋）刘义庆《幽明录·庞阿》，载《汉魏六朝笔记小说大观》，上海古籍出版社 1999 年版，第 734 页。

有偶然性。《无名夫妇》《马势妇》更是带有很多荒诞成分，艺术性不高。

"六朝以离魂为主题的小说是在佛教影响下产生的，其作者就是要用自己的作品证实灵魂世界的存在。"① 在当时，由于社会长期处于战乱之中，人们处于水深火热般的生活境地，渴望有一种超自然之力帮助自己摆脱人世的痛苦，享受宁静与安详的生活。但在汉族传统思想里又找不到答案，而外来的佛教，从"神不灭论"出发，认为人是有灵魂的，人死灵魂不灭，而且灵魂可以离开肉体而存在。因而，这时期以离魂做主题的小说最明显的特征，即浓郁的迷信色彩。

在唐代，传奇小说的作家们突破了六朝人的小说观念，认识到小说于世大有裨益，开始自觉地创作小说，将离魂小说的创作向前推进了一大步。在唐传奇中写离魂主题的作品很多，其中最具代表性的属陈玄祐的《离魂记》。② 可以说，它是离魂故事的承前启后之作。《离魂记》写张倩娘与表兄王宙从小相爱，倩娘父张镒也常说将来当以倩娘许王宙。但二人成年后，张镒竟使倩娘另许他人。倩娘故此抑郁成疾，王宙也托故赴长安，与倩娘诀别。不料倩娘半夜追上船来，一起出走蜀地，同居五年，生有二子。后倩娘思念父母，与王宙回家探望。王宙一人先至张镒家说明倩娘私奔事，始知倩娘一直卧病在家，出奔的是倩娘之离魂。两个倩娘相会合为一体。《离魂记》虽然直接取材于《庞阿》，但《离魂记》构思之巧妙，描写之细腻，形象之鲜明，绝非《庞阿》所能比。它通过这种幻想的形式，使离魂主题不仅第一次真正接触到性爱主题，而且第一次触到社会体制问题。同时，在创作手法上，也尝试了一种揭示人物内心世界活动的新手法，通过描写离开肉体的灵魂，让灵魂活动起来去表现自己。

宋、元、明以来，文言小说成就不高，离魂主题在小说中亦无名作出现。离魂主题在小说中衰落的同时，却在戏文中大兴起来，元杂剧有郑光祖《倩女离魂》，明杂剧有王骥德《倩女离魂》，明传奇有佚名的《离魂记》。虽然这些剧本有的已失传，但根据现有剧本和部分残缺剧本的考证情况来看，宋、元、明戏曲中的离魂主题，几乎都是写爱情题材的。郑光祖的《倩女离魂》是其中最为优秀的一部，其故事源于唐传奇《离魂

---

① 袁健：《离魂小说的四次升级》，《晋阳学刊》1990 年第 2 期。

② 参见（唐）陈玄祐《离魂记》，汪辟疆校《唐人小说》，上海古籍出版社 1983 年版，第 60 页。

记》，但作家又根据元代社会现实对它进行了重大改造。《倩女离魂》剧对《离魂记》的改造主要表现在对先金榜题名后婚姻的科举、门第观念的抨击。在第三折中，作者极力刻画了倩女对王文举的思念和渴望，以及没有王文举音信而产生的种种猜测："他得了官别就新婚，剥落呵羞归故里。"这些猜测更加强化了倩女对美满婚姻的渴望，作者同时又在戏中展现了倩女的一个梦境，通过这两个亦真亦幻的形象，悖于生活常理的情节，揭示了即使是父母之命，媒妁之言的男女，也要获取功名之后，方可共结连理。

由此可见，在小说《西游记》以前离魂故事的题材还是很狭窄，主要集中在对男女自由婚姻的追求上，而且几乎都是女性离魂型，情节演绎单一，缺少曲折变化。一直到了清代，蒲松龄的《聊斋志异》中《阿宝》篇，孙子楚的三次离魂，三次又不相同，几乎囊括了中国古代所有的离魂模式。第一次路见阿宝，魂离身随阿宝三日；第二次魂附鹦鹉，又随阿宝三日；第三次死数日离魂入冥，冥王感其二人恩爱，就让他们还魂人世。其独特之处还有，以前的离魂故事，离魂者常为女子，而《阿宝》中，离魂者孙子楚则是男性。值得思考的是，创作时间远在小说《西游记》之后的《聊斋志异》，其中的离魂故事，魂不但可以离开人体，而且还可以附着于动物之上，这种奇妙的构思，远胜于以前文学作品中的离魂类型，其创作有没有受到其他异域素材的影响呢？

先谈谈藏传佛教密宗修持的一种离魂"夺舍法"，其法是人即将要死时，把自己带业往生的那个"本元风心"（识神），由业报的蕴身中，迁移出去，另外觅找生趣。修"夺舍法"的程度有高下之分，未见得一迁便到净土，最低限度，可使自己得到一点主宰，随便可以投生一种生趣。即在死时，修得好者，尚能"预知时至"，"真念分明"。

关于施用"夺舍法"的时间，要在人寿刚尽之时，否则等于自杀。自杀在佛教上认为是极大的罪恶。修持"夺舍法"的，不但自己得到一种成就，而且还能救度他人。所以藏区每逢人家死了人，便去接一位大喇嘛为亡者行"夺舍"之法。若是这位大德有功力的话，确能引起超度亡灵往生西方净土的瑞相。"夺舍法"是噶举派始祖玛尔巴译师从印度学回来的。这法子可以自主、任意地选择一个刚死的较好的身子，将暖识迁入，又可继续生存。这个法门不但可以将暖识搬入人的身体，而且上至飞禽，下至走兽的身体，都可迁入。①

《藏密大师·玛尔巴传》② 中就有这样一段描述"夺舍法"的情节。藏传佛教噶举派始祖玛尔巴译师的儿子塔玛多德，在赴阿姆秋盱节后回家的路途上，马被沙鸡飞鸣时惊吓，塔玛多德被马在乱石中拖跑一箭之遥，头摔成八块，脑浆直流，在生命垂危之际，他用"夺舍法"将往生到鸽子的躯体之中。至今，在甘南藏族自治州的合作市九层佛阁，周围的墙壁上还塑有许多白色的鸽子。这就是噶举派僧人将鸽子当作塔玛多德供养的明证。

以上可见，明代以前的离魂故事与藏密"夺舍法"的共同点，都是元神（世俗之人的灵魂）出窍，行欲行之事。只不过藏密"夺舍法"元神出窍后更加自如，可以随意迁入人或物上，显示出"离魂"的多样性。

三 藏密"夺舍法"之传承及其影响

关于"夺舍法"在西藏最早传承的时间，据《汉藏史集》载：藏传佛教噶举派的始祖玛尔巴译师，一生曾三次去印度学习佛法。"当他最后一次为学习夺舍转生的口诀去印度时，那若巴大师对他预言说：弟子，你有教化吐蕃众生的业缘，你的后裔将像天上的花朵遍布各处，你的弟子将像江河长流。你以后将会获得殊胜成就，你的弟子有七代将受到我的护持。他们也将会获得殊胜成就。说毕，任命他掌管教法。他返回吐蕃后，使休息传承之教法犹如旭日东升一般显明。"③ 另据这本书记载，玛尔巴于八十八岁的鼠年（1096）去世。而此时，正是北宋绍圣三年，即玛尔巴译师的一生属年正是中原北宋时期。

关于《汉藏史集》的写作年代及史料价值。据该书上册五十七页说，"该书写于木虎年（甲寅），一百九十二页说，从阳土猴年（戊申，公元1368年）汉地大明皇帝取得帝位至今年木虎年，过了六十七年"，说明此

---

① 参见刘立千《刘立千藏学著译文集·杂集》，民族出版社 2006 年版，第 26 页。

② 参见查同杰布《藏密大师·玛马尔巴传》，张天锁等译，西藏人民出版社 1997 年版，第 177 页。

③ 达仓宗巴·班觉桑布：《汉藏史集》，陈庆英译，西藏人民出版社 1986 年版，第 273 页。

书写于藏历第七绕迥之木虎年，即 1434 年。从该书本身所列的目录来看，该书不仅对许多历史问题都有简要记载，尤其是对萨迦派的历史、元朝在西藏的军事、赋税等有详细的记载，故该书有重要的史料价值。著名藏学家东嘎·洛桑赤列先生在《汉藏史集》的前言部分也有类似的评析。

在藏族著名史书《青史》中也有"夺舍法"的记载："这位大德（玛尔巴）虽是具足通达空性如水流不断的瑜伽士，然而在一般用诉诸人的眼界看来，只能见其占有妇人，与诸乡人相斗争，尽作些修碉堡和种田的事情。可是在具足善缘的诸人眼界看来，这位大德作过四次夺舍法，普遍传称他是种毗巴（古印度八十大成就者之一）的化身。"[1]《青史》的著者是元代著名藏族译师阔诺·迅鲁伯，五世达赖喇嘛在《西藏王臣记》中，也称赞他是一般史学家奉为顶上庄严大宝般的人物。他曾译有许多密宗教法。于元顺至正元十八年（1358）著成《青史》初稿。可见，《汉藏史集》与《青史》的完稿年代都在百回本《西游记》成书之前，而且都是研究藏族历史的重要史料。

众所周知，取经故事在元代，及明代早中期仍在话本、戏剧中演绎着，而在这一时期，藏传佛教也对内地文化形成了较深远的影响。元代建国以后，忽必烈在中央政府中设立总制院（1288 年改宣政院），作为掌管全国佛教事务和吐蕃地区行政事务的中央机构，并命藏传佛教萨迦五祖八思巴总领宣政院。因此，藏传佛教和藏族文化大规模地传入中原。浙江宁波出土的元代瓷碗残片便是这一观点很好的佐证。依据这一瓷碗的残片来看，碗口的边沿双面都印有文字，内容为藏传佛教经咒。外侧的文字较粗稚，行草兼用，从字体看应是当时流行的八思巴文，里侧是古印度梵文字体之一的"兰札文"，字迹清晰，书写规整。[2]

有明一代，藏族贡使不绝于途。成化元年（1465）九月，礼部奏云："宣德、正统间，番僧入贡，不过三四十人。天顺间，遂至二三千人。及今，前后络绎不绝，赏赐不赀。而后来者又不可量。"[3] 明武宗还专门在

---

① （元）阔诺·迅鲁伯：《青史》，郭和卿译，西藏人民出版社 2003 年版，第 246 页。

② 参见《中国藏学》，中国藏学研究中心，2002 年第 1 期封面彩图（宁波市文物考古研究所提供）。

③ 陈庆英、高淑芬主编：《西藏通史》，中州古籍出版社 2003 年版，第 315 页。

西华门内修建了一座"豹房",同藏族僧人一起诵经、研习经典。① 上有所好,下必甚焉。宫廷内藏传佛教的日渐兴盛,势必会影响到地方官吏和市民阶层。

"夺舍法"题材在藏族文学中也多次出现,最具代表性的要属长篇小说《郑宛达瓦》②。其作者达普巴·罗桑登白坚赞,又名阿旺·罗卓嘉措,是18世纪西藏达普寺第四代活佛。1725年出生于西藏娘保甲地方(今工布江达县桃保果村)。这是一部演绎佛教人生哲学的喻世小说。说的是印度婆罗那斯国王热旦娶了一位贤德王后,生一王子取名曲吉尕哇,自幼虔信佛法,深得国王夫妇喜爱,选青年良臣益西增为其侍臣,加以照护。此事引起奸臣严谢的嫉妒,耍手段排挤益西增,而让其子拉尕阿那做王子的侍臣。一天,拉尕阿那陪王子曲吉尕哇出游,二人将自己的灵魂迁入两只死杜鹃体内,飞到森林观景。拉尕阿那则偷偷飞回,将自己的灵魂迁入王子的躯壳,而把自己的躯壳扔进河中。回宫后,冒充王子,僭居王位,残害百姓。王子被骗后,依附杜鹃的身体留在林中,十分凄苦。后依次遇见神鸟及智麦班登喇嘛,得到修行正果,在林中为鸟兽说法,终其一生。喇嘛命一名叫俄旦的杜鹃灵魂前往王宫迁入王子的躯体,将假王子逐出。俄旦任用良臣,百姓安居。可见,藏密"夺舍法"对藏族文学有深远影响。

藏文化,特别是藏传佛教故事、人物在元明两代传入中原的同时,作为藏史精华《汉藏史集》《青史》中有记载,并对藏族文学创作有着重要影响的藏密"夺舍法"势必也传入了中原,并给文人的创作提供一定的借鉴材料。而且,与藏密有关的材料也在明代其他小说中出现过,典型的要属《金瓶梅》中西门庆从胡僧手中得到春药一事。

综上所述,发端于魏晋时期的"离魂故事",在唐代文言小说,宋元戏文的传承中形成故事范式,但是题材褊狭,几乎都是写爱情故事。其离魂特征,灵魂出窍后,形成本身模样,去实现现实无法实现的夙愿,离魂模式单一。藏传佛教密宗修炼的一种离魂"夺舍法",修持者,可以随意使自己的灵魂出窍,并可自由迁入任何物体之中。这与《西游记》中的

---

① 参见(清)张廷玉等《明史》卷331,中华书局1974年版,第8578页。

② 参见中央民族学院《藏族文学史》编写组编《藏族文学史》,四川民族出版社1985年版,第434页。

变化本领甚是接近，其特点，离魂之后，元神却无法幻化成真人模样，须附着于他物上，才能行欲行之事。如此看来，只有做到离魂与"夺舍法"二者的合璧，才能使元神出窍后，既能形成真人模样，又可根据需要随意迁入他物之中，借用他物来行自己之事。而且，在元明两代，藏传佛教，特别是藏密宗对中原文化有着重要影响。因此推断，《西游记》之元神出窍、变化题材，只有作家使离魂故事与藏密宗"夺舍法"修持特点完美结合，才会使小说中的元神出窍、变化题材表现出幻化奇妙，变幻莫测的艺术效果。

原刊于《中国石油大学学报》2011 年第 6 期

作者单位：甘肃民族师范学院

金箍棒、金刚杵与橄榄棒

张同胜

孙悟空的原型，固然有哈奴曼与无支祁或二者的混血儿之争，但正如鲁迅所言，艺术形象的原型取材不一，乃碎片的百衲衣。从武器来看，无支祁没有武器；而哈奴曼的武器则是金刚杵。那么，孙悟空的武器金箍棒这一意象又是缘何而成的呢？

前贤时俊，一般以为，孙悟空的金箍棒源自之前西游故事中的铁棒、生金棍、金镶锡杖或金刚棒等。但对于金箍棒与赫拉克勒斯的武器橄榄棒之关系及其源流变迁，从未见有所涉及。本文试从比较文学影响研究之角度，对其进行简略的梳理和论析。

一 金箍棒的源流变迁

关于金箍棒原型的探析，迄今主要有以下五种说法：

（一）性器寓意说

关于金箍棒，小说《西游记》第三回叙述道："（孙）悟空十分欢喜，拿出海藏看时，原来两头是两个金箍，中间乃一段乌铁；紧挨箍有镌成的一行字，唤做'如意金箍棒'，重一万三千五百斤。"[①]

在小说中，金箍棒，又名金箍如意棒、金箍铁棒、如意棒、灵阳棒、铁棒、棒等。而其中的"如意""灵阳棒"等称谓，是晚明情色泛滥的留痕。"如意金箍棒"与晚明的情色社会思潮密切相关。它是性器的象征，

---

① （明）吴承恩：《西游记》，上海古籍出版社 2009 年版，第 20 页。

主要体现在两点上：一为"如意"，有"如意君"为例证；一为"金箍棒"与性器之外形的类比相似上。石鹏飞认为："'棍'者，男根也。故俗称无妻之男为'光棍'。'棒'，亦是男根。"①

如意金箍棒可随人意变粗或变细、变长或变短，这与男根何其相似！孙悟空的这个宝贝武器被命名为"如意金箍棒"，按照弗洛伊德精神分析的观点，金箍棒的心理象征意义是很明显的，它是男根的象征，是孙悟空心理能量的源泉，也是齐天大圣里比多（libido）之所在。金箍棒，作为自然本性——情欲的象征，正是靠着它，孙悟空才大闹龙宫、大闹地府和大闹天宫的，大败十万天兵天将，取经路上用它捉妖降魔。

从这个角度来看，金箍棒的原型应为湿婆②。论证的主要依据为：湿婆，前身是印度河文明时代的生殖之神"兽主"和吠陀风暴之神鲁陀罗，兼具生殖与毁灭、创造与破坏双重性格，呈现各种奇谲怪诞的不同相貌，其中林伽（男根）是湿婆最基本的象征。古印度在六七千年前就有林伽即男性生殖器崇拜。公元前三千年至公元前两千年间，"人们往往以男性生殖器为礼拜对象，并视之为湿婆的表征"，湿婆是宇宙的创造本原，"他的表征为一硕大的男性生殖器。据说，大梵天和毗湿奴缘此物分别向上、下而行，以探寻其顶端和根部，结果徒劳而返"③。湿婆的武器为三叉戟、弓和巨棒等，其中之一是棍棒。湿婆的一个儿子室健陀（又名鸠摩罗）是战神。金箍棒是棍棒自不待言，孙悟空历经九九八十一难终成正果，被如来封为斗战胜佛：这些似乎皆与湿婆有关。

不仅金箍棒被解读为男根，而且连孙悟空也被视作男性性器。在《西游记》中，孙悟空又被称作"心猿"。北宋石泰著有《还源篇》，其中的诗句充满了性象征，如"意马归神室，心猿守洞房。精神魂魄意，化作紫金霜"（第十五首）。日本学者中野美代子认为："'神室'是鼎器的异称，在房中术中指子宫，加之洞房指女人的寝室或新婚夫妇的房间，我们就会明白心猿和意马的真实含义了。另外，马亦称'乾马'，从纯阳

---

① 郭莹：《说"光棍"》，《文史知识》2002 年第 10 期。

② 参见张同胜《〈西游记〉与"大西域"文化关系研究》，中国社会科学出版社 2013 年版，第 147—150 页。

③ ［美］布朗：《印度神话》，克雷默主编《世界古代神话》，华夏出版社 1989 年版，第 288—289 页。

卦的乾来看，此处显然是作为男性的代名词来使用的。《还源篇》第十首中还有一句'乾马驱金户'，此处的金户一词意指子宫口，由此也可以了解到大致情况。"中野美代子进而认为"在《西游记》中，常常称孙悟空为心猿，这不仅因为他是一只活泼的猴子，而且借用了宋、元时代炼丹术著作中的'心猿意马'一词"。① 显然，中野美代子认为"心猿"指的是男性生殖器。

"铁戒箍"束缚孙悟空妄心，在《西游记》杂剧中，"（观音）[看行者科] 通天大圣，你本是毁形灭性的，老僧救了你，今次休起凡心。我与你一个法名，是孙悟空，与你个铁戒箍、皂直裰、戒刀。铁戒箍戒你凡性，皂直裰遮你兽身，戒刀豁你之恩爱，好生跟师父去，便唤作孙行者。……"② 使得"定心"的宗教哲理介入进来，从而使"心猿"朝着文学形象的象喻性符号迈进了一步。铁戒箍，即金戒箍。金箍棒之金即铁，故金箍棒又名铁棒。铁戒箍，是戒凡性的。金箍棒是隐喻，如果棒乃男性性器之隐喻，那么金箍棒就是戒性定心之孙悟空的隐喻，从而在小说中，孙悟空是不好色的。或者也可以这样说，金箍棒即孙悟空之皈依佛教后的表征性符号。

（二）铁棒和生金棍说

除却情色的隐喻，金箍棒最近的源流，即来自蒙元时期的平话《西游记》。孙皓、段晴认为，金箍棒的"原型是《西游记平话》中的铁棒和《西游记杂剧》中的生金棍。在故事的骨架上，《西游记》龙宫取宝故事对佛经中大海寻如意宝珠的故事有所袭取，成了《西游记平话》中的铁棒演变为《西游记》中如意金箍棒的关键情节"③。

金箍棒源流的考镜，从相关文本的内在叙述来看，可能更有说服力。在《西游记》平话中，孙悟空的武器为铁棒。据《朴通事谚解》影印本，"《西游记》热闹，闷时节好看有。唐三藏引孙行者到车迟国，和伯眼大

---

① ［日］中野美代子：《西游记的秘密》，王秀文等译，中华书局 2002 年版，第 78—79 页。

② （元）杨景贤：《西游记》，《全元曲·杂剧篇》（二），学苑音像出版社 2004 年版，第 3959 页。

③ 孙皓、段晴：《论"如意金箍棒"的原型及演变过程》，《南京社会科学》2009 年第 8 期。

仙斗圣的你知道吗？……孙行者师傅上说知，到罗天大醮坛场上藏身，夺吃了祭星茶果，却把伯眼打了一铁棒。小先生到前面教点灯，又打了一铁棒"。① 从中可知，在平话《西游记》中，孙行者的武器乃铁棒。

杨景贤《西游记杂剧》是最早写唐僧取经故事的戏曲，在小说《西游记》的成书过程中具有重要的意义。现存六本二十四出，其第三本第十一出《行者除妖》，写到了孙悟空的兵器叫生金棍。"行者云：'我不是别人，大唐国师三藏弟子。你放心，随我师父西天取经回来，都得正果朝元，却不好来？若不从呵，我耳朵里取出生金棍来，打的你稀烂。'"② 生金，就是生铁。生金棍即生铁棍。

棍棒作为武器，在《西游记》多有出现。如牛魔王使用一根混铁棍，木叉使用一根铁棒，狻猊精的武器是一根闷棍。而玉兔精则使用一条碓嘴样的短棍，本是她在广寒宫捣玄霜仙药的捣药杵。黄眉怪的那条狼牙棒，本是个敲磬的槌儿，是他在天上做弥勒佛祖的童子时使用的工具。

蔡铁鹰认为，金箍棒的原型来源于佛经故事。在《佛本行集经》卷十三《捔术争婚品》中叙述了净饭王的弓和悉达太子施弓的故事，其情景与孙悟空向龙王讨棒的情节颇为类似。敦煌写卷《庐山远公话》中提到树神"状如豹雷相似，一头三面，眼如悬镜，手中执一等身铁棒"以及长叩三下，山间鬼神俱至造寺的叙事，则是中国文学将铁棒作为法器的先例，两者的结合可能就是金箍棒的原型。③

艺祖赵匡胤，其棒打四百州之棍，不是木棒，而是铁棍。蔡絛《铁围山丛谈》记载："太上皇以政和六七年间，始讲汉武帝期门故事。初，出侍左右宦者，必携从二物，以备不虞。其一玉拳，一则铁棒也。玉拳真于阗玉，大倍常人手拳，红锦为组以系之。铁棒者，乃艺祖仄微时以至受命后，所持铁杆棒也。棒纯铁尔，生平持握既久，而爪痕宛然。"④

蒙元平话和杂剧中孙悟空的铁棒，与大宋开国皇帝赵匡胤手里的铁棍

① 《奎章阁丛书》第八，京城帝国大学 1943 年影印本，第 16 页。

② （元）杨景贤：《西游记》，《全元曲·杂剧篇》（二），学苑音像出版社 2004 年版，第 3962—3963 页。

③ 参见陈玉峰《〈西游记〉的兵器、法宝与法术研究》，硕士学位论文，山东师范大学，2010 年，第 17 页。

④ 蔡絛：《铁围山丛谈》，中华书局 1997 年版，第 3 页。

关联极其密切。同一时期的水浒故事，不是也有赵匡胤"一条杆棒等身齐，打四百座军州都姓赵"① 的叙述？况且，佛经中的大力明王、金刚手秘密主等的护法武器即金刚棒，而皇帝自东汉以来大多以转轮王自视，从而铁棒便成了其间的契合点。

（三） 金镮锡杖说

张锦池考察了世德堂本《西游记》成书前有关取经故事的文献资料后提出，金箍棒的原型为金镮锡杖。② 据《大唐三藏取经诗话》，大梵天王赐给唐僧的宝物有三：隐形帽、金镮锡杖和钵盂。在"过长坑大蛇岭处第六"，唐僧遇到白虎妖怪的时候，金镮锡杖被猴行者变作了一个夜叉，"头点天，脚踏地，手把降魔杵"③。降魔杵，就是金刚杵。金刚杵有"密宗假之以缥坚利智，断烦恼伏恶魔"的说法，因此又有降魔杵之名。

《大唐三藏取经诗话·入九龙池处第七》叙述道："被猴行者骑定馗龙，要抽背脊筋一条，与我法师结條子。九龙咸伏，被抽背脊筋了，更被脊铁棒八百下。"④ 从而可知，孙悟空的前身猴行者尚没有任何武器，他是用唐僧的金镮锡杖来降妖，而在这里，金镮锡杖化身为一铁龙，后出西游故事中的铁棒是否受到了它的影响？

关于金箍棒的原型为金镮锡杖的说法，孙皓、段晴提出质疑，认为"事实是，在《取经诗话》中这样交代法师玄奘得到金镮锡杖的来历……是赐给玄奘自用的，与金箍棒毫无关系。另外，从形制上看锡杖与孙悟空所使用的金箍棒有很大区别……而与孙悟空的兵器金箍棒在外形上则有较大差距"。⑤ 如此一来，认为金箍棒的原型为金镮锡杖似乎与真相相去甚远。

（四） 金刚棒和金镮锡杖的混合物说⑥

日本学者矶部彰从佛教原典特别是密教经典出发，认为密教里面不动

---

① （明）施耐庵、罗贯中：《水浒传》，上海古籍出版社 1995 年版，第 1 页。

② 参见张锦池《西游记考论》，黑龙江教育出版社 2003 年版，第 139 页。

③ 李时人、蔡镜浩校注：《大唐三藏取经诗话校注》，中华书局 1997 年版，第 17 页。

④ 同上书，第 21 页。

⑤ 孙皓、段晴：《论"如意金箍棒"的原型及演变过程》，《南京社会科学》2009 年第 8 期。

⑥ ［日］矶部彰：《"西游记"の演变史》，东京创文社 1993 年版，第 234 页。

明王的形象影响了《西游记》中孙悟空的形象，并且推论出金箍棒似也可看作金刚棒和《大唐三藏取经诗话》所说的金镮锡杖的混合物。

其实，不只是金箍棒日本学者认为是出自密教，就连孙悟空的原型他们也认为是来自佛典。日本学者认为《大唐三藏取经诗话》中的猴行者，乃是由佛教典籍（主要是密宗典籍）中的猴形护法神将转化而成。太田辰夫认为，猴行者有"八万四千铜头铁额猕猴王"的称号，而这个称号中的"八万四千"，正是佛典中常用的数目术语；而"猕猴"这一称呼也是值得注意的，佛典中有很多"猕猴"故事，这些猕猴崇敬三宝，喜听佛法，与中国传统猿猴故事中那些被称为"猿"的反派角色完全不同，穿白衣的猴形神将在汉译佛典中也曾出现过（如《药师十二神图》中即有），这和猴行者"白衣秀士"的形象是一致的。① 矶部彰说日本12世纪撰写的佛典《觉禅抄》卷三《药师法》中，十二护法种将之一的西方申位安底罗大将，"猴头人身"，原图并注明"白衣"二字，可能是"白衣秀士"的最初原型，他还认为，与玄奘关系密切的大慈恩寺中有一幅大悲观音像，在《伯宝抄》的《千手观音法杂集》中观音的扈从护法即为大猕猴摩迦罗，在玄奘—观音—大猕猴护法神—猴行者之间应该是存在一条值得思考的线索，猴行者很有可能来自佛教密宗的典籍。②

蔡铁鹰也认为孙悟空的探源应该将目光转向西北地区，就以金箍棒而言，他认为"中国传统文学中似乎从未发现较为接近孙悟空金箍棒的法器或武器，而现在猴形神将肩上的长棒，使我们觉得它们之间的联系几乎没有疑问"。③ 从而蔡铁鹰认为金箍棒与佛教中的猴将有关联，而金箍棒则从猴将的长棒而来。

孙悟空在小说《西游记》中最后被如来封为斗战胜佛，而之前的猴行者、孙行者本质上都是唐僧的护法。而西游故事又本是从佛教俗讲、勾栏说话和杂剧中得以丰富发展起来的。于是，金箍棒的追根溯源，自然应该从佛教传法中去寻觅。

---

① 参见［日］太田辰夫《西游记研究·大唐三藏取经诗话》，日本研文1984年版，第25页。

② 参见［日］矶部彰《日本〈西游记〉中孙行者的形成》，日本《东洋学集刊》38号，1977年，第106—110页。

③ 蔡铁鹰：《西游记的诞生》，中华书局2007年版，第121页。

印度两大史诗《摩诃婆罗多》和《罗摩衍那》的故事本通过佛教东传随之来到中土，因而金箍棒的原型探析转向佛教原典，在思路上无疑是正确的。但是，将护法金刚的武器金刚棒与说话艺术中的金镶锡杖相结合，却是不伦不类。

（五）金刚棒说

《佛说出生一切如来法眼遍照大力明王经》云："佛以右手安慰众生。次佛右边四臂大力明王，左手向佛顶礼，右手执拂，左上手执金刚索，右上手持金刚棒。彼眼如朱，发如炽火，如焰上耸。"①大力明王的武器为金刚棒，孙悟空身上似乎亦有大力明王的影子。除了武器相似，孙悟空的眼睛也与之相似：火眼金睛。

"时金刚手秘密主如佛所现，过于东方二十一恒河沙等世界，一切魔王悉尽降伏。身赤，眼碧，四牙外出，颦眉，怒目，发竖如朱，有大威德，右手持棒，左手持金刚。龙为庄严，虎皮为衣。"孙悟空的造型，其中之一为虎皮裙，从而与金刚手秘密主"虎皮为衣"相关？

"尔时魔王绕佛三匝退坐一面，白佛言：'世尊云何名大力？'佛告魔王：'如来名大力，法藏名大力，法名大力，法眼名大力，大乘名大力，金刚手名大力。'尔时魔王赞金刚手秘密主言：'善哉，善哉，秘密主。我从今向去不敢恼乱一切修行之者。誓归三宝佛法僧众。'"孙悟空被称为大力王菩萨，与此有关吗？

而在《续藏经》中的《瑜伽焰口注集纂要仪轨》部分，则有如是之说："准诸仪轨经，乃是降魔之具，即金刚杵，或金刚棒。右有一日字，左有一月字，表二自性。金刚顶瑜伽他化自在天理趣会普贤修行念诵仪轨云：'右日左成月，流散金刚光。入门而顾视，诸魔咸消散。'地藏菩萨请问法身，赞云：'以大力升进，执持智慧棒，一切无明，普徧碎坏。'"②

在印度佛教典籍中，如来的护法无论是大力明王还是金刚手，皆手持金刚杵。然而，在汉译佛经中，金刚杵都变成了金箍棒。这一变化，其实是值得细思的。

---

① 《佛说出生一切如来法眼遍照大力明王经》，《大正藏》卷21，第207页。

② 《瑜伽焰口注集纂要仪轨》，《续藏经》第104册，新文丰编审部1983年版，第948页。

除了以上金箍棒探源的五种说法之外，周汝昌认为，金箍棒的原型是"荆觚棒"①。这是从字音上进行推测而来的一种想法。通过梳理金箍棒的来龙去脉可知，荆觚棒从未出现在其源流正变的历史中，它从未与金箍棒形成一种互文性的关系，从而不可能成为金箍棒的原型。

二 赫拉克勒斯的武器：从橄榄棒到金刚杵

（一）橄榄棒

野生橄榄起源于小亚细亚，最初在叙利亚，后来扩展到希腊。公元前3000 年左右，橄榄在古希腊到克里特岛开始人工栽培，后扩展到希腊大陆，橄榄树被希腊人称为圣树。据希腊神话，智慧女神雅典娜和海神波塞冬争夺对雅典的保护权。宙斯决定，谁能为雅典带来最有益的礼物谁就享有雅典的保护权。波塞冬创造了马，雅典娜则让雅典的土地长出了橄榄树。凯克罗普斯作出判决，雅典归雅典娜。雅典娜成为了雅典的保护神，橄榄从而也成为了雅典的圣树。

据说，橄榄树还与古希腊神话中的大力神赫拉克勒斯有关联。赫拉克勒斯在萨伦湾发现了一棵野生橄榄树，他从橄榄树上砍下了一根木棍。后来，他把木棒靠在赫尔墨斯神像旁，这根木棒在地里生根发芽了。从此以后，奥林匹克运动会上，赛跑的优胜者就被戴上橄榄枝编成的桂冠。

在古希腊艺术世界中，"赫拉克勒斯造型里有三大元素：狮头盔、狮子皮和棒子"②。"戴着狮头盔，披着拖条尾巴的狮子皮，狮子的两个带爪前肢交叉系在胸前，就变成了赫拉克勒斯在希腊艺术里的一个招牌造型。"③"另一个招牌造型兽赫拉克勒斯手里拿着一个棒子，据说这是用地狱长出来的橄榄树枝做成。他把树枝砍下，做成一头大一头小的棒子，上面还留着许多没砍尽凸起的枝杈。这个棒子成为他无坚不摧的武器，也成

---

① 周汝昌：《"金箍棒"的本义和"谱系"——古代小说中的民俗学研究举隅》，《陕西理工学院学报》1984 年第 2 期。

② 邢义田：《立体的历史：从图像看古代中国与域外文化》，三联书店 2014 年版，第 170 页。

③ 同上书，第 162 页。

为他造型里最具代表性的配件。"① 因为此橄榄棒之橄榄枝是从地狱里长出来的，所以它象征死亡或死神的力量。在某种意义上可以说，它是夺命棍。赫拉克勒斯完成了 12 件功绩，其中橄榄棒功不可没。

在古希腊神话中，橄榄棒成为了赫拉克勒斯身份的表征。一提起橄榄棒就想起赫拉克勒斯，反之亦然。武器与其主人合二为一，武器与使用者的一体化，似乎具有普遍性。在古今中外的文学世界里，一提起某武器就想起其使用者的现象比比皆是，例如金箍棒与孙悟空，九齿钉耙与猪八戒，青龙偃月刀与关羽，丈八长矛与张飞，橄榄棒与赫拉克勒斯，等等。

（二）金刚杵

犍陀罗，是印度西北边陲的一个地区。犍陀罗在波斯帝国的统治之下，一直延续到亚历山大大帝于公元前 327 年至前 326 年征服波斯。阿育王改信佛教之后，犍陀罗人也都成为了佛教信徒。但是，这一地区大多数时候被外族统治，从而形成了多文明交融的文化。

东西方文化的交融，使得犍陀罗文化兼具异质性文化特征。赫拉克勒斯随着亚历山大和罗马皇帝的开疆拓宇也传到了犍陀罗地区，其艺术造型发生了在地化之转变。犍陀罗艺术是宗教艺术，是古希腊、罗马雕塑艺术与印度佛教思想的结晶。佛陀最早的形貌，取自古希腊太阳神阿波罗。早期犍陀罗艺术中的夜叉和金刚力士，借用了希腊海神波塞冬和智慧之神雅典娜和爱罗神的外形②，后来借用了大力神赫拉克勒斯的形貌。

大乘佛教又称作像教，以图像来说法。由于犍陀罗艺术与大乘佛教关系密切，因此赫拉克勒斯"以变身后的造型出现在佛祖的身旁，身份也变换成佛陀的护法金刚——金刚神"③。犍陀罗出土的石雕像、泥塑像，如邢义田《立体的历史：从图像看古代中国与域外文化》（以下图示的出处，皆指此书）中的图 37、图 39 和图 40，赫拉克勒斯的狮头帽或狮子皮

---

① 邢义田：《立体的历史：从图像看古代中国与域外文化》，三联书店 2014 年版，第 162—163 页。

② 参见［英］约翰·马歇尔《犍陀罗佛教艺术》，王冀青译，甘肃教育出版社 1989 年版，第 53、73 页。

③ 邢义田：《立体的历史：从图像看古代中国与域外文化》，三联书店 2014 年版，第 185 页。

依然在，但是橄榄棒却一律换成了佛教中的金刚杵。[①] 印度佛教中的护法金刚，手中拿着印度特色的法器即金刚杵。然而，在西域的变相中，却又有带棒护法金刚。它们可能就是孙悟空及其金箍棒艺术造型的"中介"。

(三) 赫拉克勒斯及其橄榄棒到了中土

大乘佛教以图像说法，它在东传的过程中，犍陀罗艺术风格也随之而来，其中尤以西域今新疆的造像和石窟受其影响为甚。最早的作为金刚神的赫拉克勒斯变相，也出现在新疆克孜尔石窟。其中第一七五窟的金刚神（图43），头戴兽头帽，手持金刚杵。邢义田认为此造型源自犍陀罗。[②] 橄榄棒是赫拉克勒斯身份辨认过程中的标志之一。新疆克孜尔石窟第七十七窟壁画（图45）中牧牛人手中的棒子，据邢义田院士的考证，认为是赫拉克勒斯的"招牌棒子"[③]，即橄榄棒。

赫拉克勒斯，以护法金刚或乾闼婆的身份随着佛教造像艺术自南北朝到唐代，二三百年间由西亚、中亚、新疆传播到甘肃、陕西、四川、山西、河南、河北等地。赫拉克勒斯造型的三大元素，在东传的过程中有变异，如狮头帽变为虎头帽，有分离，如四川出土的"带棒护法金刚"手持橄榄棒（一头粗一头细，表面凹凸不平），但是没有头戴狮头帽或狮子皮；有保留，如麦积山石窟第四窟前廊正壁上的天龙八部之一（图50），戴着兽头帽，手里拿着棒子。

在中土的雕塑或画像中，赫拉克勒斯变身为金刚神，其武器是金刚杵，而带棒护法金刚则手持橄榄棒。也就是说，金箍棒可能既受金刚杵又受到了橄榄棒的影响。更何况，希腊陶瓶图像中的橄榄棒，有的画得短而粗，在赫拉克勒斯的手中，与印度金刚杵之一种即独股杵颇为相似（如图9.3赫拉克勒斯陶瓶局部[④]）。但不管如何，有一点是确定无疑的，那就是佛教的传播。而这一点对于孙悟空及其武器金箍棒的原型研究则是至关重要的。

---

① 邢义田：《立体的历史：从图像看古代中国与域外文化》，三联书店2014年版，第185—187页。

② 同上书，第189—190页。

③ 同上书，第191页。

④ 同上书，第163页。

金箍棒为何两头皆为金箍？金刚杵、橄榄棒都是一头大一头小，而金箍棒则具有平衡美、对称美。这大概是由中国人的审美观所决定的。

三　金刚杵：金箍棒与橄榄棒的接榫

金刚杵是古印度的一种兵器，由于质地坚固，象征坚固、摧毁二德，这种兵器具有鲜明的民族性。古印度神话中，因陀罗是雷雨神，雷杵是他的武器。这里的雷杵，如同权杖，其形状为一棍子的形象。后来，他成为战神、天神之王，武器也由雷杵变成了金刚杵。因陀罗的功绩之一，是他用金刚杵杀死了妖蛇弗栗多。据印度神话，因陀罗曾把金刚杵插入迪蒂的子宫，这似乎表明金刚杵即男根的表征？

在印度神话中，把金刚杵作为武器的并非只有因陀罗，还有许多其他神祇，如神猴哈奴曼、帝释天、护法韦陀、执金刚神（"持金刚杵者"），等等。

密教自称金刚乘，金刚源于金刚杵。金刚杵是密宗的法器之一，有独股杵、三股杵、五股杵、九股杵、普巴杵和羯磨杵等。婆罗门教中的因陀罗后来演化为佛教中的帝释天，金刚杵也成为了护法金刚力士的武器。在印度神话中，常见持独股杵诸尊有大力金刚、帝释天、金刚持菩萨等。[1]

7 世纪，随着巫术和部分婆罗门教融入佛教中，从此开始了金刚杵在密宗中的广泛使用。根据出土的金刚杵可知，独股金刚杵、三股金刚杵和五股金刚杵在唐代被传入了大理、中原等地。[2] 千寻塔和弘圣寺塔等皆出土了大黑天的独股金刚杵。大黑天是大自在天即湿婆的化身。《苏悉地经》云："行者手持三股杵，则不为毗那夜迦所障难。"而其中的湿婆、行者很容易引起与孙行者的联想。随着密宗传入西藏、大理、汉地和蒙古等地，修法、造像、法器包括金刚杵等也被传播到了这些地方。金刚杵与密宗可谓是如影随形。

在印度故事的叙事中，金刚杵触目可见。然而，汉语言文学世界里，

---

① 参见《佛教的持物》第 23 册，中国社会科学出版社 2003 年版，第 20 页。
② 参见金远《中国古代金刚杵的发现及其源流考》，硕士学位论文，吉林大学，2006 年，第 35—36 页。

除了受佛教影响的作品，很少见金刚杵的踪影。在小说《西游记》中，只有哪吒这位途经佛教从西域而来的神灵使用降妖杵或降魔杵之外，十八般武器诸如刀剑叉鞭枪斧等样样皆有，但唯独没有金刚杵，从而也表明了金刚杵的异域性。

中国古代常见的武器，以十八般武器为主。汉武帝于元封四年（前107）筛选出18种类型的兵器：矛、镗、刀、戈、槊、鞭、锏、剑、锤、抓、戟、弓、钺、斧、牌、棍、枪、叉。三国时吕虔将十八般兵器重新排列为九长九短。九长：戈、矛、戟、槊、镗、钺、棍、枪、叉；九短：斧、戈、牌、箭、鞭、剑、锏、锤、抓。据《五杂俎》和《坚瓠集》，十八般兵器为弓、弩、枪、刀、剑、矛、盾、斧、钺、戟、黄、锏、挝、殳（棍）、叉、耙头、锦绳套索、白打。《水浒传》写到的十八般武器是矛、锤、弓、弩、铳、鞭、锏、剑、链、挝、斧、钺、戈、戟、牌、棒、枪、扒。如上所列，皆未见金刚杵的踪影。

接受的在地化问题，是由于接受者前有结构所决定的。在地化是源文化与异文化的融合生产过程，在本质上是事件化。于是，文化在传播和接受过程中都会发生变异。如果符合接受者的审美意识，异文化就会被接受、被归化；如果不符合，就会被遗弃或被异化。金刚杵随着佛教被传入中土，除了极少数原有人物手持金刚杵得以保留之外，中土对金刚杵似乎有点隔膜。赫拉克勒斯的橄榄棒在东传的过程中也发生了变异，至犍陀罗成为了金刚杵。

公元前4世纪，亚历山大大帝东征至印度西北部，也将古希腊文化传播至那儿，促成了犍陀罗佛教艺术的生成。如前所述，赫拉克勒斯东传至印度，成为护法后其武器橄榄棒转化为了金刚杵，这里的金刚杵是独股杵，一头粗一头细，俨然他的橄榄棒的外形。从犍陀罗到克孜尔石窟壁画中到金刚力士图像，表明赫拉克勒斯的形貌从古希腊人演变为当地人，而其武器也从木棒转化为金刚杵。[1]

密教受印度教性力派影响，崇尚男女性的结合，提倡男女和合之胜乐。作为密教法器之一的金刚杵，也是男性性器的象征。印度古文献《百道梵书》称男根为"酥油金刚杵"。《百道梵书》云："因为酥油就是

---

[1]　参见霍旭初《龟兹金刚力士图像研究》，《敦煌研究》2005年第3期。

金刚杵，天神用酥油金刚杵打击自己的妻子，使她们弱下去。"在印度密宗金刚乘中，般若（prajna）代表女性创造活力，方便（upaya）代表男性创造活力，分别以女阴的变形莲花（padma）与男根的变形金刚杵（vajra）为象征，通过男女交欢的瑜伽方式亲证般若与方便融为一体的极乐涅槃境界。① 如此一来，金箍棒的性器象征，与金刚杵便在象征意义上相通且完全一致。

金刚杵、金箍棒和橄榄棒，三者在外形上虽然不大一样，但功能是完全相同的，都起到了降伏妖魔的功能：金刚杵在密教中主要是用来降魔除妖的，孙悟空的金箍棒也主要是用来降妖伏魔，赫拉克勒斯用橄榄棒降服了许多妖怪。

余　论

由以上可知，孙悟空的武器金箍棒的原型追根溯源，可至赫拉克勒斯的武器橄榄棒，其中介是金刚杵。从而可进一步推知，孙悟空在西天取经路上的降妖伏魔，是不是也受到了赫拉克勒斯十二件英雄事迹的影响？赫拉克勒斯的十二件大功又被称作十二件苦差，分别是剥下尼密阿巨狮的兽皮、杀死九个头的大毒蛇、生擒赤牝鹿、活捉厄律曼托斯野猪、在一天之内把奥革阿斯的牛圈打扫干净、射杀怪鸟、驯服克里特岛上的公牛、制服食人马、夺取女王希波吕忒的腰带、制服疯牛、摘取赫斯珀里得斯的金苹果、制服冥王的看门狗刻耳柏洛斯。这些英雄事迹，与孙悟空保护唐僧西天取经路上降服的老虎、大蛇、母鹿、野猪、金翅鸟、大青牛、龙马、大白牛、大闹地府等何其相似乃尔！赫拉克勒斯天生神力，被誉为大力神。孙悟空在《西游记》中被称为"大力王菩萨"。诸如此类，二者所具有的惊人的相似性，很难不令人想到其内在的影响关系。那么，孙悟空这个艺术形象似乎亦曾深受赫拉克勒斯的潜在影响。譬如，孙悟空的金箍帽是否受到了赫拉克勒斯造型的影响？似乎亦有可能。因为据大夏银币上坐姿握

---

① 参见王镛《印度美术史话》，人民美术出版社 1999 年版，第 153 页。

棒的赫拉克勒斯的头像可知，赫拉克勒斯的头部没有狮头帽，而是一个金环。[1] 从而由金箍棒和橄榄棒之间的关系，似乎可引申出一个有意义的课题来。

作者单位：兰州大学

---

[1] 参见邢义田《立体的历史：从图像看古代中国与域外文化》，三联书店 2014 年版，第 174 页。

《西游记》中"六贼"的概念人物化叙事论略

张同胜

《西游记》第十四回"心猿归正，六贼无踪"中说：

> 行者的胆量原大，那容分说，走上前来，叉手当胸，对那六个人施礼道："列位有什么缘故，阻我贫僧的去路？"那人道："我等是剪径的大王，行好心的山主。大名久播，你量不知，早早的留下东西，放你过去；若道半个'不'字，教你碎尸粉骨！"行者道："我也是祖传的大王，积年的山主，却不曾闻得列位有甚大名。"那人道："你是不知，我说与你听：一个唤做眼看喜，一个唤做耳听怒，一个唤做鼻嗅爱，一个唤作舌尝思，一个唤作意见欲，一个唤作身本忧。"悟空笑道："原来是六个毛贼！你却不认得我这出家人是你的主人公，你倒来挡路。把那打劫的珍宝拿出来，我与你作七分儿均分，饶了你罢！"那贼闻言，喜的喜，怒的怒，爱的爱，思的思，欲的欲，忧的忧，一齐上前乱嚷道："这和尚无礼！你的东西全然没有，转来和我等要分东西！"①

《西游记》中的这"六贼"分别是眼看喜、耳听怒、鼻嗅爱、舌尝思、意见欲、身本忧。显而易见，它们是影响佛教徒修行的六种思想意识，是六种概念的人物化，而非现实生活中打劫的贼盗。

在历史上，玄奘在印度取经的路上虽然确实曾经遇到强盗，并且还不止一次，但它们却不是《西游记》中唐僧师徒遭遇"六贼"的原型。因

---

① （明）吴承恩：《西游记》，上海古籍出版社 2010 年版，第 108 页。

为小说不是纯粹地描摹和叙述历史上发生过的玄奘遇盗事件的影子，而是佛经的教义即去"眼、耳、鼻、舌、身、意"六贼的人物化、形象化、故事化和通俗化的演义。

为了比较起见，我们先看一看玄奘印度遇盗的事实。根据《玄奘》传记的记载，玄奘从奢羯罗城出那罗僧诃城，往东行至一个大树林里，不想却碰到了几十个强盗。他们把玄奘及其同伴的衣服、资粮都抢了去，还威逼他们聚集在一个枯池旁边，准备把他们全部杀害。正在危急的时候，玄奘同伴中有一个机警的沙弥，他从枯池里面的蓬棘萝蔓间发现了池子南岸有一个水洞，于是他与玄奘趁着强盗忙着分赃的时候，从水洞逃跑了。① 还有一次，是在玄奘去阿耶穆佉国的河面上，又遇到了强盗。这群强盗不仅抢了去玄奘及其同伴的衣服、资粮，还要拿玄奘作为牺牲祭祀天神。因为他们信奉突伽天神，每年秋季，都要选一个"质状端美"的人做祭天神的牺牲。强盗看见玄奘体貌魁伟，适合祭祀突伽天神，便把他绑上祭坛。但玄奘毫不畏惧，镇静地默念佛经。这时狂风骤起，吹断树枝，盗贼以为天神在责怪他们作孽，慌忙向玄奘表示歉意，他这才躲过了一场灾难。②

将上述玄奘在印度求学时遇到过几次强盗的事实与小说中孙悟空打死"六贼"的叙述相比可知，玄奘的几次遇盗都与小说中唐僧和孙悟空遇到的"六贼"故事大相径庭，犹若天壤之别。因为小说中的"六贼"故事在《西游记》中是相关佛理的演义。

那么，何谓佛教中的"六贼"？《陈义孝佛学常见辞汇》中的解释是："色、声、香、味、触、法六尘，以眼、耳、鼻、舌、身、意六根为媒，自劫家宝，故喻之为贼。有道之士，眼不视色，耳不听声，鼻不嗅香，舌不味味，身离细滑，意不妄念，以避六贼。"

《佛光大辞典》中的解释是："（一）指产生烦恼根源之色、声、香、味、触、法等六尘。六尘以眼等六根为媒，能劫夺一切善法，故以贼譬之。［楞严经卷四、北本涅槃经卷二十三、最胜王经卷五］（二）以六贼

---

① 参见宋云彬《玄奘》，王其兴主编《玄奘传三种》，上海人民出版社 2008 年版，第 72 页。

② 同上书，第 74 页。

譬六根之爱喜。杂阿含经卷四十三（大二·三一三中）：'士夫！内有六贼，随逐伺汝，得便当杀（中略）六内贼者，譬六爱喜。'"

《佛学大辞典》对"六贼"的解释是："（譬喻色声等六尘。以眼等六根为媒，劫掠功能法财。故以六贼为譬。涅槃经二十三曰：'六大贼者，即外六尘，菩萨摩诃萨观此六尘如六大贼，何以故？能劫一切诸善法故。（中略）六大贼者，夜则欢乐。六尘恶贼，亦复如是。处无明闇，则得欢乐。'最胜王经五曰：'当知此身如空聚，六贼依止不相知，六尘诸贼则依根，各不相知亦如是。'楞严经四曰：'汝现前眼耳鼻舌及与身心六为贼媒，自劫家宝。'〔又〕以六贼譬六根之爱喜。杂阿含经四十三曰：'士夫，内有六贼，随逐伺汝，得便当杀。（中略）六内贼者，譬六爱喜。'"

《五灯会元·梁山缘观禅师》记载："问：家贼难防时如何？师曰：识得不为冤。"按佛教以色、声、香、味、触、法"六尘"为"外六贼"，以眼、耳、鼻、舌、身、意"六根"为"内六贼"。家贼即指内六贼而言，谓六根的贪欲。汉语言成语中的"家贼难防"，原来出处与佛教关系密切。

《俱舍论》说，一人一身有十八界，十八界是由六根、六识和六尘组成的。六根指的是眼、耳、鼻、舌、身、意，六识指的是眼识、耳识、鼻识、舌识、身识、意识，六尘指的是色、声、香、味、触、法。佛教认为，如果六识附着于心田，就会使心灵不得安宁，烦恼日盛。《坛经》认为，烦恼就是地狱，六根、六尘和六识合成十八座地狱。它们是破坏真心、真性的盗贼，只有灭掉六贼，才能心境清净，一心向佛，取得正法。佛教认为，修行的人只有"六根清净"，才能容易成得正果。

僧人修行禅定，如果心头有"六贼"骚扰，那么内心就不得安宁，从而难得正果。《西游记》中的唐僧师徒遇盗故事，显然是佛教经义的概念之人物化、故事化叙述。佛教徒之弘法，大多是通过人物故事来说法，即通过生动形象的譬喻、故事或图像等手段来宣传其教义。对于一些抽象的概念，他们往往将其人物化，以此来说理。

俗讲僧将佛教中的概念、教义等演化为人物及其故事来阐述佛法，倒也新鲜别致，饶有趣味。《西游记》小说中说"心猿（即孙悟空）归正，六贼（即眼看喜、耳听怒、鼻嗅爱、舌尝思、意见欲、身本忧）无踪"。

我们先看看"心猿"的人物化。小说中的"心猿"即孙悟空。这一形象，出于印度《罗摩衍那》中的哈奴曼神猴，有的专家在佛教《善见律毗婆娑》等经书中也找到了类似的神猴故事。这些神猴故事，往往用来阐说佛法。查佛经，在《大智度经》卷四十七有："心相轻疾，远逝无形，难制难持，常是动相，如猕猴子。"又，早在小乘佛教时代就有一个著名譬喻"六窗一猿"，说心为一识，一识通过六根（眼、耳、鼻、舌、身、意）知觉外界，心如行动敏捷之猿猴，显隐出没于一屋之六窗。慧远在《大乘义章》卷二十六中说："六识之心，随根虽别，体性是一，往来彼此，如一猿猴。"佛家一直把"心猿意马"作为明心见性之障。《心地观经》云："心如猿猴，游五欲树不暂住故。心如画师，能画世间种种色故。"由此可知，佛教早已用猕猴或猿猴来譬喻人之"心"，不必等待到明中期心学兴盛时才有"心猿"一说。

在《西游记》中，无论是回目、诗词，还是故事中所谓的"心猿"，指的都是孙悟空，如第七回"五行山下定心猿"，第十四回"心猿归正，六贼无踪"，第三十回"邪魔侵正法，意马忆心猿"，第四十一回"心猿遭火败，木母被魔擒"，第八十五回"心猿妒木母，魔主计吞禅"，等等。

唐僧与心猿、意马、木母和刀圭，似亦是唐僧一人分身法叙事也。至于意马、木母和刀圭等概念的人物化叙述，限于篇幅，此处不再展开。

下面我们再看看小说中"六贼"的人物化叙述。小说中"六贼"的姓名分别叫作"眼见喜、耳听怒、鼻嗅爱、舌尝思、意见欲、身本忧"。六贼在路上打劫，当孙悟空不但不"放下东西"，反而对它们进行调侃，索要"六贼"打劫来的珍宝时，"六贼""喜的喜，怒的怒，爱的爱，思的思，忧的忧，欲的欲"。试问，此时"六贼"哪里来的喜、爱？它们不过是在显示取经人的一种情绪躁动吗？但由于孙悟空此时刚刚皈依空门，过去的狂妄、嗔怨摒弃得尚不干净，慈悲心怀尚未生成，除恶务尽之念方炽，所以把"六贼""一个个尽皆打死"，将其消灭得干干净净。

然而，我佛慈悲为怀，佛理上不提倡杀生，因而唐僧怪罪孙悟空"无故伤人的性命""不分皂白，一顿打死"以及"全无一点慈悲好善之心"① 等等。孙悟空受不得唐僧絮絮叨叨，而读者也往往责备唐僧"愚氓"（毛泽东语），甚至要"千刀当剐唐僧肉"（郭沫若语）。其实，从法

---

① （明）吴承恩：《西游记》，上海古籍出版社 2010 年版，第 108 页。

律上来说，正如唐僧所言，六贼路上打劫“也不该死罪”；从佛理上来说，“出家人扫地恐伤蝼蚁命，爱惜飞蛾纱罩灯”，既入了沙门，一味伤生，实“做不得和尚”。

《大般涅槃经》卷 16《大方便佛根思经》慈品中有五百强盗成佛的故事。摩伽陀国有五百个强盗，经常拦路抢劫行人，致使“王路断绝”，于是国王派遣大军进剿。这五百强盗全部被擒，并被处以割鼻、刖耳、挖眼睛等刑罚。佛陀慈悲，以“神通力”吹香山药使五百盲贼复明，并为他们说法，从而五百强盗皈依了佛门。今敦煌 285 窟即五百强盗成佛的变相。这个故事与孙悟空剪灭六贼形成了鲜明的对比，从佛家的立场上来说，我们不应该责备唐僧、偏袒“心猿”。

从修心炼性来说，“心猿”孙悟空打死“眼看喜、耳听怒、鼻嗅爱、舌尝思、意见欲、身本忧”“六贼”之目的，是为了使得唐僧能够一心一意地去西天取经。如果唐僧心性散乱，受到了“六贼”牵制，那便是凡俗夫子，去不得西天，取不得真经。心性没有尘世的烦恼牵缠，才会成为圣佛。小说中唐僧与孙悟空关于“六贼”是否该死的争执，也象征性地表明了西天取经路上，唐僧“六贼”难以根除，需“心猿”时时提醒与控制。直到唐僧上了接引佛祖的船，才“洗净当年六六尘”[1]，即灭除“六贼”成了佛。

《西游记》中“心猿归正，六贼无踪”，讲的难道不是唐僧思想意识上消除尘世杂念的故事吗？其他如“邪魔侵正法，意马忆心猿”“心猿正处诸缘伏，劈破傍门见月明”，等等，“心猿”屡屡出现，表现的又都是孙悟空与魔障即正念与杂念的思想斗争。一部《西游记》，就是一部唐僧修“心”史。

这种“概念人物化”的叙事手法，其渊源又是出自何处呢？

金克木先生在《概念的人物化——介绍古代印度的一种戏剧类型》一书中介绍了印度有一种戏剧类型，它将抽象的概念进行“人物化”的创作。“这些戏剧并不是以人物说教而加标签，反倒是把哲学原理化为有

---

① （明）吴承恩：《西游记》，上海古籍出版社 2010 年版，第 826 页。

血有肉能在舞台上表演情节的人物。"① 它本身是很生动的叙事文学，再以哲学概念命名，点明其意义。金克木先生介绍的有公元 1 世纪左右宣传佛教的戏剧残本，人物有"觉"（智慧）、"称"（名声）、"定"（坚定）等②；有公元 11 世纪的《觉月初升》，人物有"爱""欲"一对夫妻；有国王"心"的两个妻子分别生了"大痴"和"明辨"两个儿子，"明辨"将和"奥义"结婚，从而引发出了错综复杂的故事③，等等。

印度直到 20 世纪还有这一种类的梵戏，如泰戈尔的某些诗剧。值得我们注意的是，前述公元 1 世纪左右的残本剧是在我国西域即今新疆吐鲁番地区发现的。④ 这一事实表明，古代印度"概念人物化"的叙事手法很早就传到了西域。

突厥语书面文学《福乐智慧》亦可以佐证"概念人物化"是西域地区习以为常的一种叙事或说理的方式。《福乐智慧》通过"日出""月圆""贤明"和"觉醒"这四个象征性人物的相识、共事、辩论、亡故等经历，演义了责任和义务，展示了人生观、价值观以及对今生来世的不同看法。从而通过人物及其故事来讲述治理国家和建设理想国度的道理。⑤从地域文化及其特质，我们可将概念人物化的叙事手法追根溯源至印度。

印度人擅长将其意识、概念、哲理等形象化、人物化、故事化。在印度，不唯梵剧采用了概念人物化的艺术形式，他们的宗教经典、神话史诗等都运用这一叙事手法。据梵学家的考证，《摩诃婆罗多》这部伟大的史诗，其本事就占到了整个篇章一半的篇幅，另一半的篇幅是各种插话和其他形式的插叙。⑥ 而《摩诃婆罗多》中的这诸多插话或插叙，其实大多是意识理念或概念之人物化及其故事化。下面举其中的一个例子试说明之：

俱卢大战结束后，面对这战争双方都仅仅剩下了几个人的悲惨结

---

① 金克木：《概念的人物化——介绍古代印度的一种戏剧类型》，《印度文化论集》，中国社会科学出版社 1983 年版，第 159 页。

② 同上。

③ 同上书，第 161—169 页。

④ 同上书，第 157 页。

⑤ 参见阿地里·居玛吐尔地《中亚民间文学》，宁夏人民出版社 2008 年版，第 9—11 页。

⑥ 参见季羡林主编《印度古代文学史》，北京大学出版社 1991 年版，第 61 页。

局，持国悲痛欲绝。维杜罗去安慰他，其方式就是通过讲故事来解说人生哲理。维杜罗说，有一个婆罗门进入了一个人迹罕至的大森林里，里面到处都是狮子、老虎等食肉猛兽，还有五个头的怪蛇和可怕的女人。他毛发直竖，东奔西跑寻找藏身之地。结果，掉进了一口覆盖着蔓草和树藤的枯井里面。他缠在树藤和树枝中间，头朝下倒挂着。井底有蟒蛇，井边有六嘴十二足的大象，还有许多黑鼠和白鼠在啃啮他所依附的那根树藤。即使是在这样险恶的环境中，这个婆罗门依然贪恋着生活。树枝中有许多蜜蜂在享用蜂蜜，他也一次又一次地舔吮流下来的蜜汁。维杜罗向持国指出：人迹罕至的大森林意指世俗生活，各种野兽意指疾病，可怕的女人意指色衰的老年，那口井意指生物的肉体，井底的蟒蛇意指毁灭一切生物的时间，缠住婆罗门的树藤意指求生的欲望，六嘴十二足的大象意指六季（按指：印度一年六个季节）十二月，黑鼠和白鼠意指黑夜和白昼，蜜蜂意指情欲，流下来的蜜汁意指感官快乐。维杜罗通过这个故事想告诉持国什么道理呢？那就是"智者们早就知道：生活之轮如此运转，因而他们能够斩断生活之轮的羁绊"（11·6·12）。[①]

从以上引文可知，印度人将"一年"人物化为大象、"黑夜和白昼"人物化为黑鼠和白鼠、"色衰的老年"人物化为可怕的女人……以此来形象地表达某个概念或道理。《摩诃婆罗多》中的插话或插叙这种通过故事、形象、人物或动物等来讲解道理、哲理或概念的方式，是极具民族特色的。而如上所述，佛教也采用了这一叙事方式来弘法，从而通过俗讲变文进而影响中土小说的叙事。

《西游记》这部小说将佛教经义上的"六贼"人物化，让"心猿"孙悟空将其"一个个尽皆打死"，从而说明了唐僧西天取经需要破除心中"六贼"。这是印度概念人物化叙事手法影响的结果，也是宗教以故事说法的结晶。《贤愚经》，正如陈寅恪先生所说的，不过是"杂集印度故事之书"，并进而推知中亚说经"例引故事以阐经义，此风盖导源于天竺，

---

① 季羡林主编：《印度古代文学史》，北京大学出版社 1991 年版，第 64—65 页。

后渐及于东方"。① 由是观之，佛经大多不过是故事集而已，佛陀及其弟子，正是通过讲述故事来说法、弘法。其实，不唯佛教如此，就是《吠陀》《圣经》《古兰经》等宗教经典，在教外人士眼中不也都是"故事集"吗？

原刊于《中国古代小说戏剧研究》2013 年

作者单位：兰州大学文学院

---

① 陈寅恪：《西游记玄奘弟子故事之演变》，《金明馆丛稿二编》，三联书店 2001 年版，第 217 页。

《西游记》"金丹大道"话头寻源

——兼及嘉靖年间民间宗教对取经故事的引用和改造

蔡铁鹰

　　《西游记》讲唐代玄奘大师取经事，是一个非常确定的佛教题材故事，但从来都有人说它出自道家之手，演绎了道教教派金丹派的修行理论，暗喻了一种修行的功夫——"金丹大道"，其主题、情节、文字与金丹道理论无不若合符节。持此说者，前有清初以来刻印《西游记》的道徒汪象旭、陈士斌、刘一明，近有今人李安纲、胡义成等诸位。

　　我们对古今"出于道长说""金丹大道说"持强烈的批评意见，认为从约定俗成的学术意义上说，有证据不足之弊、牵强附会之嫌；但不应忽视导致上述假说产生的现象——《西游记》里确有一些属于道教金丹派的修行话头，如"心猿""姹女""婴儿""木母"之类，这些术语疙疙瘩瘩地掺和在《西游记》精纯的叙述文字中，与那些对道教冷嘲热讽的情节相映照，形成了一个颇为怪异的文化之结，令人煞费思量。

　　在明代中后期的民间秘密宗教中，我们找到了《西游记》取经故事金丹道话头的来源。始作俑者，应当是当时影响非常广泛的一个教派——罗教，罗教对唐僧取经故事做了基于宗教宣传目的的实用化引用，几乎使《西游记》成为一件宗教宣传品。

一

　　中国道教中，很早就发展出了炼丹术。魏晋以来的道教中人往往在山中支起鼎炉，伐木为薪，以铅、汞为原料，引发一系列化学反应，产生新的化合物，这些化合物便被称为"丹"——外丹。道教认为服下这些丹，便会白日飞仙。但这些丹其实很多是剧毒品，服下之后会以各种形式导致人中毒身亡。唐代以后，太多的炼丹人夭亡的事实，终于使人们认识到外丹成仙的荒唐，外丹学渐趋中落——当然没有消亡，明清两代都有帝王服食丹而亡的记载。代外丹而起占据主导地位的是新的内丹学，内丹学号称以人的身体为鼎炉，以人的精、气、神为药物，认为只要依据一定的口诀，运用一定的方法火候，就可以在体内炼出"丹"——内丹，从而达到成仙的目的。宋代时道教中钟吕系内丹派渐成气候，而其南宗又从中创出金丹派，创始人即《西游记》中提到的，在道教中名气不小的紫阳真人张伯端。金丹派主张先修心性后修命，其所谓心性又有三教合一的意味，因而在内丹各派中独树一帜。金元时期诞生的全真道，奉行的主要就是金丹学说，随着全真道的大行天下，金丹派也就得到了发扬光大——号称金丹大道，成为元明清时期最有影响的道家学说内核。①

金丹道的修行有一套口诀，主要是用于控制修行者的实际操作和精神状态，如精、气、神，心猿、意马等；由于内丹学是从外丹学演变而来，所以其许多名词还是借用自外丹学，如铅、汞、金公、木母等；同时又由于它是以人体为炼丹的鼎炉，所以它的许多术语又是暗示人的器官，如姹女、婴儿、玄牝、脊关，等等。

《西游记》的确保留了一些金丹道的术语，尤其是在回目和韵语里，例如：

　　　　邪魔侵正法　意马忆心猿　（第三十回）
　　　　心猿识得丹头　姹女还归本性　（第八十三回）
　　　　婴儿戏化禅心乱　猿马刀归木母空　（第四十回）
　　　　猿熟马驯方脱壳　功成行满见真如　（第九十八回）

如第一回描绘石猴惊天问世的韵语：

　　　　三阳交泰产群生，仙石胞含日月精。
　　　　借卵化猴完大道，假他名姓配成丹。……

---

① 　参见任继愈主编《中国道教史》，上海人民出版社1990年版，第十至第十四章。

又如第二回须菩提祖师三更时分单独传给悟空的修炼口诀：

> 显密圆通真妙诀，惜修姓名无他说。
> 都来总是精气神，谨固牢藏休漏泄。
> 休漏泄，体中藏，汝受吾传道自长。
> 口诀记来多有益，屏除邪欲得清凉。
> 得清凉，光皎洁，好向丹台赏明月。
> 月藏玉兔日藏乌，自有龟蛇相盘结。
> 相盘结，性命坚，却能火里种金莲。
> 攒簇五行颠倒用，功完随作佛和仙。

这些丹道术语，便被有些研究者认为诠释了道教金丹派的教义和修行规则。

二

我们首先要澄清一点，即所有将《西游记》的金丹道话头与百回本作者问题联系起来的研究都是错误的，因为这些研究者显然忽视了世德堂本陈元之序中的一段话。被世德堂主人请来整理文稿的陈元之说，当时书坊主人购得的《西游记》原书稿前面"旧有叙"，已经谈到了《西游记》的要言大旨，他本人比较同意旧叙的意见，于是"聊为缀其轶叙叙之"。其中追述旧叙的话是[①]：

> 其叙以孙，狲也，以为心之神；马，马也，以为意之驰；八戒，其所戒八也，以为肝气之木；沙，流沙，以为肾气之水；三藏，藏神、藏声、藏气之三藏，以为郛郭之主；魔，魔，以为口耳鼻舌身意恐怖颠倒幻想之障，故魔以心生，亦心以摄。是故摄心以摄魔，摄魔

---

① 参见（明）陈元之《西游记序》，载蔡铁鹰编《西游记资料汇编》，中华书局 2010 年版。

以还理，还理以归之太初，即心无可摄，此类以为道道成耳。此其书
直寓言者哉！彼以为大丹丹数也，东生西成，故西以为纪。

以这段话与嘉靖初人孙绪《沙溪集》中的一段话对读，意义就明
确了①：

> 释氏相传，唐僧不空取经西天。西天者，金方也，兑地，金经所
> 自出也。经来白马寺，意马也。其曰孙行者，心猿也。这回打个翻筋
> 斗者，邪心外驰也。用咒拘之者，用慧剑止之，所谓万里之妖一电光
> 也。诸魔女障碍阻敌临期取经采药魔情纷起也，皆凭行者驱敌，悉由
> 心所制也。白马驮经，行者敌魔，炼丹采药全由心意也。

孙绪为弘治十二年（1499）进士，嘉靖二年（1523）任太仆寺卿，
不久致仕，大约在嘉靖二十六年（1547）前在世。他看到的所谓心猿意
马、炼丹采药的《西游记》，显然不迟于嘉靖中期，他的这段描述与陈元
之的序有相当强的一致性，已经足够说明陈元之的旧序与吴承恩或者其他
的世德堂本整理者没有关系。

类似的证明还有，胡适曾经介绍过一种关于清源妙道真君二郎神的宝
卷，其中由二郎救母而牵扯到唐僧取经，有大量的金丹道术语。这本宝卷
有确切的抄写时间"大明嘉靖岁次壬戌三十四年"②：

> 二郎卷，说的是，通凡达圣。扫邪踪，合外道，劈破傍门。
> 老唐僧，为譬语，不离身体。孙行者，他就是，七孔之心。
> 猪八戒，精气神，养住不动。白龙马，意不走，锁住无能。
> 沙僧譬，血脉转，浑身运动。人人有，五个人，遍体通行。

再有，嘉靖万历年间黄天教教主李宾所撰的经典《普明如来无为了

---

① 参见（明）孙绪《沙溪集》，《四库全书》本。
② 胡适：《跋〈销释真空宝卷〉》，载刘荫柏编《西游记研究资料》，上海古籍出版社1990
年版，第235页。

义宝卷》中，也提到了包含金丹道话头的取经故事。这个宝卷撰成于嘉靖三十七年（1558）[①]：

> 迷人不识朱八戒，沙僧北方小婴童。
>
> 性命两家同一处，黄婆守在戊巳宫。
>
> 锁心猿，合意马，炼得自乾。真阳火，为姹女，妙理玄玄。
>
> 朱八戒，按南方，九转神丹。思婴儿，壬癸水，两意欢然。
>
> 沙和尚，是佛子，妙有无边。……

这几条资料的时间下限都在嘉靖前期，说明嘉靖之前肯定有一个以金丹道为特征的取经故事形态。

三

这种形态不可否认又是取经故事演化中的分支，具备了某些自成一体的形态。然而我们相信这一定仅仅是某个时期的文化浮末——因为唐僧取经的题材源于佛教，后来虽然逐渐接受民间信仰和本土道教的影响而发生蜕变，然而毕竟佛教是它的文化基质；它又在漫长的时期内发育成为一个完整的文学故事，有相当强的体系性，这不是某些随意的文化点染所能改变的。

以下我们罗列现在所知的关于取经故事的主要资料（以其出现的时代为序）来说明这个问题：

序号	时代	地点	性质	名称	主要人物	文化背景
1	唐代	西北	传说	火焰山、车迟国等	唐僧	佛教
2	晚唐五代	西北	俗讲	《大唐三藏取经诗话》	唐僧、猴行者	佛教
3	西夏（宋）	敦煌	壁画	《取经壁画》	唐僧、猴行者	佛教
4	宋·金	山西	队戏	《唐僧西天取经》	唐僧、孙悟空	佛教、世俗
5	元代		杂剧	《唐三藏西天取经》	唐僧、孙悟空	佛教、世俗
6	元末明初		杂剧	《西游记》	齐天大圣	道教、世俗

---

① 参见《普明如来无为了义宝卷》，《民间宗教经卷文献》第 4 册，（台北）新文丰出版公司 1999 年版。

有关资料的考辨请参看拙著《西游记成书研究》等①，这里避繁不一一复述。

请注意"文化背景"栏的最后一行。唐僧取经最重要的文化变异发生在元末明初杨景贤的《西游记杂剧》中，杂剧在佛教的取经护法猴孙悟空之外，引进了一个具有道教文化基质的本土搞怪猴齐天大圣，并且带进了"大闹天宫"的系列题材，大大丰富了取经故事。取经故事也第一次被命名为《西游记》。

我们都可以理解，"西游记"的命名带有道教色彩，从老前辈庄子的《逍遥游》开始，到魏晋的游仙诗，再到唐代的游仙枕、《游仙窟》等，道教（家）对这个"游"赋予了一种文化标签式的特殊意义。杨景贤的杂剧中"西游"代替"取经"，正是文化融合的一种标志。

但是这里道教文化的融入，和金丹道没有关系：首先，融入的是带有民间多神信仰的广义道教文化，而不是体系性的道教教理教义；其次，融入的是在道教文化影响下的文学故事，而非道教的修炼法术。具体地说，齐天大圣的确是道教的猴，但他顽劣、好色、祸害一方的性格特征在中国文化中早已形成传承——唐传奇《补江总白猿传》中的白猿、宋话本《陈巡检梅岭失妻》中的申阳公一脉相承，而在元代衍生出了一个有姐有弟，兄妹五人的齐天大圣家族，甚至还衍生出一个专以齐天大圣为主角的剧本《二郎神锁齐天大圣》。这个从道教文化中产生的叫作齐天大圣的猴，闹天宫，偷御酒，以自己的丰富文学故事自立一家而与取经没有任何关系。他之所以能融入唐僧取经的佛教故事，与文学故事之间的容受性有绝对的关系，而不是对道教教义的接受。

也就是说，道教文化影响到佛教的取经故事题材，最早是在元末明初，而当时的影响非常明确是通过文学故事介入的形式发生作用的。金丹道涂抹取经的故事，还应当是以后发生的事。

---

① 参见蔡铁鹰《唐僧取经故事原生于西北之求证》，《明清小说研究》2004年第2期；《三晋钹铙打造了孙悟空》，《晋阳学刊》2006年第2期；《"大闹天宫"活水有源》，《学海》2006年第1期。

四

《西游记》研究中有一种使用频率不低的资料《销释真空宝卷》，其中提到了取经故事并且大致概括了《西游记》的主要章节：

> 唐圣主，烧宝香，三参九转。祝香停，排鸾驾，送离金门。将领定，孙行者，齐天大圣。猪八界，沙和尚，四圣随跟。正遇着，火焰山，黑松林过。见妖精，和鬼怪，魍魉成群。罗刹女，铁扇子，降下甘露。流沙河，红孩儿，地勇夫人。牛魔王，蜘蛛精，设入洞。南海里，观世音，救出唐僧。
>
> 说师父，好佛法，神通广大。谁敢去，佛国里，去取真经？灭法国，显神通，僧道斗圣。勇师力，降邪魔，披剃为僧。兜率天，弥勒佛，愿听法旨。极乐国，火龙驹，白马驮经。从东土，到西天，十万余里。戏世洞，女人国，匿了唐僧。到西天，望圣人，殷勤礼拜。告我佛，发慈悲，开大沙门。开宝藏，取真经，三乘教典。暂时间，一刹那，离了雷音。取真经，回东土，得见帝王。

这个宝卷20世纪初与元代西夏文藏经一起被发现，因此郑振铎以为当与西夏文藏经一样是元代遗物，给予了相当高的评价，但胡适却认为此卷是明朝甚至是晚明的写本。为了查找确切的证据，胡氏以宝卷中多次提到的"真空""真空祖师"为突破口，"遍查元明两代的佛教史传"，但"总寻不着这位真空和尚的来踪去路"，很有点失望惆怅。①

然而马西沙、韩秉方先生的《中国民间宗教史》② 一书提供了一些能够弄明白《销释真空宝卷》的材料。原来它是明代民间宗教罗教的经卷。

罗教，又称无为教、罗祖教，是明代中后期诞生而对明清民间各教各派都产生过深巨影响的一种民间宗教。创始人罗梦鸿，主要生活在弘治、

---

① 参见胡适《跋〈销释真空宝卷〉》，载刘荫柏编《西游记研究资料》，上海古籍出版社1990年版，第235页。

② 参见马西沙、韩秉方《中国民间宗教史》，中国社会科学出版社2004年版。

正德年间（1488—1521）。罗教的经典称"五部六册宝卷"，形成于正德四年（1509），其中的《叹世无为卷》《巍巍不动泰山深根结果宝卷》等都提到了唐僧取经故事。据《中国民间宗教史》第五章介绍，罗教"实质是一种释、道、儒三教融合或杂糅的产物，而以佛教的色彩较为突出"，它"把三教玄妙的哲学思想世俗化，转化为老百姓容易接受的道理，然后用一种群众喜闻乐见的宗教文学形式——宝卷——表达出来"。罗教讲究悟道明心，成佛成祖，到达"真空妙有"的境界。"真空"是罗教常用的一个术语，有时指世界本源，要求信徒体悟出"我是真空"的境界；有时又将冥冥之中无所不在的真空拟人化为"老真空"，他们的宝卷中有《销释真空扫心宝卷》（简称《真空宝卷》）《销释童子保命宝卷》《销释印空世纪宝卷》等，其中都提到了"真空""老真空"，所以胡适将真空当成了一位法师。如此看来，《销释真空宝卷》是罗教的东西基本可以肯定了。

但是，罗教最早的经卷"五部六册宝卷"虽然提到了取经故事，却没有一句金丹道的术语，如"五部六册宝卷"宝卷中的《叹世无为卷》[①]：

> 三藏师，取真经，多亏护法。孙行者，护唐僧，取了真经。
> 三藏师，取真经，多亏护法。猪八戒，护唐僧，度脱众生。
> 唐三藏，取真经，多亏护法。沙和尚，护唐僧，取了真经。
> 老唐僧，取真经，多亏护法。火龙驹，护唐僧，取了真经。
> 三藏师，度众生，成佛去了。功德佛，成佛位，即是唐僧。
> 孙行者，护佛法，成佛去了。他如今，佛国里，掌教世尊。
> 猪八戒，护佛法，成佛去了。他如今，现世佛，执掌乾坤。
> 沙和尚，做佛法，成佛去了。他如今，在佛国，七宝金身。
> 火龙驹，护唐僧，成佛去了。他如今，佛国里，不坏金身。

又如同为"五部六册宝卷"的《巍巍不动泰山深根结果经》[②]：

---

① 参见《叹世无为卷》，《民间宗教经卷文献》第 1 册。
② 参见刘荫柏编《西游记研究资料》，上海古籍出版社 1990 年版。

　　皇天护法重恩，久后脱化净土西天……

　　圣者朱八界、沙和尚、白马做护持，度脱众生，护法都成佛
去了。

　　今是古，古是今，不是我能，多亏护持妙法，行遍天下，报答护
法出苦轮。

这些宝卷都是罗教早期的经，首次刊刻于正德四年（1509）可查。
虽然他们都没有一句涉及金丹道的话头，但还是可以说明两个问题：

　　罗教作为一种民间秘密宗教，很喜欢引用唐僧取经的故事作为布道的
譬喻，联系到几十年后金丹道话头也多出现在宝卷中（如前引），我们相
信民间宗教的这些经——主要是罗教，包括稍后的黄天教——应当是导致
金丹道与取经故事发生联系的一个平台。

　　正德四年（1509），是又一个时间定位，虽然我们断定金丹道乃是利
用民间秘密宗教的经卷渗透进了取经故事，但至少在这个时候，事件还没
有发生。

五

　　以上我们已经判断民间宗教布道的需要是金丹道介入取经故事的契
机，宝卷是介入的载体和平台。但我们还要解决一个问题，即金丹道介入
的自身动力的问题——前面已经引用《中国民间宗教史》的介绍，说罗
教是一个三教杂糅以佛教为主的民间宗教，既然如此，那金丹道生存的空
间从何而来？

　　同样在《中国民间宗教史》中提到的一个现象也许就是谜底。说罗
教曾有八位传人，其中二代传人秦洞山"发展了罗教的教义思想或者说
显示了他的独创性"，其中一条就是在自撰经典《无为了义卷》中增加了
炼内丹、修长生的内容，"这些在五部经中，罗祖一般是持否定态度的，
而在《无为了义卷》中随处可见。……对炼外丹、烧铅汞、服食仙丹药
丸，秦洞山是坚决反对的。然而，他却不反对炼内丹。在宝卷里曾有几处

专门谈到炼内丹"。① 也就是说，在第一代祖师的《叹世无为卷》《巍巍
不动泰山深根结果经》中不涉及金丹大道的情况后来有所改变，因而唐
僧取经的故事也就得为炼内丹服务了。秦洞山何时人？笔者没有查到确切
的年代，但他既是罗教的第二代传灯，那创始人罗门鸿以 85 岁高龄于嘉
靖六年（1527）去世，秦洞山生活的年代据此也不会很远吧。也就是说，
在进入嘉靖中叶前后，罗教的教义发生了变化，引入了道教的内丹学说，
这一趋势大约于嘉靖、隆庆间在四代传灯孙真空那儿得到了进一步的发
挥，成为后来罗教的基本教义。

这个时间，正好与前引嘉靖中期我们在取经故事中可以见到大量金丹
道话头的时间吻合。

这个时间，又正好是嘉靖朝佞道之风刮得最盛的时候。有了这个背
景，我们就很容易理解罗教的传灯之人秦洞山、孙真空等改变教义，而在
三教中以道为主的原因了。

现在可以为本文作一个小结了。大约在嘉靖前期的一段时间里，当时
以平话形式传播的《西游记》取经故事曾经被民间宗教利用，作为形象
生动的传道譬喻；进入嘉靖后，在整个社会佞道的社会氛围中，这些民间
宗教纷纷修改自己原本五花八门的教义而或多或少都走上了与道教同质化
的道路，取经故事也就因此而被金丹道随手点染具有了婴儿、咤女之类的
话头。

世德堂百回本的作者吴承恩是个从科举道上跌落的读书人，长期浸淫
的是儒家精神，热衷的是文学寄寓，对修道的内容显然不感兴趣。因此他
在写作时打碎了金丹道那些我们可以想象得到的所谓系统性，删掉了故事
中大量的"金公木母""心猿意马"之类修真秘法，但也许是出于思维惯
性，他在一些无关宏旨的回目韵语里默许了一些残留。

原刊于《宗教学研究》2012 年第 3 期

作者单位：淮阴师范学院

---

① 马西沙、韩秉方：《中国民间宗教史》，中国社会科学出版社 2004 年版，第 179 页。

袈裟、象狮、金风、大鹏、骷髅、
名字制敌及其他

刘洪强

作为文学经典的《西游记》应该是四大名著中唯一称得上雅俗共赏、老少咸宜的一部优秀小说。大人可以浏览，小孩子也可以阅读。但是由于它关涉佛教的教义教理或其他生活内涵，往往在看上去极为平实的表面中有着需要阐释的公案与禅机。这些常常被遮蔽的地方，一经解释会别有风味。

一 《西游记》阐释五则

（一）偷袈裟

熊罴怪偷袈裟是取经路上普通的一难。但是当我们把"偷袈裟"之事放在禅宗史上观照，就会别有一番意趣。中国禅宗初祖达摩到五祖弘忍师徒之间传法时，常传衣钵作为凭证，衣就是袈裟，到六祖慧能时不再传衣钵。"在禅宗史上，法衣也曾是正宗传承的标志"①，历史上多有和尚偷袈裟的事情发生：

> 普寂禅师的同学，西京清禅寺僧广济，景龙三年（709）十一月至韶州，经十余日，遂于夜半入和上房门，偷所传袈裟。和上喝出。……
> 慧能说："非但今日，此袈裟在忍大师处三度被偷。忍大师言，

---

① 魏德东、黄德远：《法衣与〈坛经〉——从传宗形式的演变看禅宗的中国化历程》，《云南民族学院学报》1993 年第 3 期。

> 此袈裟在信大师处一度被偷。所是偷者，皆偷不得。因此袈裟，南北道俗极甚纷纭，常有刀棒相向。"①

《圆觉经大疏钞》卷三之下"法信衣服，数被潜谋"②。《坛经》也提到有人要抢夺衣钵，"逐后数百人来，欲夺衣钵"③。

20世纪80年代徐小明导演的电影《木棉袈裟》就是演少林寺和尚与坏人争夺木棉袈裟，谁取得木棉袈裟，谁就可以做少林寺住持。

可见偷袈裟的目的在于显示自己是"正宗"，不是冒牌货。以上说明，当初观音送给唐僧的袈裟，其实也"不怀好意"。而熊罴怪偷"袈裟"，也说明他"向佛"的一面，他是一位"雅贼"，西天取经路上，除了罗刹女有些仙风道骨，就数熊罴怪接近"正人君子"，他住的环境也是清净幽雅，连观音菩萨"看了，心中暗喜道：'这孽畜占了这座山洞，却是也有些道分'"，于是给他一个"禁箍儿"，享受与孙悟空"紧箍儿"一样的待遇。这或许也是观音菩萨收服他并让他做守山大神的原因之一吧。

(二) 乌鸡国的原型

当下学者常常把《西游记》第三十八回乌鸡国的故事当成哈姆雷特故事在中国的翻版。④ 两者确实有相似之处。但说《哈姆雷特》影响了它证据还嫌太弱。不过《史记》中舜与弟弟象的故事或许更可能影响了乌鸡国的故事。《史记·五帝本纪》：

> 后瞽叟又使舜穿井，舜穿井为匿空旁出，舜既入深，瞽叟与象共

---

① 神会：《菩提达摩南宗定是非论》下卷，《新校定的敦煌写本神会和尚遗著两种》，蓝吉富《大藏经补编》第25册，华宇出版社1985年版，第74—75页。

② ［日］忽滑谷快天：《中国禅学思想史》，朱谦之译，上海古籍出版社1994年版，第139页。

③ 惠能：《坛经》，中华书局2007年版，第139页。

④ 参见张乘健《〈哈姆雷特〉与〈西游记〉里的乌鸡国》（《温州师范学院学报》2004年第8期）认为《西游记》受《哈姆雷特》的影响；何正国《〈西游记·乌鸡国〉和〈哈姆雷特〉中受害女性贞操问题》（《文教资料》2007年第24期）；舒群、舒启全《哈姆雷特与乌鸡国太子》（《世界文学评论》2008年第2期）并没说影响问题，只说两者相似。

下土实井,舜从匿空出,去。瞽叟、象喜,以舜为已死。象曰:"本谋者象。"象与其父母分,于是曰:"舜妻尧二女与琴,象取之。牛羊仓廪予父母。"象乃止舜宫居,鼓其琴。①

我们比较舜故事与乌鸡国故事。首先,主人公都是国王;其次,都是弟弟害哥哥夺嫂子;最后,都是把哥哥弄到井里,这一点是非常相似的。如《西游记》"他陡起凶心,扑通的把寡人推下井内,将石板盖住井口,拥上泥土"②。还有一点,《史记》中做坏事的是"象",而《西游记》中是"狮子",两者在字面上都是动物,亦可为相似性之一证据。哈姆雷特的故事在明代是否传播到中国是一个问题,而且吴承恩听没听说过这个故事也是个问题。但是吴承恩知道舜的故事却一点也不成问题。

(三) 体露金风

明天花藏主人编次《醉菩提传》第十回济公打筋斗:

> 一面说,一面就头向地脚朝天,一个筋斗翻转来,因未穿裤子,竟将前面的东西都露出来,众嫔妃宫女见了,尽皆掩口而笑。近侍内臣见他无礼,都赶出佛殿来,要将他捉住……太后道:"此僧何尝疯癫?真是蜀汉。他这番举动,乃是愿我转女成男之意,实是禅机,不是无礼。"③

其实在《西游记》第四十二回也有相似的一个情节:

> 菩萨道:"你先过去。"行者磕头道:"弟子不敢在菩萨面前施展。若驾筋斗云啊,掀露身体,恐菩萨怪我不敬。"④

---

① (汉) 司马迁:《史记》,中华书局 2014 年版,第 40 页。
② (明) 吴承恩:《西游记》,齐鲁书社 1991 年版,第 502 页。
③ (明) 天花藏主人编次:《醉菩提传》,萧欣桥校点,人民文学出版社 1999 年版,第 56—57 页。
④ (明) 吴承恩:《西游记》,齐鲁书社 1991 年版,第 579 页。

在这里，为什么"掀露身体，恐菩萨怪我不敬"？难道仅仅是字面上的意思吗？这里牵涉一个名词"体露金风"。李小荣先生指出："'体露金风'的本质是以性喻禅。'金风'语义双关：一者确实可解释为秋风，二者则指男根。"①

李小荣引明临济宗高僧释通容（1593—1661）所说《费隐禅师语录》卷七：

> 陶方伯夫人请上堂，僧问"树凋叶落"（不问"体露金风"）事如何？师云："觌面看。"本来，"树凋叶落"和"体露金风"乃有机的整体，为什么此处编者要特意注明"不问'体露金风'"呢，因为此时面对的是女性，以免产生尴尬啊！②

这种情节在民间故事中亦有。刘思则是乾隆年间安丘一位机智风趣的人物。《雇毛驴儿》：

> 思则喝完水，对少妇说："您给了水喝，俺们没好谢的，俺给您打个旁立看看。"说着就把手往上一伸，身子忽地一斜，两只手撑地倒站起来。
>
> 这时那少妇看到刘思则的袍子下坠，露出了一双腿，飞红了脸。那老婆婆觉得不好看，忙喊："有歹人啦，快来人啊！"③

在《西游记》中孙悟空是男的，而观音菩萨是女性。孙悟空不敢在"女性"面前掀露身体，说明孙悟空虽然胆敢大闹天宫，其实还是"严男女之大妨"的，骨子里还是蛮"封建"的。

（四）大鼋问何时成人

《西游记》第四十九回大鼋驮唐僧师徒过河后，唐僧感谢他，他说：

---

① 李小荣：《佛教与中国文学散论》，凤凰出版社 2012 年版，第 221 页。
② 同上。
③ 周庆武编著：《谭海钩奇——潍南民间故事》，山东友谊出版社 1996 年版，第 69 页。

我在此间，整修行了一千三百余年，虽然延寿身轻，会说人语，只是难脱本壳。万望老师父到西天与我问佛祖一声，看我几时得脱本壳，可得一个人身？①

笔者在小时候听大人讲过一个"鱼鳖虾蟹成人"的故事，颇可与此故事对读：

话说乾隆下江南。船在大河里走不动了。太监出去看时，只见河里许多鱼鳖虾蟹在船头处，堵住了船。太监说："大胆！这是万岁爷的船，你们为什么拦住不让走？"鱼鳖虾蟹说："小人们不敢拦万岁爷的船。我们只想问一下万岁爷，我们什么时候能成人啊？"

太监把此事汇报给乾隆，乾隆出来了，就问："各位为什么要成人呢？"鱼鳖虾蟹说："我们太苦了，人天天对我们捕捞，捕捞了就油炸、火烧、清蒸、白煮等，我们过得太苦了，我们也想变成人。不愿意被人宰杀。"

乾隆心里冷笑了一下，心想，你们这些鱼鳖虾蟹，还想成人？！但他是真龙天子，不能说这样的话来，还装模作样显出有无限同情心的样子来说："等有一天，铁在水上漂，人在天上飞，灯头子朝了下，你们就会变成人了。"鱼鳖虾蟹一听，很难过，觉得遥遥无期啊，但是毕竟有个盼头，皇帝金口玉言，说了不能不算数。

若干年过去了，轮船在水上行驶，人乘坐飞机在天上飞，电灯泡也朝下了（以前用蜡烛灯，灯头子不能朝下）。鱼鳖虾蟹慢慢变成了人，变成了你我。这也是鱼鳖虾蟹越来越少，而人越来越多的原因。

网络上有大量类似的故事。可见"动物成人"不但是一则有趣的民间故事，也是一个民间故事重要的母题。

---

① （明）吴承恩：《西游记》，齐鲁书社1991年版，第684页。

（五）猪八戒叹骷髅

《西游记》第五十回猪八戒见到一堆白骨，并发了一通感慨：

> 他也不分内外，拽步走上楼来，用手掀开看时，把呆子唬了一个躘踵。原来那帐里象牙床上，白（女强，女强）的一堆骸骨，骷髅有巴斗大，腿挺骨有四五尺长。呆子定了性，止不住腮边泪落，对骷髅点头叹云："你不知是——那代那朝元帅体，何邦何国大将军。当时豪杰争强胜，今日凄凉露骨觔。不见妻儿来侍奉，那逢士卒把香焚？谩观这等真堪叹，可惜兴王霸业人。"①

《庄子·至乐》有"庄子叹骷髅"的故事，从此这一故事情节源远流长。当下不少学者探讨"叹骷髅"问题。② 然而并未见有学者揭示《西游记》中的这则叹骷髅，真是一条漏网之鱼。

显然，猪八戒对着枯骨叹息并发一通议论，就是庄子叹骷髅。

二 《西游记》中的"者行孙"
——谈古代小说中的名字制敌

读者读到《西游记》第三十四、第三十五回一定不会忘记孙悟空以"者行孙""行者孙"等假名与妖魔斗法，孙悟空虽然用的是假名但还是被妖魔的葫芦吸进去了：

> 二魔道："是我拿了，锁在洞中。你今既来，必要索战。我也不与你交兵，我且叫你一声，你敢应我么？"行者道："可怕你叫上千

① （明）吴承恩：《西游记》，齐鲁书社 1991 年版，第 690 页。

② 参见康保成《〈骷髅格〉的真伪与渊源新探》（《文学遗产》2003 年第 2 期）；姜克滨《试论"庄子叹骷髅"故事之嬗变》（《北京化工大学学报》2010 年第 2 期）；易永姣《论古代文学作品中的骷髅意象之嬗变》（《湖南大学学报》2013 年第 3 期）；仝婉澄《日本藏稀见明刊道情〈庄子叹骷髅〉考述》（《曲艺》2013 年第 5 期）；左丹丹《论"庄子叹骷髅"的文学与图像表达》（《齐齐哈尔大学学报》2015 年第 9 期）等。

声,我就答应你万声!"那魔执了宝贝,跳在空中,把底儿朝天,口儿朝地,叫声:"者行孙。"行者却不敢答应,心中暗想道:"若是应了,就装进去哩。"那魔道:"你怎么不应我?"行者道:"我有些耳闭,不曾听见。你高叫。"那怪物又叫声"者行孙"。行者在底下捻着指头算了一算,道:"我真名字叫做孙行者,起的鬼名字叫做者行孙。真名字可以装得,鬼名字好道装不得。"却就忍不住,应了他一声,搜的被他吸进葫芦去,贴上帖儿。原来那宝贝,那管甚么名字真假,但绰个应的气儿,就装了去也。①

孙悟空这种被人叫了名字而被收入葫芦中的过程,我们不妨给它起个名字叫"名字制敌"。关于"名字制敌"这一现象,郑振铎先生在《释讳篇》已经注意到了,并已经举出《西游记》中这个现象以及《封神演义》中张桂芳叫人名字的现象。郑先生指出:"远古的人,对于自己的名字是视作很神秘的东西的。原始人相信他们自己的名字,和他们的生命有着不可分离的关系……他常预防着他的名字为人所知。常对友人隐瞒着,而更永远不为其敌人所知。"②

郑先生并没有为此起个名字,倒是赵景深先生谈到《封神演义》时说:"郑振铎先生研究其中的'呼名落马'曾作有一篇很有兴趣而且精致的论文。"③ 因为"呼名落马"并不能概括本文所讨论的所有内容,故不取。郑先生的文章只举了两个较为常见的例子,因此这个问题还有研究的必要。

(一) 中国古代小说中的"名字制敌"举隅

确实如此,这个故事也适用于我们中国人。美国学者孔飞力《叫魂——1768 年中国妖术大恐慌》中就描述了一场与人的名字有关的全国性的轩然大波:

---

① (明) 吴承恩:《西游记》,齐鲁书社 1991 年版,第 469—470 页。
② 郑振铎:《释讳篇》,《郑振铎全集》,花山文艺出版社 1998 年版,第 637 页。
③ 赵景深:《〈武王伐纣平话〉与〈封神演义〉》,《中国小说丛考》,齐鲁书社 1980 年版,第 99 页。

　　某种带有预示性质的惊颤蔓延于中国社会：一个幽灵——一种名为"叫魂"的妖术——在华夏大地上盘桓。据称，术士们通过作法于受害者的名字、毛发或衣物，便可使他发病，甚至死去，并偷取他的灵魂精气，使之为己服务。①

　　孔飞力先生还在《萧山事件》中举了一个例子，说两个过路和尚为了取悦于一个十二岁的男孩而问这个男孩的名字，从而为自己引来杀身之祸：

　　　　他们在路上走了片刻，一对怒气冲冲的夫妇从后面追了上来。"你们为什么打听我们孩子的名字？"他们责问道，"你们一定是来叫魂的！"这对夫妇想的是，一旦让某个术士得知了某人的名字，谁知道他会拿它来干什么？②

　　结果是两个和尚被愤怒的乡民捆绑，并送到官府，受尽了酷刑。

　　鲁迅先生《从百草园到三味书屋》也曾讲到长妈妈在鲁迅小时候所说的一个故事，说是一个读书人被一个美女叫了一声名字，结果这个美女却是美女蛇，被一个老和尚发现了，说晚上这个美女蛇会来吃这个读书人。最后这个美女蛇被老和尚的宝物制服了。鲁迅先生最后得出：

　　　　结末的教训是：所以倘有陌生的声音叫你的名字，你万不可答应他。③

　　那么为什么不可以答应呢？因为名字是非常重要的。长妈妈讲的这个故事在文献中是有类似记载的。俞樾《茶香室丛钞》卷二十三引陈鼎《蛇谱》：

---

　　① ［美］孔飞力：《叫魂——1768 年中国妖术大恐慌》，陈兼、刘昶译，三联书店 2012 年版，第 1 页。

　　② 同上书，第 11 页。

　　③ 鲁迅：《朝花夕拾》，人民文学出版社 2014 年版，第 48 页。

唤人蛇，长丈余至数仞。广西近交趾山中有之，伏草莽间，遇行旅过，辄大呼曰："何处来？哪里去？"只此六字，甚清楚，音同中州。不知而误应之，虽去隔数十里，蛇必至，至则腥风拥树，排闼而入，吞应者去，人莫能制也。①

这种以人名来控制人的法术其实是一种民间广为流传的巫术。胡新生先生的《中国古代巫术》当中专门列此一章，对文献上的名字制敌作了系统的梳理。

不过就古代小说中用名字制敌还未见有人整理过，这主要可能是材料不多的缘故，笔者也仅仅收集了连同《西游记》在内的几则小说，研究这些小说可以看出巫术对小说尤其是神话小说的影响。

汉魏小说《列异传》中载：

> 正始中，中山王周南为襄邑长，有鼠衣冠从穴中出，在厅事上语曰："周南，尔某月某日当死。"周南不应，鼠还穴。后至期，更冠帻绛衣出，语曰："周南，汝日中当死。"又不应，鼠缓入穴。须臾，出语曰："向日适欲中。"鼠入复出，出复入，转更数，语如前语。日适中，鼠曰："周南，汝不应，我复何道？"言绝，颠蹶而死，即失衣冠。周南使卒取视之，具如常鼠也。②

这篇小说讲一只老鼠叫周南的名字，但是周南没有理它，最后这只老鼠反而自己死了，死时说，我叫你的名字，你不答应，让我无可奈何。言下之意是说，我叫你的名字如果你答应了，你就会死或者被我控制。

这则小说很像孙悟空与妖魔，只要孙悟空不答应，那妖魔的葫芦就对孙悟空无法可施。类似的故事还有刘义庆《幽明录》卷三《清河鼠》：

> 清河郡太守至，前后辄死。新太守到，如厕，有人长三尺，冠帻皂服，云："府君某日死。"太守不应，心甚不乐，催使吏为作主人。

---

① （清）俞樾：《茶香室丛钞》，中华书局 1995 年版，第 475 页。

② 佚名：《列异传》，鲁迅校录《古小说钩沉》，齐鲁书社 1997 年版，第 92 页。

外颇怪。其日日中，如厕，复见前所见人，言"府君今日日中当死！"三言，亦不应。乃言："府君当道而不道，鼠为死。"乃顿仆地，大如豚。郡内遂安。①

题名陶潜《搜神后记》卷七《周子文失魂》曰：

> 晋中兴后，谯郡周子文，家在晋陵。少时喜射猎，常入山。忽山岫间见一人，长五六丈，手捉弓箭，箭镝头广二尺许，白如霜雪，忽出声唤曰："阿鼠。"（子文小字）子文不觉应曰："诺。"此人牵弓满镝向子文，子文便失魂厌伏。②

子文答应了，"阿鼠"是子文的小名，子文无意中答应了，而从小说中未写那人放箭射他，只是做出这个动作，结果子文受到了伤害。有意思的是，上面三则故事均与"鼠"有关，是不是"鼠"有这个法力？周子文的小名为什么叫"鼠"？至于"阿鼠"是不是子文的小名还是需要研究的。

《太平广记》卷352引《北梦琐言》"李戴仁"：

> 江河边多伥鬼。往往呼人姓名。应之者必溺。乃死魂者诱之也。③

《太平广记》卷353引《稽神录》"秦进忠"：

> 天祐丙子岁，浙西军士周交作乱，杀大将秦进忠、张胤，凡十余人。进忠少时，尝怒一小奴，刃贯心，杀而并埋之。末年，恒见此奴捧心而立，始于百步之外，稍稍而近。其日将出，乃在马前，左右皆见之。而入府，又遇乱兵，伤胃而卒。张胤前月余，每闻呼其姓名，

---

① （南朝宋）刘义庆：《幽明录》，文化艺术出版社1998年版，第84页。
② （晋）陶潜：《搜神后记》，汪绍楹校注，中华书局1981年版，第50页。
③ （宋）李昉等：《太平广记》，中华书局1961年版，第2788页。

声甚清越，亦稍稍而近。其日若在对面，入府皆毙矣。①

从上可知，河里的鬼找替身时就会叫他人的名字，而一个人的名字被仇人多次喊叫时，恐怕离死也不远了。

《封神演义》第三十六回中，纣王的大将张桂芳只要叫出对方的名字，对方就会失去战斗力，如：

> 张桂芳仗胸中左道之术，一心要擒飞虎。二将酣战，未及十五合，张桂芳大叫："黄飞虎不下骑更待何时！"飞虎不由自己，撞下鞍鞯。军士方欲上前擒获，只见对阵上一将，乃是周纪，飞马冲来，抢斧直取张桂芳。黄飞彪、飞豹二将齐出，把飞虎抢去。周纪大战桂芳；张桂芳掩一枪就走。周纪不知其故，随后赶来。张桂芳知道周纪，大叫一声："周纪不下马更待何时！"周纪吊下马来。②

不过有意思的是，张桂芳用此左道之术叫哪吒却不灵，"众将不知其故。但凡精血成胎者，有三魂七魄，被桂芳叫一声，魂魄不居一体，散在各方，自然落马；哪吒乃莲花化身，浑身俱是莲花，那里有三魂七魄，故此不得叫下轮来"。③

在古代小说中，"名字制敌"还表现在叫对方的名字，即使对方不答应也会使对方失去战斗力。如晋葛洪《抱朴子内篇·登涉》：

> 山中山精之形，如小儿而独足，足向后，喜来犯人。人入山，若夜闻人音声笑语。其名曰蚑，知而呼之，即不敢犯人也。一名热内，亦可兼呼之。
>
> 又有山精，如鼓赤色，亦一足，其名曰晖。又或如人，长九尺，衣裘戴笠，名曰金累。或如龙而五色赤角，名曰飞飞，见之皆以名呼

---

① （宋）李昉等：《太平广记》，中华书局1961年版，第2797页。
② （明）许仲琳：《封神演义》，齐鲁书社1993年版，第205—206页。
③ 同上书，第208页。

之，即不敢为害也。①

人们在山谷遇到名叫蚑、热内等山精，只要喊叫它们的名字，它们就不敢冒犯人了。

（二）名字制敌的变形及分析

更有意思的是，《红楼梦》与《神雕侠侣》中有人写了大量梦中情人的名字，不过不是为了制敌，而是为了得到他们。如《红楼梦》第30回"龄官划蔷痴及局外"：

> 一面想，一面又看，只见那女孩子还在那里画呢，画来画去，还是个"蔷"字。再看，还是个"蔷"字。里面的原是早已痴了，画完一个又画一个，已经画了有几千个"蔷"。②

小戏子龄官与贾蔷相恋，但是在那个时代却注定无法结合，她只好画"蔷"来寄寓自己的心事。

《神雕侠侣》尹志平爱上了小龙女，睡中与醒来全是小龙女，第6回：

> 赵志敬冷笑道："你心中所思，我自然不知，但你晚上说梦话，却不许旁人听见么？你在纸上一遍又一遍书写小龙女的名字，不许旁人瞧见么？"尹志平身子摇幌了两下，默然不语。赵志敬得意洋洋，从怀中取出一张白纸，扬了几扬，说道："这是不是你的笔迹？咱们交给掌门马师伯、你座师丘师伯认认去。"

这种写别人名字而企图得到别人的方法也算广义上的"名字制敌"吧。这表明名字制敌是有它的浓厚的生活经验与生活基础的。

由上可以看出，名字在人的心目中是多么重要。无独有偶，在当代小

---

① （晋）葛洪：《抱朴子内篇》，王明校释，中华书局1980年版，第277页。
② （清）曹雪芹：《红楼梦》，人民文学出版社2008年版，第413页。

说作家中也有作家用名字敷衍小说的。如余华先生《我没有自己的名字》就用一个人的"名字"写出一篇名作。小说叙述了"我"是一个"傻子",没有自己的名字,其实"我"的名字叫"来发",可大家从来不叫,"我"养了一只狗,"我"与狗相依为命,可是外人许阿三等人都想吃"我"的狗,可是狗非常凶恶,许阿三逮不住它,于是他就叫"我"的大名"来发","我"由于极少被人叫"来发",许阿三一叫"我"就觉得有了人的尊严,就把狗唤出来,结果许阿三却把它吊死吃了。事实上,在这个动人心弦的叙述中,就有一种古老的"名字制敌"在里面。当"我"被别人叫名字时,其实"我"就被别人控制了。这种现象同民间巫术有密切关系。

众所周知,一个人的名字不论在古今中外都被视为有一种神秘的力量,是不能轻易告诉别人的。如《原始思维》中引用他人的话说:"印第安人把自己的名字不是看成简单的标签,而是看成自己这个人的单独的一部分,看成某种类似自己的眼睛或牙齿的东西。他相信,由于恶意地使用他的名字,他就一定会受苦,如同由于向上的什么部分受了伤一样会受苦。这个信仰在从大西洋到太平洋之间的各种各样部族那里都能见到。"[①]

据 1987 年 12 月 *National Geographic Magazine* Vol. 172,No. 6 记载,住在远离南卡罗来纳海岸的海岛上的美籍非洲人中的大多数人都有两个名字:一个名字对内,此名是真名,禁止对外使用;另一个名字对外。这是一种基于恐惧心理的禁忌。他们认为,如果一个人的名字被外人知道,就会给自己带来一种邪恶的魔力。至今北美的印第安人以及澳大利亚的土著人也都存有这种信念,把自己的名字看成自己身体不可分割的一部分。[②]

如何破解"名字制敌"呢?最简单的方法就是不答应。如鲁迅先生所说的故事及《列异传》中的周南等。还有一种就是让别人(或物)代替自己答应。

刘昭瑞先生《考古发现与早期道教研究》引陈长松先生编著《香港中文大学文物馆藏简牍》(香港中文大学文物馆,2001 年,第 110 页):

---

① [法]列维—布留尔:《原始思维》,丁由译,商务印书馆 2009 年版,第 47 页。
② 参见程立、程建华《英汉文化比较辞典》,湖南教育出版社 2000 年版,第 244 页。

> 死者王犀洛子所犯，柏人当之；西方有呼者，松人应人；地下有呼者，松人应之。①

有人来叫名字时，可以让柏人或松人来答应，以此来免除灾难。有学者指出：

> 或是以为名字被魔怪恶鬼知道，便会通过名字的掌握抓住名字主人的灵魂作祟，如金沙江南岸的傣族，只有通过搭桥仪式引渡婴儿，请外人另取一名，将原名隐去，以图破除作祟，因为后取的名与自己本人是不相连的。②

因此，我们可以得出，中国古代小说中的"名字制敌"其实是古代民间巫术向小说的渗透。

作者单位：山东师范大学

---

① 刘昭瑞：《考古发现与早期道教研究》，文物出版社 2007 年版，第 77 页。
② 参见赵世林、伍琼华《傣族文化志》，云南民族出版社 1997 年版，第 206 页。

丝路文化与《西游记》

张同胜

据《史记·大宛列传》，张骞于汉武帝建元年间（前 140—前 135）奉命出使西域大月氏、大宛、大夏、康居等国，从此凿空西域，开创了丝绸之路。而考古学家根据已发现的文物判断，早在公元前 6 世纪就存在一条横贯欧亚大陆交通的东西商道。丝路文化的历史可谓是久远。丝绸之路不仅仅是一条中原与西域（这里指的是广义的西域，包括中亚、西亚、南亚、北非、地中海沿岸地区；而狭义的西域则专指今新疆地区）之间的商道，而且也是中"西"文化和文明交流的一条通道。其中，佛教的传播对中"西"文化的交流贡献巨大。"历史上，中国大量吸收外来文化有两次。一次是佛教进来，一次是西方欧美文化进来。"① 而佛教进来，一是得益于梵僧来东土传法，一是得益于中国僧人到西域求法。

至于西行求法，著名的有东晋的法显，他于 399 年偕慧景、道整等从长安出发，渡流沙、越葱岭，至天竺（今印度），又去狮子国（今斯里兰卡）、爪哇等国。此次求经凡历 30 余国、历时 14 个春秋，带回很多佛经，并译成中文。法显是中国僧人西去印度求经的先驱。回国后，法显在其《佛国记》中记述了他的旅程见闻，但比较简略。

在中国佛教史上，西行取经最著名的是唐代的玄奘。毋庸置疑，如果没有玄奘的西天取经，没有中印文化的交流，那么就不会有古典小说《西游记》的诞生。玄奘西天取经，走的就是丝绸之路。据《还至于阗国进表》可知，玄奘西游之路："始自长安神邑，终于王舍新城。"如今，丝绸之路沿途有许多《西游记》文化的遗迹，诸如具有浓厚文化底蕴的

---

① 金克木：《文化的解说》，中国人民大学出版社 2007 年版，第 166 页。

《西游记》中的地名：通天河、晾经台、火焰山、牛魔王洞等，以及一些民间传说，如圣婴大王、灵感大王、孙猴子出世、高老庄、流沙河、锁阳城解困、玉兔救渡等①；还有现保存于张掖大佛寺释迦牟尼涅槃巨像屏壁背面南侧的"《西游记》连环画壁画"："大闹天宫""活人参果树""火云洞之战""唐僧逐悟空""路阻火焰山""四众西行"等②——即《西游记》的变相。至于它们与《西游记》成书孰先孰后的问题，现在难于判断。也可能先有西天取经故事的民间传说，后来《西游记》作者进行了加工润色；也有可能是《西游记》小说广为流传之后，丝绸之路沿途的人们对唐僧西行追踪蹑迹，从而生成了与《西游记》相关的传说故事和一系列《西游记》中的地名，总之，《西游记》与丝路文化是密不可分的。

一　丝路文化是《西游记》人物形象和故事母题的渊薮

　　《西游记》与古印度神话、佛教之间的关系，前贤和时贤已经作过论述。陈寅恪在《〈西游记〉玄奘弟子故事之演变》中详细论证了孙悟空、猪八戒、沙僧故事的演变，他们的原型都是来自古印度。季羡林在《〈西游记〉里面的印度成分》一文中，从"斗法"的角度论证了"《西游记》中许多故事是取自印度的"，印度的许多神话故事、史诗、寓言、童话等都是《西游记》故事的渊薮。古印度文化经由丝绸之路对《西游记》成书的影响是显而易见的，但需要指出的是，古印度神话、佛教故事在东传的过程中，又深深打上了沿途地域的文化特色。

　　1.《西游记》所叙述的在天宫中主管打仗的托塔天王李靖，是从毗沙门天王脱胎换骨，跃居于包括毗沙门天王在内的四大天王之上，且与瞿萨旦那国（于阗，今新疆和田）老鼠精的故事纠缠在一起，又打上了当地的文化色彩。

---

　　① 参见杨国学《丝绸之路〈西游记〉部分故事情节原型辨析》，《河西学院学报》2003 年第 1 期。

　　② 参见杨国学、朱瑜章《玄奘取经与〈西游记〉"遗迹"现象透视》，《河西学院学报》2004 年第 6 期。

按照佛教的宇宙结构说，世界的中心是须弥山，须弥山四周有七重香海、七重金山。第七重金山外有铁围山所围绕的咸海，咸海中有东南西北四大洲，各由一位天王管辖护理，其中北拘卢洲的天王是多闻天王，音译作毗沙门。玄奘的《大唐西域记》记载：瞿萨旦那国国王自称是毗沙门天王的后裔。"昔者此国虚旷无人，毗沙门天王于此栖止。"开国国君年老无子，"乃往毗沙门天神所祈祷请嗣，神像额上剖出婴孩，捧以回驾，国人称庆"。但这个婴儿不吃人乳，国王怕他不能成活，就又来到毗沙门天神祠前，祈求毗沙门天王养育。于是"神前之地忽然隆起，其状如乳，神童饮吮，遂至成立。智勇光前，风教遐被，遂营神祠，宗先祖也。自兹已降，奕世相承，传国君临，不失其绪。地乳所育，因为国号"。

《大唐西域记》同时又记载说："此沙碛，中鼠大如猬，其毛则金银异色，为其群之酋长，每出穴游止则群鼠为从。昔者匈奴率数十万众，寇掠边城，至鼠坟侧屯军。时瞿萨旦那王率数万兵，恐力不敌，素知碛中鼠奇而未神也。洎乎寇至无所求救，君臣震恐莫知图计，复设祭焚香请鼠，冀其有灵少加军力。其夜瞿萨旦那王梦见大鼠，曰敬欲相助愿早治兵，旦日合战必当克胜。瞿萨旦那王知有灵佑，遂整戎马，申令将士，未明而行，长驱掩袭。匈奴之闻也，莫不惧焉。方欲驾乘被铠，而诸马鞍人服弓弦甲，凡厥带系鼠皆啮断。兵寇既临面缚受戮。于是杀其将，虏其兵。匈奴震摄，以为神灵所佑也。瞿萨旦那王感鼠厚恩建祠设祭。"[①] 前一则说毗沙门天王的事，后一则说瞿萨旦那国王的事，二者并没有内在联系，但由于《大唐西域记》把它们同时记载为于阗国的故事，后来遂被张冠李戴、移花接木，编织成了一个故事。

李筌在《神机制敌太白阴经》一书中记载了毗沙门天王转化为中国战神的两种说法：一是吐蕃等国连兵侵犯于阗，他们夜间看见毗沙门天王在于阗显圣，"金人披发持戟行于城上"。于是，"吐蕃众数千万悉患疮疾，莫能胜"。毗沙门天王"又化黑鼠，咬弓弦无不断绝，吐蕃扶病而遁"。另一种说法是：吐蕃攻打安西都护府（治今新疆库车县），玄宗收到求救的奏表，印度来华僧人不空在长安设坛作法，请出毗沙门天王解

<hr />

① （唐）玄奘、辩机：《大唐西域记校注》，季羡林等校注，中华书局 1985 年版，第1017—1018 页。

救。后来安西报告说:"城东北三十里云雾中见兵人,各长一丈,约五六里。至酉时鸣鼓角,震三百里。停二日,康居(代指康国,今乌兹别克斯坦撒马尔罕地区)等五国抽兵,彼营中有金鼠咬弓弦、弩、器械并损。须臾,北楼天王现身。"① 玄宗于是诏令各地建置天王庙,塑造"身披金甲,右手持戟,左手擎塔"的形象;军队制作天王形象的神旗,出军时以《祭毗沙门天王文》加以祭祀。玄宗时,于阗毗沙门天王成了中国的战神,后来的信仰便愈演愈烈。

《西游记》《封神演义》均有托塔天王李靖。《水浒传》有托塔天王晁盖,将天王借作绰号。唐宋时,敕诸府州军建天王堂祀之。元时建东南西北旗,绘其像于旗上。李靖,历史上确有其人。他是陕西人,是唐初名将,唐太宗时任兵部尚书,因为他战功显赫,死后封为卫国公。到晚唐时候,李靖渐渐被神化了。印度佛教中的毗沙门天王为佛教的护法天神和赐福天神,管领罗刹、夜叉,掌擎舍利塔,故俗称托塔天王。托塔天王是佛教四大天王之一,传入西域(这里指的是狭义的西域,即今新疆一带)时,与当地的神鼠传说结合,传入中国之后受到中国文化和审美意识的影响而表现出了显著的中国文化特征:身穿铠甲,头戴金翅鸟宝冠,左手托塔,右手持三叉戟。

2. 于阗对鼠神的崇拜,丰富了《西游记》中托塔李天王、孙悟空等的故事。于阗民间故事中的老鼠王就是《西游记》中金鼻白毛老鼠精的原型。如前所述,《大唐西域记》中关于"鼠壤坟"的记载,叙说了于阗老鼠啮断入侵匈奴军队的马鞍、军装、弓弦、甲带等,从而帮助当地人战胜了敌人,从此老鼠受到了人们的顶礼膜拜,并成为当地的保护神。《大唐西域记》中提及的鼠壤坟传说,即是当时流传的关于老鼠的民间传说。"从当地流传的民间故事中我们了解到,瞿萨旦那王在抵御匈奴侵犯时,缺乏兵力,便求助于老鼠,由于鼠神的助兵,瞿萨旦那王得以大败匈奴兵,保全其国,鼠便被其国人看作类似'战神'一类的有恩于国人的吉神,在祭祀鼠的时候,献上弓矢、食品,表示不忘其恩。此后,当地人便保留了以鼠为神,并向鼠祭祀以祈求福佑的民俗信仰。由'行次其穴下乘而趋拜以致敬'可知对鼠已达到了顶礼膜拜的地步。对鼠神的崇拜,

---

① (唐)李筌:《神机制敌太白阴经》,山东画报出版社 2004 年版,第 62 页。

可谓一种独特的民俗。"① 河西宝卷中的《老鼠宝卷》也是当地民俗的产物。这一民俗对《西游记》成书的影响颇大，小说中托塔李天王的干女儿金鼻白毛老鼠精就是一个老鼠精。《西游记》作者的奇幻构思应该是来源于这一个民间传说。

《西游记》第八十三回"心猿识得丹头，姹女还归本性"中说唐僧被妖精抢去，孙悟空到处寻找，忽然在妖怪的地府里发现一个大金字牌，牌上写着"尊父李天王位"；略次些儿，写着"尊兄哪吒三太子位"。行者见了，满心欢喜。于是孙悟空就去天宫告状，托塔李天王不服，要与孙悟空格斗，这时候哪吒以剑架住：

> 哪吒道："父王忘了。那女儿原是个妖精。三百年前成怪，在灵山偷食了如来的香花宝烛，如来差我父子天兵，将他拿住。拿住时，只该打死。如来吩咐道：'积水养鱼终不钓，深山喂鹿望长生。'当时饶了他性命。积此恩念，拜父王为父，拜孩儿为兄，在下方供设牌位，侍奉香火。不期他又成精，陷害唐僧，却被孙行者搜寻到巢穴之间，将牌位拿来，就做名告了御状。此是结拜之恩女，非我同胞之亲妹也。"天王闻言，悚然惊讶道："孩儿，我实忘了。他叫做甚么名字？"太子道："他有三个名字：他的本身出处，唤做金鼻白毛老鼠精；因偷香花宝烛，改名唤做半截观音；如今饶他下界，又改了，唤做地涌夫人是也。"天王却才省悟。

于阗老鼠精的传说，成就了《西游记》中地勇夫人这一劫。这便是丝路文化对《西游记》成书的影响之一。

3. 众所周知，牛在印度人眼里乃是神物，即使是今天也仍然存在神牛崇拜。古印度神话中关于牛的故事很多。"湿婆有一坐骑，为大白牛难迪。"② 佛教的创始人释迦牟尼本姓乔达摩，意思是"最好的牛"③，这一

---

① 石利娟：《古代汉族西域散文中的新疆想象研究——以大唐西域记为例》，《长春师范学院学报》2008 年第 4 期。

② ［美］布朗：《印度神话》，克雷默《世界古代神话》，华夏出版社 1989 年版，第 289 页。

③ 白化文：《汉化佛教参访录》，中华书局 2005 年版，第 6 页。

族姓足以说明牛在当时当地的重要地位。纪元初期,印度硬币上的湿婆像就是呈牛形的。唐僧师徒取经路上的魔怪从牛变成的就有太上老君的坐骑青牛、金平府偷油吃的犀牛怪,还有齐天大圣的结拜兄弟牛魔王等。《西游记》中关于牛的故事,很多就是从古印度经西域传入中土的。

《西游记》第四回"官封弼马心何足,名注齐天意未宁"中,牛魔王自封为"平天大圣":说那猴王得胜归山,七十二洞妖王与那六弟兄,俱来贺喜。在洞天福地,饮乐无比。猴王对六弟兄说:"小弟既称齐天大圣,你们亦可以大圣称之。"内有牛魔王忽然高叫道:"贤弟言之有理,我即称做个平天大圣。"……清康熙三十七年(1698),编刊于甘肃张掖地区的《敕封平天仙姑宝卷》中的仙姑也以"平天"称呼,事物总是相互联系的,宝卷中的平天仙姑与《西游记》中的"平天大圣"应该也有因缘吧。

牛魔王在《西游记》中的故事也不少,后来还在孙悟空三借芭蕉扇中出场:

> 却好有托塔李天王并哪吒太子,领鱼肚药叉、巨灵神将,慢住空中,叫道:"慢来,慢来!吾奉玉帝旨意,特来此剿除你也!"牛王急了,依前摇身一变,还变做一只大白牛,使两只铁角去触天王。天王使刀来砍。随后孙行者又到。哪吒太子厉声高叫:"大圣,衣甲在身,不能为礼。愚父子昨日见佛如来,发檄奏闻玉帝,言唐僧路阻火焰山,孙大圣难伏牛魔王,玉帝传旨,特差我父王领众助力。"行者道:"这厮神通不小!又变作这等身躯,却怎奈何?"太子笑道:"大圣勿疑,你看我擒他。"这太子即喝一声"变!"变得三头六臂,飞身跳在牛王背上,使斩妖剑望颈项上一挥,不觉得把个牛头斩下。天王收刀,却才与行者相见。那牛王腔子里又钻出一个头来,口吐黑气,眼放金光。被哪吒又砍一剑,头落处,又钻出一个头来。一连砍了十数剑,随即长出十数个头。哪吒取出火轮儿挂在那老牛的角上,便吹真火,焰焰烘烘,把牛王烧得张狂哮吼,摇头摆尾。才要变化脱身,又被托塔天王将照妖镜照住本象,腾那不动,无计逃生,只叫"莫伤我命!情愿归顺佛家也!"

在这一段里，牛魔王被砍头后又生出一个头来，哪吒一连砍了十数个头，牛魔王一连生出了十数个头，季羡林先生在他的读书札记《〈西游记〉与〈罗摩衍那〉》中进行了考证，认为"中国的牛魔王是印度罗刹王罗波那的一部分在中国的化身"①，即牛魔王乃源自古印度神话也。从这个意义上讲，《西游记》中的一些西游故事确实是丝路文化的产物。

4. 《西游记》第五十九回"唐三藏路阻火焰山，孙行者一调芭蕉扇"中的罗刹女在小说中是牛魔王的妻子，这也是古印度神话中的产物。罗刹（梵名 raksasa）指食人肉之恶鬼。又作罗刹娑、罗叉娑、罗乞察娑、阿落刹娑。意译作可畏、护者、速疾鬼。女性之罗刹称为罗刹斯（raksasi），又作罗叉私。《慧琳意义》卷二十五中记载："罗刹，此云恶鬼也。食人血肉，或飞空、或地行，捷疾可畏。"同书卷七又说："罗刹娑，梵语也，古云罗刹，讹也（中略）乃暴恶鬼名也。男即极丑，女即甚姝美，并皆食啖于人。"印度神话中有很多修行的女子，谓之女罗刹或罗刹女。铁扇公主就是罗刹女，但似乎与印度神话中的罗刹还不完全一样，这可能就是在沿着丝绸之路东传的过程中发生变化的缘故。《西游记》中的罗刹女铁扇公主便不再是吃人的恶魔，而仅仅是靠"专利技术"吃饭的仙人了。她们也有共同点，即她们都是修行者。《西游记》第五十九回中樵子笑道："这芭蕉洞虽有，却无个铁扇仙，只有个铁扇公主，又名罗刹女。"行者道："人言他有一柄芭蕉扇，能熄得火焰山，敢是他么？"樵子道："正是，正是。这圣贤有这件宝贝，善能熄火，保护那方人家，故此称为铁扇仙。我这里人家用不着他，只知他叫做罗刹女，乃大力牛魔王妻也。"

《西游记》中的故事，并非全部是子虚乌有，凭空杜撰，而是大多有着深厚的文化底蕴，是西域民俗风情、神话传说等传到中土之后，与丝绸之路沿途地区以及中土当地的风俗人情相结合的产物。因此，从丝绸之路文化的角度对《西游记》进行解读，无疑会有助于我们加深对这部小说的理解。

5. 刘荫柏在《〈西游记〉与佛教的关系》中说："有一批学者认为孙

---

① 季羡林：《〈西游记〉与〈罗摩衍那〉——读书札记》，《比较文学与民间文学》，北京大学出版社 2001 年版，第 154 页。

悟空这个形象是纯粹从佛经中来的。最早提出这个观点的是俄国人钢和泰,当时在北京大学教书,他比胡适提出得还早。胡适应该是受钢和泰影响之后,再指出在印度有一部史诗,叫《摩罗衍那》,公元前3世纪的一部长诗,作者是蚁垤仙人。后来季羡林先生把诗的全文翻译了。诗中有一个猴王叫诃奴曼,也有翻译成哈奴曼。持这种观点的有胡适、许地山、郑振铎和季羡林先生。他们的依据是什么呢?就是中国有两个僧人吉迦夜和昙曜曾翻译过一部经书,叫《杂宝藏经》,这个经的第一卷《十奢王经》里记载了《摩罗衍那》前三分之一的内容提要,不过都很短,不到千字。三国时一位高僧康僧会,曾见过孙权,孙权受他影响,建立了中国第一座佛寺。他翻译了《六度集经》,在《六度集经》第五卷《国王本生》记载了《摩罗衍那》后三分之二的内容提要。这两部经合起来就是整个《摩罗衍那》,也就一千多字。这就是说在古代中国人已经知道了《摩罗衍那》的故事提要。除此之外,在《须大拿经》《楞伽经》《摩登伽经》等等经书中也提到过《摩罗衍那》中的故事。但很短都不足百字。他们认为,既然《摩罗衍那》的故事中国人早就知道了,那么孙悟空这个形象就是从猴王诃奴曼演化来的。"笔者认为钢和泰、季羡林等人的观点是正确的,孙悟空的原型是哈奴曼,孙悟空是丝路文化与中原文化交融的产物,而不会是土特产无支祁——这位名不见经传的水怪,对于务实的古代中国人来说并不能引发多少想象力。

6. 众所周知,古印度文学对中国古典文学的影响可谓深远。这种影响,由于是经由丝绸之路而来的,因此也打上了丝绸之路沿途国家或地域的文化特色。例如,中国古代章回小说的韵散结合叙事就是"印度来的","但是和散文同诗间杂的佛经比起来,这种小说毋宁可以说是更接近吐火罗文译本"。① 也就是说,佛教东传的过程中,丝绸之路沿途地区对佛教故事、古印度神话故事、梵文学叙事以及梵文学的艺术形式等的接受,自然带上了自己的特色之后才传到中原,它们往往是梵文佛经到中国古代文学之间的一个过桥。

---

① 季羡林:《新疆与比较文学的研究》,《比较文学与民间文学》,北京大学出版社 2001 年版,第 149 页。

二 《西游记》成书后又丰富了丝路文化

丝路文化涉及中国古代的商旅文化、民俗文化、宗教文化乃至军事文化，等等。去西域求法，主要有两条道路，其中陆路上的丝绸之路是重要的一条。在佛教史上，固然也有经由海路去天竺求法的，但是与陆路上的丝绸之路相比，毕竟是少数。

唐代玄奘偷渡出境，历经千险万苦，经由丝绸之路到达古代印度。玄奘舍身求法的精神，百折不挠的毅力，至今仍然激动人心。玄奘从古印度回到中土，经唐太宗授意，撰写了《大唐西域记》，成为今天研究南亚和印度 7 世纪的重要史料。《大唐西域记》行文中就有神秘的因素和传奇的色彩。

玄奘弟子慧立、彦琮撰写的《大唐大慈恩寺三藏法师传》，叙事中为玄奘的西域求法增添了许多神话色彩。从此，唐僧取经的故事便开始在民间广为流传，丝绸之路上玄奘行踪之处便有了许多传说故事。南宋有《大唐三藏取经诗话》，金代院本有《唐三藏》《蟠桃会》等，元杂剧有吴昌龄的《唐三藏西天取经》、无名氏的《二郎神锁齐天大圣》等，这些都为《西游记》的创作奠定了基础。小说的作者也正是在民间传说和话本、戏曲以及俗讲的基础上，经过编撰，完成了这部文学名著。

《西游记》丰富和发展了丝路文化。丝绸之路沿途关于《西游记》的民间故事、神话传说、宝卷等都已经成为丝路文化中不可或缺的一部分。

（一） 丝绸之路古道上具有《西游记》文化底蕴的地名

据杨国学、朱瑜章《玄奘取经与〈西游记〉"遗迹"现象透视》一文可知，丝绸之路古道上许多地方，如今都打上了《西游记》文化的烙印。下面以高老庄和通天河两处为例，略作陈述：

高老庄：丝绸古道上迄今流传的被指认为猪八戒入赘做女婿的高老庄共有三处：第一处在今甘肃天水市清水县丰望乡高河村的一座小山坡上，地名至今仍叫高老庄，十几户农民中尚有两户高姓人家。当地传说，《西游记》里猪八戒入赘高太公家的故事就曾发生在这里。第二处在今青海省玉树藏族自治州境内巴颜喀拉山口和吉古镇之间的通天河大桥附近。第三处在今甘肃临泽县倪家营乡梨园口村。

通天河：在古丝绸之路及其附近，共有六处晾（晒）经台，自然也有六条通天河。第一处在今甘肃天水市社棠镇西北约三华里一座孤立的小山包上，据说当初山包顶上平展展，光秃秃，离通天河（渭水）又近，所以被孙悟空选作了晒经台。第二处在今甘南藏族自治州夏河县境内之大夏河畔，"遗迹"处建有藏传佛教风格的覆钵式"晒经台塔"。第三处在今青海省玉树藏族自治州境内巴颜喀拉山口和吉古镇之间通天河大桥附近，那里有几块平顶巨石，当地人说那就是当年唐僧的晒经台。第四处在今甘肃临泽县板桥乡土桥村二社黑河东岸。第五处在今甘肃高台县（临泽县西五十多公里）西十公里的宣化乡台子寺村。第六处在今新疆维吾尔自治区巴音郭楞蒙古族自治州和静县境内的开都河下游。

诸如此类的地名，无不打上了《西游记》文化的烙印。西游文化构成了丝路文化中的一个重镇。有的地方，在《西游记》中出现的地名很集中。例如，张志纯、刘红燕收集了"张掖的《西游记》故事"，主要是依据与《西游记》相关的地名，如高老庄、流沙河、平顶山、黑河、火焰山、牛魔王洞、通天河、晾经台等。还指出了西夏时期修建的甘州大佛寺变相中有《西游记》故事；甘州区靖安乡牛魔王庙墙壁上也有唐僧西天取经的变相；以及当地元宵节彩灯上绘有《西游记》人物；春节社火扮演《西游记》师徒人物；农村冬闲时，群众宣念《西游记》宝卷……在民间，唐僧取经路过张掖几个地方的故事广为流传等。① 张掖的《西游记》文化就典型地表明了小说丰富和发展了丝路文化。

（二）《西游记》与宝卷

《西游记》自问世以来，在中国及世界各地广为流传，被翻译成多种语言文字，为世界人民所喜爱。在中国，乃至亚洲部分地区《西游记》故事可谓是家喻户晓，其中孙悟空、唐僧、猪八戒、沙僧等西游人物和"大闹天宫""三打白骨精""火焰山"等西游故事尤其为人所喜闻乐见。几百年来，《西游记》被改编成了各种地方戏曲，以及相关的电影、电视剧、动画片、漫画、游戏、续书等。《西游记》对宝卷、弹词、鼓词、戏

---

① 参见张志纯、刘红燕《张掖的西游记故事》，《丝绸之路》2007 年第 2 期。

剧等通俗文学艺术也有着巨大的影响。

明代李诩在《戒庵老人漫笔》"禅玄二门唱"条下云："道家所唱有道情，僧家所唱有抛颂，词说如《西游记》《蓝关记》，实匹休耳。"（卷五）《蓝关记》讲述的是关于韩湘子的道教故事，属于道教之道情；《西游记》属于佛家抛颂。可见当时确有僧人以讲唱的方式向民众传播《西游记》故事。

关于《西游记》的说唱者大多是"三家村学究"，文化程度不高，他们不大可能通过阅读《西游记》了解小说内容，因为明清通俗小说的读者，不管其文本是购买、转借还是租赁获得的，其前提是他们能够粗略读懂。而事实上，能够识字读书的人群在古代中国总人口中所占的比例极低。绝大多数的下层民众都不是通过阅读小说，而是从戏剧、评书、宝卷等说唱文学接受"西游"故事的。

宝卷产生于唐代，在明清时期盛行于全国。与《西游记》相关的宝卷很多，如《销释真空宝卷》《二郎宝卷》《佛门西游慈悲宝卷道场》等在民间广为流传。罗教的第四代传人孙真空所著《销释真空宝卷》中说："正遇着，火焰山，黑松林过；见妖精，和鬼怪，魑魅成群。罗刹女，铁扇子，降下甘露；流沙河，红孩儿，地涌夫人。牛魔王，蜘蛛精，设〔摄〕入洞去；南海里，观世音，救出唐僧。……灭法国，显神通，僧道斗圣；勇师力，降邪魔，披剃为僧。……从东土，到西天，十万余里；戏世洞，女儿国，匿了唐僧。"① 《二郎宝卷与小说〈西游记〉关系考》一文认为"《二郎宝卷》晚出于百回本《西游记》"②。《二郎宝卷》显然是受《西游记》影响而成的。

万晴川《〈西游记〉与民间秘密宗教宝卷》认为：对于《西游记》故事的传播来说，宗教讲唱文学当是最为重要的渠道之一。没有哪一个民间传说或故事像《西游记》有这么大的影响力，明中后期的主要民间宗教，如罗教、黄天教、西大乘教、红阳教、圆顿教等宝卷中都有西游故事的影子。而且除了早期的罗教将《西游记》作为宗教宣传的故事，嘉靖以后，这个西游故事在民间宗教中基本上是以宗教譬喻的面貌出现。这说

---

① 朱一玄、刘毓忱编：《西游记资料汇编》，南开大学出版社2002年版，第113页。

② 陈宏：《二郎宝卷与小说〈西游记〉关系考》，《甘肃社会科学》2004年第2期。

明在北方的广大地区确实留传着一个作为宗教象征的西游故事。某些宗教宣传家借助说唱文学形式的西游故事来传道，从而导致几乎整个北方民间宗教都受到譬喻化的西游故事影响。这个宗教象征故事很有可能与百回本《西游记》一样，是明初《西游记平话》的后代。两者的差异应该是传播过程中，被不同接受群落改写加工的结果。

万晴川认为在民间秘密宗教宝卷中，《西游记》的故事被广泛引用：

首先，民间秘密宗教和帮会崇拜的某些神祇及教主神话受到《西游记》的沾溉。唐僧、孙悟空、猪八戒等，成为民间秘密宗教崇拜的神祇。清道光年间，山西先天教中的四大金刚之一郭金棒和苗赞庭，就自称是孙悟空、哪吒等转世。义和团崇拜各路神仙，许多小说中的人物都上了"排行榜"，他们咒语中请的神，有许多就是《西游记》中的人物，如"天灵灵，地灵灵，奉请祖师来显灵：一请唐僧猪八戒，二请沙僧孙悟空，三请二郎来显圣，……十请托塔天王、金吒、木吒、哪吒三太子，率领天上十万兵"。

民间秘密宗教宝卷大量引用《西游记》中的人物和故事，借以教育信徒。《归原宝筏》指出："一篇《西游》俚语，休笑言粗无文，常阅体之无怠，九莲上品上增。"他们号召信徒向唐僧师徒学习，排除万难，一心向佛，"磨难星，考惩你，《西游记》堪为比"。要学习孙悟空的"火眼金睛"，善于识别妖魔；要学习孙悟空"不受魔困""降服妖精"的顽强斗志。不要学猪八戒"好食喜敬"。"嘱众友见了人勿露真影，怕遇妖阻取经，要吃唐僧肉。"不要轻易暴露教徒身份，否则会造成严重后果。尤其是要拴住心猿意马，"试看唐僧西游事，大大榜样谁不闻，妄念贪心才一动，魔王就要把他吞。"

民间秘密宗教宝卷还借用《西游记》中的人物和故事阐发金丹大道，《源流法脉》以唐僧师徒配五官："眼为孙行者，配心；耳为猪八戒，配精；鼻为沙和尚，配气；口为火龙驹，配意；本来面目唐三藏，量天尺。"《佛祖妙意直指寻源家谱》以唐僧师徒配五官和五行："眼是东方甲乙木孙悟空也，鼻是西方庚辛金妙（沙）和尚也，心是中央戊巳土唐僧是也。"《达本宝卷》以唐僧师徒配五方："东胜神洲孙行者，南瞻部洲火龙驹，西牛贺洲沙和尚，北俱庐洲八戒神，本来面目唐三藏，三藏元是本来人。有人参透这个意，不劳揵指便圆成。"有些宝卷还通过《西游记》中的孙悟空等，赞美现实生活中给予他们支持的"护法人"，如上举《叹世无为卷》。

河西宝卷是敦煌变文的嫡传子孙，是"活着的敦煌变文"，在当下宝卷研究中占有极其重要的地位。在今甘肃河西地区的广大农村，宝卷仍然有着旺盛的生命力。每年春节前后及农闲时节，许多农村举行隆重的"宣卷"活动，因而保存了大量的以手抄本为主的宝卷。河西宝卷中的《唐王游地狱宝卷》，源于敦煌遗书 S. 2630 号《唐太宗入冥记》，其直接源头应当是《西游记》第九、第十回的内容，只是对地狱的阴森残酷景象作了更多的铺陈和渲染，因果报应和转世轮回的说教更为突出而已。

由以上可知，宝卷利用《西游记》中的故事或者是宣传劝善惩恶的果报思想，或者是为民间宗教说"法"，或者是教育其信徒等，这些都体现了《西游记》对宝卷的影响以及对丝路文化的贡献。

于今，文化搭台，经济唱戏，我们应该充分挖掘丝路文化中的"西游"文化，并将它发扬光大，一方面可以发展丝绸之路沿途地区的旅游经济，另一方面又能够弘扬民族的传统文化，相得益彰，很有意义。

结　语

综上所述，如果没有丝绸之路，没有中土文化与西域文化的交流，没有丝绸之路沿途地区的文化接受和传播，就不会有《西游记》这部伟大的长篇小说；《西游记》问世之后，它又从民间故事、宝卷、变相、娱乐等方面丰富和发展了丝路文化。时至今日，丝绸之路沿途关于《西游记》的"遗迹"虽然有的已经成为旅游之地，但大多数地方"西游"文化的底蕴尚待于深入挖掘。

原刊于《丝路文化与五凉文学研究》2012 年

作者单位：兰州大学

"西游戏"与《西游记》的传播

王　平

长篇章回小说《西游记》在"唐僧取经故事"历代传播积累的基础上完成，在这一过程中，"西游戏"占据着重要位置。长篇小说《西游记》问世之后，根据小说改编而成的"西游戏"，对《西游记》的广泛传播更发挥着重要作用。比较小说成书之前与小说成书之后的"西游戏"，可以发现小说《西游记》刊行之前，取经故事尚处于变化之中。而在其刊行之后，取经故事便被定型化，几乎所有的"西游戏"都是根据小说改编而成。但与此同时，这些"西游戏"又都未能表现出小说本身所具有的哲理内涵。

一　元明间的"西游戏"

现知最早的"西游戏"当为宋代的戏文《陈光蕊江流和尚》（见明徐渭《南词叙录·宋元旧篇》[①]）和金代的院本《唐三藏》（见元陶宗仪《南村辍耕录》卷二十五"院本名目"[②]）。虽然两剧剧本已佚，但从剧名不难看出，两剧都以唐僧为主人公，前者重点写其出身，后者或许已涉及取经内容。除此之外，尚有与孙悟空形象有一定关系的武打短剧《水母砌》[③] 以及写二郎神的《二郎神杂剧》[④]。但这些"西游戏"与大约同时

---

① 参见（明）徐渭《南词叙录》，见中国戏曲研究院编《中国古典戏曲论著集成》三，中国戏剧出版社 1980 年版。

② 参见（元）陶宗仪《南村辍耕录》，中华书局 1980 年版。

③ 同上。

④ 参见田汝成《西湖游览志》卷 3 "偏安佚豫"，浙江人民出版社 1980 年版。

出现的《大唐三藏取经诗话》①相比，内容要简单得多。造成这一现象的主要原因，乃因宋金时期的戏剧样式尚处于雏形阶段，尚不具备表现复杂内容的方式和手段。元代是戏剧形式迅速成熟和发展的时期，"西游戏"也出现了繁盛的局面。

元钟嗣成《录鬼簿》共著录元代"西游戏"五种，分别是《镇水母》（高文秀撰），《刘泉进瓜》（杨显之撰），《劈华岳》（李好古撰），《眼睛记》《西天取经》（吴昌龄撰）。②这五种戏的剧本今皆不存，赵景深先生在其所辑《元人杂剧钩沉》中收录了吴昌龄《西天取经》的两套曲文。③第一套主要写众官员送唐僧起程，重点突出表现了尉迟恭勤王救驾之事，所以主唱者为尉迟恭。而在百回本长篇小说《西游记》中，乃唐太宗率众官员亲自为唐僧送行。第二套写唐僧途经西夏回国之事，主唱者乃是由净扮演的老回回，他与小回回插科打诨，更像是一出闹剧。老回回见到唐僧后说："师傅你自出国到西天的路程有十万八千余里。过了俺国，此去便是河湾东敖、西敖、小西洋、大西洋，往前就是哈密城、狗西番乌斯藏、车迟国、暹罗国、天主国、天竺国、伽毗卢国、舍卫国，那国内有一道横河，其长无许，其阔有八百余里。有一桥，名曰铁线桥；若过得此桥，便是释迦谈经之所，叫做伽耶城，歧折峪。往前就是五印度雷音寺了。"这里所说取经路程除了车迟国、天竺国两处见于小说《西游记》外，其余全不见于小说。由此可以推知，吴昌龄的《西天取经》杂剧与小说《西游记》的内容相去甚远。

另外四种杂剧，《镇水母》题目正名为"木叉行者降妖怪，泗州大圣降水母"，大概与孙悟空的出身有某些关联。《劈华岳》全名《巨灵神劈华岳》，或许与二郎神的传说有关。《眼睛记》全名《哪吒太子眼睛记》，显然是写哪吒的故事。只有《刘泉进瓜》写唐太宗入冥事，与小说《西游记》的联系较为密切。另曹栋亭本《录鬼簿》及《今乐考证》《曲录》尚著录《鬼子母揭钵记》④，剧本也已不存，其所写故事为后来杨景贤的

① 关于《大唐三藏取经诗话》的成书时间，大多数学者认为应在南宋，但仍有不同见解。
② 参见（元）钟嗣成《录鬼簿》，上海古籍出版社1978年版。
③ 参见赵景深辑《元人杂剧钩沉》，上海古典文学出版社1957年版。
④ 参见傅惜华《元代杂剧全目》，作家出版社1957年版。

《西游记》杂剧所采用。

　　明无名氏（一说贾仲明）《录鬼簿续编》著录元代"西游戏"两种，分别是《蟠桃会》（钟嗣成撰），《涤水母》（须子寿撰）①。两剧剧本今皆不存，仅能从题目推知一二。《蟠桃会》全名《宴瑶池王母蟠桃会》，其中或许有孙悟空偷吃蟠桃之事。《涤水母》全名《泗州大圣涤水母》，疑与孙悟空的出身有关。明祁彪佳《远山堂剧品》著录元无名氏所撰"西游戏"两种，分别是《猿听经》《锁魔镜》。② 值得庆幸的是，这两种剧本保留到了今天。前者有明脉望馆藏校《古名家杂剧》本和《元明杂剧》本，正名为"龙济山野猿听经"，剧中野猿"曾在瑶池内偷饮了琼浆"，"曾在天宫内闹了蟠桃"。他化身为书生袁逊，在龙济山听修公讲经谈禅，求仙悟道，除却了轮回六道。③ 这些情节与小说第一回孙悟空的身世有关。后者有明脉望馆校藏《续古今名家杂剧》本和《孤本元明杂剧》本，题目作"三太子大闹黑风山"，正名作"二郎神醉射锁魔镜"，所写不仅有二郎神的故事，还有哪吒、牛魔王以及黑风山黑风洞的故事。④ 这些人物或地点虽与小说有关，但情节又与小说有很大差距。从上举十种元代"西游戏"的大体内容不难看出，此时关于取经故事的传说尚十分零乱，许多内容不见于百回本小说《西游记》。

二　关于《西游记杂剧》

　　《录鬼簿续编》还著录了元明间戏剧家杨景贤的《西游记杂剧》，今存"明杨东来先生批评《西游记》"本⑤，因其在"取经故事"的传播中占有重要地位，对小说《西游记》的成书具有重要影响，故应作一细致分析。全剧共六卷二十四折，目如下：

---

　　① 参见无名氏《录鬼簿续编》，上海古籍出版社 1978 年版。
　　② 参见（明）祁彪佳《远山堂剧品》，载《中国古典戏曲论著集成》六，中国戏剧出版社 1980 年版。
　　③ 参见无名氏《龙济山野猿听经》杂剧，载（明）赵琦美辑《脉望馆钞校本古今杂剧》，《古本戏曲丛刊》四集，商务印书馆 1958 年版。
　　④ 参见王季烈编《孤本元明杂剧》第 4 册，中国戏剧出版社 1958 年版。
　　⑤ 参见（元）杨景贤《杨东来先生批评〈西游记〉杂剧》，《古本戏曲丛刊》初集，文学古籍刊行社 1953 年版。

第一卷　之官逢盗　逼母弃儿　江流认亲　擒贼雪仇
第二卷　诏饯西行　村姑演说　木叉售马　华光署保
第三卷　神佛降孙　收孙演咒　行者除妖　鬼母皈依
第四卷　妖猪幻惑　海棠传耗　导女还裴　细犬禽猪
第五卷　女王逼配　迷路问仙　铁扇凶威　水部灭火
第六卷　贫婆心印　参佛取经　送归东土　三藏朝元

　　第一卷四折讲述唐僧出身事，这一故事在宋元时期较为流行，前面所说宋代戏文《陈光蕊江流和尚》和金院本《唐三藏》便都讲述了这一故事。今存《大唐三藏取经诗话》第一节题原缺，其内容不得而知，但后文说到唐僧前世曾两次取经，并未提起其出身事。现存较早的明代世德堂本《西游记》虽然对此没有完整的叙述，但在许多地方仍保留了简略介绍。清代的《西游证道书》《西游真诠》《新说西游记》各本，都补上了这一故事。可以证明小说中的这一部分内容主要受到上述几种"西游戏"尤其是这本《西游记》杂剧第一卷的影响而写成。

　　第二卷四折演述唐僧起程情形，内容与以往戏剧相似而与后来的小说所写迥异。第五折"诏饯西行"似据元吴昌龄《唐三藏西天取经》杂剧改写而成，但两者表现的重点有所不同。与赵景深先生所辑录的吴昌龄《唐三藏西天取经》杂剧两套曲文相比较，吴剧第一套［仙吕］由尉迟恭主唱，杨剧的主唱也是尉迟恭。吴剧第一支曲［点绛唇］开头便唱"一来为帝王亲差"，说明尉迟恭是奉唐太宗之命为唐僧送行。在［油葫芦］一曲中又唱道："十八处都将年号改，某扶立起这唐世界。师傅道俺杀生害命也罪何该，想当日尉迟恭怎想到今日持斋戒！"抒发了尉迟恭的感慨，后面几支曲便主要写其勤王救驾之事。杨剧"诏饯西行"的题目已说明是奉诏送行，同样在［油葫芦］一曲中尉迟恭唱道："想俺那兴唐出战时，一日价几处止，到如今老来憔悴鬓如丝，却将那定国安邦志，改作了养性修身事。往常时领大军，今日个拜国师，英雄将生扭的称居士，怎禁那天子自拜辞。"也表明了尉迟恭的内心，但关于勤王救驾之事却没有了。

　　第六折"村姑演说"似也从吴剧而来，吴剧第一套曲文开头交代："杂随意扮众男女乡民；丑扮王留儿……旦扮胖姑儿，穿衫背心系汗巾；同从上场门上。"这说明"胖姑儿"是众多乡民中比较突出的一个，但可惜有关她的唱词未能保留下来。杨剧此折通过"胖姑儿"的独特视角写唐僧与众送行官员的形象，风趣幽默。尤其是写唐僧的一段更令人忍俊不禁："则见那官人们簇拥着一个大擂槌，那擂槌上大生有眼共眉，我则道瓠子头葫芦蒂。这个人也忒煞跷蹊，恰便似不敢道的东西，枉被那旁人笑耻。"再如写众文官："一个个手执着白木植，身穿着紫褡背，白石头黄铜片去腰间系，一双脚似踹在黑甏里。"这种表现形式与著名的元代散曲《高祖还乡》异曲同工，却与小说的描写相去甚远。"木叉售马""华光署保"两折也不见于小说，但保留了较古传说的痕迹。

第三卷第九折"神佛降孙"和第十折"收孙演咒"写孙悟空被降伏事。孙悟空已经由《大唐三藏取经诗话》中的"白衣秀才"猴行者变为了"孙行者"。他说："一自开天辟地，两仪便有吾身。曾教三界费精神，四方神道怕，五岳鬼兵嗔，六合乾坤混扰，七冥北斗难分，八方世界有谁尊，九天难捕我十万总魔君。"说明他与天地同生，并曾搅乱三界。他还娶了金鼎国女子为妻，盗了太上老君的金丹，在九转炉中炼得铜筋铁骨，火眼金睛。又偷了王母仙桃百颗，仙衣一套，被李天王追拿。这些内容显然比《大唐三藏取经诗话》大大丰富了，有些与小说相一致，如盗金丹、偷仙桃，有些小说中则没有，如娶妻、盗仙衣。他还说："小圣弟兄姊妹五人，大姊骊山老母，二妹巫枝祇圣母，大兄齐天大圣，小圣通天大圣，三弟耍耍三郎。"这一家庭组成人员与小说中所写完全不同。小说中孙悟空乃是仙石所化，他"广交贤友"，会了牛魔王等七个弟兄，又自封为"齐天大圣"，众结拜弟兄分别为"平天大圣""覆海大圣""混天大圣""移山大圣""通风大圣""驱神大圣"。剧中李天王奉玉帝之命点八百万天兵，领数千员神将到花果山捉拿孙悟空，其子哪吒与悟空相斗，又命眉山七圣共同搜山，最后由观音菩萨出面，将悟空压在了花果山下，等候保护唐僧西天取经。这些情节虽与小说不完全一致，但可以推知，正是杂剧中的这些或详或略的描写为小说的创作打开了思路。

第三卷第十一折"行者除妖"写收服沙僧事，剧中沙僧自称是"玉皇殿前卷帘大将军，带酒思凡，罚在此河，推沙受罪"。他"血人为饮肝人食"，先后九次吃掉"九世为僧"的西天取经僧人，但孙行者轻而易举地就将他收服。小说中的情节则要丰富得多，沙僧也曾被玉皇大帝亲口封为卷帘将，只不过因为"失手打破玉玻璃"而被贬在流沙河上。他神通广大，尤擅水战，孙悟空、猪八戒与他斗了数个回合也难分胜负，最后只好去求观音菩萨，观音菩萨派了木叉行者才将他收服。第十二折"鬼母皈依"，曹栋亭本《录鬼簿》著录有元吴昌龄的《鬼子母揭钵记》杂剧，但剧本已佚。此出是否据吴剧改编，不得而知。剧中写唐僧、行者、沙僧等正行走之间，忽然听见有小孩啼哭之声，唐僧命行者背他到前面人家。行者知其为妖怪，一刀将其砍下山洞，那妖怪却早已将唐僧捉走。行者和沙僧只好去见观音菩萨，又去见世尊。原来这孩子的母亲名鬼子母，世尊命揭帝用钵盂把小孩盖将来。鬼子母前来救他，但揭不开钵盖，最后被哪吒捉住。唐僧则被世尊救出。这一出内容在小说中演变成红孩儿的故事，红孩儿乃牛魔王与铁扇公主之子，于是鬼子母揭钵之事便被删掉了。

第四卷四折专写收服猪八戒之事，猪八戒称"自离天门到下方"，"乃摩利支天部下御车将军"，他"盗了金铃""顿开金锁"，"潜藏在黑风洞里"。听说裴公的女儿海棠想与未婚夫朱郎相见，便趁机化作朱郎去赴约会，将海棠掠到了洞中。孙行者偶然发现了猪妖在洞外饮酒，调戏海棠，便搬起一块大石扔了过去。猪妖惊骇而走，海棠则以手帕为信请行者转交裴公。裴公见信后十分悲痛，请行者去救海棠。行者毫不迟疑地去洞中将海棠带回，从海棠处得知，猪妖最怕二郎神的细犬。行者前去降伏猪妖，不分胜负，只好请观音菩萨出面，差二郎神带着细犬打败了猪妖。唐僧向二郎神求情，饶恕了猪妖，让他一起去西天取经。不难看出，这些情节与小说中的相关内容有着较大差异。小说中的描写更为生动有趣，对猪八戒性格的刻画更富有人情味，而且更符合小说的总体布局。

第五卷第十七折"女王逼配"写女儿国之事，女儿国国王寂寞凄凉，听说唐僧取经路过此地，便要留他做丈夫，被悟空设计解脱。小说则在此基础上紧接着写琵琶洞中的女妖蝎子精，进一步深化了这一题旨。从第十八折至第二十折演述过火焰山事：铁扇公主乃风部下祖师，为带酒与王母相争，反却天宫，在铁镁山居住，和骊山老母是姐妹，但没有丈夫。孙行者去铁扇公主处借扇，因出口不逊，被铁扇公主一扇子扇得"滴溜溜半空中"，只好求救于观音。观音于是委派雷公、电母、风伯、雨师等将火扑灭。这与小说"三借芭蕉扇"相比，不仅情节要简略得多，前后缺少联系，更重要的是未能显示出孙悟空的本领和弱点。

第六卷四折演述取经结局：孙行者、猪八戒、沙和尚一一圆寂，只有唐僧一人回到中原，这与小说所写差别更大。小说写师徒四人因没给阿傩、伽叶送上"人事"，结果取到的是"无字经"。幸亏燃灯古佛提醒，他们又重新向如来佛要真经。如来佛却说"经不可轻传，亦不可以空取"，又说"因你那东土众生，愚迷不悟，只可以此传之耳"，这其中都有着深刻寓意。小说最后写唐僧师徒一行历经八十一难，将佛经送回东土，然后分别受如来佛之封，修成正果，使全书前后紧密相连，成为一部完整的取经故事，而其寓意也由此更显深刻。

三 "西游戏"与小说《西游记》的传播

学者们根据《永乐大典》卷 13139 "送"字韵"梦"字条①和朝鲜古代教科书《朴通事谚解》②，证明明初永乐年间之前，曾有一部比较完整的《西游记平话》。将这两种材料与杨景贤《西游记杂剧》及长篇小说《西游记》相比，可以发现这样几个问题。《永乐大典》仅保存"魏徵梦斩泾河龙"一节，此事不见于《西游记杂剧》却见于小说《西游记》。《朴通事谚解》保存的情节较多，其中既有与《西游记杂剧》相同者，也有不同者。如关于孙行者的经历，二者有多处极其相近：都曾偷过王母娘娘的蟠桃和太上老君的金丹，这与小说中所写相一致。都曾偷王母仙衣一套要作庆仙衣会，这一情节为小说中所无。都曾被李天王追拿，这又与小说相一致。但同是关于孙行者，又有许多不同：如《西游记杂剧》中的孙行者自称"通天大圣"，《朴通事谚解》中却号"齐天大圣"，与小说一致；《西游记杂剧》中孙行者住的是花果山紫云罗洞，《朴通事谚解》中却是花果山水帘洞，与小说一致；《西游记杂剧》中李天王命哪吒捉拿孙行者，《朴通事谚解》中却是李天王举二郎神捉拿孙行者，与小说一致；《西游记杂剧》中诸神将未能降伏孙行者，观音菩萨最后将其压在了花果山下，《朴通事谚解》中孙行者被执当死，观音上请于玉帝，免其一死并将其于花果山石缝内纳身，与小说皆不同。

---

① 参见郑振铎《中国文学研究》上，人民文学出版社 2000 年版，第 251—252 页。

② 参见［朝鲜］边暹等编辑《朴通事谚解》，载刘荫柏编《西游记研究资料》，上海古籍出版社 1990 年版，第 248—253 页。

再如取经路上所遇到的磨难,《西游记杂剧》主要演述了"女儿国"和"火焰山"两事;《朴通事谚解》则详细地讲述了"车迟国"斗法事。关于取经的结局,《西游记杂剧》中孙行者、猪八戒、沙和尚三人都各自圆寂寞而去,只有唐僧一人返回东土。《朴通事谚解》中却是唐僧正果"旃檀佛如来",孙行者正果"大力王菩萨",朱八戒正果"香华会上净坛使者"。通过以上比较不难看出,当时取经故事虽未完全统一,但与宋元时期相比,已经渐趋一致。另外也可发现,《朴通事谚解》比《西游记杂剧》更接近于长篇小说《西游记》。

明代还有一剧值得一提,这就是无名氏的《二郎神锁齐天大圣》杂剧。该剧收在明人赵琦美辑《脉望馆钞校本古今杂剧》① 中,其作期应在明万历之前。此剧中花果山上有兄弟三人,大哥是"通天大圣",老二是"齐天大圣",兄弟是"耍耍三郎"。另有姐姐"龟山水母"和妹子"铁色猕猴"。姐姐"龟山水母""因水淹了泗州,损害生灵,被释迦如来擒拿住,锁在碧油潭中,不能翻身"。大哥"通天大圣"是玉皇殿下小神仙,因为扳折了苍龙角,被罚在深山数百年。弟弟"耍耍三郎"自称是"孙行者"。老二"齐天大圣"听说太上老君炼九转金丹,食之者能延年益寿,便偷了仙丹数颗,又盗了仙酒数十瓶,在花果山水帘洞中大排宴会,庆赏金丹御酒。这些情节既不同于以往戏剧,也不同于后之小说。这说明直到明万历百回本《西游记》刊刻之前,有关取经的故事仍未完全定型。

百回本小说《西游记》刊行之后,"西游戏"便基本上依照小说的情节进行编演了,而且这种趋势愈到后来愈加明显。明代后期祁彪佳《远山堂曲品》著录了明代陈龙光的传奇《西游》并评论道:"将一部《西游记》,板煞填谱,不能无其所有,简其所繁,只由才思庸浅故也。"② 所谓"板煞填谱",所谓"不能无其所有,简其所繁",正好说明了陈龙光的这部《西游》传奇基本上忠实于百回本的小说原著,未能有多少突破。

---

① 参见无名氏《二郎神锁齐天大圣》,(明)赵琦美辑《脉望馆钞校本古今杂剧》,《古本戏曲丛刊》四集,商务印书馆 1958 年版。

② (明)祁彪佳:《远山堂曲品》,载刘荫柏编《西游记研究资料》,上海古籍出版社 1990 年版,第 414—415 页。

《寥天一斋曲谱》收有三种清中叶抄本"西游戏":《撇子》和《认子》皆演唐僧出身事,《猴变》演孙悟空闹天宫事。① 这几种"西游戏"编写于清中叶之前,虽由小说改编而来,但编者仍作了程度不等的改动。至清中叶之后,"西游戏"就几乎全部照搬小说情节了。郑振铎先生专力收集《西游记》戏曲,其《西谛书目》② 著录清代《西游记杂剧》五种五卷:《通天河》一卷,《盘丝洞》一卷,《车迟国》一卷,《无底洞》一卷,《西天竺》一卷;又有《无底洞传奇》一卷。这些剧目与小说《西游记》完全一致。再看傅惜华先生从清宫耿太监手中购得的《耿藏剧丛》③所收"西游戏"剧目,这些剧目皆存清抄本:《西游记》存十二出,"演唐僧过宝象国遇妖事";《莲花洞、金兜山》分别演平顶山和金兜洞青牛怪之事;其他《盘丝洞》《狮驼岭》《西梁国》等所演都与小说相一致;唯有《红梅山》一剧不见于小说(详后)。

最明显的是陶君起《京剧剧目初探》④ 所收"西游戏",百回本《西游记》的前九十回都有相应的京剧剧目。有的是一剧搬演小说一回的内容,如《水帘洞》又名《花果山》《美猴王》,演闹龙宫事,见小说第三回;《五行山》演悟空拜玄奘为师事,见小说第十四回;《鹰愁涧》演收服白龙马事,见小说第十五回;《流沙河》又名《收悟净》,演收服沙僧事,见小说第二十二回;《女儿国》又名《女真国》,演西梁女国事,见小说第五十四回;《琵琶洞》演蝎子精事,见小说第五十五回,等等。有的是小说中的一回由几剧搬演,如小说第十二回便有《唐王游地府》《李翠莲》《刘全进瓜》三种剧目。

因为百回本《西游记》常常由相关几回构成某一故事单元,因而许多京剧剧目往往包括了小说几回的内容。如《拜昆仑》演孙悟空拜须菩提为师事,见小说第一、二回;《闹天宫》又名《安天会》,演悟空大闹

---

① 参见《寥天一斋曲谱》,载刘荫柏编《西游记研究资料》,上海古籍出版社 1990 年版,第 423—424 页。

② 参见郑振铎《西谛书目》,载刘荫柏编《西游记研究资料》,上海古籍出版社 1990 年版,第 421 页。

③ 参见《耿藏剧丛》,载刘荫柏编《西游记研究资料》,上海古籍出版社 1990 年版,第 422—423 页。

④ 参见陶君起《京剧剧目初探》,载刘荫柏编《西游记研究资料》,上海古籍出版社 1990 年版,第 424—434 页。

天宫事，见小说第四至第六回；《高老庄》演悟空降伏八戒事，见小说第十八、第十九回；《五庄观》又名《万寿山》，演偷吃人参果事，见小说第二十四至第二十六回；《黄袍怪》又名《宝象国》《美猴王》，演宝象国事，见小说第二十七至第三十一回；《平顶山》又名《莲花洞》，演金角、银角大王事，见小说第三十二至第三十五回；《火云洞》又名《红孩儿》，演红孩儿事，见小说第四十至第四十二回；《车迟国》演车迟国斗法事，见小说第四十四至第四十六回；《通天河》演降伏通天河鱼妖事，见小说第四十七至第四十九回；《金兜洞》演青牛怪事，见小说第五十至第五十二回；《双心斗》又名《真假美猴王》，演六耳猕猴事，见小说第五十六至第五十八回；《芭蕉扇》又名《火焰山》《白云洞》，演过火焰山事，见小说第五十九至第六十一回；《盘丝洞》演蜘蛛精事，见小说第七十二、第七十三回；《无底洞》又名《陷空山》，演无底洞白鼠精事，见小说第八十至第八十三回；《九狮洞》又名《竹节山》，演九头狮事，见小说第八十八至第九十回。上述剧目所演内容与小说完全一致。

《狮驼岭》一剧与小说情节略有出入，此剧又名《狮驼国》，演唐僧师徒四人路经狮驼岭，遇青狮、白象、大鹏阻挡去路。悟空破阴阳瓶、力降狮、象，但中了大鹏之计，四人被擒。悟空伺机逃出，请如来佛降伏了三妖。这些情节系据小说第七十四、第七十七回改编，虽与原作有某些不同，但毕竟能在小说中找到依据。还有个别剧目不见于小说，如前面曾提到的《红梅山》，又名《金钱豹》，演金钱豹占据红梅山，欲强娶乡绅邓洪之女。唐僧等寻宿至此，悟空、八戒分别幻化为丫鬟和邓女拟捉金钱豹。金钱豹设飞叉阵困住悟空，最后悟空请天兵降伏之。再如《盗魂铃》又名《二本金钱豹》《八戒降妖》，演八戒被女妖诱入洞中，洞中有"魂铃"，摇动时即能摄人魂魄。八戒盗之，众妖追击，悟空接应八戒，力败群妖。再如《金刀阵》演悟空被封为"斗战胜佛"后，因大鹏摆金刀阵，南极仙翁无计破之，悟空盗刀，遂大破金刀阵。但总体来说，在小说《西游记》广泛传播之后，"西游戏"便基本上搬演小说的故事内容了。

上文所论述的所有"西游戏"，只有《西游记杂剧》比较完整地演述了取经故事的全过程。但从其整体结构来看，与小说《西游记》的结构布局有着本质的不同，而这种总体布局又决定着全书的寓意主旨。《西游记杂剧》六卷的排列顺序是：唐僧出身，官员送行，降伏孙行者、沙和尚、猪八戒，路经女儿国、火焰山，最后参佛取经、返回东土。这一结构安排表明此剧的中心是"取经"过程，外无他意。百回本小说《西游记》的结构安排则是：孙悟空闹三界，取经缘由，悟空、八戒、沙僧先后加入取经行列，取经路上种种磨难，径回东土、五圣成真。一是唐僧出身置于卷首，二是悟空故事放在最前。这一变化说明故事的主人公已经由唐僧变成了孙悟空。主人公的变化又使小说的寓意和主旨随之改变，即已经不把重点放在"取经"之上，而有他意寓焉。这一寓意，明人称为"游戏中暗藏密谛"①，至于暗藏何种"密谛"，则见仁见智，莫衷一是。考之于这种特定的结构安排，明人谢肇淛所说"求放心之喻"②，或许更接近著者的本意吧。

除《西游记杂剧》之外的其他"西游戏"，基本都只演述"取经故事"的某一方面。《西游记》刊行之后的大量"西游戏"，包括所有的京剧和地方剧目，虽然合在一起，似乎也能表现出取经故事的全过程。但由于它们受到单剧演出的限制，因而对于接受者来说，很难将这些孤立的剧目合成一个整体来加以理解和接受。于是便造成了一种奇怪的现象：一方面，"西游戏"对小说《西游记》的广泛传播起到了至关重要的作用，许多接受者都是通过"西游戏"才得知小说中的许多人物与情节；另一方面，由于"西游戏"单剧演出的现实，又使接受者只能对《西游记》产生片面的理解。例如看了《美猴王》，便以为小说是肯定造反与自由；看了《火焰山》，便以为小说是赞颂智慧与计谋；看了《车迟国》，便以为小说是鼓励降妖伏魔；看了《女儿国》，又以为小说是宣传清规戒律，等等。至于小说本身所包含的"密谛"，便被这些"西游戏"一一化解了。

原刊于《明清小说研究》2006 年第 2 期

作者单位：山东大学

---

① 李卓吾先生批评《西游记》总批，载朱一玄编《明清小说资料选编》，齐鲁书社 1989 年版，第 494 页。

② （明）谢肇淛：《五杂组》卷 15 事部三，上海书店出版社 2001 年版，第 312 页。

金猴奋起千钧棒：从"力敌"到"智取"

——新中国猴戏改造论

白惠元

> 排雄阵，砺枪刀，
>
> 败瘟神，驱强暴。
>
> 管叫他胆战魂消，
>
> 玉帝折腰！
>
> ——1956 年京剧《大闹天宫》

> 此事只宜智取，
>
> 不可力敌。
>
> ——1961 年绍剧《孙悟空三打白骨精》

"猴戏"又称悟空戏，是中国戏曲史上为数不多的由角色命名的剧种。猴戏拔群而出，不只因孙悟空的文学形象深入人心，更源于其独特的舞台艺术程式。在中国现代思想史、文化史的视域之内，重新考察孙悟空形象嬗变，"猴戏"是不可跳过的。可以说，20 世纪 50—70 年代的猴戏改造真正实现了孙悟空形象的现代转型，而其戏曲形式风格更是直接影响了孙悟空在新时期大众文化场域内的再现。作为新中国"情感结构"的组成部分，"猴戏"形构了孙悟空形象的接受方式，戏曲化的孙悟空也就成为不断复制再生产的形象模板。

考察新中国的猴戏改造，必从内容与形式两个层面展开，前者关注戏曲剧本的改写，后者关注表演风格的流变。我们试图提出以下几个问题：20 世纪 50—70 年代的"戏曲改革"如何实现了猴戏的现代转型？从京剧

《大闹天宫》到绍剧《孙悟空三打白骨精》，猴戏改造的叙事焦点与问题
意识如何嬗变？在形式沿革的背后，是怎样的意识形态更替？而猴戏在
"文化大革命"中被改写为连环画的历史命运，又如何在文化政治策略的
意义上得以理解？

一　"推陈出新"：猴戏的现代转型

　　猴戏现代转型的直接历史语境是"戏曲改革"。谈及 20 世纪 50—70
年代的新中国戏曲改革运动，首先是毛泽东"推陈出新"的四字方针。
事实上，此四字方针的产生过程是需要被历史化的：早在 1942 年 10 月延
安平剧①研究院成立时，毛泽东就题词"推陈出新"；1949 年 7 月，中华
全国戏曲改进会筹委会②成立，毛泽东再次题词"推陈出新"；新中国成
立后，中国戏曲研究院于 1951 年 4 月成立，毛泽东又一次题词"百花齐
放、推陈出新"。至此，"推陈出新"成为新中国戏曲改革运动的指导
方针。

　　何谓"推陈出新"？1949 年 10 月，马少波在《戏曲报》上发表《正
确执行"推陈出新"的方针》一文，将其解读为两个要点："消灭封建的
文化毒素，和接受优秀的民族艺术遗产"，"二者乃是一个任务的两面，
万万不能片面的孤立起来。消灭封建文化，是指消灭封建文化在群众思想
中有害的影响的部分，不允许连同艺术上以至思想上的某些优秀成分
'玉石俱焚'；接受民族艺术遗产，是指继承与发展民放艺术中的优秀成
分，并非把思想上以至艺术上对人民有害的、落后的东西，无批判的原封
保留下来（古代戏剧文物保藏例外）"。③ 显然，文化领导层对于旧戏曲的
扬弃态度是清晰的共识，但"推陈出新"之"新"在何处？方向仍有些
模糊，这也成为后来争论的焦点。1950 年 12 月 1 日，田汉在全国戏曲工
作会上作了题为《为爱国主义的人民新戏曲而奋斗》的报告，提出"从

---

　　①　平剧即京剧。国民党统治时期称北京为北平，故京剧当时亦称平剧。
　　②　中华全国戏曲改进会筹委会，即新中国成立后文化部戏曲改进局前身。
　　③　马少波：《正确执行"推陈出新"的方针》，《戏曲改革论集》，新文艺出版社 1953 年
版，第 1—2 页。

新民主主义的民族的、科学的、人民大众的立场评价旧戏曲","对于能发扬新爱国主义精神,与革命的英雄主义,有助于反抗侵略、保卫和平、提倡人类正义、反抗压迫、争取民主自由的戏曲应予以特别表扬、推广"。① 这一评判标准在政务院发布于1951年的"五五指示"中被落实为"人民戏曲",即"以民主精神与爱国精神教育广大人民的重要武器"。② 如此,"人民性"才成为"推陈出新"的破题关键词。

那么,如何在旧戏曲中挖掘出人民性呢?具体到"猴戏"这一特殊剧种,是要区分"神话戏"与"迷信戏"。"神话往往是敢于反抗神的权威的,如孙悟空的反抗玉皇大帝,牛郎织女的反抗王母;迷信则是宣传人对于神的无力,必须做神的奴隶和牺牲品。因此,神话往往是鼓励人努力摆脱自己所处的奴隶的地位而追求一种真正的人的生活,迷信则是使人心甘情愿地安于做奴隶,并把奴隶的锁链加以美化。"③ 虽然,周扬高度肯定了《闹天宫》的思想意义,但这并不代表一切传统猴戏皆可被新民主主义文化结构所接纳,典型反例是《闹地府》。《闹地府》的剧情从孙悟空龙宫借宝之后讲起,龙王将此事告诉阎罗王,阎罗王命黑白无常将孙悟空魂魄拘到森罗殿,并私改生死簿,孙悟空因此大闹阴曹地府。虽然结局是孙悟空战胜众鬼卒,撕毁生死簿,但这内容上的"胜利"并无法拯救《闹地府》被批判乃至停演的历史命运,因为其形式上的阴森恐怖有悖于人民建设新中国的乐观情绪,因而也被划入"迷信戏"。马少波就此总结道:"同是孙行者反封建统治的戏剧,《闹天宫》是神话,而《闹地府》不是,至少不是好的神话。为什么呢?因为阴曹地府的鬼气森森,阎罗、判官、牛头、马面等的狰狞面目,使得中国人民心惊胆寒这么多年;尽管像《闹地府》、《铡判官》一类的戏有一点积极的意义吧,但是在今天新民主主义的社会,阴曹地府中的阴森恐怖的形象,尽可能避免为好,实在不必要再搬到人民面前加深印象,恐吓人民了。"④

① 田汉:《为爱国主义的人民新戏曲而奋斗——一九五〇年十二月一日在全国戏曲工作会议上的报告摘要》,《人民日报》1951年1月21日。

② 政务院:《关于戏曲改革工作的指示》,《人民日报》1951年5月7日。

③ 周扬:《改革和发展民族戏曲艺术——一九五二年十一月十四日在第一届全国戏曲观摩大会上的总结报告》,《人民日报》1952年12月27日。

④ 马少波:《迷信与神话的本质区别》,《戏曲改革论集》,新文艺出版社1953年版,第63页。

　　可见，旨在建构"人民性"的戏曲改革必须是内容与形式层面的双重改革，缺一不可。《闹地府》因形式上的黑暗恐怖而被划入"迷信戏"，这提示我们需要对"人民性"做更加深入的讨论：为何"人民性"是反迷信的？在周扬看来，"人民性"正意味着"现实主义"："中国戏曲达到了相当高度的现实主义，并不是偶然的。中国戏曲，从它的黄金时代——元代到现在，已经有了近七百年的历史；它在几百年的发展过程中不断地被人民的创作所补充、修正和丰富。中国现有各种戏曲，都是由民间戏曲发展而来的。京剧虽曾进入过宫廷，但它的基础仍是民间的，并且始终保持了和人民的联系。"① 在马克思主义文艺观中，形式上抽象写意的中国戏曲就这样被归入"现实主义"，其文艺策略是将"民间"置换为"人民"。换言之，将"民间性"改造成"人民性"正是 20 世纪 50—70 年代中国戏曲改革的关键环节。

　　在民间性/人民性的维度中重新思考"猴戏"之改造，我们会发现，游戏性/政治性是一组核心概念。一方面，猴戏表演者本身介于武生与武丑两个行当之间，其表演时常融入"丑"行惯用的杂耍类身体动作，强调趣味性与游戏性，这是戏曲历史所积淀的艺术传统。在赫伊津哈看来，所谓"游戏"指向一种非功利性，它"立于欲望和要求的当下满足之外"，"实际上打断了欲望的进程"②，是目的论的反面。说到底，这种游戏性还是一个文化阐释的问题，是民国社会如何理解《西游记》主旨的问题。对此，胡适《〈西游记〉考证》所提出的"游戏说"影响甚大，民间对《西游记》的理解正是"那极浅极明白的滑稽意味和玩世精神"③。另一方面，新中国戏曲改革强调政治性表达，突出激进的革命诉求，所谓"推陈出新"之"新"正在于对新中国人民之欲望与诉求的幸福承诺，是关于历史的目的论表述。于是，也就不难理解 1955 年冯沅君对胡适"游戏说"的批判："他将趣味——滑稽、游戏的趣味提到第一位，用它来代替作品的现实主义创作方法，代替作品富有斗争性的思想内

---

　　① 周扬：《改革和发展民族戏曲艺术——一九五二年十一月十四日在第一届全国戏曲观摩大会上的总结报告》，《人民日报》1952 年 12 月 27 日。
　　② ［荷］约翰·赫伊津哈：《游戏的人》，多人译，中国美术学院出版社 1996 年版，第 10 页。
　　③ 胡适：《〈西游记〉考证》，陆钦选编《名家解读〈西游记〉》，山东人民出版社 1998 年版，第 34 页。

容，以达到他卑鄙无赖的抽出作品的社会意义的目的。"① 所谓现实主义与玩世主义的对立，正是人民与游民、人民性与民间性的对立，"猴戏"的游戏性成为其接受政治改造的主要障碍。

然而，新中国戏曲改革真的能将"民间性"彻底改造为"人民性"吗？事实上，20 世纪 50—60 年代经过改造的"猴戏"依然是杂合状态，呈现为游戏性与政治性的协商——政治性无法化约游戏性，游戏性亦无法解构政治性。从根本上说，猴戏之改造是不彻底的。"'改戏'的目标主要是用新的意识形态来整理和改造旧戏，引导矫正大众的审美趣味，规范人们对历史、现实的想象方式，再造民众的社会生活秩序和伦理道德观念，从而塑造出新时代所需要的'人民'主体。但这种改造也必须考虑到大众的接受程度和实际的教育效果，从中也就多少能看出戏改限度之所在。"② 猴戏改造之"限度"，恰在于戏曲传统基质对意识形态的抵抗。以 1956 年李少春版京剧《大闹天宫》为例，孙悟空的造型（如图 1 所示）继承了中国戏曲传统程式，其舞台服饰本身就是文化符号，有必要在能指/所指的意义上进行解读：孙悟空头上所戴的"草王盔"对应于皇帽存在，通常用来指称非正统的称王称霸者，或者农民起义领袖；草王盔两侧所插的"翎子"亦不同于皇帽的两束穗，通常用来指称草莽英雄或鬼怪；而孙悟空所戴"狐尾"，亦是北国番邦少数民族的象征。总之，猴戏的现代转型依然保留了带有君臣、正邪、夷狄意味的传统民间文化符号，这是"人民性"建构所无法化约的剩余物，它们是感性而又坚固的日常生活伦理秩序，对意识形态统制构成了一种质询。

因此，我们既要看到"人民性"对"民间性"的改造，也要看到"民间性"对"人民性"的抵抗。所谓"新中国猴戏改造"绝非单一维度的结论，而是一个始终在进行中的、充满话语权力交锋协商的过程。我们必须将猴戏之现代转型放置于现代性的民族—国家视野之中，放置于现代中国独特的历史经验之中。对此，张炼红曾提出锚定"戏曲改革"的三重历史坐标：其一是晚清"戏曲改良"以降的中国近现代戏曲改革进

---

① 冯沅君：《批判胡适的西游记考证》，《文史哲》1955 年第 4 期。

② 张炼红：《从民间性到"人民性"：戏曲改编的政治意识形态化》，《当代作家评论》2002 年第 1 期。

图 1   李少春在 1956 年版京剧
《大闹天宫》中的造型

程；其二是中国社会的现代转型与"游民文化"的日益消解；其三是始
自延安的革命大众文艺改造运动。① 三者彼此缠绕，缺一不可。特别是延
安文艺的传统，只有将 20 世纪 40 年代的"新秧歌"与"文化大革命"
时期的"样板戏"一体化，才能洞悉猴戏改造更为深刻的历史逻辑——
地方戏国家化。为了更加细致地讨论这个议题，我们将以 1956 年的京剧
《大闹天宫》和 1961 年的绍剧《孙悟空三打白骨精》为典型文本，解读
其改造方式与叙事策略。

二   主体的颠倒：从京剧《安天会》到《大闹天宫》

1951 年，为准备中国京剧院出国公演，翁偶虹、李少春在传统戏

_____

① 张炼红：《再论新中国戏曲改革的历史坐标》，《上海戏剧》2010 年 12 月。

《安天会》的基础之上，重新改编了一出《闹天宫》，国际反响十分强烈。回国后，马少波、李少春向周恩来总理汇报情况，谈话间，周总理指示李少春应把《闹天宫》扩大篇幅，重新编排一部《大闹天宫》，由翁偶虹执笔。毫无疑问，从《安天会》到《大闹天宫》的改编是一次情节扩容：《安天会》仅存"偷桃""盗丹""大战"等关目；《大闹天宫》则增加了"龙宫借宝""凌霄殿下诏""花果山请猴""封弼马温""闹御马圈""初败天兵""二次请猴"等关目，补充了相对完整的情节前史。作为叙事策略，《大闹天宫》的情节扩容有其历史必然性，编剧翁偶虹对这些关目的重组，是以清朝以降的猴戏发展史为基础的，所以，我们也必须将1956年的京剧《大闹天宫》放置于更为广阔的历史谱系之中。

　　《大闹天宫》的前史最早可追溯至清朝乾隆年间的连台本戏《昇平宝筏》，共二百四十出。所谓"连台本戏"，即连续数日接演一整本大戏，《昇平宝筏》正是将《西游记》的全部故事搬上戏曲舞台。需要注意的是，《昇平宝筏》的演出地点并非民间，而是皇宫之内，因此，其创作方式本就是皇帝敕制，旨在庆祝节日。据《啸亭续录》记载："乾隆初，纯皇帝以海内升平，命张文敏制诸院本进呈，以备乐部演习，凡各节令皆奏演。……演唐玄奘西域取经事，谓之《昇平宝筏》，于上元前后日奏之。其曲文皆文敏亲制，词藻奇丽，引用内典经卷，大为超妙。"[①] 可见，这一整台西游戏的创作初衷是"海内升平"，是用来稳固清王朝的统治秩序，因此，尊奉王道、改邪归正是其基本主题。在如来佛收服孙悟空之后，创作者特加入描绘天界欢庆除妖的一出，题为"廓清馋虎庆安天"，后世之《安天会》正由此得名。所谓"馋虎"就是孙悟空，他是天界秩序的扰乱者，也是清王朝统治的绝对他者，因而与之相关的戏曲唱词也就充满了"镇压逆贼"的警世意味，诸如第十六出里征讨孙悟空的这几句："斩妖狲，肉成泥，借他警醒世人迷。腾腾火焰，毫光放顶煞稀奇。"[②]

　　无独有偶，北洋政府也曾试图模仿《昇平宝筏》，创制一出《新安天会》。1915年9月16日，为庆贺袁世凯57岁寿辰，《新安天会》正式上演，整出戏在歌颂天庭收服孙悟空的丰功伟绩的同时，也直接将"二次

① 昭梿：《啸亭杂录》，何英芳点校，中华书局1980年版，第377—378页。
② 张照：《昇平宝筏》，《古本戏曲丛刊》（九），中华书局1964年版，甲下，第25页。

革命"失败者孙中山、黄兴、李烈钧等丑化为兽类。据《洪宪纪事诗本事簿注》记载:"《新安天会》剧,尽取第一舞台演《安天会》子弟排演之。艺成于项城生日,开广宴于南海,京中文武外宾皆观剧,先演《盗函》,次演《新安天会》。剧中情节为孙悟空大闹天宫,后逃往水帘洞,天兵天将十二金甲神人,围困水帘洞。孙悟空又纵一筋斗云逃往东胜神洲,扰乱中国,号称天运大圣仙府逸人,化为八字胡,两角上卷,以东方德国威廉第二自命,形相状态,俨然化装之中山先生也。……玉皇大帝一日登殿,见东胜神洲之震旦古国,杀气腾腾,生民涂炭,派值日星官下视,归奏红云殿前,谓弼马瘟逃逸下界,又调集呶啰,霸占该土,努力作乱。玉皇大怒,诏令广德星君下凡,扫除恶魔,降生陈州府,应天顺人,君临诸夏。……古怪刁钻,变化不来,叩头乞命,班师回朝,俘牵受降。文武百官群上圣天子平南颂,歌美功德。"①然而,《新安天会》一经创制即遭遇民间戏曲界的全力抵制,谭鑫培、孙菊仙曾先后辞演此剧,尔后,该剧又因剧情之荒诞无稽而被谏止,成了中国戏曲史上最短命的新编戏之一。我们必须追问:为什么《新天安会》无法复制《昇平宝筏》的意识形态统治力?北洋政府再一次试图将孙悟空标识为文化他者,却遭遇了彻底的失败,这恰恰说明民国初期的民间文化对"复辟"的官方意识形态构成了一种抵制。传统戏《安天会》固然一次次上演,但在近代革命文化的陶染之下,孙悟空之"偷桃""盗丹"与"大战"具有了反讽、解构帝制权威的意味,他开始成为民间确认的反封建主体。正是晚清民初时期民间与官方叙述话语的分裂,开启了孙悟空在文化意义上的主体化进程。

事实上,官方话语与民间话语的断裂一直是民国社会文化的主要症候,后来,随着抗日战争的爆发,民族话语骤然浮出历史地表,则进一步将问题复杂化。北洋政府的新编戏《新安天会》是官方话语试图征用民间话语的典型案例,其失败恰恰反证了二者的不可弥合,在更多的时候,两种话语是并置于同一文本之内的,如 1928 年杨小楼版《安天会》。作为 1956 年京剧《大闹天宫》的前身,这一版本的戏曲剧本有必要与戏改

---

① 刘成禺、张伯驹:《洪宪纪事诗三种》,吴德铎标点,上海古籍出版社 1983 年版,第 104—105 页。

后的版本进行细致的对比。杨小楼版《安天会》共十四场，主要涉及"偷桃""盗丹""大战"三个关目，基本是折子戏的形态，细察其剧情逻辑，却已是自相矛盾：孙悟空大闹蟠桃会时，唱的是"且饱餐赤麟蹄龙肝鳌鲊"，反抗对象直指封建皇权，这种愤怒分明是民间革命冲动的涌现；可到了结尾，《安天会》却又回返至《昇平宝筏》的叙事理路，如《红绣鞋》一曲，"将猴头万剐千刀，筋挑骨剔，肢敲肢敲，尸骸零落丧荒郊，警醒后人，瞧火光崩，焰腾霄"①，此类警世宣言显然是前清皇权话语的印痕。因此，1928 年杨小楼版《安天会》呈现出官方与民间、皇权与革命、前清与民国等多种话语权力的杂糅状态，而新中国猴戏改造的目标，正是厘清这种"杂糅"，使之呈现出纯然顺畅的革命逻辑。两相参照，尾声处的改写尤其显著，《大闹天宫》将"收服孙悟空"的情节改写为"孙悟空凯旋花果山"，唱词的表演主体也发生了变化：

《安天会·尾声》（1928）

猴头自作休推掉，触犯天条闹灵霄，将他魂魄煎熬决不饶。②

《大闹天宫·凯旋歌》（1956）

腐朽天宫装门面，千钧棒下絮一团。

天将狼狈逃，天兵鸟兽散。

凯歌唱彻花果山，凯歌唱彻花果山。③

从《安天会》到《大闹天宫》，剧目名称的变化本身就反映出"主体的颠倒"：前者的主体是天庭，是封建皇权；后者的主体才是孙悟空，是革命者。可以说，"主体的颠倒"是新中国文艺改造的首要步骤。早在1944 年初，毛泽东观看了新编京剧《逼上梁山》之后，就提出了"主体的颠倒"的重要性："历史是人民创造的，但在旧戏舞台上（在一切离开人民的旧文学旧艺术上）人民却成了渣滓，由老爷太太少爷小姐们统治

---

① 过宜：《〈安天会〉剧本》，《戏剧月刊》1928 年第 1 卷第 6 期。

② 同上。

③ 翁偶虹：《大闹天宫》，《翁偶虹文集·剧作卷》，百花文艺出版社 2013 年版，第 220 页。

着舞台，这种历史的颠倒，现在由你们再颠倒过来，恢复了历史的面目，从此旧剧开了新生面，所以值得庆贺。"① 后来，"把颠倒的历史颠倒过来"成为新中国戏曲改革的重要纲领，这种"颠倒"的本质是建立一种全新历史观，即马克思主义唯物史观。在这种指导思想之下，新中国的戏曲改革与晚清以来的戏曲改良有着本质区别，其改革方式不再局限于民间，而是采取自上而下的方式。具体到京剧《大闹天宫》，翁偶虹在改编剧本之时，直接收到了周恩来总理具体至文本细节的三点指示："一、写出孙悟空的彻底反抗性；二、写出天宫玉帝的阴谋；三、写出孙悟空以朴素的才华斗败了舞文弄墨的天喜星君。"② 显然，前两点指示重新确认了主体与他者：孙悟空才是真正主体，而"主体的颠倒"指向的是"人民性"，只有人民才是天然正义的，其反抗也必然是彻底的。相比之下，周总理的第三条指示则更加耐人寻味——为何要加入孙悟空与天喜星君的"文武之辩"？这一段落是否揭示出"人民性"的另一侧面？

　　　　孙悟空（略一思索，故意拿天喜取笑）好！你且听来：自大有一点，是个什么字？

　　　　天　喜（思索）自大有一点？是个臭字。

　　　　孙悟空　猜得不错。半边墙，立个犬，是个什么字？

　　　　天　喜（思索）是个状（狀）字。

　　　　孙悟空　不方不尖？

　　　　天　喜（思索）是个元（圆）字。

　　　　孙悟空　不咸不甜？

　　　　天　喜（思索）是个酸字。

　　　　孙悟空　非雾非烟？

　　　　天　喜（思索）是个气字。

　　　　孙悟空　勇往直前？

　　　　天　喜（思索）是个冲字。

　　　　孙悟空　人扛二棍，一长一短？

① 毛泽东：《致杨绍萱、齐燕铭》，《毛泽东书信选集》，人民出版社1983年版，第222页。

② 翁偶虹：《翁偶虹编剧生涯》，中国戏剧出版社1986年版，第431—432页。

天　喜　（思索）是个天字。

孙悟空　共猜几个字？

天　喜　臭、状、元、酸、气、冲、天，共是七个字。

孙悟空　什么？

天　喜　臭状元酸气冲天。①

孙悟空与天喜星君的这场戏出自《大闹天宫》第四场，发生在御马监，风格上充满谐趣。天喜星君不可一世的文才竟被孙悟空的民间智慧所击败，这场"文武之辩"或可揭示出新中国主体改造的另一面向：知识分子与劳动阶级的关系问题。澳大利亚学者雷金庆曾以"文武"为核心概念，讨论中国的社会性别与男性气质。在他看来，"文武"之始祖可追溯至孔子与关羽，因为二者都经历了从世俗历史人物到民间宗教信仰的神化过程，到了 20 世纪，中国社会的男性气质呈现出由"文"向"武"的滑动过程："西方帝国主义和日本的侵略对中国男性的身份认同产生了很大的影响。接踵而至的社会乱象巨大如斯，以致中国（在西方列强的帮助下）在 20 世纪中叶关闭了大门，试图在一个符合僵化意识形态决定性特征的劳动阶级英雄的虚幻世界里创造自己的命运。"② 诚然，与反抗玉帝相比，孙悟空与天喜星君的辩论是"人民性"更为内在化的一副面孔。它预示着，在"颠倒的历史颠倒过来"以后，在新民主主义革命取得胜利以后，如何处理人民内部矛盾将成为社会主义革命的重要议题，这也是绍剧《孙悟空三打白骨精》应运而生的历史语境。

三　阶级话语／民族话语：绍剧《孙悟空三打白骨精》及其论争

1957 年，浙江绍剧团决定排演《孙悟空三打白骨精》。这出戏本来是

---

① 翁偶虹：《大闹天宫》，《翁偶虹文集·剧作卷》，百花文艺出版社 2013 年版，第 199—200 页。

② ［澳］雷金庆：《男性特质论——中国的社会与性别》，刘婷译，江苏人民出版社 2012 年版，第 117 页。

七龄童编排的《西游记》连台本戏其中一折，通过剧作家顾锡东和七龄童共同改编整理后，参加了浙江省第二届戏曲观摩会演，获得了剧本一等奖。1961 年初，浙江绍剧团接到一项新任务，上海天马电影制片厂将把《孙悟空三打白骨精》制成彩色戏曲片，绍剧团立刻成立了由艺术骨干组成的"中心小组"。在浙江省委宣传部、省文化局的领导下，浙江绍剧团组成了以王顾明为首的《孙悟空三打白骨精》剧本修改小组，由顾锡东、贝庚执笔，先后易稿 24 次，对剧本进行了大幅度修改。如此自上而下的改编方式，旨在将地方戏国家化。1961 年春，戏曲电影《孙悟空三打白骨精》开始在全国热映，观众反响强烈。同年 10 月 6 日，乘电影之东风，浙江绍剧团携舞台版《孙悟空三打白骨精》再次来京演出，引起轰动。10 月 10 日，经周恩来总理推荐，剧团应邀进入怀仁堂演出，毛泽东、董必武、郭沫若等前来观剧，高度评价了这出戏，并写成四首七律唱和诗，因而将这部绍剧标识为社会主义中国的一次重要文化事件。

　　我们首先要进入的仍是叙事策略层面。在 1957 年的版本中，剧情包括白骨精与黄袍怪两部分：唐僧师徒路遇白骨精，白骨精三次变化，最终被孙悟空打死，唐僧责怪孙悟空滥杀无辜，将其赶走；黄袍怪欲为师妹白骨精报仇，捉住唐僧，幸而猪八戒请回孙悟空，击败黄袍怪，救出师傅。[①] 而在 1961 年的版本中，黄袍怪的相关情节被全部删去，这是为了让矛盾更加集中在白骨精身上，使她成为全剧唯一清晰醒目的、可供指认的"他者"。然而，白骨精形象在《西游记》原著中相对薄弱，仅第二十七回"尸魔三戏唐三藏　圣僧恨逐美猴王"一回的篇幅，匆匆三次变化即被孙悟空打死，实在算不上狠角色。故改编者的真正困境在于，如何让孙悟空与白骨精的智斗更为丰富曲折？为此，1961 年版本共新增四处情节：其一是在开头加入"猪八戒巡山"，出自原著第三十二回"平顶山功曹传信　莲花洞木母逢灾"，引入此情节是为了渲染环境之险恶，巡山就是为了预防妖魔现身，正是由于猪八戒的懈怠，才使白骨精有了可乘之机；其二是新添"孙悟空画圈"，出自原著第五十回"情乱性从因爱欲　神昏心动遇魔头"，孙悟空为保护师傅所画的圈子，正是抵御妖魔的屏障，而唐

---

　　①　参见浙江省文化局、中国戏剧家协会浙江分会编，顾锡东、七龄童整理《孙悟空三打白骨精》，东海文艺出版社 1958 年版。

僧被白骨精诱骗跨出圈子，恰说明他内心对于孙悟空缺乏信任，为激化师徒矛盾做出了铺垫；其三是在孙悟空三打白骨精之后，全新创作"天飘黄绢"的情节，白骨精为使唐僧赶走孙悟空，假传佛祖旨意，变出一块黄绢从天而降，上书十六字——佛心慈悲，切忌杀生；姑息凶徒，难取真经；其四是在唐僧被捕后，增加了白骨精请母亲金蟾大仙来吃唐僧肉的情节，借自原著第三十四回"魔头巧算困心猿 大圣腾挪骗宝贝"，此外，改编者又续写了部分内容，诸如孙悟空变作九尾狐狸，又引诱白骨精在唐僧面前三次变形，以达成教育唐僧、使其认错悔悟的叙事目的。

从猴戏的形式风格角度看，1961 年的绍剧《孙悟空三打白骨精》与 1956 年的京剧《大闹天宫》是截然不同的。《大闹天宫》旨在重述革命前史，落在一个"闹"字上，曲韵欢腾，唱腔激昂，整体仍是庆祝人民胜利的乐观氛围；可《孙悟空三打白骨精》却将叙述时态定在了社会主义中国的当下，具有很强的现实寓意，整出戏的戏眼正是"火眼金睛"，其核心动作是"看"——区分敌我，这是更为复杂艰巨的斗争，需要更多的智性参与，正是这种复杂性导致了取经团队的内部分裂，整出戏的基调也变为绍剧唱腔所特有的慷慨悲壮。如果说，京剧《大闹天宫》确立了孙悟空在新中国社会文化结构中的主体位置，那么，绍剧《孙悟空三打白骨精》则将重点落在如何想象他者的议题上。也只有在自我/他者的现代性结构之中，我们才能真正理解四首七律唱和诗的用意：

《七律·赞孙悟空三打白骨精》

（1961 年 10 月 25 日）

郭沫若

人妖颠倒是非淆，对敌慈悲对友刁。

咒念金箍闻万遍，精逃白骨累三遭。

千刀当剐唐僧肉，一拔何亏大圣毛。

教育及时堪赞赏，猪犹智慧胜愚曹。

《七律·和郭沫若同志》

（1961 年 11 月 17 日）

毛泽东

一从大地起风雷，便有精生白骨堆。

僧是愚氓犹可训，妖为鬼蜮必成灾。

金猴奋起千钧棒，玉宇澄清万里埃。

今日欢呼孙大圣，只缘妖雾又重来。

《读郭沫若咏〈孙悟空三大白骨精〉诗及毛主席和作赓赋一首》

（1961 年 12 月 29 日）

董必武

骨精现世隐原形，火眼金睛认得清。

三打纵然装假死，一呵何遽背前盟。

是非颠倒孤僧相，贪妄纠缠八戒情。

毕竟心猿持正气，神针高举孽妖平。

《七律·再赞〈三打白骨精〉》

（1962 年 1 月 6 日）

郭沫若

赖有晴空霹雾雷，不教白骨聚成堆。

九天四海澄迷雾，八十一番殚大灾。

僧受折磨知悔恨，猪期振奋报涓埃。

金睛火眼无容赦，哪怕妖精亿度来。

这四首诗以毛泽东的诗作为核心，与绍剧《孙悟空三打白骨精》共同构成了一个具有等级关系的文本阐释网络：绍剧是一级文本，毛诗是二级文本，其他三首诗是三级文本。在这一文本网络结构中，毛诗的作用十分关键。解读毛诗的正确路径在于把握两个要点：一是毛泽东为何要纠正郭沫若"千刀万剐唐僧肉"的论述？他对"僧"与"妖"的态度缘何不同？二是孙悟空所面临的"妖雾"究竟指的是什么？"金猴奋起千钧棒，玉宇澄清万里埃"究竟包含着怎样的地理空间想象？想解答这两个问题，则必须征用社会主义中国并置的两套叙述话语，即民族话语与阶级话语，它们分别指向"中华人民共和国"中的"中华"与"人民"两个基本概念。从猴戏中的孙悟空形象出发，我们得以窥见阶级话语与民族话语的缠绕，这正是中国社会主义革命的张力结构。

阶级话语旨在区分人民内部矛盾和敌我矛盾，对于人民内部矛盾应采取团结、教育、转化的方式，1961 年版绍剧新增的教育唐僧段落正是此用意。早在 1957 年，毛泽东在《关于正确处理人民内部矛盾的问题》一文中，便指出了社会主义革命的矛盾论："敌我之间的矛盾是对抗性的矛盾。人民内部的矛盾，在劳动人民之间说来，是非对抗性的；在被剥削阶级和剥削阶级之间说来，除了对抗性的一面以外，还有非对抗性的一面。人民内部的矛盾不是现在才有的，但是在各个革命时期和社会主义建设时期有着不同的内容。在我国现在的条件下，所谓人民内部的矛盾，包括工人阶级内部的矛盾，农民阶级内部的矛盾，知识分子内部的矛盾，工农两个阶级之间的矛盾，工人、农民同知识分子之间的矛盾，工人阶级和其他劳动人民同民族资产阶级之间的矛盾，民族资产阶级内部的矛盾，等等。"[1] 如果联系起京剧《大闹天宫》中周恩来总理的三点指示，我们会发现，彼时孙悟空和天喜星君的矛盾与此时孙悟空与唐僧的矛盾大致等同，孙悟空是不变的阶级主体，而绍剧中的唐僧形象依然指向亟待自我改造的中国知识分子，当然，这终究是一个"小写的他者"。

民族话语指向"大写的他者"，那白骨精的"妖雾"正是苏联修正主义，其直接历史背景是 1956 年苏共二十大以来的中苏关系恶化。与郭沫若侧重阶级话语的解读不同，董必武更加注重民族话语层面的讨论，他在原诗"三打纵然装假死"一句中自注：布加勒斯特会上一打，莫斯科两党会议二打，莫斯科八十一国党的会议上三打。那么，中苏关系缘何恶化？我们必须把这个问题放置于第二次世界大战后形成的全球冷战结构之中。在资本主义阵营与社会主义阵营的全球对峙状态下，美国与苏联试图将阵营内的其他国家划入其全球战略，强势推行大国霸权。对于社会主义中国来说，帝国主义曾是国际共产主义运动的斗争对象，如今却又成了卷土重来的"妖雾"。此时，孙悟空形象的浮现正包含着明确的反帝国主义霸权的抗争意味，孙悟空真正成了"中国"的象征。

---

[1]　毛泽东：《关于正确处理人民内部矛盾的问题》，《人民日报》1957 年 6 月 19 日。

四　形式的意识形态：从唯物论到辩证法

　　从 1956 年的京剧《大闹天宫》到 1961 年的绍剧《孙悟空三打白骨精》，新中国猴戏的叙事焦点发生了变化。如文初所引的两段唱词所示，《大闹天宫》强调斗争的强度与力度，所谓"排雄阵，砺枪刀，败瘟神，驱强暴"，关键在于反抗的彻底性，而《孙悟空三打白骨精》则强调斗争的智性，戏眼是孙悟空的"火眼金睛"，核心动作是"看"，主题是识别的准确性。两相参照，我们会发现一个从"力敌"到"智取"的变化过程，这是对"金猴奋起千钧棒"在内容层面的不同阐释。

　　与之相应，变化同样发生在形式风格的层面。猴戏自身的发展谱系可分南北两派。北派猴戏以杨小楼、李万春、李少春为代表，更贴近"武生"的表演方式，重念白，追求神似，几乎弃绝了所有的蹲爬动作，着力塑造威严、沉稳的王者气质；南派猴戏则以盖叫天、张翼鹏、郑法祥为代表，偏向于"武丑"的表演方式，注重造型、动态与武技等身体层面的表达，呈现出轻巧、活泼的艺术形象，挖掘孙悟空的猴性。[1] 绍剧表演艺术家六龄童显然继承了南派猴戏的特点，其中的一打、二打，主要是糅进了张翼鹏、郑法祥的动作。张翼鹏的特点是细致，注重刻画人物性格，一招一式都精心设计，有花旦的细腻柔美；郑法祥却是大起大落，有棱有角，起伏有致，比较粗犷。"孙悟空被逐时对唐僧的跪拜，是六龄童的创造，为六龄童所独有，叫'五心朝天拜'。跪着跳起，再跪着跳倒，连跳连拜，很见功力，为行家们所称许。六龄童演到这里，总是很动情，让观众感到鼻子发酸。六龄童还尤其注意眼睛的表演，力求通过一些细碎的动作，突出一双神气的眼睛，表现孙悟空的'神韵、智慧和胆识的跃动'。"[2]

　　综上，京剧与绍剧呈现出不同的地方戏传统，北派猴戏与南派猴戏亦塑造出孙悟空形象的不同侧面，我们必须追问的是：这种风格变异仅仅是"猴戏"的形式议题吗？在此，我们有必要引入一个重要的理论概念，即"形式的意识形态"。伊格尔顿在《马克思主义与文学批评》中详细阐释

---

　　[1]　李仲明：《民国"猴戏"的南北流派》，《民国春秋》1994 年 2 月。

　　[2]　许谋清、石晶：《猴王世家》，《人物》2004 年第 2 期。

了形式与意识形态之间的关系，他认为，任何一种文学形式的出现均与人们感知体验全新社会现实的方式有关，在其背后是不同社会阶级之"情感结构"的差异。"因而，在选取一种形式时，作家发现他的选择已经在意识形态上受到限制。他可以融合和改变文学传统中于他有用的形式，但是这些形式本身以及他对它们的改造是具有意识形态方面意义的。一个作家发现手边的语言和技巧已经浸透一定的意识形态感知方式，即一些既定的解释现实的方式；他能修改或翻新那些语言到什么程度，远非他的个人才能所能决定。这取决于在那个历史关头，'意识形态'是否使得那些语言必须改变而又能够改变。"[①] 伊格尔顿确认了语言的意识形态属性，无论小说、诗歌、散文或者戏剧，其形式的选择本身就是意识形态的。而詹姆逊在《政治无意识》中则直接提出了"形式的意识形态"这一理论概念，它是指"由共存于特定艺术过程和普遍社会构成之中的不同符号系统发放出来的明确信息所包含的限定性矛盾"。在这个层面上，形式本身被解作内容，"对形式的意识形态的研究无疑是以狭义的技巧和形式主义分析为基础的，即便与大多数传统的形式分析不同，它寻求揭示文本内部一些断续的和异质的形式程序的能动存在"[②]。

因此，在两出猴戏形式风格变异的背后，是新中国社会意识形态的变迁。事实上，按照毛泽东对新中国历史阶段的划分，京剧《大闹天宫》与绍剧《孙悟空三打白骨精》标识着两个不同的历史时刻：从新民主主义革命时期迈入社会主义革命时期。两者的历史任务也是截然不同的，新民主主义革命的任务是推翻帝国主义、封建主义和官僚资本主义三座大山，社会主义革命的斗争对象则是资本主义；前者侧重民族解放与独立，后者侧重阶级斗争。所以，新中国猴戏从北派的王气发展至南派的猴气，从《大闹天宫》的"力敌"发展至《孙悟空三打白骨精》的"智取"，其本质是从客观历史滑向主观战斗精神，从"历史唯物论"滑向"矛盾辩证法"。事实上，二者分属"人民性"的内涵与外延：历史唯物主义从

---

① ［英］伊格尔顿：《马克思主义与文学批评》，文宝译，人民文学出版社 1980 年版，第 29—30 页。

② ［美］詹姆逊：《政治无意识》，王逢振、陈永国译，中国社会科学出版社 1999 年版，第 86 页。

内部规定了"历史是由人民创造的",而矛盾辩证法则从外部创造出"人民的敌人"。可以说,京剧《大闹天宫》确证了孙悟空在社会主义文化结构中的主体位置,而绍剧《孙悟空三打白骨精》则进一步折射出孙悟空的主体性危机——自我总是通过他者来确认的,只有不断创造出"他者",才能不断超越"自我",是谓马克思主义认识论的"螺旋上升"。

五　余论:猴戏的"脱域"

1964 年 7 月,江青在出席京剧现代戏观摩演出人员座谈会时,发表讲话《谈京剧革命》,她提出:"剧场本是教育人民的场所,如今舞台上都是帝王将相、才子佳人,是封建主义的一套,是资产阶级的一套。这种情况,不能保护我们的经济基础,而会对我们的经济基础起破坏作用。"① 在这场批判浪潮的影响下,猴戏因被指认为封建主义而遭遇全面停演。有趣的是,诸如京剧《大闹天宫》这样的猴戏经典,曾以彻底的反封建表述著称,此刻却又被归入"帝王将相、才子佳人",实在令人费解。或许,我们需要跳出"人民性"的理论框架,从"现代性"的视野重新思考这一议题。从解构主义的角度说,任何的传统均是现代的创造与发明,是为了确证自身而生成的想象。所谓"京剧革命",其实是对 20 世纪 50 年代戏曲改革的激进化发展,它放弃了"推陈出新"的改良主义路线,而是以革命的暴力姿态打破戏曲传统程式,新创"京剧现代戏",并从中产生了一种戏曲形式——样板戏。

每一种艺术形式均有其历史化过程与意识形态属性。我们或许可以说,"文化大革命"就是样板戏的时代,也只有样板戏最契合"文化大革命"时期的政治美学。而猴戏呢? 在样板戏的主导模式下,猴戏果真毫无存活空间吗? 它真的在这十年中彻底绝迹了吗? 作为清朝以降的民间文化积淀,猴戏已融入民众感性的"生活世界"之中,它成为一种文化伦理与情感结构。因此,讨论"文化大革命"时期的猴戏,我们必须留意"民间"的视野,关注民间话语与官方话语之间的交锋与协商。事实上,猴戏在"文化

---

① 江青:《谈京剧革命——一九六四年七月在京剧现代戏观摩演出人员的座谈会上的讲话》,《红旗》1967 年第 6 期。

大革命"期间确实远离了舞台，但却以连环画的另类面目流通于民间。"猴戏"从戏曲形态到连环画形态的嬗变是有其历史必然性的。民国时期最初的几部连环画均以"连台本戏"为模仿对象，因而呈现出一种连续性，"不过，那时的配景等，还完全仿照舞台的样式，不画真实背景，道具也用是用马鞭当马，布帐作城，棹子当桥或山"。[①] 于是，也就不难理解为何早期连环画总是集中于神怪、武侠题材，且人物造型特征总是戏曲化的，这种艺术传统也被新中国的连环画创作所继承，典型案例即是 1962 年与 1972 年两次出版的连环画《孙悟空三打白骨精》，其中，白骨精头插双翎、身披斗篷、手执双剑，与绍剧版本中筱艳秋的戏装造型如出一辙（见图 2）。

图2 1962 年版连环画《孙悟空三打白骨精》中白骨精的造型

---

① 阿英：《中国连环图画史话》，中国古典艺术出版社 1957 年版，第 24 页。

　　1962 年 8 月，上海人民美术出版社出版了连环画《孙悟空三打白骨精》，由赵宏本、钱笑呆主笔，并于 1963 年获第一届全国连环画创作评奖绘画一等奖，对后世《西游记》的艺术再现影响甚大。从叙事策略上看，这一连环画版本的故事情节基本沿袭了绍剧模式，"孙悟空画圈""天飘黄绢""金蟾大仙"等新增情节均得到保留，再次印证了猴戏之现代转型的成功。可到了 1972 年，在样板戏"三突出"原则①的指导下，上海人民出版社再度出版这部连环画时，却有了较大幅度的删改。为此，上海市新闻出版系统特意成立了"五·七"干校《孙悟空三打白骨精》创作组，主笔是王亦秋。两个版本相互参照，我们会发现在原作 110 幅图的基础上，1972 年的版本共新增 11 幅、删去 4 幅、修改 12 幅，这些变化集中体现为以下三个要点：一是孙悟空作为中心人物，画幅比例变大；二是孙悟空为唐僧紧箍咒所累的情节全部删去，孙悟空跪别师傅的动作也改为站立，以此体现英雄人物的无敌神性；三是白骨洞内的对称式焦点透视被改成了散点透视，或直接删去，以防止白骨精成为透视中心，坚持"敌大我小、敌远我近"的构图方式，同时，新增白骨精原形毕露的丑态。如上所述，虽然"猴戏"在"文化大革命"期间不可见于戏曲舞台，但它依然遭遇了样板戏美学的继续改造，原剧中剩余的民间伦理被革命逻辑全部剔除，这使得 1972 年的连环画版本具有高度的抽象性与象征性。

　　接下来的问题是，为什么是连环画呢？它到底有何文化功能？如何认识从戏曲到连环画的媒介转型？在此，本文提供几个可以思考的角度。其一，连环画是猴戏的"冷媒介化"。在麦克卢汉看来，媒介分为热媒介与冷媒介——戏曲属于热媒介，信息的清晰度高，内容具体可感，所要求的参与程度低；连环画则相反，它属于冷媒介，信息的清晰度低，内容更抽象，需要读者更高的想象参与。当然，热媒介与冷媒介并非纯然对立，二者可以相互转化，高强度经验只有压缩到很冷的程度才能被吸收。② 具体

----

　　① "三突出"原则是指：在所有人物中突出正面人物；在正面人物中突出英雄人物；在英雄人物中突出主要英雄人物。具体实践主要用于样板戏创作，部分用于美术创作。要求创作中把正面人物放在画面或舞台的中央，打正光；而反面人物要在角落，打底光或背光，等等。参见于会泳《让文艺界永远成为宣传毛泽东思想的阵地》，《文汇报》1968 年 5 月 23 日。

　　② ［加］麦克卢汉：《理解媒介——论人的延伸》，何道宽译，商务印书馆 2000 年版，第 51—53 页。

到连环画《孙悟空三打白骨精》，赵宏本所坚持的中国式白描手法进一步降低了"猴戏"的清晰度，同时也就提高了读者的想象程度与参与程度。其二，连环画使"猴戏"变得更为通俗易懂，更大众化，因而更具意识形态传播力。鲁迅十分关注连环画的直观性与大众性，并视之为"启蒙的利器"："但要启蒙，即必须能懂。懂的标准，当然不能俯就低能儿或白痴，但应该着眼于一般的大众。"对于中国连环画常用的绣像白描手法，他表示："作'连环图画'而没有阴影，我以为是可以的；人物旁边写上名字，也可以的，甚至于表示做梦从人头上放出一道毫光来，也无所不可。观者懂得了内容之后，他就会自己删去帮助理解的记号。这也不能谓之失真，因为观者既经会得了内容，便是有了艺术上的真。"① 其三，从语言形态的层面考察，连环画革新了"三打白骨精"的叙述语言，即从绍剧的吴越方言变成统一的书面共同语，这是地方戏国家化的又一侧面，因为只有通过共同语，我们才能理解"想象的共同体"，才能达成对现代民族—国家的认同。

正是连环画的多重功能最终实现了猴戏的"脱域"。如吉登斯所说，"脱域"指向社会系统的一种现代性表征："社会关系从彼此互动的地域性关联中，从通过对不确定的时间的无限穿越而被重构的关联中'脱离出来'。"② 猴戏作为一种舞台艺术，本就受限于特定的时间与空间，具有鲜明的地域特征，连环画版本的出现恰恰将猴戏从地域性关联脱离出来，使之成为一种流通媒介，其功能近于一种货币式的"象征标志"（symbolic tokens），它最终建构了人们对于现代社会及其意识形态的"信任"。多年后，当我们重读 1972 年版连环画《孙悟空三打白骨精》时，我们会感慨于其中的复杂意味：猴戏的"脱域"固然确立了孙悟空在社会主义文化中的主体位置，但这个主体性却是相当抽象的，是无法感知的，那些曾经饱满的民间情感伦理被抽空了。作为弱者的反抗行动，那句"金猴奋起千钧棒"依然令人怀念，它依然可以激进我们对公平、正义与民主的呼唤；但是，千钧棒指向何处？如何想象自我与他者？如何理解主体化进

---

① 鲁迅：《连环图画琐谈》，姜朴维编《鲁迅论连环画》，人民美术出版社 1956 年版，第 5—6 页。

② ［英］吉登斯：《现代性的后果》，田禾译、黄平校，译林出版社 2011 年版，第 18 页。

程？由诗句引发的种种疑问，必须在民间性/人民性、民族话语/阶级话语、唯物论/辩证法、地方/国家等多重维度之中，才能得到解答。

原刊于《文艺理论与批评》2016 年第 1 期

作者单位：中国社会科学院

西游记·西游戏·西游宝卷

——"江流儿"故事演变考论

车　瑞

　　文学的发展具有自己的本质规律。从内在自律的角度来看，它有萌芽产生、发展壮大、转折变迁的传承脉络；从外在关系的角度来看，它又受到时代精神、文学思潮、社会意识的交互影响。文学总体情形如此，一个具体的文学文本也是如此。中国古典小说《西游记》根植于民间传统文化土壤，体现着古人丰富的民间信仰与宗教意识。在西游故事诞生与演变的漫长复杂过程中，西游戏曲、西游小说、西游宝卷等诸多文本之间具有密切的交互影响关系。"江流儿"故事作为西游传播史上的重要组成部分，长期纷争不断，作品异名众多，情节叙述各异，在小说、戏曲、宝卷中呈现出不同的叙事形态。

一　《西游记》第九回之谜

　　唐僧身世是学界争论不已的话题，最早提出质疑的是清人汪澹漪。他的《西游证道书》第九回回评说："童时见俗本竟删去此回，杳不知唐僧家世履历，浑疑与花果山顶石卵相同。而九十九回历难簿子上，劈头却又载遭贬、出胎、抛江、报冤四难，令阅者茫然不解其故，殊恨作者之疏谬。后得大略堂《释厄传》古本读之，备载陈光蕊赴官遇难始末，然后畅然无憾。俗子不通文义，辄将前人所作任意割裂，全不顾凫胫鹤颈之讥。"① 黄太鸿《西游证道书跋》也指出："俗本（指《世本》）遗却唐僧

---

① （明）吴承恩著，吴圣燮辑评：《西游记百家汇评本》，长江文艺出版社2007年版，第57页。

出世四难。"张书绅《新说西游记》第九回回评承袭《西游证道书》之意见，也补刻了此回，道："刊本《西游》，每以此卷特幻，且又非取经之正传，竟全然删去。初不知本末始终，正是西游的大纲，取经之正旨，如何去得？假若去了，不惟有果无花，少头没尾，即朝王遇偶的彩楼，留僧的寇洪皆无着落；照应全部的关锁、章法俱无。已不成其为书，又何足以言奇也。"① 百回本之外，朱鼎臣《西游释厄传》卷六《度孤魂萧瑀正空门》载有唐僧出身的韵语。明刻本阳至和《唐三藏出身全传》卷二则有更为详尽的叙述：此人是谁？讳号金蝉，只为无心听佛讲法，押归阴山。后得观音保救，送归东土，当朝总管殷开山小姐投胎，未生之前，先遭恶党刘洪，惊散父亲陈光蕊，欲犯小姐。正值金蝉降生，洪欲除根，急令淹死。小姐再三哀告，将儿入匣抛江，流至金山寺，大石档住，僧人听见匣内有声，收来开匣，抱人寺去，迁安和尚养成，自幼持斋把素，因此号为江流儿，法名唤作陈玄奘。他母幸得刘洪母贤，脱身修行不题。

世德堂本《西游记》则把江流儿故事删除，只保留了一段交代唐僧出身的韵语，人民文学出版社1980年版将陈光蕊故事作为"附录"收在第八、九回之间。学界对于第九回江流儿的观点也针锋相对，黄肃秋、李时人、陈新均认为世本《西游记》原本中有江流儿出身经历，苏兴、蔡铁鹰、李金泉则表示吴承恩原本《西游记》中不可能有类似朱本第四卷、汪本第九回那样的唐僧出身故事。

其实，最早无论民间传说还是历史典籍，都没有陈光蕊是唐僧父亲的说法。

《大慈恩寺三藏法师传》记载："法师讳玄奘，俗姓陈，陈留人也。……父慧，英洁有雅操，早通经术，形长八尺，美眉明目，褒衣博带，好儒者之容，……性恬简，无务荣进，加属隋政衰微，遂潜心坟典。州郡频贡孝廉及司隶辟命，并辞疾不就，识者嘉焉。有四男，法师即第四子也。"② 唐僧之父陈慧性情简素不求仕进并非殷相之婿，而陈光蕊热衷

---

① （明）吴承恩著，吴圣燮辑评：《西游记百家汇评本》，长江文艺出版社2007年版，第60—61页。

② （唐）慧立、彦悰：《大慈恩寺三藏法师传》，孙毓棠、谢方点校，中华书局2000年版，第4页。

功名考取状元并娶妻殷氏，二人没有任何交集。但是陈光蕊故事原型在之前的文学作品中已屡屡出现。《太平广记》卷121引《原化记》有《崔尉子》、温庭筠《乾子·陈义郎》、宋周密《齐东野语》卷八《吴季谦改秩》，都是同一类型故事，即官员"赴任逢灾—孕妻忍辱—遗子报仇"故事类型很有可能对江流儿故事产生影响，在民间故事形态学上属于同一范畴。可以说，人类诞生水中的文化原型、古代社会占妻抢婚时有发生的现实情况、唐宋野史传记故事小说的作用、民间俗文学的影响以及唐僧形象塑造的内在需要等因素，共同造就了陈光蕊江流和尚故事形态的产生与定型。

二　西游戏的影响

"一部小说史就是一部活的戏曲史，一部戏曲史就是一部活的小说史。"① 西游戏与《西游记》在创作题材、受众群体、文学功能和传播方式上极其相似，所以无论从共时性还是历时性角度来看都存在互相交融的态势。虽然取自严肃的宗教体裁，但西游戏更为重视民众娱乐的审美需要。目前可知，最早演绎唐僧取经本事的戏曲有宋元南戏《陈光蕊江流和尚》、金院本《唐三藏》、元明杂剧吴昌龄《唐三藏西天取经》以及杨景贤《西游记杂剧》。徐渭《南词叙录》"宋元旧篇"著录《陈光蕊江流和尚》，形象地呈现了陈光蕊江流儿故事的原貌：

> 【前腔】"这贼汉心恁地，把我妻辄欲骗取。只虑你怀胎在体，更兼我娘行老矣。""休怨忆，莫怨谁，祸到临头怎避。"
> 【商调过曲】【莺啼序】拈来象管批茧纸，你与我除去浓墨，把玉纤指咬破皮开，蘸着鲜血来书。做不得挖目断臂，也只为结发恩义。孝名亏，为人保不得发肤与身体。
> 【双调过曲】【孝顺歌】陈光蕊，是父亲，冤屈尚然难写尽。撇你在江心，知他死和生，都缘你命。若是长大成人，洪州寻问取，你

---

① 涂秀红：《元明小说戏曲关系研究》，三联书店2004年版，第2页。

娘亲，我从头说与缘因。①

　　据上文可以推出相关情节：陈光蕊高中状元，娶妻殷氏，赴任逢盗，夫妻死别，殷氏忍辱负重生下江流儿抛于江心，后被迁安长老救起，终于报仇父子团聚故事。《宋元戏文辑佚》本"存残曲三十八支。叙唐玄奘诞时，浮之于江，为金山寺高僧拯救，取名江流而抚育之。后得夫子夫妇重圆"②。金院本《唐三藏》只有著录信息而无曲文，元杂剧有吴昌龄《唐三藏西天取经》残本，天一阁抄本《录鬼簿》著其名为"老回回东楼叫佛，唐三藏西天取经"。其中"诸侯饯别"一折中有唐僧自叙内容："贫僧俗姓陈，法名了缘。父亲陈光蕊，一举状元，除授洪州刺史，带领母亲之任。行至中途大江，遇着水贼刘洪，见俺母亲姿色，将俺父亲推落大江之中。比时贫僧在母腹中有七八个月日了，未曾分娩。我母亲只得勉强而从。后来产下贫僧，刘洪又要害俺的性命。多亏我母亲用计，造成木匣一个，咬指滴血，写下血书一封。将贫僧放在木匣之内，抛入大江，流至金山脚下，幸遇千安长老在江中洗钵，捞取木匣。打开看时，见了贫僧，留在寺中，抚养成人。"③ 世本第十一回有近二百字的韵语交代唐僧之父为海州状元陈光蕊，外祖父为丞相殷开山，出生之前遇盗，殷小姐被水贼强占，江流得救，十八认母，求得外公殷丞相发兵诛寇，一家得以团圆。而吴昌龄《唐三藏西天取经》杂剧残卷却殊然有别，唐僧介绍自己时只说父亲陈光蕊，高中状元，除洪州刺史，携妻之任。行江遇盗，殷小姐生子抛江，千安长老收养。其余未及龙王相救、江流认母、殷开山发兵擒贼等情节，而且唐僧与殷开山并不相识。可见当时这些传说还没有把陈光蕊江流儿和龙王、殷相、还魂等故事连缀在一起。唐僧出身故事基本定型是六本二十四出的杨景贤《西游记》杂剧，它把"陈光蕊江流儿"故事作为唐僧出身置于全剧开头第一本卷，用了整整一本四出，分写"之官逢盗""逼母弃儿""江流认亲""擒贼雪仇"，在情节上如陈光蕊及第成婚、赴

　　① （明）徐渭：《南词叙录》，载《中国古典戏曲论著集成》第3集，中国戏剧出版社1959年版，第251页。

　　② 庄一拂：《古典戏曲存目汇考》第1卷，上海古籍出版社1982年版，第60页。

　　③ 胡胜、赵毓龙校注：《西游记戏曲集》，辽海出版社2000年版，第76页。

任洪州、买鱼放生、洪江遇害、龙王相救、刘洪冒官、生子抛江、江流认母、杀贼雪恨、光蕊还魂、全家团圆等因素尽皆齐备。

明代传奇《慈悲愿》已佚，据《曲海总目提要》卷三十所叙剧情概要，唐僧是"毗罗尊者降凡"托生海州弘农陈光蕊家，其中"之官逢盗""买鱼放生""龙王相救""生子抛江""丹霞收养""光蕊还魂""全家团圆"等情节都与《西游记》杂剧一样，疑当来自该剧。而"殷开山发兵擒贼"的情节，则采自南戏《陈光蕊江流和尚》。清初内廷大戏《升平宝筏》当与《慈悲愿》同出一辙。《升平宝筏》（张照改编）是供内廷搬演的清宫大戏，共二百四十出，其中用了三出搬演江流僧故事，第廿一出"掠人色胆包天大"、第廿二出"撇子贞名似水清"、第廿三出"金山捞救血书儿"，殷氏咬破手指撰写血书，投江自尽，戏文中并无刘洪冒官赴任情节，殷小姐并未失节，也无陈玄奘复仇之事。这体现了明清时期的伦理道德观念，既保全了名门闺秀的清誉，又维护了官府朝廷的颜面。清乾隆内府抄本《江流记》传奇为昆弋合演的宫廷戏，详细演绎"陈光蕊赴任逢灾，江流僧复仇报本"故事，全剧共十八出，分别为"相府门楣招快婿""彩楼欢会配良姻""布衣喜得深恩至""慈母欢从意外来""纵赤鲤施仁积德""遇凶棍起难生灾""海龙王报全慈惠""狠强盗丧却良心""掠人色胆包天大""撇子贞名似水清""一水顺流飘匣至""玄奘入定悟前因""思儿许氏贫兼病""寻母高僧喜共悲""遇瓦窑祖母知因""设祖饯龙王答义""昭彰恩怨登时判""母子夫妻一旦欢"，与《升平宝筏》在曲词和内容上均有相似之处。

在《西游记》形成过程中，社会的道德观念、宗教意识和教化意图，显然影响着《西游记》唐僧故事的情节叙述、人物性格和文化内涵的具体设置，在对之前的文学资源进行吸纳、借鉴、熔铸、改造之后，最终形成了长篇小说中呈现的面貌。

三 西游宝卷的广泛传播

西游故事是大众熟悉度最高的民间记忆与文化符号，"流传的广度与深度使其成为戏曲和说唱文学借鉴和改编的一大素材库。其中文体属性具有浓厚宗教色彩的宝卷也是如此"①。在西游宝卷中，与唐僧出身故事相关的宝卷最多，与其相关的宝卷有《唐僧宝卷》《佛说江流和尚生天宝卷》《长生宝卷》《陈子春恩怨宝卷》《红江记宝卷》《唐僧取经宝卷》《三藏取经》《江流宝卷》《江流僧复仇报本宝卷》《唐僧出世宝卷》《西游记宝卷》《三藏法师出世因由宝卷》《天仙圣母源留泰山宝卷》等，分别为清道光、光绪、明嘉靖抄本以及民国时期民间抄本。上述宝卷或目异文同，或目近文异，虽取材于"陈光蕊赴任逢灾，江流僧复仇报本"，但有的则进行了不同程度的演变，其形式主要表现为原文铺衍、节外生枝与移花接木三类。

第一类与"第九回"大致相同，属于对原文的铺衍，数量最多。如《唐僧宝卷》上、下二册，清道光抄本，将简约的"附录"文字铺衍为一万六千余字的内容，太宗放榜纳贤才、陈光蕊寒窗得功名、殷相府绣球结姻缘、海州接母同赴任、张氏母病阻客栈、金鲤眨眼慈放生、龙王晶宫思报恩、水寇见色起谋心、光蕊遭祸浮尸去、刘洪假官陈状元、殷氏抛子在江心、法明长老救江流、尒来僧化缘访母、金山寺小姐赠鞋袜、十八载母子认亲、万花店祖孙重聚、陈玄奘复仇报本、洪江口水陆道场、陈光蕊起死还魂、刘洪刑场开膛剖肚、陈光蕊重封大学士、殷夫人自尽保名节，情节大致相同，而内容更为详尽。《长生宝卷》又名《陈光蕊宝卷》清光绪吴介人抄本，则将故事向前推演，增加陈光蕊、殷温娇、刘洪的前世今生，陈光蕊原为南极仙翁身边鹤童，殷温娇原为仙界看守蟠桃园的彩凤仙子，鹤童随仙翁赴蟠桃会，入蟠桃园盗桃与彩凤起冲突，怒拔桃树打败仙娥，王母娘娘贬谪鹤童彩凤下凡了宿缘等诸多情节。这一部分与《西游记》第五回孙悟空"乱蟠桃大圣偷丹，反天宫诸神捉怪"情节相似。鹤童投胎洪浓县巨富陈积良家取名陈光瑞，彩凤投胎殷丞相府为殷忠三女儿殷彩莲，而岐山上两只千年野猫变成江湖强盗刘洪、刘青兄弟。陈光瑞中状元娶殷氏殒命江心后，殷氏被刘洪霸占，但幸得道姑指点，每到刘洪强与她成亲时，她便口诵迷魂咒使刘洪彻夜昏迷，从而保全了名节。江流儿与殷氏相遇则是因江流儿在洪州化缘冲撞了刘洪，被重打三十大板收押入狱，才得与殷夫人相认。刘洪被除，殷氏无颜见旧人便悬梁自尽，终被救

---

①　张灵：《西游宝卷的取材特点及原因探析》，《学术界》2014年第4期。

起，与丈夫重回洪浓县。

此外，《红江记宝卷》《江流僧复仇报本宝卷》《佛说江流和尚生天宝卷》等也是对"第九回"的拓展。这些宝卷无论是情节建构还是人物形象塑造，都比"第九回"更为丰富，仅陈光蕊出生就有张氏梦吞仙桃、鹤童下凡投胎的不同说法，而殷氏的结局则有为保名节悬梁自尽、吃斋念佛寿终正寝、被唐王封贤孝夫人四圣归天的进一步发展。显然，宝卷劝善惩恶的教化意味更为浓郁，形成民间叙事、宗教叙事、神话叙事缠绕扭结的态势。

第二类则是在"附录"的基础上节外生枝，锦上添花。如《陈子春恩怨宝卷》前半部大致与陈光蕊故事相同，但在陈光蕊落入江心后，却穿插进了淮安一带"陈子春遇难游龙宫"情节，使天、地、水三元大帝出现于西游讲唱文学中。

陈光蕊在淮安一带为人熟知，方志、碑记、民间传说屡提及，因为他是"三元大帝"的父亲。清人赵一琴《续云台山志》说："尝读干宝《搜神记》，三元大帝为东海人，父尊字光蕊。一字子春，唐贞观己巳及第，丞相殷开山妻以女，生三子，官天地水，因等为三元、三官、三品。"① 阙名撰《绘图三教源流搜神大全》，清郎园刻本（据明刻绘图本影写刊刻），记载"三元大帝乃是元受真仙之骨受化更生再甦为人，父姓陈名子樯。又曰陈郎为人聪俊美貌，于是龙王三女自结为室。三女生三子，俱是神通广大，法力无边。天尊见有神通广法显现无穷，即封为上元一品九气天官紫微大帝、中元二品七气地官清虚大帝、下元三品五气水官洞阴大帝"②。因此《陈子春恩怨宝卷》不仅保留了原先江流儿故事的基本架构，而且穿插了陈子春三元大帝的情节。陈子春字光汝，是张氏梦中吞食仙桃受孕所生，其父陈天官在陈光汝七岁时一命归阴。陈光汝高中状元娶妻殷凤英，陈子春被刘洪抛入江心，得到龙王三太子的搭救，暂住水晶宫，并与龙女生下三子，因为思念殷氏去洪江察访，又被刘洪遇见，谋害葬埋枯井，再遭九年大难，后被三元兄弟救起。后江流僧复仇报本，殷氏无颜见双亲吊死梁上，陈子春以死殉情。

① 李时人：《略论吴承恩〈西游记〉中的唐僧出世故事》，《文学遗产》1983年第1期。
② 佚名：《绘图三教源流搜神大全》，上海古籍出版社2012年版，第43页。

陈光汝娶妻三龙女、三元兄弟救双亲，原本在江流儿故事中并无关涉，属于独立的叙事体系。濮文起《民间宝卷》收录了旧抄本《三元宝卷》甲种一卷和《三元宝卷》乙种一卷，单独讲述陈子春娶妻东海龙女白莲、青莲、翠莲，生下三子后进京赶考高中状元，皇帝欲将公主宝莲许配给陈子春，并结彩楼绣球招婿，陈子春拒婚，龙颜大怒将其打死，还魂后被图谋王位的魔天大王俘入迷魂洞，三元兄弟得知详情借兵救父，打败魔天大王，救出父亲，皇恩赦免子春，玉皇大帝则封兄弟三人为天、地、水三官。《陈子春恩怨宝卷》是江流儿故事与陈子春游龙宫故事交互影响的产物，也是西游宝卷传播过程中与其他宝卷、民间传说、僮子书的嫁接，最终形成陈光汝赴任逢灾—刘洪冒名之官/陈子春遇难游龙宫—殷氏忍辱产子/子春娶妻龙女—江流僧寻亲探真相/光汝访妻再遭劫/洪寇被诛/三官救父—夫妻团圆/父子封神，两线并驰交互存在的复杂脉络。

第三类是移花接木型。明普光撰《天仙圣母源留泰山宝卷》（简名《圣母宝卷》）、《天仙圣母源流宝卷》，明嘉靖二十七年（1548）刊折本，五册，其中虽未明显叙述唐僧出身，但情节十分相似，卷中写千花公主乃观音菩萨下凡，受太白金星点化往泰山修行。千花公主乘船渡黄河，被梢公赵恩妻子见财起意，与赵恩商量谋财害命。赵恩见公主青春美貌，遂起歹心，先将其妻陡氏打落河中，后对公主夺财逼奸：

> 我为你，把妻儿，送了残生，
> 你与我，为夫妇，常远到底，
> 假若是，不肯依，你命难存。
> 公主听，这句话，魂飞天外，
> 骂贼徒，你怎敢，大胆欺心，
> 俺父王，知道了，碎尸万断，
> 拿你这，欺心贼，剐骨抽筋。
> 公主有，灾合难，谁来答救？
> 惊动了，镇江河，水府龙神。
> 不多时，云雾起，霹雷响亮，
> 显神通，狂风里，现出金身。
> 三郎神，站船头，高声大叫，

赵恩见，魂吊了，投水逃生。

这里千花公主黄河遇难情节，与殷温娇洪江渡口遭遇强盗刘洪相似。此类宝卷对小说采取了移花接木的方式，使江流儿故事衍生出新的叙事形态。宝卷作为特殊形式的讲唱文学与小说有诸多相似之处，从诞生于《西游记》之前的《销释真空宝卷》到后来的《巍巍不动太山深根结果宝卷》《清源妙道显圣真君一了真人护国祐民忠孝二郎宝卷》《唐僧宝卷》《陈光蕊宝卷》，都与《西游记》的成书、传播、流变有密切的关系，二者不仅文学形式、情节内容、人物形象互为勾连，而且呈现出文学互文、宗教影响、艺术交叉的形态，正是西游小说、西游戏曲、西游宝卷的交互影响才形成了西游传播史、接受史、演变史的重要环节。

程毅中《〈西游记〉版本探索》指出："《西游记》的前身可能是词话，当然只是一种推测，也许它不叫词话而是宝卷之类的说唱文学。因为朱本卷六《玄奘秉诚建大会》的结尾诗说：'积善之人宣一卷，三灾八难免熬煎。'显然就是从宝卷里搬来的。而且，还可能世德堂本里的那些唱词在更早的《西游记平话》里就有。"① 的确，不管是体裁样式还是情节设置，西游小说与戏曲、宝卷、传奇、平话、弹词等诸形态显现出大量的互融互通。

总之，从文献、文本、文化的角度分析各种与西游故事相关的戏曲、宝卷，从传播学、叙事学、文体学等理论视角观照不同的艺术审美形态，并由此广泛开辟交叉研究的崭新领域，更好地发掘西游故事内涵、阐释人物形象、揭示文化价值，对于推动深化研究、产生新的成果具有理论建设与创新实践指导意义。因此可以认为，西游戏和西游宝卷不仅具有独立的文本价值，如戏剧的综合艺术特性大众娱乐功能，宝卷对于宗教思想的世俗化和传播作用等，并对长篇小说《西游记》文学体制和文本完善也起到了至关重要的作用，而且对于当代文学艺术的创作具有镜鉴作用。

原刊于《太原理工大学学报》2016 年第 3 期

作者单位：宁波工程学院

---

① 程毅中：《〈西游记〉版本探索》，《文学遗产》1997 年第 3 期。

张掖大佛寺取经壁画应是
《西游记》的衍生物

蔡铁鹰

　　张掖大佛寺建于北宋（1098），除了题中应有之意的大卧佛驰名天下之外，大佛寺还有一件镇寺之宝——后殿高墙壁上色彩斑驳的取经故事壁画。网上可查的资料显示这幅壁画面积据说有十五六平方米，由若干个独立的故事组成，画面上险山怪石，云缠雾绕，有参天之古木，亦有奔流之溪水，40多个神魔及其坐骑纵横其间，或动或静，或隐或现，或明或暗，极其生动传神，内容都是大家熟悉的西游故事。当2004年6月全国44家晚报的50多名记者组成"新西游记取经团"沿丝绸之路寻访当年玄奘西行取经的遗迹而在张掖活动时，有关方面宣布，这幅幸存寺内、绝不允许游客拍照的壁画内容绘制于元代，是《西游记》的创作原型。这对于以"西游""取经"为主题的记者团正是一个适宜炒作的惊喜"发现"，于是，"大佛寺壁画早于《西游记》200年（300年、400年）""猪八戒一路挑担，原来勤劳可爱""吴承恩没有走过河西走廊，错写八戒"等种种报道瞬时从张掖发出，布满全国各类媒体。

　　有关方面宣布的结论据说经过专家的反复考证。但据一些甘肃学者的文章了解情况并非如此肯定，据说近年来本地文博部门的研究人员曾先后与北京、南京、兰州等地一些高校或科研院所的有关专家就壁画的时间问题进行了多次探讨，但没有取得共识。大致有两种意见：有的专家根据大佛寺建筑物的沿革变迁，以及取经壁画剥落、残缺的程度，特别是壁画的风格特点，推测壁画应是元末明初的作品；而有的研究者根据卧佛体态臃肿，后世数次修葺时加覆泥层及佛坛屏壁质地与大殿墙壁质地的细微差异等情况，认为壁画应是清代重修时所绘制。①

笔者从另一条思路出发，也就是根据壁画的取经故事内容判断，壁画应是吴承恩《西游记》的衍生物——也就是说，只能是清代作品。

据介绍：壁画有 40 多个人物，大致可分为五个或六个部分，分别是"大闹天宫""活人参果树""恨逐美猴王""大战火云洞""路阻火焰山""四众西行"② 等，画面形象与大家熟悉的《西游记》故事差不多，其人物与《西游记》多吻合而稍有差异……

——这就够了，破绽就已经出现了。

《西游记》从比较原始的故事出现到吴承恩最后写定，经过了长达九百多年的演变，大致可分为早期口头的原生故事、晚唐五代的《大唐三藏取经诗话》（包括敦煌榆林窟取经壁画）、宋代的队戏《唐僧西天取经》、元末的杂剧《西游记》、明初的《西游记平话》和明中后期吴承恩的章回小说《西游记》六个阶段，在这六个阶段中分别形成的取经故事各有特征可寻。我们现在已经知道这六个阶段取经故事的基本状况和特征，因此大致上可以判断出哪些取经故事诞生在什么时候。

第一阶段唐代原生的取经故事寥寥无几，"火焰山"是其中之一，熊熊大火遍地生烟的景象应是新疆露天煤田自燃的故事化。大佛寺壁画的内容较原生取经故事要丰富得多，显然不可与之同论。③

第二阶段晚唐五代初步成型的取经故事以《大唐三藏取经诗话》为标志，取经的助手除了几个不知名的"小师"之外，只有"猴行者"一人，大佛寺壁画已经出现了猪八戒僧等人，显然也是不可能出现在第二阶段。

第三阶段的取经故事以《礼节传簿》所载的三晋队戏《唐僧西天取

---

① 参见杨国学《丝绸之路〈西游记〉故事情节原型辨析》，《明清小说研究》2002 年第 2 期；杨国学、朱瑜章《玄奘取经与〈西游记〉"遗迹"现象透视》，2003 年河南大学"《西游记》与中国文化国际学术研讨会"交流论文。

② 这几个故事的名称来自包括网络在内的多方面的介绍。几个故事的名称可能会有不同表述，但本文并没有以文字的表述为依据，所以不同的名称不会产生歧义。如果以上关于壁画故事的文字表述可以为据的话，那无须多证即可断定壁画晚出，因为"美猴王""闹天宫"这样的词都出现得很晚。

③ 关于原生的取经故事请参见蔡铁鹰《取经故事原生于西域之求证》，《明清小说研究》2004 年第 2 期。

经》为标志，取经故事在这一时期得到了较大的发展，有了许多复杂的故事。以下是《唐僧西天取经》的角色排场单（也就是主要内容的摘要）①：

> 唐太宗驾，唐十宰相，唐僧领孙悟恐（空）、朱悟能、沙悟净、白马，行至师陀国；黑熊精盗锦兰袈沙；八百里黄风大王，灵吉菩萨，飞龙柱杖；前至宝象国，黄袍郎君、绣花公主；镇元大仙献人参果；蜘蛛精；地勇夫人；夕用（多目）妖怪一百只眼，蓝波降金光霞佩；观音菩萨，木叉行者，孩儿妖精；到车牟（迟）国；天仙，李天王，哪吒太子降地勇；六丁六甲将军；到乌鸡国；文殊菩萨降狮子精；八百里，小罗女，铁扇子，山神，牛魔王；万岁宫主，胡王宫主，九头附马，夜叉；到女儿国；蝎子精；昴日兔；下降观音张伏儿起僧伽帽频波国；西番大使，降龙伏虎，到西天雷音寺，文殊菩萨，阿难，伽舍、十八罗汉，四天王，护法神，揭地神，九天仙女，天仙，地仙，人仙，五岳，四读，七星、九曜，千山真君，四海龙王，东岳帝君，四海龙王，金童，玉女，十大高僧，释伽沃（佛），上，散。

可以看出，"火焰山"及其衍生的"红孩儿"故事列在其中；所涉及的镇元大仙可能与"活人参果"有关；但这里没有"大闹天宫"与"恨逐美猴王"——"恨逐美猴王"可以理解为《西游记》中的"三打白骨精"或"神狂诛草寇，道昧放心猿"（第五十七回），但这两个故事在大佛寺壁画里都没有出现——因而壁画的出现不应早于这个时期。

第四阶段的标志性作品是元末的杂剧《西游记》，其中提到了齐天大圣有过盗仙酒仙衣的事，但大闹天宫故事还没有完全成型；"恨逐美猴王"则踪影全无。另外有一件通常视为元代（但可能出于明代）的作品《销释真空宝卷》，其中也提到取经故事的主要章节②：

---

① 参见《礼节传簿》，山西师大戏曲文物研究所《中华戏曲》第3辑，山西人民出版社1987年版。

② 参见刘荫柏编《西游记研究资料》，上海古籍出版社1990年版，第234页。

唐圣主，烧宝香，三参九转。祝香停，排鸾驾，送离金门，将领定，孙行者，齐天大圣。猪八界，沙和尚，四圣随根。正遇着，火焰山，黑松林过。见妖精，和鬼怪，魍魉成群。罗刹女，铁扇子，降下甘露。流沙河，红孩儿，地勇夫人。牛魔王，蜘蛛精，设人洞。南海里，观世音，救出唐僧。说师父，好佛法，神通广大。谁敢去，佛国里，去取真经？灭法国，显神通，僧道斗圣。勇师力，降邪魔，披剃为僧。兜率天，弥勒佛，愿听法旨。极乐国，火龙驹，白马驼经。从东土，到西天，十万余里。戏世洞，女人国，匿了唐僧。到西天，望圣人，殷勤礼拜。告我佛，发慈悲，开大沙门。开宝藏，取真经，三乘教典。暂时间，一刹那，离了雷音。取真经，回东土，得见帝王。

同样没有"大闹天宫"与"恨逐美猴王"（"三打白骨精"或"神狂诛草寇"），可见这两个故事此时也尚未诞生。

第五个阶段以明初的《西游记平话》为标志，所谓的明初《西游记平话》保存于《永乐大典》和朝鲜的翻译教材《朴通事谚解》中，恰巧《朴通事谚解》中保存的也是主要情节提要①：

十万八千里程，正是瘦禽也飞不到，壮马也实劳蹄。这般远田地里，经多少风寒暑湿，受多少日炙风吹，过多少恶山险水难路，见多少怪物妖精侵他，撞多少猛虎毒虫定害，逢多少恶物刁蹶。（《音义》云："刁，难也；蹶，颠仆而不能行也。"今按法师往西天时，初到师陀国界，遇猛虎毒蛇之害，次遇黑熊精、黄风怪、地涌夫人、蜘蛛精、狮子怪、多目怪、红孩儿怪，几死仅免。又过棘鉤洞、火炎山、薄屎洞、女人国及诸恶山险水，怪害患苦，不知其几：此所谓刁蹶也。详见《西游记》。）

在《朴通事谚解》的其他描述中，提到了比较详细的闹天宫的情节，可以认为"大闹天宫"故事已经出现，但"恨逐美猴王"（"三打白骨

① 参见刘荫柏编《西游记研究资料》，上海古籍出版社1990年版，第248—249页。

精"或"神狂诛草寇")仍然不见踪影。

很清楚，在吴承恩最后为《西游记》定稿之前，取经故事主体上还是稳定的，几种资料反映出的都是那几个共同的故事，显然，在以上几个阶段没有出现的故事都应该认为是吴承恩的创作，"恨逐美猴王"当然不能例外。而"恨逐美猴王"这一壁画局部的照片恰恰是笔者见到的，不会有误读。

另外，以笔者见到的壁画局部照片与可以认为同在一个地区出现的榆林窟、东千佛洞取经壁画相比，两者的细腻、丰富程度差别太大；榆林窟壁画虽然有数幅，其实只有一个画面：唐僧合掌礼拜，猴行者牵马随后，与《大唐三藏取经诗话》的内容基本一致；而大佛寺有40多个栩栩如生人物的壁画与其相比真是不可同日而语。我们说，唐僧取经的故事尽管可能产生较早，但榆林窟取经壁画绘制的时间比较晚，专家们认定大约在西夏中晚期，有的绘制时间已经进入元代。① 西夏的中晚期距大佛寺壁画假定的绘制时间元代已经相去不远，两种壁画之间故事情节上的巨大差距，会是在短短的时间内形成的吗？不可思议。

再次，大佛寺如此精细的壁画故事的出现一定有文字的故事为依据，而我们从中国通俗小说的发展情况来看，元代也不应该有精细程度与《西游记》相近的作品。小说的划时代变化出现在元末明初，以罗贯中写定《三国演义》、施耐庵写定《水浒传》为标志。但罗贯中、施耐庵两位实在是异数，前无古人不说，而后面相当一段时期也没有来者，甚至这两部作品问世后也没有得到及时的喝彩——无人赏识，直到150多年后的嘉靖年间才被重新推出。应该说，明代中后期嘉靖以后的《西游记》《金瓶梅》《封神演义》才是中国长篇通俗小说正式登场的时候，到那个时候才有适合长篇小说的社会气候与具有相应修养的文人，这是一个综合社会条件的问题，不具备这样的综合社会条件，即使精彩如《三国演义》《水浒传》也只能待在冷宫里，元代怎么可能有与二三百年后才出现的《西游记》相近的取经故事？

至于大佛寺取经壁画内容与《西游记》的少许不同，笔者认为并不构成实质性的差别。《西游记》毕竟是故事，没有谁规定就不可改动，

---

① 参见王静如《敦煌莫高窟和安西榆林窟中的西夏壁画》，《文物》1980年第9期。

绘画的人在细部做一些即兴发挥也是可能的——比如,沙和尚牵马、八戒挑担与八戒牵马、沙和尚挑担有什么重要不同吗?请打开《西游记》第三十六回,见第三行"猪八戒挑着行李,沙和尚拢着马头",与壁画不是完全一致吗?八戒在《西游记》中逢山开路、遇水搭桥不也有勤劳勇敢的一面吗?对故事做一些即兴改动应是正常现象,不能作为源出不同的证据。

原刊于《西北师大学报》2006 年第 2 期

作者单位:淮阴师范学院

民族话语里的主体生成

——重绘中国动画电影中的孙悟空形象

白惠元

2015 年 9 月 9 日，动画电影《西游记之大圣归来》正式下线，票房锁定 9.56 亿，位列华语片票房历史第十名。无论是市场层面的逆袭，还是表意层面的民族形式，我们都有理由将《大圣归来》视作一次重要的文化事件，它激活了诸多网络文化关键词，如"自来水"①"国漫"②"二次元民族主义"③，以上种种皆成为进入本片的全新路径。然而，《大圣归来》并非横空出世，它是中国动画电影长期积累后的爆发，在其背后，是脉络深广的电影史谱系。在这个意义上，中国动画电影中的孙悟空形象有必要进行"重绘"。所谓"重绘"，是将孙悟空这一银幕形象视作"文本"，视作不同话语与历史叙述结构进行权力斗争的场域，而孙悟空的每一次复现，都是多种话语协商的结果。因此，本文试图从孙悟空的视觉造型出发，集中讨论中国动画电影史的四部杰作：《铁扇公主》（1941）、《大闹天宫》（1961，1964）、《金猴降妖》（1985）与《西游记之大圣归

---

① 自来水："水军"指受雇于网络公关公司，以在各大网站发帖、回帖等方法左右网络舆论获取报酬的人员。"自来水"取"自发而来的水军"之意，指自愿、免费的粉丝，是《大圣归来》影迷的专用昵称。在影片上映期间，"自来水"对《大圣归来》进行了大量的二次创作，为影片的票房成功做出了巨大贡献。张铁：《期待"自来水"浇灌中国电影》，《人民日报》2015年 7 月 27 日。

② 国漫：国产动漫。随着 ACG 产业（动漫游戏，即 Animation，Comic，Game 的缩写）的全球化，动画电影开始投射新一代观众的民族主义诉求，而《大圣归来》恰恰标识着"国漫崛起"。王蕾：《"我的中国梦"之国漫的未来天空——陈廖宇说〈大圣归来〉》，《人民画报》2015年 8 月 4 日。

③ 白惠元：《叛逆英雄与"二元次民族主义"》，《艺术评论》2015 年第 9 期。

来》（2015）。本文试图探讨的问题是：孙悟空在银幕上的"身体"如何生成了"主体"？其身体的发育如何形构了历史的成长？在民族话语的主导结构下，孙悟空所讲述的"中国故事"是否产生了颠覆性力量？那些众声喧哗的复调话语又是如何破坏了孙悟空的主体化进程？

一 身体的发育：孙悟空视觉造型嬗变

毫不夸张地说，孙悟空可能是中国动画电影的唯一名片。从中国第一部动画长片《铁扇公主》，到"中国学派"集大成之作《大闹天宫》，再到近十亿的票房神话《大圣归来》，孙悟空是不变的视觉中心，而世界电影正是经由"Monkey King"认知中国动画。当然，作为古典神魔小说的虚构人物，孙悟空的视觉造型设计永远是艺术创作的第一步。事实上，从《铁扇公主》开始，孙悟空一直在动画银幕上寻找着自己的"身体"，从衣着配色到身材比例，从皮肤毛发到面部表情，即便是其鹅黄上衣、豹皮短裙、红裤黑靴的经典造型程式，也经历了相当复杂的探索过程。对此，学界近年来有了初步讨论，但存在一定程度的遗憾：刘佳、於水[1]将探索过程划分为摸索期（1922—1949 年）、成熟期（1949—1989 年）与多元期（1989 年至今），分期依据是历史、文化、创作者、造型特征等不同因素，对"形式"的沿革阐释丰富，但未能对"形式的意识形态"进行深入挖掘；任占涛[2]则以"民族化"为线索，考辨了孙悟空动画造型的文化源流，指出当前动画电影民族化的基本困境，但未能读解其造型嬗变的时代文化症候。这说明，研究者仍没有找到探究孙悟空形象文化嬗变的基本方向，进一步说，是缺少一种"历史化"的视野。

基于以上思考，我们将以全新维度来审视孙悟空的视觉造型嬗变，即"身体的发育"。从《铁扇公主》到《大圣归来》，孙悟空的"身体"经历了从幼儿（动物）到少年，再到成年，进而中年的发育过程，这集中体现在"头身比例"。《铁扇公主》里的孙悟空借鉴自迪士尼电影公司的

---

① 刘佳、於水：《中国影视动画中孙悟空造型的演员》，《电影艺术》2012 年第 6 期。

② 任占涛：《试探中国动画造型的民族化之路——以国产动画中的孙悟空形象为例》，《当代电影》2015 年第 8 期。

图1　孙悟空在中国动画电影中的视觉造型

"米老鼠"，头大身小，头身比例为1∶2左右，更像动物；《大闹天宫》开始了孙悟空造型的民族化探索，身材更修长，线条更流畅，更人性化，突出其"神采奕奕、勇猛矫健"的少年动态；《金猴降妖》延续了这一程式，但头身比例进一步缩小，身材也更趋魁梧，呈现为有骨感有棱角的成熟形象；到了《大圣归来》，孙悟空有了明显的肌肉和发达的上肢，面容亦沧桑不少，终成"中年酷大叔"。更重要的是，这种视觉造型的"身体的发育"绝非偶然，而是创作者有意为之。例如，《金猴降妖》的导演特伟就在创作谈中提到："'大闹天宫'之后，孙悟空被如来佛压在五行山下，到随唐僧西天取经，已经过去了五百年。五百年之后的猴王，应该有所发展。我们认为，他在'三打白骨精'里，除了英勇顽强而外，表现得更加成熟了……我们只需根据他性格的成长，使造型有所发展。在《大闹天宫》时，他还带有一点稚气，形体比例接近少年，头部较大。而在《金猴降妖》中，他已长大成人，形体比例也接近成年，身材魁梧壮实，更有阳刚之气。"①《大圣归来》的导演田晓鹏更是直接将孙悟空指认为"大叔"："虽然他长生不老，却被压了五百年，因此他看上去不可能还像十几岁的少年。我们把他所有的经历都外化到了容貌上，那么多褶子就是让观众觉得：嗯，这个大叔有故事。"②

如此自发地描绘孙悟空"身体的发育"，我们只能将其理解为创作者对于"时间"的自觉，即每一次对孙悟空艺术形象的再创造均是前作基础上的推进，创作者自觉将不同文本中的孙悟空理解为同一个"身体"，这种进化论身体观亦是典型的现代性范畴。在原著《西游记》第三回中，孙悟空将自己的名字从"生死簿"中勾去，"九幽十类尽除名"③，如此自觉地描绘孙悟空"身体的发育"，我们只能将其理解为创作者对于"历史"的政治无意识，这种进化论身体观亦是典型的现代性范畴。自此，他的生命便与"时间"无关了，他是无法感知青春或衰老的。因此，将"年龄"与"时间"铭刻于孙悟空的身体形态，本就是一种现代性改写。更重要的是，这种"时间"是有方向感的，它不是上古时代的循环时间，也不是本雅明所说的"空洞的、同质的时间"，而是合目的的线性时间，是社会达尔文主义的历史观，是朝着更高、更快、更强方向狂飙突进的"成长"。所以，在身体发育的维度之上，还存在着一个精神成长的维度。这个精神的维度至关重要，因为孙悟空在精神气质上的"成熟"深刻揭示了黑格尔的历史观：历史是"精神"在时间里的发展和在现实中的实现，是人的意识的展开过程。

二 历史的成长：从身体到民族主体

英国电影理论家帕特里克·富尔赖（Patrick Fuery）曾详细讨论"电影话语的形体存在"，从形体存在的角度说，人可以区分为三个层次：具体物化的肉身（flesh），人物形象所依附的整体身躯（body），以及个体抽象实质存在的主体（subject）。借由电影的视觉语言，肉身、身体与主

① 特伟、严定宪、林文肖：《〈金猴降妖〉的导演体会》，《电影通讯》1986年5月。
② 李丽：《唐僧变熊孩子，孙悟空是酷大叔……》，《羊城晚报》2015年7月6日。
③ 吴承恩：《西游记》，人民文学出版社1980年版，第27页。

体得以实现一种递进的发展关系。而那些被导演调度、被美术师设计、被摄影机规驯过的"身体",之所以能够生成"主体",是因为其内蕴着某种颠覆性力量:"电影的承载物、驱动力和表现对象就是人物的身躯。但它不是简单的身躯,而是那种有反抗、有需求、被社会化了的,而且抵制着所有与社会趋同的身躯,它虽然丧失了一定的权力,却又充满颠覆性的力量。这是一种有形存在的话语,由肉体、身躯和主体组成,同时反过来又可以通过这种有形的话语组成肉体、身躯和主体。电影同人物身躯的关系更像是一种征兆的运作,而这种征兆说明了被掩饰的意象和符号就是形体存在的标记。电影的话语就是人物身躯的话语。"①

　　显然,孙悟空日渐成熟的"身体"成为中国动画电影的核心景观,他在被凝视的同时,也呈现出某种能动性:他总是能够询唤出观影主体的身份认同,并深刻契合不同时代观众的"情感结构"(structures of feel-ings)。我们反复强调文艺的"时代精神",但孙悟空却从不"过时",他的叙事逻辑永远有效,这是颇神奇的。或许,只存在一种可能,即孙悟空的故事就是"中国故事"。讨论中国动画电影中的孙悟空形象,绝不是把这个命题本质化——孙悟空是一个漂移的能指,是一种想象中国的方法。他虽没有固定的内部指涉,却在历史叙述结构中不断滑动着,这一滑动过程可以被理解为德里达所说的"踪迹"(trace),被理解为关于"中国"的意义播撒。因此,"身体的发育"仅是孙悟空"主体化"的物质基础,其"精神"与"历史"的共振,才是"主体化"的关键。

　　孙悟空的"身体"范畴必然包含着那张猴脸,而那张猴脸总能呈现出最鲜活、最典型也最具表意功能的"时代表情",而每一种"时代表情"均有其特定的历史政治意涵。《铁扇公主》中的"滑稽"是用美国造型对抗日本侵略的主体中空,《大闹天宫》的"昂扬"是社会主义中国的革命乐观主义,《金猴降妖》的"悲情"是"文化大革命"后中国知识分子的创痛,而《大圣归来》的"沧桑"则是以"父"之名对处于"大国崛起"时代的中国所投射的自我期许。

　　作为孙悟空在动画电影中的初次亮相,《铁扇公主》用一种美国化的

---

① [英]帕特里克·富尔顿:《从肉身到身躯再到主体:电影话语的形体存在(下)》,李二仕译,《世界电影》2003年第5期。

图 2 孙悟空的"时代表情"

方式将其呈现为"东方米老鼠",迪士尼风格的调皮滑稽是孙悟空在 1941
年的基本表情,进一步说,孙悟空在本片中没有任何主观视点镜头或心理
时空,而仅仅是客体,他脸上那种"单调的滑稽"正映衬出抗日战争年
代上海孤岛文化的主体身份失落;到了 20 世纪 60 年代,孙悟空首先获得
了"看"的权力(仰视玉帝、俯视猴子猴孙),同时也被赋予了心理时空
(想象玉帝来斟酒、忆起天庭的不公),在这个意义上,他才开启了"主
体化"进程,于是也就不难理解《大闹天宫》上下集为何采取相近的结
尾定格镜头——孙悟空面带笑容仰望天空,周围环绕着高举手臂的群猴,
那是专属于社会主义文化的"崔嵬式庆典"①,是"人民"对"新中国"

---

① 戴锦华在讨论电影《青春之歌》与《小兵张嘎》等影片时提到,这些文本总是以主角
置身于盛大的群众场面为结束,她称之为"崔嵬式庆典":"在崔嵬影片所呈现的社会因果式中,
个人必定要融合于集体(革命队伍),个体必定要融合于革命(党的事业)。然而这绝不是一种
牺牲或代价,而是一场空前的庆典与凯歌。"戴锦华:《由社会象征到政治神话——崔嵬艺术世
界一隅》,《电影艺术》1989 年 8 月。

的自信与期许；1985 年的《金猴降妖》本是为庆祝"粉碎四人帮"、迎接国庆三十周年而创作的献礼片，"三打白骨精"的矛头无疑指向"文化大革命"，而故事中被唐僧诬陷、驱逐却终复"归来"的孙悟空，正是"文化大革命"中被迫害的知识分子的悲情写照，他用泪水、怀疑与愤怒记录了 80 年代初的中国；《大圣归来》的文化意味更为复杂，因为孙悟空完成了两种表情的渐变，即从戴着镣铐的无力冷漠变为"救救孩子"的无私热忱，这种英雄主义召唤首次将孙悟空结构于"父"的位置，令他成为被孩童观看的偶像。于是，整部电影也就成了"中国"对于自我与他者的全新想象，那回应着中国高速的经济发展势头，投射着现代性逻辑内中国的自我期望。

　　考察中国动画电影中的孙悟空形象，我们从最基本的身体层面出发，探究其面部表情（expressions）对于"历史"的表达功能（express），进而延伸至精神层面的成长。也只有在精神成长的意义上，才可讨论主体的形构过程。这里的"成长"具有双重意味，既是生理学上的长大成人，也是人对"历史时间"的认知与把握，是历史本质的生长过程。苏联文艺理论家巴赫金在解读"成长小说"时提到了这一点："在诸如《巨人传》、《痴儿历险记》、《威廉·麦斯特》这类小说中，人的成长带有另一种性质。这已不是他的私事。他与世界一同成长，他自身反映着世界本身的历史成长。他已不在一个时代的内部，而处在两个时代的交叉处，处在一个时代向另一个时代的转折点上。这一转折是寓于他身上，通过他完成的。他不得不成为前所未有的新型的人。这里所谈的正是新人的成长问题。"① 可见，"人在历史中成长"是巴赫金对"成长小说"的最基本定义，这将引领我们对孙悟空的"成长"进行再思考：孙悟空的故事本体虽不是"历史"，但其行为逻辑在隐喻层面不断重构着"历史"。

　　《大闹天宫》的第一句台词即是孙悟空在花果山喊出的——"孩儿们，操练起来！"随后，画面转入猴子猴孙挥舞兵器组成的军事武装方阵，传达出"保家卫国"的民族—国家意识形态。这个开头为全片奠定了一种基调："花果山"就是隐喻的"中国"。后来，以巨灵神为代表的

① ［苏］巴赫金：《巴赫金全集》第 3 卷，钱中文译，河北教育出版社 1998 年版，第 233 页。

天兵天将进犯，孙悟空率领猴儿们以"敌大我小、敌进我退"的"游击战"模式保卫了家园，这无疑是对社会主义革命历史的回溯。而当天庭试图招安孙悟空时，他却质问："谁要他封？"如此，我们又正面遭遇了社会主义中国的国际处境，即"承认的政治"——花果山对天庭的拒绝正是 20 世纪 60 年代社会主义中国的国际姿态，它身处"冷战"的社会主义阵营，被资本主义阵营孤立，却又试图挣脱社会主义苏联的大国霸权，它决绝地坚持自身的独特性，并以之挑战世界体系。正是从《大闹天宫》开始，创作者开始有意识地将孙悟空与"中国"同构。到了 80 年代初，《金猴降妖》里的"花果山"却呈现出别样意味。孙悟空被唐僧驱逐后，孤身回到花果山，他发现曾经枝繁叶茂的故乡竟成了焦土，于是召唤风雨雷电，让花果山重添绿色。诚然，这一节奏明快的抒情段落是《金猴降妖》的艺术再造，创作者以一种"百废待兴"的叙事修辞回应了"文化大革命"后的中国社会心态：过去十年的震荡历史，正如花果山的满目疮痍，"中国"唯有在历史的废墟之上重新出发。

因此，孙悟空身体的发育正隐喻着中国历史的成长。正由于孙悟空在历史叙述结构中占据了民族主体位置，他在大银幕上的每一次重现，也就必须行使询唤观影者民族身份认同的功能。有趣的是，自我总是通过他者而得到认知的，任何民族主体身份的获得，都必须借助于对"他者"的想象与再造。于是，孙悟空在动画电影中试图对抗的"反派"，也就折射出"中国"的主体位置与观视方式。

三 他者的再造："中国"的主体生成与观视方式

如上文所述，讨论中国动画电影中的孙悟空形象，应避免把这一命题本质化，而是始终将其放置于历史的叙述结构之中进行思考，只有如此，才能"锚定"（anchorage）其主体位置。所以，我们有必要对孙悟空所对抗的反面角色做深入的分析，我们需要在"自我/他者"的结构中窥见孙悟空形象的复杂性。在中国古代通俗小说之中，《西游记》可划入"神魔"类型，其基本叙事策略是"道德化"修辞：神是正，魔是邪，正邪势不两立，邪不可压正。妖魔代表着极端的黑暗与邪恶，取经师徒则代表着天然的光明与正义，其集体身份的认定是本质化的，不可流动的。然而，在这种模式化的情节背后，《西游记》本身却蕴含着明显的自反性。何谓自反性？这集中体现在孙悟空身上，即"闹天宫"与"取经记"存在着根本的断裂。在前七回中，孙悟空的对立面是天庭神权；可到了后面，他却自觉承担起降妖除魔的义务。换言之，孙悟空的他者由"神"转变为"魔"，反之，其自我身份认同也就从"魔"转变为"神"。《西游记》前后相反的叙事结构，使得孙悟空身上混杂着两种不同的叙述话语，这种杂语现象令孙悟空在大银幕上的"身体"变得分裂而充满矛盾，其形体话语也就具备了富尔赖意义上的"颠覆性"。

　　回到这四部动画电影，创作者对于《西游记》的主要改写策略是"道德政治化"，即孙悟空的每一位敌手都有较为确定的历史指涉，这使得孙悟空的主体位置不断滑动。为了更清晰地描绘这一滑动过程，我们必须将影片中的"他者"形象进行具体指认。《铁扇公主》诞生于1941年的上海孤岛，其艺术创作的根本原因是"全国人民联合起来对付日本侵略者，争取抗战的最后胜利"①，直接动因则是1940年美国迪士尼公司动画片《白雪公主》的问世，以上两个向度的民族主义是讨论本片不可绕过的历史政治坐标。而在文本内部，日本侵略者的反面形象是以十分曲折的方式表现出来的：一方面，创作者改写了原著中"孙悟空三调芭蕉扇"的情节，将其戏份平分给悟空、八戒和沙僧三人，又增加了唐僧政治动员、村民对抗牛魔王的集体场景，以"共同体"的行动方式来对抗他者；另一方面，火焰山大火被拟人化为凶神恶煞的"面孔"，人形火焰的五官绘制方式与日本武士面具的胡须、獠牙与尖下颌造型构成了某种历史的"耦合"（articulation），这种极具冲击力的视觉表达方式保证了观影者对于"他者"的准确识别。

　　20世纪60年代的《大闹天宫》将斗争矛头调回至民族内部，目标对准以玉皇大帝为代表的封建统治者："外表端庄、慈祥，貌似庄严，但实际虚伪，不轻言，不苟笑，居心叵测而不外露，只是在激动时眉梢浮露凶残，暴露他内心的狠毒与空虚。"② 这显然是社会主义中国对于民族历史的内部清理，只是，"他者"的面目已没有那么狰狞，变得善于隐藏，形

---

① 万籁鸣口述，万国魂执笔：《我与孙悟空》，北岳文艺出版社1986年版，第90页。

② 同上书，第142页。

图3　《铁扇公主》中的人形火焰与日本武士面具对比

态上更为"中立"，这十分内在地呼唤着观影者的智性参与。到了1985年的《金猴降妖》，识别他者的难度再次升级，白骨精虽战力不强，出身也并非天庭，但善于变化，极具迷惑性。孙悟空即便有"火眼金睛"，也难逃蒙冤遭逐的命运。我们不禁要问：这法力平平的白骨精何以令取经队伍分崩离析？作为一个强大的"他者"，她究竟指涉着什么？或许可以从两个角度解读：其一是十分浅表的，由于《金猴降妖》的创作意图剑指"四人帮"，作为女性形象的白骨精很容易让人联想到江青；其二却是更为隐晦而深入的，在本片中，白骨精的三次变化被改写为"少妇—儿子—老翁"的祖孙三代更替，于是，他者的阴谋也就被赋予了"血缘家庭"的逻辑。这在不经意间触及了现代中国文化政治的一组核心议题：作为两套叙述话语，"血缘家庭"与现代民族—国家之间存在着怎样的关系？"中国"作为一个现代民族—国家的确认，正是建立在对传统血缘家庭逻辑的否定与颠覆之上，从"五四"时期巴金《家》中的"人肉筵席"，到社会主义文化结构中的阶级认同，莫不如此。然而，进入80年代之后，情况却有所变化，正如戴锦华所描述的："血缘家庭的形象同样被剥离开来，分属两个不同的话语系列：作为封建文化的象征，它是个人的死敌，是'狭的笼'，是对欲望的压抑，对生命的毁灭；作为民族生命之源，它是亲情、温暖和归属所在，它规定着我们的身份，创造着民族的力量。"① 正是这种关乎"血缘家庭"的杂语结构导致了《金猴降妖》的分裂:"未完成的现代性"要求孙悟空必须用金箍棒摧毁"血缘家庭",可"国庆献礼片"的民族主义诉求却又使得唐僧对"血缘家庭"的坚守合情合理。悟空没有错,唐僧似乎也没有错,我们既为悟空的遭遇感到愤愤不平,也对祖孙三代连连丧命的"幻象"感到触目惊心,我们惶惑于主导叙述话语的迷失。作为动画电影"中国学派"的收官之作,《金猴降妖》的文本结构不如《大闹天宫》那样封闭、向心,它是敞开的、多义的:"大写的人"仍需彻底解放,受伤的民族亟待伟大复兴,启蒙、革命、民族主义群起发声,却没有一种声音可以稳固地占据结构中心,这种众声喧哗的杂语状态正是"文化大革命"后中国历史舞台的真实写照。

　　那么,谁将重新占据这个历史叙述结构的中心呢?虽然中国的"主体化"被20世纪70年代末与80年代末的两次历史剧变所切断,但其"主体过程"持续发生着,从未停歇。阿兰·巴迪欧在《主体理论》中区分了"主体化"(subjectivization)与"主体过程"(subjective process)两个概念的不同之处:前者是短暂的、鲁莽的动作,时常被中断破坏;后者则是正在进行的、没有终点的时间重构,是对新形正义与新秩序的诉求。由此,他将"主体"定义为"不可预测的分歧"(unpredictable bifurcation):"任何主体都是强制的例外,它们总是第二次到来。"② 而当主体第二次生成时,其本身已经蕴含了自我破坏的冲动,如此往复。巴迪欧的主体理论是极具启发性的,作为一种意识形态征兆,"主体的再度生成"正是《大圣归来》的基本叙事逻辑。影片设置了一个外在的超级反派形象——山妖,其造型灵感来自《山海经》所载的上古神兽"混沌"。但是,山妖的指涉对象并非外在的他者,而是孙悟空的内心,导演田晓鹏看中的正是"混沌"的无形可依:"《西游记》里的妖怪都过于具象,太像人类的行为举止。'混沌'代表的却是一种无形的恐惧,象征着孙大圣内

　　① 戴锦华:《隐形书写:90年代中国文化研究》,江苏人民出版社1999年版,第216页。

　　② 英译本原文:Any subject is a forced exception, which comes in second place. A. Badiou, *Theory of the Subject*, B. Bosteels (tr.), London: Continuum, 2009, p. 88。

心潜伏的心魔。"① 因此,孙悟空所要对抗的真正敌手不是别人,正是自己。② 为了对抗这个"内在的他者",孙悟空必须召回"大闹天宫"的历史记忆,找回"从前的我"③,挣脱镣铐,恢复神力,这才是"大圣归来"的真正意涵。有趣的是,《大圣归来》之"主体的再度生成"是在两种"时间"中同时进行的:一种是个体生命,另一种是历史。一方面,现代性的线性时间观主导着孙悟空的生命,"大闹天宫"被缝合为个体生命的青春期,而中年孙悟空所要做的,正是找回青春期的激情;另一方面,"大圣归来"亦是60年代民族历史的归来,是对"时间开始了"④的历史原动力的招魂。我们知道,只有当孙悟空的"过去"与"现在"被缝合起来,自我才能识别"内在的他者",主体才能再度生成,然而为了呈现时间的流逝感,影片本身却使用了2D与3D的不同视觉空间效果来呈现"大闹天宫"与"大圣归来",诚如詹明信对晚期资本主义文化逻辑的经典论断:"时间之空间化"⑤。于是,原本封闭的叙述结构再度敞开,历史的断裂感再度强化,孙悟空的主体化进程又一次被延宕了,在他红袍加身的瞬间,我们甚至无法判断,他到底是曾经的民族神话,还是好莱坞的超级英雄?

四 结语:政治激进主义与文化民族主义的协商

在对孙悟空形象进行"重绘"的过程中,我们提出"民族话语里的主体生成"这一主线。需要注意的是,这并不是把"主体生成"作为确

---

① 屈婷、刘洋:《动画导演田晓鹏:孙悟空是中国的超级英雄》,新华网,2015年7月11日,http://news.xinhuanet.com/2015-07/11/c_1115891734.htm。

② "即便豪言与天齐名,想来猴子的初心也并非作战。即便一棒挑翻天地,月夜中,他的思念却还是花果山世外桃源。挫败大圣的若是狂傲呢?英雄归来却不因怨愤吧……成败只在一心一念。真正的敌人,原来并不是外间神佛。"《西游记之大圣归来》官方微博,2015年7月17日。参见http://weibo.com/xiyouji3d。

③ 《大圣归来》主题曲定名为《从前的我》,歌中唱道:心里的呼唤总在徘徊/风中的云彩它向我走来/远处那个人还在等待/熟悉的声音已不在/你说你要离开/明天还会回来/曾经忘不掉的/如今你是否还记得来/转身不算告别/分离却分不开/若是遇见从前的我/请带他回来。

④ 胡风:《时间开始了》,《人民日报》1949年11月20日。

⑤ [美]詹明信:《后现代主义或晚期资本主义的文化逻辑》,吴美真译,时报文化1998年版,第195页。

定的结论，而是勾勒"主体生成"的全过程，尤其是这一历史叙述结构的开放性与多义性。"主体"作为巴迪欧意义上的"过程"（而非结果），始终处于未完成的建构之中。纵然孙悟空呈现出进化论式的身体发育形态，并在隐喻层面同构着民族历史的成长，但是其叙事结构却始终难以封闭，这集中表现为诸多二元对立项对于孙悟空形象的联合挤压，诸如反日情绪/仿美造型之于《铁扇公主》，反封建内容/传统民族形式之于《大闹天宫》，个体解放诉求/血缘家庭逻辑之于《金猴降妖》，民族英雄符号/超级英雄叙事之于《大圣归来》，等等，这些杂语现象均通过现代性的自我/他者结构得以浮现。

因此，与其说"民族话语里的主体生成"是一个结论，不如说它是一个永恒的结构性困境，这不只是孙悟空的叙事困境，更是中国现代历史的根本困境，即自我意识的主体中空状态。作为中国现代历史的起点，五四运动之"反帝反封建"的基本口号本身就具有内在的分裂性："反帝"内在地呼唤一种民族主义的文化抵抗，可"反封建"却又要求与前现代文化彻底告别。于是，以西方现代化道路为镜，现代中国的民族文化状态呈现为新生的空白，只能等待他者的填充与书写，因此，现代中国语境内的孙悟空形象，必然成为不同话语之间的角力场。

从根本上说，对孙悟空形象的现代想象始终是政治激进主义与文化民族主义之间的协商：前者指向反传统的现代性，是激进的政治破坏力；后者则指向空间意义上的民族—国家，是回溯的文化建构力。这种动态平衡的杂语结构正印证了美国历史学家杜赞奇的"复线历史观"。所谓"复线历史"，是指中国、印度等第三世界国家对于西方主导的单一民族"启蒙历史"观念的挑战。在杜赞奇看来，第三世界的历史或许不是大写的线性进化论，而是"一种同时兼具散失与传承的二元性或复线性的运动"，"复线的历史注意散失的历史被利用及一旦可能时又重构的时刻与方式"①。为此，他将传承（descent）与异见（dissent）两词合并，创造出"承异"（discent）的解构性概念，因为任何历史事件的传承均是以其意义的散失为前提的。

---

① ［美］杜赞奇：《从民族国家拯救历史：民族主义话语与中国现代史研究》，王宪明、高继美、李海燕、李点译，江苏人民出版社 2009 年版，第 71—78 页。

因此，当"大闹天宫"复现于《大圣归来》，当"三打白骨精"重演于《金猴降妖》，其原本的社会主义文化意涵早已散失，可以说，全球20世纪60年代的文化遗产以一种"历史蒙太奇"的方式被剪接于晚期资本主义的文化逻辑之内，成为一处处可消费的符号与可生产的景观。在现代性的范畴之内，我们很难断定作为过程的"主体生成"究竟会取得成功还是失败，但只要孙悟空的反抗精神还在，只要他还能询唤出观影者的抵抗性与主体自觉，我们便可对"历史"的前进抱一份更为温暖的期许。

原刊于《文艺研究》2016年第2期

作者单位：中国社会科学院

影视艺术中的《西游记》文化记忆

周仲谋

古典名著《西游记》是一部脍炙人口的长篇神话小说，结构恢宏，想象丰富，语言诙谐生动，情节曲折入胜，长期以来广为流传，深受人们喜爱。自影视诞生以后，《西游记》更是不断被搬上银幕，改编成不同版本的影视作品。在影视改编过程中，与《西游记》有关的文化记忆既有所保留，也有一定的变异和改动。本文以一些有代表性的影视作品为例，探讨影视艺术中的《西游记》文化记忆。

——

文化记忆理论奠基者简·奥斯曼（Jan Assmann）认为："文化记忆是一个集体概念，它指所有通过一个社会的互动框架指导行为和经验的知识，都是在反复进行的社会实践中一代代地获得的知识。"[①] 从这个意义上说，小说《西游记》的成书，也是文化记忆不断积累丰富的过程。该书的故事从原型到最终成形，前后酝酿了 700 多年。唐代玄奘法师天竺取经之后，由其门徒辩机辑录成的《大唐西域记》《大唐慈恩寺三藏法师传》等，可谓是《西游记》故事最初的雏形。此后经过南宋"俗讲"至元代，取经故事已经基本定型，直到明代吴承恩笔下才终于完成了这部经典之作。

小说《西游记》以汪洋恣肆的想象，建构了一个人鬼仙妖共处的神话世界，塑造了孙悟空、唐僧、猪八戒、沙和尚等栩栩如生的人物形象，

---

① Jan Assmann, *Collective Memory and Cultural Identity*, New German Critique: Cultural History/Cultural Studies, 1995, pp. 125 – 133.

宣扬了佛教普度众生的教义精神和因果报应之理。原著中孙悟空战天斗地的反抗精神、唐僧为取真经九死其尤未悔的精神，作为一种文化记忆，千百年来被人传诵。在1986年版的电视剧《西游记》中，上述精神受到正面肯定，得到充分张扬。

1986年版电视剧《西游记》采取节选和浓缩的改编方法，对原著的枝节部分进行删减，去枝砍蔓，保留了猴王出世、拜师学艺、海底借宝、大闹天宫等精彩情节，以及唐僧师徒四人西天取经、一路降妖除魔的故事主线，共计二十五集，每集讲述一个有头有尾的完整故事。创作人员秉持精益求精的诉求，剧情上精心打磨，外景采取实景拍摄，走遍多个地区，历经数年才拍摄完成。

文化记忆的概念包含某特定时代和特定社会所特有的可以反复使用的文本系统、意象系统、仪式系统，其"教化"作用服务于稳定和传达那个社会的自我形象。新中国成立之后，主流意识形态对小说《西游记》中孙悟空大闹天宫的反叛意识和反抗精神甚是激赏，甚至将其上升到革命的高度，而孙悟空火眼金睛、斩妖除魔的形象，也成为正义人民消灭反动势力的象征。郭沫若曾有诗句："金猴奋起千钧棒，玉宇澄清万里埃。"便是这种政治意识形态的写照。20世纪80年代延续了新中国成立后的主流意识形态，因此原著中孙悟空的反抗精神在1986年版电视剧中得到了肯定和强化，六小龄童扮演的孙悟空也成为无数观众心目中的经典形象。

毋庸置疑，孙悟空是1986年版电视剧《西游记》中的主要人物，与原著一样，电视剧也是以猴王出世拉开序幕的。孙悟空大闹东海、冥界、天宫的行为在电视剧中得到了浓墨重彩的表现，并对他被压在五行山下的遭遇流露出深深的同情。1986年版电视剧是把孙悟空作为英雄形象来塑造的。孙悟空向往自由，为了达到长生的目的，毅然远涉重洋，不远万里拜师学艺。他本领高超，桀骜不驯，藐视权贵和既定权威，以一己之力对抗天庭，毫无惧色。他机智勇敢，疾恶如仇，一切妖魔鬼怪的变化伪装都逃不过他的火眼金睛。他见恶必除，除恶务尽，在"三打白骨精"那一集中，尽管肉眼凡胎、不辨善恶的唐僧念动紧箍咒，使孙悟空头痛难忍，甚至以断绝师徒情分的手段阻止悟空动手，仍然动摇不了他降妖除魔的决心，最终将白骨精打回原形。在电视剧中，孙悟空一路降妖除魔，既是为了保护唐僧，同时也是为民除害，例如在过火焰山时，他用芭蕉扇灭掉大火，扫清了西行的障碍，也为当地百姓解除了炎热干旱之苦。由此可见，孙悟空乃是一位打抱不平、锄强扶弱的英雄好汉。不仅如此，1986年版电视剧中的孙悟空还是动物形象动作特征和儿童语言心理特征的有机统一。作为猴子，他喜欢上蹿下跳，一刻也不得安宁，这种好动不定的特征正好契合了儿童的天性；而他的言谈行为在某种程度上又符合少年儿童的情趣和语言，嬉笑怒骂皆出自本心。因此电视剧中的孙悟空形象深受儿童观众的喜爱。

1986年版电视剧把师徒四人西行取经的行为作为崇高的革命事业来表现，对这个取经团队的核心人物——唐僧，采取褒大于贬的态度。唐僧虽然迂腐，却心地善良，有着崇高坚定的理想信念，那就是求取真经，普度众生。他不畏艰险，排除万难，不管前方是毒蛇猛兽，还是妖魔鬼怪，他都一往无前地走下去。电视剧充分肯定了唐僧这种锲而不舍、追求真理的精神，剧中插曲歌词"一片诚心，一往无前，不到灵山，不回不还""要把这真理妙谛播天下，要让我九州处处披锦霞"，就充分地说明了这一点。在取经初期，唐僧和孙悟空之间常有冲突摩擦，以至于唐僧多次训斥悟空，还听从观音菩萨的计策，给他戴上了紧箍。随着取经途中的多次共患难、同甘共苦，唐僧和孙悟空的师徒感情日渐笃厚，悟空和八戒之间的争执也越来越少，整个取经团队变得越来越和睦，越来越默契，逐渐成长为一个成熟、团结、能打硬仗的革命队伍。小说并没有突出师徒感情的日益增进过程，例如在原著第七十二回，唐僧误陷盘丝洞，悟空前去营救，听到众女妖说要把唐僧蒸了吃，小说中这样写道，"行者暗笑道：'这怪物好没算计！煮还省些柴，怎么转要蒸了吃！'"[1] 后来悟空、八戒、沙僧闯入盘丝洞，"只见老师父吊在那里哼哼的哭哩。八戒近前道：'师父，你是要来这里吊了耍子，不知作成我跌了多少跟头哩！'"[2] 由此可见，无论孙悟空还是猪八戒，对唐僧都颇有调侃之意，而无尊重之心。1986年版电视剧则突出了师徒四人的深情厚谊和团队协作的重要性，为了强调取经团队成员之间的真挚感情，电视剧还特意删去了假悟空六耳猕猴报复唐僧的情节，并通过多处细节展示师徒几人谁也离不开谁的亲密关系。显

---

① （明）吴承恩：《西游记》，线装书局2013年版，第482页。

② 同上书，第485页。

然，电视剧对取经团队的和睦相处、团结协作是极为推崇的。

文化记忆是以客观的物质文化符号为载体固定下来的，因此比较稳固和长久。奥斯曼指出，"文化记忆有固定点，一般并不随着时间的流逝而变化，通过文化形式（文本、仪式、纪念碑等），以及机构化的交流（背诵，实践，观察）而得到延续。"① 奥斯曼称之为"记忆形象"（figures of memory）。在1986年版电视剧中，孙悟空、唐僧等人物形象与小说原著的人物形象是比较吻合的，体现出文化记忆不随着时间流逝而变化的稳固性和长久性。这一版影视改编，也被大多数观众认为是最忠实于原著的改编。

二

文化记忆的传承遵循着特定而严格的形式，有自己的符号系统或者演示方式，如文字、图片和仪式等，它联系于一个规范的、清晰的、等级化的价值与意义体系，对集体的主体同一性起着极其重要的作用。然而，当文化记忆的传承打破了既有的严格形式与价值意义体系，文化记忆就会发生变迁乃至变异，1993年版日本电影《西游记》就是这样的一部作品。

小说《西游记》在日本影响很大，不少日本人对唐僧、孙悟空师徒耳熟能详。小说不仅被改编成多种日本影视版本，而且根据《西游记》故事创作的日本漫画《七龙珠》也有着广泛影响。由于中日国情、文化性格的不同，以及文化记忆传承方式的差异，《西游记》在日本的传播和接受发生了很大的变化，影视改编往往对原著大肆改动，给人一种不伦不类的感觉。

1993年版日本电影《西游记》由和泉圣治导演，木本雅弘、宫泽理惠等人主演，其基本剧情是：少年法师玄奘在长安城施咒驱妖，赶走了以美貌迷惑人心的女妖白灵，从而与白灵之父金角大王等妖怪结下怨仇。玄奘蒙观音菩萨赐名三藏，受命前往西天拜佛求经，途中收了被压在五行山下的孙悟空为徒。金角一族试图从中作梗，使诡计弱化玄奘的法力，并让

---

① Jan Assmann, *Collective Memory and Cultural Identity*, New German Critique：Cultural History/Cultural Studies, 1995, pp. 125 – 133.

白灵引诱悟空，调虎离山，幸亏悟空并不上当，及时赶回救了玄奘。师徒二人继续前行，途中又收了各有不幸身世遭遇的八戒和河童悟净。悟空因打死妖怪化身，被玄奘误会，赶出师门，他一气之下返回长安，寻衅滋事，以泄愤懑。一位容貌极像玄奘的少女总是出现在悟空眼前，悟空却想不起她是谁。当玄奘等人被金角大王抓获，陷入危机的时候，悟空听信白灵谗言，闯进皇宫，想要抢夺王位，却在皇宫中再次见到那位少女，原来少女是观音菩萨为点化悟空而布置的幻象。悟空终于想起，他曾经与玄奘的前世有过一段情缘，不断出现的少女形象，就是记忆中前世情人的影子。悟空彻底醒悟，毅然戴上紧箍去救玄奘。此时玄奘已被金角大王装进葫芦，快要化成酒了，悟空抱着与玄奘一起赴死的决心，终于剿灭了金角大王一族。白灵不愿独生，自杀身亡。

从剧情上看，这部电影选取了小说《西游记》中唐僧受观音菩萨点化、西行取经、途中收徒以及降服金角大王等故事情节，却又做了较大的改动，不少细节都与原著存在明显差异。尤其是悟空与唐僧之间的情感戏，电影另起炉灶，编织出一个前世情缘的故事，让悟空受到爱情力量的感召，彻底改变野性不驯的性格，一心一意保护玄奘。显然，在电影中，爱情的力量被放大到无以复加的地位，而在原著中，爱情是被放逐的，整部小说很难找到爱情的痕迹。更让人感到不可思议的是，电影为了让玄奘与其前世在形象上保持相似性，竟由女演员宫泽理惠来扮演玄奘，把西天取经的唐代高僧变成了一个女人，可以说是对原著最大的颠覆。

1993 年版日本电影《西游记》是对小说《西游记》的跨国改编，也是一种跨文化改编。由于诸多的改动，原著固有的符号系统和价值体系被打破，与其相关的文化记忆发生了极大的变异，甚至面目全非。不过，原著中关于佛教因果轮回的文化记忆在电影中却被意外地凸显出来。而在国产 1986 年版电视剧中，佛教义理和因果轮回观念则是受到一定程度贬抑的。1993 年版日本电影《西游记》中对爱情的刻意放大，正是通过佛教的因果轮回实现的。影片中孙悟空多次看到那个容貌与玄奘相像的女子，每次想要去接近她，她都消失得无影无踪，然而悟空始终无法彻底抹去她的印记，后来悟空才知道，原来她就是玄奘的前世，是自己曾经深爱过的人。即便是经过轮回转世，这份爱依然毫不褪色，反而在心底打上深深的烙印。佛家的轮回观进一步渲染了爱情的力量，一切都已被上天注定，这种宿命般的感觉恰恰是对浪漫爱情的最好诠释，也最能让人心醉神迷，无法抗拒。最后孙悟空把这份爱情转化为西行的动力，自觉承担起西天取经的伟大事业，与玄奘心心相印，共渡难关。而片中女妖白灵对孙悟空的爱情，则有一种凄凉的打动人心的美感。

各种文化记忆形象，总是被分为重要的和不重要的、中心的和边缘的，与小说《西游记》相关的文化记忆亦是如此。在1993年版日本电影《西游记》中，原本重要的文化记忆被放逐了，原本处于边缘的、不重要的文化记忆却凸显出来，成为影片的主要内容。这部电影对爱情力量的放大，以及对佛教因果轮回观念的渲染，就是如此，并在一定程度上影响到1994年的香港电影《大话西游》。

三

由刘镇伟编导、周星驰主演的1994年香港电影《大话西游》，是对《西游记》原著的大胆戏谑和颠覆。这部影片显得怪模怪样，不仅让观众觉得陌生、难以理解，甚至被认为是过分的、出格的。然而即便如此，也仍能从影片中依稀窥到《西游记》原著的一些文化记忆。

《大话西游》最明显的改动，是对原著人物形象的颠覆。影片借用了《西游记》中的人物，片中也有唐僧、孙悟空、猪八戒、沙僧师徒四人，有观音菩萨、菩提老祖、牛魔王、白骨精、蜘蛛精等神仙妖魔，但这些人物形象已经和原著大相径庭。原著中的孙悟空是个神通广大、不畏强权的英雄形象，他敢于指天笑骂，不向任何邪恶力量低头，自从被唐僧从五指山下救出，除了途中偶尔与唐僧有些矛盾，大多时候都是忠心耿耿的好徒弟。而影片中的孙悟空却完全是个"反英雄"的形象，他凶顽、狡诈、难以驯服，为逃避摊派给他的取经重任，竟串通牛魔王要吃掉唐僧，并打伤紫霞仙子抢了月光宝盒以躲避观音菩萨的追捕。五百年后孙悟空转世为人，成了斧头帮帮主至尊宝，更蜕变为彻头彻尾的世俗凡人，贪生怕死，欺软怕硬，卑鄙自私，乱说谎话，既无诚信，更无骨气，无论哪一条都和英雄行径相去甚远。不仅如此，原著中作为神奇英雄的孙悟空是没有任何爱情欲望的，而影片却将昔日的"齐天大圣"置换成了"大情圣"，他欺骗女妖白晶晶的感情，还勾引结拜大哥牛魔王的妻子铁扇公主，五百年后转世为人，更是情债缠身，和白晶晶、紫霞、青霞、香香、铁扇公主等女子皆有情感纠葛。所有这一切，都构成了对孙悟空英雄形象的消解。

唐僧形象在影片中也受到严重解构，并有了新的喻指功能。原著中的唐僧虽然有些固执、迂腐，却是坚持追寻真理、锲而不舍的精神道德的化身，而影片中的唐僧则变得啰里啰唆，喋喋不休地长篇大论，不停说教，惹人厌烦。观众很容易把唐僧视为传统权威的象征，并在该形象引发的笑声中瓦解、嘲弄权威的严肃性和语言压制。原著中救苦救难的观音菩萨，在影片中也变得世俗化，唐僧亲昵的"观音姐姐"的称呼，将高高在上、不沾凡尘的观音拉下神坛，还原成世俗众生中的一员。影片还赋予观音普通人的喜怒，面对唐僧的喋喋不休，观音忍不住伸出手去扼他的喉咙，发现自己的失态后又连忙缩手忏悔，这一夸张的喜剧效果设计，既强调了唐僧的啰唆连神仙都无法忍受，也打破了长期以来观音菩萨在人们心目中的神圣性。

正是通过对原著人物形象的解构，影片消解了传统意义上的英雄、导师、神仙，以及师徒关系、人神关系，而传统价值观念所肯定的忠诚、义气等，在影片中也受到了无情的质疑。原著中悟空、八戒、沙僧师兄弟患难与共、情意深重，而电影中的八戒却总是指使沙僧干这干那，悟空因不愿承担取经任务，更是不肯与八戒、沙僧为伍；转世为人后，他们分别成了斧头帮的大当家、二当家和三当家，个个贪生怕死，帮中兄弟也全无义气，例如至尊宝要二当家去杀蜘蛛精，冠冕堂皇地说自己在后面掩护，二当家假装晕倒，宁可大腿上挨一刀也不肯冒险上前，至尊宝只好亲自出马，一回头发现身后的众兄弟已逃得不见踪影。传统小说和帮派中倡导的有难同当、有福同享在这里被彻底颠覆，兄弟们个个成了损人利己、吃里爬外、出卖朋友的家伙。在嘻嘻哈哈的游戏化的消解中，以往束缚个体行为的众多事物乃至正统文化观念都被颠覆了。

尽管整部《大话西游》摒弃了《西游记》中作为重头戏的"取经"故事，怎么看都像是"取经"前的一场游戏，但影片中孙悟空由叛逆到彻悟的转变，又是对佛法正道的认可和回归，也与原著中孙悟空从"大闹天宫"到"皈依佛门"的发展轨迹相吻合。《西游记》故事轮廓可以概述为：石猴拜师学艺、海底借宝、大闹天宫，被如来佛祖压在五指山下，五百年后受观音菩萨指点，保护唐僧西天取经，一路降妖除魔，终成正果。在原著中，"被压五指山下"是故事的拐点，在此之前石猴战天斗地、任性妄为，连玉皇大帝和如来佛祖都不放在眼里，被压山下五百年之后，石猴改邪归正，成为唐僧西天取经的保护者，并有了一个新的名字"孙行者"，暗示着一种重生。在孙悟空受到惩罚的五百年中发生了什么事情？孙悟空答应保护唐僧取经是诚心诚意真心悔改，还是为了脱离困境的违心之举？这些问题原著处理得比较简略。电影从原著的缝隙处切入，通过全新的故事编织，详细叙述了五百年前后孙悟空从邪恶到悔改的转变过程，可以看作对原著故事的补充。

原著按照时间顺序由前向后、有头有尾地讲述故事，将事件的来龙去脉交代得清清楚楚。与原著的线性时空叙述不同，电影采取的是非线性时空叙述，在这种叙述方式中，时间和空间都是可逆的。电影借助"月光宝盒"这一道具，让故事在时空中来回穿梭，架构起"五百年前"和"五百年后"的循环叙述框架。"五百年前"，妖猴孙悟空不肯取西经，串通牛魔王要吃掉唐僧，为娶牛魔王之妹香香，与白晶晶悔婚，并抢走紫霞仙子的月光宝盒，这时观音菩萨出现，准备诛灭孙悟空，唐僧代徒受过，慷慨赴死。然后时间推进到"五百年后"，孙悟空转世为凡人至尊宝，爱上了白晶晶，猪八戒转世的二当家也误打误撞与蜘蛛精春三十娘生下了唐三藏，春三十娘为保护儿子，与要吃唐僧肉的牛魔王殊死搏斗，白晶晶则因误会而自尽，至尊宝为救白晶晶，多次使用月光宝盒让时间倒流，却不慎回到了"五百年前"。在第二次"五百年前"，至尊宝遇到了紫霞仙子，被她抢走月光宝盒，还在脚底烙了三颗痣，他偶然间拔出了紫霞的紫青宝剑，成为紫霞心目中的如意郎君，但是至尊宝一心想返回五百年后与白晶晶成亲，不愿回到孙悟空身份，并假装深爱着紫霞，骗她从牛魔王手中盗取宝盒，在逃避铁扇公主的纠缠时至尊宝不小心跌入深谷，和白晶晶相遇，得知自己所爱的竟是紫霞，在和菩提等人一起遭受春三十娘的杀戮之后，至尊宝大彻大悟，决定变回孙悟空。紫霞为爱牺牲，孙悟空打死牛魔王，救出唐僧等人，又一次穿越到"五百年后"，师徒四人踏上取经之路。

在上述非线性时空叙述中，影片对原著人物形象的解构主要集中在孙悟空彻悟之前，并且逐渐由贬向褒过渡。作为影片引子的第一次"五百年前"里，人物似乎都充满了暴戾之气，悟空凶残，观音冷酷，唐僧啰唆烦人；在第二次"五百年前"，虽然唐僧仍然啰唆不停，在对付妖怪时还多了几分狡黠，但他的啰唆中又包含着对至尊宝苦口婆心的劝告和教诲，如其中一段台词"悟空，你尽管捅死我吧，生又何哀，死又何苦，等你明白了舍生取义，你自然会回来跟我唱这首歌的：南无阿弥陀佛、南无阿弥陀佛……"就颇有悲天悯人、舍生取义的意味；而观音菩萨在第一次"五百年后"便恢复了能知过去未来、化解悲苦仇怨的神佛形象，她对至尊宝循循善诱、屡加劝导，并在第二次"五百年前"为孙悟空指点迷津，促使他悔过自新、大彻大悟；唐僧在孙悟空转变后的第二次"五百年后"，更是一改啰唆的毛病，变得言简意赅，极具威严。至此，影片从一开始对唐僧和观音的"脱冕"，过渡到对他们的重新"加冕"，也实现了对原著价值立场的回归。

同样，影片中孙悟空由叛逆到彻悟的转变，也是一个从"脱冕"到"加冕"的过程。无论是第一次"五百年前"凶顽不化的妖猴，还是"五百年后"转世为人的斧头帮帮主至尊宝，两者都是"反英雄"的化身，影片对其进行了降贵屈尊的矮化，尤其是后者，更像一个市井流氓，遇到危险先让别人顶上，实在不行再自己出马，打得过就打，打不过就逃，逃不掉还可以跪地求饶，没有半点英雄豪气和羞耻之心；随着故事的演进，孙悟空的正面形象逐渐树立，尤其是戴上金箍恢复齐天大圣的身份后，影片配以慷慨激昂的音乐，并让他踏着七色云彩，在万众瞩目的时刻出场，重现盖世英雄的风采。而且在孙悟空恢复英雄身份后，唐僧也变得不再啰唆，八戒与沙僧和睦相处，青霞决定回如来佛祖那里做灯芯，白晶晶和春三十娘共事一夫、情同姐妹，人与人之间的仇恨消泯了，所有的混乱都已结束，秩序重新得以确立，影片以此暗示了回归的重要性和佛法的神奇力量，与原著精神是相吻合的。

影片在叛逆性地颠覆了权威和英雄之后，又重新确认了权威和英雄的地位，是对颠覆本身的颠覆，这似乎充满了矛盾。而非线性时空叙述，也改变了传统的因果关系，使影片存在诸多的"空白"和"不确定性"，这种矛盾性、空白性、不确定性，恰恰给观众提供了多种阐释的可能，从而建构出新的意义。正是在既否定又肯定的矛盾态度中，影片表达了平民世俗愿望和救赎理想激情背后的深刻怀疑主义。一方面，取经事业的"救赎"名义下固然充满了迂腐的自信、虚伪的许诺、僵化的教条；而另一方面，在爱恨欲望、个性自由的驱使下，人世间同样会发生利益争夺乃至血腥杀戮。在这种悖论中该何去何从，不仅困扰着影片中的孙悟空，也困扰着后现代背景下的青年观众。"正是中国这列奔向'现代性'而阴差阳错地遭遇'后现代'思潮的列车，才能深刻体会这种火车行使在黑暗的隧道中特有的迷茫感。"① 20 世纪 90 年代以后，在价值观念碎片化的文化语境中，昔日崇高的历史使命感和文化理想似乎远离了青年学子，但精英主义仍然是挥之不去的内在情结，浪漫的爱情和美好的生活愿望在现实面前软弱无力，执着的救赎梦想尽管必要却又显得不合时宜，这样的困惑感和迷茫感使他们对影片中孙悟空的困境感同身受。

影片中孙悟空最后选择了取西经"救赎"世人，将迷茫和逃避转化为放弃自我欲望的悲壮努力，孙悟空由叛逆到回归的转变，为青年学生观众处理自我与社会的关系提供了一些启示。正因为如此，《大话西游》在以大学生为主的青年群体中广受追捧，不仅片中的台词风靡一时，而且影片主演周星驰 2001 年在堪称中国最高学府的北京大学也受到了青年学生们的热烈欢迎，该片亦成为文学名著娱乐化改编中的特殊现象。

四

《大话西游》的成功令该片主创者刘镇伟和周星驰以为找到了可以复制的捷径，进入 21 世纪后，他们先后推出了《情癫大圣》和《西游·降魔篇》，这两部影片都是对《大话西游》的跟风和模仿，所不同的是，把影片的主人公由孙悟空换成了唐三藏。刘镇伟执导的《情癫大圣》讲述西天取经途中师徒四人遭遇树妖袭击，危急时刻孙悟空让金箍棒带着唐僧离开，后来唐僧遇到蜥蜴精，与她陷入爱河，还被她改造成了一个妖怪，影片结尾时蜥蜴精为爱牺牲，变成白马与唐僧一起踏上取经道路。周星驰执导的《西游·降魔篇》讲述青年玄奘在收服鱼妖沙僧、猪妖八戒、猴妖孙悟空的过程中，认识了驱魔人段小姐，段小姐对他一见倾心，而他为了世间的大爱，拒绝男女间的小情小爱，在段小姐的帮助下，玄奘终于收

---

① 房伟：《文化悖论时空与后现代主义——电影〈大话西游〉的时空文化研究》，《山东师范大学学报》2007 年第 1 期。

服了三个妖怪，段小姐却不幸被孙悟空打死，为爱牺牲，玄奘彻底顿悟，带领孙悟空等人踏上西天取经的漫漫长途。

在《情癫大圣》和《西游·降魔篇》中，原著《西游记》的文化记忆因子已相当稀薄。两部影片只是借用了原著中的人物形象，而远离了原著的精神实质。虽然两部影片试图模仿《大话西游》，以爱情为主线，其情感轨迹先喜后悲，然而这两部影片没能够像《大话西游》那样建构出新的意义，反而将《大话西游》的复杂主题简化成单一的爱情主题，主人公唐三藏也未能像《大话西游》中的孙悟空那样令青年观众产生强烈的共鸣感。由于影片中的故事模式是对《大话西游》的复制和翻版，因而情感力量大大减弱，其悲剧意味也难以达到令观众落泪的程度。而且两部影片中的逗乐和搞笑，都缺乏后现代式的消解力量，更难以做到在解构之中有所建构、折射出当代人的心理情感。因此，尽管模仿了《大话西游》，《情癫大圣》和《西游·降魔篇》却难以达到《大话西游》的高度，只能沦为平庸的娱乐文本。

由此可见，在影视艺术改编中，对待原著《西游记》，并非不可以消解、颠覆、戏谑、娱乐，但必须在消解之后进行新的意义建构，不仅要使消解行为本身以及重构的意义与原著精神有某种相合之处，彰显原著的文化记忆，并且要使消解和建构都能够契合当代人的思想情感。唯有此，影视作品才能站在新的时代高度对原著的精神境界进行提升，使其焕发出新的生机和活力。

作者单位：兰州大学

《大话西游》对《西游记》的解构

徐爱梅

刘镇伟编导周星驰等人主演的电影《大话西游》系列（《月光宝盒》和《大圣娶亲》）是对《西游记》解构的经典之作。它颠覆了原著中的"自我赎罪"取经动机而建构了"化解人世仇恨"的新主题；在故事类型上，将孙悟空一系列降妖除怪的宗教故事改编为"一生所爱在白云外"的爱情故事；美学风格也从幽默风趣的喜剧呈现为震撼人心的悲剧。读《西游记》者，不看《大话西游》不知想象力有翻新出奇的无限可能；观《大话西游》者，不读《西游记》难领会其全部深意。

一 取经动机：由自我救赎而变为化解人世仇恨

《西游记》是一部借助唐僧师徒西天取经故事宣传佛教"修心"教义的长篇经典喜剧小说。唐僧西取大乘佛经，固然有济世的伟大目的，菩萨道："你这小乘教法，度不得亡者超升，只可浑俗和光而已；我有大乘佛法三藏，能超亡者升天，能度难人脱苦，能修无量寿身，能作无来无去。"① 但直接原因则是师徒五人违背了佛教法规而必须接受的惩罚：通过取经事业来实现自我救赎，消弭前罪。玄奘本来是如来的第二个弟子，因为轻谩佛法而被贬生东土。如来道："圣僧，汝前世原是我之二徒，名唤做金蝉子。因为汝不听说法，轻谩我之大教，故贬汝之真灵转生东土。"② 沙僧本是玉帝天庭的卷帘大将，因不小心打碎琉璃盏，被打八百，

---

① （明）吴承恩：《西游记》，人民文学出版社 2010 年版，第 150 页。
② 同上书，第 1216 页。

贬下下界，在流沙河承受着七日飞剑穿胸百余下的惩罚，行凶食人来饱腹。八戒的前身是天蓬元帅，因调戏嫦娥被罚下界，强娶民女，施妖法作怪一方。西海龙王敖闰的三太子，因纵火烧了殿上玉帝赐的明珠，触犯天条，犯下死罪，才幸免于难，被贬到蛇盘山等待唐僧西天取经。猴王共有两次西游：第一次独自西游来到西牛贺州（佛祖所在西天），在菩提老祖处学得七十二变和筋斗云的道术而无道心，因生炫耀、自满之心被菩提祖师赶出。回到花果山的美猴王又恃才自大，大闹天宫要夺玉帝之位，如来一句"你那厮乃是猴子成精，怎敢欺心，敢夺玉帝上位"？给予他压在五指山下五百年的重罚。所谓欺心，也就是猴子认玄奘为师时所自述的"诳上之罪"。菩萨向他们所指之路皆是取经向佛："汝若肯皈依正果，自有养身之处。世有五谷，尽能济饥，为何吃人度日？"怪物闻言，似梦方觉 。① 猴子也听从了菩萨的劝告："他劝我再莫行凶，皈依佛法，尽殷勤保护取经人，往西方拜佛，功成后自有好处。"② 可见，取经人皆是戴罪立功之人：猴王、卷帘大将、天蓬元帅、龙王太子在道教玉帝天庭触犯天条，玄奘则因怠慢佛法。

《大话西游》则另辟蹊径，将取经目的改为化解人世亲人之间不能相容的仇恨。影片的明线是至尊宝的爱情故事，暗线则是春三十娘不放过白晶晶、青霞追杀紫霞的矛盾纠缠。盘丝大仙的两个弟子春三十娘和白晶晶都秉信"两个和尚没水喝"的"人生经验"不能共处。春三十娘为找到并独吞唐僧肉、白晶晶为寻找"负心人"至尊宝先后来到五岳山，二人狭路相逢各怀私心不停厮杀。紫霞与亲生姐姐青霞之间一开始更是充满仇意，青霞执着追杀妹妹紫霞。她们的恩怨看起来无缘无故，却揭示出了生活中亲人之间因亲生仇的奇怪现象："前世跟我斗得太厉害了，所以佛祖就把我们两个卷在一起变成一根灯芯，要我们苦练修行化解这段恩怨，可惜事与愿违，现在比以前斗得更厉害了。"

师姐妹、亲姐妹之间不能共处，至尊宝也受不了师父唐僧的啰唆以至于杀之而后快。孙悟空五百年前的前身至尊宝我行我素，既不求佛法，对感情也缺乏严肃认真的态度。他破坏掉白晶晶和赤炼君的姻缘与白晶晶相

---

① （明）吴承恩：《西游记》，人民文学出版社 2010 年版，第 92 页。
② 同上书，第 166 页。

爱，却又和大嫂铁扇公主保持着私情，接着欺骗感情背弃和白晶晶的婚约逃婚而走，被白晶晶怀恨在心。他对取经事业是反感的，对啰啰唆唆的师父更是充满了不耐烦和敌意，以至于为了耳根清净而杀掉唐僧，使得第一次取经"不能齐心协力"而失败。虽然唐僧愿意牺牲自己换取至尊宝的一次投生机会，可是投生为山贼斧头帮帮主的至尊宝并不领情，当他发现自己爱着白晶晶的时候，不惜把唐僧献给牛魔王换取月光宝盒去寻找爱人白晶晶。

仇恨有着极大的破坏力量：至尊宝杀掉唐僧自己被压五指山下，唐僧以自己的甘愿被杀试图感化至尊宝：第一次取经"不能齐心协力"而失败了。春三十娘不仅狠心让白晶晶手中自己盘丝软甲的剧毒性命难保，又故意把自己和山贼二当家（八戒）生的孩子说成是和至尊宝所生，以至于白晶晶对至尊宝伤心绝望拔剑自杀。五百年后，因为不愿向春三十娘说出白晶晶的下落，至尊宝又被春三十娘杀掉。

至尊宝能接受自己是白晶晶的爱人而被春三十娘杀掉的后果，却理解不了人与人之间的仇恨之深，正如他对春三十娘的质问："有这么大仇吗？这么多年来你还不肯放过你师妹！"他也向观音追问了同一个问题："我还是不明白，恨一个人可以十年、五十年甚至五百年这样恨下去，为什么仇恨可以大到这种地步呢？"当然，他并不能觉悟自己对师父啰唆的恨同样巨大。

而要化解这种仇恨，答案只有一个，也就是观音的回答："所以唐三藏取西经，他就是想指望这本经书去化解人世间的仇恨。"观音的启发让至尊宝开始明白："以前我看事物是用肉眼去看，但在我死去的那一刹那，我开始用心眼去看这个世界，所有的事物真的可以看得前所未有的那么清楚……"至尊宝看懂了白晶晶对自己的爱和离开的牺牲，也看懂了紫霞留在自己心里那滴泪的真情。正是白晶晶和紫霞对自己的爱让他选择了牺牲自我。至尊宝让同时连累被杀的菩提们赶紧去投胎做人，自己却不再重复投胎做山贼的老路，而是主动选择了戴上金刚圈转世做孙悟空。戴上金刚圈也就接受了观音对他的提醒和要求："我要再提醒你一次，金箍戴上之后你再也不是个凡人，人世间的情欲不能再沾半点。如果动心这个金箍就会在你头上越收越紧，苦不堪言！"他愿意放弃人世间的情欲陪伴唐僧取回佛经，来感化世人消除仇恨。

当一边承受着头上的金箍越陷越深的痛苦，一边眼睁睁看着为救自己而受伤的紫霞一点一点地坠落而死去时，我们看到，嘻嘻哈哈的至尊宝兑现了他的承诺，影片牺牲个人小爱成全世人大爱的主题得到了升华。故事的结局也寄托了导演和演员的美好愿望：紫霞与青霞在与牛魔王斗争时都主动为对方牺牲自己，姐妹情深在关键的时候表现了出来；随后跟随唐僧西去取经的路上，偶遇投胎为人的豆腐西施春三十娘和白晶晶和睦相处并与高中状元的丈夫返家团聚的场面，孙悟空的脸上是欣慰的。在孙悟空的出手相助下，夕阳武士也终于勇敢地向情人献上了一吻。经历了生死考验的师徒也颇为默契地走上了取经之路。

二 孙悟空：从"一生无性"到"一生所爱在白云外"

原著中的孙悟空，是降妖除怪的英雄，见到白骨精，"更不理论，举棒照头便打"；看见蝎子精挑逗师父，"恐师父乱了真性"，挈铁棒便喝住；想在蜘蛛精洗澡时打死她们，又怕"低了老孙名头"而作罢。第一回菩提祖师问及孙悟空姓氏时，猴王道："我无性。人若骂我我也不恼，若打我我也不嗔，只是陪个礼儿就罢了，一生无性。"① 虽然猴王会错了意，将"姓氏"误解为"性情"，夸耀说自己性格平和（实则脾气不小）。但"一生无性"确是他在《西游记》里的真实写照，他是"无性"的英雄，瞧不上男女情色，更不会爱上女妖精。四圣试禅心一回里，唐僧叫孙悟空留下来做入赘女婿，他就说了"我从小儿不晓得干那般事"。这却给了《大话西游》再创造和进行剧情反转的可能。

赋予孙悟空前生后世两段阴差阳错、荡气回肠的爱情故事是《大话西游》的最大成功，也是对原著最大的改编。

电影里孙悟空的前世至尊宝完成了从滥情到专一的蜕变，五百年前的至尊宝破坏了白骨精白晶晶和赤炼君的爱情，并和白晶晶相爱，但又不负责任地毁弃婚约逃走。被佛祖压在五指山下投生为斧头帮帮主后疯疯癫癫度日，虽不承认也不知道自己前世是至尊宝，但也渐渐爱上了对负心至尊宝依旧一片痴情的白晶晶。白晶晶带着对至尊宝的误解绝望自尽，至尊宝

---

① （明）吴承恩：《西游记》，人民文学出版社 2010 年版，第 13 页。

发誓要找回可以穿越时空的月光宝盒，实现自己和娘子白晶晶在一起的心愿。为此，他不惜利用紫霞对自己的爱，让紫霞骗婚牛魔王拿回月光宝盒。

然而正如电影里菩提对至尊宝所说："爱一个人是不需要理由的。"虽然高高兴兴准备和白晶晶成婚的至尊宝一再向菩提否认爱上紫霞，但还是被白晶晶在他的良心里发现了这一事实。白晶晶用默默离开的行动诠释了"爱是牺牲自己和成全他人"的主题。爱是白晶晶对至尊宝和紫霞的成全，爱更是至尊宝放弃紫霞选择取经化解世人仇恨的成全。影片中城墙上的夕阳武士和情人甜蜜地吻在一起的时候，"一生所爱在白云外"的主题曲响起，孙悟空脸上有着成全别人的淡淡满意，但他渐渐消失在远处的的背影则让人感到无尽的孤独和落寞。

周星驰在接受《新周刊》记者采访时说："我最想讲的就是一个爱情故事。还有因为我看过《西游记》，没办法把它拍出来的，我看现在也很困难，虽然现在已经进步很多了，可以用很多特技，可还是很难拍。但是《西游记》本身太精彩了，《西游记》这个名字太棒了，大家都知道，在商业号召力上是很值得去拍的，我又很想去拍，所以就想把它改编一下，改成一个我们能力能够做到的爱情故事。"

导演刘镇伟和演员周星驰的确做到了，《大话西游》里紫霞和至尊宝相爱却不能在一起的画面令观众久久回味，那些经典表白以各种方式被观众们所诵："曾经有一份真挚的爱情放在我面前，我没有珍惜，等我失去的时候我才后悔莫及，人世间最痛苦的事莫过于此。如果上天能够给我一个再来一次的机会，我会对那个女孩子说三个字：我爱你。如果非要在这份爱上加上一个期限，我希望是———一万年！"

爱情不计较彼此身份也不需要理由，爱是成全也是牺牲，正是影片中这样的爱情观，打动了数万观众。

三 美学风格：从喜剧到悲剧

《西游记》取经路上师徒众人虽历经八十一难，但结局是没有悬念的：斩妖除怪后取得真经修成正果。妖怪不可怕，他们的愚蠢狂妄总令读者捧腹。而严肃庄严的佛道人物如如来、观音等也因为他们和妖怪千丝万缕的联系、公然纵容手下索贿而成为幽默调笑的对象。更把唐僧的胆小、啰唆，孙悟空的好卖弄、爱自夸、超自爱，八戒的贪、馋、懒、好色等这些比普通人更夸张的缺点一一描摹展现。"喜剧总是摹仿比我们今天的人坏的人"①，"然而，'坏'不是指一切恶而言，而是指丑而言，其中一种是滑稽。滑稽的事物是指某种错误或丑陋，不致引起痛苦或伤害。"② 林语堂在《论幽默》里说："对世事看得透，笑得出，就是幽默。人之智慧已启，对付各种问题之外，尚有余力，从容出之，遂有幽默——或者一旦聪明起来，对人之智慧本身发生疑惑，处处发现人类的愚笨、矛盾、偏执、自大，幽默也就跟着出现。"《西游记》既有这种解决问题（取经）的从容，也有对人性种种不足之处的宽容一笑。但直到取到真经修成正果，师徒等人的喜剧性格并没有发生改变。幽默不同于讽刺，它和幽默只展示和宽容"人类的愚笨、矛盾、偏执、自大"，但并不对其改造和改变。全书的美学风格是喜剧性的，阅读《西游记》的体验是轻松愉悦的。这是读者百读不厌的原因。

《大话西游》系列中虽然《月光宝盒》呈现出喜剧性风格，夸张荒诞以至无厘头的情节比比皆是，人物对白也呈现出文白不分、中西混用的荒诞特点，但下部的《大圣娶亲》却在向悲剧转化。

亚里士多德的悲剧论认为：（悲剧）应模仿足以引起恐惧与怜悯之情的事件。悲剧人物的行动应产生于大家族的仇杀之中，比如兄弟、父子、夫妻之间等，因为只有这样的情节才能产生巨大的怜悯和恐惧，才能构成真正的悲剧，在道德上震撼人心的同时给人以审美享受，提高人的思想境界。"这样的行动一定发生在亲属之间、仇敌之间或非亲属非仇敌的人们之间。如果是仇敌杀害仇敌，这个行动和企图，都不能引起我们的怜悯之情，只是被杀者的痛苦有些使人难受罢了；如果双方是非亲属非仇敌的人，也不行；只有当亲属之间发生苦难事件时才行，例如弟兄对弟兄、儿子对父亲、母亲对儿子或儿子对母亲施行杀害或企图杀害，或做这类的事——这些事件才是诗人所应追求的。"③ 至尊宝正是在春三十娘和白晶

---

① ［古希腊］亚里士多德：《诗学》，罗念生译，人民文学出版社 2002 年版，第 7 页。

② 同上书，第 14 页。

③ 同上书，第 43 页。

晶师妹、紫霞和青霞姐妹相互仇恨彼此不容的追杀矛盾中越陷越深，以致故事以爱人自尽、自己被杀、相爱的人又不能在一起的悲剧结束，给观众留下无限遗憾。

《大话西游》的结局是悲剧性的也是出人意料的。在观音的启发下，至尊宝明白了，只有化解春三十娘和白晶晶师姐妹、青霞和紫霞姐妹的仇恨，才能改变故事的结局：春三十娘才不会恶意欺骗白晶晶，青霞才会放过对紫霞的追杀，这样白晶晶和自己才有活命拥有爱情的可能。要化解这么深的仇恨，必须靠唐僧取回的经书来超度世人。为了化解紫霞和青霞、白晶晶和春三十娘之间的仇恨结，为了人世间千千万万像他这样为仇恨所害的人，他放弃了像菩提等投胎做普通人甚至做快乐山贼的选择，而是戴上了金刚圈，从此不得沾染人世间的半点情欲。

对于悲剧人物，亚里士多德认为，"悲剧总是模仿比我们今天的人好的人"，悲剧人物比同时代的人好一点，但并不完美，更不是全能超人。在至尊宝戴上金刚圈转化为孙悟空、放弃紫霞走上取经之路的行动中，他忠于爱情、勇于牺牲的品质也大大超出了普通人。但也留下了遗憾：孙悟空既不能接受紫霞对自己的爱，也没有能力做到取经和保护紫霞两全。这就是悲剧人物的两难选择，也是悲剧震撼人心所在。

《大话西游》里为至尊宝动情的两个女子都体现了悲剧美：白晶晶为了成全至尊宝和紫霞的爱情选择了离开，紫霞则为了保护孙悟空勇敢地用身体挡住了牛魔王的利叉而消失。白晶晶和紫霞二人"感情至上"，愿意为情而生为情而死，和相爱的人在一起、等着盖世的英雄意中人身披金甲圣衣来娶自己是她们人生的最终理想，是最"完美"的爱人，也迎来了最悲剧的结局。

后现代主义电影擅长以反文化立场颠覆传统艺术电影，《大话西游》也是如此，影片多处表现了这种颠覆，但又借助《西游记》伟大的想象力重新建构，在故事主题和类型以及美学风格上翻新出奇，给读者完全不同的感受。"大话""恶搞"经典虽饱受争议，但常看常新的《大话西游》证明："大话"也可以经典。

作者单位：山东大学

西游:青春的羁绊

——以今何在《悟空传》为例

白惠元

2000年4月5日,当今何在更新完《悟空传》的最后一章时,他一定不会想到,这个全新的西游故事将被迅速经典化,并撬动中国文学版图——"畅销十年不朽经典,影响千万人青春",这是2011年《悟空传·完美纪念版》封面上的醒目标语。10年间,《悟空传》共有8个纸质版本,加印147次,销量达200余万,如此强势的数字让人不禁疑惑:《悟空传》之"千万级"影响力因何而来?

答案在问题中:青春。

对许多读者来说,《悟空传》不单单是一部小说,九州写手萧如瑟称它"让每一个平凡而温和的人燃起撕裂命运的勇气,也为每一段青春留下烙入骨血的印记",奇幻作家goodnight小青更将此书视作"一代人的青春回忆"与"网络生命的开幕曲"。①当"青春"遭遇"西游",当"网络生命"遭遇"古典名著",这新世纪隘口处的狭路相逢,便是《悟空传》横空出世的大背景。我们必须追问的是,与《西游记》相比,《悟空传》究竟改写了什么?以它为代表的网络西游故事为什么会引起青春的共鸣?那个"古典四大名著"意义上的"经典"与网络时代的"经典"是同一种评判标准吗?如果不是,那么在这不同的价值体系背后,又呈现了何种"时代精神"的更迭?

---

① 《悟空传》作品评价,百度百科(http://baike.baidu.com/subview/297316/7712270.htm)。

一 西游"同人":从"大话西游派"到"玄幻西游派"

2000 年，今何在开始在新浪社区"金庸客栈"①发表连载小说《悟空传》，共二十章。这部小说一经发表即引发网友热捧，并获奖无数：在"榕树下"举办的第二届网络原创文学奖中，《悟空传》获得最佳小说奖和最佳人气小说奖；在"起点网"第一届网络文学天地人三榜的评选中，《悟空传》名列天榜；后来，《悟空传》又入选了《新京报》评出的"网络文学十年十本书"并名列第一，评委称其"缔造了国人对网络文学的'第一印象'，也许正因为这'第一印象'还不错，越来越多的网络小说开始流行开来"。②作为"网络第一书"，《悟空传》无疑具有划时代意义。

《悟空传》何以横空出世？追溯其精神源头，则不得不提周星驰的喜剧电影《大话西游》。1996 年，《大话西游》结束了大陆影院的惨淡经营，将拷贝转到北京电影学院，意外遭遇了师生的满堂喝彩。随后的五六年间，"大话风"以北京高校 BBS 论坛为阵地席卷开来，诸如《大话西游之中国电信版》《〈黄金时代〉宝黛相会》《大话三顾茅庐》等"大话系列"随处可见。事实上，任何语体（文化符号）的爆炸式传播都有赖于社会语境的变革，而《大话西游》风靡大陆正是三种媒介话语变革相互耦合的结果：其一是中央电视台电影频道于 1996 年 1 月 1 日正式开播，依托于"权力的媒介"（央视），电影成为"媒介的权力"的延伸，《大话西游》登陆央视电影频道 1997 年春节档，也就意味着官方与民间意识形态表述的共谋，影片本身即具有意识形态国家机器的功能；其二是电影介质的转型，即从录像带变革为 VCD，更轻便也更易复制，VCD 的数码刻制技术直接把电影观众从公共空间（如电影院、录像厅）转移至私人空间（如家庭 VCD 机、个人电脑），这次空前的技术民主实践助推了

---

① 金庸客栈：所属于新浪论坛历史文化社区，成立于 1996 年，主要分为武侠小说讨论、影视评论与原创小说等版块，众多当下负有盛名的网络写手都曾混迹其中，http：//club. history. sina. com. cn/forum – 24 – 864. html。

② 轻钢、秋水：《十年十书 从〈悟空传〉到〈鬼吹灯〉》，《新京报》2008 年 7 月 26 日。

《大话西游》在校园内的广泛传播①；其三是互联网的普及，校园论坛成为民主议事的新公共场域，《大话西游》的网络引爆点恰是"水木清华BBS"（bbs. tsinghua. edu. cn），波澜壮阔的"贴台词运动"② 使这批高校青年在《大话西游》中发现并重新编译了一套全新的语言，那就是"大话"。作为最初的网络流行语，"大话"（包括"乱弹""水煮"）近于一种幽默搞笑的"戏说"，它用戏谑对抗严肃，用能指混淆所指，并且具有代际的区隔性，因而成为"网络一代"登上历史舞台进行自我表达的重要媒介。正是这三种媒介层面的民主话语实践，使得电影《大话西游》深深刻入了网络一代的"情感结构"（structures of feelings）之中。

再回到文本内部，综合周星驰电影的一贯风格，有人将"大话"定义为"解构一切，除了爱情"③。作为"准网络时代"的重要文本，《大话西游》解构了一切关于崇高的表述，这尤其表现为孙悟空形象的降落，在影片的大部分时间里，他只是活得"像一条狗"的山贼。可到了结尾，孙悟空竟然恢复了本相，他穿着盔甲踩着七彩祥云，上演一出英雄救美的高潮戏，那一刻，"爱情"被陡然拔升至理想主义的高度，被重建为某种"崇高"。"解构一切，除了爱情"，这一定义切中肯綮地描述出《大话西

---

① 电影《大话西游》在内地广泛传播的主要原因之一是盗版 VCD 市场："据一位号称北京盗版界四大家族之一的大卖家透露，早在 1995 年，就在北京市场出现过《大话西游》的盗版录像带，但销售平平，直到 1996 年底 VCD 版本出现，当时每盘 30 元的高价位都没有吓倒《大话西游》迷们。真正的火爆是在 1997、1998 年间，在这一段盗版 VCD 的黄金时节，《大话西游》的销售也屡创高峰，最高纪录一天就卖到上百张，热销的场面通常发生在公司和新闻单位。这个大卖家透露，在这两年期间，他无论拿多少《大话西游》的盘都会被抢购一空，光他个人这些年手中卖出的《大话西游》VCD 就有两三千张，以他的'业内专业眼光'分析，全国至少卖出十万张以上，北京至少占到四五万张。"钟鹭：《大话西游之路》，选自张立宪等编《大话西游宝典》，现代出版社 2001 年版，第 96—97 页。

② 水木清华曾经是中国大陆最有人气的 BBS 之一，代表中国高校的网络社群文化。1997 年国庆期间，有人将电影中一段经典台词贴在了 BBS 上："曾经有一分真挚的爱情放在我面前，我没有珍惜，等我失去的时候我才后悔莫及，人世间最痛苦的事莫过于此。你的剑在我的咽喉上割下去吧！不用再犹豫了！如果上天能够给我一个再来一次的机会，我会对那个女孩子说 3 个字：我爱你。如果非要在这份爱上加上一个期限，我希望是一万年！"过了几天，这个 IP 地址又连篇累牍地续贴好几段台词，引发了校园大学生对《大话西游》的广泛关注。随后，学生们争相租借、购买电影 VCD，并掀起了一场波澜壮阔的"贴台词运动"，而在清华的聊天室内，至尊宝、紫霞、菩提老祖等网名也比比皆是。

③ 《新新人类体味生活的另类文化——"大话"文风在流行》，搜狐文教频道，2001 年6 月 28 日，http://news. sohu. com/84/27/news145702784. shtml。

游》所内蕴的"时代精神"：一面是自王朔以降的"躲避崇高"①（或曰虚无主义），另一面却是对美好爱情的诗意向往（或曰理想主义）。当然，极度的理想主义者很容易转化为极度的虚无主义者，因为他们的理想总是太美太脆弱，一旦遭遇现实的冲击，便碎了一地，随即陷入冷漠、自私、玩世不恭的信仰真空状态。如果说，当下中国青春文化的症结之一正是"小时代的犬儒主义"②，那么这种犬儒主义在十余年前的《大话西游》中，恐怕还没那么决绝。至少，他们还信仰爱情。

到了《悟空传》，除了愤世谐谑之外，那种关乎爱情的理想主义信念依然倔强地延续着。论格局，《悟空传》甚至比《大话西游》更趋宏大，作者在重写"大闹天宫"段落时，曾引用德国古典浪漫派诗人荷尔德林的《面包与美酒》，旨在重建悲壮而崇高的史诗气质：

> 待至英雄们在铁铸的摇篮中长成，
> 勇敢的心像从前一样，
> 去造访万能的神祇。
> 而在这之前，我却常感到，
> 与其孤身跋涉，不如安然沉睡。

一边"躲避崇高"，一边"造访神祇"，《悟空传》继承了《大话西游》的"精神分裂症"——在渎神与敬神之间，在"小时代"与"大人物"之间，文本自身构成了一种张力。其实，荷尔德林的诗并没有写完，今何在隐去的后四句诗或许更能说明问题：

> 何苦如此等待，沉默无言，茫然失措。
> 在这贫困的时代，诗人何为？
> 可是，你却说，诗人是酒神的神圣祭司，

① 王蒙：《躲避崇高》，《读书》1993 年第 1 期。
② "犬儒主义支配下的中国当代青春文化或低眉顺眼，或少年老成，或虚假励志，以一种自欺欺人、逆来顺受的姿态抚慰着青年的心，也麻醉着青年的心。"邵燕君：《中国当代青春文化中的犬儒主义》，《天涯》2015 年 1 月。

在神圣的黑夜，他走遍大地。

"贫困时代的诗人"，驯顺的孙悟空，还有作者今何在，他们其实是三位一体的。事实上，《悟空传》写成于今何在大学毕业后的第一年，在这个有趣的人生节点上，今何在创造了一组西天取经的人物群像，他们恰好也是世纪之交中国青年的社会镜像："大智若愚坚持理想的唐僧，深深掩藏感情与痛苦的猪八戒，迷失自我狂躁不安的沙僧，还有那只时狂时悲的精神分裂的猴子。"① 今何在以自叙传抒情的方式替那一代青年人苦苦追问：如何才能在"小时代"做个"大人物"？正是对"大"的追问，使得《悟空传》突破了《大话西游》的既有框架，周星驰舍不得解构的那份爱情，被今何在化归于"理想"之下。2011 年的再版序言中，今何在将"理想"视作整部小说的主题词："西游就是一个很悲壮的故事，是一个关于一群人在路上想寻找当年失去的理想的故事，而不是我们一些改编作品里面表现的那样，就是打打妖怪说说笑话那样一个平庸的故事。"② 以"理想"为名义，《悟空传》的核心焦虑不再是"一份真挚的爱情"，而是关乎存在，关于人为什么活着。从赞美爱情到伤悼理想，《悟空传》把《大话西游》的"心理年龄"陡增了几岁，而这个微妙的年龄差，恰是大学生从走进校园到走向社会的几年之间。只有当他们走出象牙塔之后，"理想"才真正成了一个"问题"，成了永远在消逝中并且永远被回溯性建构的"创伤性内核"，因而"理想"也就能真正有效地生产阅读快感。

从《大话西游》到《悟空传》，其油滑、戏谑、桀骜不驯的腔调收获了一大批追随者，也开启了网络西游故事的一个重要脉络，即"大话西游派"，主要包括《唐僧传》（明白人，2001）、《沙僧日记》（林长治，2002）、《唐僧情史》（慕容雪村，2003）等。这些作品延续了周星驰"解构一切，除了爱情"的"大话"风格，即便主角换成了唐僧、八戒、沙僧，他们的人生观也是一样的，他们不想成佛，只想做个俗人，尝遍人世

---

① 今何在：《一万年太久（书序）》，周星驰、今何在《西游降魔篇》，江苏文艺出版社 2013 年版。

② 今何在：《悟空传·完美纪念版》，湖南文艺出版社 2011 年版，《序　在路上》。

间的爱恨嗔痴。

　　同时，从文本生产方式的角度来看，"大话西游派"还具有"同人"创作特征。① 何谓"同人"？"同人"一词来自日语的どうじん/doujin，这个词在日文中有两种含义，一是"同一个人、该人"，二是"志同道合的人、同好"。真正使"同人"成为关键词的正是日本 ACG（Animation Comic Game/动漫游戏）文化，其"同人"取第二个意思，即业余动漫游戏爱好者所进行的非商业的自主创作，其本质上是二度创作，是同好者在原作或原型的基础上进行的再创作活动。换言之，同人创作往往需要遵从原作的基本设定，其人物性格、主要情节等都和原作基本相符。然而，同人创作的真正乐趣并不在复述，而是可参与的改写。如果"同人文"是戴着镣铐跳舞，那么重要的不是"镣铐"，而是"跳舞"。为了进一步说明这种粉丝生产力，我们必须引入西方文学的"粉丝小说"（fan - fiction）概念，它或可看作某种"同人"的对应物。费斯克指出，粉都（fandom）的文化经济拥有符号生产力、声明生产力和文本生产力三个特征。其中，文本生产力（textual productivity）这一概念有效表明了粉丝文本的衍生能力，它将以"延异"的方式织出一个流动的文本网络。对此，西方世界的典型案例莫过于《星际迷航》。1966 年，电视连续剧《星际迷航》首次在美国播映。这部播放时间长达 39 年的系列剧培养了几代忠实的"航迷"。"他们撰写了完整的小说来填补原版叙事中的语意空白，并利用一个广泛的发行网络在粉丝中传播这些小说和其他作品。"针对粉丝经济这种强大的文本生产力，费斯克得出结论："粉丝文本必须是'生产者式'（producerly）的，因为它们必须是开放的，包含空白、迟疑不决和矛盾，使粉丝生产力得以成型。在这些文本被粉丝重新创作和激活之前，它们都是欠缺的，不足以发挥其传播意义和快感的文化功能，粉丝们正是

---

　　① "同人"有广义与狭义之分——广义的"同人"指一种由原著粉丝驱动的创作方法，狭义的"同人"则是一种网络小说类型。本文取"同人"概念的广义性。事实上，作为类型的"同人"最初进入中国网络文学视野之时，是与"耽美"基本重合的，后来同人小说逐渐扩容，凡是对其他文本的重写文字都称为同人小说，也就是晋江现在所谓的"衍生类小说"，主要包括正常向的同人与耽美向同人。今何在的《悟空传》应属男性向同人小说。

通过这种重新创作的活动生产出自己的大众文化资本的。"①

　　网络西游同人的文本生产力从 2005 年起开始陡增，其重要原因是"玄幻"② 类型在网络文学版图中的兴起。事实上，"玄幻"引发了 Fantasy（幻想小说）一词的中国化，广义的"玄幻"既包括玄幻修真，中国传统的奇幻仙侠，也包括西方的奇幻魔法。在这些错综复杂的支脉之上，西游同人逐渐呈现出"玄幻"特征，生产出一批玄幻西游小说，形成了与"大话西游派"相反相承的"玄幻西游派"，这一脉络主要包括《朱雀记》（猫腻，2006）、《重生成妖》（蛇吞鲸，2008）、《重生西游》（宅猪，2008）、《黑风老妖》（和气生财，2008）③ 等。如果说，"大话西游派"是在古典名著《西游记》的语意空白中发现了"爱情"，那么，"玄幻西游派"则有意强化了西游故事的"战斗"主题及其英雄主义情结。以战斗与英雄主义为快感模式，"玄幻西游派"甚至走出了文学场域，发展出更加丰富的产业链。以"网易西游三部曲"（《大话西游》《梦幻西游》《创世西游》）及腾讯《斗战神》④ 为代表的网络游戏，使我们在面对"英雄"时，开始用"养成"这个动词，而非从前惯用的"成长"。因为当"打怪升级"成了全新的"时代精神"，通往"大人物"的道路也就变成了可量化的指标，以战斗次数、怪物等级、经验值为基本参数的养成体系，使"英雄"变成了一种可复制再生产的"热血"产品。

　　从"大话西游派"到"玄幻西游派"，《悟空传》开启了网络西游同人的两条丰富光谱。从亦庄亦谐的风格上说，《悟空传》是"大话西游派"的开山之作；但从英雄主义的角度上讲，《悟空传》的战斗精神又与

---

　　① ［美］约翰·费斯克：《粉都的文化经济》，选自陶东风主编《粉丝文化读本》，北京大学出版社 2009 年版，第 11—13 页。

　　② "玄幻"也是网络小说的新兴类型，其内涵也有狭义与广义之分。狭义的玄幻小说概念始于黄易，侧重的是人的精神力的无限提升，直至最高的天人合一的"破碎虚空"境界，后来发展成为网络小说中的玄幻修真流。在网络小说的"幻想"类小说的发展中，最早应是老猪的《紫川》和树下野狐的《搜神记》开启的异世大陆玄幻武侠和中式奇幻仙侠风潮，后来才有了萧鼎的奇幻仙侠《诛仙》、萧潜的玄幻修真《飘渺之旅》、说不得大师的西式奇幻《佣兵天下》，最终这些外延太大的小说都被装进了广义玄幻的类型之中。

　　③ "玄幻西游派"多以"起点中文网"为主要平台，其中，《朱雀记》《重生成妖》《重生西游》《黑风老妖》等作品均名列"起点中文网"总点击排行榜的前 1000 名，每一部小说的点击量都在 400 万以上。

　　④ 腾讯网游《斗战神》以小说《悟空传》为背景蓝本，并由今何在担任其世界观架构师。

"玄幻西游派"相合。基于这种复杂性，我们必须回到《悟空传》的文本内部，对其主题进行深入探讨。

二 《悟空传》：网络时代的"公路小说"

《悟空传》的故事主线依然是西天取经路，但与《西游记》不同，《悟空传》重在写"心理"而非"行动"。也就是说，这不是关于九九八十一难的历险故事，而是师徒五人叩访真经的心路历程。作者深入剖析了每个主要人物的性格特征，并始终围绕三个基本问题展开讨论——为何成佛？如何成佛？何苦成佛？

作者对命运的执着追问，使得《悟空传》的人物群像立体而饱满："唐僧是带着五百年前记忆的如来弟子金蝉子，他为了指出佛祖的谬误不惜放弃一切所得的功业再次转世寻求真理，他是个真理的执着者；孙悟空成了忘记齐天大圣为何物，一心只为成仙的乖猴儿，一个为目标而非理想奋斗的人；猪八戒由于不肯放弃前世的记忆而根本不相信玉帝，却又不得不按照玉帝的指示护送唐僧西游，一路上，他揣着明白装糊涂，辛酸种种都被他当做笑话在不经意中表达，他是生活中那类不得已而必须为之的人；最悲剧的是沙僧，为救王母娘娘打碎了琉璃盏被贬下凡，自以为努力找回琉璃盏的所有碎片就可以重回天界，殊不知玉帝贬他的真正目的是为了让他监视悟空，一生辛苦却不知为何忙碌的人；再算上一只为爱痴狂的白马，五个人组成的西游团队正可以代表一个社会，而五个人的结局也无不暗示了社会人的最终结局——无法超越的社会存在和宿命的悲剧。"①读者"林间的猴子"把小说主题归纳为"宿命"二字，这在《悟空传》的粉丝评论中极具代表性，"宿命"也是最常被读者粉丝提及的关键词之一。所谓"宿命"，是指生命的局限性，即我们的青春敌不过衰老的局限，我们的自由意志也敌不过社会规训的局限。《悟空传》里的角色之所以给人宿命悲剧感，正因为他们的根本理想不是"成佛"，"成佛"不过是外界强加给他们的规定，他们知道"西游"是虚伪的，但却无力抗拒。

---

① 林间的猴子：《你们的经典，我们的自传》，豆瓣网，2012 年 1 月 16 日，http：//book. douban. com/review/5270586/。

西游果然只是一个骗局。

没有人能打败孙悟空。能打败孙悟空的只有他自己。

所以要战胜孙悟空，唯一的办法就是让他怀疑他自己，否认他自己，把过去的一切当成罪孽，把当年的自己看成敌人，一心只要解脱，一心只要正果。

然而，在神的字典里，所谓解脱，不过就是死亡。所谓正果，不过就是幻灭。所谓成佛，不过就是放弃所有的爱与理想，变成一座没有灵魂的塑像。①

毫无疑问，这是《悟空传》最悲情也最动人的段落之一，借由孙悟空的内心独白，今何在从根本上取消了"西游"的合法性，质疑了"成佛"的正面价值，最终收束于繁华落尽的虚无主义情调，极具煽动性。然而，我们必须追问的是：明知骗局，何必西游？当"成佛"沦为"理想"的反义词，当"西游"沦为自甘平庸与自我放逐，孙悟空为何不能像从前一样奋起反抗呢？他为什么毫无行动力？困住其无边法力的"紧箍咒"究竟是什么？在这个意义上，对秩序的服膺与忍受（而非反抗），才是《悟空传》的真正命题。对此，今何在于文本中给出的解释是"失忆"，即由于失去"大闹天宫"的前世记忆，孙悟空便忘记了自己是谁，所以才会驯服得像一条狗。可正如《大话西游》一样，这种"前世今生"的叙事策略（或曰修辞）不过是为了延宕那个脚踏七彩祥云、现出悟空真身的高潮戏时刻，而所谓"失忆"也不过是一种"选择性遗忘"，是精神分析意义上的"压抑"。对于"大闹天宫"，孙悟空无法想起，也不愿想起，因为"抵抗"的逻辑在当今世界已然不再可能。《悟空传》对抵抗性记忆的放逐，正是它与现实达成和解的前提，只有忘记"大闹天宫"，才能安心"西天取经"。

《悟空传》完美诠释了齐泽克的"启蒙的绝境"："人们很清楚那个虚

---

① 今何在：《悟空传·完美纪念版》，湖南文艺出版社 2011 年版，第 114 页。

假性，知道意识形态下面掩藏着特定的利益，但他拒不与之断绝关系。"①当整个社会文化走向犬儒，民众不爱真理，只爱"鸡汤"；他们不要悲观的清醒，只要温暖的慰藉。如果十年前的今何在仍纠结于要不要抵抗，那么十年后的他早已放弃抵抗。在 2011 年《悟空传》"完美纪念版"的序言中，今何在以"在路上"为题，用人生导师的"过来人"口吻如此劝慰读者：

> 我心目中的西游，就是人的道路。每个人都有一条自己的西游路，我们都在向西走，到了西天，大家就虚无了，就同归来处了，所有人都不可避免要奔向那个归宿，你没办法造反，没办法回头，那怎么办呢？你只有在这条路上，尽量走得精彩一些，走得抬头挺胸一些，多经历一些，多想一些，多看一些，去做好你想做的事，最后，你能说，这个世界我来过，我爱过，我战斗过，我不后悔。②

十年后，今何在将"西游"阐释为"道路"，这实在意味深长。这段"肺腑之言"至少包含两种意思：其一是时间的维度，即人生必将虚无，理想终将逝去，故"西游"的基调一定是悲观的；其二是空间的维度，即"在路上"的真义不在终点，而在道路本身，不求结果，只问过程，于是"西游"又被裹上了一层糖衣。今何在用所谓的"在路上"提醒读者：与其在"小时代"中渴求"大人物"，不如在"大悲观"中保持"小乐观"。这种化"大悲观"为"小乐观"的鸡汤逻辑，不仅是对"在路上"这一能指意涵的混淆，更是对 20 世纪 60 年代历史文化语境的"降维"表述。

在此，我们有必要把"在路上"视作一种"话语"，并对其进行知识谱系考察，因为任何话语的形成都是一个历史化的过程，解析其历史嬗变，才能洞见其背后的意识形态变革。"在路上"首先是美国作家杰克·凯鲁亚克的一部长篇小说。《在路上》（1957）描绘了战后美国青年浑浑

① ［斯洛文尼亚］斯拉沃热·齐泽克：《意识形态的崇高客体》，季广茂译，中央编译出版社 2002 年版，第 40 页。

② 今何在：《悟空传·完美纪念版》，湖南文艺出版社 2011 年版，《序 在路上》。

噩噩的精神空虚，它被认为是 20 世纪 60 年代嬉皮士运动和"垮掉的一代"的代表作品，其核心文化症候是自由与反叛，是对一切秩序、规范的彻底拒绝。同时，"在路上"又联系着诞生于二战后、鼎盛于 60 年代的一种美国电影类型，即"公路片"，尤以《邦妮和克莱德》（1967）与《逍遥骑士》（1969）为代表。"公路片"以汽车或摩托车为主要交通工具，旨在用路途来表达人生感悟，主角往往因生活挫败而展开一段自我放逐的心路历程，其文化底色依然是 20 世纪 60 年代世界青年的反秩序诉求。

然而，随着 20 世纪 60 年代的终结，"在路上"逐渐被置换为"公路"。"公路"作为一种话语变体，将"在路上"原始语境中的"抵抗"改写为"治愈"。于是，青年人"开车上路"的动机不再是反叛，而是疲惫，他们只是渴望"一场说走就走的旅行"，借以暂时摆脱沉闷无聊的日常生活，尤其是家庭生活，而在做好心灵按摩之后，他们终将回归家庭。这种转变首先表现在美国"公路片"，以《雨人》（1988）为标志，那条"反叛之路"正式被改写为心灵救赎的"回归之路"。事实上，自尼克松之后，美国历任总统都在试图修复保守主义的中产阶级家庭观，以防 60 年代幽灵的复归。吉米·卡特在 1976 年的竞选演讲中反复强调"美国家庭出了问题"，乔治·布什更是在 1988 年骄傲地指出，美国已经从 60 年代的"逍遥骑士社会"遗留风气（长发、性爱、吸毒、暴力社会抗议）中成功恢复过来。可以说，在这个保守主义政治时期，60 年代遗留的反秩序诉求与抵抗精神代表了某种具有破坏力的东西，它是民族经济复兴的阻力，是"退步"的。①

可见，"公路"的治愈功能是与资本主义经济稳步上行、都市中产阶级崛起等社会现实息息相关的，这也就是为什么"公路"直至 21 世纪才真正成为中国文艺生态的关键词。特别是自 2010 年以来，中国都市中产阶层在金融危机的重创之下纷纷"逃离北上广"，治愈系公路片也随之成为极具市场号召力的电影类型，如《无人区》（2013）、《心花路放》（2014）、《后会无期》（2014）等，都十分典型地呈现出"公路"这一话

---

① 李彬：《从反叛圣歌到心灵鸡汤——20 世纪 80 年代以来美国保守主义家庭观回归与公路电影转型》，《贵州大学学报·艺术版》2013 年 9 月。

语在当下中国社会文化中的能动性。尤其是《后会无期》，韩寒选择"公路片"作为自己的电影导演处女作，恐怕绝非偶然。从某种程度上说，《后会无期》是网络西游故事的精神之子，因为它真正遗传了自《悟空传》以降的中国青春文化的"公路病"。早在 2010 年，韩寒筹划新作《1988：我想和这个世界谈谈》时，便与其团队共同提出了"公路小说"的概念。这部小说以一辆 1988 年出厂的旅行车为载体，通过在路上的见闻、过去的回忆、扑朔迷离的人物关系等各种现实场景来获取一种观察世界的别样眼光。韩寒将"公路"理解为"旅途"，这种治愈系风格直接延续至电影《后会无期》。韩寒声称《西游记》是这部电影的母本，他也将《西游记》视作中国"公路小说"的鼻祖。在 2014 年 7 月 24 日的微博中，韩寒写道："《后会无期》就像一场各取所需却各自失去的西游记，很多遗憾只能遗憾，有些错过不是过错。"

至此，以"公路"为话语系统，古典名著《西游记》及其当代改写构成了一个重要的文本序列，它们彼此交叠，构成了中国当代青春文化的一组剪影。韩寒在 2014 年 8 月 3 日的微博中说："这首朱茵的《追月》是《后会无期》里的一段环境背景音乐。'青春的心灵百般奇妙，缤纷的思潮，梦中一切没缺少'。是的，它是《大话西游》的片尾曲。它和《女儿情》是《后会无期》对两部西游和过往青春的致敬。"从《大话西游》到《悟空传》，再到《后会无期》，这些作品无一例外地书写着青春成长，并且塑造了同一种青年形象：叛逆的皈依者，即以叛逆的姿态上路，并最终被社会收编的青年人。这一形象谱系正是索解《悟空传》之精神遗产的关键所在。

三　成长：是"转圈"还是"羁绊"？

顾名思义，《悟空传》是为孙悟空作传，因此，要理解《悟空传》所包孕的"时代精神"，则必须首先理解原著中孙悟空这一人物的变化轨迹。历来认为，《西游记》的故事主线存在着明显断裂，具体到孙悟空，就是前七回"闹天宫"与后面"取经记"之间的矛盾，这直接导致了小说主题的不统一，而这一矛盾也成为后世研究者的争论焦点：20 世纪

50—70 年代的研究范式以张天翼的《〈西游记〉札记》① 为代表，倾向于使用唯物主义阶级论的方法来分析这一矛盾，结论是农民起义英雄孙悟空最终被统治阶级"招安"；进入 80 年代，对《西游记》的阐释回归"大写的人"，研究多侧重讨论人生现实，有研究者认为孙悟空经历了从"追求"到"挫折"再到"成功"的过程，他的历史"是一条完整的人生道路"，"是一部很典型的精神发展史"②；90 年代以降，学界对《西游记》的研究呈现出一种"少年化"的趋势，林庚的《西游记漫话》③ 重点讨论孙悟空形象的"童话精神"，施战军更是直接将《西游记》解读为"中国式的成长小说"④。

如果把《西游记》的学术史脉络做简单梳理，我们会发现，为了弥合"闹天宫"与"取经记"的根本矛盾，研究者的研究方法呈现出从"阶级"到"人"的演变过程。事实上，学界对《西游记》的研究本身即是"文本"，在其背后是当代中国文化政治的变迁，其"后革命氛围"恰是《悟空传》诞生的背景。正如福柯所说，重要的不是话语讲述的年代，而是讲述话语的年代。面对"阶级""人生""少年"等话语织就的历史语境，今何在仍需回应那个古老的命题："闹天宫"的孙悟空与"取经记"的孙悟空是同一个人吗？

对此，《悟空传》给出的答案是肯定的，作者将这一根本矛盾解读为个体的"成长"，即"闹天宫"的孙悟空是青春期少年，"取经"的孙悟空则是中年，而从"闹天宫"到"取经记"正是孙悟空成长的必然过程。这无疑是对《西游记》的重要改写：在原著中，自孙悟空于生死簿中勾去自己的名字，他的生命便与"时间"无关了，他长生不老，永不消亡；可《悟空传》却充满了"时间"的焦虑，充满了对生命有限性的嗟叹。这种焦虑感内化于孙悟空的精神世界，使他的心理时空阴晴不定，那只原本活泼明媚的猴子竟多了几分阴鸷之气。《悟空传》的开篇即交代了孙悟空的精神分裂症（或可看作对"六耳猕猴"一回的改写），第一个孙悟空

---

① 张天翼：《〈西游记〉札记》，《人民文学》1954 年 3 月。
② 金紫千：《也谈〈西游记〉的主题》，《文史哲》1984 年第 2 期。
③ 林庚：《西游记漫话》，人民文学出版社 1990 年版。
④ 施战军：《论中国式的成长小说的生成》，《文艺研究》2006 年第 6 期。

杀死唐僧、打死龙王、撕去生死簿、捣毁天地伦常，第二个孙悟空却浑然不觉、坚守大义，结局是真假美猴王终极对决，孙悟空杀死自己：

> 他忽然觉得很累了。
> 方寸山那个孱弱而充满希望的小猴子，真的是他？
> 而现在，他具备着令人恐惧的力量，却更感到自己的无力。
> 为什么要让一个已无力作为的人去看他年少时的理想？
> 另一个孙悟空的声音还在狂喊："你们杀不死我！打不败我！"
> 他又能战胜什么？他除了毁灭什么也做不了了。[1]

所谓"少年的理想"，具体来说就是"闹天宫"，就是那个不会投降的自己，在此时此刻，它只能作为心理闪回出现，它变成了一段不可讲述的前史，一种被压抑的潜意识。套用弗洛伊德的"本我—自我—超我"结构，《悟空传》显然将"闹天宫"的那只猴子指认为邪恶本我，"取经记"的孙悟空是麻木自我，"斗战胜佛"则是修正成果的超我，而所谓西游，就是自我不断压抑本我，最终达成超我的人生之路。事实上，这种"自我"杀死"本我"的结局本身即是一种价值判断，它包含着从恶到善、从兽到人、从少年到成年的进化论—现代性逻辑。在这个意义上，"成长小说"其实是现代主义的发明，而"成长"的世界观正是《悟空传》与《西游记》的根本差异：《西游记》是空间小说，"取经"之路是漫游与历险，一回合一地点，章回之间也自成单元，并不构成逻辑上的递进与生命时空的累积；《悟空传》则不同，它有效植入了"时间"的维度，用五百年前/五百年后对应着少年悟空/中年悟空，于是，"大闹天宫"成为孙悟空青春记忆的显影，用彼时的热血反抗与此时的冷血麻木相对照。如此说来，原著里的空间漫游不再是无目的、无功利的，而是现代个体获得成长的必要条件，孙悟空必须在取经路上习得如何做"人"的基本要领。至此，作者将"大闹天宫"的反叛精神归于青春期叛逆，实际上是把"成长"的逻辑植入了孙悟空的生命链条之中。今何在想说，人终将走向成熟，终将走上"取经"的西游之路，而"真经"正是那个

---

[1] 今何在：《悟空传·完美纪念版》，湖南文艺出版社 2011 年版，第 107 页。

规则与秩序，谁都无法逃脱。当抵抗精神降维成"青春期叛逆"，一切蕴含着革命诉求的行动也就不过是少不更事的"热病"，那仿佛是在告诫我们：既然无力改变世界，我们就只能驯服自己。

于是，文本中的"成长"或可解读为个体对外部世界的适应，解读为纯洁心灵对"丛林法则"的服膺，孙悟空获得"成长"的前提正是对既有秩序的认可。作为《悟空传》的基本叙事策略，"成长"无疑是对《西游记》的一次缝合式改写，其缝合对象在文本层面是"闹天宫"与"取经记"的断裂，在意识形态层面则是中国"独生子女一代"①的心灵创伤。在中国，"独生子女一代"大多具有城市家庭背景，从小衣食无忧，因而将注意力更多地投射于自我，关注"存在"的意义。从小到大，他们一直是家庭的中心，一直背负着父母双亲（乃至爷爷奶奶外公外婆）的情感负荷，因此，他们的自我价值实现总是受到诸多制约，他们必须在内部理想与外部期待之间苦苦周旋，随之而来的自然是令人窒息的生存焦虑。对独生子女一代来说，他们只是"看上去很美"而已，在万千宠爱于一身的高压之下，他们的"自由"其实相当有限，那种囚禁感也就是今何在所说的"转圈"：

> 很小的时候，因为是独生子女，父母上班后，我就一个人在家中自己与积木游戏。然后我发明了一个游戏，骑一辆儿童小三轮车，车轮沾上水，就在客厅里不停地转圈，然后看着自己划出来的轨迹，非常开心。
>
> 可能每个人童年的经历都会暗中影响我们的一生，现在我也总有一种感觉，这世界其实只是看起来很大，可实际上你哪儿也去不了，只能在这有限的几平米空间中不停地划圈，你以为你走了很远，一看里程表都好几万公里了，其实只是在转圈。②

可以说，"转圈"形象地描绘了独生子女一代的精神困境，那是一种

---

① 1980年9月，五届人大三次会议确立了20世纪末将中国人口控制在12亿人以内的奋斗目标，随后，中国人口政策骤然收缩，从"晚、稀、少"变为"一胎化"，这种政策调整直接造就了中国的第一代独生子女，并催生出"80后""90后"等诸多关乎代际命名的关键词。

② 今何在：《悟空传·完美纪念版》，湖南文艺出版社2011年版，《序 在路上》。

进退维谷的牢笼状态,那是一条以特立独行的名义随波逐流的命运轨迹。在第三卷"百年孤寂"中,今何在将这种困境具体阐释为一堵"透明的墙":"你以为你可以去任何地方""事实上你没有选择"的"界限"。①对于这一悖论,读者宋阿慕有着相当深入的讨论:"社会学的发展成功地限制了个人自由,于是个人对社会的反抗也就极有源头地理所当然起来。这几乎是个无解的问题,要么选择个人自由的无限放大,同时社会陷入相互抵消合力为零的怪圈,要么选择适当压抑个人自由,产生能够令社会前进的正合力——如果有可能,我想最初定下现代社会格局(起码是现代民主主义社会的格局——包括资产阶级性质的民主社会主义格局)的马克思筒子一定不愿意做这样的妥协——个人自由是一个人赖以度生的根本,但社会赖以发展的关键就在于,通过各种合力抵消个人绝对自由对社会的侵蚀。"② 在现代社会学的大背景之下,我们必须追问的还有"代际"与"情感结构",即这一代人的生命感觉何以如此困顿?他们的"自由"何以如此受限?可以肯定的是,独生子女一代的自我意识相当强大,在他们的自我世界与外部世界之间,存在着明显的紧张关系,换言之,"百年孤寂"的根源是外部压迫。可面对这种压迫,他们却无力指责,无权控诉,因为这座囚笼是以"爱"之名建造的。当他们被排山倒海的"爱"所包围,他们只能阳奉阴违地做着"两面派":在现实世界中驯服自己,而在"二次元世界"中投射过剩的自我意志。有趣的是,在"自由"与"禁锢"之间,在个体意志与社会规训之间,他们确实找到了某种中间状态,找到了这一代专属的生命关键词,那就是"羁绊"。

"羁绊"(きずな/kizuna)一词来源于日本动漫文化,它在日语中表示人与人之间难以断绝的情感联结,通常表现为"剪不断理还乱"的友情或爱情。"羁绊"之所以能够引起中国独生子女一代的情感共鸣,正因为它有效慰藉了这群空前自由却又空前孤独的现代个体。当然,"羁绊"一词所指向的情感纽带又与现实世界不同,它是"二次元"人物在冒险过程中建立起来的,是战斗热血的燃点:"在'二次元'的世界观设定

---

① 今何在:《悟空传·完美纪念版》,湖南文艺出版社 2011 年版,第 150 页。

② 宋阿慕:《从黄粱一梦里醒来的悟空如你如我》,豆瓣网,2008 年 5 月 26 日,http://book. douban. com/review/1389754/。

下，这种情感联结往往同时还承载着某种为'世界之意志'所'选召'的'使命感'，叠加有某种被'因缘的纽带'所牵引的'命运感'；在世界规模的危机持续深化的过程中，人物之间的'羁绊'也不断受到近乎生离死别的威胁和考验，为了在极端情境下维系这份虽然脆弱但必须守护的'羁绊'，人物必须让'因缘的纽带'化作激发潜能的钥匙，从而经受住超乎常人的磨难和历练，释放出'内心小宇宙'的无穷能量，克服重重阻力，战胜种种挑战，在守护'羁绊'的同时拯救'外在的大宇宙'。"① 其实，《悟空传》里取经团队走上西游之路的根本原因都是某种"羁绊"：金蝉子（唐僧前世）对佛祖的弑师之愤，孙悟空对阿瑶、紫霞的暧昧之伤，猪八戒对阿月的深情之痛，小白龙对唐僧的暗恋之苦。如果我们把"西游"看作一个冒险故事，那么，"保护唐僧"也就成为了西天取经的终极使命，在这种使命的感召下，在降妖除魔的战斗过程中，原初设定的种种负向"羁绊"又逐步深化为更具战斗能量的正向"羁绊"，使这个战斗团队不离不弃，生死相依。

因此，"羁绊"或可看作对"转圈"的修正性表达，它展现出独生子女一代心灵成长史的积极面向，这也让《悟空传》的精神内涵变得更加复杂。如果说"转圈"指向的是"成长"的结果，是成年，是虚无，太虐太屈服；那么"羁绊"则指向"成长"的过程，是少年，是热血，很燃很叛逆。更重要的是，今何在希望《悟空传》能够激励读者在无聊的"取经"路上重拾"闹天宫"的激情，哪怕结局还是"转圈"，也别忘记一路走来的"羁绊"，这种"老男孩"式的自我激励无疑是当代中国青春文化最具症候性的表述之一。

四 结语：后青春期的"中二病"

《悟空传》的结局是一场烧了七天的"天宫大火"，不只孙悟空杀死了自己，天地间的一切都被焚毁，西游也随之成为如烟往事。那些叛逆的主体不复存在了，可天地间的秩序却重新凝聚。原来，我们终究改变不了世界，到头来，还是世界改变了我和你：

---

① 林品：《"二次元""羁绊"与"有爱"》，《中国图书评论》2014 年第 10 期。

瓦砾重新聚成殿宇，天宫又回到了安定与祥和。众神开始各归其位。

二郎神驾云出了天庭，奉命收拾战场，他忽然愣住了。云头下烧焦的花果山大地上，孙悟空扔下的金箍棒不见了。

怎么可能有人将它拿走？除了孙悟空还有谁搬得动它呢？

观音驾云出了天庭，她从怀中摸出了金蝉子那本手写的经文，抚着，若有所思。

他们飞过的天空下，五行山，默默地立着，等着那漫长岁月后的一声巨响。

这个天地，我来过，我奋战过，我深爱过，我不在乎结局。①

在这场自我与外部世界旷日持久的较量之中，曾经无比倔强的自我终于败下阵来，这是"老男孩"们无法改写的结局。说来说去，其实"天宫大火"烧死的只有自己，如此悲情的不可抗力灾难无非是为叛逆者的"皈依"提供一个契机，使他们能够"不失尊严"地妥协。"我来过，我奋战过，我深爱过，我不在乎结局"，这四句自我激励之所以简洁有力、感动人心，正缘自其残忍的过去时态，而与之相对的，正是"我"丧失行动力的现在时态。所以，《后会无期》的片尾曲一定是"平凡之路"，因为那些叛逆少年除了融入主流社会之外，似乎别无选择，听上去，那歌词更像是对《悟空传》结尾的复现："我曾经跨过山和大海/也穿过人山人海/我曾经拥有着一切/转眼都飘散如烟/我曾经失落失望失掉所有方向/直到看见平凡才是唯一的答案。"

作为一种臆想式补偿（或曰"脑补"），"老男孩"们试图用"少年热血"为中年的疲惫心灵注入活力，他们不断地宽慰自己说：我还年轻，我还有梦想，我还要奋斗。这种臆想或许是一群老男人"飙车斗恶煞"（九把刀小说《后青春期的诗》），或许是一场"任岁月风干理想再也找不回真的我"的音乐选秀（筷子兄弟微电影《老男孩》），更或许是一部能让自己一夜暴红、屌丝逆袭的公路小说（韩寒电影《后会无期》）。以上

---

① 今何在：《悟空传·完美纪念版》，湖南文艺出版社2011年版，第119页。

种种具有"返老还童"症候的叙事单元提示我们,"后青春期"① 正在成为一种有效的理论话语,这里的"后"不是英语里的 after,而是 post,它既是生理年龄的断裂,又是心理年龄的绵延。

诚然,作为一个被不同社会阶层共同的超级能指,"后青春期"仍是一种弥合社会矛盾的润滑剂,它的基本功能是让不安分的社会主体宣泄掉那些过剩的利比多,进而更平滑地回归其社会位置。然而我们真正需要反思的是,"后青春期"这一话语是否还孕育着某种抵抗能量?"人不中二枉少年",这句网络流行语或可看作对"后青春期"的另一种阐释,它牵引出当代中国青春文化的另一症候,我们称之为"中二病"②。"中二"是日语对"初中二年级"的称呼,"中二病"则用来指称一种如青少年般"病态"的强烈的自我意识。然而,当我们宣称"中二"是一种"病"时,我们似乎先在地否定了其可能内蕴的能动性,否定了青春文化中那种"羁绊"与"热血"的正向价值。福柯的病理学研究曾告诉我们,任何的"精神病"都源自一种社会分类,都源自主体对他者、中心对边缘、压迫者对被压迫者的权力筛选。同理,如果对主体性的强烈自觉都成了一种"病",那么,我们又何谈改变世界呢?

因此,仍需感谢《悟空传》,感谢那些让我们感受到"青春的羁绊"的网络西游故事,它们不仅开启了当代中国文学的"网络生命",更询唤出一批对自身主体性保持警觉的网文读者,只要他们还能意识到"我"的存在,只要他们还能感知到"我"与"世界"的矛盾冲突,他们就持存着改变世界的最后可能。正是在这个意义上,《西游记》得以跨越古典时代,成为网络时代的不朽经典。

原刊于《中国文学批评》2015 年第 4 期

作者单位:中国社会科学院

① "后青春期"指青春期过后却尚未成熟的过渡状态。作为一种文化现象,这个概念首先出现在 2008 年台湾摇滚乐团"五月天"的专辑《后青春期的诗》中。2009 年 5 月,台湾作家九把刀又出版了同名小说。参见白惠元《后青春期的网络文化寓言——试解读网络文学视阈内的"孙悟空"形象》,《网络文学评论》第 4 辑,花城出版社 2013 年版。

② "中二病"语出日本主持人伊集院光的广播节目《伊集院光　深夜的马鹿力》,后流行于网络。

后　记

　　文化记忆与媒介环境的关系问题，是一个饶有趣味的话题。西游故事在不同媒介中的旅行和变相，其文学意义毫无疑问会发生这样或那样的变异。探讨何以变异与为何变异，恐怕要比义愤填膺地维护印刷文化语境中的单一艺术形态所表征的意义为好。后者无视媒介之于意义生成的效果和作用，口诛笔伐所谓艺术改编之后的新艺术形态为"糟蹋了经典"。岂不知，经典正是在被"糟蹋"和被利用的过程中形成新的艺术形式，从而在新媒介生态中获得新生，成为经典。奈何这些掌握着话语权的学阀，整天忙碌着自己的名与利，没有时间读书，但是却把谬误当作真理而大放厥词不已。

　　然而，真正的学者总会赢得真知卓识追求者的尊重。学识也并不总是板着脸孔，如果它调皮、好玩、有趣，其实何尝不是更有价值和意义呢？陈平原先生曾说过，他希望把学问做得好玩。本书也赞成这一想法，从而在话题的角度上力求多元和别致，如从图像、俗讲变文、小说、戏曲、宝卷、壁画、影视、藏族文化、印度文化等维度切入，窥视其间媒介环境中的文学意义。当然，诸如异域风景的旖旎、动漫世界中的陌生以及游戏中的变脸等，一方面已有前贤时俊涉猎过，另一方面也表明无穷的媒介生态将与西游故事共在，等待着思想事件的发生，从而永葆经典的青春魅力。

　　本书乃荟萃一编，因而应该感谢诸位作者和译者：正是他们的努力，为我们展现了《西游记》记忆空间的绚丽多彩；正是他们的学识，为我们贡献了不同艺术形态中西游故事的背面、深层和壸奥；正是他们的无私，成就了这部有意味也有趣味的书籍。其实，还有十多位学者被约稿而由于繁忙无暇而未能出场，这是我们的遗憾，也是忙碌事实上的无奈。他们的学识虽然不在场，但依然被我们所敬仰和尊重。

　　特别感谢责任编辑刘志兵。三年前，拙著《〈西游记〉与"大西域"文化关系研究》的责任编辑就是他。犹记得当年他的辛劳、学识和认真深深感动了我。他认真负责的工作与热情的建设性意见,使拙著避免了不少疏漏,更使我心怀感激!尤其是他在后记中删除了我对他的致谢,至今仍令我愧疚和不安。本编又麻烦尚未谋面的刘志兵编辑,我在西陲一方面放心,另一方面又忐忑:感念的债务又要高筑了。

张同胜

2016 年 9 月 30 日